KB000572

부적

1

THE TALISMAN

by Stephen King, Peter Straub

Grateful acknowledgment is made to the following for permission to reprint copyrighted material:

Bourne Co. Music Publishers: Portions of lyrics from "Who's Afraid of the Big Bad Wolf,' by Frank E. Churchill and Ann Ronell. Copyright 1933 by Bourne Co. Copyright renewed.

Bourne Co. Music Publishers and Callicoon Music: Portions of lyrics from "When the Red, Red Robin Goes Bob-Bob-Bobbing Along,' music and lyrics by Harry Woods. Copyright © 1926 by Bourne Co. and Callicoon Music. Copyright renewed.

CBS Songs, A Division of CBS, Inc.: Portions of lyrics from "Reuben James," by Barry Etris and Alex Harvey. Copyright © 1969 by UNART MUSIC CORPORATION. Rights assigned to CBS CATALOGUE PARTNERSHIP. All rights controlled and administered by CBS UNART CATALOG INC. All rights reserved. International copyright secured. An excerpt from "The Wizard of Oz," lyrics by E. Y. Harburg, music by Harold Arlen. Copyright © 1938, renewed 1966, Metro-Goldwyn-Mayer Inc. Copyright 1939, renewed 1967 by Leo Feist, Inc. Rights assigned to CBAS CATALOGUE PARTNERSHIP. All rights controlled and administered by CBS FEIST CATALOG INC. All rights reserved. International copyright secured.

Hudson Bay Music, Inc.: Portions of lyrics from "Long Line Rider" (Bobby Darin). Copyright © 1968 by Alley Music Corporation and Trio Music Company, Inc. All rights administered by Hudson Bay Music, Inc. All rights reserved.

Jondora Music: Portions of lyrics from "Run Through the Jungle," by John Fogarty. Copyright © 1973 by Jondora Music, courtesy Fantasy, Inc., Berkeley, California.

Sanga Music Inc.: Portions of lyrics from "Gotta Travel On,' by Paul Clayton, David Lazar, Larry Ehrlich, and Tom Six. Copyright © 1958, 1960 by Sanga Music Inc. All rights reserved.

STEPHEN KING
KING

부적 1

PETER
STRAUB

THE TALISMAN · 스티븐 킹 · 피터 스트라우브 김순희 옮김

황금가지

루스 킹과 엘비나 스트라우브에게
이 책을 바칩니다.

"톰 소여와 나는 마침내 조그마한 언덕에 이르렀다. 마을을 내려다보자 불빛이 서너 개 반짝이고 있었다. 아마도 몸이 아픈 사람들이 있는 것 같았다. 하늘에는 언제나처럼 별빛이 반짝거리고, 마을 옆으로는 폭이 1킬로미터가 넘는 거대한 강물이 고요히 흐르고 있었다."

"새 옷은 기름기와 진흙으로 뒤범벅되어 있었고, 나 역시 지칠 대로 지쳐 있었다."

— 『허클베리 핀의 모험』, 마크 트웨인

1부

잭 소여,
서둘러 떠나다

1장

알람브라 호텔

1

1981년 9월 15일, 바다와 육지가 만나는 곳에 잭 소여라는 이름의 소년이 서 있었다. 청바지 주머니에 손을 집어넣은 채 잔잔한 대서양을 바라보고 있었다. 열두 살이지만 나이에 비해 키가 컸다. 바다에서 미풍이 불어와 너무 길게 자란 듯한 갈색 머리를 뒤로 넘기자 환하고 번듯한 이마가 드러났다. 잭은 거기 서 있었지만 마음속은 지난 3개월 동안 겪은 혼란과 고통의 감정으로 소용돌이쳤다. 3개월 전 잭의 엄마는 로스앤젤레스 로데오 드라이브에 있는 집을 닫아걸고 서둘러 가구와 수표와 부동산을 정리한 뒤 센트럴파크 웨스트에 있는 아파트를 렌트했다. 그 아파트 다음에는 이곳 뉴햄프셔의 좁다란 해변에 있는 조용한 리조트로 달아나듯 옮겨 왔다. 잭의 세계에서 질서와 규칙이 사라져 버렸다. 그의 일상은 눈앞에 펼쳐진 출렁이는 바다처럼 정처 없이 떠다니고 있었다. 엄마는 아들을 확 잡아채 여기로 데려갔다 저기로 데려갔다 하면서 곳곳을 돌아다니고 있었다. 하지만 엄마를 움직이고 있는 건 과연 무엇일까?

엄마는 달아나고, 또 달아나고 있었다.

잭은 몸을 돌려 텅 빈 해변을 왼쪽에서 오른쪽으로 돌아보았다. 왼쪽에는 놀이동산 아케이디아 펀월드가 있었다. 이곳은 전몰장병 기념일(5월 마지막 주 월요일 ─ 옮긴이)부터 노동절(9월 첫 번째 월요일 ─ 옮긴이)까지 흥청망청하고 소란스러웠다. 지금은 다음 박동을 기다리는 심장처럼 텅 비고 고요했다. 특색 없는 흐린 하늘을 배경으로 서 있는 롤러코스터는 마치 목탄으로 그려 놓은 듯 수직으로 각지게 뻗은 지지대 때문에 교수대처럼 보였다. 저 아래쪽에 새로 사귄 친구 스피디 파커가 있었지만 지금은 그를 생각할 여유가 없었다. 오른쪽에는 알람브라 호텔과 정원이 있었는데, 지금 잭의 신경은 온통 그곳에 쏠려 있었다. 여기에 도착한 첫날 한순간 지붕창이 있는 맞배지붕 위에 무지개가 걸려 있는 것을 봤다고 생각했다. 뭔가 좋은 일이 일어날 조짐이 아닐까 생각했지만 거기엔 무지개가 없었다. 풍향계만 옆에서 불어오는 바람에 밀려 오른쪽에서 왼쪽으로, 왼쪽에서 오른쪽으로 돌고 있을 뿐이었다. 엄마가 말은 안 해도 차에서 짐 내리는 것을 도와주기를 바라는 눈치였지만 잭은 모른 체하고 렌터카에서 내려 위를 올려다보았다. 하지만 텅 빈 하늘에는 닭 모양의 황동 풍향계만 돌고 있을 뿐이었다. 엄마가 잭을 불렀다.

"트렁크를 열고 가방 좀 내려다오, 애야. 이 늙고 기운 없는 여배우는 체크인을 하고 술 한잔 마실 수 있나 알아봐야겠구나."

"엘리멘터리 마티니 말이죠?"

"그런 말을 원한 게 아니야. '엄마는 그렇게 늙지는 않았어요.'라고 말했어야지."

엄마가 애써 힘들여 자동차에서 내리며 말했다.

"엄마가 그렇게 늙지는 않았어요."

잭을 돌아보는 그녀의 눈이 번뜩였다. 늙고 영락한 릴리 카바노소여 부인이지만 20년 동안 B급 영화의 여왕이었던 여배우의 모습이 언뜻 보인 듯했다. 그녀가 허리를 곧추세우며 말했다.

"여기가 괜찮아 보이는구나, 재키. 여기서 살면 모든 게 다 잘 될거야. 정말 좋은 곳이야."

바닷갈매기 한 마리가 호텔 지붕 위를 날아다녔다. 잠시 동안 잭은 풍향계가 날아오른 건가 하는 착각에 혼란스러웠다.

"한동안은 전화로부터 해방이로구나, 안 그래?"

"당연하죠."

엄마는 모건 아저씨로부터 숨고 싶었다. 이미 세상을 떠난 남편의 동업자인 모건 아저씨와 더 이상 다투지 않고 엘리멘터리 마티니 한 잔을 들고 침대로 기어 들어가 이불을 머리부터 뒤집어쓰고 싶었다…….

엄마, 도대체 무슨 일인가요?

너무 많은 사람들이 죽었다. 세상의 절반이 죽음이었다. 머리 위에서 갈매기가 울부짖었다.

"얘야, 안달레, 안달레(스페인어로 '어서 가자.'라는 뜻—옮긴이). 이제 저 멋진 우리 집으로 들어가 보자꾸나."

그 말에 잭은 이런 생각을 했다. *지금까지 진짜로 골치 아픈 일은 언제나 토미 아저씨가 해결해 줬는데.*

하지만 토미 아저씨는 이미 고인이 되었다. 지금쯤 그 소식이 많은 사람들에게 전해지고 있을 터였다.

2

알람브라 호텔은 바다 위로 불쑥 솟아 있는 빅토리아풍 건물로, 나지막한 곶과 거의 붙어 있다시피 한 거대한 화강암 덩어리 위에 우뚝 올라서 있었다. 그것은 여기 뉴햄프셔의 태부족한 해변 위에 화강암으로 빚은 쐐골처럼 솟아올라 있었다. 육지 쪽을 향한 기하학적 조경의 정원은 해변을 바라보는 잭의 눈에는 거의 보이지 않고 어두운 녹색 울타리만 언뜻 보이는 게 다였다. 하늘을 등지고 있는 황동 풍향계는 북서쪽을 가리켰다. 로비 벽에 붙어 있는 명판은 1838년 북부감리교총회가 뉴잉글랜드에서 최초로 노예제 폐지운동 집회를 개최한 곳이 바로 이곳이라고 말하고 있었다. 당시 다니엘 웹스터가 열정적으로 토해 낸 연설문의 일부가 명판에 새겨져 있었다.

"바로 오늘부터 미국의 노예제도는 힘을 잃기 시작하여 마침내는 미국의 모든 주와 모든 영토에서 사라질 것입니다."

3

두 모자가 뉴욕에서 시달렸던 몇 달 동안의 소동을 뒤로하고 이곳에 도착한 것도 벌써 지난주의 일이었다. 아케이디아 해변에서는 모건 슬로트가 고용한 변호사들이 자동차에서 뛰쳐나와 소여 부인 이름으로 서명해야 하고, 제출해야 하는 서류를 흔드는 일은 없었다. 아케이디아 해변에서는 정오부터 새벽 3시까지 전화벨이 울리지 않았다.(모건 아저씨는 센트럴파크 웨스트 주민들이 캘리포니아 시간대에 따라 생활하지 않는다는 것을 잊은 것 같았다.) 실제로 아케이디아 해변에서는 전화벨이 한 번도 울리지 않았다.

엄마가 이 작은 리조트 마을을 향해 반쯤 찡그린 눈으로 집중하며 운전하는 동안 잭이 길에서 본 사람은 단 한 명뿐이었다. 정신이 온전치 않아 보이는 노인이 인도를 따라 하릴없이 빈 쇼핑카트를 밀고 있었다. 머리 위에는 그 텅 빈 회색 하늘이, 잔뜩 찌푸린 하늘이 있었다. 뉴욕과는 전혀 딴판이었다. 황량한 거리에는 끊임없이 바람이 불어와 윙윙 울리는 소리뿐, 차 한 대 지나가지 않아 지나치게 넓어 보였다. 이곳에서는 창문에 '주말에만 엽니다.'라거나 심지어는 '6월에 다시 만나요!'라는 안내문이 붙은 빈 상점들이 보였다. 알람브라 호텔 앞 거리의 100여 개 주차 공간도 텅 비어 있었고, 옆에 있는 아케이디아 티 앤드 잼 전문점도 테이블이 텅텅 비어 있었다.

허름한 옷을 입은 정신 나간 노인은 여전히 황량한 거리를 따라 쇼핑카트를 밀고 있었다.

"엄마는 이 이상한 작은 마을에서 더없이 행복한 3주를 지냈단다."

노인 옆을 지나칠 때 엄마가 잭에게 말했다.(노인이 깜짝 놀라 몸을 돌리더니 수상쩍다는 듯 두 사람을 쳐다보는 것을 잭은 보았다. 노인은 뭐라고 우물거렸지만 그게 무슨 말인지 잭으로서는 알 도리가 없었다.) 뒤이어 엄마는 차를 돌려 호텔 정원 앞으로 난 구부러진 진입로로 들어섰다.

　바로 그 이유 때문에 두 모자는 정말로 꼭 필요한 최소한의 물건만 서류가방과 숄더백, 플라스틱 쇼핑백에 욱여넣고 아파트 현관문에 열쇠를 꽂고 돌렸다(바로 그 열쇠구멍으로 침투해 나와 복도까지 그들을 쫓아올 것만 같은 소름 끼치는 전화벨 소리를 무시하면서). 바로 그 이유 때문에 렌터카를 빌려 뒷좌석과 트렁크에 상자와 가방을 넘치도록 채우고 한참을 헨리 허드슨 파크웨이를 따라 북쪽으로 올라간 다음 또 한참을 95번 도로를 따라 세차게 달렸다. 바로 릴리 카바노 소여 부인이 한때 이곳에서 행복한 시간을 보냈기 때문이었다. 잭이 태어나기 전인 1968년, 여배우 릴리는 영화 「블레이즈」에서 보여 준 연기로 아카데미상 후보에 올랐다. 「블레이즈」는 그동안 출연한 영화들보다 수준 높은 영화였고 그녀는 늘 맡아 왔던 나쁜 여자 역할에서보다 훨씬 더 뛰어난 연기력을 보여 주었다. 아무도 릴리가 상을 받으리라고 생각하지 않았고, 누구보다도 릴리 자신이 상을 받으리라고는 꿈도 꾸지 않았다. 그러나 그녀에게는 수상 후보로 지명된 것만으로도 진심으로 명예롭게 생각한다는 말이 관례적인 표현이 아니라 솔직한 속마음이었다. 그녀는 가슴 깊이 진심으로 영광이라고 생각했다. 또한 진짜 프로 배우로 인정받은 지금 이 순간을 축하하고 싶었다. 사려 깊게도 남편인 필 소여는 릴리를 미 대륙의 반대쪽에 있는 알람브라 호텔로 데려가 3주 동안 시간을 보냈다. 두 사람은 침대에 누워 샴페인을 마시며 오스카상 수상식을 지켜보았다.(만약 잭이 조금 더 자라 생각해 볼 기회가 있었다면 덧셈과 뺄셈을 통해 알람브라 호텔이 그의 존재가 시작된 출발점이라는 것을 눈치챘을 것이다.)

전해 들은 말에 따르면, 여우조연상이 호명되었을 때 릴리는 필을 향해 투정하듯 말했다.

"만약 내가 뽑히면 시상식에 참석하지 못한 대신 *뾰족구두를* 신고 당신 가슴 위에서 몽키 춤을 출 거예요."

하지만 루스 고든이 상을 타자 릴리는 말했다.

"루스 고든은 자격이 충분해요. 훌륭한 배우니까요."

그러고는 남편의 가슴팍 한가운데를 찌르며 말했다.

"또 그런 배역을 꼭 맡게 해 줘요. 당신은 잘나가는 에이전트잖아요."

하지만 릴리에게 그런 배역은 두 번 다시 들어오지 않았다. 필이 세상을 떠나고 2년 만에 영화 「모터사이클광」에서 연기한 냉소적인 전직 창녀가 릴리의 마지막 역할이었다.

뒷좌석과 트렁크에서 짐을 끌어내리며 잭은 지금 엄마가 그 시절을 기념하고 있다는 것을 깨달았다. 다고스티노 가방은 아래 큼지막하게 '다' 자가 박혀 있는 데까지 찢어져서 둘둘 말아 놓은 양말과 마구 뒤섞인 사진들, 체스 말과 체스판, 만화책 들이 빠져나와 트렁크 안 이곳저곳에 흩어져 있었다. 잭은 간신히 대부분의 짐들을 다른 몇 개의 가방에 욱여넣었다. 릴리 부인은 노부인처럼 난간을 짚으며 천천히 호텔 계단을 올라가고 있었다. 엄마는 고개도 돌리지 않고 말했다.

"벨 보이를 불러 오마."

배가 불룩 나온 가방들을 추스르던 잭은 허리를 펴고 다시 하늘을 올려다보았다. 분명 무지개를 보았다. 하지만 무지개는 없고 수시로 변하는 찌푸린 하늘밖에 보이지 않았다.

그때였다.

"나를 찾아오너라."

누군가가 잭 뒤에서 작지만 또렷한 목소리로 말을 걸었다.

"뭐라고요?"

잭은 고개를 돌렸지만 텅 빈 정원과 발밑까지 뻗어 있는 진입로만이 눈에 들어왔다.

"무슨 일이니?"

엄마가 물었다. 그녀는 육중한 나무문을 열기 위해 손잡이에 기대고 있어서 등이 구부정하게 굽은 것처럼 보였다.

"잘못 들었나 봐요."

목소리도 들리지 않았고 무지개도 보이지 않았다. 잭은 둘 다 머리에서 지우고 커다란 문과 씨름하고 있는 엄마를 올려다보았다.

"기다리세요. 제가 열어 드릴게요."

잭은 스웨터로 빵빵해진 쇼핑백과 커다란 여행 가방을 들고 쩔쩔매면서 종종걸음으로 계단을 올라갔다.

4

스피디 파커를 만나기 전까지 잭은 자고 있는 개처럼 시간의 흐름도 의식하지 못한 채 호텔에서 하루하루를 보냈다. 최근에는 그의 인생 전체가 그림자와 설명할 수 없는 변화로 가득해 마치 꿈처럼 여겨졌다. 심지어 지난밤에 토미 아저씨가 죽었다는 전화를 받고 충격을 받았음에도 여전히 가사상태나 다름없었다. 만약 잭이 신비주의자였다면 어떤 제어할 수 없는 힘이 그를 지배하고 엄마와 그 자신의 삶을 조종하고 있는 거라고 생각했을 것이다. 열두 살의 잭 소여에게는 할 일이 필요했고 맨해튼의 떠들썩한 생활 뒤에 찾아온 요즘같이 적막하고 무기력한 나날은 그를 뿌리부터 흔들며 혼란에 빠뜨리고 있었다.

잭은 어느새 바닷가에 서 있었지만 어떻게 거기까지 왔으며 뭘 하고 있었는지는 생각나지 않았다. 아마도 토미 아저씨를 애도하고 있었겠지만 정신은 잠이 든 채 육체만이 제멋대로 움직인 것 같았다. 오래 집중할 수가 없어서 밤에 엄마와 함께 본 시트콤의 줄거리도 이해가 안 되는데 머릿속 상상이 가진 미묘한 차이를 구분해낼 리 없었다.

"그동안 이리저리 이사를 다니느라 많이 지쳤겠구나. 잭, 너한테는 한동안 휴식을 취하는 것이 필요할 것 같아. 여긴 좋은 곳이야. 느긋하게 즐기자꾸나."

담배를 깊숙이 빨아들인 엄마가 담배 연기 너머 찡그린 눈으로 잭을 보며 말했다.

밥 뉴하트(미국의 스탠드업 코미디언 — 옮긴이)가 붉은색으로 휘감긴 세트 속에서 오른손에 든 신발 한 짝을 어리벙벙한 얼굴로 바라보고 있었다. 엄마가 미소를 지으며 말했다.

"엄마도 즐기며 지내고 있단다, 재키. 온몸의 힘을 뺀 채 마음껏 즐기려무나."

잭은 시계를 재빨리 보았다. 텔레비전 앞에 앉아 있다 보니 어느새 두 시간이 훌쩍 지나가 버렸다. 하지만 이 프로그램 전에 무슨 내용이었는지 하나도 기억나지 않았다.

잭이 잠자리에 들려고 몸을 일으켰을 때 전화벨이 울렸다. 우리의 모건 슬로트 아저씨가 그들을 찾아낸 것이다. 그동안 모건 아저씨가 전한 소식은 대단한 것은 없었지만 이번에는 모건 아저씨가 생각하기에도 엄청난 일이었던 모양이다. 잭이 방 한가운데에서 지켜보고 있는 동안 엄마의 얼굴은 창백하다 못해 새하얗게 질렸다. 엄마는 지난 몇 달 동안 주름이 깊어지기 시작한 목에 손을 올리고 가볍게 짚었다. 엄마는 듣고만 있다가 마지막에 간신히 한마디를 속삭이듯 내뱉고 전화를 끊었다.

"고마워요, 모건 씨."

어느 때보다 더 수척해지고 훨씬 더 늙어 보이는 엄마가 잭을 향해 몸을 돌리고 말했다.

"이제 굳세져야 한다, 재키야, 알겠니?"

잭은 굳세진 것 같지 않았다.

엄마가 잭의 손을 잡으며 말했다.

"토미 아저씨가 오늘 오후 뺑소니차에 치여 돌아가셨단다."

잭은 온몸의 기운이 다 빠져나간 듯 숨이 턱 막혔다.

"라시에네가 대로를 건널 때 밴이 아저씨를 치었다는구나. 목격자의 말에 따르면 검은색 차였는데 측면에 '와일드 차일드'라고 적혀 있었단다. 하지만 그게…… 그게 전부라고 하는구나."

릴리가 울기 시작했다. 이윽고 거의 놀란 잭도 따라 울기 시작했다. 이 모든 일이 겨우 사흘 전 일어났지만 잭에게는 영원의 시간이 흐른 것 같았다.

5

　1981년 9월 15일, 잭 소여라는 이름의 소년은 표지판도 없는 바닷가에 서서 잔잔한 대서양을 바라보고 있었다. 소년 뒤에는 월터 스콧 경(19세기 스코틀랜드의 역사 소설가 — 옮긴이)의 소설에나 나올 법한 성처럼 거대한 호텔이 우뚝 서 있었다. 그는 울고 싶었지만 눈물은 한 방울도 나오지 않았다. 그는 죽음에 휩싸여 있었다. 죽음이 세상의 절반을 차지했고 무지개는 없었다. 측면에 '와일드 차일드'란 문구가 쓰인 밴이 토미 아저씨를 이 세상에서 앗아가 버렸다. 토미 아저씨는 여기 동부 해안에서 너무나 먼 로스앤젤레스에서 돌아가셨지만 잭 같은 어린아이조차도 그가 이곳에 더 어울린다는 걸 알았다. 아비스 샌드위치 가게에 로스트비프 샌드위치를 사러 갈 때도 넥타이를 매야 한다고 생각했던 토미 삼촌은 서부 해안과는 인연이 없었다.

　아빠가 죽고, 토미 아저씨마저 죽고, 엄마도 죽어 가고 있을지 모른다. 여기 아케이디아 해변에서도 죽음을 느낄 수 있었다. 전화선을 통해 모건 아저씨의 목소리가 소식을 전해 온다. 철 지난 피서지의 우울한 분위기만큼이나 값싸고 뻔한 것은 없다. 이곳에서는 아무 데서나 지난여름의 유령들과 맞닥뜨리게 된다. 죽음은 모든 사물의 질감 속에, 잔잔한 바닷바람이 전해 주는 냄새 속에도 스며 있다. 잭은 무서웠다…… 사실 오랫동안 무서웠다. 이렇게 고요한 곳에 있으면서 실감하게 되었다. 아마도 뉴욕에서 95번 고속도로를 타고 달아나도록 그들을 내몬 것은 죽음이었을 것이다. 엄마가 시가 연기에 눈을 게슴츠레 뜨고 라디오를 경쾌한 재즈 음악 채널로 맞춰 달라고 말하게 한 것도 죽음이었다.

어렴풋이 아빠에 대한 기억이 떠올랐다. 아빠는 늘 잭이 지혜를 타고났다고 말하곤 했다. 하지만 잭은 자신이 지혜롭다는 생각이 들지 않았다. 지금은 어린애처럼 겁만 났다. *무서워. 무서워서 견딜 수가 없어. 여기가 세상의 끝인 걸까, 그런 걸까?*

갈매기가 머리 위 잿빛 하늘을 가로지르고 있었다. 고요한 가운데 하늘은 잿빛이었고 자꾸만 늘어나는 엄마 눈가의 주름은 죽음을 암시하는 것 같았다.

6

펀월드로 들어가 어슬렁거리던 잭은 레스터 스피디 파커를 만났다. 며칠인지도 기억나지 않을 만큼 시간에 몸을 맡긴 채 무기력하게 지내던 때였는데 파커를 만나자 이상하게도 뭔가에 *붙잡혀 있는* 수동적인 느낌이 사라져 버렸다. 레스터 파커는 회색빛 곱슬머리에 뺨에 깊게 주름이 파인 흑인이었다. 예전엔 블루스를 연주하며 방랑하는 음악가로 이름을 날렸을지 몰라도 지금은 딱히 눈에 띄는 점이라곤 찾아볼 수 없었다. 더욱이 특별히 기억할 만한 얘기를 들려준 것도 아니었다. 그런데도 펀월드의 게임센터 안으로 하릴없이 들어가다가 스피디의 연한색 눈과 마주쳤을 때 답답하던 가슴이 뻥 뚫리는 듯한 기분이 들었다. 제정신이 돌아온 느낌이었다. 마치 어떤 신비한 힘이 그 노인으로부터 잭 안으로 흘러든 것 같았다. 스피디가 미소를 지으며 잭을 보고 말했다.

"어허, 친구가 나를 찾아온 것 같군. 꼬맹이 방랑자가 찾아왔구먼."

바로 그 순간, 진실로 잭은 붙잡혀 있는 느낌에서 벗어났다. 방금 전만 해도 젖은 양털과 솜사탕 속에서 허우적거리듯 무기력했는데 갑자기 홀가분해진 기분이었다. 언뜻 노인 주위에서 은색 빛이 감도는 듯했지만 눈 깜박할 사이에 그 작은 후광은 사라져 버렸다. 잭은 처음으로 남자가 넓적하고 무거운 빗자루를 들고 있는 것을 보았다. 그 잡역부는 한 손으로 허리를 받친 채 기지개를 켜며 물었다.

"애야, 괜찮은 거냐? 세상이 망했다더냐, 아니면 좋아졌다더냐?"

"음, 좋은 쪽요."

"그럼 잘 찾아왔구나. 이름이 뭐니?"

처음 만난 날 스피디는 잭을 꼬맹이 방랑자라고 부르더니 나중에는 방랑자 잭이라고 불렀다. 키만 컸지 비쩍 마른 스피디는 스키볼(고무공을 경사진 테이블에서 굴려 표적에 떨어뜨려 득점한다. ─옮긴이) 기계에 기댄 채 빗자루가 댄스 파트너라도 되는 것처럼 팔로 끌어안고 있었다. 네가 만난 이 레스터 스피디 파커로 말할 것 같으면 예전에는 뼛속 깊이 방랑자였단다, 히히……. 오예, 잘나가던 때는 길이란 길은 모르는 게 없이 훤히 꿰고 있었지. 밴드도 있었단다, 방랑자 잭, 블루스를 연주했지. 기타로 블루스를 연주했단 말이야. 레코드판도 몇 장 냈지만 너에게 들어 본 적이 있냐고 묻지는 않겠어. 스피디의 말은 음절마다 자기만의 리듬과 억양이 있었고, 구절마다 림쇼트(스네어 드럼의 테두리를 치는 연주법 ─옮긴이)와 백비트(약박에 강세를 주는 연주법 ─옮긴이)가 있었다. 스피디 파커는 기타 대신 빗자루를 들고 있었지만 여전히 연주자였다. 스피디와 이야기를 나누고 5초도 지나지 않아 잭은 재즈를 사랑하던 아빠가 살아 계셔서 그를 만났더라면 얼마나 기뻐했을지 상상할 수 있었다.

사나흘 동안 거의 온종일 스피디를 쫓아다니며 일하는 것을 구경하는 한편 힘자라는 대로 도와주었다. 스피디는 잭에게 못을 박거나 페인트칠할 피켓 한두 개를 사포로 미는 일을 시켰다. 이것이 잭이 받는 유일한 수업이었지만 한결 기분이 좋아졌다. 아케이디아 해변에 처음 와서 며칠 동안 말할 수 없이 비참했지만 이제 친구 스피디를 만나 구원을 받은 것이다. 그는 잭의 친구였다, 그 점은 틀림없었다. 사실 너무나 틀림없어서 그 안에 미스터리한 구석이 많았다. 잭이 멍한 기분을 떨쳐 내고(어쩌면 스피디가 그의 연한색 눈동자로 한 번 바라봐 준 덕에 잭이 떨치고 일어난 것일 수도 있지만) 며칠 지나지 않아, 스피디는 누구보다도 더 친밀한 친구가 되었다. 요람에서부터 친구였던, 리처드 슬로트를 제외한다면 말이다. 지금은 토미 아저씨를 잃은 충격과 엄마가 실제로 죽어 가고 있다는 두려움과 맞닥뜨릴 수 있었다. 잭은 우연히 만난 따뜻하고 현명한 스피디 할아버지에게 의지하고 있었다.

또다시 예전에 느꼈던 무엇인가에 *지시당하고* 조종당하는 듯한 불편한 기분이 잭을 사로잡았다. 보이지 않는 기다란 줄이 끈질기게 엄마와 잭을 바닷가 이 버려진 곳까지 끌고 온 것은 아닐까?

그들은 잭이 이곳에 있기를 바랐다. 그들이 누구이든 간에.

아니면 그냥 말도 안 되는 생각일까? 잭은 머릿속 환각을 통해 등이 굽은 노인을 보았다. 그 노인은 분명히 제정신이 아니었고 빈 쇼핑카트를 밀고 인도를 내려가면서 중얼거리고 있었다.

하늘에서는 갈매기가 끼룩끼룩 울고 있었고, 잭은 스피디가 자신이 미쳤다고 생각하더라도, 자신을 보고 비웃더라도 그에게 자신의 마음을 털어놓고야 *말겠다*고 다짐했다. 잭은 그가 비웃지 않으리라는 걸 마음속으로 알고 있었다. 그들은 오래된 친구나 마찬가지였고 잭은 그 늙은 관리인에게 뭐든지 이야기할 수 있었다.

하지만 아직은 결심이 서지 않았다. 모든 게 미친 짓 같았고 자신도 이해할 수 없었기 때문이었다. 잭은 마지못해 펀월드를 뒤로하고 호텔로 향하는 모래사장으로 터덜터덜 발길을 돌렸다.

2장
모래 구멍

1

이튿날이 되어도 잭 소여는 여전히 멍한 상태였다. 게다가 지난 밤에는 밤새도록 상상할 수도 없는 끔찍한 악몽에 시달리기까지 했다. 꿈에서 어떤 무시무시한 생명체가 엄마를 향해 다가왔는데, 눈은 짝짝이고 피부는 썩은 치즈 같은 난쟁이 괴물이었다. 그 괴물이 꺽꺽거리는 목소리로 잭에게 말했다.

"네 엄마는 송장이나 다름없어. 잭, 할렐루야를 외쳐 주겠니?"

꿈을 꿔 본 사람은 모두 알듯이, 잭은 그 괴물이 방사능을 뿜어내고 있어서 손을 슬쩍 대기만 해도 자신이 죽을 거라는 걸 알았다. 그는 막 처절한 비명을 지르려던 참에 간신히 꿈에서 깨어났다. 온몸이 땀에 흥건히 젖어 있었다. 다시 정신을 차린 것은 끊임없이 철썩거리는 파도 소리 덕분이었다. 몇 시간이 지나서야 잭은 다시 잠이 들었다.

아침에 일어나 엄마에게 꿈 얘기를 하려 했지만 엄마는 아무 말도 듣고 싶지 않다는 듯 언짢은 얼굴로 시가 연기 속에 파묻혀 있었다. 잭이 구실을 붙여 막 호텔 커피숍을 나가려 할 때에야 비로소 살포시 미소를 지으며 말했다.

"오늘 저녁에 뭐 먹고 싶은지 생각해 두렴."

"정말요?"

"정말이고말고. 패스트푸드만 빼고. 내가 몸에 해로운 핫도그나 먹으려고 로스앤젤레스에서 뉴햄프셔까지 온 게 아니거든."

"햄프턴 해변에 있는 시푸드 레스토랑에 가 봐요."

"좋아. 이제 나가서 놀렴."

이제 나가서 놀렴. 잭은 평소와 달리 씁쓸한 생각이 들었다. *오, 그래요, 엄마, 아주 잘했어요. 참 잘나셨어요. 이제 나가서 놀라고요? 누구랑요? 엄마, 왜 여기 있는 거예요? 왜 여기 있냐고요? 얼마나 아픈 거고요? 어째서 나한테 토미 아저씨 얘기를 안 하는 거지요? 모건 아저씨는 무슨 짓을 꾸미는 거예요? 도대체…….*

질문, 끝없이 떠오르는 질문. 하지만 다 부질없었다. 아무도 대답해 주는 사람이 없었으니까.

스피디 할아버지마저 없었더라면…….

하지만 그것은 터무니없는 생각이었다. 만난 지 얼마 되지도 않은 늙어 빠진 흑인 따위가 어떻게 그의 문제를 해결해 줄 수 있겠는가.

그럼에도 잭은 보드워크를 지나 인적이 끊긴 황량한 해변으로 느릿느릿 걸어가면서 스피디 파커에 대한 생각을 머리에서 지울 수 없었다.

2

여기가 세상의 끝이지, 맞지? 잭이 다시 떠올렸다.

갈매기들이 머리 위 잿빛 하늘을 가로지르고 있었다. 달력상으로는 아직 여름이었지만 이곳 아케이디아 해변에서는 노동절에 여름이 막을 내렸다. 흐린 하늘처럼 고요조차 잿빛이었다.

잭이 운동화를 내려다보자 찐득거리는 타르가 묻어 있었다. 잭은 생각했다. *해변에서 묻은 오물이네. 이것도 오염의 일종이지.* 어디서 묻었는지 생각이 나지 않아 바닷물에서 한 발 물러섰다, 어딘가 부자연스럽게.

하늘에서는 여전히 갈매기들이 급강하하며 끼룩거리고 있었다. 머리 위에서 그중 한 놈이 괴상한 소리를 내는가 싶더니 무언가가 갈라지는 쇳소리에 가까운 맥빠진 소리가 들렸다. 돌아보니 마침 그놈이 날개를 퍼덕이며 불편해 보이는 자세로 툭 튀어나온 바위 위에 내려앉고 있었다. 그놈은 주위에 아무것도 없는지 살피는 것처럼 마치 로봇 같은 각도로 재빨리 좌우를 살펴보았다. 그러고는 그놈이 대합조개를 떨어뜨린, 단단히 다져져 매끄러운 모래사장에 내려앉았다. 달걀처럼 깨져 버린 조개껍데기 속에서는 여전히 알맹이가 꿈틀거리고 있는 것처럼 보였는데…… 잭의 상상인지도 몰랐다.

보고 싶지 않아.

하지만 미처 고개를 돌리기도 전에 그 갈매기가 갈고리처럼 구부러진 노란 부리로 조갯살을 물고 고무줄처럼 잡아당겼다. 속이 뒤틀리는 것만 같았다. 마음속에서 뜯기는 조갯살이 잡아 뜯기며 지르는 비명이 들리는 듯했다. 제대로 말도 못 하고 그저 고통 속에 울부짖을 뿐이었다.

또다시 갈매기로부터 시선을 돌리려 했지만 그럴 수가 없었다. 갈매기가 부리를 열자 지저분한 핑크빛 목구멍이 슬쩍 들여다보였다. 대합조개는 어느새 깨진 껍데기 속으로 몸을 피했고, 갈매기가 한순간 잭을 보았다. 죽음을 암시하는 듯한 새까만 눈, 끔찍한 진실을 하나하나 확인시켜 주는 눈, 아버지들도 죽고, 어머니들도 죽는다, 예일대에 합격해 새빌 로(런던의 고급 수제 양복점들이 늘어서 있는 거리―옮긴이)에서 스리피스 양복을 맞춰 입은 은행 금고처럼 단단해 보이던 삼촌들도 죽는다. 아이들도 죽을 것이다, 어쩌면…… 이 모든 것의 끝에 남는 것은 본능적으로 어리석은 비명을 질러 대는 조갯살뿐일 것이다.

"야, 야, 그만 좀 해."

잭은 이 모든 것이 머릿속 생각이라는 것을 의식하지 못한 채 큰 소리로 말했다.

갈매기는 검은 구슬 같은 눈으로 잭을 보며 먹잇감 위에 올라탔다. 그러고는 다시금 조갯살을 쪼아 대기 시작했다. *잭, 너도 먹고 싶지? 아직도 꿈틀거린다고! 하느님 맙소사, 자기가 죽은 줄도 모르고 정말 신선해!*

그 단단한 노란 부리가 다시 조갯살을 물고 잡아당겼다. *지이이 이이익……*.

조갯살이 딱 소리를 내며 끊어졌다. 갈매기가 9월의 잿빛 하늘로 고개를 들자 목구멍이 꿀꺽거렸다. 갈매기의 눈이 다시 잭을 보았다, 그 눈은 방 한구석에 있으면서 늘 뒤통수를 따라다니는 초상화 속 눈과도 같았다. 그리고 그 눈…… 그 눈을 잭은 알고 있었다.

불현듯 엄마가 보고 싶었다. 엄마의 검푸른 눈동자도. 아주 작은 아이였을 때 이후로 이토록 절실하게 엄마가 보고 싶었던 적은 처음이었다. *라라,* 머릿속에서 엄마의 자장가 소리가 들려왔다. 지금 이곳에서는 바람 소리가 엄마 노랫소리로 변한 것 같았다. 다른 곳에서라면 너무 이르다고 생각했을 것이다. *라라, 이제 자렴, 재키야, 아기는 포대기 안에, 아빠는 사냥 가고. 온갖 걸 가져오고.* 엄마가 살살 흔들어 재워 주던 기억, 엄마가 허버트 태리턴 담배를 연신 피우던 기억, 대본을 보고 있었던 것 같다, 엄마가 대본을 블루 페이지라고 불렀던 것이 기억났다. 블루 페이지. *라라, 재키야, 모든 게 아주 멋지구나. 사랑한다, 재키야. 쉬이이…… 잘 자라. 라라.*

갈매기가 잭을 보고 있었다.

갑자기 뜨거운 소금물이 목구멍을 타고 내려오듯 공포로 목이 막혀 왔고 잭은 *그것이 정말로 자신을 보고 있는* 것을 보았다. 까만 두 눈동자가(누구의?) 그를 보고 있었던 것이다. 그는 그 눈을 잊지 않고 있었다.

조갯살 한 가닥이 여전히 갈매기 부리에 덜렁덜렁 매달려 있었다. 잭이 보고 있는 사이 갈매기가 그것을 삼켜 버렸다. 잭이 잘못 본 게 아니라 갈매기는 분명 부리를 열며 기괴한 웃음을 웃었다.

잭은 돌아서서 고개를 숙이고 두 눈을 꼭 감고 뜨거운 눈물을 참으며 스니커즈 신은 발로 모래사장을 박차고 달리기 시작했다. 만약 하늘로 오르고 오르고 또 올라 마침내 갈매기의 관점에서 내려다볼 수 있었다면 그 잿빛의 하루 내내 잭과 잭이 남긴 발자국만 보였을 것이다. 열두 살 잭 소여는 스피디 파커도 잊은 채 혼자서 외로이 호텔로 되돌아 달려가기 시작했다. 눈물과 바람 소리에 묻혀 거의 들리지도 않는 목소리로 끊임없이 울부짖었다. *아니야, 아니야, 아니야.*

3

잭은 숨을 헐떡거리며 해변 꼭대기에 잠시 멈춰 섰다. 왼쪽 옆구리로 해서 늑골을 타고 겨드랑이 깊숙이 바늘로 찌르는 듯한 고통이 밀려왔다. 노인들을 위해 만들어 둔 벤치에 앉은 뒤 눈가에 흘러내린 머리부터 쓸어 올렸다.

침착해야 해. 만일 퓨리 중사(마블 코믹스의 캐릭터 — 옮긴이)*가 부적격 제대라도 한다면 하울링 특공대는 누가 지휘하지?*

잭은 미소를 지었고 그러고 나니 실제로 기분이 조금 나아졌다. 해변에서 15미터 정도 떨어진 이곳에서 보니 모든 것이 조금은 나아 보였다. 아마도 기압이 달라지거나 해서 그런지도 몰랐다. 토미 아저씨에게 일어난 끔찍한 일도 머잖아 받아들이고 극복해 낼 것이다. 어쨌든 엄마가 그렇게 말했지 않은가. 모건 아저씨는 최근 들어 종종 성가시게 굴었지만 생각해 보면 *언제나* 그런 사람이었다.

엄마로 말할 것 같으면…… 이거참, 엄마야말로 정말 큰 문제가 아닌가.

사실은, 잭은 벤치에 앉아 보드워크 가장자리의 모래를 한쪽 발 끝으로 찍어 대다가, 사실은 엄마가 여전히 건강한 건지도 모른다고 생각을 고쳐먹었다. 엄마는 괜찮을지도 모른다. 확실히 있을 수 있는 일이다. 어쨌든 앞으로 나서서 엄마가 암이라고 말한 사람도 없었다, 안 그런가? 절대로 없었다. 엄마가 정말 암이라면 이런 곳에 나를 데리고 오지 않았을 것이다, 안 그런가? 오히려 스위스의 시원한 광천수 탕에 들어가 있거나 염소의 분비선을 걸신들린 듯 먹고 있을 것이다. 엄마는 그러고도 남을 사람이었다.

그러면 혹시…….

낮고 건조하게 중얼거리는 소리에 정신이 번쩍 들었다. 눈을 둥 그렇게 뜨고 아래를 내려다보았다. 왼쪽 운동화 발등으로 모래를 밀어내고 있었는데, 곱고 하얀 모래가 미끄러져 쌓이면서 손가락 만 한 직경의 원이 만들어졌다. 그 모래로 된 원 한가운데가 갑자기 움푹 꺼지면서 보조개가 파였다. 5센티미터 깊이쯤 될까. 보조개의 경사면이 움직였다. 둥글게, 둥글게, 시계 반대 방향으로 빠르게 회 전했다.

이건 현실이 아니야. 잭은 곧바로 자기 자신에게 말했지만 그의 심장은 요란스럽게 고동쳤다. 호흡도 가빠지기 시작했다. *이건 현실이 아니야, 백일몽이야, 그뿐이라고, 아니면 게나 다른 뭔가 가…….*

그러나 그것은 게 구멍도, 백일몽도 아니었다. 잭이 따분하거나 무서운 이야기를 들었을 때 꿈꾸는 은신처도 아니었다. 더군다나 게가 한 짓은 절대 아니었다.

모래의 회전이 점점 더 빨라지면서 밋밋하고 메마른 소리가 났 다. 그 소리를 듣자 잭은 정전기가 생각났고, 작년 과학 시간에 라이덴병(정전기를 모으는 장치 ─ 옮긴이)을 이용해 실험한 것도 기억났다. 무엇보다도 그 가느다란 소리는 정상을 벗어나 오래오래 헐떡헐떡 이어지는 것이 마치 죽어 가는 사람의 마지막 숨소리 같았다.

더 많은 모래가 안쪽으로 무너지면서 회전하기 시작했다. 이제는 보조개가 아니라 모래 깔때기가 되었다. 마치 거꾸로 부는 회오리바람 같았다. 밝은 노란색 껌 포장지가 모래에 파묻혔다, 보였다 했지만 매번 어김없이 모습을 드러냈다. 깔때기가 커짐에 따라 껌 포장지의 표면도 조금씩 더 드러났다. 처음에는 JU만 보이다가 다음에는 JUI, 그다음에는 JUICY F가 보였다. 모래 깔때기가 더 커지자 껌 포장지를 덮고 있던 모래가 다시 한 번 날아가 버렸다. 마치 잘 정리된 침대에서 거침없이 시트를 벗겨 내는 손길처럼 빠르고 무례했다. JUICY FRUIT. 잭이 마침내 읽어 낸 순간, 껌 포장지는 구멍 위로 내팽개쳐졌다.

모래바람은 점점 더 빨라져서 마치 격분한 듯 쉭쉭 소리를 냈다. 모래에서 쉬이이이이이샤아아아아쉬이이이이이이 소리가 났다. 잭은 홀린 듯 그것을 응시하다가 문득 두려움에 사로잡혔다. 모래 구멍은 마치 커다란 검은 눈처럼 열렸다. 그것은 대합조개를 바위에 떨어뜨리고는 살아 있는 조갯살을 고무줄처럼 잡아당기던 갈매기의 눈이었다.

쉬이이이이이샤아아아아쉬이이이이익, 모래 깔때기가 죽어 가는 자의 메마른 목소리로 조롱했다. 그것은 환청이 아니었다. 아무리 그것이 머릿속에서만 맴도는 소리이기를 바랐더라도 그것은 현실의 소리였다. 잭, 토미 아저씨의 틀니는 날아가 버렸어. '와일드 차일드'라고 쓰인 밴에 치일 때 날아갔다고, 덜컥 쾅! 예일대를 나왔든 안 나왔든, '와일드 차일드'라고 쓰인 뺑소니차에 치이면 네 틀니도 날아가는 거지, 재키, 골로 가는 거야. 그리고 네 엄마도…….

잭은 또다시 뒤도 돌아보지 않고 무턱대고 달리기 시작했다. 머리카락은 이마 뒤로 넘겨졌고 두 눈은 두려움으로 휘둥그레졌다.

4

어두침침한 호텔 로비를 지나 최대한 빠르게 걸었다. 호텔이라는 분위기상 달리는 것은 허용되지 않았다. 그곳은 도서관처럼 조용했고 키가 크고 중간에 세로 칸막이가 있는 창문에서 흘러나온 흐릿한 햇빛에 이미 색이 바랜 카펫이 더욱 흐릿하고 부드럽게 보였다. 잭이 데스크를 지나며 종종걸음으로 바꾸었을 때 마치 기다리기라도 한 것처럼 등이 굽은 잿빛 피부의 데스크 직원이 아치형 목조 통로에서 모습을 드러냈다. 그는 아무 말 안 했지만 언제나처럼 찌푸린 얼굴이었고 입 끝은 더한층 아래로 내려가 있었다. 마치 교회에서 뛰어다니다가 들킨 것 같은 기분이었다. 잭은 옷소매로 이마를 닦은 뒤 엘리베이터까지 걸어갔다. 버튼을 누르는 동안에도 어깻뼈 사이에 데스크 직원의 못마땅한 시선이 따갑게 느껴졌다. 이번 주에 단 한 번 그가 웃는 것을 보았는데 그것은 엄마를 알아보았을 때뿐이었다. 친절해 보이기 위한 최소한의 기준에 맞춘 미소였다.

"릴리 카바노를 기억한다는 것은 그만큼 나이가 들었다는 뜻이란다."

방에 두 사람만 남게 되자 엄마가 말했다. 한때는 그런 시절이 있었다. 그리 오래전도 아니다. 그녀가 1950년대와 1960년대에 출연한 50여 편의 영화로(사람들은 그녀를 'B급 영화의 여왕'이라고 불렀지만 그녀는 스스로를 '드라이브인 극장의 연인'이라고 불렀다.) 사람들이 ─ 택시기사든, 웨이터든, 윌셔 대로 삭스 백화점의 블라우스 판매원이든 ─ 알아봐 주면 엄마는 한동안 기분이 좋아졌다. 하지만 지금은 그런 순수한 기쁨마저 시들어 버렸다.

꽉 닫혀 있는 엘리베이터 문 앞에서 깡충깡충 뛰는 동안 전혀 불가능하지만 친근한 목소리가 소용돌이치는 모래 깔때기에서 울려 나왔다. 한순간 잭은 토머스 우드바인을 보았다. 잭의 후견인 ─ 모든 고난과 혼란을 막아 줄 굳건한 성벽 ─ 이 되어 주기로 했던 든든하고 편안한 토미 우드바인 아저씨가 라시에네가 대로에 쓰러져 숨을 거두었다. 아저씨의 틀니들은 팝콘처럼 날아가 6미터나 떨어진 도랑에 떨어져 있다. 잭은 다시 버튼을 눌렀다.

내려와, 얼른!

바로 그때 훨씬 더 무서운 광경이 떠올랐다. 무표정한 사내 둘이 대기 중인 차 안으로 엄마를 끌고 들어가고 있었다. 갑자기 소변이 마려워 손바닥으로 버튼을 연신 눌러 댔다. 그러자 데스크 뒤에 앉아 있던 등이 굽은 잿빛 얼굴의 직원이 못마땅하다는 듯 가래 끓는 소리를 냈다. 잭은 다른 손끝으로 위장 바로 아래에 있는 방광의 압력을 줄여 주는 지압점을 눌렀다. 그제야 엘리베이터가 느릿느릿 내려오는 윙윙 소리가 들렸다. 잭은 눈을 질끈 감고 두 다리를 딱 붙였다. 엄마는 넋을 잃은 듯 혼란스러운 얼굴이었다. 두 사내는 엄마를 지친 콜리종 개처럼 손쉽게 차 안으로 밀어 넣었다. 하지만 그것이 실제로 일어난 일이 아니라는 것을 잭은 알고 있었다. 그것은 기억 속 일이었고 ── 그중의 일부는 백일몽 속 기억이 확실했다. ── 엄마가 아니라 잭 자신에게 일어난 일이었다.

마호가니로 만든 엘리베이터의 문이 열리자 어둑어둑한 내부가 보였고 누렇게 변색되고 벗겨진 거울에 비친 잭의 얼굴이 잭을 맞아 주었다. 그 순간 일곱 살 때 목격한 장면이 다시 한 번 생생하게 떠올랐다. 그때 한 사내의 눈이 노랗게 변하고 다른 사내의 손이 인간의 것이 아닌 딱딱한 발톱처럼 변하는 것을 보았다……. 잭은 마치 포크에 찔리기라도 한 듯 엘리베이터 안으로 훌쩍 뛰어들었다.

불가능한 일이었다. 그 백일몽은 있을 수 없는 일이었다. 사내의 눈이 파란색에서 노란색으로 변하는 것도 본 적이 없고, 엄마는 건강하고 안전했다. 두려워할 것은 아무것도 없었고, 죽어 가는 사람도 없었고, 위험은 갈매기의 눈에 띈 대합조개에게만 해당하는 말이었다. 눈을 감자 엘리베이터가 느릿느릿 올라가기 시작했다.

모래 속에 있었던 그 괴물이 잭을 보며 낄낄거렸다.

잭은 너무 급한 나머지 문이 열리기 시작하자마자 그 좁은 틈을 비집고 밖으로 빠져나왔다. 그런 다음 굳게 닫힌 다른 엘리베이터 앞을 종종걸음으로 지나 오른쪽으로 돌아서 벽에 촛대와 초상화들이 걸려 있는 복도를 따라 호텔 방으로 달려갔다. 이곳에서 달린다고 해서 신성모독죄를 범하는 것은 아니었기 때문이다. 407호와 408호가 연결된 그들의 방에는 침실 두 개와 작은 부엌, 그리고 거실이 있었다. 거실에서는 부드러운 모래가 깔린 기나긴 해변과 넓은 바다가 보였다. 엄마는 어디에선가 꽃을 가져와 화병에 꽂고는 그 옆에 사진 액자들을 나란히 세워 두었다. 액자에는 잭이 다섯 살 때, 잭이 열한 살 때, 그리고 잭이 아빠 품에 안긴 아기일 때 찍은 사진이 끼워져 있었다. 잭의 아빠 필립 소여는 중고 데소토(크라이슬러에서 생산한 보급형 차량 ― 옮긴이)에 탄 모습이었다. 아빠는 모건 슬로트 아저씨와 함께 캘리포니아로 가기 위해 이 데소토를 몰고 상상할 수 없이 많은 날들을 달려야 했는데, 돈이 없어서 종종 자동차에서 자기도 했다고 했다.

잭은 408호 문을 활짝 열어젖혀 거실로 들어서며 엄마를 불렀다.

"엄마, 엄마?"

꽃과 사진들만 잭을 맞아 미소를 지어 줄 뿐 아무런 대답이 없었다.

"엄마!"

등 뒤에서 문이 닫혔다. 배가 쌀쌀 아팠다. 서둘러 거실을 지나 오른쪽에 있는 널따란 침실로 뛰어 들어갔다.

"엄마!"

침실에서도 화려한 키다리 꽃이 담긴 화병이 맞아 주었다. 텅 빈 침대 위에는 풀을 먹여 다림질한 침대보가 깔려 있었는데 너무 뻣뻣해서 25센트짜리 동전을 던지면 튕겨 나갈 것 같았다. 침대 옆 탁자 위에는 비타민 등의 약이 든 갈색 병들이 놓여 있었다. 잭은 도로 밖으로 나왔다. 엄마 방의 창문에 잭을 향해 자꾸만 밀려오는 검은 파도가 비쳤다.

별 특징이 없는 두 사내가 별 특징이 없는 자동차에서 내려 엄마에게 손을 뻗고……

"엄마!"

잭이 소리쳤다.

"엄마 여기 있다, 잭, 대체 무슨 일인데⋯⋯?"

욕실 문틈으로 엄마 목소리가 들렸다.

"아, 죄송해요. 그냥 어디 계신지 몰라서요."

잭이 온몸의 긴장이 풀리는 것을 느끼며 대답했다.

"목욕하고 있어. 저녁 먹으러 나가려면 준비해야 하잖아. 저녁 약속을 잊지는 않았겠지?"

잭은 더 이상 화장실에 가고 싶다는 생각이 들지 않았다. 푹신한 의자에 털썩 몸을 던지고는 안도감을 느끼며 눈을 감았다. 역시 엄마는 괜찮아⋯⋯.

지금 당장은 괜찮은 거지. 음산한 목소리가 속삭였다. 다시금 머릿속에서 모래 바닥에 깔때기가 파이더니 소용돌이쳤다.

5

해안을 따라 11~13킬로미터 정도 달렸을 때 두 사람은 햄프턴 타운십(미국에서 카운티 아래의 행정 구역 단위 ─옮긴이) 외곽에서 '로브스터 샤토'라는 이름의 레스토랑을 발견했다. 잭은 그날 있었던 일을 대략적으로 떠올려 봤지만 해변에서 느낀 두려움은 이미 멀리 사라져서 기억조차 희미했다. 등에 노란 로브스터가 인쇄된 빨간 재킷을 입은 웨이터가 그들을 줄무늬가 있는 긴 창문 앞 탁자로 인도한 뒤 물었다.

"부인, 음료를 주문하시겠어요?"

웨이터는 철 지난 뉴잉글랜드에 어울리는 냉담한 얼굴이었다. 그 얼굴을 본 순간 저 축축한 파란색 눈동자 뒤에 자신의 랠프 로렌 스포츠코트와 엄마가 무신경하게 걸친 핼스턴 애프터눈 드레스에 대한 분노가 도사리고 있는 것은 아닐까 하는 의구심이 고개를 들었다. 그러자 가벼운 향수병 같은 더 익숙한 두려움이 바늘처럼 가슴을 찌르는 듯했다. *엄마가 정말 아픈 게 아니라면 우리는 여기서 대체 무얼 하고 있는 건가요? 동네가 텅텅 비었잖아요! 을씨년스럽단 말이에요. 나 참.*

"엘리멘터리 마티니 한 잔 부탁해요."

엄마의 주문에 웨이터의 눈썹이 치켜 올라갔다.

"네, 부인?"

"글라스에 얼음을 넣고 그 위에 올리브를 올려 주세요. 그 위에 탄카레이 진을 붓는 거예요. 그런 다음…… 알아들으셨죠?"

엄마, 제발요, 웨이터의 눈을 못 보셨나요? 엄마는 상냥하게 대한다고 생각할 테지만 그는 자신을 조롱한다고 느낄 거라고요! 저 웨이터의 눈이 안 보여요?

못 본다. 엄마의 눈에는 안 보인다. 이렇게 아들의 마음을 몰라주다니. 엄마는 언제나 다른 사람의 마음을 잘 읽어 주는 사람이었다. 가슴 위로 돌덩이가 쿵 내려앉은 기분이었다. 엄마는 침잠하고 있었던 것이다…… 모든 면에서.

"말씀하십시오, 부인."

"그런 다음 어느 상표라도 상관없으니까 베르무트(포도주에 약재를 넣어 단맛과 향미를 가미한 술 ―옮긴이) 병을 꺼내서 내 글라스에 부어 주세요. 그다음엔 베르무트 병을 선반에 다시 올려놓고 그 글라스를 나에게 가져다주세요. 알겠죠?"

"알겠습니다, 부인."

엄마를 바라보는 뉴잉글랜드인의 축축하고 냉담한 눈동자에서는 한 점의 애정도 찾아볼 수 없었다. *이곳에서는 철저하게 엄마와 나뿐이구나. 이런, 정말 그래.* 잭은 처음으로 그 사실을 절절히 실감했다.

"아드님은요?"

"전 콜라 주세요."

잭이 시무룩하게 대답했다.

웨이터가 자리를 뜨자 릴리는 지갑을 뒤지더니 허버트 태리튠(잭이 어렸을 때부터 엄마는 늘 태리튠이라고 불렀다. "저 선반 위에 있는 태리튠을 가져다주렴, 재키."라는 식으로. 잭도 그렇게 알고 있었다.) 한 갑을 꺼내 불을 붙였다. 그러고는 세 번 거칠게 기침하며 연기를 내뿜었다.

이것도 잭의 마음을 짓누르고 있는 돌덩이 중 하나였다. 2년 전 엄마는 담배를 완전히 끊었다. 어린 마음에 엄마를 순진하게 믿었지만 한편으로는 엄마가 어차피 다시 담배를 피우게 될 거라는 이상한 체념 같은 것이 있었다. 지금까지 쭉 피워 왔으니 금세 다시 피우게 될 거라고 생각했지만 엄마는 금연에 성공했…… 석 달 전 뉴욕으로 이사 오기 전까지는. 이번에는 칼턴을 피웠다. 엄마는 센트럴파크 웨스트에 있는 아파트 거실을 돌아다니며 담배 연기를 풀풀 피워 올리거나 레코드 캐비닛 앞에 주저앉아 자신의 오래된 록 레코드나 죽은 남편의 오래된 재즈 레코드를 뒤적이곤 했다.

"엄마, 담배를 다시 피우시는 거예요?"

"그래, 하지만 이건 양배추로 만든 거란다."

"끊으셨으면 좋겠는데요."

"텔레비전이나 틀지 그러니. 어서 가서 지미 스웨거트나 아이크 목사(둘 다 텔레비전 출연으로 인기를 누린 목회자들이다.—옮긴이)를 보며 아멘과 할렐루야나 외치려무나."

엄마는 입술을 꽉 다물고 잭을 돌아보며 평소답지 않게 날카롭게 말했다.

"죄송해요, 엄마."

잭이 중얼거렸다.

그래도 이때는 오직 칼턴만 피웠다. 하지만 지금 여기에는 허버트 태리툰이 있었다. 파란색과 흰색이 섞인 구식 담뱃갑과 필터처럼 보이지만 효과가 전혀 없는 마우스피스를 단 허버트 태리툰이 여기 있었던 것이다. 언젠가 아빠가 누군가에게 자신은 윈스턴을 피우지만 엄마는 필터 없는 독한 담배를 피운다고 말한 것이 희미하게 기억났다.

"잭, 너 뭐 이상한 거라도 봤니?"

지금은 엄마가 잭에게 묻고 있었다. 지나치게 반짝이는 눈을 아들에게 고정한 채 오른손 검지와 중지 사이에 담배를 끼우는 약간은 유별나다고 할 수 있는 오래된 습관대로 담배를 들고 있었다. 잭은 용기를 내어 엄마에게 말하고 싶었다. 용기를 내어 묻고 싶었다. *엄마가 다시 허버트 태리툰 담배를 피우시는 거 저도 다 알아요. 그건 엄마가 더 이상 잃을 것이 없다는 뜻 아닌가요?*

"이상한 거 없어요, 이 레스토랑만 빼고요. *이 레스토랑 좀 이상해요.*"

또다시 처참하고 혼란스러운 향수병에 사로잡힌 잭은 눈물이 나올 것 같았다.

엄마는 주위를 둘러보고 나서 활짝 웃음을 지었다. 등에 노란색 로브스터가 그려진 재킷을 입은 다른 두 뚱뚱보 웨이터와 홀쭉이 웨이터가 주방으로 들어가는 문 앞에서 수군거리고 있었다. 잭과 엄마가 앉아 있는 벽감 너머에 있는 넓은 식당 입구엔 벨벳 줄이 걸쳐져 있었고, 동굴처럼 어두운 식당에는 탁자 위에 의자들이 거꾸로 놓여 있었다. 멀리 저쪽 끝에는 거대한 통유리창이 있었는데 그곳에서 내려다보이는 고딕풍의 해변 풍경은 엄마가 출연한 「죽음의 연인」이라는 영화를 연상시켰다. 엄마는 부모의 반대를 무릅쓰고 음울하지만 잘생긴 정체불명의 사내와 결혼한 부잣집 딸로 나왔다. 음울하지만 잘생긴 그 사내는 그 딸을 바닷가에 있는 저택으로 데려가 정신병자로 만들려고 했다. 「죽음의 연인」은 릴리 카바노가 출연한 비슷비슷한 영화들을 대표한다고 할 수 있었다. 그녀는 많은 흑백영화에 출연했고 상대역들은 모자를 쓴 채 컨버터블 포드를 모는 미남이지만 대부분 곧 잊히고 마는 타입이었다.

이 어두운 동굴 입구를 막고 있는 벨벳 줄에는 표지판이 걸려 있었는데, 어처구니없게도 거기에는 '구역 폐쇄'라고 적혀 있었다.

"정말 이 레스토랑 좀 을씨년스럽구나, 그렇지?"

"「환상특급」 같네요."

잭이 대답하자 엄마는 귀에 거슬리지만 전염성이 강한, 어쩐지

미워할 수 없는 웃음을 터뜨렸다.

"그래, 맞아, 재키, 재키, 재키."

엄마가 미소를 지은 채 잭의 너무 길어져 버린 머리카락을 헝클 어뜨리려고 몸을 기대 왔다.

"상품에 손대지 마세요."

잭도 역시 미소를 지으며 그 손을 뿌리치고는 말했다.(하지만 아, 엄마의 손가락은 뼈만 남은 것 같았지, 그렇지? 엄마는 이제 얼마 남지 않았어, 잭…….)

"내 맘이지."

"나이치고는 우리말을 좀 아시는데요."

"애야, 엄마를 비행기 태워 놓고 이번 주에 영화 보러 가게 용돈 타내려는 거지?"

"네, 맞아요."

그들은 서로를 마주 보며 웃음을 터뜨렸다. 지금 이 순간처럼 펑 펑 울고 싶었던 적이 있었던가, 엄마를 가슴 깊이 사랑한 적이 있 었던가. 지금 엄마에게서는 자포자기의 고달픔 같은 것이 엿보였 다……. 독한 담배를 다시 피우는 것도 그 연장선에 있었다.

마티니와 콜라가 나왔다. 엄마가 글라스를 들어 잭의 컵에 쨍 하 고 부딪쳤다.

"우리 두 사람을 위하여."

"위하여!"

첫 잔을 다 마시자 웨이터가 메뉴를 들고 다가왔다.

"아까는 내가 좀 지나쳤지, 재키?"

"네, 조금요."

엄마는 잠시 생각하는 듯하더니 어깨를 으쓱해 보였다.

"뭘 먹을 거니?"

"가자미 먹을까 봐요."

"그럼 2인분 시켜 주렴."

잭은 어색하고 쑥스러웠지만 엄마가 바라는 일이라는 걸 알기에 2인분을 주문했다. 웨이터가 물러난 뒤 엄마의 눈을 보니 자신이 괜찮게 해냈다는 것을 알 수 있었다. 토미 아저씨에게서도 그런 눈길을 자주 받았다. 하디스(미국의 패스트푸드 체인 — 옮긴이)에 다녀온 뒤 토미 아저씨가 말했다.

"가능성이 보이는걸, 잭. 그 노란색 가공 치즈에 대한 역겨운 집착만 버린다면 말이다."

음식이 나왔다. 맵고 레몬향이 나는 요리가 입에 맞아서 잭은 정신없이 먹어 치웠다. 엄마는 완두콩 몇 알만 먹고 음식을 깨작거리더니 한쪽으로 밀어 놓았다.

"여기 학교는 2주 전에 개학했어요."

잭은 밥을 반쯤 먹고 나서 우물거리며 말했다. 옆에 '아케이디아 지구 학교'라고 쓰인 커다란 노란색 스쿨버스만 보이면 죄의식이 들었다. 지금 상황을 고려하면 그런 생각을 한다는 건 터무니없는 일이겠지만, 잭으로서는 마치 꾀를 부려 학교를 빼먹고 있는 기분이었다.

엄마가 묻는 듯한 얼굴로 잭을 바라보았다. 이미 두 번째 잔을 주문해 비웠고 웨이터가 세 번째 잔을 가져오고 있었다.

잭이 어깨를 으쓱하며 말했다.

"그냥 말은 해 봐야 할 것 같아서요."

"학교에 가고 싶니?"

"네? 아니요. 여기 학교는 싫어요!"

"잘됐네. 네 예방접종 증명서를 안 가져왔거든. 게다가 출생 증명이 없으면 여기 학교에 갈 수 없다네, 동지."

"동지라고 부르지 마세요."

잭이 으레 대꾸하는 말에도 릴리 부인은 씩 미소를 짓지 않았다.

아이야, 왜 학교에 안 다니지?

잭은 그 소리가 마치 자기 마음속에서만 들린 것이 아니라 누군가가 큰 소리로 말한 것 같아서 눈을 껌뻑거렸다.

"무슨 일 있니?"

"아니요. 그런데 저…… 놀이공원에 어떤 아저씨가 있어요. 펀월드 말이에요. 거기 수위, 경비원 같은 사람이에요. 흑인 할아버지. 그 사람이 왜 학교에 안 다니냐고 물어봐서요."

엄마가 상체를 쑥 내밀었다. 웃음기가 싹 가시다 못해 거의 무서울 정도로 냉혹한 얼굴이었다.

"그래서 뭐라고 대답했지?"

잭은 어깨를 으쓱했다.

"전염성 단핵증에 걸렸다고 했죠. 엄마, 리처드가 그 병 걸렸을 때 일 기억나세요? 의사가 모건 아저씨한테 리처드가 6주 동안 학교에 가면 안 된다고 했는데, 날마다 밖으로 놀러 다니고 뭐든지 다

했잖아요. 그게 얼마나 부러웠는데요."

잭이 미소를 지으며 말했다. 릴리 부인은 다소간 마음이 놓인 눈치였다.

"엄마가 모르는 사람하고 말하지 말라고 했잖니, 잭."

"엄마, 그 사람은 그냥……"

"그 사람이 누구건 상관없어. 앞으로는 절대 모르는 사람하고 말하지 말란 뜻이야."

잭은 그 흑인 할아버지를 떠올렸다. 쇠수세미 같은 회색 머리칼과 깊은 주름이 진 꺼먼 얼굴, 특이한 연한색 눈동자. 그 노인은 부두에 있는 대형 아케이드에서 비질을 하고 있었다. 아케이디아 편 월드에서 그나마 유일하게 1년 내내 문을 여는 곳은 아케이드뿐이었지만 그때는 잭과 그 흑인 노인과 뒤로 멀리 떨어져 있는 노인 두 명을 빼면 호젓했다. 두 노인도 심드렁한 얼굴로 말없이 스키볼만 하고 있었다.

하지만 조금은 을씨년스러운 레스토랑에 엄마와 함께 있는 이 순간, 그 질문을 하는 것은 노인이 아니라 잭 자신이었다.

왜 나는 학교에 안 다니는 거지?

엄마가 말한 그대로란다, 애야. 예방접종 증명서도 없고 출생 증명서도 없잖아. 엄마가 네 출생 증명서를 가지고 여기로 왔을 것 같니? 그렇게 생각하니? 엄마는 도망 중이란다, 애야, 너도 엄마하고 도망 중이고. 너는…….

"리처드한테서 연락 온 것 없니?"

엄마가 툭 내뱉었다. 정말로 상냥한 목소리였지만, 그 말은 잭의 가슴에 들어와 박혔다. 잭은 손이 경련해서 유리잔을 떨어뜨렸다. 유리잔은 바닥에 떨어져 산산조각이 났다.

잭, 엄마는 산송장이나 다름없어.

소용돌이치는 모래 깔때기에서 나온 목소리였다. 그의 머릿속에서 들리는 목소리였다.

그것은 모건 아저씨의 목소리였다. 어쩌면 모건 아저씨의 목소리일지 모르는 것도 아니고, 거의 닮은 것도 아니고 비슷한 정도도 아니었다. 그것은 현실의 목소리였다. 리처드 아버지의 목소리였다.

6

차를 타고 집으로 돌아오는 도중에 엄마가 물었다.

"잭, 아까 대체 무슨 일이니?"

"아무것도 아니라니까요. 내 심장이 이렇게 진 크루파(미국 드럼 연주자이자 밴드 리더 ─ 옮긴이)처럼 재치 있게 즉흥연주를 했을 뿐이에요."

잭이 계기판을 두드리며 시범을 보였다.

"부정맥인가 봐요. 제너럴 호스피털(종합병원을 무대로 한 미국의 인기 연속극 ─ 옮긴이)에서처럼요."

"재키, 농담으로 넘길 생각은 마라."

계기판 불빛에 엄마의 창백하고 수척한 얼굴이 드러났다. 오른손 검지와 중지 사이에 낀 담배에서 연기가 피어오르고 있었다. 엄마는 많이 취했을 때면 으레 그래 온 것처럼 시속 60킬로미터를 넘지 않고 천천히 운전을 했다.

　좌석을 너무 앞쪽으로 밀어붙여 스커트가 말려 올라갔고, 그래서 운전대를 가운데 두고 양 무릎이 황새처럼 왔다 갔다 했으며, 턱은 운전대 위에 걸치다시피 했다. 잠시 동안이었지만 엄마가 마귀할멈 같아서 얼른 눈을 돌려 버렸다.

　"그런 거 아니거든요."

　잭이 중얼거렸다.

　"뭐라고?"

　"농담으로 넘기려는 게 아니라 경련 같은 게 일어났던 것뿐이에요. 어쨌든 죄송해요."

　"괜찮다. 난 혹시 리처드 슬로트에 관한 건가 했을 뿐이야."

　"그런 거 아니에요."

　리처드의 아빠가 해변에 있는 모래 구멍을 통해 말해 준 거예요. 그게 전부라고요. 그는 내 머릿속에서 말을 해 줘요. 영화에서 화면에 해설을 입힌 것처럼 말이에요. 리처드의 아빠는 엄마가 죽어 가고 있다고 했어.

　"잭, 그 애가 보고 싶니?"

　"누구요, 리처드요?"

　"그럼 내가 스피로 애그뉴(미국의 37대 부통령 — 옮긴이) 얘기를 하는 거겠니? 물론 리처드지."

　"가끔요."

　리처드 슬로트는 지금 일리노이에 있는 학교에 다니고 있었다. 의무적으로 교회 예배에 참석해야 하는 사립학교인데, 여드름 난 아이가 하나도 없다고 한다.

"리처드를 만나게 될 거야."

엄마가 잭의 머리카락을 쓸어 주었다.

"엄마, 괜찮으세요?"

저도 모르게 튀어나온 말 한마디에 잭은 넓적다리를 꼬집었다.

"괜찮지, 지금처럼 컨디션이 좋은 적은 없었던 것 같은걸."

엄마가 새로 담배에 불을 붙이며 대답했다.(담배에 불을 붙이기 위해 시속 30킬로미터로 속도를 줄이자 낡은 픽업트럭이 빠르게 옆을 지나쳐 가며 요란하게 경적을 울렸다.)

"엄마, 체중이 얼마나 줄었어요?"

"재키, 돈은 많을수록 좋은 거고, 체중은 줄어들수록 좋은 거 아니니?"

엄마가 잠시 말을 끊고는 잭을 향해 미소를 지었다. 지치고 상처 입은 엄마의 미소는 그가 알고 싶은 모든 진실을 말해 주었다.

"엄마……"

"이제 그만해라. 모든 일이 다 잘 풀릴 테니까. 엄마 말을 믿어. FM 라디오에서 비밥 재즈 같은 거 나오나 들어 보자꾸나."

"그래도요……"

"얼른 비밥을 찾아 틀고, 재키, 입 다물고 있으렴."

보스턴 지역 채널에서 재즈를 찾아냈다. 알토 색소폰이 「당신의 모든 것」을 연주하고 있었다.

하지만 그 음악 소리 밑으로 의미 없는 규칙적인 파도 소리가 이어지며 대조를 이루고 있었다. 얼마 후 하늘을 등진 거대한 뼈대 같은 롤러코스터가 보였고, 뒤이어 불규칙하게 늘어선 알람브라 호텔의 부속건물들이 눈에 들어왔다. 이것도 집이라고 할 수 있다면 그들은 집으로 돌아온 것이다.

3장

스피디 파커

1

이튿날은 날이 개었다. 잭이 침실 창문으로 내다보니 쨍한 햇살이 평평한 모래사장과 붉은 타일을 붙인 경사진 지붕에 겹겹이 페인트를 칠하듯 쏟아지고 있었다. 먼 바다에서 밀려오는 길고 낮은 파도가 햇살을 받아 단단해지더니 똑바로 잭의 눈을 향해 환한 빛줄기를 되쏘았다. 이곳의 햇살은 캘리포니아와는 전혀 달랐다. 뭔가 더 가늘고 더 차갑고 영양분도 부족해 보였다. 파도는 거무스름한 먼 바다에 녹아 들어갔다가는 다시 철썩거리며 되돌아왔고, 그 사이로 선명하게 빛나는 금빛 줄기가 솟아올라 가로질렀다. 잭은 창가에서 물러났다. 이미 샤워를 마치고 옷을 갖춰 입었다. 몸속의 시계가 잭에게 이제 스쿨버스 정류장으로 달려가기 시작할 때가 되었다고 말해 주었다. 7시 15분. 하지만 당연히 그는 오늘 학교에 가지 않는다. 이제는 모든 게 정상에서 벗어났으니까. 엄마와 그는 오늘도 낮 열두 시간 동안 유령처럼 어슬렁거리기만 할 것이다. 일

정도 없고 책임도 없고 숙제도 없고…… 시간에 맞춰 그들에게 제공되는 식사만 **빼면** 아무런 질서도 없었다.

오늘이 학교에 가는 날이긴 한가? 침대 옆에 문득 멈춰 서서 자신의 세계가 이처럼 뒤죽박죽이 되었다는 사실을 깨닫는 순간 극심한 공포가 잭을 스치고 지나갔다……. 오늘은 절대 토요일이 아니라고 *생각했다.* 가장 똑똑하게 기억할 수 있는 날짜를 손으로 꼽아 보았다. 지난주 일요일이었다. 그때부터 따져 보니 오늘은 목요일이었다. 목요일이면 발고 선생님한테 컴퓨터를 배우고 조기체조 수업을 들었다. 적어도 그것은 정상적인 생활을 할 때 누렸던 일들이었다. ─비록 겨우 몇 달 전이라곤 하지만─지금으로서는 그런 날은 두 번 다시 돌아오지 않을 것 같았다.

방에서 나와 거실로 어슬렁거리며 들어갔다. 커튼을 열어젖히자 쨍한 햇빛이 쏟아져 들어와 가구들을 밝게 물들였다. 텔레비전을 켜고 딱딱한 소파에 털썩 주저앉았다. 엄마는 적어도 15분은 지나야 일어날 것이다. 아마도 더 늦을지도 모른다. 어젯밤 저녁을 먹으며 마티니 석 잔을 마셨기 때문이다.

엄마 방 쪽을 흘끗 돌아다보았다.

20분이 흐른 뒤, 잭은 조심조심 문을 두드렸다.

"엄마?"

쉰 목소리로 웅얼거리는 대답이 들려왔다. 문을 살짝 밀어 열고 그 틈으로 안을 들여다보았다. 엄마는 베개에서 머리를 들고 반쯤 감긴 눈으로 뒤돌아보았다.

"재키, 잘 잤니? 지금 몇 시지?"

"8시 조금 지났어요."

"맙소사, 너 배고프니?"

엄마는 자리에서 일어나 앉더니 손바닥으로 눈을 비볐다.

"조금요. 여기서만 계속 앉아 있으려니 싫증이 나서요. 이제 일어나실 때가 된 것 같은데."

"좀 더 자고 싶은데 괜찮겠니? 식당에 내려가서 아침 먹고 바닷가에 가서 놀고 있으렴, 알겠지? 한 시간만 더 자면 엄마가 정신을 좀 차릴 것 같은데."

"좋아요. 이따가 뵈어요."

엄마는 이미 다시 베개 속에 머리를 파묻고 있었다.

텔레비전을 끄고 열쇠가 청바지 주머니에 잘 있나 확인하고 방밖을 나섰다.

엘리베이터 안에선 좀약과 암모니아 냄새가 났다. 하녀가 병을 엎은 모양이었다. 문이 열리자 잿빛 얼굴의 데스크 직원이 잭을 보며 눈살을 찌푸리고는 드러내 놓고 등을 돌렸다. 영화배우의 아들이라고 특별대우는 해 주지 않을 거야, 애송이야……. 그런데 왜 학교에 안 간 거냐? 잭은 몸을 돌려 식당 입구로 향했다. 식당의 이름은 '새들 오브 램'이었다. 그늘진 널따란 식당에는 텅 빈 테이블이 즐비했지만 여섯 테이블 정도만 세팅이 되어 있었다. 하얀색 블라우스와 붉은색 주름치마를 입은 웨이트리스가 잭을 보고는 고개를 돌렸다. 식당 저쪽 끝에 헬쑥해 보이는 노부부가 테이블을 사이에 두고 마주 보고 있을 뿐 그 밖에는 아침 손님이 없었다. 잭이 쳐다보고 있는데도, 할아버지는 테이블 쪽으로 몸을 기울여 할머니의

계란 프라이를 네 조각으로 갈라 엄지손톱만 하게 만드는 데 정신이 팔려 있었다.

"혼자 오셨나요?"

새들 오브 램 식당의 주간 담당 웨이트리스가 어느 틈엔가 잭 곁으로 나타나 예약 장부 옆에 쌓아 놓은 메뉴 더미에서 한 장을 꺼내고 있었다.

"미안하지만 마음이 변했네요."

잭은 도망치듯 뛰쳐나왔다.

로비 반대편으로 텅 빈 진열장이 늘어서 있는 길고 음침한 복도를 지나면 알람브라의 커피숍인 비치콤버 라운지가 있었다. 카운터에 혼자 오도카니 앉아 심드렁한 얼굴의 주방장이 더께가 눌어붙은 그릴에 베이컨을 털썩 던지는 모습을 볼 생각을 하니 입맛이 싹 달아났다. 엄마가 일어날 때까지 기다려야 할 모양이었다. 다시 생각해 보니 시내로 가는 길가에 있는 상점에서 도넛과 우유를 사 먹는 것도 나쁘지 않을 것 같았다.

크고 육중한 호텔의 정문을 열고 햇빛 속으로 걸어 나왔다. 갑작스럽게 쏟아진 햇빛에 한동안 눈을 뜰 수가 없었다. 세상은 온통 눈부신 빛으로 가득했다. 잭은 실눈을 뜬 채 아까 전에 내려올 때 선글라스를 가져왔으면 좋았을걸 하고 생각했다. 벽돌 깔린 입구를 지나 네 번 꺾어진 계단을 내려가니 호텔 정면의 정원으로 가는 오솔길이 나왔다.

엄마가 돌아가시면 어떻게 될까?

잭에게 어떤 일이 벌어질까? 어디로 가야 할까? 누가 그를 보살펴 줄까? 만약에 정말로 세상에서 가장 나쁜 일이 발생해 엄마가 죽는다면, 엄마가 저 호텔 방에서 눈을 감고 영영 깨어나지 않는다면?

잭은 끔찍한 생각을 떨쳐 버리려고 고개를 세차게 흔들었다. 그러지 않으면 질서정연한 알람브라 정원에 숨어 있던 공포가 뛰쳐나와 자신을 발기발기 찢어 버릴 것 같았다. 잭은 울지 않을 것이다. 그런 끔찍한 일이 자신에게 일어나도록 가만있지 않을 것이다. 태리툰과 여위어 가는 엄마에 대해서도 생각하지 않을 것이고 가끔 엄마가 길을 잃고 무력해지고 있다는 느낌을 받던 것도 잊기로 했다. 지금 그는 주머니에 손을 찔러 넣은 채 빠른 걸음으로 구부러진 오솔길을 벗어나 호텔 진입로로 뛰어내리고 있었다. *엄마는 도망 다니고 있어, 애야, 너도 엄마를 따라 도망 다니고 있다고. 도망 다니고 있다고?* 하지만 누구한테서, 어디로 도망 다닌다는 거지? 여기, 바로 여기, 이 황량한 리조트로 도망 온 건가?

해안선을 따라 시내로 이어지는 널찍한 거리에 이르렀다. 이제 그 앞에 펼쳐진 허허로운 광경은, 잭을 빨아들여 평화와 안전 따위는 결코 찾아볼 수 없는 암흑세계로 내동댕이칠 소용돌이로 변해 버렸다. 갈매기 한 마리가 텅 빈 도로로 날아오더니 커다랗게 원을 그린 후 다시 바다를 향해 내려갔다. 잭은 갈매기가 롤러코스터의 불규칙한 궤도 위로 날아가 흰 반점으로 줄어드는 모습을 지켜보았다.

곱슬곱슬한 잿빛 머리카락과 양볼에 깊은 주름이 파인 흑인인 레스터 스피디 파커 할아버지가 편월드 어딘가에 있을 테니 어서 그를 찾아내야 했다. 친구 리처드의 아버지가 어떤 사람인지 돌연 간파해 낸 것처럼 스피디를 만나야 한다는 사실도 잭에게는 의심의 여지없이 분명하게 다가왔다.

갈매기가 날카로운 꽥 소리를 냈다. 파도에 부딪힌 선명한 황금빛 햇살이 잭을 향해 날아왔다. 잭이 보기에 모건 아저씨와 새 친구 스피디 할아버지는 이를테면 극과 극이었다. 두 사람은 받침대 위에 세워진 '밤'과 '낮'의 조각상과도 같아서 각기 어둠과 빛을 대변하는 '달'과 '태양'과 같았다. 아빠가 살아 있었더라면 스피디 파커를 좋아했을 거라는 생각을 한 순간, 한때 블루스를 연주했던 이 노인은 결코 잭에게 해를 끼칠 사람이 아니라는 것을 깨달았다. 모건 아저씨는 지금…… 완전히 다른 종류의 사람이다. 오로지 비즈니스와 거래와 돈벌이를 위해서만 살았다. 야심이 너무 많아 테니스 경기가 조금만 의심스러워도 심판 판정에 항의하기 일쑤였고, 야심이 너무 많아 리처드가 가끔 끌어들이는 푼돈 내기 카드놀이를 할 때조차 속임수를 썼다. 잭이 추측하기로 모건 아저씨는 리처드와 카드를 치면서 최소한 두어 번은 속임수를 썼다……. 아저씨는 품위 있는 패배라는 개념을 몰랐다.

'밤'과 '낮', '달'과 '태양'처럼 '어둠'과 '빛'이라는 양극단에서 보자면 이 흑인 노인은 빛이라고 할 수 있었다. 생각이 여기에 미치자 호텔의 잘 정돈된 정원에서 한 번 떨쳐 버렸던 공포가 또다시 엄습해 왔다. 잭은 벌떡 일어서서 달리기 시작했다.

2

잭이 스피디 할아버지를 찾아냈을 때, 할아버지는 저 아래 회색 페인트가 군데군데 벗겨진 아케이드 건물 밖에서 무릎을 꿇은 채 굵은 전깃줄에 절연테이프를 감고 있었다. 철수세미 같은 머리칼이 거의 부두에 맞닿을 정도로 고개를 수그리고 있었고 닳고 닳은 녹색 작업복 바지를 입은 깡마른 엉덩이가 삐죽 튀어나와 있었다. 뒤꿈치를 들어 올린 먼지투성이 부츠 발바닥은 거꾸로 세운 한 쌍의 서핑보드를 연상시켰다. 잭은 애초에 관리인에게 할 말을 전혀 생각해 두지 않았다는 걸 깨달았다. 심지어는 할 말이 정말 있었는지조차 의심스러워졌다. 스피디 할아버지는 검은색 절연 테이프를 전깃줄에 한 번 더 감고 고개를 끄덕이고는 작업복 셔츠 주머니에서 날이 뭉툭한 파머 나이프를 꺼내 능숙한 외과 의사처럼 깔끔하게 테이프를 잘라 냈다. 잭은 할 수만 있다면 이곳에서도 도망치고 싶었다. 잭은 스피디 할아버지가 작업하는 데 쳐들어온 셈이었다. 어쨌든 그 노인이 어떤 방식으로라도 도와줄 수 있을 거라고 생각한 것이 터무니없게 느껴졌다. 텅 빈 놀이공원의 잡부에 지나지 않는 노인이 어떤 도움을 줄 수 있을까?

그때 노인이 고개를 돌려 잭의 존재를 알아차렸다. 노인의 얼굴에 잭을 전적으로 따뜻이 맞아 주는 표정이 ─미소라기보다는 얼굴에 가득한 굵은 주름들이 더 깊어진 것일 뿐이지만─ 떠올랐다. 잭은 적어도 자신이 노인을 방해하지는 않았음을 알게 되었다. 스피디가 말했다.

"꼬맹이 방랑자 잭, 네가 다시는 놀러 오지 않을까 봐 걱정하고 있었단다. 우린 바로 얼마 전 친구가 되었잖니. 다시 만나니 반갑구나, 얘야."

"네, 저도 반가워요, 할아버지."

스피디가 나이프를 다시 셔츠 주머니에 넣고는 마치 무게가 나가지 않는 듯 가뿐하고 날렵하게 길고 깡마른 몸뚱이를 일으키며 말했다.

"저것들이 이곳저곳 고장 났다고 말을 걸면 조금씩 손을 봐서 모든 게 자기 할 바를 하도록 하는 게 내 임무란다."

스피디가 잠깐 말을 끊고 지그시 잭의 얼굴을 바라보았다.

"지금 세상은 문제가 좀 많은 것처럼 보여. 우리 방랑자 잭이 걱정거리가 많은 모양인걸, 그런 거냐?"

"네, 조금요."

잭이 입을 열었다. 하지만 여전히 그를 괴롭히고 있는 일들을 어디서부터 설명해야 할지 망설여졌다. 평소에 쓰는 문장으로는 표현할 수 없었다. 평소에 쓰는 문장을 쓰면 모든 것이 이치에 맞게 보인다. 하나…… 둘…… 셋……. 잭의 세상은 더 이상 질서정연한 이성의 길로 들어설 수 없었다. 하지 못하는 말들이 가슴을 짓눌렀다.

잭은 시무룩한 얼굴로 눈앞에 있는 깡마른 키다리 노인을 쳐다보았다. 그가 양손을 바지 뒷주머니에 찌르고 숱 많은 잿빛 눈썹을 찡그리자 양 눈썹 사이에 깊은 골이 파였다. 너무 연해 거의 색이 없는 것처럼 보이는 스피디의 눈이 페인트가 부풀어 벗겨진 부두에서 시선을 돌려 잭의 눈을 응시했다. 돌연 잭은 다시금 마음이 한결 편해졌다. 왜 그런지 이유는 알 수 없었지만 스피디는 잭의 마음속을 꿰뚫어 보는 것 같았다. 그들이 겨우 일주일 전이 아니라 몇 년 전에 만난 사이인 것 같았다. 황량한 아케이드에서 몇 마디 나눈 것 이상의 사이인 것처럼 느껴졌다.

스피디 할아버지가 알람브라 호텔 쪽을 흘긋 보며 말했다.

"자, 이제 오늘은 이만하면 되겠다. 더 만지다가는 오히려 말썽이 생길지도 몰라. 내 사무실을 본 적이 있던가?"

잭이 고개를 저었다.

"마침 한숨 돌리려던 참이란다. 애야, *제때 찾아왔구나.*"

스피디가 긴 다리로 겅중겅중 부두에서 내려오자 잭이 종종걸음으로 뒤를 따라갔다. 두 사람이 부두 계단을 뛰어내려 덤불이 무성한 풀밭과 잘 다져진 갈색 흙길을 지나 유원지 저쪽 끝에 있는 건물들을 향해 가는데, 스피디가 노래를 시작하는 바람에 잭은 깜짝 놀랐다.

> 방랑자 잭, 우리의 방랑자 잭
> 갈 길이 멀기도 하지
> 돌아오는 길은 더 멀다네.

잭이 생각하기에 그것은 노래라기보다는 노래와 이야기 사이의 그 무엇이었다. 설사 가사가 없었다 해도 스피디의 거칠지만 확신에 찬 목소리를 듣는 것만으로도 잭은 기분이 좋았을 것이다.

> 소년은 갈 길이 멀다네,
> 돌아오는 길은 더욱더 멀다네.

스피디가 반짝거리는 눈으로 돌아보자, 잭이 물었다.

"저를 왜 그렇게 부르는 거예요? 제가 왜 방랑자 잭인가요? 캘리포니아에서 와서 그런가요?"

롤러코스터장 입구에 있는 연한 파란색 매표소에 도착하자 스피디는 헐렁한 초록색 작업복 바지 주머니에 양손을 찔러 넣은 뒤 뒤꿈치로 빙그르르 한 바퀴 돌더니 파란색 울타리에 어깨를 기댔다. 그 민첩하고 효율적인 동작은 거의 연극을 보는 듯하여 소년이 바로 그 순간 그 특별한 질문을 할 거라는 걸 예견하고 있었던 것처럼 보였다.

소년은 캘리포니아에서 왔다고 하지만
곧장 돌아갈 줄은 모르고 있다네…….

육중한 조각상 같은 스피디의 얼굴에 망설임 비슷한 표정이 떠올랐다.

먼 길을 달려왔다고 하지만
가엾은 방랑자 잭은 곧장 돌아가야 한다네…….

"뭐라고요? 돌아간다니요? 그쪽 집은 엄마가 팔았는걸요. 세를 줬을 수도 있지만. 도대체 무슨 말을 하는 거죠, 스피디 할아버지?"

"예전에 나랑 만났던 것 기억 안 나는구나, 잭. 그렇구나?"

스피디가 시를 읊듯이 리듬을 타지 않고 정상적인 말투로 대답하자 잭은 마음이 풀렸다.

"전에 만난 적이 있다고요? 어디서 만났는데요?"

"캘리포니아에서였지. 적어도 *내 생각엔* 거기서 만난 것 같구나. 아주 잠깐이었으니까 기억이 안 나는 것도 무리는 아니지, 방랑자 잭. 그러니까…… 그건……… 아마 4년, 아니 5년 전이었을 거야. 1976년."

잭은 더없이 당황한 얼굴로 노인을 올려다보았다. 1976년이라고? 그때 잭은 일곱 살이었다.

"이제 할아버지 사무실로 가 볼까?"

스피디는 이렇게 말하고 방금 전에 했던 것처럼 무게가 나가지 않는 듯 우아한 동작으로 매표소에서 나왔다.

잭은 그 뒤를 따라 롤러코스터의 높다란 골조 기둥들 사이를 누비며 지나갔다. 틱택토(서양의 오목과 유사한 게임 — 옮긴이) 게임판 모양의 어두운 그림자가 맥주 깡통과 사탕 껍질이 여기저기 나뒹구는 지저분한 황무지를 뒤덮고 있었다. 그 위로 마치 미완성의 마천루처럼 롤러코스터 궤도가 매달려 있었다. 스피디는 고개를 번쩍 들고 농구선수처럼 긴 팔다리를 흔들며 저벅저벅 걸어가고 있었다. 버팀목 아래 교차하는 어두운 그림자 속에서 보니 몸의 각도며 자세가 너무 젊어 보였다. 마치 20대라고 해도 믿을 것 같았다.

하지만 관리인 노인이 다시 가차 없는 햇살 아래로 발을 디디자 50년이란 세월이 그의 머리를 다시 잿빛으로 돌리고 목덜미에 주름을 새겼다. 마지막 기둥에 이르러 잭은 잠시 걸음을 멈췄다. 스피디 할아버지가 젊은 시절로 돌아간 듯한 환상을 본 것은 백일몽이 아주 가까이에서 맴돌고 있기 때문이 아닐까?

1976년이라고? 캘리포니아에서라고? 잭은 스피디를 따라 놀이 공원 저편 가시 없는 철조망 언저리에 자리한 붉은색 오두막을 향해 느릿느릿 걸어갔다. 아무리 생각해 보아도 캘리포니아에서 스피디를 만난 적은 결코 없었다……. 하지만 눈에 보일 것 같은 상상은 그 시절의 기억을 구체적으로 되살리고 있었다. 잭이 여섯 살이던 어느 날의 늦은 오후가 보이고 느껴지는 것 같았다. 재키는 아빠 사무실 소파 뒤에서 검은색 장난감 택시를 가지고 놀고 있었다……. 뜻밖에도, 불가사의하게도 아빠와 모건 아저씨는 백일몽에 관해 얘기를 나누고 있었다. *우리에게 물리학이 있다면 저쪽 세계에는 마법이 있지. 과학 대신에 마법을 사용하는 농업 왕국이라. 만약 그들에게 전기를 보급한다면 얼마나 많은 영향을 주게 될지 생각해 보지 않겠나? 저쪽 세계에서 적당한 놈들을 골라 현대식 무기를 쥐여 준다면 어떻게 되겠나? 어떻게 생각하나?*

잠깐만 기다리게, 모건, 난 자네가 미처 생각해 보지도 못한 많은 것들을 생각하고 있다네…….

아빠의 목소리가 실제로 들리는 듯했다. 그러자 백일몽의 기이하고 불안정한 세계가 롤러코스터 아래 그늘진 황무지에서 소용돌이치는 것 같았다. 잭은 다시 스피디를 따라 종종걸음을 치기 시작했다. 스피디는 조그만 붉은 오두막에 도착해 문을 열고는 문가에 기댄 채 웃으면서도 웃고 있지 않았다.

"마음속에 뭔가 고민이 있구나, 방랑자 잭. 벌처럼 앵앵거리고 있어. 이제 할아버지의 임원 사무실로 들어가 얘기를 해 주려무나."

만약 그 미소가 더 크게 커지고, 더 분명해졌다면 잭은 뒤돌아 도 망갔을 것이다. 조롱하는 유령은 여전히 가까운 곳에 맴돌며 굴욕 감을 안겨 주고 있었다. 하지만 스피디는 온몸으로 — 얼굴에 깊이 파인 주름 하나하나까지 — 잭을 반겨 주는 것 같았다. 잭은 스피 디 할아버지를 지나 문 안으로 들어섰다.

스피디의 '사무실'은 작은 직사각형 판잣집으로 내부도 외부처 럼 빨간색이었다. 테이블이나 전화는 없었다. 뒤집힌 오렌지 상자 두 개가 한쪽 벽에 기대어져 있었고, 옆에는 1950년대 중반 폰티악 의 라디에이터 그릴처럼 보이는 전기 히터가 있었지만 코드는 뽑혀 있었다. 방 한가운데는 학교에 가면 볼 수 있는 등받이 있는 나무 의자와 빛바랜 회색 물질이 잔뜩 들어찬 의자가 나란히 놓여 있 었다.

솜을 잔뜩 넣은 의자 팔걸이는 몇 세대 동안 고양이 발톱에 여기 저기 뜯겨 있었고, 때문은 솜이 머리카락처럼 널려 있었다. 학교 의 자 등받이는 머리글자를 새겨 넣은 낙서 때문에 지저분해 보였다. 모두 고물상에서 집어 온 것 같았다. 한쪽 구석에는 페이퍼백 책 두 더미가 30센티미터 높이 정도 되게 단정히 쌓아 올려 있었고, 다른 쪽에는 네모난 모조 악어가죽 커버를 씌운 싸구려 레코드플레이어 가 보였다. 스피디 할아버지가 턱으로 히터를 가리키면서 말했다.

"1월이나 2월에 와 보려무나. 그게 왜 거기 있는지 알 수 있을 테 니까. 추위라고? 그걸 말로 어떻게 표현할 수 있겠니."

잭은 이제 히터와 오렌지 상자가 있는 벽 위에 테이프로 붙여 놓 은 사진들을 보고 있었다. 하나 빼고는 모두 남성용 잡지에서 오려

낸 누드 사진들이었다. 머리통만 한 유방을 가진 여자들이 등 뒤의 나무에 불편하게 몸을 기대고 피로한 원주형의 다리를 벌리고 있었다. 잭한테는 여자들의 얼굴이 고혹스러운 한편 탐욕스럽게 보였다. 저런 여자들에게 키스를 당하면 살까지 물어뜯길 듯했다. 엄마 나이 또래의 여성들도 있었고, 잭보다 고작 서너 살밖에 차이가 안 나는 여자아이들도 있었다. 잭의 시선은 욕망으로 가득한 여인들의 알몸 사이를 정신없이 오갔다. 젊은 여자거나 아니거나, 핑크색이거나 초콜릿색이거나 꿀처럼 샛노란 색이거나 모든 여자들이 그의 손길을 갈급하는 것만 같았다. 언뜻 옆에 서서 그를 지켜보고 있던 스피디 할아버지를 의식하지 않을 수 없었다. 그러다 누드 사진들 한가운데에 있는 풍경을 보는 순간 숨이 멎는 것 같았다.

그것 역시 사진이었고, 마치 3차원의 세계에 있는 것처럼 잭을 향해 육박해 오는 듯했다. 산맥 아래 낮은 산줄기까지 특이하게 활처럼 휜 키 큰 풀들이 무성하게 자라는 초원이 길게 이어져 있었고, 초원과 산맥 위에는 끝없이 투명한 하늘이 펼쳐져 있었다. 사진 속에서 풀 냄새가 풍겨 나오는 것만 같았다. 잭은 그곳이 어디인지 알고 있었다. 실제로 가 본 적은 없지만 알고 있었다. 백일몽에 나오는 장소였기 때문이다.

"정말 멋진 곳이지?"

스피디의 질문에 잭은 자신이 어디에 있는지 그제야 생각이 났다. 한 유라시아 여성이 카메라를 등진 채 하트 모양의 엉덩이를 내밀며 어깨 너머로 그를 향해 미소를 지었다. 정말 그래요, 잭은 속으로 생각했다. 스피디가 말을 이었다.

"정말 아름다운 곳이야. 그 사진은 내가 직접 붙인 거란다. 다른 사진들은 내가 오기 전부터 붙어 있었지. 굳이 떼어 내고 싶지 않아서 그대로 두었단다. 순회공연을 다니던 옛 시절을 떠올리게 하거든."

잭이 깜짝 놀라서 스피디를 올려다보자 노인이 찡긋 윙크를 했다.

잭이 물었다.

"할아버지, 저곳이 어디인지 아세요? 제 말은, 저곳이 어디에 있는지 아시냐고요."

"알 수도 있고, 모를 수도 있지. 아프리카, 케냐 어디쯤일 수도 있겠지. 아니면 그냥 내 생각인지도 모르지. 방랑자 잭, 좀 앉아 보렴. 그 안락의자에 앉아라."

잭은 백일몽에 나오는 장소를 잘 보기 위해 그쪽으로 의자를 돌렸다.

"저기가 *아프리카*인가요?"

"훨씬 더 가까운 어딘가일지도 몰라. 어떤 친구가 가겠다고 맘만 먹으면 언제든 갈 수 있는 곳. 정말 간절히 가고 싶으면 말이야."

잭은 불현듯 자신이 한동안 떨고 있었다는 것을 깨달았다. 양손을 꽉 쥐자 그 떨림이 배 속으로 옮겨 갔다.

잭은 백일몽에 나오는 장소를 보고 싶은 건지 어쩐지 확신할 수가 없었다. 하지만 그는 학교 의자에 걸터앉은 스피디를 의문 가득한 눈초리로 바라보며 물었다.

"아프리카가 아닌가 봐요?"

"글쎄, 난 모르겠구나. 네 말이 맞을지도 모르지. 그곳의 이름을 지어 보았단다, 얘야. 테러토리라고 말이야."

잭은 다시 사진을 올려다보았다. 기다란 수풀이 너울거리는 평원, 나지막한 갈색 산줄기. 테러토리. 맞아, 그곳의 이름이었다.

우리에게 물리학이 있다면 저쪽 세계에는 마법이 있지. 농업 왕국…… 저쪽 세계에서 적당한 놈들을 골라 현대식 무기를 쥐여 준다면……. 모건 아저씨의 구상을 듣던 아빠가 브레이크를 걸며 대꾸했다. 개입하는 방식에 대해서는 신중히 고민해 봐야 해, 동업자…… 기억 안 나? 우리는 저쪽 세계의 도움을 받고 있잖아, 내 말은 우리는 정말로 저쪽 세계 없이는…….

"테러토리."

잭은 그 이름을 음미하며 스피디에게 물었다.

"공기조차 부잣집 창고에 모셔 둔 최상급 와인 향기가 나. 보슬비도 내리지. 테러토리는 바로 그런 곳이란다, 얘야."

"가 본 적이 있나요?"

잭은 무슨 일이 있어도 솔직한 대답을 듣고 싶었다.

하지만 스피디는 아무런 대답도 하지 않아 잭을 좌절시켰다. 잭이 어렴풋이 예상한 대로였다. 관리인 노인은 미소를 지었다. 이번에는 내면에서 저절로 우러나오는 온기만이 아니라 진짜 미소였다.

잠시 뒤에 스피디가 말했다.

"빌어먹을, 난 미국 밖으로 한 발짝도 나가 본 적이 없단다, 방랑자 잭. 전쟁 때도 마찬가지였지. 텍사스와 앨라배마 이상 더 멀리 가 본 적이 없지."

"그…… 그 테러토리는 어떻게 아시게 된 거죠?"

테러토리라는 이름이 입에 붙기 시작했다.

"나 같은 사람은 갖가지 얘기를 듣고 다니지. 머리가 둘인 앵무새, 하늘을 날아다니는 날개 달린 인간, 늑대로 변하는 인간, 여왕들의 이야기. 몸이 아픈 여왕들의 이야기도."

……우리에게 물리학이 있다면 저쪽 세계에는 마법이…….

천사와 늑대인간.

"늑대인간 이야기는 들어 봤어요. 그런 건 만화에도 나와요. 그건 그냥 꾸며 낸 얘기라고요, 스피디 할아버지."

"그럴지도 모르지. 하지만 어떤 사람이 무를 뽑으면 1킬로미터 떨어진 곳에서도 그 냄새를 맡을 수 있단다. 그만큼 공기가 맑고 깨끗하단 뜻이지."

"하지만 천사는요……"

"날개가 달린 인간이야."

"그럼 병든 여왕들은요?"

잭이 농담을 할 생각으로 말했다. *이봐요, 이건 그냥 당신이 꾸며 낸 바보 같은 세계일 뿐이잖아요, 빗자루 영감.* 하지만 그 말을 내뱉는 순간, 토할 것 같은 기분이 들었다. 조개껍데기에서 조갯살을 끄집어내며 자신의 도덕관을 주입할 듯이 뚫어져라 쳐다보던 갈매기의 검은 눈동자가 떠올랐고, 수선스러운 모건 아저씨가 전화로 릴리 여왕을 바꿔 달라고 성화를 대던 일도 생각났다.

B급 영화의 여왕. 릴리 카바노 여왕.

스피디 할아버지가 부드러운 목소리로 대답했다.

"그래, 누구에게나 걱정거리는 있는 법이란다, 애야. 병든 여왕은…… 아마도 죽어 가고 있을 테지. 죽어 간다고, 얘야. 그래서 이쪽 세계나 저쪽 세계에서 여왕을 구해 줄 사람이 나타나기를 기다리고 있단다.”

잭은 마치 관리인 노인이 방금 자기 배를 힘껏 걸어차기라도 한 것처럼 입을 벌리고 그를 뚫어져라 응시했다. 그녀를 구한다고? 엄마를 구한다고? 다시금 공포가 그를 덮치기 시작했다. 어떻게 *그가* 그녀를 구한다는 거지? 이 모든 미치광이 같은 이야기가 엄마가 실제로 저기 저 호텔 방에서 죽어 가고 있다는 의미일까?

스피디가 말했다.

“네가 해야 할 임무가 있단다, 방랑자 잭. 결코 벗어날 수 없는 임무이고, 그것이 주님의 진실이지. 나도 이런 걸 바라는 건 아니지만.”

“할아버지가 무슨 이야기하는 건지 하나도 모르겠어요.”

잭은 목에 불이라도 붙은 듯 숨이 턱턱 막혔다. 그때 작은 빨간색 방 한쪽, 그늘진 구석 벽에 기대 세워 둔 낡은 기타가 눈에 들어왔다. 그 옆에는 단정히 말아 놓은 얇은 매트리스가 있었다. 스피디는 자신의 기타 옆에서 잠을 자고 있었던 것이다.

스피디가 대답했다.

“때가 온 것 같구나, 너도 무슨 뜻인지 잘 알 게다, 너는 스스로 생각하는 것보다 더 많은 걸 알고 있지. 그 많은 얘기를 전부 다 알고 있다고.”

“하지만 무슨 말인지……”

잭은 말을 하려다 갑자기 입을 다물었다. 불현듯 생각난 것이 있었기 때문이다. 잭은 잔뜩 겁에 질렸다. 다시금 과거의 한 조각이

자기를 알아 달라며 그를 향해 몰려왔다. 순식간에 온몸에 땀이 차고 피부가 차갑게 식었다. 마치 분무기로 촉촉히 물을 뿌린 것처럼. 그 기억은 어제 아침 엘리베이터 앞에서 방광이 터질 듯한 걸 티내지 않으려 애쓰면서 그가 억누르려 했던 그것이었다.

"이제 간식 좀 먹어 볼까?"

스피디가 바닥에 헐거워진 판자 하나를 옆으로 밀려고 손을 뻗으며 말했다.

잭은 또다시 평범해 보이는 두 사내가 엄마를 강제로 자동차에 밀어 넣는 장면이 떠올랐다. 차 옆에 있던 커다란 나무에서 부채 모양으로 퍼진 기다란 잎사귀들이 차 지붕 위로 떨어졌다.

스피디가 판자 틈 사이에서 1파인트짜리 병을 조심스럽게 꺼냈다. 유리병은 암녹색이고 안에는 검은색 액체가 들어 있었다.

"이게 도움이 될 게다, 얘야. 조금 맛만 보렴. 새로운 곳으로 갈 수도 있고, 내가 말한 그 임무를 찾아내도록 도와줄 거야."

"이제 그만 갈래요."

잭이 불쑥 말했다. 서둘러 알람브라 호텔로 돌아가야만 할 것처럼 절망적인 기분이었다. 스피디는 놀라움을 억누르는 기색이 역력했지만 판자 밑으로 병을 도로 밀어 넣었다. 잭은 벌써 일어나 있었다.

"너무 걱정이 돼서요."

"엄마가?"

잭이 문 쪽으로 뒷걸음치며 고개를 끄덕였다.

"그럼 일단 진정하고 가서 엄마가 무사한지 살펴보아라. 여기는 아무 때나 와도 된단다, 방랑자 잭."

잭은 밖으로 달려 나가기 전에 머뭇거리다 말했다.

"그럴게요. 생각해 봤는데…… 제가 생각해 봤는데 우리가 언제 만났는지 기억날 것 같아요."

"아냐, 아냐. 아마 내 머리가 어떻게 되었던 모양이다. 네 말이 맞다. 우리는 지난주에 처음 만났어. 어서 엄마한테 돌아가 아무 일 없는지 확인하렴, 그럼 마음이 놓일 거다."

스피디가 고개를 흔들고 손을 앞뒤로 휘저으며 말했다.

잭은 문을 박차고 나와 무지막지하게 쏟아지는 햇빛을 뚫고 거리로 이어지는 넓은 아치를 향해 질주했다. 아래에서 아치를 올려다보니 하늘을 배경으로 '드월펀 아디이케아'라는 글자가 보였다. 밤이 되면 형형색색의 전구가 공원의 이름을 양쪽에서 밝혀 줄 것이다. 나이키 운동화 바닥에서 풀썩풀썩 먼지가 일어났다. 더 빨리, 더 힘차게 달리도록 온몸의 근육을 쥐어짰다. 온 힘을 다해 아치문을 벗어났을 때는 마치 자신이 날아온 것만 같았다.

1976년. 6월인가 7월의 어느 오후에 잭은 로데오 드라이브를 어슬렁거리며 올라가고 있었다……. 가뭄이 지속되던 어느 날 오후였다. 아직은 산불을 걱정하기 전이었다. 어디로 가고 있었는지 지금은 기억나지 않는다. 친구 집이었던가? 급한 심부름 때문은 아니었던 것 같다. 잭이 기억하기로는 짬이 날 때마다 아빠를 떠올리던 때를 막 벗어난 무렵이었다. 아빠가 사냥을 하다 사고로 세상을 떠난 뒤 여러 달 동안 아빠의 그림자와 아빠를 잃은 상실감이 미처 준비가 안 된 잭을 향해 때를 가리지 않고 전속력으로 달려들었다.

잭은 겨우 일곱 살이었지만 유년 시절의 일부가 도둑질 당했다는 것은 알고 있었다. 여섯 살의 잭은 불가능할 정도로 순진하고 아무 생각이 없는 것처럼 보였다. 하지만 그는 엄마를 믿고 의지할 수 있다는 것도 알게 되었다. 이제는 정체불명의 무자비한 위협들이 어두운 구석이나 반쯤 열린 장롱, 그늘진 거리, 텅 빈 방 등에서 정체를 드러내고 있었다.

1976년 한여름의 정처 없이 흘러가던 오후에 일어난 그 사건은 이 잠시 동안의 평화에 종지부를 찍었다. 그 후 잭은 6개월 동안 불을 켜 놓은 채 자야 했다. 악몽이 잠을 못 자게 그를 휘저어 놓았기 때문이다.

잭 소여가 사는 흰색 3층짜리 식민지풍 저택에서 몇 집을 지나 맞은편 쪽에 차가 섰다. 잭이 알아본 것은 차가 녹색이고 결코 메르세데스는 아니라는 것뿐이었다. 메르세데스는 그가 유일하게 알아볼 수 있는 자동차였다. 운전대를 잡은 사내가 창문을 내리고 잭에게 미소를 지어 보였다. 첫눈에 아는 얼굴 같았다. 아빠와 알고 지내는 아저씨가 친구의 아들에게 알은체를 하고 싶었던 것 같았다. 그 미소를 통해 편안하고 자연스러운 친밀감 같은 것이 전해져 왔다. 조수석에 있던 사내는 앞쪽으로 몸을 굽히고 시각 장애인용 안경을 통해 잭을 뚫어져라 응시했다. 둥근 안경은 너무 어두워서 거의 검은색으로 보였다. 조수석 사내는 순백색의 정장을 입고 있었다. 운전석에 있던 사내가 여전히 미소를 지으면서 물었다.

"얘야, 비벌리힐스 호텔이 어디 있는지 알려 줄래?"

잭이 아는 아저씨가 아니라는 뜻이었다. 이상하게도 잭은 잠시 실망스러운 기분이 들었다.

잭은 손을 뻗어 거리를 따라 쭉 가라고 알려 주었다. 호텔은 바로 저 위쪽에 있어서 아빠가 아침에 호텔 발코니에서 조찬 모임이 있을 때 걸어갈 수 있을 정도였다.

"앞으로 쭉 가라고?"

운전석 사내가 여전히 미소를 지은 채 되물었다.

잭은 고개를 끄덕였다.

"정말 영리한 꼬마 친구로구나."

운전석 사내가 말하자 옆에 있던 사내가 낄낄거렸다.

"얼마 동안 가야 하는지 알고 있니?"

잭은 고개를 저었다.

"두 블록 정도 가면 되니?"

"글쎄요."

잭은 갑자기 불안해지기 시작했다. 운전석 사내는 여전히 미소 짓고 있었지만 지금은 밝은 미소가 눈에 거슬리고 공허해 보였다. 조수석의 사내도 낄낄거리기는 하지만 뭔가 축축한 것을 빨고 있는 것처럼 숨이 가쁜 후루룩 소리가 들렸다.

"다섯 블록? 아님 여섯 블록인가? 그 정도면 되겠니?"

"대여섯 블록 정도일 거예요."

잭이 뒷걸음치며 말했다.

"고맙다는 인사를 하고 싶구나, 꼬마 친구, 캔디 좋아하지?"

사내가 유리창 너머로 꽉 움켜쥔 주먹을 내밀더니 손바닥을 위로 한 다음 주먹을 폈다. 투시롤 사탕이었다.

"받아라. 아저씨가 주는 거야."

잭은 쭈뼛쭈뼛 앞으로 나갔다. 머릿속에서 낯선 사람과 사탕과 관련된 갖가지 경고의 말이 울려 퍼졌다. 하지만 이 사내는 차 안에 있었고 그가 무슨 짓이라도 하면 그들이 문을 열기도 전에 반 블록은 달아날 수 있었다. 게다가 그것을 받지 않으면 실례가 될지도 몰랐다. 잭은 한 발짝 더 다가서며 사내의 눈을 보았다. 푸른 눈동자는 그의 미소처럼 밝고 눈에 거슬렸다. 그의 본능은 어서 손을 거두고 달아나라고 재촉했지만 그는 투시롤 사탕 가까이로 손을 내밀었다. 그런 다음 손가락으로 사탕을 낚아채려 했다.

바로 그 순간 운전자의 손이 잭의 손을 움켜잡았고 시각 장애인용 안경을 쓴 동승자는 큰 소리로 웃어 젖혔다. 크게 놀란 잭이 자신의 손을 잡은 사내의 눈을 들여다보았고, 그 눈동자가 파란색에서 노란색으로 변하기 시작하는 것을 보았다. 아니, 봤다고 *생각했다.*

하지만 나중에 보니 사내의 눈동자는 노란색이었다.

조수석에 있던 사내가 문을 열고 나와 차 뒤쪽을 종종걸음으로 돌았다. 그의 실크 정장 옷깃에는 작은 금 십자가가 달려 있었다. 흥분한 잭은 손을 빼려고 했지만 운전석에 앉은 사내는 밝고 공허하게 웃으면서 그의 손을 잡은 손에 얼른 힘을 주었다.

"싫어! 누가 저 좀 도와주세요!"

잭이 소리치거나 말거나 검은 안경을 쓴 사내가 잭이 서 있는 쪽 뒷좌석 문을 열었다.

"제발 도와주세요!"

잭을 잡고 있던 사내가 열린 뒷좌석 문으로 밀어 넣으려 잭의 몸을 내리눌렀다. 잭은 여전히 소리 지르며 저항했지만 사내는 힘들이지도 않고 그의 손을 단단히 움켜쥐었다. 사내의 손을 때리기도 하고 손을 빼내려 몸부림을 쳤다. 공포스럽게도 손가락 밑으로 느껴지는 것은 피부가 아니었다. 고개를 돌려 옆구리를 꽉 누르고 있는 손 쪽을 보니, 검은 소매 밑으로 단단한 갈고리발톱 같은 것이 튀어나와 꽉 붙들고 있었다. 잭은 다시 비명을 질렀다.

길가 저쪽에서 우렁찬 목소리가 들려왔다.

"이것 봐, 그 애를 괴롭히지 마! 당신 말이야! 애를 놔주라고!"

잭은 안도감으로 헐떡거리며 사내의 손아귀에서 벗어나려 몸부림을 쳤다. 여전히 호통을 치면서 그 블록 끝에서 달려오고 있는 사람은 키가 크고 깡마른 흑인이었다. 잭을 누르고 있던 사내는 인도에 그를 내동댕이치고는 재빠르게 돌아섰다. 잭 뒤에 있는 집에서도 쾅 소리와 함께 문이 열렸다. 또 하나의 목격자가 생긴 것이다.

"어서 타, *타라고*."

이미 액셀러레이터에 발을 올려놓은 운전자가 말했다. 흰색 정장이 조수석으로 뛰어 들어오자 차는 방향을 돌리더니 끽 소리를 내며 로데오 드라이브를 가로질러 달아났다. 하마터면 흰색 테니스복을 입은 검게 선탠한 사내가 운전하는 흰색 클리네(복고풍 스포츠카의 스타일을 재현한 소량 생산 자동차 ― 옮긴이)와 충돌할 뻔했다. 클리네가 요란하게 경적을 울렸다.

잭은 인도에서 몸을 일으켰다. 어지러웠다. 황갈색 사파리 슈트를 입은 대머리 사내가 그 옆으로 다가와 물었다.

"그놈들은 누구지? 이름은 알고 있니?"

잭은 고개를 저었다.

"다친 데는 없니? 경찰을 불러야겠다."

"전 좀 앉고 싶어요."

잭의 말에 사내는 한 발짝 뒤로 물러섰다.

"경찰을 불러 줄까?"

사내의 말에 잭은 고개를 저었다.

"어떻게 이런 일이! 너 이 동네에 사니? 한 번 본 것 같은데, 맞지?"

"저 잭 소여예요. 우리 집은 바로 저기고요."

"아 저 하얀 집. 네가 릴리 카바노의 아들이구나. 괜찮다면 내가 집까지 데려다주마."

사내가 고개를 끄덕거리며 말했다.

"다른 분은 어디 계시죠? 그 흑인요…… 소리치던 분 말이에요."

잭은 불안한 얼굴로 사파리 슈트를 입은 사내한테서 한 발짝 물러났다. 하지만 거리에는 두 사람을 빼곤 아무도 없었다.

잭을 향해 달려왔던 그 사람은 레스터 스피디 파커였다. 그때 스피디가 자신의 생명을 구해 주었다는 걸 깨달은 잭은 죽을힘을 다해 호텔로 달려갔다.

3

"아침은 먹었니?"

엄마가 입에서 담배 연기를 구름처럼 뿜으며 물었다. 터번처럼 스카프로 머리카락을 감싸고 있어서 잭의 눈에는 엄마의 얼굴이 깡마르고 병들어 보였다. 검지와 중지 사이에서는 거의 다 타들어간 담배가 연기를 피워 올리고 있었다. 엄마는 잭의 눈길이 자신의 손가락 사이에 잠시 머문 것을 알아차렸는지 화장대에 놓인 재떨이에 담배를 비벼 껐다.

"네, 아뇨, 사실은……."

잭이 침실 문 앞에서 서성이며 대답했다.

"'네'인지 '아니요'인지 똑똑히 말해라. 애매한 것은 딱 질색이니까."

엄마가 다시 거울로 고개를 돌리며 말했다. 화장을 하고 있는 거울 속 엄마의 손목과 손이 막대기처럼 말라 보였다.

"아직 안 먹었어요."

"그럼 잠시만 기다려라. 엄마가 치장을 마치면 내려가서 뭐든 너먹고 싶은 걸 사 줄 테니까."

"알겠어요. 혼자 내려가서 먹으려니 좀 쓸쓸해서요."

엄마가 거울로 몸을 구부려 얼굴을 자세히 살펴보면서 말했다.

"장담하는데, 네가 쓸쓸해하는 건……. 거실에서 좀 기다려 줄래, 재키? 혼자 화장하고 싶구나. 여자들만의 비밀이 있거든."

잭은 말없이 돌아서서 거실로 느릿느릿 발걸음을 옮겼다.

그때 전화벨이 울리자 그는 떨 듯이 놀랐다.

"제가 받을까요?"

잭이 소리쳤다.

"그래 주면 고맙지."

엄마의 시큰둥한 목소리가 되돌아왔다.

잭이 전화기를 들고 말했다.

"여보세요."

모건 슬로트 아저씨였다.

"어이 꼬마야, 이제야 받는구나. 네 엄마는 도대체 무슨 생각을 하고 있는 거냐? 참 내, 누군가 자질구레한 것까지 일일이 신경 쓰지 않았더라면 우린 정말 큰일 날 뻔했단다. 엄마 계시니? 엄마한테 전화 좀 받으라고 전해 주렴. 엄마가 뭐라고 하든 상관없다. 엄마랑 얘길 좀 해야겠어. 너, 아저씨 믿지?"

잭은 수화기를 내려뜨렸다. 전화를 끊고 엄마랑 자동차를 타고 또 다른 주의 또 다른 호텔로 달아나고 싶었다. 그는 끊지 않고 엄마를 불렀다.

"엄마, 모건 아저씨예요. 할 얘기가 있대요."

잠시 엄마에게선 아무런 대답이 없었다. 잭은 엄마가 어떤 표정을 짓고 있을지 궁금했다. 마침내 엄마가 대답했다.

"여기서 받을게, 재키."

잭은 자신이 무엇을 해야 할지 이미 알고 있었다. 엄마가 살며시 침실 문을 닫았다. 엄마가 화장대 쪽으로 걸어가는 소리가 들렸다. 엄마는 침실에서 전화기를 들었다.

"됐다, 재키야."

엄마가 침실에서 외쳤다.

"알겠어요."

잭이 대답하고는 숨소리가 들리지 않도록 한 손으로 송화구를 가린 채 수화기에 귀를 갖다 댔다.

모건 아저씨가 말하고 있었다.

"정말 잘하는 짓이군, 릴리, 대단한 솜씨야. 당신이 아직 영화에 출연하고 있었다면 좋은 선전거리가 되었을 거요. '여배우가 종적을 감춘 진짜 이유는?' 하고 말이오. 하지만 이젠 당신도 분별 있게 처신해야 할 때가 되었다고 생각하지 않소?"

"날 어떻게 찾아냈죠?"

"그런 것쯤은 식은 죽 먹기요. 제발 부탁이오, 릴리, 이제 그만 뉴욕으로 돌아와요. 그만 도망 다니란 말이오."

"내가 언제 도망쳤다고 그래요?"

"당신에겐 시간이 그리 많지 않다오, 릴리. 나도 뉴잉글랜드까지 구석구석 찾아다닐 시간이 없고. 저기, 잠깐. 당신 아들이 수화기를 내려놓지 않은 모양이오."

"당연히 끊었을 거예요."

이미 잭은 숨도 제대로 쉬지 못하고 있었다.

"꼬마야, 전화기 내려놔."

모건 슬로트의 목소리가 잭에게 말했다.

"슬로트 씨, 말도 안 되는 이야기 그만하세요."

엄마가 끼어들었다.

"이봐, 정말 말도 안 되는 일이 뭔지 알고 싶소? 당연히 병원에 있어야 하는 사람이 그런 지저분한 리조트에 있으니, *그거야말로* 말도 안 되는 일이오. 참 내, 우리가 100만 불짜리 사업에 관해 결정 내려야 한다는 걸 벌써 잊었소? 자식 교육도 생각해야지. 그건 내가 도와줄 수 있다오. 어쨌거나 당신은 포기한 사람 같구려."

"더 이상 당신이랑 대화하고 싶지 않아요."

"원치 않아도 들어야 하오. 해야 한다면 그곳으로 가서 당신을 강제로 입원시킬 수도 있소. 합의를 봐야 한단 말이오, 릴리. 내가 경영하려는 회사의 절반은 당신 것이지 않소. 그리고 당신이 떠난 다음에는 잭의 몫이 될 것이고. 나는 잭이 제대로 보살핌을 받게끔 확실히 해 두고 싶소. 당신이 그 빌어먹을 뉴햄프셔에서 애를 키우겠다고 한다면 당신 병세는 당신이 생각하는 것보다 훨씬 심각한 거요."

"슬로트 씨, 원하는 게 뭐죠?"

릴리가 지친 목소리로 물었다.

"내가 뭘 원하는지 당신도 알고 있지 않소. 난 모든 사람이 제대로 보살핌을 받기를 바랄 뿐이오. 나는 공정한 것을 좋아하오. 잭은 내가 보살펴 주겠소. 1년에 5만 달러도 주고. 잘 생각해 보시오, 릴리. 좋은 대학에도 보내 주겠소. 당신은 아이를 학교에도 못 보내고 있잖소."

"고귀하신 슬로트 씨."

"그게 당신 대답이오? 릴리, 당신은 도움이 필요하고 당신을 돕겠다고 나서는 사람은 나뿐이잖소."

"얼마를 원하는 거죠?"

"그건 당신도 빌어먹게 잘 알잖소. 나는 공정한 내 몫을 받겠다는 거요. 소여 앤드 슬로트 회사의 당신 몫을 나한테 주시오. 나는 회사를 위해 뼈 빠지게 열심히 일했으니 그건 마땅히 내 것이 되어야 하오. 아침에 서류부터 작성합시다, 릴리, 그리고 나서 당신 건강을 돌보는 데 집중하는 거요."

"토미 우드바인을 보살핀 것처럼요? 간혹 당신과 필이 너무 크게 성공했다는 생각을 해요, 모건. 당신이 부동산 투자를 하고 프로덕션에 손을 대기 전까지 소여 앤드 슬로트 회사는 그런대로 잘 관리되고 있었어요. 기껏해야 게으른 코미디언 두어 명에 꿈만 야무진 대여섯 명의 배우와 극작가를 고객으로 두었을 때 기억해요? 난 떼돈을 벌어들이기 전의 삶이 더 좋았다고요."

"잘 관리되고 있었다고요? 누굴 놀리는 거요? 당신은 자신조차 관리하지 못하잖소!"

언성이 높아지자 모건 아저씨는 잠시 마음을 가라앉히고 나서 말을 이었다.

"톰 우드바인 얘기는 안 들은 걸로 하겠소. 아무리 당신이라도 그런 얘길 하는 건 아니지."

"이제 그만 끊겠어요, 슬로트 씨. 이쪽으로 찾아올 생각은 마세요. 그리고 잭한테서도 손을 떼세요."

"릴리, 당신은 병원에 가야 하오. 계속 이렇게 도망 다니다가는……"

엄마는 모건 아저씨가 말하는 도중에 전화를 끊었다. 잭도 살며시 수화기를 내려놓았다. 그러곤 거실 전화기 근처에도 간 적 없었던 것처럼 창가 쪽으로 몇 발짝 다가섰다. 문 닫힌 침실에서는 침묵만 흐르고 있었다.

"엄마?"

"왜 그러니, 재키야?"

잭이 듣기에 엄마 목소리가 약간 떨리는 것 같았다.

"괜찮으세요? 아무 일도 없는 거죠?"

"엄마 말이니? 괜찮다마다."

가벼운 발소리가 나더니 침실 문이 삐걱 열렸다. 엄마의 파란 눈과 잭의 파란 눈이 마주치자 릴리는 문을 활짝 열었다. 두 사람의 눈이 다시 마주치자 잠시 동안 견딜 수 없이 어색해졌다.

"물론 다 괜찮지. 안 괜찮을 이유가 뭐겠니?"

서로 눈을 피했지만 두 사람 모두 뭔가 아는 듯한 표정이었다. 하지만 무엇을 안다는 걸까? 잭은 전화를 엿들은 것을 엄마가 알아챘을까 봐 걱정되었다. 뒤이어 그들이 방금 — 난생 처음으로 — 엄마가 병들어 있다는 사실을 공유했다는 것을 깨달았다.

"그러니까……."

잭은 이제 당혹스러웠다. 엄마가 아프다. 입 밖에 낼 수 없는 그 무거운 주제가 두 사람 사이에서 불쾌할 정도로 점점 뚜렷해져 가고 있었다. 잭은 어깨를 으쓱했다.

"저도 잘은 모르겠어요. 모건 아저씨가 전화하신 걸 보면……."

릴리가 가늘게 몸을 떨자 잭은 중대한 사실을 하나 더 알게 되었다, 엄마도 자신 못지않게 겁에 질려 있었다는 것을.

엄마는 담배를 입에 물고는 라이터 덮개를 달깍 열었다. 그러고는 다시 한 번 그윽한 눈으로 잭을 지그시 바라보았다.

"잭, 그런 역겨운 일 따위 신경 쓸 필요 없어. 엄마가 짜증이 나는 것은 모건 아저씨에게서 도저히 벗어날 수 없겠다는 생각 때문이야. 모건 아저씨는 엄마를 괴롭히면서 재미있어하니까."

엄마는 회색 담배 연기를 내뿜었다.

"미안하지만 아침 생각이 달라났구나. 내려가서 혼자 먹지 않으련? 이번에는 정식으로 먹으려무나."

"엄마도 같이 가면 좋겠어요."

"잠시 혼자 있고 싶구나, 잭. 이해해 줄 수 있겠지?"

이해해 줄 수 있겠지?

엄마를 믿어.

어른들이 하는 이런 말에는 전혀 다른 의미가 숨겨져 있곤 했다. 엄마가 말했다.

"돌아오면 엄마가 기분이 한결 나아져 있을 거야. 약속하마."

하지만 엄마가 실제로 말하고 싶은 것은 따로 있을 것이다. *나는 큰 소리로 비명을 지르고 싶어, 지금 이러고 있는 것도 너무 힘들거든, 어서 나가, 나가라고!*

"뭐 좀 가져다 드릴까요?"

엄마는 고개를 젓고는 억지로 미소를 지었다. 잭은 여전히 아침 생각이 없었지만 방을 나올 수밖에 없었다. 엘리베이터를 타러 복도를 따라 어슬렁어슬렁 걸어갔다. 이번에도 갈 곳이라곤 딱 한 군데뿐이었다. 하지만 이번에는 어두침침한 로비에 가서 그 까다로운 잿빛 얼굴의 데스크 직원을 만나기 전에 마음을 정했다.

4

그 작은 빨간 판잣집에 차린 사무실에 스피디 파커는 없었다. 기다란 부두에도 없었다. 아케이드 안에서는 두 노인만이 뻔히 질 줄 아는 전쟁에 참전했다는 듯 뒤돌아서 스키볼을 던지고 있었다. 롤러코스터 아래 너저분한 공터에도 스피디는 보이지 않았다. 잭 소여는 몸을 돌려 하릴없이 따가운 햇살 속으로 나갔다. 진입로에도 인기척 하나 없었고 공원 주차장에도 개미 한 마리 없었다. 덜컥 무서운 생각이 들었다. 할아버지에게 무슨 일이라도 생겼으면 어쩌지? 그럴 리는 없다. 하지만 모건 아저씨가 스피디에 대해 알게 된다면?(그런데 무엇을 알게 된다는 거지?) 아마도…… 머릿속에 '와일드 차일드'라고 쓰인 밴이 위태롭게 코너를 돌아 속도를 높이는 모습이 스쳐 갔다.

잭은 어디로 갈지도 모르는 채 휙 몸을 돌려 달리기 시작했다. 생생한 공포가 머릿속을 침식해 들어오면서 모건 아저씨가 일그러진 거울이 늘어서 있는 곳을 달리는 모습이 떠올랐다. 거울에 비친 그는 점점 괴기하고 일그러진 모습으로 변했다. 벗어진 이마에서 뿔이 돋아 나오고 육중한 어깨 사이에 혹이 자라는가 하면 퉁퉁한 손가락은 삽으로 변했다. 잭이 급하게 오른쪽으로 돌자 그 앞에 기이한 형태의 건물이 보였다. 하얀 널빤지를 둥글게 잇대어 지은 듯한 모양새였다. 잭은 그쪽을 향해 걸음을 옮겼다.

갑자기 집 안에서 탕 탕 탕 하는 규칙적인 소리가 들렸다. 잭은 소리 나는 쪽을 향해 달려갔다. 그것은 렌치로 쇠파이프를 두드리고 해머로 모루를 치는 작업 도중에 나는 소리였다. 늘어선 널빤지들 가운데 손잡이가 보여 금방이라도 무너질 듯한 널빤지 문을 열었다.

잭이 널빤지 사이로 비쳐 들어오는 빛에 의지해 어둠을 뚫고 나아가는 동안 그 소리는 점점 더 커지고 있었다. 어둠은 그의 주위에서 형태를 바꾸고, 다른 차원으로 들어선 듯한 느낌을 주었다. 손을 뻗어 캔버스 천을 만졌더니 캔버스 천이 옆으로 미끄러지며 곧장 은은한 노란 불빛이 그에게 쏟아졌다.

"방랑자 잭이 왔구먼. 어서 오너라."

스피디 할아버지의 목소리였다.

잭이 소리 나는 쪽으로 몸을 돌리자 부품별로 해체된 회전목마 옆 땅바닥에 앉아 있는 스피디 할아버지가 보였다. 노인은 손에 렌치를 들고 있었고, 그의 앞에는 풍성한 갈기가 달린 흰색 목마가 있었는데 안장 머리부터 배까지 기다란 은색 막대가 관통해 있었다. 스피디 할아버지는 렌치를 살며시 바닥에 내려놓으며 잭에게 물었다.

"이제 말할 준비가 된 거냐, 애야?"

4장
잭 소여, 저쪽 세계로

1

"네, 맞아요. 이젠 준비가 되었어요."

잭은 더할 나위 없이 차분하게 말했지만 그러고 나서 벌컥 울음을 터뜨렸다.

스피디가 렌치를 떨어뜨리고 그에게 다가왔다.

"자자, 방랑자 잭, 자자, 애야, 진정해라, 진정하라니까……."

하지만 잭은 마음을 진정시킬 수가 없었다. 갑자기 너무 힘들어서, 이 모든 상황이 힘들어서 울고만 싶었다. 아니면 한 가닥 거대한 파도에, 한 줄기 빛조차 머금지 않은 시꺼먼 파도에 휩쓸려 가라앉을 것 같았다. 눈물을 흘린 것이 창피했지만 여기서 울음을 터뜨리지 않았더라면 두려움에 짓눌려 버렸을 것이다.

"실컷 울어라, 방랑자 잭."

스피디가 이렇게 말하고 잭을 꼭 안아 주었다. 그는 빨갛게 부어오른 얼굴을 스피디의 얇은 셔츠를 입은 가슴팍에 묻었다. 남자의 냄새가 풍겼다. 올드스파이스 로션 같은, 계피 같기도 하고 오랫동안 서가에 꽂혀 있었던 도서관의 책 같기도 한 냄새였다. 좋은 냄새, 마음을 편안하게 해 주는 냄새였다. 잭도 스피디를 껴안았다. 손바닥에 살이라곤 찾아볼 수 없는 스피디의 등뼈가 느껴졌다.

스피디가 그를 흔들어 달래 주며 말했다.

"실컷 울어라. 마음이 풀릴 테니. 가끔씩은 울 필요가 있단다. 내가 알지. 할아버지는 우리 방랑자 잭이 얼마나 멀리 왔고, 얼마나 멀리 가야 하는지, 그리고 얼마나 지쳤는지 잘 알고 있단다. 그러니 속이 후련해질 때까지 울려무나."

스피디의 말은 거의 이해할 수 없었지만 달래는 듯한 침착한 말소리만은 느껴졌다.

잭은 마침내 스피디의 가슴에서 고개를 들며 말했다.

"엄마가 정말 편찮으세요. 돌아가신 아빠의 옛 동업자한테서 벗어나려고 이곳에 온 것 같아요. 모건 슬로트 아저씨 말이에요."

잭은 코를 세게 훌쩍거리며 스피디의 팔을 풀고는 한 발짝 물러서서 퉁퉁 부은 눈을 손바닥으로 훔쳤다. 놀랍게도 별로 쑥스럽지 않았다. 전에는 늘 눈물을 흘린다는 건 바지에 오줌을 지린 것만큼이나 역겹고 창피한 일이라고 생각해 왔는데도 말이다……. 엄마가 언제나 강인한 모습만 보여 주었기 때문일까? 잭은 그것도 어느 정도는 이유가 된다고 생각했다. 릴리 카바노 부인은 우는 모습을 좀처럼 보이지 않았다.

"하지만 엄마가 이곳에 오신 이유가 그것뿐이란 말이니?"

"아뇨, 제 생각에…… 엄마는 이곳에 죽으러 오신 것 같아요."

나지막하게 말하던 잭이 죽는다는 얘기가 나오자 기름칠이 안 된 경첩이 끽끽거리는 것처럼 극단적으로 목소리가 커졌다.

스피디는 잭한테서 눈길 한 번 떼지 않고 지켜보고 있었다.

"어쩌면, 어쩌면 넌 엄마를 구하기 위해 이곳에 온 것 같구나. 엄마와…… 엄마를 닮은 한 여성을 위해 온 것 같아."

"누구를 구한다고요?"

잭이 감각이 무뎌진 입술 사이로 말을 뱉었다. 잭은 그게 누군지 알고 있었다. 이름은 모르지만 누구인지는 알고 있었다.

스피디가 입을 열었다.

"여왕이야. 이름은 로라 델루시안이고 테러토리의 여왕이란다."

2

스피디가 끙 소리를 내고는 말했다.

"도와주겠니? 늙다리 실버 레이디의 꼬리 밑을 좀 들어 주겠니? 자기 자리로 돌아가도록 도와주려는 거니까 설령 좀 만진다 해도 레이디는 크게 신경 쓰지 않을 게다."

"그게 이 목마의 이름이에요? 실버 레이디 말이에요."

스피디가 아래위로 치아가 열 개도 넘게 보일 만큼 활짝 웃으며 말했다.

"그렇고말고, 회전목마마다 빠짐없이 이름이 있단다, 몰랐니? 계속 들고 있어라, 방랑자 잭!"

잭은 하얀 목마의 꼬리 아래 손을 뻗어 양손으로 깍지를 끼었다. 스피디 할아버지가 끙 하는 소리와 함께 갈색 손으로 목마 앞다리

를 안았다. 두 사람은 힘을 합쳐 목마를 비스듬한 플랫폼으로 가져
가 긴 막대를 아래로 향하게 했다. 반대쪽 끝은 퀘이커 스테이트 엔
진 오일로 떡칠이 되어 있어 만지기가 싫을 정도였다.

스피디가 헉헉거리며 말했다.

"조금만 왼쪽으로…… 그래…… 이제 막대를 집어넣어라, 방랑
자 잭! 힘껏 밀어야 한다!"

막대를 밀어 넣고 두 사람은 물러났다. 잭은 헐떡거리고 있었고,
스피디는 씩씩거리면서도 함박웃음을 웃었다. 흑인 노인은 팔뚝으
로 이마에 맺힌 땀방울을 닦고는 잭을 향해 또다시 환한 웃음을 지
었다.

"괜찮니?"

"할아버지가 괜찮다면 괜찮은 거지요."

잭도 웃으며 대답했다.

"그럼 괜찮은 거지! 오 그렇지!"

스피디는 뒷주머니에 손을 넣어 1파인트짜리 암녹색 병을 꺼냈
다. 뚜껑을 열고 한 모금 마셨다. 그 순간 잭은 기묘한 확신을 느꼈
다. 스피디의 몸이 사라지는 것을 보았던 것이다. 실제로 노인은 로
스앤젤레스에 있을 때 지역 방송에서 본 「토퍼 쇼」(유령이 나오는 집
에 살게 된 부부의 이야기를 다룬 미국 시트콤 ─ 옮긴이)의 유령들처럼 희미
하고 투명해졌다. 스피디가 사라지고 있었던 것이다. *사라지는 걸
까? 아니면 다른 세계로 넘어간 걸까?* 하지만 그건 정신 나간 생각
이었다. 도무지 말이 되지 않았으니까.

이윽고 스피디의 몸은 정상으로 되돌아왔다. 잭의 두 눈이 잠깐

착각을 일으킨 것이리라, 아주 잠깐 동안······.

아니야, 착각이 아니었어. 스피디 할아버지는 잠시 동안 여기에 없었다니까!

······환각.

스피디는 잭을 찬찬히 뜯어보았다. 그러고는 그 병을 잭에게 내밀려다 고개를 흔들었다. 대신 병마개를 막고는 다시 바지 뒷주머니에 넣었다. 그는 몸을 돌려 회전목마 위 제자리로 돌아온 실버 레이디를 살피기 시작했다. 이제 말뚝을 볼트로 단단히 고정하기만 하면 되었다. 그가 미소 지으며 말했다.

"이제 다 괜찮아졌구나, 방랑자 잭."

"스피디 할아버지······"

"모든 게 다 자기 이름을 갖고 있단다."

스피디는 비스듬한 회전목마 플랫폼을 따라 천천히 걸었다. 노인의 발소리가 천장이 높은 건물 안에서 텅텅 울렸다. 머리 위 그늘진 십자형 대들보 위에서는 제비들이 구구구구 지저귀고 있었다. 잭은 그 뒤를 따라갔다.

"실버 레이디······ 미드나이트······ 여기 이 얼룩말은 스카우트이고······ 이 암말은 엘라 스피드지."

흑인 노인이 고개를 들고 노래를 부르기 시작하자 화들짝 놀란 제비들이 날아가 버렸다.

"엘라 스피드는 장난치기를 좋아했지······ 늙은 빌 마틴이 무슨 짓을 했는지 알려 줄까······? 자아! 새들이 날아가는구나."

스피디는 한바탕 웃었다······. 하지만 잭을 향해 돌아섰을 때는 다시 진지해져 있었다.

"이제 엄마를 구하기 위해 나설 각오가 섰겠지, 잭? 엄마와 내가 말해 준 다른 여왕을 구하기 위해서 말이야."

"저는……."

……어떻게 해야 할지 모르겠어요. 잭은 이렇게 말하려 했으나 내면의 목소리가 강력하게 막아섰다. 두 남자에게 납치될 뻔했던 그날 아침의 기억을 봉인해 두었던 방에서 흘러나오는 목소리였다. *넌 알고 있어!* 처음에는 스피디의 도움을 받아야겠지만 어쨌든 *넌 방법을 알고 있어, 잭. 알고 있다고.*

잭은 그 목소리를 너무나 잘 알고 있었다. 아빠의 목소리였기 때문이다.

"방법만 알려 주시면 하겠어요."

목소리가 커졌다가 다시 작아졌다.

스피디는 방 저쪽 벽으로 향했다. 좁은 널빤지를 이어 만든 커다란 원 모양의 방에 원시적이지만 강렬한 에너지를 방출하는, 달리는 말의 벽화가 그려져 있었다. 잭의 눈에 그 벽은 아빠의 롤탑 책상의 접이식 뚜껑과 닮아 보였다.(그리고 엄마와 잭이 마지막으로 회사에 갔을 때 그 책상이 모건 슬로트의 사무실에 있었던 것이 갑자기 기억났다. 그 생각을 하니 마음 저 깊은 곳에서 희미하고 무기력한 분노가 치밀었다.)

스피디는 커다란 열쇠 꾸러미를 꺼내 생각에 잠겨 고르더니 마침내 원하는 열쇠를 찾아내 맹꽁이자물쇠를 열었다. 걸쇠에 걸린 자물쇠를 꺼내 딱 소리가 나게 연 뒤 셔츠 주머니에 넣었다. 그런 뒤 벽 전체를 밀어 열었다. 눈부시게 밝은 햇살이 쏟아져 들어오는 바람에 잭은 실눈을 떴다. 물결에 반사된 햇빛이 천장에서 잔잔하게 춤추듯이 어른거리고 있었다. 아케이디아 펀월드 놀이공원의 회전목마에서 실버 레이디나 미드나이트나 스카우트에 올라탄 아이들이 둥근 회전목마 건물의 동쪽을 지날 때마다 누리는 경관을 그들이 지금 바라보고 있었다. 가벼운 바닷바람이 불어와 잭의 머리칼에 가려졌던 이마가 드러났다.

스피디가 말했다.

"이 이야기를 하려면 이렇게 따스한 햇살이 가장 좋지. 이리 오렴, 방랑자 잭, 내가 아는 것을 들려주마…… 내가 아는 전부를 들려줄 순 없어. 네가 모든 걸 알기를 신이 허락하지 않았거든."

3

스피디 할아버지는 차분한 목소리로 이야기를 시작했다. 잘 길들인 가죽처럼 온화하고 위안을 주는 목소리였다. 잭은 때로는 눈살을 찌푸리고 때로는 숨 쉬는 것도 잊은 채 귀를 기울였다.

"네가 백일몽이라고 부르는 것이 뭔지 아니?"

잭이 고개를 끄덕였다.

"그것은 꿈이 아니란다, 방랑자 잭. 백일몽도 아니고 악몽도 아니지. 네가 본 것은 실제로 존재하는 장소야. 어쨌든 현실이란다. 이쪽 세계와는 많이 다르긴 하지만 현실이지."

"할아버지, 엄마가 말씀하시기로는……"

"지금 엄마는 신경 쓰지 마라. 엄마는 테러토리를 모르니까……. 하지만 어쩌면 엄마가 알고 있을지도 몰라. 네 아빠라는 *사람*은 알고 있었으니까. 그리고 네가 말한 또 다른 작자는……"

"모건 슬로트 아저씨요?"

"그래, 맞아. 그자도 알고 있어."

그러고 나서 스피디가 아리송하게 덧붙였다.

"그자가 저쪽 세계에서 누구인지도 난 알고 있어. 알고말고! 우!"

"할아버지 사무실에 있는 사진은…… 아프리카가 아닌가요?"

"아니란다."

"합성사진도 아니고요?"

"그것도 아니야."

"그럼 우리 아빠가 그곳에 간 적이 있나요?"

잭은 이렇게 물었지만 내심 이미 그 답을 알고 있었다. 그 답은 그 많은 것들이 진실이 아니라 허상이라는 것을 확인해 줄 터였다. 하지만 그게 진실이든 아니든, 그것을 얼마나 믿고 싶은지 확신이 서지 않았다. 마법의 나라? 병든 여왕들? 생각만 해도 불안해졌다. 자신이 제정신인지조차 구분이 되지 않아 더욱 불안했다. 어릴 적에 엄마가 백일몽과 현실을 혼동해서는 안 된다고 수도 없이 타이르지 않았던가? 그 말투가 너무 엄해서 잭은 살짝 겁을 집어먹기까지 했다. 지금 생각해 보니 아마도 엄마 자신이 두려워하고 있었던 것 같다. 아빠랑 그렇게 오래 살면서 *뭔가*를 눈치채지 못했다는 게 말이 되는가? 잭은 그렇지 않을 거라고 봤다. 어쩌면 아주 잘 알지는 못했을지도 몰라…… *뭔가* 아니까 두려워하기는 했겠지만.

머리가 돌았다. 엄마는 그렇게 말했다. 현실과 환상을 구별하지 못하는 사람을 머리가 돌았다고 했다.

하지만 아빠는 다른 종류의 진실을 알고 있지 않았을까? 틀림없었다. 아빠와 모건 슬로트 아저씨는 알고 있었을 것이다.

우리에게 물리학이 있다면 저쪽 세계에는 마법이 있다는 거지?

"그래, 네 아빠도 자주 가곤 했단다. 그리고 네가 말한 또 다른 작자, 그로트도……"

"슬로트요."

"그렇고말고! 바로 그 작자야. 그 작자도 가 본 적이 있어. 네 아빠는, 재키, 다만 배우기 위해 다녔지만, 그놈은 재물을 약탈하러 갔던 거란다."

"모건 슬로트가 토미 아저씨를 죽였나요?"

"그런 건 나도 몰라. 내 말만 잘 들어라, 방랑자 잭. 시간이 별로 없거든. 그 슬로트라는 작자가 이곳에 올 거라는 생각이 든다면……"

"전화 목소리가 무척 화난 것 같았어요."

모건 아저씨가 아케이디아 해변에 나타난다는 생각만 해도 초조해졌다.

"……그렇다면 더더구나 시간이 없구나. 그자는 너희 엄마가 죽거나 말거나 별로 관심이 없거든. 게다가 그의 트위너는 로라 여왕이 죽기를 바라고 있단다."

"트위너요?"

"이쪽 세계 사람들도 테러토리에 트위너를 두고 있단다. 많이는 아니야. 저쪽 세계는 사람 수가 아주 적거든. 여기 10만 명당 한 명꼴이지. 하지만 트위너들은 이쪽저쪽으로 손쉽게 오갈 수 있단다."

"이 여왕이…… 우리 엄마의…… 트위너인가요?"

"그래, 그런 것 같구나."

"하지만 엄마는 한 번도 간 적이 없는데요……?"

"맞아. 한 번도 가지 않았단다. 딱히 가지 않은 이유가 있는 건 아니지만."

"아빠도…… 트위너가 있었나요?"

"물론 있었지. 좋은 사람이었어."

잭은 입술을 핥았다. 이야말로 얼마나 터무니없는 대화인가! 트위너들과 테러토리라니!

"아빠가 이쪽 세계에서 돌아가셨을 때 저쪽 세계의 트위너도 죽었나요?"

"그랬단다. 동시에 죽은 건 아니지만 거의 비슷한 시기에 죽었지."

"스피디 할아버지?"

"왜?"

"저도 트위너가 있나요? 테러토리에?"

스피디가 정색을 하고 쳐다봐서 잭은 등골이 오싹해졌다.

"너한테는 없단다, 애야. 너는 너밖에 없단다. 너는 특별한 존재니까. 그 스무트라는 작자는……"

"슬로트라니까요."

잭은 슬쩍 웃으며 말했다.

"……그래, 어쨌거나, 그놈이 알고 있다고. 그것이 그 작자가 곧 이곳으로 오려는 이유이자, 네가 이곳을 떠나야만 하는 이유란다."

잭이 버럭 소리를 질렀다.

"*왜죠*? 엄마가 암이라면 내가 엄마를 위해 무엇을 할 수 있죠? 엄마가 암인데 병원에 있지 않고 여기에 있다는 건 달리 *방법이* 없다는 뜻이겠죠. 엄마가 여기 있다는 건, 그건 이제……"

또다시 눈물이 나오려고 했지만 기를 쓰고 속으로 삼켰다.

"이제 가망이 없다는 뜻이죠."

이제 가망이 없다. 그렇다. 잭이 내심 알고 있는 또 다른 진실이었다. 급격히 줄어드는 체중과 눈 밑에 드리운 어두운 그림자의 진실을. *이제 가망이 없다.* 하지만 신이시여, 제발, 신이시여, 부디, 제 *엄마입니다……*

"제 말은, 백일몽의 세계로 가는 게 무슨 소용이 있는 건데요?"

어느새 잭은 목이 잠겨 있었다.

"이 정도면 내가 충분히 설명한 것 같구나. 이것만은 믿어 주렴, 방랑자 잭. 네가 떠나 봤자 아무 소용이 없다면 내가 떠나라고 권할 리가 없잖니."

"하지만……"

"기다려 봐라, 방랑자 잭. 그 이상은 말로 설명이 안 되고 직접 눈으로 봐야 할 게다. 아무 일도 없을 테니 나를 따라오렴."

스피디는 한 팔로 잭의 어깨를 감싸 안고 회전목마 쪽으로 이끌었다. 두 사람은 함께 문을 나서서 놀이공원의 인적이 끊긴 샛길을 걸어갔다. 왼쪽에는 '악마의 범프카 놀이' 건물이 있었는데 지금은 널빤지로 둘러막아 폐쇄한 상태였다. 오른쪽으로는 고리 던지기 게임, 피자 판매점, 사격장 등의 부스들이 늘어서 있었는데, 이것들도 역시 널빤지로 입구를 막아 놓았다.(널빤지에는 사자, 호랑이, 곰 같은 야생 동물들이 뛰어다니는 그림이 그려져 있었는데, 그마저도 빛이 바랬다.)

두 사람은 널찍한 중심가로 나갔다. 이곳은 애틀랜틱시티를 본떠 보드워크 애버뉴라고 불렸다. 아케이디아 펀월드에도 잔교가 있었지만 널빤지로 만들어진 진정한 의미의 보드워크는 아니었다. 아케이드 건물까지는 왼쪽으로 100미터가량 가야 했고, 아케이디아 펀월드 입구의 아치까지는 오른쪽으로 200미터가량 가야 했다. 파도가 부서지는 천둥 같은 소리가 끊임없이 울렸고, 끼룩끼룩 갈매기 우는 소리가 처량하게 들려왔다.

잭은 묻는 듯이 스피디를 쳐다보았다, 이제 무엇을 할 건지, 다음엔 무엇을 할 건지, 스피디의 말이 사실인지, 아니면 혹시 잔인한 농담은 아닌지…… 하지만 노인은 한마디도 없이 예의 녹색 유리병을 꺼내 들었다.

잭이 입을 열었다.

"그건……"

"저쪽 세계로 데려다주는 거란다. 이런 게 없어도 그곳을 찾아갈 수 있는 사람은 많지만 너는 오랫동안 그곳에 가보지 못했으니까, 그렇지, 재키?"

"네."

이 세계에서 눈을 감고 다시 눈을 떠 보니 백일몽의 마법 세계에 이르러 그 풍요롭고 강렬한 향기와 깊고 투명한 하늘을 마지막으로 본 적이 언제였을까? 작년이었던가? 아니다. 그보다는 좀 더 오래된 것 같은데…… 아빠가 돌아가신 뒤 캘리포니아에서였나…… 아마도 그 무렵이었을 거야…….

잭의 눈이 휘둥그레졌다. 9년 전이었나? 그렇게 오래전이었을까? 아니면 3년 전?

잭은 이런 생각을 하다가 소스라치게 놀랐다. 때로는 달콤하고 때로는 어둡고 혼란스러운 그 백일몽들이 어느 틈엔가 소리소문 없이 모습을 감추었다는 것을 깨달았기 때문이었다. 마치 그의 상상력의 커다란 덩어리가 흔적도 없이 송두리째 사라져 버린 느낌이었다.

잭이 스피디의 손에서 낚아채듯 병을 빼앗는 바람에 하마터면 떨어뜨릴 뻔했다. 공황 상태였기 때문이다. 백일몽에는 분명히 사람을 불안하게 만드는 무언가가 있었다, 정말이다, 현실과 환상을 구별할 줄 알아야 한다고(*다른 말로 하면, 미치면 안 된다고, 재키야, 우리 재키, 착하지.*) 엄마가 신신당부했던 것도 생각해 보면 조금 무서웠다, 정말이다, 하지만 이제 그는 저쪽 세계를 포기하고 싶지 않다는 걸 깨달았다.

잭은 스피디의 눈을 바라보며 생각했다. *할아버지도 알고 있어. 내가 지금 무슨 생각을 했는지도 알고 있다고. 스피디 할아버지, 당신은 대체 누구죠?*

"저쪽 세계에 자주 안 가다 보면 혼자 힘으로 가는 법을 잊게 되지."

스피디가 턱으로 녹색 병을 가리키며 말을 이었다.

"그래서 저 마법 주스를 가져온 거야. 이건 아주 특별한 거거든."

스피디가 말을 마칠 때는 거의 경건한 어조였다.

"저쪽 세계에서 온 건가요? 테러토리 말이에요."

"아니다. 이쪽 세계에도 *약간의* 마법은 있단다, 방랑자 잭. 많지는 않아도 조금은 있지. 여기 이건 캘리포니아에서 가져온 거야."

잭이 의심의 눈초리로 스피디를 바라보았다.

"자, 한 모금 마셔 보고 저쪽 세계로 갈 수 있나 보렴. 충분히만 먹으면 가고 싶은 곳이 어디건 마음대로 갈 수 있단다. 그렇게 해 본 사람이 네 앞에 있잖니."

스피디가 활짝 웃어 보였다.

"이런, 스피디, 그야 그렇지만……."

다시 두려워지기 시작했다. 입안이 바싹 마르고 햇살도 너무 눈 부신데 맥박이 빨라지면서 관자놀이까지 불뚝거렸다. 혀 밑에서는 구리 맛이 느껴졌다. 잭은 생각했다. *이게 바로 '마법 주스'의 맛인 가 보군…… 끔찍해.*

"너무 겁나서 돌아오고 싶어지면 한 모금 더 마시면 된단다."

"저를 따라오나요? 병 말이에요. 약속할 수 있어요?"

엄마가 병들어 있고 성가신 슬로트가 여기까지 올지도 모르는 상황에서 신비로운 저쪽 세계에 꼼짝없이 갇힐 수도 있지 않은가. 생각만으로도 끔찍했다.

"약속하마."

"좋아요."

잭이 병을 입에 가져가다…… 다시 멀찍이 떼어 놓았다. 냄새가 역겨웠다. 고약한 냄새가 코를 찔렀다.

잭이 조그맣게 말했다.

"안 마실래요, 스피디."

레스터 파커가 잭을 바라보았다. 입은 웃고 있었지만 눈에서 웃음기라곤 찾아볼 수 없었다. 단호한 눈이었다. 타협을 불허하는 소름 끼치는 눈. 잭은 검은 눈을 떠올렸다. 갈매기의 눈, 모래 소용돌이의 눈. 그리고 두려움에 휩싸였다.

잭이 병을 스피디에게 건넸다.

"도로 가져가시면 안 돼요? 제발요."

힘없이 소곤거리는 듯한 목소리였다.

스피디는 대답하지 않았다. 그는 잭에게 엄마가 죽어 가고 있다는 사실도, 모건 슬로트가 추격해 오고 있다는 사실도 일깨워 주지 않았다. 겁쟁이라고 부르지도 않았다. 그럼에도 잭은 아코맥 캠프의 높은 다이빙대에서 뛰어내리지 못하고 뒷걸음쳐서 아이들한테 야유를 들었던 때 이상으로 자신이 겁쟁이로 느껴졌다. 스피디는 잠자코 몸을 돌리고는 흘러가는 구름을 보며 휘파람을 불었다.

두려움에 이어 외로움이 찾아와 잭은 무기력하게 휩쓸렸다. 스피디는 잭에게 등을 보이며 돌아서고 있었다.

잭이 불쑥 말했다.

"알았어요, 알겠다고요, 꼭 해야 한다면요."

병을 들고는 두 번 생각할 새도 없이 마셔 버렸다.

예상한 것보다 훨씬 더 지독한 맛이었다. 잭은 전에 와인을 마신 적이 있어서 나름 취향이 있었다.(특히 엄마가 가자미나 도미, 황새치와 함께 따라 준 쌉쌀한 화이트 와인을 좋아했다.) 이것은 와인과 흡사했지만…… 그와 동시에 그가 지금까지 마셔 온 모든 와인을 모독하는 것이었다. 고급스럽고 달콤한 것이 상한 듯한 맛이었다. 살아 있는 싱싱한 포도가 아니라 제대로 자라지 못해 죽은 포도의 맛이었다.

그 끔찍한 보랏빛 단맛이 입안에 퍼지자 그 포도들이 실제로 보이는 것 같았다. 먼지를 뒤집어쓴 칙칙하고 형편없이 축 늘어진 포도송이가 지저분한 석회 바른 벽을 기어 올라가고 있었다. 진한 시럽 같은 햇살이 쏟아지는 가운데 붕붕거리는 파리 소리만 요란했다.

꿀꺽 삼키자 뜨뜻미지근한 것이 달팽이처럼 목구멍을 따라 천천히 내려갔다.

얼굴을 찡그린 채 눈을 감자 속이 뒤집힐 것 같았다. 아침을 먹지 않았으니 망정이지 뭐라도 먹었으면 바로 토했을 것이다.

"스피디 할아버지……."

눈을 뜨자 목구멍에서 더 이상 아무 말도 나오지 않았다. 와인에 대한 조롱이나 다름없는 끔찍한 마법 주스를 토해야 한다는 것을 잊었다. 엄마도, 모건 아저씨도, 아빠도 잊었다. 그 밖의 거의 모든 것을 잊었다.

스피디의 모습도 보이지 않았다. 하늘을 배경으로 아름다운 원을 그리던 롤러코스터도 보이지 않았다. 보드워크 애버뉴도 사라지고 없었다.

어딘가 다른 세계에 온 것이었다. 그는…….

"테러토리에 왔구나."

잭은 속삭이듯 말했다. 두려움과 흥분이 뒤섞여 그의 온몸을 미친 듯이 휘몰아쳤다. 목덜미까지 내려온 머리칼이 살랑거렸고 입가에 실없이 웃음이 떠오르는 것도 느낄 수 있었다.

"스피디 할아버지, 제가 왔어요, 맙소사, 내가 테러토리에 왔다고요! 난……."

하지만 잭은 경이로움에 사로잡혀 할 말을 잃고 말았다. 한 손으로 입을 막은 채 스피디의 '마법 주스'가 데려온 이 세계를 바라보다 보니 제자리에서 천천히 한 바퀴를 돌고 있었다.

4

바다는 여전히 그 자리에 있었지만 더 짙고 더 풍성한 파란색이었다. 잭이 본 중에서 가장 참된 쪽빛이었다. 잭은 바닷바람에 머리칼을 맡긴 채 쪽빛 바다와 빛바랜 청바지 색깔의 하늘이 만나는 수평선을 하염없이 바라보며 잠시 꼼짝 않고 서 있었다.

수평선은 흐릿하지만 분명히 알아볼 수 있는 곡선을 그리고 있었다.

잭은 이맛살을 찌푸린 채 머리를 흔들고는 다른 쪽 길로 몸을 틀었다. 1분 전만 해도 회전목마 건물이 있던 곳에는 무성하게 우거진 키 큰 해변 식물들이 자라나 뻗어 나오고 있었다. 아케이드 잔교도 사라지고 없었고, 잔교가 있던 자리에는 화강암 덩어리가 바다 앞에 굴러와 있었다. 파도가 화강암의 가장 낮은 부분을 때리고는 공허하게 쿵 소리를 내며 오랜 세월에 걸쳐 생겨난 틈새와 물길을 지나갔다. 휘핑크림처럼 두툼한 물방울들이 깨끗한 하늘로 솟구쳐 올랐다가 바람에 날려 갔다.

갑자기 잭은 왼손 엄지와 검지로 왼쪽 뺨을 잡고 세게 꼬집어 보았다. 눈물이 글썽였지만 변한 것은 아무것도 없었다.

"이건 현실이야."

잭이 속삭였다. 또 다른 파도가 곶으로 밀려와 쿵 소리를 내며 부딪고는 우유처럼 하얀 포말을 뿜어냈다.

잭은 불현듯 보드워크 애버뉴가 아직 이곳에 있다는 걸 깨달았다…… 어떤 면에서 보면. 바큇자국이 선명한 마찻길이 곳 꼭대기 — 잭이 머릿속으로 고집스럽게 '현실 세계'라고 여기는 그 세계에서는 그곳에서 보드워크 애버뉴가 아케이드의 입구와 이어지면서 끝났다. — 에서 내려와 그가 서 있는 곳을 지나 북쪽으로 뻗어 올라갔다. 보드워크 애버뉴가 북쪽으로 뻗어 나가다 펀월드의 경계에 있는 아치 아래부터 아케이디아 애버뉴로 바뀌는 것과 마찬가지였다. 이 마찻길 가운데를 따라 해변 식물들이 자라고 있었는데, 눌리고 엉겨 붙은 모습을 볼 때 여전히 사용되고 있거나 적어도 이따금씩은 사람이 지나다니는 것 같았다.

잭은 오른손으로 녹색 병을 꽉 쥔 채 북쪽으로 발길을 돌렸다. 문득 이 또 다른 세계의 어딘가에서 스피디가 녹색 병에 딱 맞는 뚜껑을 들고 있다는 사실이 떠올랐다.

내가 스피디 눈앞에서 사라진 걸까? 그게 틀림없어. 굉장한데!

마찻길을 따라 40보쯤 걸었을 때 블랙베리 덤불이 나타났다. 가시들 가운데 지금까지 먹어 본 중 가장 통통하고 가장 색이 진하고 가장 싱싱한 블랙베리가 모여 있었다. 그것을 보자 '마법 주스'에 시달린 잭의 배 속에서 꼬르륵 소리가 크게 들렸다.

블랙베리라고? 9월에?

무슨 상관인가? 오늘 겪은 일들을 생각하면(아직 10시도 안 되었지만), 9월에 열매를 맺은 블루베리에 집착하는 것은 문손잡이를 삼키고 아스피린을 거부하는 것과 다를 바 없었다.

잭은 손을 뻗어 블루베리를 한 움큼 따서 입안에 털어 넣었다. 어마어마하게 달콤하고 어마어마하게 맛이 있었다. 미소를 머금고(그의 입가는 분명 검푸르게 물들었으리라.) 자신이 제정신인 게 맞는지 생각해 보며 다시 한 움큼을 따 먹고…… 세 번째도 따 먹었다. 이렇게 맛있는 건 처음 먹어 보았다. 나중에 생각해 보니, 그것은 단순한 블랙베리가 아니라 믿을 수 없을 만큼 투명한 공기가 가미되어 있었다.

네 번째로 블랙베리 한 줌을 따다 가시에 긁히고 말았다. 마치 블랙베리가 이젠 충분히 먹었으니 그만 먹으라고 하는 것 같았다. 잭은 엄지손가락 밑 두둑한 곳에 난 상처를 입으로 쭉 빨고는 다시금 두 가닥 바큇자국을 따라 북쪽으로 향했다. 사방을 한눈에 볼 수 있도록 느릿느릿 걸어갔다.

블랙베리 덤불에서 조금 떨어져 걷다가 잠시 걸음을 멈추고 태양을 올려다보았다. 크기는 다소 작았지만 훨씬 더 강렬하게 빛나고 있었다. 저 태양에서는 중세 시대 그림처럼 희미한 오렌지색 햇살이 나올까? 잭은 어쩌면 그럴지도 모른다고 생각했다. 어쩌면…….

난데없이 울부짖는 소리, 널빤지에서 녹슨 못을 천천히 뽑을 때 날 법한 귀에 거슬리는 소리가 오른쪽에서 들려와 생각이 흩어져 버렸다. 소리 나는 쪽으로 돌아선 잭은 어깨를 움츠리고 눈을 크게 떴다.

그것은 갈매기였다. 그 몸뚱이는 믿을 수 없을 정도로, 정말 깜짝 놀랄 정도로 대단한 크기였다.(하지만 그것은 실제로 있었다. 돌처럼 단단하고 집처럼 자리를 차지하고 있었다.) 사실 그것은 거의 독수리만큼 컸다. 희고 매끄러운 총알 모양의 머리를 한쪽으로 젖히고 있었고, 낚싯바늘처럼 생긴 부리를 열었다 닫았다 했다. 거대한 날개를 펄럭이자 주변 해변 식물들이 누우면서 잔물결이 일었다.

갈매기는 두려워하는 기색도 없이 잭을 향해 껑충 다가왔다.

그때 수많은 트럼펫들이 일제히 짧은 팡파르를 울리는 맑은 소리가 희미하게 들려왔고, 왠지는 모르지만 잭은 문득 엄마의 얼굴을 떠올렸다.

잭은 그 소리에 이끌려, 그가 지나온 북쪽 방향을 흘끗 보았고, 초조함에 휩싸여 갈팡질팡했다. 잭이 생각하기에(생각할 *시간*이 있을 때) 그것은 아이스크림이나 포테이토칩, 타코처럼 오랫동안 먹어보지 못한 특별한 *뭔가*에 대한 허기 같았다. 그것을 보기 전까지는, 그리고 그것을 먹기 전까지는 해결되지 않는다. 그 전에는 사람을 안절부절 초조하게 만드는 정체불명의 욕구가 있을 뿐이다.

잭은 하늘을 배경으로 선, 아마도 특설 가건물이었을 커다란 천막의 날카로운 꼭대기와 삼각기 들을 보았다.

저기는 알람브라 호텔이 있는 곳인데. 잭은 생각했다. 그때 갑자기 갈매기가 그를 향해 날카로운 소리를 내며 꺽꺽 울었다. 몸을 돌린 잭은 갈매기가 어느새 2미터 밖에 있는 것을 보고 깜짝 놀랐다. 갈매기가 다시 부리를 열자 지저분한 핑크색 목구멍이 드러났다. 어제 대합조개를 바위에 떨어뜨리고 바로 이 녀석처럼 소름 끼칠 만큼 뚫어져라 잭을 쏘아보던 갈매기가 기억났다. 갈매기가 잭을 보며 활짝 웃었다. 잭은 확신할 수 있었다. 갈매기가 껑충 뛰어 가

까이 다가오자, 잭은 갈매기 주변 바닥에 떠도는 역겨운 냄새를 맡았다. 죽은 물고기와 썩은 해초의 냄새였다.

갈매기는 잭에게 쉭 소리를 내더니 다시금 날개를 빠르게 퍼덕였다.

"저리 가! 썩 꺼지라니까!"

잭은 큰 소리로 외쳤다. 가슴이 빠르게 쿵쾅거리고 입이 바싹 타들어 갔지만 아무리 큰놈이라도 갈매기 따위에 겁을 내고 싶지 않았다.

갈매기가 다시 부리를 열었다…… 그러더니 소름 끼치는 목구멍을 연신 꿀렁거리며 말했다…… 아니, 말하는 것처럼 보였다.

어아아 욱어 아고 있어, 액. 어마가 우우우우욱고 이써.

엄마가 죽어 가고 있어, 잭…….

갈매기가 뒤뚱거리며 한 발짝 더 잭에게 다가왔다. 비늘이 뒤덮인 발로 엉킨 풀을 움켜잡고 부리를 열었다 닫았다 하면서 검은 눈동자를 잭에게 고정한 채 다가오고 있었다. 자신이 무슨 짓을 하는지 생각할 겨를도 없이 잭은 녹색 병을 들고 마셔 버렸다.

또다시 그 지독한 맛을 느끼자 잭은 움찔하며 눈을 감아 버렸다. 눈을 떠 보니 아이 두 명(소년 한 명과 소녀 한 명)이 달려가는 검은 실루엣이 그려진 노란색 표지판을 멍하니 보고 있었다. 그 표지판에는 '어린이 보호구역, 서행하시오.'라고 씌어 있었다. 표지판 꼭대기에 앉아 있던 갈매기 한 마리 ―이것은 완벽하리만치 정상적인 크기였다.― 가 꽥 소리를 내며 날아올랐다. 잭의 갑작스러운 출현에 놀란 게 틀림없었다.

잭은 방향 감각을 잃고 넋이 나간 얼굴로 주변을 둘러보았다. 블랙베리와 스피디의 썩은 내 나는 마법 주스로 빵빵하게 부른 배를 안고 낮게 신음하며 나가떨어졌다. 다리가 불쾌하게 후들거리기 시작해, 표지판 밑 보도에 앞뒤 가리지 않고 냅다 주저앉아 버렸다. 쿵 하는 충격이 척추를 타고 전해져 치아가 덜거덕거릴 지경이었다.

벌린 다리 사이에 고개를 묻고 입을 크게 벌렸다. 배 속에 든 걸 모조리 토해 낼 거라고 확신했지만, 대신에 딸꾹질을 두 번 하고 구역질이 날 듯 메슥거리더니 서서히 속이 가라앉았다.

블랙베리 덕분이야. 그걸 먹지 않았다면 분명히 토했을 거야.

하늘을 올려다보자 또다시 비현실의 세계가 우르르 몰려왔다. 테러토리에서 마찻길을 따라 60보 이상 걷지 않았다. 그 점은 확신할 수 있었다. 잭의 보폭이 60센티미터라고 치면, 아니 신중을 기하기 위해 75센티미터로 쳐도, 그렇다고 해도 지금까지 걸어온 거리는 고작해야 45미터 정도였다. 하지만…….

뒤를 돌아보자 '아케이디아 펀월드'라고 대문짝만 한 붉은 글씨로 써 놓은 아치가 보였다. 잭의 시력은 양쪽 다 2.0인데도 그 글씨가 간신히 보일 만큼 너무나 멀게 느껴졌다. 오른쪽으로는 여기저기 늘어선 알람브라 호텔의 부속 건물과 그 앞의 기하학적인 조경의 정원이 보였고, 그 너머로 바다가 펼쳐져 있었다.

테러토리 세계에서 45미터 정도를 걸었다.

이쪽 세계에서는 800미터나 온 것이었다.

"하느님 맙소사."

잭 소여는 이렇게 속삭이고는 두 손으로 눈을 가렸다.

5

"잭! 잭, 애야! 방랑자 잭!"

구형 플랫헤드6 엔진의 세탁기가 돌아가는 듯한 웅웅 소리 너머로 스피디의 목소리가 들려왔다. 잭이 올려다보니 ─ 머리가 이럴 수 있을까 싶을 정도로 무겁고, 손발도 힘이 빠져 꼼짝하기 어려웠다. ─ 구식 인터내셔널 하베스트 트럭이 그를 향해 천천히 굴러오고 있었다. 트럭 짐칸에는 어설픈 솜씨로 버팀목들을 덧대어 놓았는데, 그것들이 흔들리는 치아처럼 앞뒤로 덜컹거리는 동안 트럭은 거리를 올라와 잭에게 점점 더 가까이 다가오고 있었다. 차체에 눈에 거슬리는 청록색 페인트를 칠했는데, 그 트럭의 운전대를 잡은 이가 바로 스피디였다.

스피디는 연석 바로 앞에 트럭을 세우고는 엔진을 고속 회전시켰다가(웽! 웽! 왜-왜-웽!) 껐다(푸시시시시시시시……). 그가 재빨리 트럭에서 내리며 물었다.

"괜찮니, 잭?"

잭은 녹색 병을 스피디에게 내밀며 힘없이 말했다.

"할아버지가 준 마법 주스는 정말 맛이 없었어요."

스피디는 마음이 상한 것 같았지만…… 이윽고 미소를 지었다.

"약이 맛있다고 말해 준 사람이 있긴 하니, 방랑자 잭?"

"그러고 보니 없는 것 같네요."

잭은 몸이 서서히 회복되고 있었고, 방향 감각을 잃은 듯한 둔한 느낌도 썰물처럼 빠져나갔다.

"이젠 믿을 수 있겠니, 잭?"

잭이 고개를 끄덕였다.

"아니야. 그걸로는 안 돼. 큰 소리로 말해야 한단다."

"테러토리는…… 저쪽 세계에 있었어요. 정말이에요. 새 한 마리를 봤는데……."

잭은 잠시 멈추고 몸서리를 쳤다.

스피디가 날카로운 목소리로 물었다.

"어떤 새였지?"

"갈매기였어요. 무지하게 큰 갈매기…… 도저히 못 믿으실 거예요."

잭은 고개를 흔들더니 잠시 생각하고는 말을 이었다.

"아니요. *할아버지라면* 믿을 수 있을지도 몰라요. 다른 사람은 몰라도 *할아버지*만은."

"갈매기가 말을 하더냐? 그곳에 있는 많은 새들이 말할 줄 알거든. 대부분 의미 없는 말이긴 하지만. 간혹 말이 되는 경우도 있지…… 하지만 막돼먹은 말들뿐이고 그나마도 대부분 거짓말이란다."

잭은 고개를 끄덕였다. 스피디 할아버지의 설명만 들어도 아주 이성적이고 아주 명쾌한 일을 한 것처럼 마음이 편안해졌다.

"뭔가 말을 한 것 같아요. 하지만 무슨 뜻인지는……."

잭은 애써 기억을 더듬어 보고는 말했다.

"로스앤젤레스에서 리처드랑 같이 다니던 학교에 브랜든 루이스라는 아이가 있었어요. 언어 장애가 있어서 그 애가 하는 말은 거의 알아들을 수 없었죠. 그 새도 그랬어요. 하지만 전 그 새가 무슨 말을 했는지 알아들을 수 있었어요. 그 새는 엄마가 죽어 가고 있다고 말했어요."

　스피디가 한 팔로 잭의 어깨를 감싸 안았다. 두 사람은 말없이 잠시 동안 연석에 걸터앉았다. 얼굴이 파리하고 편협해 보이는 알람브라 호텔의 데스크 직원이 우주에 살아 있는 모든 것들을 의심하는 눈초리로 두툼한 편지 뭉치를 들고 나왔다. 스피디와 잭은 그가 아케이디아와 해안 도로 사이의 모퉁이를 돌아 우체통에 호텔의 편지들을 넣는 것을 보았다. 그는 뒤를 돌아보며 실눈으로 그들을 빤히 보더니 호텔 앞길로 몸을 돌렸다. 상자처럼 두툼한 산울타리 위로 그의 머리끝이 보일락 말락 했다.

　커다란 호텔 정문이 열렸다 닫히는 소리가 분명하게 들렸다. 잭은 이곳이 가을처럼 쓸쓸한 곳이라는 인상을 받았다. 황량한 넓은 거리, 설탕처럼 고운 모래로 된 언덕만 펼쳐져 있는 기다란 해변, 측선이 캔버스 방수포로 덮인 롤러코스터의 열차가 서 있는 텅 빈 놀이공원, 점포들은 모두 맹꽁이자물쇠로 잠가 두었다. 엄마가 잭을 데려온 이곳은 이 세상의 끝과 아주 흡사하다는 생각이 들었다.

　스피디가 고개를 뒤로 젖히고는 진심을 담아 부드럽게 노래를 부르기 시작했다.

　"이곳에서 자랐고…… 이곳에서 놀았고…… 이 오래된 마을에서 너무 오래…… 여름은 다 갔고, 그래, 겨울이 오고 있고…… 겨울이 오고 있고, 나는 이제 그만…… 방랑을 떠나야겠어……."

　스피디가 노래를 멈추고 잭을 바라보았다.

　"이제 방랑을 떠나야겠다는 생각이 드니, 우리 방랑자 잭?"

　두려움이 뼛속 깊이 엄습해 들어와 기운이 쭉 빠졌다.

"그런 것 같아요. 만약 제가 도움이 된다면요. 엄마를 도와드려야 해요. 제가 엄마를 도울 수 있을까요?"

"그럼, 넌 할 수 있단다."

스피디가 엄숙하게 말했다.

"하지만……"

"허, 그놈의 '하지만'. '하지만'이란 말만 계속하면 끝이 없단다, 방랑자 잭. 그야 쉬운 길은 아니지. 네가 성공하리라는 보장도 없고 살아 돌아올지도 미지수란다. 설사 살아 돌아온다 해도 정상적으로 살아 나갈 수 있는지도 의문이지.

테러토리에서는 여기저기 많이 걸어 다녀야만 한단다. 테러토리는 이쪽보다 훨씬 작단다. 그건 너도 알지?"

"네."

"그럴 줄 알았다. 길에서 그 모든 난장판을 겪었을 테니까, 그렇지?"

아까 잠깐 떠올렸던 의문이 다시 생각났다. 주제에서 벗어난 얘기지만 잭은 정말 알고 싶었다.

"스피디 할아버지, 제 몸이 진짜 사라졌던 거예요? 제가 사라지는 거 보셨어요?"

"그럼, 당연하지."

스피디가 손뼉을 한 번 짝 치고는 말해 주었다.

"이렇게 사라졌지."

잭은 저도 모르게 입가에 미소가 서서히 피어올랐고…… 스피디 역시 미소로 응답했다.

"언젠가 발고 선생님의 컴퓨터 수업 도중에 사라지고 싶었던 적이 있어요."

스피디가 어린아이처럼 킬킬거리는 바람에 잭도 따라 웃었다. 두 사람의 웃음소리는 거의 방금 전 맛봤던 블랙베리만큼이나 기분 좋은 것이었다.

잠시 후 스피디가 진지하게 말했다.

"잭, 네가 테러토리에 가야 하는 이유가 있단다. 네가 꼭 가져와야 할 게 있거든. 그것은 강력하고 전지전능한 것이란다."

"그게 저쪽 세계에 있나요?"

"그렇고말고."

"엄마를 도울 수 있는 건가요?"

"엄마랑…… 다른 사람도."

"여왕 말인가요?"

스피디가 고개를 끄덕였다.

"그게 뭐죠? 어디에 있나요? 언제 갈 수 있나요……"

"그만 좀 물어보려무나. 그만!"

스피디가 한 손을 들어 제지했다. 입은 웃고 있었지만 눈은 심각하다 못해 비탄에 잠겨 있었다.

"한 번에 하나씩만 물어보려무나. 그리고 잭, 나도 모르는 건 알려 줄 수 없고…… 허가받지 않은 것도 말해 줄 수 없단다."

"허가를 받지 않았다고요? 대체 누가……"

잭이 당황해하며 물었다.

"또 시작이로구나. 잘 들어라, 방랑자 잭. 조만간 그곳에 다시 가게 될 테니 지금은 듣기만 하렴, 방랑자 잭. 그 블로트라는 작자가 나타나기 전에……"

"슬로트라니까요."

"그래, 바로 그 작자 말이다. 그놈이 오기 전에 어서 떠나야 해."

"하지만 슬로트는 엄마를 괴롭힐 거라고요."

잭은 왜 그런 말을 했는지 스스로도 의아했다. 그것은 진실이기도 하지만, 스피디가 잭의 앞에 마련해 놓은 여행을, 마치 독이 든 식사를 거부하듯 피하려는 핑계이기도 했기 때문이다.

"할아버지는 그 사람을 몰라서 그래요! 그 사람은……"

스피디가 조곤조곤 설명했다.

"나도 그자를 안단다. 오래전부터 알았지, 방랑자 잭. 그리고 그놈도 나를 알아. 내가 찍어 놓은 낙인이 있거든. 눈에 보이지는 않지만 그놈 몸에 있지. 엄마도 자기 한 몸쯤은 돌볼 수 있단다. 적어도 얼마 동안은 스스로 버텨야 할 거야. 네가 떠나야 하니까."

"어디로 가야 하나요?"

"서쪽으로 가야 해. 이쪽 바다에서 저쪽 바다로."

"네?"

잭은 목소리가 커졌다. 머나먼 여정을 생각하자 더럭 겁이 났다. 그때 텔레비전에서 본 지 3일도 안 된 광고가 떠올랐다. 한 남자가 차분하게 10킬로미터 상공에 있는 델리 뷔페에서 맛있는 음식을 집어 들고 있었다. 잭은 지금까지 엄마랑 비행기를 타고 이쪽 해안에서 저쪽 해안으로 족히 수십 번은 날아갔다. 뉴욕에서 로스앤젤레스까지 날아갈 때면 낮 시간을 열여섯 시간이나 벌게 된다는 생각에 내심 즐거웠다. 시간을 훔친 듯한 기분이었다. 비행기로 가는 건 쉬웠다.

"비행기로 가도 되나요?"

"*그건 안 돼!*"

스피디는 거의 고함지르듯 언성을 높였다. 실망감으로 눈이 동그래진 스피디가 억센 손으로 잭의 어깨를 꽉 움켜쥐고 덧붙였다.

"*무슨 일이 있어도 하늘을 날아서는 안 돼! 절대 안 돼! 하늘을 나는 동안 테러토리로 순간이동 했다가는……*"

스피디는 더 이상 말이 없었고 말할 필요도 없었다. 잭은 갑자기 구름 한 점 없이 맑은 하늘에서 추락하는 자신의 모습을 떠올리고 오싹해졌다. 빨간색과 흰색 줄무늬의 럭비 셔츠에 청바지를 입은 채 소리를 지르며 날아가는 소년, 낙하산도 없는 스카이다이버처럼.

"너는 *걸어가야* 한다. 히치하이크 정도는 괜찮아……. 하지만 각별히 조심해야 한다. 저쪽 세계에는 이상한 사람들이 많거든. 그냥 미친 사람도 있고, 너를 만지려는 게이도 있고, 돈을 뜯으려는 폭력배도 있으니까. 하지만 몇 명은 진정한 외부인이란다, 방랑자 잭. 그들은 양쪽 세계에 양다리를 걸치고 있지. 두 개의 머리를 가진 빌어먹을 야누스처럼 이쪽저쪽을 다 보고 있단다. 네가 온다는 것을 그들이 금방 알아챌까 봐 걱정이구나. 그것들은 늘 망을 서거든."

"그들이 트위너들이에요……?"

잭이 더듬더듬 말했다.

"트위너도 있고 아닌 사람도 있단다. 이제 더 이상은 말해 줄 수 없구나. 어쨌든 너는 또 다른 바닷가까지 가로질러 가야 한단다. 여건이 되면 테러토리에서 이동해라. 더 빨리 갈 수 있으니까. 마법 주스만 마시면……"

"그건 정말 싫어요!"

스피디가 단호하게 말했다.

"싫어도 어쩔 수 없어. 바닷가에 도착해 또 다른 알람브라를 발견하면 그곳에 들어가야 해. 무시무시하고 불쾌한 곳이지만 반드시 들어가야만 한단다."

"어떻게 해야 그걸 찾을 수 있죠?"

"그것이 너를 부를 거야. 그 소리가 크고 분명히 들릴 거란다, 얘야."

"왜죠? 그렇게 불쾌한 곳이라면 왜 거길 가야 하냐고요."

잭이 입술에 침을 묻히며 물었다.

"왜냐하면 그곳에 부적이 있기 때문이지. 또 다른 알람브라 호텔 어딘가에 있을 거란다."

"무슨 말인지 모르겠어요!"

"알게 될 거다."

스피드는 자리에서 일어나 잭의 손을 잡았다. 잭도 일어섰다. 흑인 노인과 백인 소년이 서로 마주 보고 섰다.

스피디가 느릿느릿 리듬을 타며 말했다.

"내 말을 들어 보렴, 너는 부적을 손에 쥐게 될 거야, 방랑자 잭. 그것은 너무 크지도 너무 작지도 않아, 마치 크리스털 공처럼 생겼단다. 방랑자 잭, 우리의 방랑자 잭, 캘리포니아로 가서 그것을 가져오렴. 하지만 그것은 책임이자 십자가란다. 잭, 그것을 떨어뜨리는 순간 모든 게 수포로 돌아간단다."

"무슨 말인지 도통 모르겠어요. 할아버지가 하면 안 되나요……."

잭이 겁에 질려 고집스럽게 물고 늘어졌다.

스피디가 불쾌한 얼굴로 대꾸했다.

"그건 안 돼, 오늘 아침엔 회전목마 수리 작업을 마무리해야 해, 잭, 그건 내 임무야. 더 이상 수다 떨고 있을 시간이 없구나. 나는 이제 돌아가야 하고, 너는 이제 길을 나서야 하지. 이제 더 이상은 너에게 말해 줄 수 없구나. 다시 만나게 될 거야. 이쪽 세계에서든…… 아니면 저쪽 세계에서든."

"하지만 무슨 일을 *해야* 할지 도무지 모르겠어요."

스피디는 어느새 몸을 날려 낡은 트럭의 운전석에 앉아 있었다.

"너는 여정을 시작할 만큼은 알고 있단다. 부적을 찾게 될 거다, 잭. 그것이 너를 끌어당길 테니까."

"전 부적이 뭔지도 모른다고요!"

스피디가 웃으며 키를 꽂아 시동을 걸었다. 트럭이 파란색 배기가스를 뿜으며 움직이기 시작했다.

"사전에서 찾아보렴."

스피디는 이렇게 외치고 트럭을 반대 방향으로 돌렸다.

잭은 뒤로 물러섰다가 몸을 돌렸다. 이윽고 트럭이 덜컹거리며 아케이디아 펀월드 쪽으로 돌아가고 있었다. 잭은 연석 옆에 서서 트럭이 멀어지는 것을 지켜보며 인생에서 그 어느 때보다 외롭다고 느꼈다.

5장

잭과 릴리 부인

1

스피디의 트럭이 큰길에서 벗어나 펀월드 아치 아래로 사라져 버리자 잭도 호텔 쪽을 향해 걸어갔다. 부적. 또 다른 알람브라. 또 다른 바닷가. 잭은 가슴이 뻥 뚫린 듯했다. 스피디가 곁에 없으니 그가 맡은 임무가 감당할 수 없는 무게로 다가왔다. 너무 거대하고 막연하게 느껴졌다. 스피디가 설명해 주는 동안은 암시나 경고, 지시의 맥락을 *대부분* 알아들은 것 같았다. 하지만 이제 그가 없으니 그저 단편적으로 다가올 뿐이었다. 그럼에도 테러토리는 실제로 존재하는 곳이었다. 잭은 가능한 한 믿으려고 애썼지만 그것은 포근하면서 동시에 소름 끼쳤다. 테러토리는 실재하는 곳이며 그는 또다시 그곳으로 갈 것이다. 아직 모든 것을 제대로 이해한 건 아니지만, 아무것도 모르는 순례자라 하더라도 잭은 가야만 했다. 이제 남은 일은 엄마를 설득하는 것이었다.

"부적."

잭은 이렇게 되뇌어 보고는 인적이 없는 보드워크 애버뉴를 건너 산울타리 사이로 난 오솔길로 뛰어 올라갔다. 어두컴컴한 알람브라 호텔의 내부, 언젠가 한번은 그 육중한 대문이 쾅 닫히는 바람에 깜짝 놀란 적도 있었다. 로비는 긴 동굴과도 같아서 어둠을 뚫고 나아가려면 횃불이 필요할 정도였다. 창백한 얼굴의 직원이 기다란 데스크 뒤에서 깜박깜박 졸고 있다가 그를 흘겨보았다. 그렇다, 분명 의도가 있는 행동이었다. 잭은 침을 꿀꺽 삼키고 몸을 돌렸다. 직원의 의도는 단지 조롱하는 것뿐이었지만 그것은 오히려 그를 강하게 만들고 성장시켰다.

잭은 등을 곧추세운 채 여유로운 걸음걸이로 엘리베이터 쪽으로 걸어갔다. *검둥이들하고 어울리나 보지? 왜, 검둥이들한테 가서 안아 달라고 해 보시지.* 엘리베이터가 거대한 새처럼 윙윙 소리를 내며 내려오고 문이 열리자, 잭은 안으로 들어갔다. 돌아서서 4층 버튼을 누르자 불이 들어왔다. 직원은 데스크 너머에 유령처럼 서서 얼간이 같은 메시지를 쏟아 내고 있었다. *검둥이가 좋아 검둥이가 좋아 검둥이가 좋아(이봐, 꼬마, 그런 거 좋아하지? 검고 뜨거운 거, 그런 거 좋아하지, 그렇지?)* 그때 다행스럽게도 엘리베이터 문이 닫혔다. 잭은 긴장이 풀린 나머지 내장이 신발까지 쏟아져 내릴 듯한 기분이었다. 엘리베이터가 부들거리면서 올라가기 시작했다.

증오심은 로비에 남겨 두었다. 엘리베이터가 1층 위로 올라가자 공기가 한결 좋아졌다. 이제 엄마한테 잭 혼자서 캘리포니아로 가야 한다고 설득하는 일만 남았다.

모건 아저씨가 엄마를 위한 거라며 내미는 어떤 서류에도 서명

하지 마세요…….

엘리베이터에서 나오면서 난생처음으로 리처드 슬로트는 자기 아버지가 실제로 어떤 사람인지 알고 있을까 궁금해졌다.

2

양초가 없는 촛대들과 파도 치는 바다 위 작은 보트들을 그린 그림들을 지나자 408호 문이 안쪽으로 살짝 열려 있는 것이 보였다. 그 틈새로 스위트룸의 빛바랜 카펫이 눈에 들어왔다. 거실 창문으로 들어온 햇살이 안쪽 벽에 긴 직사각형을 만들었다. 잭이 스위트룸에 들어서면서 엄마를 불렀다.

"저 왔어요, 엄마, 문을 안 닫으셨네요, 무슨 일이라도……."

방에는 잭만 외로이 서 있었다.

"무슨 일이라도 있었니?"

가구들에게 말을 붙여 보았다.

"엄마, 어디 계세요?"

단정하게 정리된 방에 무질서가 줄줄 흘러 다니는 것 같았다. 담배꽁초가 빼곡한 재떨이와 반쯤 남은 물컵이 커피 탁자에 놓여 있었다.

이번에는 결코 당황하지 않으리라, 잭은 스스로에게 다짐했다.

천천히 한 바퀴 돌았다. 엄마의 침실 문은 열려 있었는데 릴리는 한 번도 커튼을 건은 적이 없기에 방 안은 로비처럼 컴컴했다.

"엄마가 여기 어디 있는 거 알아요."

잭은 엄마의 텅 빈 침실을 지나 욕실 문을 노크했다. 대답이 없었다. 욕실 문을 열고 들어가 보니 세면대 옆에는 분홍색 칫솔이 있었고, 화장대에는 색이 연한 머리카락이 엉켜 있는 헤어브러시가 덩그러니 놓여 있었다. *로라 델루시안 여왕*. 마음속 목소리가 말해 주자 잭은 작은 욕실에서 뒷걸음치며 나왔다. 그 이름을 떠올린 것만으로도 벌에 쏘인 듯 마음이 쓰라렸다.

잭은 혼잣말을 했다.

"아, 또다시 이런 일이, 엄마는 어디로 *갔을까?*"

잭은 이미 그 장면을 보고 있었다.

그는 자신의 침실에 들어가면서 보았다. 자신의 침실 문을 열고 헝클어진 침대와 납작 찌그러진 배낭, 그리고 몇 권 안 되는 페이퍼백 책과 화장대에 동그랗게 말아 놓은 양말 들을 훑어볼 때도 보았다. 수건이 바닥과 욕조 가장자리와 포마이카 세면대에 아무렇게나 던져져 있는 자신의 욕실을 들여다볼 때도 보았다.

모건 슬로트가 문을 박차고 들어와 엄마 팔을 잡고 아래층으로 끌고 가고 있었다…….

잭은 서둘러 거실로 돌아와 이번에는 소파 뒤를 찾아보았다.

……엄마를 옆문으로 끌어내 강제로 차에 태울 때 모건 슬로트의 눈동자는 노란색으로 변해 가고…….

잭은 전화기를 들고 0번을 눌렀다.

"여기는, 아, 잭 소여라고 하는데요, 저는, 아, 408호에 묵고 있어요. 엄마가 저한테 남긴 메모가 혹시 있나요? 방에 계신 줄 알았더니…… 사정이 있어서 그러는데요…… 혹시…….'

"확인해 볼게요."

여자가 말했다. 잭은 그녀가 돌아올 때까지 초조해하며 수화기를 꽉 움켜쥐고 있었다.

"408호에 남긴 메모는 없네요."

"407호는요?"

"407호와 408호가 메모함을 같이 써서요."

"아, 30분 정도 안에 찾아온 사람은 없었나요? 누구든 오늘 아침에 온 사람은 없었고요? 그러니까, 엄마를 만나러요."

"프런트에서 알지도 모르겠네요. 전 잘 모르는데 알아봐 드릴까요?"

"미안하지만 부탁합니다."

"오, 아니에요. 이런 영안실 같은 데서 할 일이 생겨서 즐거운걸요. 전화 끊지 말고 기다리세요."

혀끝이 타들어 가는 듯한 순간이 다시 찾아왔다. 여자가 돌아와 말해 주었다.

"방문객은 없었다네요. 방에다 메모를 남기셨을 수도 있지 않을까요."

"네, 그럴 수도 있겠네요."

잭이 시무룩하게 대답하고는 전화를 끊었다. 직원이 사실을 말해 준 게 맞을까? 아니면 모건 슬로트가 우표처럼 작게 접어 둔 20달러짜리를 그 두툼한 직원 손에 쥐여 준 건 아닐까? 그 장면도 잭의 눈에 생생하게 떠올랐다.

쿠션 밑까지 뒤지고 싶은, 말도 안 되는 욕망을 억누르고 소파에 털썩 주저앉았다. 물론 모건 아저씨가 그들 방에까지 찾아와서 엄마를 납치할 수는 없었다. 모건 아저씨는 여전히 캘리포니아에 있으니까. 하지만 다른 사람들을 보내 납치할 가능성도 배제할 수 없었다. 스피디가 언급한 것처럼 양쪽 세계에 양다리를 걸치고 있는 외부인들도 있으니까.

거기까지 생각이 미치자 더 이상 방 안에 처박혀 있을 수만은 없었다. 잭은 소파에서 벌떡 일어나 등 뒤로 문을 닫고 다시 복도로 갔다. 하지만 몇 발짝 떼기도 전에 빙글 몸을 돌려 호텔 방으로 돌아가 열쇠로 문을 따고는 안쪽으로 3센티미터 밀어 살짝 열어 두었다. 그러고는 빠른 걸음으로 엘리베이터로 돌아갔다. 엄마가 로비에 있는 점포로 가거나 신문가판대에서 잡지나 신문을 사려고 열쇠 없이 나갔을 수도 있기 때문이었다.

물론 잭은 초여름 이후 엄마가 신문을 사는 것을 본 적이 없었다. 엄마가 듣고 싶은 모든 뉴스를 호텔 구내방송으로 들을 수 있었기 때문이다.

그럼 산책하러 밖에 나간 걸까?

그게 맞을 것이다. 나가서 체조나 심호흡을 하고 있을 것이다. 어쩌면 조깅을 하고 있을지도 모른다. 어쩌면 릴리 카바노 부인은 갑자기 100미터 달리기가 하고 싶어져서 뛰쳐나갔을 수도 있다. 아니면 바닷가에 허들을 세워 놓고 다음 올림픽에 참가하기 위해 훈련을 하고 있을지도…….

엘리베이터가 잭을 로비에 내려 주자 점포부터 훑어보았다. 카운터 뒤에 앉아 있던 금발의 노부인이 안경 너머로 그를 주의 깊게 살피고 있었다. 동물 봉제 인형과 단정하게 쌓아 놓은 얇은 신문 뭉치와 향기 나는 챕스틱 진열장도 있었다. 잡지가판대에는《피플》

과《유에스》,《뉴햄프셔 매거진》이 꽂혀 있었다.

"실례했습니다."

잭은 몸을 돌렸다.

저도 모르게 황동 명판을 바라보고 있었다. 옆에는 커다란 양치식물이 시들시들 말라 가고 있었다……. 병이 든 것으로 보아 곧 말라 죽을 게 틀림없었다.

'지금부터 노예제도가 힘을 잃어 마침내는 영원히 사라질 것이다.'

가게 점원인 노부인이 헛기침을 했다. 그제야 자신이 한참 동안 다니엘 웹스터의 글을 응시하고 있었다는 것을 깨달았다.

"무슨 일이지?"

등 뒤에서 노부인이 말을 걸었다.

"실례했습니다."

잭은 되풀이해서 사과하고는 로비 중앙 쪽으로 향했다. 거기엔 못마땅한 표정의 직원이 눈썹을 치키고는 옆으로 몸을 돌려 인적이 없는 계단 쪽을 응시하고 있었다. 그럼에도 잭은 그에게 다가갔다.

"실례합니다."

잭이 데스크 앞에 서서 말을 걸었다. 그 직원은 노스캐롤라이나의 주도나 페루의 주요 수출품 같은 걸 기억하려고 애쓰는 척하고 있었다.

"실례합니다."

직원은 언짢은 표정이었다. 막 기억나려던 참인데 방해를 받다니 있을 수 없는 일이었다.

이 모든 것이 연기라는 것을 알았기에 잭은 그에게 말을 걸었다.

"좀 도와주시겠어요?"

그 사내는 마침내 잭을 쳐다보기로 마음을 정한 모양이었다.

"무슨 일인지에 따라 다르겠지, 애야."

직원이 은근히 빈정거리고 있다는 것을 눈치챘지만 잭은 의식적으로 무시하기로 했다.

"조금 전에 저희 엄마가 나가시는 걸 보셨나 해서요."

"조금 전이라는 게 언제쯤이지?"

이제는 드러내 놓고 빈정거리고 있었다.

"엄마가 외출하시는 걸 봤어요? 그것만 말해 주시면 돼요."

"네가 애인이랑 손 잡고 다니는 걸 엄마한테 들켰을까 봐 그러니?"

"맙소사, 이런 심술쟁이가 다 있나."

잭도 자기가 내뱉은 말에 깜짝 놀랐다.

"내가 걱정하는 것은 그런 게 아니에요. 난 단지 엄마가 외출하셨는지 알고 싶을 뿐이라고요. 당신이 정말로 심술궂은 사람이 아니라면 당연히 알려 주겠죠."

잭은 얼굴이 붉게 상기되었을 뿐만 아니라 저도 모르게 주먹을 꽉 쥐고 있었다.

"그래. 외출했어. 하지만 말조심해라, 애야. 나한테 사과하는 게 좋을걸, 잘난 잭 소여 도련님. 나도 눈이 있고, 많은 것을 알고 있단다."

데스크 직원이 등 뒤의 열쇠 선반 쪽으로 유유히 걸어가며 말했다.

"아저씨가 고자질을 하든 말든 그런 건 내 알 바 아니에요."

아빠의 오래된 레코드에서 들은 가사였다. 이 상황에 딱 들어맞는 말은 아니지만 말하고 나니 속이 후련했다. 게다가 직원도 대충 알아들었다는 표정으로 껌벅거렸다.

"정원에 있나 보지, 나도 모르겠다."

직원이 시큰둥하게 말하는 것도 아랑곳없이 잭은 이미 문 쪽으로 달려가고 있었다.

드라이브인 극장의 연인이자 B급 영화의 여왕은 호텔 앞에 펼쳐진 넓은 정원 어디에도 없었다. 잭은 한눈에 알 수 있었다. 잭 역시 엄마가 정원에 있으리라고는 생각지 않았다. 그랬다면 호텔에 들어올 때 마주쳤을 테니까. 게다가 정원 같은 데서 꾸물거리며 시간을 보내는 건 별로 릴리 카바노답지 않았다. 그것은 엄마가 바닷가에서 허들 넘기를 하지 않는 것과 마찬가지였다.

자동차 몇 대가 보드워크 애버뉴를 달렸다. 하늘 저 멀리에서 갈매기가 꽥꽥거리는 소리가 들리자, 잭은 가슴이 좋아드는 것 같았다.

잭은 손으로 머리를 쓸어 올리고 햇살로 눈부신 거리를 두리번거렸다. 어쩌면 엄마도 스피디 할아버지에 대해 호기심을 느꼈을 것이다. 어쩌면 범상치 않은 아들의 친구에 대해 알아보기 위해 놀이공원으로 갔을지도 모른다. 하지만 엄마가 정원에 그림처럼 머물러 있지 않은 것과 마찬가지로 아케이디아 펀월드에 간 엄마의 모습도 도저히 상상이 가지 않았다. 그는 평소에 자주 다니지 않는 시내 방향으로 발길을 옮겼다.

알람브라 호텔과는 높고 두툼한 산울타리 담장을 사이로 이웃한 '아케이디아 티 앤드 잼 전문점'은 일렬로 늘어선 화려한 색깔의 상점들 중 맨 앞에 있었다. 그곳과 '뉴잉글랜드 드럭스'라는 약국만이 노동절 이후 그 테라스에서 유일하게 문을 열고 있었다. 잭은 금이 간 포석 위에서 잠시 망설였다. 차 전문점이라기보다는 찻집이 더 어울리는 그곳은 드라이브인 극장의 연인에게는 어울리지 않았다. 하지만 그곳은 엄마를 찾을지도 모르는 첫 번째 장소였기에 인도를 건너가 유리창 안을 들여다보았다.

머리를 틀어 올린 여성이 현금등록기 앞에 앉아 담배를 피우고 있었고, 핑크색 레이온 드레스를 입은 웨이트리스는 안쪽 벽에 기대고 있었다. 손님은 하나도 보이지 않았다. 그때 알람브라 쪽 테이블에 앉아 찻잔을 들고 있는 나이 든 부인이 눈에 들어왔다. 돌봐줄 사람 하나 없이 외로이 앉아 있었다. 잭은 그 부인이 찻잔을 조심조심 내려놓고 가방에서 담배를 꺼내는 것을 보고 나서야 가슴이 철렁 내려앉는 느낌과 함께 엄마를 찾았다는 것을 깨달았다. 순식간에 나이가 주는 인상이 지워져 버렸다.

하지만 잭은 그 순간을 쉽게 잊을 수는 없을 것이다. 마치 이중 초점으로 한 몸 안에 있는 릴리 카바노 소여 부인과 그 연약한 나이 든 여성을 본 것 같았다.

잭이 문 위에 종이 달려 있다는 걸 알고 살그머니 문을 열었는데도 종이 요란하게 울렸다. 현금등록기 앞에 앉아 있던 금발의 여자가 미소를 지으며 고개를 끄덕였다. 웨이트리스도 드레스 자락을 매만지며 똑바로 섰다. 엄마는 정말로 놀란 표정으로 잭을 쳐다보더니 곧 환한 미소를 지으며 말했다.

"자, 떠돌이 잭, 키가 너무 커서 네가 문으로 들어올 때 네 아빠인 줄 알았지 뭐냐. 가끔씩 네가 겨우 열두 살이란 걸 잊곤 한단다."

　3

"저를 보고 떠돌이 잭이라고 부르셨네요."

잭이 의자를 끌어와 털썩 앉고는 말했다.

엄마의 얼굴은 아주 창백했고 눈 밑 다크서클도 마치 멍든 것처럼 더 짙어졌다.

"아빠가 그렇게 부르셨잖니. 네가 오전 내내 나가서 안 들어오기에 문득 그 생각이 났단다."

"아빠도 저를 떠돌이 잭이라고 부르셨나요?"

"아마도 그럴걸…… 아니, 확실히 그렇게 불렀어, 네가 아주 어릴 때. 방랑자 잭이라고."

엄마가 단호하게 말했다.

"그래, 그렇게 불렀단다. 방랑자 잭이라고. 그러니까, 네가 잔디밭을 기어 다닐 때였지. 아주 재미있었어. 그나저나 문을 열어 두고 나왔단다. 네가 열쇠를 잊어버리고 안 가지고 나갔을까 봐."

"저도 봤어요."

엄마가 무심코 말해 준 새로운 사실 때문에 여전히 얼떨떨했다.

"아침 먹을래? 저 호텔에서는 도저히 밥을 먹을 수가 없어서 말이야."

웨이트리스가 옆으로 다가와 메뉴판을 내밀며 물었다.

"주문하시겠어요?"

"내가 여기로 찾아올 걸 어떻게 알았어요?"

"여기밖에 갈 곳이 어디 있겠니?"

엄마는 그럴듯하게 대답하고는 주문했다.

"내 아들에겐 3성급 아침 식사를 부탁해요. 날마다 반 뼘씩 자라거든요."

잭은 의자에 등을 기댄 채 생각했다. 어디서부터 이야기를 꺼내야 할까.

엄마가 의아스러운 눈으로 흘끗 쳐다보자 잭이 얘기를 시작했다. 이제는 이야기를 해야 했다.

"엄마, 만약에 제가 얼마 동안 먼 곳으로 가게 되면 혼자서 잘 지내실 수 있어요?"

"잘 지낼 수 있냐니, 무슨 말이니? 얼마 동안 멀리 간다는 건 또 무슨 소리고."

"혼자서 괜찮…… 어, 모건 아저씨를 감당할 수 있겠어요?"

엄마가 억지로 미소를 지으며 말했다.

"슬로트 정도야 다룰 수 있지. 어떻게 해서든 얼마 동안은 견딜 수 있단다. 재키, 왜 자꾸 그런 소리를 하는 거냐? 네가 어딜 간다고 그러는 거야."

"저는 가야만 해요. 정말이에요."

뒤늦게 잭은 장난감을 사 달라고 떼를 쓰는 어린아이의 말투로 말했다는 것을 깨달았다. 다행스럽게도 그때 웨이트리스가 토스트와 짤막한 유리잔에 담긴 토마토 주스를 가져왔다. 잠시 한눈을 팔다가 돌아보니 엄마는 테이블에 놓인 삼각형 토스트 너머 잼 병에서 잼을 퍼 토스트에 바르고 있었다.

잭이 말했다.

"전 가야만 한다고요."

엄마는 잭에게 토스트를 건넸다. 뭔가 생각에 잠긴 표정이었지만 아무 말도 하지 않았다.

"엄마, 얼마간 절 못 보실 거예요. 엄마를 도우려고 이러는 거예요. 그래서 제가 가야 하는 거라고요."

"나를 도우려고?"

예상대로 엄마는 못 믿겠다는 듯 차갑게 물었다. 잭이 보기엔 대략 순도 75퍼센트의 불신이었다.

"전 엄마를 구할 거예요."

"그게 다니?"

"전 할 수 있어요."

"네가 엄마 생명을 구한다니 정말 재미있는 소식이구나, 재키야. 언젠간 황금시간대에 내보내야 되겠네. 텔레비전 방송국에 찾아가 보면 어떻겠니?"

엄마는 빨간 잼이 묻어 있는 나이프를 내려놓고 눈을 동그랗게 뜨며 놀려 대듯이 잭을 바라보았다. 하지만 일부러 모르는 척하는 엄마에게서 잭은 두 가지를 발견했다. 불타오르는 공포심과 결국에는 잭이 뭔가를 해낼지도 모른다는 희미한 희망이 엿보였다.

"엄마가 뭐라고 하셔도 전 갈 거예요. 그러니 허락해 주시는 편이 나을 거예요."

"오, 그거 멋진 흥정이구나. 네가 무슨 말을 하는지 전혀 이해할 수가 없으니 특히 더 멋지게 들리는걸."

"말씀은 그렇게 하셔도 엄마는 알고 있어요. 뭔가 생각나는 게 있을 텐데요, 엄마. 아빠가 이 자리에 계셨다면 제가 지금 하는 말을 정확히 이해했을 거예요."

엄마의 얼굴이 상기되고 입은 꾹 다물어졌다.

"재키, 그건 너무 불공평하구나. 비겁하기도 하고. 아빠가 알았을지도 모르는 것을 무기 삼아 엄마를 몰아붙이면 안 돼."

"아빠가 알았을지도 모르는 게 아니라 아빠는 분명히 알고 계셨어요."

"얘야, 무슨 말도 안 되는 소리를 하는 거니?"

스크램블 달걀과 감자튀김, 소시지를 담은 접시를 잭 앞에 내려놓던 웨이트리스가 소리가 나게 숨을 삼켰다.

웨이트리스가 물러가자 엄마는 어깨를 으쓱해 보였다.

"아들이 엄마를 도와준다고 하는데 무슨 말을 어떻게 해야 할지 모르겠구나. 거트루드 스타인이 그랬단다, 말도 안 되는 소리를 아무리 길게 늘어놓아 봐야 말도 안 되는 소리일 뿐이라고."

잭은 되풀이해 말했다.

"엄마, 제가 엄마의 목숨을 구할 거예요. 그러려면 저 멀리로 긴 여정을 떠나 엄마를 구해 줄 것을 찾아 가져와야 해요. 그래서 가려는 거예요."

"나도 네가 하는 말이 무슨 뜻인지 알아들었으면 좋겠구나."

그냥 일상적인 대화일 뿐이야, 잭은 속으로 생각했다. 친구 집에 가서 며칠 지내려고 허락 받는 것처럼 일상적인 대화를 한 거야. 잭은 소시지를 반으로 잘라 한쪽을 깨물어 먹었다. 엄마는 주의 깊게 아들을 뜯어보았다. 잭은 소시지를 다 씹어 먹고 난 다음에는 달걀 프라이를 포크로 집어 입에 넣었다. 뒷주머니에 넣어 둔 스피디의 마법 주스가 돌덩이처럼 무겁게 느껴졌다.

"그리고 내가 물정 모르는 말을 하더라도 내가 말을 하면 듣는 척이라도 하면 좋겠구나."

그러거나 말거나 잭은 달걀을 삼킨 뒤 짭짤한 감자튀김을 덩어리째 입에 넣었다.

릴리 부인은 무릎에 손을 올려놓았다. 잭이 말하지 않는 시간이 길어질수록 릴리는 점점 더 아들의 말에 귀를 기울일 준비가 되었다. 잭은 아침 식사에 전념하는 척했다. 달걀 소시지 포테이토, 소시지 포테이토 달걀, 포테이토 달걀 소시지, 엄마가 참지 못하고 아들에게 소리를 지르기 바로 직전까지 계속 먹었다.

아빠는 나를 방랑자 잭이라고 불렀어, 그건 사실이야, 정말이라고. 잭은 속으로 생각했다.

"*잭……*"

"엄마, 때때로 아빠가 시내에 있는 줄 알고 있었는데 아주 멀리서 전화한 것 같은 느낌을 받은 적은 없었나요?"

이 말에 엄마가 눈썹을 치켜세웠다.

"그럼 때때로, 어, 아빠가 계신 줄 알고 방에 들어갔는데 안 계신 적은요?"

엄마에게 생각할 시간을 주어야 한다.

"그래."

이제 두 사람 모두 동의할 수밖에 없는 지점에 이르렀다.

"그런 일이 어쩌다 있기는 했어."

"엄마, 그런 일이 *나에게도* 벌어졌어요."

"그럴 때면 아빠는 언제나 차근차근 설명을 해 주었어. 너도 알잖니."

"*엄마*도 아시다시피 아빠는 설명을 잘하시잖아요. 유난히 설명하기 어려운 문제들을 잘 해결하셨잖아요. 그래서 아빠가 좋은 에이전트였던 거고요."

이번엔 엄마가 침묵을 지켰다.

"음, 전 아빠가 갔던 곳이 어딘지 알아요. 저도 벌써 다녀왔어요. 오늘 아침에도 거기에 있었죠. 제가 다시 그곳에 가면 엄마를 구할 수 있어요."

"*내 생명을 네가 구해 줄 필요 없어. 아무도 구해 줄 필요 없다고.*"

엄마가 식식거리며 말했다. 잭은 자기가 깨끗이 비운 접시를 내려다보며 뭐라고 중얼거렸다.

"지금 뭐라고 한 거지?"

엄마가 날카롭게 물었다.

"내가 엄마를 구해야 할 것 같다고 말했어요."

잭은 엄마의 눈동자를 빤히 쳐다보았다.

"네가 나를 구한다고 하는데, 어떤 방법으로 구해 주겠다는 거니?"

"그건 대답해 드릴 수 없어요. 아직은 제가 완전히 이해한 게 아니거든요. 엄마, 어차피 학교에도 안 가잖아요……. 기회를 주세요. 일주일 정도만 떠나 있으면 된다고요."

엄마가 다시 눈썹을 치키자 잭도 인정했다.

"좀 더 길어질 수도 있고요."

"머리가 어떻게 된 모양이로구나."

엄마는 이렇게 말했지만 내심 잭을 믿고 싶어 하는 눈치였고 다음 말이 그것을 입증해 주었다.

"만약에…… 만약에 엄마가 제정신이 아니라 네가 그 기이한 볼일을 보러 가도 된다고 허락한다면 너에게 어떤 위험도 없을 거라는 걸 내가 확신할 수 있어야만 하겠구나."

"아빠는 언제나 돌아오셨잖아요."

잭이 지적했다.

"네가 위험해진다면 차라리 내가 죽는 편이 낫지."

그 말에 담긴 진심의 무게가 한참 동안 두 사람 사이를 내리누르고 있었다.

"되도록 자주 전화할게요. 하지만 두어 주 정도 연락이 없어도 너무 걱정 마세요. 저도 아빠가 그랬던 것처럼 무사히 돌아올 테니까요."

"이 모든 게 제정신이 아닌 거 같아, 나까지 말이야. 네가 가겠다는 그곳으로는 어떻게 가는 거니? 그곳은 어디에 있고? 돈은 충분하니?"

"필요한 건 다 있어요."

잭은 부디 엄마가 한 질문 중 처음 두 문제를 더 따져 묻지 않기를 바라며 말했다. 침묵이 길게 이어지자 마침내 잭이 말했다.

"아마 주로 걸어서 갈 거예요. 그 이상은 말씀드릴 수 없어요, 엄마."

"방랑자 잭이라, 믿을 수 있을 것 같기도 하구나……."

"그래요. 그러면 됐어요."

잭이 고개를 끄덕이며 생각했다. 어쩌면 엄마는 진짜 여왕이 아는 것을 몇 가지 알고 있을지도 몰라. 그래서 이 일도 이렇게 쉽게 허락한 거지.

"맞아요. 저도 믿거든요. 그래서 제가 가겠다는 거예요."

"그런데…… 내가 뭐라고 하든 네가 갈 거라고 해서 하는 말인데……"

"물론 전 갈 거예요."

엄마는 용기를 내어 잭의 눈을 쳐다보며 말했다.

"……그럼 내가 뭐라고 하든 소용이 없겠지만, 사실은 아주 중요하단다. 내가 알아. 네가 되도록 빨리 이곳으로 돌아왔으면 좋겠구나, 얘야. 지금 당장 떠나는 건 아니겠지, 그렇지?"

잭이 숨을 깊이 들이마시고 나서 대답했다.

"아니요. 지금 떠나야 해요. 엄마와 작별하자마자 바로 떠나야 해요."

"이 황당무계한 이야기가 믿기다니. 네가 필립 소여의 아들이 맞긴 하구나. 혹시 여기서 여자 친구를 사귄 건 아니니……?"

엄마가 날카로운 시선을 던지며 물었다.

"아니. 여자 친구는 없는가 보구나. 좋아. 엄마 목숨을 구한다고 했지. 그럼 얼른 가거라."

엄마는 고개를 흔들었다. 잭은 엄마의 눈가가 유난히 벌겋게 달아오른 걸 보았다고 생각했다.

"정 떠나야겠다면, 여기서 나가려무나, 재키. 내일 전화하렴."

"할 수 있다면요."

잭이 일어나면서 대답했다.

"물론 네가 전화할 형편이 된다면 말이지. 미안하구나."

엄마는 고개를 숙였지만 아무것도 보지 않았다. 잭이 보기엔 엄마의 눈동자가 초점을 잃은 듯했다. 엄마의 양쪽 뺨이 빨갛게 달아올랐다.

잭은 허리를 숙여 엄마에게 뽀뽀했지만 엄마는 잘 가라는 손짓만 할 뿐이었다. 웨이트리스는 연극 구경을 하듯 두 모자를 뚫어져라 쳐다보았다. 엄마가 말은 그렇게 하지만 잭은 자신이 엄마의 불신의 순도를 50퍼센트로 떨어뜨렸다는 것을 깨달았다. 이 말은 엄마가 무엇을 믿어야 할지 모르는 상태가 되었다는 뜻이었다.

엄마는 잠시 잭을 뚫어져라 쳐다보았다. 엄마의 눈가가 다시금 열에 들뜬 것처럼 벌겋게 달아오른 것을 보았다. 분노 혹은 눈물?

"몸조심하렴."

엄마가 이렇게 말하고는 웨이트리스에게 손짓했다.

"엄마, 사랑해요."

"그런 말일랑 하지 말자꾸나. 길을 떠나럼, 잭. 내 마음이 바뀌기 전에 어서 출발하렴."

이제 엄마는 거의 웃는 표정이었다.

"이제 그만 갈게요."

잭은 몸을 돌려 레스토랑에서 성큼성큼 걸어 나왔다. 뭔가가 머리를 꽉 조이는 것 같았다. 마치 두개골의 뼈가 너무 자라서 그것을 덮고 있는 머리 가죽보다 더 커진 듯했다. 공허한 노란 햇살이 눈을 찔러 왔다. '아케이디아 티 앤드 잼 전문점' 출입구에 달아 놓은 종이 울리자마자 문이 쾅 닫히는 소리가 났다. 잭은 눈을 깜빡이고는 자동차가 오나 두리번거리지 않고 보드워크 애버뉴를 건너갔다.

반대쪽 보도에 올라서자마자 옷을 가지러 호텔로 돌아가야 한다는 것을 깨달았다. 잭이 호텔 현관의 육중한 문을 열 때까지 엄마는 내내 찻집에 앉아 있었다.

데스크 직원은 한 걸음 물러서더니 무뚝뚝한 얼굴로 잭을 빤히 보았다. 그 직원은 속이 부글부글 끓는 눈치였다. 하지만 그가 잭을 보자마자 예민하게 반응하는 이유가 얼른 기억나지 않았다. 엄마와 나눈 대화 — 예상보다 훨씬 짧은 대화를 나눴지만 — 도 며칠은 걸린 것 같았고, 티 앤드 잼 전문점에서 무지하게 오랜 시간을 보내기 전, 잭은 직원에게 '정말 심술궂은 사람'이라고 했다. 사과해야 할까? 하지만 무엇 때문에 그에게 화가 치밀었는지도 기억나지 않았다…….

엄마는 잭이 떠나는 데 동의했다. 여행을 허락한 것이다. 십자포화를 퍼붓듯 눈총을 쏘아 대는 데스크 직원 옆을 지나가는데 비로소 그 이유가 생각났다. 잭은 부적에 대해 콕 집어 말하지 않았다. 하지만 자신이 맡은 임무가 얼마나 정신 나간 일인지 말했다 해도 엄마는 받아들였을 것이다. 너비가 30센티미터는 되는 나비를 가져와 오븐에서 구워 준다고 해도 엄마는 구운 나비를 먹었을 것이다. 역설적이긴 하지만 엄마는 실제로 동의한 것이다. 그것은 부분적으로는 엄마가 지푸라기라도 잡고 싶을 만큼 겁에 질려 있음을 보여 주는 것이었다.

하지만 엄마는 그것이 지푸라기가 아니라 단단한 벽돌이라는 것을 어느 정도는 짐작하고 있었기에 붙잡았다. 엄마가 그곳에 가고 허락한 것은 테러토리에 대해 심증이 있었기 때문이리라.

엄마가 혹시 밤에 자다가 머릿속에서 그 이름을 듣고 깨어난 적은 없을까? *로라 델루시안.*

407호와 408호에 들어가 옷가지를 거의 닥치는 대로 배낭에 집어넣었다. 서랍에 손을 넣어 옷가지가 그리 크지만 않으면 닥치는 대로 배낭에 구겨 넣었다. 셔츠와 양말, 스웨터, 반바지 등. 청바지를 돌돌 말아 그것도 욱여넣었다. 그러고 나자 배낭이 들기 어려울 정도로 무겁다는 것을 깨닫고 대부분의 셔츠와 양말 들을 꺼냈다. 스웨터도 뺐다. 마지막 순간에 칫솔이 생각났다. 배낭을 어깨에 짊어 봤더니 약간 어깨를 누르는 느낌은 있지만 그리 무겁지는 않았다. 이렇게 몇 킬로그램 정도면 충분히 온종일 메고 다닐 수 있었다. 잭은 아무것도 안 하고 잠시 스위트룸 거실에 조용히 서 있었다. 작별 인사를 나눌 사람이 없다는 사실을 — 뜻밖에 매우 가슴 아프게 — 실감했다. 엄마는 잭이 떠났다는 것을 확신하기 전까지는 이 스위트룸에 돌아오지 않을 것이다. 지금 그를 만난다면 가지 못하게 붙잡을 테니까. 이 방 세 개짜리 스위트룸에게는 정든 자기 집에게 했듯이 작별 인사를 할 수 없었다. 호텔 방은 이별에 아무 감정도 느끼지 못한다. 마침내 전화기 옆 메모장으로 가서 호텔 휘장이 찍힌 달걀 속껍질만큼 얇은 종이에 알람브라 호텔에서 제공한 조그맣고 뭉툭한 연필로 그에게 가장 절실한 세 문장을 적었다.

고마워요.

사랑해요.

꼭 돌아올게요.

4

잭은 어디로 가야 할지도 모른 채 북쪽에서 쏟아지는 가느다란 햇살을 받으며 보드워크 애버뉴를 따라 걸었다. 어디로 순간이동을 해야 할지 궁금해하면서……. 테러토리로 '순간이동'을 하기 전에 스피디와 한 번 만나야 하지 않을까? 할아버지와 한 번 더 만나야 할지도 몰랐다. 어디로 가야 할지, 누구를 만나야 할지, 무엇을 찾아야 할지 모르는 상황이니…… 부적은 크리스털 공처럼 생겼단다. 이 한마디가 스피디가 부적에 대해 알려 주려 한 전부란 말인가? 그것과 떨어뜨리면 안 된다는 경고가 전부란 말인가? 한 번도 출석하지 않은 수업에서 기말고사를 치러야 하는 것처럼 준비가 너무 부족해서 슬슬 화가 날 지경이었다.

잭이 서 있는 바로 그곳에서 순간이동을 할 수 있다는 것을 깨닫자 빨리 시작하고 싶어서 조바심이 나기 시작했다. 어서 움직여 여정을 떠나고 싶었다. 다시 테러토리에 가야만 해. 갑자기 모든 게 이해되었다. 그곳에 가고 싶다는 동경과 열망이 몰려들었다. 잭은 그 공기를 다시 마시고 싶었다. 갈망을 느꼈다. 테러토리가, 끝없이 펼쳐진 평원과 나지막한 산줄기가, 무성한 풀숲과 그 사이로 반짝거리는 시냇물이 잭을 부르고 있었다. 잭은 온몸으로 그 풍경을 그리워했다. 바로 그때 약병의 원래 주인인 스피디가 나무 옆에서 무릎을 끌어안고 앉아 있는 것을 보지 못했다면 그 자리에서 약병을 주머니에서 꺼내 끔찍한 맛의 주스 한 모금을 억지로 삼켜 버렸을 것이다. 스피디 옆에는 갈색 식료품 종이 봉투가 있었고, 그 위에는 간 소시지와 양파로 만든 커다란 샌드위치가 있었다.

"이제 가려고 하는구나. 길을 떠나려는 게지. 작별 인사는 했고? 엄마도 얼마간 네가 집을 떠나야 한다는 걸 알고 계시니?"

스피디가 미소를 지으며 물었다.

잭이 고개를 끄덕이자 스피디가 샌드위치를 꺼내며 말했다.

"배고프니? 이걸 먹어라. 나 혼자 먹기에는 너무 많구나."

"먹을 건 저도 가져왔어요. 어쨌든 할아버지를 만나 작별 인사를 할 수 있어서 너무 기뻐요."

"우리 잭이 발동이 걸렸군. 떠나고 싶어서 몸이 근질근질해. 이제 갈 때가 되었군."

스피디가 고개를 갸우뚱 기울이며 말했다.

"스피디 할아버지?"

"내가 가져온 것은 하나도 빠뜨리지 말고 가져가야 한단다. 여기 이 봉투에 담아 왔어. 한번 볼 테냐?"

"스피디 할아버지?"

나무 밑에 앉아 있던 스피디가 눈을 가늘게 뜨고 잭을 올려다보았다.

"아빠가 저를 방랑자 잭이라고 불렀던 것을 아셨나요?"

스피디가 함박웃음을 지으며 잭에게 말했다.

"어, 어디에선가 들어 본 적 있는 것 같구나. 이리 와서 내가 널위해 가져온 것을 보려무나. 그리고 네가 첫 번째로 가야 할 곳도 알려 줘야겠구나, 그렇지?"

잭이 안도의 숨을 내쉬며 인도를 가로질러 스피디가 기대앉은 나무 곁으로 다가갔다. 그는 샌드위치를 무릎 위에 올려놓고 옆에 있던 봉투를 가까이 가져왔다.

"크리스마스 선물이란다."

스피디가 봉투에서 낡고 큼지막한 페이퍼백 책을 꺼내 건네주었다. 그것이 랜드 맥널리(미국의 지도제작 회사 — 옮긴이)에서 발행한 여행용 도로 지도책이라는 것을 잭은 알아보았다.

"고맙습니다."

스피디가 내민 책을 받아 들며 잭은 감사 인사를 했다.

"저쪽 세계에는 지도가 없으니까 랜드 맥널리의 지도에 나온 길을 따라가면 된다. 길을 찾는 데 큰 도움이 될 게다."

"좋아요."

잭이 배낭을 내려 책을 집어넣으려고 하는데 스피디가 가로막았다.

"또 한 가지, 등에 멘 저 근사한 배낭에는 이 책을 절대로 넣어서는 안 된다."

스피디는 납작한 종이봉투 위에 샌드위치를 올려놓고는 기다란 몸을 날렵하게 일으켰다.

"차라리 주머니에 넣고 다녀라."

그러고는 작업복 왼쪽 주머니 안으로 손가락을 집어넣어, 하얀 삼각형 모양의 물건을 릴리 부인이 태리툰을 피울 때처럼 검지와 중지 사이에 끼운 채로 꺼냈다. 잭은 그것이 기타 피크인 것을 금방 알아차렸다.

"이걸 잘 간직해라. 이것을 어떤 사람에게 보여 주면 널 도와줄 게다."

잭은 손가락으로 피크를 집고는 돌려 보았다. 이렇게 생긴 것은 처음 보았다. 섬세한 무늬의 상아색 조각 세공품으로 기이한 문자 같은 것이 사선으로 새겨져 있었다. 추상적인 예술 작품이라고 보면 아름다웠지만 기타 피크로 사용하기에는 조금 무거웠다.

"그분이 누구죠?"

잭이 피크를 바지주머니에 넣으며 물었다.

"얼굴에 큰 흉터가 있지. 테러토리에 도착하자마자 만나게 될 거야. 너를 지켜 줄 거야. 사실은 그가 외곽경비대의 캡틴이란다. 네가 만나야 할 여성이 있는 곳으로 데려다줄 거다. 그러니까, 네가 반드시 만나야 할 여성 말이다. 너도 네가 목숨을 걸어야 할 또 다른 이유를 알잖니. 그곳에 있는 내 친구가 네가 하려는 일을 금방 알아차리고 그녀에게 데려갈 방법을 강구할 거란다."

"그 부인이……"

잭이 말을 맺기도 전에 스피디가 말을 끊었다.

"그래, 너도 알고 있잖니."

"여왕이시군요."

"여왕을 잘 살펴보아야 한다, 잭. 여왕을 만나면 네가 무엇을 보고 있는지 알게 될 거란다. 여왕의 *정체*를 알게 될 거라고, 알아들었냐? 그다음엔 서쪽으로 가야 한단다."

스피디는 선 채로 잭의 얼굴을 엄숙히 뜯어보았다. 마치 두 번 다시 잭의 얼굴을 못 볼 거라고 말하는 듯했다. 스피디의 주름살이 씰룩거리는 것 같더니 그가 말했다.

"블로트라는 작자를 멀리해야 해. 그놈과 놈의 트위너가 쫓아오지 않는지 잘 살펴야 한단 말이다. 조심하지 않으면 그놈이 네가 어디로 가는지 알아챌지도 모르니까. 일단 그놈이 네가 가는 곳을 알게 되면 여우가 거위를 쫓듯이 따라붙을 거란다."

스피디는 손을 주머니에 찔러 넣은 채 다시 잭의 얼굴을 보며 뭔가 더 해 줄 말이 없는지 궁리하던 끝에 마지막 말을 던졌다.

"부적을 찾아야 한다, 애야. 부적을 찾아서 안전하게 가져와야 해. 어깨가 무겁겠지만 그 일을 마치고 나면 한결 성장해 있을 거란다."

스피디가 들려주는 이야기에 집중한 나머지 잭은 스피디의 주름진 얼굴을 눈을 가늘게 뜨고 보고 있었다. 흉터 있는 사내, 외곽경비대의 캡틴. 여왕. 포식자처럼 자기 뒤를 쫓아오는 모건 슬로트. 영토 반대편에 있는 악의 저택. 어깨가 무거웠다.

"알았어요."

문득 여기서 도망쳐 엄마가 있는 티 앤드 잼 전문점으로 돌아가고 싶었다.

스피디는 들쭉날쭉한 치아를 드러내며 따뜻하게 미소 지었다.

"그렇고말고, 우리의 방랑자 잭이 준비를 마쳤군."

스피디의 미소가 한층 깊어졌다.

"이제 특별한 주스 한 모금을 마셔야 할 시간이다, 안 그래?"

"그런 것 같네요."

잭은 뒷주머니에서 어두운 색의 병을 꺼내 뚜껑을 열고 스피디의 눈을 바라보았다. 노인의 연한 색깔 눈동자가 똑바로 잭을 마주보고 있었다.

"내가 도울 수 있는 게 있다면 언제라도 달려갈 거란다."

잭은 고개를 끄덕이고는 눈을 깜박이며 병 입구를 입으로 가져갔다. 달큰하게 썩은 악취가 병에서 올라오자 무의식적으로 경련이 일어나 목구멍이 저절로 닫히려고 했다. 잭이 병을 기울이자 그 끔찍한 맛이 입으로 침입해 들어왔고, 위장이 저절로 죄어들었다. 약을 넘기자 타는 듯한 액체가 목구멍을 거칠게 타고 내려갔다.

눈을 뜨기 전부터 주위의 풍부하고 맑은 향기 덕분에 잭은 자신이 테러토리로 순간이동 했다는 것을 알 수 있었다. 말들, 수풀, 날고기의 현기증 나는 냄새, 먼지, 맑은 공기가 그것을 알려 주었다.

이쪽 세계의 슬로트(I)

"나도 내가 일중독이라는 것을 알고 있어."

그날 저녁 모건 슬로트는 아들 리처드 슬로트에게 말하고 있었다. 리처드는 기숙사 1층 복도의 공용 전화로 통화 중이었고, 그의 아버지는 소여 앤드 슬로트사가 비벌리힐스에서 처음으로 부동산에 손을 대 재미를 본 건물 최상층의 책상에서 통화 중이었다.

"하지만 이 아버지가 말해 주는데, 애야, 네가 무언가를 제대로 해내려면 네가 직접 뭐라도 해야 할 때가 많단다. 세상을 떠난 아버지 동업자의 가족이 관련된 일인 경우에는 특히 더 그렇지. 며칠만 다녀오면 될 거야, 그래야지. 그 빌어먹을 뉴햄프셔에서 일을 다 마무리하는 데는 일주일이면 충분할 거야. 일이 끝나는 대로 전화하마. 그다음엔 예전에 그랬던 것처럼 캘리포니아에서 기관차를 타자꾸나. 아직 정의는 살아 있으니까. 아버지를 믿으렴."

이 건물은 슬로트가 눈독을 들이던 거라 특별히 애착을 갖고 있었다. 소여와 슬로트는 이 건물을 단기임대로 사들인 뒤(소송의 집중

포화를 퍼부어) 장기임대로 바꾸었다. 평당 임대료도 정하고 필수적인 개보수를 한 뒤 새 임대인 모집 광고를 냈다. 기존 임대인은 1층의 중국음식점 한 곳뿐이었는데, 그나마 시세의 3분의 1 가격의 임대료를 내면서 버티고 있었다. 슬로트는 중국인과 점잖게 타협하려고 했지만 그가 임대료 문제로 만나려는 사실을 알자 갑자기 태도가 돌변하여 영어를 말할 줄도 들을 줄도 모르는 시늉을 했다. 슬로트의 협상 시도가 여러 날 지지부진 진척이 없던 중 우연한 기회에 주방 보조가 주방 뒷문을 통해 기름통을 밖으로 가져 나오는 것을 목격했다. 기회다 싶어 몰래 그 뒤를 따라가 보니 그가 어둡고 비좁은 골목으로 들어가 쓰레기통에 기름을 쏟아 버리고 있었다. 그것으로 충분했다. 이튿날 골목과 중국음식점 사이에는 철망 울타리가 세워졌고, 그다음 날에는 위생국 감독관이 와서 중국인에게 고발장과 소환장을 전달했다. 이제 주방 보조는 주방을 가로질러 밖으로 나와 슬로트가 식당 둘레에 쳐 놓은 철조망 밑에 쓰레기며 기름을 버려야 했다. 음식점 매출은 형편없이 떨어졌다. 근처에 쌓인 쓰레기에서 나는 악취 때문에 손님들이 발길을 끊었기 때문이다. 중국음식점 주인은 다시 영어를 유창하게 하게 되었고 두 배의 월 임대료를 내겠다고 자청하고 나섰다. 슬로트는 감사의 말을 전했지만 그 조건에 대해서는 일언반구도 하지 않았다. 그리고 그날 밤 슬로트는 마티니 석 잔을 마시고 중국음식점으로 차를 몰아 트렁크에서 야구방망이를 꺼냈다. 그리고 한때는 유쾌한 길가 풍경을 내다볼 수 있었지만 이젠 철망 울타리와 옹기종기 모인 쓰레기통만 보이는 긴 유리창을 산산조각 내 버렸다.

그가 그런 짓을 한 것은 맞지만…… 엄밀하게 말해 그 일을 할 때 그는 슬로트가 아니었다.

다음 날 중국집 주인은 다시 한 번 만나기를 청해 이번에는 네 배를 주겠다고 제안했다.

굳은 얼굴의 중국집 주인을 보며 슬로트가 말했다.

"이제야 말이 통하는군. 그렇다면 좋소! 우리는 이제 한 배를 탔다는 증거로 유리창 값은 반반씩 내기로 합시다."

소여 앤드 슬로트사가 이 건물의 소유주가 되고 나서 9개월이 안 되어 임대료는 대폭 상승했고, 초기 투입 비용과 예상 수익이 나타내는 전망은 매우 암울해졌다. 지금은 이 건물이 소여 앤드 슬로트사의 소박한 투자 사업 중 하나로 전락했지만 모건 슬로트에게는 그들이 시내에 세운 초대형 신축 건물들 못지않게 자랑거리였다. 그는 아침 출근길에 예전에 자신이 철조망 울타리를 둘러쳤던 곳을 지나칠 때마다 ─ 하루도 빠짐없이 ─ 소여 앤드 슬로트사에 얼마나 공헌했는가를 되새기면서 자신의 요구가 정당하다는 것을 상기했다.

아들인 리처드와 얘기하다 보니 자신의 궁극적인 욕망이 정당하다는 생각에 불이 붙기 시작했고, 결국 필립 소여의 회사 지분을 차지하려는 것이 리처드를 위한 일이라는 데 생각에 미쳤다. 어떤 의미에서 리처드는 자신의 불멸을 상징하는 존재였다. 슬로트는 리처드를 명문 경영대학원에 진학시키고 법학 학위를 받게 한 뒤 회사에 합류시킬 생각이었다. 이렇게 만반의 준비를 갖추면 리처드는 소여 앤드 슬로트사라는 섬세하고 복합적인 조직을 다음 세기까지 이끌어 갈 수 있을 것이다. 아들 리처드는 아직 어려서 화학을 전공하고 싶다는 꿈을 갖고 있지만 자신의 꿈을 묵살하려는 아버지의 의지를 그리 오래 거스르지 못할 것이다. 리처드는 영리해서 분젠 버너로 시험관을 가열하는 일보다 아버지가 하는 일이 훨씬 더 보수가 많은 것은 물론이고 훨씬 재미있다는 걸 깨닫게 될 것이다. 일단 리처드가 현실 세계를 한 번이라도 경험하게 되면 '화학 연구원'이 되겠다는 소리는 쑥 들어갈 것이다. 그리고 리처드가 잭 소여에게 어떻게 대접해 줘야 공정한가에 관한 문제에 관심을 갖게 된다면 1년에 5만 달러를 지급하고 대학 교육을 보장하는 제안이 그저 공정한 정도가 아니라 아주 너그러운 처사라는 걸 이해할 것이 틀림없었다. 이 정도면 더없이 후한 대접이 아닌가. 어쨌든 잭이 사업의 일부를 달라고 하거나, 사업에 동참할 만한 재능이 있는 것도 아니지 않은가?

게다가 사고란 언제 어디서 일어날지 모르는 것이다. 잭 소여가 스무 살까지 살아 있을 거란 보장이 있는 것도 아니지 않은가.

슬로트가 아들에게 말했다.

"자, 가장 중요한 것은 모든 서류를 갖추고, 소유권 관련 문제를 다 처리해 놓는 게 관건이란다. 시간이 걸리더라도 빠짐없이. 릴리 아줌마는 아주 오랫동안 아버지를 피해 왔단다. 엄밀히 말해, 지금쯤 아줌마의 두뇌는 치즈처럼 흐물흐물한 상태일 거야, 아버지가 하는 말 믿어라. 아줌마는 앞으로 1년도 못 버틸 것 같아. 그러니 지금 릴리 아줌마에게 손을 써 놓지 않으면, 자칫 아줌마가 전 재산을 유언장에 넣어 공증을 받거나 신탁 기금에 넣을 우려가 있어. 릴리 아줌마가 그 일의 관리를 나한테 맡길 가능성은 거의 없단다. 애야, 애초에 이런 골치 아픈 얘기를 너한테 할 생각은 없었어. 그냥 아버지가 며칠 동안 집을 비울 거라는 걸 알려 주려고 한 거야, 네가 전화를 할지도 모르니까. 무슨 일이 생기면 편지를 보내렴. 기관차 잊지 않았지? 꼭 다시 타러 가자꾸나."

아들은 편지를 쓰고 열심히 공부하는 한편 아버지나 릴리 카바노 아줌마나 잭에 대해 신경 쓰지 않겠다고 약속했다.

이 순종적인 아들이 스탠퍼드 대학교나 예일 대학교의 졸업반 정도 되면 슬로트는 아들을 테러토리로 데려갈 것이다. 슬로트가 처음 필 소여를 통해 테러토리의 존재를 알아냈을 때보다 예닐곱 살 어린 셈이었다. 그것은 두 사람이 처음으로 문을 연 노스할리우드의 사무실에서였다. 대마초에 취해 명랑해진 필 소여는 처음에는 슬로트를 어리둥절하게 만들고, 뒤이어 벌컥 화를 내게 한 끝에 (왜냐하면 슬로트는 필 소여가 자신을 비웃는 거라고 확신했기 때문에) 결국에는 강력한 호기심을 품게 했던 것이다(왜냐하면 필은 너무 취해서 또 다른 세계에 대한 이런 공상과학 소설 같은 해괴한 이야기를 꾸며 낼 수 없었기 때문에). 이제 리처드를 테러토리로 데려가―아직 스스로 찾아내지 못했다면―자기 눈으로 테러토리를 보게 하면 생각이 달라질 것이다. 테러토리의 일면을 흘끗 보기만 해도 과학만능주의 따위는 송두리째 흔들릴 것이다.

슬로트는 반들거리는 정수리를 손바닥으로 한 번 쓸고는 손가락으로 느긋이 콧수염을 매만졌다. 단지 아들의 목소리만 들었을 뿐인데도 왠지 모르게 마음이 편안해졌다. 리처드가 얌전히 자신을 따라오는 한 모든 일이 잘 풀리고 모든 것이 제자리로 돌아갈 것이다. 일리노이주 스프링필드의 테이어 학교의 넬슨 기숙사에는 이미 밤이 찾아왔고, 리처드 슬로트는 녹색 복도를 따라 자기 책상으로 돌아가고 있었다. 아마도 캘리포니아 해변에서 아버지와 기차를 타며 즐거운 시간을 보냈던 걸 떠올리며 다시 기차를 탈 날을 손꼽고 있으리라. 리처드가 잠들 무렵이면 모건의 제트기는 까마득한 상공에서 공기의 저항을 헤치며 북쪽으로 160킬로미터를 날아가고 있을 터였다. 그때도 모건은 일등석 창문을 통해 내려다보며 구름이 갈라져 달빛이 아들이 있는 곳을 비춰 주길 바라고 있을 것이다.

슬로트는 — 사무실에서 집까지 30분밖에 걸리지 않았지만 — 한시라도 빨리 집으로 가고 싶었다. 그래야 공항으로 가기 전에 옷을 갈아입고 먹을 것을 챙기고 마약을 코로 흡입할 수 있었기 때문이다. 하지만 그 대신 마리나로 가기 위해 고속도로를 질주해야만 했다. 영화사에서 해고를 당하기 직전이라 너무 흥분한 고객과 약속이 있었을 뿐만 아니라 소여 앤드 슬로트사의 프로젝트가 마리나 델레이 해안 위쪽을 오염시키고 있다고 주장하는 훼방꾼들과 만나야 했다. 어느 것도 미룰 수 없었다. 슬로트는 릴리 카바노 부인과 그녀의 아들 잭 소여의 후견인이 되는 대로 고객들을 대폭 정리하기로 마음먹었다. 이제 훨씬 큰 대어를 낚았기 때문이다. 이제 그가 중개하는 영역은 거의 모든 분야에 이르게 될 거고 지금까지처럼 단지 10퍼센트만 챙기고 물러나는 일은 없을 것이었다. 돌이켜 보면 그렇게 오랜 세월 동안 어떻게 필 소여의 방식을 참고 견뎠는지 모를 일이었다. 동업자인 필은 결코 성공을 위한 도박을 하지 않았고 심각하게 고려해 본 적도 없었다. 성실성이나 명예 같은 감상적인 사고방식에 사로잡혀 아이들이 세상일에 눈을 뜨기 전까지 반드시 예절을 몸에 익혀야 한다는 따위의 생각에 물들어 있었다. 지금 슬로트가 벌이고 있는 도박에 비하면 보잘것없지만 소여 가문 사람들이 그에게 빚을 지고 있다는 사실을 잊을 수는 없었다, 정말로……. 그들에게 얼마나 시달렸는지를 떠올리자 심장 마비라도 온 것처럼 속쓰림과 가슴 통증이 찾아왔고, 여전히 햇볕이 쨍쨍 내리쬐는 건물 옆 주차장에 세워 둔 자동차에 도착하기 전 양복 주머니에 손을 넣어 쭈글쭈글한 제산제 봉지를 꺼냈다.

필 소여는 슬로트를 업신여겼고 그 기억은 지금껏 마음에 앙금으로 남아 있었다. 필도 다른 작자들과 마찬가지로 슬로트를 철저히 통제된 상황에서만 바구니 밖으로 나오게 하는 훈련된 방울뱀 취급을 했다. 슬로트가 자신의 소형차를 한 바퀴 돌면서 긁히거나 찌그러진 곳이 없는지 살피는 동안 납작해진 카우보이모자를 쓴 시골뜨기 주차요원은 그에게서 눈을 떼지 못하고 있었다. 제산제가 녹으면서 타는 듯한 가슴 통증은 가라앉았지만 땀으로 셔츠 옷깃이 축축해졌다. 주차요원은 차마 알은체를 하지 못하고 있었다. 몇 주 전 BMW 문에서 살짝 긁힌 자국을 발견하고는 주차요원을 말로 혼쭐을 내주었기 때문이다. 그에게 고함을 지르는 동안 시골뜨기의 초록 눈에서 흉포한 빛이 치미는 것을 보고 환희에 가까운 쾌감을 느꼈다. 슬로트는 주차요원의 주먹이 날아들기를 바라며 더 심한 욕을 퍼부으면서 뒤뚱뒤뚱 다가갔다. 하지만 주차요원은 돌연 전의를 상실했는지 힘없이 변명을 늘어놓기 시작했다. 혹시 저게 다른 곳에서 *살짝* 받힌 자국은 아닐까요? 레스토랑 주차장 같은 데에서 말이죠. 아시다시피, 그 멍청이들은 차를 마구 다루지 않습니까요. 밤이라 잘 안 보여서 그랬는지도…….

"그 냄새 나는 입 닥쳐. 네가 말한 살짝 받힌 자국을 고치려면 네 주급의 두 배는 더 든단 말이야. 너 같은 카우보이 따위는 지금 당장 해고해야 마땅하지만 내가 그러지 않는 것은 네 주장이 맞을 가능성이 2퍼센트 정도는 있기 때문이야. 지난밤 체이슨 레스토랑을 나올 때 문손잡이 아래를 확인 안 했을 수도 있거든. 확인했을 수도 있고 안 했을 수도 있어. 하지만 네가 앞으로 또다시 나에게 말을 건다면, '안녕하십니까, 슬로트 씨.'나 '안녕히 가십시오, 슬로트 씨.'라는 인사말 외에 한마디라도 더 한다면, 그 자리에서 지체 없이 네 놈 목을 잘라 버릴 줄 알아."

그리하여 시골뜨기는 슬로트가 자동차를 샅샅이 검사하는 모습을 지켜보면서 차체에 조금이라도 흠집이 나면 목이 달아날 거라고 겁에 질려 있었다. 그래서 의례적인 인사를 하기 위해 가까이 오는 것도 주저했던 것이다. 가끔 주차장이 내려다보이는 창문을 통해 주차요원이 BMW의 보닛에 묻은 새똥이나 진흙 같은 오물을 필사적으로 닦는 모습이 목격되기도 했다. 이런 게 바로 경영이라는 것일세, 친구.

주차장을 빠져나오면서 백미러로 그 시골뜨기의 표정을 보았다. 그것은 유타주의 이름 모를 곳에서 필 소여가 마지막 숨을 몰아쉴

때 지었던 표정과 너무나 흡사했다. 고속도로 진입차선으로 들어서는 동안 슬로트의 얼굴에선 내내 미소가 떠나지 않았다.

필립 소여는 예일대 신입생으로 처음 만났을 때부터 모건 슬로트를 얕보았다. 돌이켜 보면 그는 남들에게 업신여김을 당할 만하다고 비쳤을지도 몰랐다. 한편으로 난생처음 오하이오주 애크론을 떠난 열여덟 살의 땅딸막한 슬로트는 세련된 도시 생활에 대해선 하나도 몰랐고, 오직 하루빨리 야망을 이루려는 초조함으로 가득 차 있을 뿐이었다. 동급생들이 뉴욕에 대해 이야기하며 21클럽이나 스토크 클럽을 들먹이고 베이슨 스트리트 클럽에서 브루벡(유명 재즈 피아니스트 데이브 브루벡을 말한다. ─옮긴이)과 마주치거나 뱅가드 클럽에서 에롤 가너(특유의 스윙 연주 스타일을 확립한 재즈 피아니스트─옮긴이)의 공연을 본 얘기를 나눌 때 그는 자신의 무지를 들키지 않으려고 비지땀을 흘려야 했다.

"난 다운타운 쪽이 마음에 들더라고."

슬로트가 최대한 가볍게 말을 던졌다. 하지만 손바닥에는 땀이 흥건했고 주먹을 너무 꽉 쥐어서 경련이 일어날 지경이었다.(아침에 일어날 때마다 손톱에 파여 멍이 든 손바닥이 문신처럼 보였다.)

"다운타운 쪽이란 게 뭔데, 모건?"

톰 우드바인이 묻자 다른 애들이 킬킬거렸다.

"브로드웨이랑 빌리지 쪽 말이야. 너도 잘 알잖아."

더 노골적으로 더 크게 킬킬거렸다. 슬로트는 외모도 신통치 않았고 옷차림도 형편없었다. 옷이라곤 단 두 벌뿐이었는데 두 벌 다

진회색이었고 허수아비에게나 어울리겠다 싶을 만큼 크고 헐렁했다. 고등학교 때부터 머리가 빠져서 짧게 자른 머리카락 사이로 분홍색 두피가 드러나 보였다.

그렇다. 슬로트는 결코 미남이 아니었으며 그 사실이 사사건건 그의 인생에 끼어들었다. 다른 사람들과 함께 있으면 자신이 꽉 쥔 주먹 그 자체 같았다. 아침마다 손바닥에 나 있는 멍 자국은 그늘진 그의 영혼을 찍은 사진 같은 것이었다. 슬로트나 소여처럼 연극에 관심이 있는 다른 친구들은 용모가 빼어나고 늘씬한 몸매에 붙임성도 좋았다. 다른 친구들은 대번포트의 스위트룸에서 안락의자에 누워 느긋하게 시간을 보내는 동안 슬로트는 땀범벅이 되어 의식이 몽롱한 채 바지에 주름이 가지 않도록 우두커니 서 있어야 했다. 그래야 며칠이라도 더 입을 수 있었기 때문이다. 때때로 그들을 보면 젊은 신들이 모여 있는 것 같았고, 어깨에 두른 캐시미어 스웨터는 황금 양모처럼 보였다. 그들은 배우나 극작가, 작곡가가 되는 과정을 밟고 있었다. 슬로트는 자신이 그들의 감독이 되는 모습을 머릿속에 그리곤 했다. 그들을 자기만이 풀 수 있는 문제와 설계도로 촘촘히 얽힌 그물망에 가두어 옴짝달싹 못 하게 하고 싶었다.

슬로트에게 상상할 수 없을 만큼 부유해 보였던 소여와 톰 우드바인은 룸메이트였다. 연극에 별반 관심이 없었던 우드바인이 학부 연극 워크숍 주위를 어슬렁거린 이유는 거기 필이 있었기 때문이다. 토머스 우드바인 역시 사립학교 출신의 귀공자였지만 완벽주의자이자 대쪽 같은 성품의 소유자라는 점에서 다른 애들과 달랐다. 변호사가 되려고 준비 중이라고 했지만 이미 법관의 미덕인

정직성과 공정성을 갖추고 있었다.(사실 우드바인의 지인 중 대부분은 그가 대법관이 될 거라고 추측했지만 본인은 주위의 그런 기대를 부담스럽게 느끼는 듯했다.) 슬로트가 보기에, 우드바인은 야망이 없었다. 잘사는 것보다는 올바르게 사는 일에 더 관심을 가졌다. 그는 이미 모든 것을 갖추었지만 설사 부족한 것이 생기더라도 다른 이들이 즉시 메워주었다. 태어날 때부터 모든 걸 갖춘 데다 교우관계도 좋은 그에게 야망이 무슨 필요가 있겠는가. 슬로트는 거의 무의식적으로 우드바인을 증오해서 '토미'라는 애칭으로는 한 번도 부른 적이 없었다.

예일대에서의 4년 동안 슬로트가 감독한 영화는 두 편이었는데, 하나는 「출구 없음」으로 학생신문에서는 '화가 날 만큼 혼란스럽다'고 평했다. 다른 하나는 「볼포네(이탈리아어로 여우라는 뜻이다. —옮긴이)」로 이것은 '역겹고 냉소적이며 사악하고 믿을 수 없을 만큼 형편없다'는 평을 받았다. 작품들에 대한 혹평은 대부분 슬로트에게 책임이 있었다. 어쩌면 슬로트는 연출가로서는 적합하지 않은지도 몰랐다. 그의 비전은 너무 강렬하고 혼란스러웠다. 그럼에도 그의 야망은 조금도 수그러들지 않았고 방향을 살짝 돌렸을 뿐이었다. 그 자신이 카메라 뒤에 설 수 없더라도 카메라 앞에 있는 사람들을 뒤에서 조종할 수는 있을 것 같았다. 그즈음 필립 소여도 같은 생각을 갖기 시작했다. 연극을 사랑하지만 어디로 진로를 정해야 할지 확신할 수 없던 중에 자신에게 배우나 작가를 대변하는 능력이 있을지도 모른다는 생각을 떠올린 것이다.

졸업반이 되자 필이 슬로트에게 제안했다.

"로스앤젤레스로 가서 에이전트 사무실을 차리지 않을래? 부모님이야 당연히 무모한 일이라고 반대하시겠지만 우리가 해낼 수 있을지도 모르잖아? 이삼 년은 고생할 각오를 해야겠지만."

슬로트도 1학년 때부터 눈치챘지만 필 소여는 전혀 부유하지 않았다. 단지 부유해 *보였을* 뿐이다.

"만약 일이 잘돼서 여유가 되면 토미를 우리 변호사로 영입하면 되지. 그때쯤이면 토미도 법학대학원을 마칠 테니까."

그때가 되면 어떻게 해서든 토미가 회사에 들어오지 못하게 막아낼 거라고 속으로 생각하면서 슬로트는 대답했다.

"좋아, 그러자고. 그런데 회사 이름은 뭐라고 지을까?"

"네 맘대로 해. 슬로트 앤드 소여는 어떨까? 아니면 알파벳순으로 할까?"

"소여 앤드 슬로트사라, 왜 안 되겠어. 알파벳순으로 하니까 진짜 근사한 이름이 되는걸."

슬로트가 속이 부글거리는 걸 참으며 맞장구를 쳤다. 필립은 안 그런 척하지만 실은 영원히 자기를 아래에 두려는 꿍꿍이인 게 틀림없었다.

필이 예측했듯 양쪽 부모 모두 반대했지만 날 때부터 에이전트 재능을 타고난 두 동업자는 고물 데소토(모건의 차였다. 그가 얼마나 소여에게 베풀었는지를 보여 주는 또 다른 증거라고 할 수 있다.)를 몰고 로스앤젤레스로 향했다. 먼저 생쥐와 벼룩의 낙원인 노스할리우드 빌딩에 사무실을 차리고 클럽을 전전하며 새로 찍은 근사한 명함을 뿌리기 시작했다. 아무 소득이 없었다. 거의 4개월 동안은 완전한 실패였다. 노상 취해 있어서 웃길 시간이 없는 코미디언과 글을 쓰지 못하는 작가, 에이전트에게 줄 수수료를 떼먹기 위해 항상 현찰로 받겠다고 고집하는 스트리퍼가 고작이었다. 그 무렵 어느 늦은 오후에 마리화나와 위스키에 취해 있던 필이 킬킬거리며 슬로트에게 테러토리에 대한 얘기를 꺼냈다.

"내가 무엇을 할 수 있는지 이젠 알겠지, 야심 많은 아무개 씨? 오, 나는 여행을 할 수 있지, 동업자, 어디든 갈 수 있지."

이윽고 두 사람 모두 양쪽 세계를 오가게 되었을 무렵 필 소여는 어느 스튜디오 파티에서 떠오르는 신인 여배우를 만나 채 한 시간도 안 되어 최초의 주요 고객으로 삼았다. 게다가 그녀에게는 에이전트에게 비슷비슷하게 불만이 많은 친구 세 명이 있었다. 친구 한 명의 남자친구는 제대로 된 영화 대본을 써 놓은 뒤 에이전트를 찾고 있었고, 그 남자친구의 남자친구는……. 이런 식으로 3년이 채 못 되어 두 사람은 새 사무실로 옮겼고 새 아파트에서 살게 되었다. 다시 말해 할리우드 영화산업에 발을 디딜 수 있게 되었던 것이다. 슬로트가 결코 이해하지 못한 채 조금만 맛을 본 테러토리 덕을 본 셈이었다.

소여가 에이전시의 고객 관리를 하는 대신 슬로트는 돈과 투자, 비즈니스를 담당했다. 소여는 점심 대접이나 비행기 표 등 지출을 주로 한 반면 슬로트는 돈을 비축했다. 덕분에 그 과정에서 슬쩍 자기 몫을 챙길 수도 있었다. 또한 토지 개발이나 부동산, 프로덕션 계약 등 새로운 영역을 개척한 것도 슬로트였다. 토미 우드바인이 로스앤젤레스에 도착했을 무렵 소여 앤드 슬로트사는 500만 달러

규모의 기업이 되어 있었다.

슬로트는 여전히 옛 룸메이트가 달갑지 않았다. 토미 우드바인은 10킬로그램 이상 살이 불었지만 예전보다 더 파란색 스리피스 양복을 입은 법관처럼 보였고 또 그렇게 처신했다. 뺨은 언제나 희미하게 홍조를 띠고 있었지만(슬로트는 알코올중독이 아닐까 하고 의심했다.) 태도는 여전히 친절하고 사려 깊었다. 세상이 우드바인에게도 흔적을 남기기는 했다. 눈가엔 잔주름이 잡혀 더 노회해 보였고, 눈매에도 예일 대학의 귀공자였을 때보다는 훨씬 조심스러움이 엿보였다. 슬로트는 한눈에 알아차렸지만 필 소여는 톰 우드바인이 커다란 비밀을 가지고 있다는 걸 말해 주지 않는 한 결코 깨닫지 못했을 것이다. 귀공자였을 때는 어땠는지 몰라도 지금의 토미는 동성애자였던 것이다, 아마도 그는 스스로를 게이라고 할 테지만. 그 덕에 모든 일이 한결 손쉬워졌다. 마침내 토미를 처치할 때도 아주 순조로웠다.

동성애자들은 언제나 살인 사건의 피해자가 되지 않던가? 게다가 체중이 100킬로그램에 육박하는 동성애자에게 10대 소년의 후견인을 맡기려는 사람은 없을 것이다. 이 정도면 필 소여가 저지른 일련의 판단 착오로 인해 사후에 벌어질 재앙으로부터 구해 준 셈이었다. 애당초 필 소여가 슬로트를 사후 재산관리인 겸 아들의 후견인으로 지정했다면 아무런 문제도 없었을 것이다. 사실을 말하자면, 테러토리에서 온 살인마들 — 잭을 유괴하려다 실패한 그 두 사람 — 은 빨간 신호등을 무시하고 달려가다 체포되기 직전에 가까스로 저쪽 세계로 돌아갈 수 있었다.

슬로트가 천 번을 곱씹어 봤지만, 필이 결혼만 하지 않았다면 일은 훨씬 간단했을 것이다. 만일 릴리가 없었으면 잭도 없었을 것이고, 잭이 없었으면 아무런 문제가 없었을 것이다. 슬로트가 작성한 릴리 카바노의 과거에 대한 서류도 필은 거들떠보지 않았다. 거기에는 그녀가 상대한 남자의 이름과 장소와 횟수가 빼곡하게 적혀 있어서 그것만 보았다면, 검은색 밴이 토미 우드바인을 길거리에 쓰러뜨렸던 것처럼 간단하게, 그 로맨스도 깨져 버렸을 것이다. 하지만 그 꼼꼼하게 작성한 보고서를 소여가 읽었다 해도 두 사람 사이엔 놀라울 정도로 아무 문제가 없었을 것이다. 필은 릴리 카바노와 결혼하길 원했고 결혼했다. 그의 빌어먹을 트위너가 저쪽 세계의 여왕 로라와 결혼한 것처럼 말이다. 슬로트는 더 큰 모욕감을 느꼈고 자기가 받은 그대로 적절해 보이는 만큼 되갚아 주었다.

자질구레한 몇 가지 일만 해결되면 결국에는 모든 것이 정리될 거라고 생각하자 슬로트의 얼굴에 만족감이 번졌다. 그것은 오랜 세월 뒤, 아케이디아 해변에서 돌아올 때, 소여 앤드 슬로트사의 모든 것을 호주머니에 넣고 있으리라는 뜻이기도 했다. 테러토리에서도 *마찬가지*였다. 모든 것이 슬로트의 손아귀에 들어올 수 있도록 만반의 태세가 갖추어져 있었다. 여왕이 사망하는 대로 여왕 남편의 전 대리인이 저쪽 세계를 통치하여 그와 슬로트가 바라는 온갖 흥미진진한 작은 변화를 선보일 것이다. 돈이 굴러 들어오는 걸 지켜보기만 하면 돼, 고속도로에서 마리나 델레이로 가는 길로 접어들며 슬로트는 마음속으로 외쳤다. 모든 *것이* 굴러 들어오는 걸 기다리기만 하면 된다고!

그의 고객인 애셔 돈도르프는 마리나 델레이 해안, 골목처럼 좁은 거리에 새로 분양한 콘도에 살았다. 1층 절반이 그 노인의 차지였는데, 그는 1970년대 말 텔레비전 연속극에서 맡은 배역으로 상당한 수준의 유명세와 인기를 누린 성격파 배우였다. 사설탐정이자 판다 새끼처럼 귀여운 젊은 연인이 사실상 그 드라마의 스타였고, 돈도르프는 그들의 집주인 역할을 맡았다. 초반에 몇 번 나오지 않았는데도 팬레터가 쇄도하자 작가들은 그의 출연 장면을 늘렸고, 젊은 사설탐정들의 숨겨진 친아버지로 만드는가 하면 위험을 무릅쓰고 두 건의 살인사건을 해결하는 등의 에피소드도 꾸며 냈다. 출연료는 두 배, 세 배가 되었고, 마침내 네 배로 뛰어올랐다. 6년 뒤 그 시리즈가 막을 내리자 다시 영화판으로 돌아왔다. 그게 바로 문제의 발단이 되었다. 돈도르프는 자신이 스타라고 생각했지만 영화사나 제작자들은 단순히 성격파 배우로 치부했다. 유명하기는 하지만 어떤 프로젝트에서도 주연을 맡을 만한 그릇은 아니라고 보았다. 그는 자신의 분장실이 꽃으로 단장되길 원했고, 전용 미용사와 연기 코치를 원했으며, 더 많은 돈과 더 많은 존경, 더 많은 사랑, 더 많은 모든 것을 원했다. 돈도르프는 사실상 머리가 텅 빈 멍청이가 되어 버렸던 것이다.

조심스레 차를 몰아 주차장으로 들어가자 슬로트는 마음이 풀렸다. 벽돌 때문에 자동차 문 한 귀퉁이에 흠집이 날까 봐 조심하면서 그는 현실로 돌아왔다. 앞으로 며칠 안에 잭 소여가 테러토리의 존재를 알게 되었다고 생각되거나 그런 의심이 들기만 해도 가차 없이 그를 죽여 버릴 것이다. 결코 묵과해서는 안 되는 위험도 있는 법이다.

스스로에게 미소를 지어 보이며 제산제를 입에 털어넣고는 콘도의 문을 두드렸다. 그는 이미 알고 있었다. 돈도르프는 자살할 것이다. 되도록 어수선한 난장판을 연출하기 위해 거실에서 일을 벌일 것이다. 곧 슬로트의 전 고객이 될 이 괴곽한 작자는 지저분한 방법으로 자살하는 것이 그의 주택을 담보로 잡고 있는 은행에 대한 복수가 된다고 믿을 것이다. 파리한 돈도르프가 벌벌 떨면서 문을 열었을 때 슬로트는 한 점 거짓 없는 따뜻한 인사를 건넸다.

2부

시련의 길

6장
여왕의 파빌리온

1

 잭의 바로 눈앞에 있는 톱니 모양의 풀잎은 길쭉하고 뻣뻣한 것이 마치 사브르(날이 긴 군용 칼—옮긴이) 같았다. 그것은 바람이 불어도 눕지 않고 바람을 갈라 버렸다. 그는 신음 소리를 내며 고개를 들었다. 꼴이 말이 아니었다. 배 속에는 여전히 물약이 꽉 차서 거북하기 이를 데 없었고, 이마와 눈은 타는 듯이 아팠다. 무릎으로 짚고 간신히 몸을 일으켜 세웠다. 짐마차 한 대가 먼지 날리는 길을 따라 그를 향해 덜커덩거리며 달려왔다. 턱수염을 기른 붉은 얼굴의 마부는 그를 뚫어져라 응시했다. 사내는 짐칸에서 덜거덕거리는 나무통과 생김새며 크기가 거의 흡사했다. 잭은 몰래 낮잠을 자려고 도망 나온 게으른 소년 시늉을 하면서 꾸벅 인사하고 사내를 최대한 자세히 살펴보았다. 몸을 일으키자 더 이상 아프지 않았고 실제로 로스앤젤레스를 떠난 이래로 이렇게 가뿐한 적이 없었다. 단지 몸이 건강한 것뿐만 아니라 어찌 된 영문인지 몸과 정신이 함께 조화를 이룬 것 같았다. 테러토리의 따스한 공기가 향기를 품은 채 떠다니며 부드럽게 그의 얼굴을 어루만졌다. 그 섬세한 꽃향기는 공기 중에 떠도는 진한 날고기 냄새와 뚜렷이 구분되었다. 잭은 양손으로 얼굴을 가리고 그가 처음으로 만나는 테러토리 주민인 짐마차의 마부를 훔쳐보았다.

마부가 잭에게 말을 걸면 어떻게 대답해야 할까? 여기서도 영어가 통할까? 잭이 쓰는 종류의 영어를 쓸까? 잠시 그는 "부디 원컨대."라거나 "거기 보이는 하인아, 그대는 무릎에 양말 대님을 하고 있느냐?"라고 말하는 세계에서 눈에 띄지 않도록 애쓰는 자신의 모습을 떠올려 보았다. 그리고 만약 그런 일이 정말 벌어진다면 벙어리 행세를 하기로 결심했다.

마부는 마침내 잭에게서 시선을 돌려 결단코 1980년대의 미국 영어가 아닌 언어로 말에게 뭐라고 쯧쯧거렸다. 하지만 그것은 말에게만 사용하는 것인지도 몰랐다. *슬루샤, 슬루샤!* 잭은 좀 더 일찍 일어났으면 좋았을걸 하고 생각하며 해변 식물 쪽으로 살살 뒷걸음쳤다. 마부가 다시 한 번 그를 슬쩍 보더니 목례를 하는 바람에 잭은 깜짝 놀랐다. 그것은 친절하지도 불친절하지도 않은 동등한 개체들 간 소통의 몸짓이었다. *오늘 작업이 다 끝나면 좋겠소, 형제여.* 잭도 고개를 끄덕여 답례를 하고 주머니에 손을 넣으려고 애썼다. 잭이 너무 놀라 잠시 얼빠진 사람처럼 보였던 모양이다. 마부는 웃음을 터뜨렸지만 불쾌해 보이지는 않았다.

잭이 입고 있던 옷도 어느새 달라져 있었다. 코듀로이 바지 대신에 거친 모직으로 만든 헐렁한 바지를 입고 있었고, 위에는 몸에 딱 달라붙는 부드러운 파란색 천의 재킷을 입고 있었다. 재킷에는 ─저킨이라고 하겠지? 잭은 추측했다. ─단추 대신에 후크 단추가 일렬로 달려 있었다. 바지와 마찬가지로 손으로 직접 만든 것이었다. 나이키 신발도 납작한 가죽 샌들로 변해 있었다. 배낭도 마찬가지로 가는 끈으로 어깨에 메는 가죽 배낭으로 탈바꿈되어 있었다. 마부도 거의 비슷한 복장이었다. 그의 저킨은 가죽이었지만 오랜 세월 반복적으로 심하게 오염되다 보니 얼룩 위에 얼룩이 오래된 나무의 나이테처럼 켜켜이 겹쳐 있었다.

짐마차는 달그락 모래 먼지를 일으키며 잭을 지나쳤다. 통에서 맥주가 발효하는 싸한 냄새가 코를 찔렀고, 통 뒤에는 잭이 대뜸 타이어라고 생각한 물건이 세 겹으로 쌓여 있었다. '타이어'의 냄새를 맡고서 보니 그것은 흠 하나 없이 반질반질했다. 신비롭고 진하면서 미묘하면서 쾌락을 안겨 주는 크림 냄새에 잭은 갑작스레 공복감이 몰려왔다. 치즈 같지만 그게 진짜 치즈라면 지금까지 전혀 맛본 적 없는 치즈였다. 치즈 바퀴 뒤, 짐마차의 뒤쪽에는 커다란 고깃덩어리가 되는대로 쌓여 ─ 비계를 발라낸 긴 소갈비, 크고 두툼하게 자른 스테이크 고기, 잭이 알아볼 수 없는 밧줄 모양의 내장 ─ 새까맣게 파리 떼에 뒤덮인 채 이리저리 미끄러지고 있었다. 날고기의 강력한 냄새가 덮쳐 와서 치즈 때문에 일으킨 공복감을 날려 버렸다. 짐마차가 지나가자 잭은 마찻길 한가운데로 옮겨 와 마차가 작은 언덕마루로 덜거덕거리며 올라가는 것을 지켜보았다. 잠시 후 잭은 마차가 간 길을 따라 북쪽으로 걸어가기 시작했다.

언덕마루를 반쯤 올라갔을 때 또다시 열을 지어 펄럭거리는 좁은 깃발들 한가운데 완고히 서 있는 파빌리온(대형 천막)의 꼭대기가 보였다. 저곳이 목적지인 모양이었다. 지난번에 왔을 때 머물렀던 블랙베리 덤불에서(얼마나 맛있었는지가 생각나 커다란 블랙베리 두 알을 입에 넣었다.) 몇 발짝 걷지도 않아 천막 전체가 한눈에 들어왔다. 거대한 파빌리온이 불규칙하게 뻗어 있었다. 양쪽에는 별도의 천막이 길게 뻗어 있고, 정문과 안마당이 있었다. 알람브라 호텔이 그랬던 것처럼 이 특이한 구조물 — 잭의 본능은 여름궁전이라고 말해 주었다. — 도 바다를 굽어보고 있었다. 조그맣게 무리를 지어 거대한 파빌리온을 지나치거나 그 주변을 돌아다니는 사람들은 자석에 쇳가루가 달라붙듯 보이지 않는 강력한 힘에 의해 끌려 다니는 것처럼 보였다. 사람들의 무리가 만났다가 헤어지고 다시 합류하고 있었다.

많은 사람들이 잭처럼 평상복을 입었지만 몇몇은 화려하고 값비싸 보이는 옷을 입었다. 여자 몇 명은 하얗게 빛나는 긴 가운인지 외투인지를 걸치고 장군들처럼 절도 있게 안마당을 행진했다. 대문 밖에는 작은 천막들이 모여 있었는데 얼핏 봐도 가건물 같은 판잣집도 있었다. 여기서도 사람들은 이리저리 몰려다니며 먹고 쇼핑하고 잡담을 나누고 있었다. 다만 좀 더 느긋하고 즉흥적인 분위기였다. 바쁘게 돌아다니는 그 군중 속 어딘가에서 얼굴에 흉터가 있는 남자를 찾아야 했다.

우선 잭은 뒤를 돌아다보고 바큇자국이 난 길 너머를 바라보았다. 펀월드는 어떻게 변했을까 궁금해서였다.

작고 검은 말 두 마리가 쟁기를 끌고 50미터 정도 가고 있어서 놀이공원이 농장이 된 줄 알았다. 하지만 군중들이 들판 위쪽에서 쟁기질을 구경하고 있는 것을 보고는 그것이 경기라는 것을 눈치 챘다. 그런 다음 빨간 머리의 거한이 웃통을 벗어부치고 팽이처럼 빙빙 도는 모양이 보였다. 쭉 뻗은 손에는 길고 묵직한 물체가 들려 있었다. 사내는 돌연 회전을 멈추고 그 물체를 던졌다. 그것은 한참 동안 날아가더니 쿵 하고 바닥에 떨어진 뒤 풀밭 위로 튀어 올랐다. 알고 보니 그것은 해머 던지기 경기였다. 펀월드는 농장이 아니라 마을 축제의 장이 되어 있었다. 그제야 음식이 산더미같이 차려진 테이블과 아빠 어깨에 매달려 있는 아이들이 보였다.

이 축제 한가운데에서 가죽끈이나 마구에 이상이 없는지, 모닥불 장작이 제대로 타고 있는지 확인하고 있는 스피디 파커를 만날 수 있을까? 그럴 수 있으면 얼마나 좋을까.

엄마는 아직 티 앤드 잼 전문점에 홀로 앉아서 왜 그를 보냈는지 자책하고 있을까?

잭은 다시 고개를 돌려 긴 짐마차가 덜거덕거리며 달려가는 것을 눈으로 좇았다. 짐마차는 여름궁전의 대문을 지나 왼쪽으로 방향을 틀더니 지나가는 행인들을 양옆으로 물러나게 했다. 그 모습은 마치 자동차가 5번가로 돌자 중심가를 지나는 보행자들이 좌우로 갈라지는 모습을 떠올리게 했다. 잠시 후 잭은 짐마차를 따라가기 시작했다.

2

잭은 파빌리온의 모든 사람들이 자신을 돌아보고 곧바로 그들과

169

다르다는 것을 알아차릴 것 같은 생각이 들어 겁이 났다. 잭은 신중을 기해 늘 최대한 눈을 내리깔고 다녔으며 어려운 심부름을 하느라 쩔쩔매는 소년 흉내를 내곤 했다. 때론 목록에 있는 물건을 가져오는 심부름을 하느라 목록을 외우는 척하기도 했다. *삽 한 개, 곡괭이 두 개, 노끈 한 타래, 거위 기름 한 병……*. 하지만 잭은 차차 여름궁전 앞에 있는 어른들 가운데 그에게 관심이 있는 사람은 하나도 없다는 것을 알게 되었다. 어떤 이는 종종걸음을 쳤고, 또 어떤 이는 어슬렁거렸으며, 저마다 작은 천막 안에 진열된 깔개나 무쇠 솥, 팔찌 같은 물건을 뒤적이거나, 나무로 만든 머그잔으로 술을 마시거나, 옆 사람의 소매를 붙잡고 의견을 내어 토론을 하거나, 문 앞을 지키는 경비병에게 시비를 거는 등 자기 볼일 보기에 바빴다. 한마디로 애초에 잭이 연기를 할 필요가 없었던 것이다. 잭은 벌떡 몸을 일으켜 여름궁전 앞을 반 바퀴 정도 돌아보고 나서 정문 쪽으로 다가갔다.

얼마 되지 않아 그 안으로 그냥 걸어 들어갈 수는 없다는 것을 알아차렸다. 양쪽에 서 있는 경비병들이 여름궁전 안으로 들어가려는 사람을 일일이 불러 세워 이것저것 캐물었기 때문이다. 그 안에 들어가려면 출입증이나 배지, 인장 등을 보여 주어야 했다. 잭한테는 스피디 파커가 준 기타 피크밖에 없었고, 그걸로 안에 들어가는 건 생각도 할 수 없었다. 그때 방금 문 앞에 도착한 사람이 둥근 은색 배지를 내보이자 바로 통과되었다. 하지만 그 뒤를 따르던 사람은 제지되었다. 처음에는 따지듯 말했으나 곧 어조를 바꿔 통사정을 하기 시작했다. 그래도 경비병은 고개를 흔들고는 물러가도록

명했다.

"*그자의* 부하라면 쉽게 들어갈 수 없지."

오른쪽에 있는 사내의 말에 테러토리에서도 같은 언어를 쓴다는 것을 알 수 있었다. 잭은 그자가 자기한테 한 말인지 보려고 고개를 돌렸다.

하지만 그 옆에서 걷고 있는 중년의 사내는 다른 남자에게 말한 것이었다. 그 사내도 궁전 밖 대부분의 남녀와 마찬가지로 수수한 평상복을 입고 있었다.

그 남자가 대꾸했다.

"그만두는 게 좋을걸. 곧 올 거라고. 오늘 중으로 오기로 되어 있다지, 아마."

잭은 두 사람 뒤에 바짝 붙어 서서 대문으로 걸어갔다.

그들이 다가가자 경비병들이 앞으로 나왔다. 두 사람이 한 경비병에게 다가가자 다른 경비병이 잭 옆에 있는 남자에게 손짓했다. 잭은 뒤에 남아 있었다. 아직 상처 자국이 난 사람도, 캡틴도 만나지 못했기 때문이었다. 눈에 보이는 군인이라곤 하나같이 어리고 촌티 나는 경비병들뿐이었다. 벌겋게 익은 넓적한 얼굴하며 빳빳이 다린 바지에 주름 칼라를 단 군복 모양새가 영락없이 비단 옷을 입은 농사꾼이었다. 잭이 따라온 두 사람은 경비병의 검문을 통과한 모양이었다. 몇 마디 말을 나누곤 경비병이 물러서면서 출입을 허가해 주었다. 경비병 하나가 그를 쏘아보는 바람에 고개를 돌리고 뒤로 물러서 나왔다.

얼굴에 상처 자국이 있는 캡틴을 발견하지 못한다면 궁전 안으로 결코 들어가지 못할 것이다.

그때 장정 여러 명이 나타나 아까 잭을 노려보았던 경비병에게 다가가는가 싶더니 이내 말다툼이 벌어졌다. 그들은 중요한 약속이 있으니 들여보내 달라고 떼를 썼다. 큰돈이 걸린 일인데 유감스럽게도 증명서를 안 가져왔다는 것이다. 경비병이 군복의 흰 주름 칼라에 턱이 닿을 정도로 고개를 저었다. 잭이 어떻게 해야 캡틴을 찾을 수 있을지 궁리하면서 지켜보고 있자니, 그 무리의 대장은 양손으로 허공을 휘젓고 주먹으로 손바닥을 때리는 시늉을 계속했다. 얼굴이 경비병들만큼이나 붉게 상기되더니 급기야 검지로 경비병을 쿡쿡 찌르기 시작했다. 결국 동료 경비병이 가세했다. 지친 경비병들의 얼굴이 험악해지기 시작했다.

경비병 군복과 미묘하게 다른 군복을 입은 키 크고 꼿꼿한 사내가 소리 없이 다가와 그들 옆에 모습을 나타냈다. 닳은 군복만 보면 전쟁터에 다녀왔다거나 오페레타(주로 희극적인 주제의 짧은 오페라를 가리킨다. — 옮긴이) 복장이라고 해도 될 것 같았다. 주름 칼라도 달지 않았는데, 다시 보니 모자도 삼각모가 아니라 차양이 달린 것이었다. 그는 경비병에게 몇 가지 묻고 그 무리의 대장 쪽으로 몸을 돌렸다. 아우성도 그쳤고 손가락으로 찌르는 일도 멈췄다. 그 사내가 조용히 말하자 불온한 공기가 썰물처럼 빠져나갔다. 그들은 어깨를 떨군 채 발길을 돌려 뿔뿔이 흩어지기 시작했다. 그 장교는 무리가 사라지는 것을 지켜본 뒤 경비병들에게 돌아서서 마지막 당부를 남겼다.

사실상 등장만으로 무리를 물리친 장교가 잠시 잭 쪽으로 얼굴을 돌린 순간 오른쪽 눈 아래서 턱 선 위까지 벼락에 맞은 듯 지그재그로 남은 창백한 상처 자국이 보였다.

그 장교는 경비병들에게 고갯짓을 해 보인 뒤 경쾌한 걸음으로 떠나갔다. 좌우도 보지 않고 군중 사이를 누비며 멀어져 갔다. 보아하니 여름궁전 옆쪽으로 가는 것 같았다. 잭은 그 뒤를 쫓아가기 시작했다.

"여보세요!"

잭이 소리쳐 불렀으나 그 장교는 길을 가로막는 군중들을 헤치고 성큼성큼 앞으로 나아갔다.

돼지 한 마리를 끌고 작은 천막 쪽으로 가는 남녀의 무리를 제치고 문으로 향하는 사람들 틈으로 빠져나간 끝에 마침내 장교를 따라잡은 잭은 손을 뻗어 사내의 팔꿈치를 붙잡았다.

"캡틴이시죠?"

그 장교가 휙 몸을 돌리자 잭은 그 자리에 얼어붙었다. 가까이서 올려다보니 두툼하게 갈라진 흉터가 보였다. 뭔가 살아 있는 물체가 그의 얼굴에 붙어 있는 것 같았다. 잭이 보기엔 흉터가 없더라도 이 남자의 얼굴은 확실히 조급해 보였을 것이다.

남자가 물었다.

"무슨 일이냐, 꼬마야?"

"캡틴, 말씀드릴 게 있습니다. 어떤 여성을 만나야 하거든요. 하지만 제힘으론 궁전에 들어갈 수 없어요. 아, 그렇지! 이것 좀 봐 주세요."

잭은 몸에 익숙하지 않은 바지의 헐렁한 주머니를 뒤져 삼각형 모양의 물건을 손에 쥐었다.

손바닥에 그것을 올려놓는 순간, 잭은 엄청난 충격으로 뒤로 자빠질 뻔했다. 손바닥에 놓인 그것은 기타 피크가 아니라 상어 이빨처럼 기다란 이빨인데, 구불구불 복잡한 금줄 무늬가 새겨져 있었다.

어쩌면 한 방 맞을지도 모르겠다는 생각을 하며 장교의 얼굴을 올려다보자 그도 잭과 똑같은 충격을 받은 것을 알 수 있었다. 특유의 조급해하는 표정이 완전히 자취를 감추고 불안감이 사내의 강인한 얼굴을 잠시나마 일그러뜨려 놓았다. 심지어 두려워하는 기색마저 엿보였다. 캡틴이 손을 올리기에 잭은 그가 장식된 이빨을 빼앗으려는 줄로 알고 그냥 내주려고 했다. 하지만 사내는 그냥 잭의 손가락을 구부려 손바닥에 놓인 물체를 감싸도록 했다.

그가 말했다.

"나를 따라오렴."

두 사람은 거대한 파빌리온 옆으로 갔다. 캡틴은 뻣뻣한 캔버스 천으로 만든 거대한 돛처럼 생긴 장막 뒤에 숨겨진 은신처로 잭을 데려갔다. 장막 너머 은은히 불을 밝힌 어둠 속에서 보니 누가 그 군인의 얼굴에 굵은 핑크색 크레용으로 그어 놓은 것처럼 보였다.

어느새 침착한 표정으로 돌아온 캡틴이 물었다.

"그 징표, 어디서 난 거지?"

"스피디 파커 할아버지가 준 거예요. 당신을 찾아서 이것을 보여주라고 하셨어요."

캡틴이 고개를 저으며 말했다.

"그런 이름은 모르는데. 그 징표를 나한테 주렴. 어서. 그리고 어디서 훔쳤는지 말해."

캡틴이 잭의 손목을 꽉 쥐고는 다그쳤다.

"전 사실대로 말하는 거예요. 레스터 스피디 파커 할아버지가 준 거라고요. 펀월드에서 일하는 분이에요. 하지만 할아버지가 줄 때는 이빨이 아니었어요. 이건 기타 피크였어요."

"말을 안 들으면 어떻게 되는지 모르는 모양이구나, 얘야."

잭이 애원했다.

"캡틴은 그 사람이 누군지 알잖아요. 할아버지가 당신의 얼굴 생김새를 알려 주고, 외곽경비대의 캡틴이라고 했다고요. 나한테 당신을 찾아가라고 당부했단 말이에요."

캡틴은 고개를 저으며 잭의 손목을 잡은 손에 더 단단히 힘을 주었다.

"그 사람은 어떻게 생겼는데? 얘야, 거짓말하면 당장 들통이 나는 거 알지, 내가 너라면 모든 걸 사실대로 털어놓을걸."

"스피디는 할아버지예요. 한때는 연주자였대요."

캡틴의 눈에 무슨 일인지 알 것 같다는 기색이 스쳤다.

"피부가 까매요. 흑인이라고요. 머리는 하얗게 세고, 얼굴에는 주름살이 아주 깊어요. 몸은 바싹 말랐지만 보기보단 아주 힘이 세고요."

"피부가 까맣다니. 갈색 사람을 말하는 거니?"

"네, 맞아요. 흑인이 진짜로 까맣지는 않으니까요. 백인이 정말로 하얗지 않은 것처럼요."

"파커라는 이름의 갈색 사람이라. 여기서는 파커스라고 부르지.

그럼 네가 온 곳은……."

캡틴은 천천히 잭의 손목을 풀어 주고는 수평선 너머 보이지 않는 먼 곳을 가리키며 말했다.

잭이 냉큼 대답했다.

"네, 맞아요."

"그럼 파커스…… 파커가…… 우리 여왕을 만나도록 너를 보낸 것이로구나."

"저더러 여왕을 만나야 한다고 하셨어요. 캡틴이 나를 여왕에게 데려다줄 수 있다고요."

"서둘러야겠다. 방법은 알고 있지만 이렇게 허비할 시간이 없어."

캡틴은 군인답게 재빨리 태세를 전환하여 대책을 강구하기 시작했다.

"이제부터 넌 내 말을 들어야 해. 이 주변엔 나쁜 사람들이 많아. 그러니 너는 말썽만 부리는 내 아들처럼 굴어야 해. 너는 아버지가 시킨 일을 제대로 하지 않았고 나는 크게 화가 난 것처럼 하도록 하자. 내 *생각엔* 이 연기만 감쪽같이 해낼 수 있다면 아무도 우릴 제지하지 않을 거야. 적어도 궁전 안에 들여보내 줄 수는 있지. 들어가고 난 다음엔 좀 더 곤란한 문제들이 기다리고 있지만. 할 수 있겠지? 진짜 내 아들처럼 행동해야 해."

"우리 엄마는 배우인걸요."

잭은 언제나 그렇듯 엄마가 자랑스럽다는 생각을 했다.

"그럼 네 연기 솜씨를 구경해 볼까?"

캡틴이 이렇게 말하곤 놀랍게도 윙크를 해 보였다.

"되도록 네가 아프지 않게 해 주마."

캡틴은 이 말로 다시 한 번 잭을 놀라게 하더니 그 억센 손으로 잭의 팔뚝을 움켜잡았다.

"자, 시작한다."

이 말이 떨어지기 무섭게 캡틴은 은신처 장막을 걷더니 잭을 질질 끌고 나갔다.

"내가 부엌 뒤쪽 바닥을 닦으라고 했으면 마땅히 닦았어야지. 무슨 말인지 알아먹겠니? *네가 할 일을 해야지*, 안 그러면 벌을 받는 거지."

캡틴은 잭을 쳐다보지도 않고 고함을 질렀다.

"저도 몇 개는 닦았다고요……."

잭이 투덜거렸다.

"*몇 개만* 닦으라고 한 게 아니잖아!"

캡틴이 잭을 질질 끌고 가며 큰 소리로 외쳤다. 주위에 있던 사람들이 캡틴에게 길을 비켜 주었다. 몇몇은 잭을 보며 동정 어린 미소를 보내기도 했다.

"다 닦으려고 했어요, 약속해요, 다시 돌아가서 금방……."

캡틴은 경비병 쪽으로는 눈길 한 번 주지 않고 대문 안으로 잭을 끌고 들어갔다.

"아버지, 이러지 좀 마세요. 아프단 말이에요!"

잭이 악을 썼다.

"아직 *시작*도 안 했는데 벌써 아프단 말이 나오니?"

캡틴이 이렇게 말하고는 잭을 잡아끌어 넓은 안마당을 지났다.

잭이 마찻길에서 바라본 바로 그곳이었다.

마당 끝에 이르자 캡틴이 잭을 나무 계단으로 오르게 하여 거대한 궁전 안으로 들여놓았다.

"여기서부터 연기를 정말 잘 해야 해."

캡틴은 이렇게 소곤거리고는 그 즉시 멍이 들 정도로 잭의 팔을 세게 틀어잡고 긴 회랑을 걸어가기 시작했다.

"앞으로는 잘할게요. 약속한다니까요!"

잭이 소리쳤다.

캡틴은 더 좁은 또 다른 회랑으로 잭을 끌고 들어갔다. 잭의 눈에 천막 내부와 전혀 딴판인 궁전 내부가 들어왔다. 통로와 작은 방 들이 미로처럼 연결되어 있었고 연기와 기름 냄새가 진동했다.

"다시는 안 그러겠다고 약속해!"

캡틴이 고래고래 소리 질렀다.

"약속해요! 정말이에요!"

그들이 빠져나온 회랑 앞에 또 다른 회랑이 나왔고, 공들여 치장하고 벽에 기대거나 안락의자에 누워 있던 사내들이 일제히 소란스러운 두 사람이 있는 쪽으로 고개를 돌렸다. 그중 납작하게 접은 침대 시트 더미를 두 팔에 올려놓고 운반하고 있던 하녀 둘에게 이것저것 지시를 내리며 즐기고 있던 사내가 잭과 캡틴을 의심스러운 눈으로 쳐다보았다.

이때 캡틴이 크게 소리를 질렀다.

"용서를 빌지 않으면 네가 지은 죄만큼 흠씬 두드려 팰 거야."

두세 사내가 소리 내어 웃었다. 그들은 모피로 가장자리를 댄 차양이 넓은 부드러운 모자를 쓰고 벨벳 장화를 신고 있었다. 탐욕스럽고 철없어 보이는 얼굴이었다. 하녀에게 말을 시키던 책임자인 듯한 사내는 해골처럼 멋대가리 없이 키만 크고 마른 사람이었다. 그의 야심가다운 근엄한 얼굴이 소년과 군인이 서둘러 지나가는 모습을 좇고 있었다.

"제발 좀 그만하세요! 제발 부탁이에요!"

잭이 투덜거렸다.

"*제발* 소리를 한 번 할 때마다 매를 한 대 벌게 될 줄 알아."

캡틴이 으르렁대자 사내들이 다시 웃음을 터뜨렸다. 그 깡마른 사내는 칼날처럼 냉랭한 미소를 보이고 나서 하녀들 쪽으로 돌아섰다.

캡틴은 뿌옇게 먼지가 쌓인 목제 가구들이 가득한 빈방으로 잭을 끌고 들어갔다. 그제야 아픈 잭의 팔을 놓아주고는 작은 소리로 말했다.

"저들이 *그자의* 부하들이야. 도대체 어떤 세상이 되려는지 원……."

캡틴이 고개를 저었다. 잠시나마 시간이 얼마나 촉박한지를 잊은 것 같았다.

"『훌륭한 영농의 책』에는 온화한 사람들이 지구를 물려받을 거라고 쓰여 있건만 그자들에게선 눈을 씻고 봐도 온화한 구석을 찾을 수 없지. 빼앗는 것밖에 모른단 말이야. 더 많은 부를 원하고 더 많은……."

캡틴이 허공을 올려다보았다. 밖에 있는 자들이 원하는 것을 더 열거하기가 내키지 않거나 아니면 차마 말할 수 없는 모양이었다. 이윽고 그는 다시 잭에게 눈을 돌렸다.

"이 일을 하려면 어서 서둘러야 해. 하지만 궁전에는 그의 부하들이 모르는 비밀이 있단다."

캡틴은 고개를 모로 까딱해 색이 바랜 판자벽을 가리켰다.

잭은 캡틴을 따라 발걸음을 옮겼다. 먼지투성이 판자 가장자리에 튀어나온 갈색 못대가리 두 개를 왼쪽으로 누르자 잭은 그가 말한 의미를 알 수 있었다. 빛바랜 벽의 판자 하나가 안쪽으로 밀려 들어가며 관짝 하나가 들어갈 만한 좁고 컴컴한 통로가 나왔다.

"여왕의 모습은 잠깐 동안만 볼 수 있을 테지만 그것으로 충분할 거다. 어차피 그게 네가 할 수 있는 전부니까."

캡틴이 말없이 통로를 가리키자 잭은 안으로 발을 내디뎠다.

"내가 말할 때까지 앞을 보고 똑바로 걸어가거라."

캡틴이 속삭였다.

캡틴이 사람들을 뒤에 남긴 채 판자를 닫았고 잭은 완벽한 어둠 속으로 천천히 나아갔다.

통로는 이쪽저쪽으로 휘어져 있었고 군데군데 숨겨진 문의 틈새나 머리 위의 창을 통해 희미한 불빛이 비쳐 들어왔다. 잭은 곧 방향감각을 잃은 채 캡틴이 속삭여 준 방향을 향해 무작정 나아갔다. 어떤 곳에서는 고기 굽는 맛있는 냄새가 났지만 때론 틀림없는 하수도 냄새가 올라오기도 했다.

캡틴이 마침내 말했다.

"멈춰. 이제 내가 너를 위로 올려 주어야 해. 팔을 올려라."

"그럼 내가 볼 수 있나요?"

"금방 알 수 있을 거야."

캡틴은 잭의 양쪽 겨드랑이에 손을 넣고 그의 몸을 바닥에서 번쩍 들어 올렸다. 캡틴이 속삭였다.

"바로 앞에 널빤지가 있을 게다. 그것을 왼쪽으로 밀어라."

아무것도 안 보이는 가운데 앞으로 손을 뻗어 보니 부드러운 나무가 만져졌다. 그것을 옆으로 간단히 밀고 나니 통로로 빛이 새어 들면서 새끼 고양이만 한 거미가 천장으로 재빨리 기어가는 모습이 잭의 눈에 들어왔다. 내려다보니 호텔 로비만큼 커다란 방이 흰옷을 입은 여자들과 화려하게 장식된 가구들로 가득 차 있었다. 잭은 엄마, 아빠와 함께 다녔던 박물관들이 떠올랐다. 방 한가운데는 어마어마하게 큰 침대가 있었고 그 위에는 잠을 자고 있는지 의식이 없는 건지 알 수 없는 한 여성이 머리와 어깨만 내놓은 채 시트를 덮고 있었다.

엄청난 충격과 공포에 사로잡힌 잭은 하마터면 소리를 지를 뻔했다. 침대 위에 누워 있는 사람은 바로 그의 엄마였기 때문이다. 그 사람은 엄마였고 죽어 가고 있었다.

"엄마를 봤니?"

캡틴이 속삭이며 잭의 팔을 더 꽉 안아 주었다.

입을 헤벌린 채 잭은 엄마를 응시했다. 엄마는 죽어 가고 있었다. 잭은 더 이상 부정할 수 없었다. 피부마저 탈색되듯 하얗게 바래 병색이 가득했고, 반짝이던 머리카락도 제 색깔을 잃었다. 간호사들이 시트를 구김살 없이 펴거나 책상의 책을 바로 꽂으며 번잡스럽게 돌아다녔다. 하지만 그들이 일부러 이렇게 분주한 척 꾸미는 건 환자를 구할 방법을 모르기 때문이었다. 그런 환자에게는 아무것도 도움이 안 된다는 것을 간호사들은 알고 있었다. 그들은 한 달이라도 아니, 일주일이라도 죽음을 늦출 수 있다면 그것으로 최선을 다한 것이었다.

잭은 밀랍으로 만든 마스크처럼 똑바로 누워 있는 얼굴을 다시 보았고, 결국은 침대 위에 누워 있는 사람은 엄마가 아니라는 것을 알았다. 그녀의 턱은 더 둥글었고 코의 모양도 약간 더 고전적이었다. 죽어 가고 있는 여성은 엄마의 트위너였다. 그녀는 로라 델루시안이었다. 스피디는 잭이 좀 더 살펴보고 오기를 원할 수도 있었지만 잭으로선 더 할 수 있는 게 없었다. 미동도 없는 저 하얀 얼굴만으로는 여왕에 대해 아무것도 알 수 없었기 때문이다.

"이제 됐어요."

잭이 널빤지를 제자리에 밀어 놓으며 속삭이자 캡틴이 잭을 내려 주었다.

어둠 속에서 잭이 물었다.

"어디가 아픈 거죠?"

잭의 위쪽에서 대답이 들려왔다.

"아무도 어디가 아픈지 알아내지 못하고 있지. 여왕은 볼 수도 없고, 말할 수도 없고, 움직이지도 못하고……."

얼마간 침묵이 흐른 뒤 캡틴이 잭의 손을 잡고 말했다.

"이제 그만 돌아가야지."

그들은 조용히 어둠 속에서 나와 먼지투성이 빈방으로 돌아왔다. 캡틴은 군복 앞에 묻은 굵은 거미줄을 털어내고는 고개를 기우 뚱했다. 근심스러운 얼굴로 잭을 바라보며 한참 생각에 잠겨 있다가 물었다.

"이제 넌 내 질문에 대답해야 한다."

"네."

"그녀를 구하기 위해 여기로 온 거냐? 여왕을 위해서?"

잭이 고개를 끄덕이며 말했다.

"그런 것 같아요. 아마 그것도 목적 중 하나일 거예요. 한 가지만 알려 주세요."

잠시 망설이다가 말을 이었다.

"저 밖에 있는 비열한 자들이 왜 왕위를 찬탈하지 않는 거죠? 여왕은 막을 힘이 전혀 없을 텐데요."

캡틴은 미소를 지었지만 재미있어서 웃는 건 전혀 아니었다.

"나, 그리고 내 부하들, *우리가* 막을 거란다. 규율이 엉망이 된 전방은 어떤지 모르지만 여기서는 우리가 여왕을 지키고 있지."

흉터가 없는 광대뼈 위쪽 눈 밑 근육이 물고기처럼 꿈틀거렸다. 캡틴은 손바닥을 마주 대고 양손에 힘을 주어 눌렀다.

"네가 받은 지시인지 명령인지, 하여튼 그러니까…… 아, 서쪽으로 *가*는 게 맞느냐?"

잭은 캡틴이 실제로 떨고 있다는 것을, 평생 몸에 익힌 자제력으로 끓어오르는 흥분을 억누르고 있다는 것을 느낄 수 있었다.

"맞아요, 나는 서쪽으로 가게 되어 있어요. 그게 맞아요? 내가 서쪽으로 가야 해요? 또 다른 알람브라로?"

"말해 줄 수 없어. 정말이란다."

캡틴이 불쑥 내뱉고 한 발짝 뒷걸음쳤다.

"우리는 지금 당장 너를 여기서 내보내야 해. 무엇을 해야 할지도 말해 줄 수 없다."

이제 캡틴은 잭의 얼굴을 쳐다볼 수도 없는 듯했다.

"하지만 여기에는 한순간도 머물러선 안 돼. 그러니까, 아, 모건이 여기 도착하기 전에 너를 멀리 내보낼 수 있는지부터 알아봐야지."

잭은 자신의 귀를 의심하며 재차 물었다.

"모건이라고요? 모건 슬로트가 여기로 오고 있다고요?"

7장
파렌

1

캡틴의 귀에는 잭의 말이 들리지 않는 것 같았다. 버려진 방 한구석에 뭐라도 있는 것처럼 멀거니 그곳만 쳐다보았다. 캡틴이 골똘히, 열심히, 전광석화처럼 빠르게 머리를 굴리고 있다는 것을 잭은 알 수 있었다. 토미 아저씨는 골똘히 생각에 잠겨 있는 어른을 방해하는 것은 어른들이 말할 때 끼어드는 것만큼 무례한 행동이라고 가르쳐 주었다. 하지만……

그 블로트라는 작자를 멀리해야 해. 그놈과 놈의 트위너가 쫓아오지 않는지 잘 살펴야 한다…… 그놈은 여우가 거위를 쫓듯이 따라붙을 거란다.

스피디는 이렇게 말했지만 잭은 부적 생각에 골몰하느라 그 경고를 깜박 잊고 있었다. 지금 스피디의 말이 다시 떠오르자 뒤통수를 얻어맞은 것처럼 불쾌한 이중의 충격을 받았다.

잭이 황급히 질문을 던졌다.

"슬로트는 어떤 사람인가요?"

"모건 말이니?"

그제야 깜짝 놀라 잠에서 깬 사람처럼 캡틴이 되물었다.

"뚱보인가요? 머리가 벗어지고 있나요? 화가 나면 이렇게 되나요?"

잭은 다른 사람의 표정과 말투를 흉내 내는 데 타고난 재능이 있었기에 ─ 덕분에 아빠가 지치고 울적할 때도 배꼽이 빠질 만큼 큰소리로 웃게 만들 수 있었다. ─ 모건 슬로트의 행동을 '흉내 내기' 시작했다. 그가 화를 낼 때 이마에 굵은 주름이 잡히는 모양을 흉내내다 보니 잭의 얼굴도 늙은이처럼 보였다. 그와 동시에 양쪽 뺨을 빨아 움푹 들어가게 하고 턱을 당겨 이중 턱을 만들었다. 물고기처럼 입술을 삐죽 내밀고 눈썹을 빠르게 위아래로 씰룩였다.

"이런 모습인가요?"

"아니."

말은 그렇게 했지만 잭이 캡틴에게 스피디 파커가 나이가 많다고 했을 때처럼 그의 눈에서 뭔가가 번쩍 비쳤다.

"모건은 키가 크고 머리카락도 길단다."

캡틴은 잭에게 머리 길이를 알려 주려고 손을 오른쪽 어깨쯤에 댔다.

"한쪽 발이 기형이라 다리를 절지만 굽이 높은 장화를 신고 다니지. 그래도……."

그가 어깨를 으쓱했다.

"내가 모건 흉내를 낼 때 캡틴도 알아봤잖아요! 캡틴도……"

"쉿! 그렇게 벼락 맞게 큰 소리로 말하지 마라, 애야."

잭이 목소리를 낮추고 말했다.

"난 그 사람을 알아요."

이렇게 말하자 처음으로 경험에 근거한 구체적인 두려움이 느껴졌다……. 아직 이 세계에 대해 잘 모르지만 조금은 알 것도 같았다. *모건 아저씨가 이리 온다고? 말도 안 돼!*

"모건은 그냥 모건일 뿐이야. 이렇게 능청을 부릴 시간이 없어, 애야. 어서, 여기서 나가자꾸나."

캡틴의 손이 다시금 잭의 팔을 붙잡고 있었다. 잭은 움찔했지만 끌려가지 않으려고 버텼다.

파커는 파커스가 된다. 그럼 모건은…… 엄청난 우연의 일치인걸.

잭은 또 다른 의문이 떠올랐다.

"아직은 안 돼요. 그녀에게 아들이 있었나요?"

"여왕 말이냐?"

"네."

캡틴이 마지못해 말했다.

"아들이 있긴 했지. 애야, 어서 가야 해. 우린……"

"그 아들에 대해 말해 주세요!"

"말할 게 없어. 그 애는 갓난아기 때 죽었어. 엄마 배 속에서 나온 지 6주도 안 돼서 죽었으니까. 모건의 부하가…… 아마도 오스먼드가…… 갓난애를 질식시켜 죽였다는 소문도 있었지. 하지만 그런 종류의 소문은 언제나 뜬소문이기 마련이야. 오리스의 모건을 전혀 좋아하지 않지만 갓난애들은 열 명에 한 명꼴로 죽게 마련이라는 걸 모르는 사람은 없잖니. 왜 죽었는지는 아무도 몰라. 애들은 딱히 원인이 없어도 불가사의하게 죽곤 하지 않니. *하느님이 벼락을 내리신다*는 말도 있잖아. 하느님의 눈에는 왕자도 예외가 아닌가 보지. 그 아이는…… 얘야, 너 괜찮니?"

잭은 주위의 세계가 잿빛이 되어 가는 것을 느꼈다. 잭이 비틀거리자 캡틴이 부축해 주었다. 그의 억센 손은 뜻밖에 베개에 채워 넣는 깃털처럼 부드러웠다.

잭도 갓난애 때 죽을 뻔한 적이 있었다.

엄마가 그 얘기를 들려준 적이 있었다. 엄마가 요람에 있는 잭을 보았을 때 미동도 없어서 죽은 줄로만 알았다고 했다. 입술은 파랗게 질려 있었고 뺨은 장례식장의 불 꺼진 양초와 비슷한 색이었다. 엄마는 잭을 안고 울부짖으며 거실로 뛰어 들어갔다고 했다. 거실에서는 아빠와 슬로트가 와인과 마리화나에 취한 채 바닥에 앉아 텔레비전으로 레슬링 경기를 보고 있었다. 아빠는 엄마의 품에서 잭을 낚아채더니 왼손으로 잭의 콧구멍을 인정사정없이 꽉 틀어막고는 자신의 입으로 잭의 작은 입을 눌러 댔다.(*거의 한 달 동안 코에 멍이 들어 있었단다, 재키. 엄마가 초조하게 웃으며 말해 주었다.*) 그동안 모건은 울부짖고 있었다. *필, 그렇게 해 봐야 소용없을 거야. 그렇게 해서 잭을 살리지는 못할 거라고.*

(*모건 아저씨 웃기지 않아요, 엄마? 잭이 물었다. 그러게 말이다, 재키야. 엄마는 이렇게 말하며 미소를 지었지만 즐거운 기색은 없었다. 그러곤 재떨이에서 연기를 내며 타들어 가고 있는 태리툰 담배꽁초를 집어 불을 붙였다.*)

"얘야! 얘야! 제기랄! 여기서 정신을 잃었다가는……."

캡틴이 속삭이는 목소리로 깨우며 너무 세게 흔드는 바람에 축 늘어져 있던 잭의 머리가 목이 부러질 듯 흔들렸다.

"저는 괜찮습니다."

잭은 말하면서도 자신의 목소리가 아주 먼 곳에서 들려오는 것 같았다. 마치 달콤한 꿈속에서 밤에 컨버터블의 지붕을 열고 차베스의 골짜기(미국 LA 다저스타디움의 별명 ─옮긴이)를 지나치고 있는데 경기 실황을 중계하는 다저스 아나운서의 목소리가 멀리서 메아리쳐 들려오는 것 같았다.

"잠깐만 내버려 두세요, 저한테 뭐라고 하셨죠? 잠깐만 놔둬 주세요."

캡틴은 잭을 흔들던 손을 멈추고 걱정스럽게 그를 쳐다보았다.

"이제 됐어요."

잭이 다시 말하고는 갑자기 있는 힘껏 자기 뺨을 때렸다. *철썩!* 순간 얼얼했지만 그제야 세상이 제대로 보이기 시작했다.

잭이 요람에서 죽을 뻔했던 건 그들이 예전에 살던 아파트에서 일어난 일이었다. 잭은 거의 기억이 나지 않지만 엄마는 그곳을 '총천연색 꿈의 궁전'이라고 불렀다. 거실에서 한눈에 웅장한 할리우드 언덕을 내려다볼 수 있었기 때문이다. 잭은 요람에서 죽을 뻔했다. 아빠와 모건 아저씨는 와인을 너무 많이 마셔서 화장실을 자주 들락거렸다. 거실에서 가장 가까운 화장실에 가려면 갓 태어난 잭이 자고 있는 방을 지나가야만 했다. 잭도 '총천연색 꿈의 궁전'에 대해 그 정도는 기억하고 있었다.

잭의 눈에는 그 광경이 생생히 보인다. 모건 슬로트가 자리에서 일어나 싱긋 웃으며 *잠깐 실례하겠네, 필* 같은 말을 한다. 아빠는 때마침 헤이스탁 칼훈(미국 프로레슬링 명예의 전당에 이름을 올린 270킬로 그램 거구의 레슬러—옮긴이)이 불운한 상대방에게 기술을 걸려는 장면을 보고 있어서 모건을 돌아보지도 않는다. 모건은 텔레비전 불빛이 비치는 거실을 벗어나 어두침침한 아기 방으로 들어간다. 갓난아이인 재키 소여는 아기 곰 그림이 그려진 발까지 감싸는 파자마를 입고 있다. 보송보송한 기저귀를 차고 따뜻한 이불 속에서 새근새근 잠자고 있다. 이마엔 굵은 주름이 잡힌 모건 아저씨가 호수에서 낚은 농어처럼 입술을 오므리면서 열린 거실 문 쪽을 힐끗 본다. 그러곤 옆 의자에서 방석을 집어 들더니 잠자고 있는 갓난애의 얼굴에 부드럽지만 단호하게 올려놓는다. 한 손으론 방석을 누르고 다른 손으로 아기의 등을 받친다. 마침내 갓난애의 발버둥이 그치자 방석을 릴리가 수유하는 의자에 돌려놓고는 화장실로 볼일을 보러 간다.

만일 엄마가 거의 모건이 나가자마자 갓난애를 살펴보러 오지 않았더라면…….

잭은 온몸에 식은땀이 흘렀다.

정말 그랬을까? 그랬을 수도 있겠지. 마음속에서는 그것이 *사실*이라고 울부짖고 있었다. 우연치고는 너무 완벽했고 앞뒤가 완전히 들어맞았다.

테러토리의 여왕, 로라 델루시안의 아들은 생후 6주 만에 요람에서 숨을 거두었다.

필과 릴리 소여의 아들은 생후 6주에 요람에서 *거의 죽을 뻔했다*…….그리고 모건 슬로트는 그 현장에 있었다.

엄마는 항상 농담으로 이야기를 맺었다. 아빠 필 소여가 크라이슬러 자동차를 완전히 부숴 버릴 기세로 굉음을 내며 병원으로 향하고 있을 때 잭은 이미 숨을 쉬고 있었다는 것이다.

아주 재미있는 얘기다. 정말로.

2

"이제 그만 가 보자."

캡틴이 말했다.

"좋습니다. 좋아요. 어서 가……"

잭은 아직 멍하고 기운이 없었다.

"쉿!"

누군가가 다가오는 말소리가 들리자 캡틴은 주위를 날카롭게 살폈다. 오른쪽 벽은 나무가 아니라 묵직한 캔버스 천이었다. 그것이 바닥 위 10센티미터 되는 곳에서 끊겨 있어서 그 틈새로 장화를 신은 발이 지나가는 것을 볼 수 있었다. 다섯 켤레의 군인 장화였다.

왁자지껄한 말소리 사이로 어떤 목소리가 튀어나왔다.

"……그자한테 아들이 있는 줄은 정말 몰랐어."

두 번째 소리가 말했다.

"그러게, 어차피 그 아비에 그 아들이라네. 잘 알아 두게, 사이먼."

이 말에 야만적인 웃음소리가 공허하게 터져 나왔다. 학교에서 상급생들이 간혹 터뜨리던 웃음소리와 아주 흡사했다. 그들은 목재소 뒤편에서 마리화나를 피우며 하급생들을 뭔가 모르게 이상하고 소름 끼치는 이름으로 부르곤 했다. *동성애, 밝히는 애, 자웅동*

체. 왠지 모르게 끈적끈적하게 들리는 그 단어들 뒤에는 으레 방금 전과 같은 거친 웃음이 따라붙었다.

세 번째 목소리가 말했다.

"그만둬. 그만 좀 하라고. *그자가* 만일 자네 말을 들었다면 해가 서른 번도 돌기 전에 변경으로 쫓겨날 거야."

중얼거리는 소리.

소리를 죽인 킬킬거리는 웃음소리.

또 다른 험담도 들려왔지만 알아들을 수가 없었다. 그들은 더 큰 웃음소리와 함께 사라져 갔다.

잭은 캡틴을 올려다보았다. 그는 입을 한일자로 다물고 짧은 캔버스 벽을 뚫어져라 보고 있었다. 병사들이 누구 얘기를 하고 있었는지는 불을 보듯 뻔했다. 그런 말을 하는 자가 있다면 그 말이 누군가의 귀에 들어가기 마련이다. 이쪽에서 들려주고 싶지 않은 누군가에게…… 그 누군가는 갑작스레 나타난 그 사생아의 정체를 수상하게 생각할 것이다. 어린 잭도 그것쯤은 짐작할 수 있었다.

"이제 충분히 알겠지? 어서 도망쳐야 해."

캡틴은 잭을 잡아 흔들고 싶어 하는 것처럼 보였지만…… 감히 그러지는 못했다.

네가 가야 할 방향, 네가 받은 명령, 무엇이든…… 아, 서쪽으로 가라고 했지.

캡틴은 변했다, 그것도 두 번이나 변했다. 잭은 생각했다.

한번은 잭이 상어의 이빨을 보여 주었을 때였다. 그것은 짐마차가 아닌 배달 트럭이 도로를 따라 달리는 이쪽 세계에서는 줄세공

된 기타 피크에 불과한 것이었다. 다음은 잭이 서쪽으로 가려 한다는 것을 확인했을 때였다. 그는 위압적인 태도를 버리고 기꺼이 도와주려고 했다…… 무엇을 도와주려는 걸까?

지금은 말해 줄 수 없어…… 무엇을 해야 하는지 말해 줄 수 없다고.

종교적인 경외감…… 아니 종교적인 공포가 느껴졌다.

잭은 생각했다. *캡틴은 우리가 붙잡힐까 봐 두려워 여기를 나가고 싶어 한다. 하지만 그 이상의 것이 있지 않을까? 그는 나를 두려워하고 있다. 그가 두려워하는 것은…….*

"가자꾸나. 제이슨을 위해서라도 어서 가자고."

"누구를 위해서라고요?"

잭이 멍청하게 물었지만, 캡틴은 이미 잭을 밖으로 내몰고 있었다. 캡틴은 잭을 왼쪽으로 잡아끌어 거의 질질 끌다시피 하며 한쪽 벽은 판자, 다른 쪽은 곰팡내 나는 뻣뻣한 캔버스 천으로 된 회랑으로 데려갔다.

잭이 작은 소리로 말했다.

"우리 이쪽으로 오지 않았잖아요."

캡틴도 속삭이는 목소리로 대답했다.

"우리가 올 때 보았던 그런 작자들 곁을 지나가고 싶지는 않겠지? 모건의 부하들 말이야. 키 큰 사내 보았지? 속이 들여다보일 정도로 깡마른 사람 말이야."

잭은 그자의 가녀린 미소가 생각났다. 그는 웃고 있는 것처럼 보였지만 눈은 결코 웃고 있지 않았다. 다른 사람들은 유순해 보였지만 깡마른 사내는 무뚝뚝해 보였다. 제정신이 아닌 것 같기도 했다. 한 가지 덧붙이자면, 어디선가 본 듯 낯익은 얼굴이었다.

"그자가 오스먼드야."

잭을 오른손으로 끌어당기며 캡틴이 말했다.

고기 굽는 냄새가 점차 진하게 퍼지면서 어느새 사방이 고기 냄새로 진동했다. 고기 냄새를 맡고 이처럼 식욕이 샘솟은 적은 난생 처음이었다. 잭은 겁에 질려 있었고, 정신적으로나 감정적으로 궁지에 몰려 금방이라도 이성을 잃을 것 같았지만…… 주책도 없이 입안에 군침이 홍건해졌다.

캡틴이 툴툴거렸다.

"오스먼드는 모건의 오른팔이야. 눈치가 빠른 놈이라 두 번 다시 놈에게 *너*를 보여 주지 않을 거란다, 얘야."

"그게 무슨 뜻이죠?"

"*쉿!*"

캡틴은 잭의 아픈 팔을 더 세게 붙잡고는 넓은 천이 드리워진 출입구로 다가갔다. 잭의 눈엔 샤워 커튼처럼 보였지만 올이 굵은 삼베로 거칠게 짠 넓은 그물 같은 것이었다. 그것을 매달고 있는 고리도 크롬이 아니라 뼈로 만든 것 같았다.

캡틴이 잭의 귀에 대곤 소곤거렸다.

"자 이제 큰 소리로 *울어라.*"

그러고는 커튼을 젖히더니 진한 연기가 자욱하고(아직 고기 냄새가 꽉 차 있었다.) 뜨거운 수증기가 소용돌이치는 넓은 주방으로 잭을 끌고 들어갔다. 고기 굽는 풍로, 돌로 만든 커다란 굴뚝, 수녀의 두

건처럼 생긴 부풀린 흰 천을 머리에 쓴 여자들의 얼굴 사이로 잭의 혼란스러운 시선이 오갔다. 어떤 사람들은 버팀다리가 받치고 있는 쇠로 만든 긴 설거지통 앞에 일렬로 서서 냄비와 식기를 닦느라고 벌건 얼굴로 땀을 흘리고 있었다. 주방의 한 면을 다 차지할 만큼 기다란 조리대 앞에서는 채소를 저미고 깍둑썰기하고 과일 속을 파내고 껍질을 까고 있었다. 또 어떤 사람은 굽지 않은 파이를 가득 찬 쇠망으로 옮기고 있었다. 잭과 캡틴이 주방에 밀어닥치자 사람들의 시선이 온통 둘에게 쏠렸다.

"다시 또 그러면 진짜 혼날 줄 알아!"

캡틴은 잭에게 고래고래 소리를 지르며 테리어 개가 쥐를 물어 흔들 듯 심하게 흔들어 댔다……. 그러는 동안에도 두 사람은 빠르게 방을 가로질러 반대쪽의 쌍여닫이문 쪽으로 다가갔다.

"다시 또 그러면 정말 안 돼, 아빠 말 알아듣겠어? 또 한 번 아빠가 시킨 일을 게을리하면 구운 감자처럼 네 껍질을 홀랑 벗길 거라고!"

그러고는 목소리를 낮추어 속삭였다.

"저들은 곧 이 광경을 기억하고 우리에 관한 소문을 퍼뜨릴 게다, 그러니 얼른 *울어라*, 이 녀석아!"

이윽고 얼굴에 칼자국이 있는 캡틴이 잭의 목덜미와 욱신거리는 팔을 잡아 질질 끌며 김이 가득 서린 방을 가로질렀다. 잭은 일부러 엄마가 장례식장에 누워 있는 끔찍한 장면을 떠올려 보았다. 물결처럼 주름진 하얀 오건디(가볍고 투명하게 비치는 천 ─ 옮긴이)에 감싸인 엄마의 모습. 엄마는 「드래그 스트립 럼블」(1953년, RKO 영화사)에서 입었던 웨딩드레스를 입고 관 속에 누워 있다. 머릿속에서 엄마의 모습이 점점 더 선명해지더니 완벽한 밀랍 모형처럼 뚜렷한 형체를 띠었다. 엄마는 금으로 된 작은 십자가 귀고리를 하고 있었는데, 그것은 2년 전 크리스마스 때 잭이 선물한 것이었다. 하지만 이제 그 얼굴이 달라지고 있었다. 턱은 더 둥글고 코는 더 오똑하고 귀족적으로 변했다. 머리카락은 약간 더 밝아졌는데 왠지 더 거칠어 보였다. 이제 잭이 보는 것은 관 속에 든 로라 델루시안이었으며 관도 장의사에서 일반적으로 쓰는 것이 아니라 오래된 통나무를 거친 분노로 쪼개어 만든 것 같았다. 그런 것이 실제로 있다면 그것은 바이킹의 관이었을 것이다. 그 통나무가 저항 하나 없이 대지로 내려오는 장면보다는 차라리 기름을 듬뿍 먹인 통나무 상여가 활활 불타는 모습이 상상하기가 더 쉬울 터였다. 그것은 테러토리의 여왕, 로라 델루시안이었다. 하지만 환각처럼 생생한 지금의 상상 속에서 여왕은「드래그 스트립 럼블」에서 엄마가 입었던 웨딩드레스를 입고 있었고, 비벌리힐스의 샤프 가게에서 토미 아저씨가 골라 준 금 십자가 귀고리를 달고 있었다. 느닷없이 타는 듯 뜨거운 눈물이 흘러나왔다. 그것은 가식이 아닌 진짜 눈물이었다. 단지 엄마만이 아니라 가망이 없는 두 사람 모두를 위해 눈물을 흘렸다. 두 사람은 우주 정반대편에서 죽어 가고 있지만 이들은 부패할지는 몰라도 결코 끊어지지 않을 보이지 않는 선으로 연결되어 있었다, 적어도 두 사람 모두가 죽기 전까지는.

눈물로 시야가 흐려졌지만 헐렁한 흰옷을 입은 거구의 사내가 주방을 가로질러 그들에게 달려오는 것이 보였다. 뚱보 주방장은 머리에 둥그런 주방장 모자 대신 빨간색 반다나 스카프를 두르고 있었는데 어느 쪽이든 목적은 같았다. 그것을 쓴 사람이 주방의 우두머리라는 것을 확인해 주는 것이었다. 그는 세 갈래로 나뉜 흉측한 나무 포크를 휘두르고 있었다.

"썩 꺼지지 못해?"

주방장이 귀에 거슬리는 목소리로 외쳤다. 거대한 술통처럼 두툼한 몸통에서 뜻밖에도 플루트 소리 같은 목소리가 나왔던 것이다. 구둣방 점원에게 잔소리하는 호리호리한 게이의 목소리를 연상시켰다. 하지만 그 나무 포크는 생긴 것 그대로 치명적인 무기였다.

사내가 들이닥치기가 무섭게 여자들은 우르르 사방으로 흩어졌다. 파이를 굽는 여인의 선반 맨 밑바닥에서 파이 하나가 굴러떨어졌다. 파이가 두 동강이 나자 여인은 새된 소리로 절망적인 울음을 터뜨렸다. 딸기 즙이 튀고 흘러내렸는데 신선한 동맥혈처럼 선명하고 밝은 붉은색이었다.

"내 주방에서 썩 꺼지지 못해, 이 굼벵이들아! 여기는 지름길이 아니야. 여기는 운동장이 아니라고! 여기는 내 주방이란 말이야. 당장 나가지 않으면 사지를 찢어 버릴 테다."

주방장이 포크로 그들을 찌름과 동시에 고개를 돌려 거의 눈을 감다시피 찌푸렸다. 거칠게 욕설을 퍼부으면서도 빨갛게 솟아오르는 핏물을 생각하면 참기가 어려운 모양이었다. 잭의 목덜미를 잡고 있던 캡틴이 손을 떼고 순식간에 팔을 뻗었다. 잭의 눈에는 거의 일상적인 동작처럼 보였다. 다음 순간 2미터의 거구가 땅바닥에 나뒹굴었다. 나무 포크는 딸기 소스와 아직 덜 익은 흰 빵 덩어리와 뒤섞여 바닥에 뒹굴고 있었다. 주방장은 부러진 오른쪽 손목을 부여잡고 앞뒤로 구르며 플루트 같은 높은 목소리로 절규했다. 그가 주방 사람들 다 들으라고 소리쳐 알린 소식은 분명 개탄할 만했다. 그는 이제 죽은 목숨이라고 했다. 캡틴이 그를 살해한 거나 마찬가지라고(주방장은 거의 독일어처럼 들리는 이상한 발음으로 '쌀래'라고 발음했다.), 적어도 불구가 되는 건 피할 수 없을 거라고 했다. 저 잔인하고 인정머리 없는 외곽경비대의 캡틴이 솜씨 좋은 나의 오른손을 못 쓰게 만드는 바람에 생계 수단을 잃었으니 몇 년 뒤면 비참한 거지 신세가 될 거라고도 했다. 캡틴은 그에게 엄청난 고통을 안겨 주었고, 결코 견딜 수 없는, 믿어지지 않는 고통을…….

"닥쳐!"

캡틴이 으르렁대자 주방장은 두말 않고 입을 다물었다. 그는 움츠린 오른손을 가슴 위로 올린 채 땅바닥에 커다란 아기처럼 누워 있었다. 붉은 반다나는 주정이라도 부린 것처럼 비스듬히 벗겨져 있어서 한쪽 귀(작고 검은 진주가 귓불 가운데에 달려 있었다.)가 보였고 두툼한 뺨은 떨고 있었다. 부엌에서 일하던 여자들은 그들이 밤낮으로 일하는 김이 가득 찬 동굴의 무서운 거인 주방장을 캡틴이 허리 굽혀 내려다보자 바들바들 떨며 숨을 들이켰다. 여전히 훌쩍이고 있던 잭은 가장 큰 화로 끝에 서 있는 흑인 아이(갈색 아이, 잭은 마음속에서 고쳐 말했다.)를 흘끗 보았다. 아이는 입을 헤벌리고 놀란 표정이 민스트럴쇼(백인이 흑인으로 분장해 흑인 노예들을 희화화한 쇼 — 옮긴이)에 나오는 것처럼 우스꽝스러워 보였지만 시뻘건 석탄불에 데지 않도록 엉덩이를 들썩거리면서도 계속 크랭크를 돌리고 있었다.

"이제 내 말을 잘 들어. 『훌륭한 영농의 책』에는 나와 있지 않은 충고를 해 줄 테니까."

캡틴은 주방장과 거의 코가 맞닿을 만큼 몸을 깊이 구부리며 말했다.(이미 마비되어 버린 잭의 팔을 잡은 손에는 여전히 힘이 잔뜩 들어가 있었다. 다행히 이제는 거의 감각이 없었다.)

"앞으로는 절대로…… 절대로…… 칼이나…… 포크나…… 창이나 벼락 맞을 날카로운 걸 가지고 사람에게 다가가지 마, 그 사람을 죽일 생각이 아니라면 말이야. 주방장이 성질이 급하다는 건 다 알지만 그렇다고 외곽경비대 캡틴의 사람을 공격할 정도로 성깔을 부려서는 안 돼. 내 말 무슨 말인지 알겠어?"

주방장은 눈물 섞인 신음 소리를 내면서 뭐라 뭐라 반박했다. 주방장의 사투리 억양이 억세져서 잭은 무슨 말인지 다 알아들을 수가 없었다. 캡틴의 엄마와 파빌리온 너머 쓰레기장의 개들과 관계가 있는 것 같았다.

"아마도 그럴 거야. 나는 그 여자를 몰라. 하지만 그것은 내 질문에 대한 대답이 아니야."

캡틴은 그렇게 말하고는 닳고 닳은 먼지투성이 군홧발로 주방장을 쿡 찔렀다. 아플 정도는 아니었지만 주방장은 캡틴이 있는 힘껏 걷어찬 것처럼 꽥 소리를 질렀다. 여자들이 다시 바들바들 떨었다.

"주방장과 무기와 캡틴이라는 주제에 대해 이해가 됐나, 안 됐나? 이해가 안 된다면 더 교육을 시켜야겠지."

주방장이 헐떡거리며 말했다.

"이해했습니다! 이해했어요! 이해했다고요! 이해가……"

"좋아. 오늘은 넘칠 만큼 교육을 시켰거든. 안 그러니, 꼬마야?"

캡틴이 잭의 목덜미를 잡고 두 번 흔들자 잭은 정말로 구슬프게 울었다.

"이런…… 말을 제대로 하질 못하네. 애가 숙맥이구먼. 제 어미를 빼박았어."

캡틴이 어슴푸레 빛나는 눈초리로 주방 주위를 둘러보았다.

"잘 지내시오, 아주머니들. 여왕의 가호가 있기를."

"캡틴 님도 평안하시기를 바랍니다."

가장 나이가 많은 여성이 간신히 말하고 어색하게 무릎을 굽혀 서툰 인사를 차렸다. 다른 사람들도 그녀를 따라 했다.

캡틴은 잭을 끌고 주방을 지나갔다. 엉덩이가 설거지통 모서리에 세게 부딪히는 바람에 잭은 다시 비명을 질렀다. 뜨거운 물이 쏟아졌다. 쏟아진 물이 김을 뿜으며 그들 사이로 흘러갔다. 잭은 생각했다. *저 아주머니들은 저 물에 손을 담그고 있었는데, 어떻게 견디고 있는 거지?* 이제는 잭을 거의 안다시피 하고 달려가던 캡틴이 또 다른 삼베 커튼을 열어 그 너머의 복도로 잭을 밀어 넣었다.

그가 낮은 소리로 중얼거렸다.

"휴우! 이런 일은 뭐가 되었든 딱 질색이야. 역겹다고."

왼쪽으로, 오른쪽으로, 다시 오른쪽으로. 잭은 그들이 파빌리온의 외벽으로 다가가고 있다는 것을 알아차렸다. 이 궁전이 밖에서 보이는 것보다 내부가 훨씬 더 넓은 것 같다는 생각이 들기 시작했다. 이윽고 캡틴이 장막 밖으로 잭을 밀쳐냈다. 그들은 다시 한낮의 햇살 아래 서게 되었다. 어두침침한 파빌리온 안에 있다가 나왔더니 오후의 햇살이 너무 따가워 잭은 움찔 눈을 감았다.

캡틴은 잠시도 머뭇거리지 않았다. 신발에 진흙이 쩍쩍 달라붙어 온통 얼룩이 졌다. 목초와 말과 말똥 냄새가 났다. 잭이 다시 눈을 뜨자 방목지나 목장 아니면 농가 마당 같은 데를 지나가는 것 같았다. 한쪽을 캔버스 천으로 가린 복도가 보였고 그 너머 어딘가에서 꼬꼬댁거리는 닭 울음소리가 들려왔다. 지저분한 킬트와 가죽끈 샌들만 걸친 깡마른 남자가 나무 갈퀴로 열린 마구간에 마른 풀을 쌓고 있었다. 마구간 안에는 셰틀랜드포니(조랑말의 일종 — 옮긴이)보다 조금 크다 싶은 말 한 마리가 기분 나쁜 얼굴로 그들을 내다보고 있었다. 잭이 방금 본 것을 받아들이게 된 것은 이미 마구간을 지나치고 난 다음이었다. 그 말은 머리가 둘이었다.

"저기요! 그 마구간에 다시 가 볼 수 있을까요? 저기……"

"시간 없어."

"하지만 저 말은 머리가……"

"시간 없다고 했잖아. 아직 할 일이 많은데 네 녀석이 빈둥거리는 꼴이 또다시 내 눈에 띄는 날엔 두 배로 일거리를 줄 테다."

캡틴이 소리 지르다시피 목소리를 높였다.

"안 돼요! 그런 법이 어디 있어요! 말 잘 들으면 되잖아요!"

잭이 외쳤다.(솔직히 잭은 이 연극도 이젠 시들해지기 시작했다.)

두 사람 바로 앞에 높은 나무문이 나타났다. 나무껍질을 벗기지 않은 말뚝으로 만든 높은 담과 이어져 있었다. (잭의 엄마도 몇 편인가 출연했던) 옛 서부영화에나 나올 법한 요새 같았다. 묵직한 버팀대가 문에 달려 있었지만 빗장이 없었다. 빗장은 왼쪽 장작더미에 기대여 있었는데 기차 침목만큼 두꺼웠다. 문은 15센티미터 정도 열려 있었다. 방향감각을 거의 잃다시피 한 잭이 보기에는 파빌리온을 빙 돌아 그 반대쪽으로 나온 것 같았다.

"잘됐군. 이젠……"

평소 말투로 돌아온 캡틴이 뭐라 말을 이어 나가려 할 때였다.

"캡틴."

바로 뒤에서 누가 그를 불렀다. 그 목소리는 낮지만 또렷했고 수상할 정도로 침착했다. 캡틴이 가던 걸음을 멈췄다. 칼자국이 있는 잭의 동행인이 막 왼쪽 문을 열려던 참이었다. 그 목소리의 주인이 쭉 그를 지켜보며 그 순간을 위해 기다리고 있었다는 뜻이다.

"나한테 당신의…… 그 뭐냐…… 아들을 소개해 줄 수 있겠지."

캡틴은 잭을 돌려세우며 뒤돌아섰다. 방목지 한가운데 그자가 서 있었다. 주변 풍경을 불안 속에 몰아넣는, 캡틴이 두려워하던 해골 같은 신하, 오스먼드였다. 그는 음침한 진회색 눈으로 그들을 바라보았다. 잭은 저 눈 속에서, 저 깊은 곳 어딘가에서 그를 동요시키는 무엇인가를 느꼈다. 돌연 머릿속에 한 가지 생각이 스치고 지나가자 잭은 신경이 바짝 곤두섰다. *저 사람은 미쳤다.* 잭의 직관이 자연스럽게 일깨워 주었다. *미쳐도 보통 미친 게 아니야.*

오스먼드는 두 사람을 향해 가볍게 두 발짝을 떼었다. 손잡이에 생가죽을 두른 채찍을 왼손에 들고 있었는데, 채찍은 가무잡잡하고 유연한 힘줄처럼 가늘어져 어깨에 세 겹으로 감겼다가 방울뱀처럼 굵은 줄기로 뻗어 나왔다. 끄트머리에 이르러 10여 가닥으로 갈라졌는데, 그 끝마다 조악하지만 반짝거리는 금속 발톱이 생가죽 매듭에 묶여 있었다.

오스먼드가 채찍 자루를 잡아당기자 어깨에 감겨 있던 채찍이 메마른 쉭 소리를 내며 미끄러지듯 떨어졌다. 다시 자루를 슬쩍 움직이자 금속 발톱이 달린 가죽 채찍이 지푸라기가 섞인 진흙탕에서 천천히 비틀거렸다.

"당신 아들인가?"

오스먼드는 되풀이해서 물으며 한 발짝 더 다가왔다. 문득 잭은 그 사내가 왜 낯이 익은지를 깨달았다. 유괴당할 뻔했던 그날, 이 사내가 흰 양복을 입고 있지 않았던가?

잭은 이 남자가 맞을지도 모른다고 생각했다.

3

캡틴은 한 손 주먹을 쥐어 이마에 갖다 대고는 허리를 굽혔다. 잭은 잠시 멈칫했다가 그대로 따라 했다.

"제 아들 루이스입니다."

캡틴이 굳은 목소리로 말했다. 잭이 왼쪽으로 눈을 굴려서 보니 캡틴은 계속 허리를 굽힌 채였다. 그래서 잭도 떨리는 심장을 붙잡고 계속 허리를 굽히고 있었다.

"고맙네, 캡틴. 고마워, 루이스. 여왕님의 가호가 함께하기를."

오스먼드가 채찍 자루로 잭을 툭 건드리자 잭은 소리를 지를 뻔했지만 이를 악물고 참으며 다시 허리를 폈다.

오스먼드는 지금 두 발짝 정도 떨어져 예의 그 광기 어린 음침한 눈초리로 잭을 살펴보고 있었다. 그는 가죽 재킷을 입고 있었는데, 다이아몬드로 보이는 장식이 달려 있었다. 셔츠에는 요란스러운 주름이 주렁주렁 달렸고, 오른쪽 손목에서는 사슬 팔찌가 짤랑짤랑 소리를 내고 있었다.(채찍을 다루는 동작을 보고 잭은 그가 왼손잡이라고 추측했다.) 그는 머리를 모두 뒤로 넘겨 새틴으로 보이는 넓은 하얀색 리본으로 묶고 있었다. 오스먼드에게서는 두 가지 냄새가 풍겼다. 주된 냄새는 잭의 엄마가 '모든 남자들의 향수'라고 부르는, 면도 후에 바르는 로션이나 오드콜로뉴 같은 것이었다. 오스먼드의 냄새는 진하고 역했다. 그 냄새를 맡으면 오래된 영국 흑백영화를 떠올렸다. 영국의 중앙형사법원에서 재판을 받고 있는 불쌍한 사람의 이야기였다. 그런 영화에 나오는 판사와 변호사는 늘 가발을 썼는데 그 가발 상자 안에서는 틀림없이 오스먼드의 냄새가 날 것 같았다. 이 세상에서 가장 오래된 도넛만큼 바싹 마르고 손만 대도 부스러질 듯한 사탕. 하지만 그 밑에는 더 치명적이고 그다지 좋다고는 할 수 없는 냄새가 숨어 있었다. 그 냄새는 맥박이 칠 때마다 올라오는 것 같았다. 그것은 몇 겹이나 쌓인 땀과 먼지의 냄새, 좀처럼 씻지 않는 사람의 냄새였다.

그렇다. 이자가 바로 그날 자기를 유괴하려던 괴물들 중 하나였다.

배 속이 뒤집히고 온몸이 뒤틀리는 듯했다.

"자네한테 아들이 있는 줄은 미처 몰랐는걸, 캡틴 파렌."

오스먼드는 캡틴에게 말하고 있었지만 눈은 잭을 보고 있었다. 잭은 되새겼다. 루이스야. 내 이름은 루이스라고. 잊으면 안 돼.

캡틴이 잭을 보며 아직 화가 풀리지 않았다는 듯 무시하는 투로 대답했다.

"이런 걸 자식이라고. 위대한 파빌리온에 데려왔건만, 영광인 줄도 모르고 강아지 새끼처럼 살금살금 도망이나 다니는 통에. 저 녀석을 잡았더니 아주 그냥 노느라……"

"그래. 그렇군."

오스먼드가 보일 듯 말 듯한 미소를 보이며 대답했다. 그는 *한마디도 믿지 않아.* 잭은 머릿속이 복잡해졌다. 참아 보려고 했지만 금방이라도 공황 발작을 일으킬 것 같았다. *한마디도 믿지 않는다고!*

"사내아이들은 나빠. 사내아이들은 다 나쁘지. 그건 자명한 이치야."

오스먼드가 채찍 자루로 잭의 손목을 가볍게 쳤다. 신경 줄이 팽팽하게 당겨진 잭이 엉겁결에 비명을 지르고는…… 창피한 나머지 얼굴이 벌게졌다.

오스먼드가 키득거렸다.

"나쁘지, 그럼, 그건 자명한 이치야, 사내아이들은 다 나빠. *나도* 그랬거든. 캡틴 파렌 *자네도* 나쁜 아이였을 거라고 내가 장담할 수 있어, 캡틴 파렌. 그렇지? 그렇지? 자네도 나쁜 아이였지?"

"네, 오스먼드."

캡틴이 대답했다.

"아주 나쁜 아이였나?"

오스먼드는 이렇게 묻고는 놀랍게도 진흙탕 속에 들어가 깡충깡충 뛰기 시작했다. 그 동작에 남자답지 못한 구석은 없었다. 오스먼드는 몸매가 호리호리하다 못해 섬세하다고 말할 수도 있었지만 잭은 저자에게서 진정한 동성애자의 기미는 찾아볼 수 없었다. 그가 한 말 속에 그런 암시가 숨어 있었지만 잭은 직감적으로 그것이 말장난에 불과하단 걸 알아챘다. 그보다 지금 이곳에서 가장 뚜렷하게 느껴지는 것은 증오와…… 광기였다.

"*진짜 나쁜 아이였나? 정말 이루 말할 수 없이 나쁜 아이였나?*"

"네, 오스먼드."

캡틴이 무뚝뚝하게 대꾸했다. 오후 햇살 아래 얼굴의 칼자국이 두드러져 보였다. 이제는 분홍색보다는 빨간색에 가까웠다.

오스먼드가 시작할 때와 마찬가지로 갑작스럽게 즉흥 댄스를 멈추었다. 그가 차가운 얼굴로 캡틴을 보며 말했다.

"*아무도 자네한테 아들이 있다는 걸 모르던데, 캡틴.*"

"서자니까요. 게다가 좀 모자랍니다. 지금 보니 게으르기도 하네요."

캡틴이 돌연 몸을 돌려 잭의 뺨을 후려쳤다. 그리 세게 때린 것은 아니었지만 캡틴의 손은 벽돌처럼 딱딱했다. 잭은 귀를 감싸고는 고통으로 신음하며 진흙탕에 나가떨어졌다.

"*진짜 나쁘군. 이루 말할 수 없이 나빠.*"

오스먼드가 이렇게 말했지만 이제 그의 얼굴은 무시무시할 정도로 공허하고 여위어 보였으며 무슨 생각을 하고 있는지 알 수가 없었다.

"일어나, 이 나쁜 아이야. 아빠 말을 안 듣는 나쁜 아이들은 벌을 받아야 해. 질문에 똑바로 대답도 해야 하고."

오스먼드가 한쪽으로 채찍을 날렸다. 메마른 짝 소리가 났다. 불안해진 잭은 또다시 엉뚱한 생각을 떠올렸다. 나중에 돌이켜 보니 무의식중에 고향집과 연결된 모든 것들이 떠올랐던 것 같았다. 오스먼드의 채찍 소리는 잭이 여덟 살 때 가지고 놀던 데이지 공기총의 뻥 소리와 같았고, 그와 리처드 슬로트는 둘 다 그런 공기총을 가지고 있었다.

오스먼드는 거미처럼 팔을 뻗어 새하얀 손으로 진흙범벅이 된 잭의 팔을 잡았다. 그러고는 자기 쪽으로 끌어당겼다. 오래된 사탕가루 냄새와 산패한 듯한 오물 냄새가 밀려왔다. 그의 기이한 잿빛 눈이 잭의 파란 눈을 근엄하게 노려보았다. 잭은 방광이 터질 것 같아서 바지에 소변을 지리지 않기 위해 안간힘을 썼다.

"넌 대체 누구냐?"

오스먼드가 물었다.

4

그 한마디가 세 사람 머리 위에서 맴을 돌았다.

캡틴이 절망감을 숨기지 못한 채 얼어붙은 얼굴로 자신을 보고 있다는 걸 잭은 알고 있었다. 닭들이 꼬꼬댁거리고 있었고, 개가 멍멍 짖고 있었으며, 어딘가에서 커다란 짐마차가 덜컹거리며 다가오고 있었다.

오스먼드의 눈동자가 말하고 있었다. *사실대로 말해. 거짓말하면 내가 단박에 알 수 있어. 넌 내가 캘리포니아에서 처음 본 어떤 나쁜 애와 닮았어. 네가 그 애지?*

잭은 한순간 모든 것을 털어놓을 뻔했다.

잭, 내 이름은 잭 소여예요, 그래요, 나는 캘리포니아에서 왔고 이 세계의 여왕이 바로 우리 엄마예요, 이쪽의 나는 죽어 버렸지만

요, 나는 당신의 보스를 알아요, 모건, 그러니까 모건 아저씨를 안다고요, 그런 초점 나간 눈으로 나를 쳐다보지 마요, 그 눈만 아니면 당신이 알고 싶은 얘기를 모조리 말해 줄 수 있으니까, 정말로, 나는 그냥 어린애니까, 아이들은 그러잖아요, 아이들은 다 말하니까, 사실대로 다 말하니까…….

그때 잭의 귀에 엄마의 목소리가 들려왔다. 조소하는 듯 단호한 목소리였다.

이자에게 네 속을 다 보여 줄 생각이니, 재키야? 바로 이 사내에게? 폐업 세일 때까지도 팔리지 않은 남성용 향수 냄새를 풍기는데? 연쇄 살인범 찰스 맨슨이 중세에 태어났으면 이런 모습일 텐데? 하지만 네 마음대로 하려무나…… 맘만 먹으면 이런 사내는 얼마든지 속일 수 있어. 눈 감고도 속일 수 있지…… 하지만 네 마음대로 하렴.

"넌 대체 누구지?"

오스먼드가 바짝 다가오며 다시 물었다. 어느새 그의 얼굴은 절대적인 확신에 차 있었다. 그는 사람들에게서 자신이 원하는 대답을 얻어 내는 데 익숙했다……. 열두 살짜리 아이라고 해서 예외가 될 리는 없었다.

잭은 부르르 떨면서 심호흡을 한 뒤 (네가 최대치의 고음을 내고 싶다면…… 저 끝까지 네 목소리가 들리길 원한다면…… 횡격막으로 소리를 내야 해, 재키. 일종의 증폭기를 통과해야 한다고.) 큰 소리로 비명을 지르기 시작했다.

"이제 돌아갈 참이에요! 하느님께 맹세해요!"

잭이 갈라지고 기운 없는 목소리로 소곤거릴 거라 기대하며 앞으로 깊숙이 몸을 기울이던 오스먼드는 혹여라도 잭이 손을 뻗어 때리기라도 할 것처럼 움찔하고 뒷걸음질을 쳤다. 그러다 장화 신은 발로 땅바닥에 떨어져 있던 생가죽 채찍을 밟는 바람에 뒤로 넘어질 뻔했다.

"이런 벼락 맞게 빌어먹을⋯⋯"

"이제 돌아갈 거예요! 제발 채찍질은 하지 마세요 오스먼드. 돌아가려고 했다고요! 애초에 여기 오고 싶지 않았어요 결코 결코 결코⋯⋯"

캡틴 파렌이 앞으로 나와 잭의 등을 내리쳤다. 잭은 여전히 악을 쓰면서 진흙탕에서 구르고 있었다. 캡틴이 사과했다.

"말씀드렸다시피 좀 모자란 아이입니다. 죄송합니다, 오스먼드. 돌아가면 반죽음이 되도록 흠씬 패 주겠습니다. 아이가⋯⋯"

"애초에 이 녀석이 이곳에서 뭘 하고 있는 거지?"

오스먼드가 소리소리 질렀다. 드센 여자처럼 높고 상스러운 목소리였다.

"자네의 저 찔찔 코나 흘리는 서자 새끼 따위가 대체 여기서 무엇을 하고 있었냐고 묻는 걸세. 출입증 따위를 묻는 게 아니야! 보나마나 없을 테니까! 자네가 저 녀석을 몰래 들여와 여왕의 테이블에서 밥을 먹이고⋯⋯ 여왕의 은식기를 훔치게 하고, 내가 잘은 모르지만⋯⋯ 그러니까 한마디로 저 녀석은 *나쁜* 놈이라고⋯⋯ 첫눈에 정말 의심할 바 없이, 참을 수 없이 *나쁜* 놈이라니까."

또다시 채찍질이 시작되었다. 이번에는 데이지 공기총의 부드러운 총소리와는 전혀 다른, 22구경 권총의 크고 선명한 총성이 들리는 것 같았다. 이 와중에 잭은 생각했다. *이러다 나 죽겠는걸.* 뒤이어 크고 불처럼 뜨거운 채찍이 잭의 등을 파고들었다. 고통은 살 속으로 스머드는 것 같았지만 사그라지기는커녕 더 격렬해졌다. 미칠 듯이 아프고 화가 났다. 잭은 진흙탕에서 몸을 비틀며 소리쳤다.

"*나쁜 놈!* 이루 말할 수 없이 *나쁜 놈!* 의심할 바 없이 *나쁜 놈!*"

'나쁘다'는 말이 내뱉어질 때마다 오스먼드의 채찍이 철썩 소리를 내면서, 불처럼 뜨거운 채찍 자국이 새겨지는 동시에 잭의 입에서 비명이 튀어나왔다. 등에 불이 붙은 듯 화끈거렸다. 언제 끝날지도 짐작할 수 없었다. ― 오스먼드는 채찍을 날릴 때마다 점점 더 격렬한 광기를 띠어 가는 듯 보였다. ― 바로 그때 새로운 목소리가 소리쳤다.

"오스먼드 님! 오스먼드 님! 거기 계셨군요! 하느님, 감사합니다!"

요란하게 달려오는 발소리가 들렸다.

아직 분을 삭이지 못한 오스먼드가 숨을 고르며 물었다.

"뭐지? 뭔데? 무슨 일이야?"

누군가가 손을 내밀어 잭의 팔꿈치를 잡고 일으켜 세워 주었다. 잭이 비틀거리자 그 손의 주인이 그의 허리를 감싸 안고 부축해 주었다. 파빌리온을 이리저리 여행하는 동안에도 무뚝뚝하고 흔들림 없던 캡틴이 다정하게 변하자 적응이 잘 되지 않았다.

잭이 다시 비틀거렸다. 주위 세계가 흐릿하고 몽롱해 보였다. 등에서 미지근한 피가 흘러내리고 있었다. 잭은 순식간에 깨어난 증오가 자신의 영혼을 지배하는 걸 느끼며 오스먼드를 바라보았다.

잭은 그 증오가 반가웠다. 그 증오 덕분에 두려움과 혼란을 잊을 수 있었다.

네가 이렇게 만든 거⋯⋯ 네가 나를 때리고 내 살갗을 찢어 놨어. 내 말 똑똑히 들어, 내가 갚아 줄 기회만 오면⋯⋯

캡틴이 물었다.

"몸은 좀 괜찮니?"

"네."

잭이 채찍을 맞고 있을 때 끼어들었던 두 사내에게 오스먼드가 소리를 질렀다.

"뭐라고?"

첫 번째 사람은 잭과 캡틴이 숨겨진 방으로 가던 중에 지나친 멋쟁이들 중 하나였고, 두 번째 사람은 잭이 테러토리에 돌아오자마자 마주쳤던 마부와 닮은 듯했다. 마부는 무척 놀란 얼굴이었고 부상도 입었다. 머리 왼쪽에 난 큰 상처에서 피가 흘러내려 왼쪽 얼굴을 뒤덮다시피 하고 있었으며, 왼쪽 팔에는 찰과상을 입고 저킨은 찢겨 있었다.

"도대체 무슨 말을 하는 거야, 이 멍청이들아?"

크게 충격을 받은 마부가 멍한 상태에서 천천히 말을 이어 나갔다.

"올핸즈 빌리지 뒤쪽 길굽이에서 마차가 뒤집혔습니다요. 우리 아들이, 나리, 술통에 깔려 죽었습죠. 5월 농장의 날에 그 애는 겨우 열여섯 살이었답니다. 그 애의 어미는⋯⋯"

오스먼드가 다시 소리를 질렀다.

"뭐가 어째? 통이라고? 에일이 잘못됐다는 거냐? 킹스랜드는 아

니겠지? 네가 킹스랜드 에일을 가득 실은 짐마차를 전복시켰다고 말하려는 건 아니겠지, 이 염소 불알만도 못한 바보 자식아? 그런 말을 하려는 건 아니겠지, 서어어어어어얼마아아아아아아?"

오스먼드의 마지막 말은 오페라의 프리마돈나를 야만스럽게 흉내 내는 것처럼 서서히 높아졌다. 그 소리가 불안정해지고 떨리더니 동시에 그는 춤을 추기 시작했다……. 하지만 이번에는 분노의 춤이었다. 너무 괴상한 그 모습에 잭은 자기도 모르게 웃음이 터져 나올 것 같아 얼른 두 손으로 입을 틀어막았다. 하지만 그 바람에 등에 생긴 상처가 셔츠에 쓸려서 캡틴이 뭐라 한마디 하기도 전에 웃음이 쏙 들어갔다.

마부는 마치 오스먼드가 유일하게 중요한 한 가지 사실(마부 눈에 중요해 보였음이 틀림없다.)을 놓치기라도 한 것처럼 다시 차분하게 얘기를 시작했다.

"지난 5월 농장의 날에 그 애는 겨우 열여섯 살이었습죠. 그 애 어미가 애를 안 데려가는 게 좋겠다고 만류했어요. 저도 설마 이런 일이……"

오스먼드는 다짜고짜 채찍을 들어 내리쳤다. 왼손에 느슨히 들린 채 긴 생가죽 꼬리가 진흙 바닥에 질질 끌리던 채찍이 어느 순간 찰싹 소리를 냈다. 그것은 22구경 권총 소리보다는 장난감 총소리에 더 가까웠다. 마부가 손으로 얼굴을 가린 채 새된 소리를 내며 비틀비틀 물러섰다. 지저분한 손가락 사이로 시뻘건 피가 줄줄 흘러내렸다.

"나리! 나으리! 나리!"

마부가 쓰러지더니 우물거리는 소리로 주인을 불렀다.

이 광경을 지켜본 잭이 소리쳤다.

"여기서 도망쳐요. 어서요!"

"기다려."

음울하게 굳어 있던 캡틴의 얼굴이 살짝 누그러진 듯했다. 눈에서 희망이 엿보였달까.

오스먼드가 멋쟁이 부하를 향해 몸을 빙글 돌리자 그는 빨갛고 두툼한 입술을 우물거리며 한 발짝 물러섰다. 오스먼드가 초조하게 물었다.

"킹스랜드가 틀림없나?"

"오스먼드 님, 너무 심려치 마시기를……"

오스먼드가 왼쪽 손을 홱 쳐들자 금속 발톱이 달린 생가죽 채찍 꼬리가 부하의 장화를 찰싹 때렸다. 멋쟁이는 다시 한 걸음 물러났다.

"나한테 이래라저래라 지시하지 마. 넌 오직 내 질문에만 대답해. 이 몸이 심기가 불편하시다, 스티븐, 정말로 참을 수 없이, 의심할 바 없이 심기가 불편하시단 말이다. 그거 킹스랜드 에일이었나?"

"그렇습니다. 말씀드리기 송구스럽지만……."

"변경 도로에서?"

"오스먼드 님……"

"*변경 도로에서 엎어진 거냐고 물었다, 이 시원찮은 반편아!*"

"그렇습니다."

스티븐이 침을 꿀꺽 삼켰다.

"물론 그렇겠지."

야윈 얼굴 한쪽에 흉측한 미소가 번졌다.

"변경 도로가 아니면 어디에 올핸즈 빌리지가 있을 수 있지? 마을이 날기라도 한단 말이냐? 어? 한 마을이 어떻게 해서든지 한 도로에서 다른 도로로 날아가기라도 한단 말이냐, 스티븐? 그럴 수 있어? 그게 가능해?"

"아닙니다, 오스먼드, 물론 불가능합니다."

"당연하지. 그럼 변경 도로에는 술통들이 사방에 널려 있겠군, 그게 정확하겠지? 술통들과 전복된 마차가 변경 도로를 가로막고 있다고 보면 정확하겠지? 그동안 테러토리에서 가장 맛있는 에일이 땅속으로 스며들어 지렁이들을 취하게 하고 있겠지? 그게 정확하지?"

"네…… 맞습니다. 하지만……."

오스먼드가 소리를 질렀다.

"모건 님이 변경 도로를 통해 오고 계셔! 모건 님이 오신다고. 모건 님이 마부를 얼마나 재촉하는지 자네도 잘 알잖아! 그의 승합마차가 길굽이를 돌다가 그 난장판을 마주쳤을 때 마부가 마차를 멈출 시간이 없을 수도 있어! 모건 님도 뒤집힐 수가 있다고! 그래서 돌아가실 수도 있다고!"

"오, 하느님."

스티븐이 모든 대답을 한마디로 응축시켜 말했고, 창백한 얼굴은 두 배 더 창백해졌다.

오스먼드가 천천히 고개를 끄덕이며 말했다.

"내 생각에 만약에 모건 님의 마차가 뒤집히는 사고가 난다면, 그가 회복되길 기도하기보다는 그의 죽음을 위해 기도하는 편이 나을 거야."

"하지만…… 하지만……."

오스먼드는 스티븐에게서 몸을 돌려 외곽경비대의 캡틴과 그 '아들'이 서 있는 곳으로 달려왔다. 오스먼드 뒤에서는 그 불운한 마부가 여전히 진흙탕에서 뒹굴고 입을 우물거리며 *나리*를 찾고 있었다.

오스먼드의 눈이 잭을 훑었지만 마치 그 자리에 없는 것처럼 스치고 지나갔다. 그가 말했다.

"캡틴 파렌, 지난 5분 동안에 일어난 일을 잘 봤겠지?"

"네, 오스먼드 님."

"그 일들을 가까이서 지켜봤나? 그 내막을 잘 *파악했나?* 정확히 파악하고 있냐고?"

"네, 그렇습니다."

"정말인가? 캡틴, 자네는 역시 뛰어난 캡틴이라니까! 내 생각에는 우리가 좀 더 얘기해 봐야 할 것 같네, 자네처럼 뛰어난 캡틴이 어쩌다 저런 개구리 생식기보다도 못한 아들을 두었는지 말이야."

오스먼드가 차가운 눈으로 빠르게 잭을 훑었다.

"하지만 지금은 그럴 시간이 없지, 안 그래? 없고말고. 자네가 가장 젊고 건장한 사내 10여 명을 소집해 임금을 두 배 줘서, 아니, *세 배* 줘서 변경 도로로 출동하게. 냄새를 따라가면 사고 현장을 찾는 건 어렵지 않을 거야, 그렇지?"

"네, 오스먼드 님."

오스먼드가 하늘을 재빨리 올려다보았다.

"모건 님은 6시 정각에 오기로 되어 있어……. 조금 일찍 도착할 수도 있지. 지금은…… 2시쯤 됐겠군. 2시야. 2시 맞지, 캡틴?"

"네, 오스먼드 님."

"그리고 작은 똥덩어리, 네가 보기엔 몇 시냐? 13시? 23시? 정각 81시?"

잭은 입을 헤벌렸다. 오스먼드의 업신여기는 듯 찌푸리는 표정을 보며 그는 다시금 증오의 파도가 세차게 밀려오는 것을 느꼈다.

넌 날 때렸어. 내가 갚아 줄 기회만 오면……!

오스먼드가 캡틴 쪽을 돌아보며 말했다.

"5시 정각까진 최선을 다해 아직 쓸 만한 통들을 회수하게. 5시부터는 서둘러 도로를 정비하고. 알겠나?"

"네, 오스먼드 님."

"그럼 어서 가 봐."

캡틴 파렌은 주먹을 이마에 대고 허리를 구부려 경례했다. 오스먼드에 대한 격렬한 증오로 뇌가 펄쩍펄쩍 뛰는 듯한 기분이었지만 잭도 멍청히 입을 헤벌린 채 따라서 인사했다. 하지만 인사를 정식으로 시작하기도 전에 오스먼드는 휙 돌아서서 마부가 있는 쪽으로 성큼성큼 걸어갔다. 채찍을 휘둘러 데이지 공기총 소리를 내면서.

오스먼드가 다가오는 소리를 듣자 마부는 다시 비명을 지르기 시작했다.

캡틴이 마지막으로 잭의 팔을 잡아끌며 말했다.

"그만 가자. 더 이상 보지 않는 게 좋겠다."

잭이 겨우 입을 열어 대답했다.

"네, 저도 절대 보고 싶지 않아요."

하지만 캡틴이 오른쪽 문을 밀어 열고 마침내 파빌리온을 떠나려 할 때 잭은 그 소리를 듣고 말았다. 그 소리는 그날 밤 꿈속에서도 다시 들렸다. 카빈총의 탕 소리가 연달아 허공을 갈랐고, 그때마다 비운의 마부가 내지르는 비명이 뒤를 따랐다. 오스먼드도 뭐라고 소리를 질렀는데, 헐떡거리면서 외치는 바람에 정확히 뭐라는 건지는 알아듣기 어려웠다. 그 얼굴을 돌아다보면 알 수 있겠지만 잭은 돌아보고 싶지 않았다.

잭은 보지 않아도 알 것 같다고 확신했다.

잭은 오스먼드가 웃고 있다고 생각했다.

5

두 사람은 이제 파빌리온 광장의 공용 구역에 있었다. 행인들이 곁눈질로 캡틴 파렌을 흘끗거렸고…… 그를 멀찍이 피해 걸었다. 캡틴은 서두르며 성큼성큼 걸음을 옮겼다. 생각에 잠긴 그의 얼굴은 어둡게 굳어 있었다. 그를 따라잡기 위해 잭은 종종걸음을 쳐야 했다.

캡틴이 느닷없이 입을 열었다.

"우리는 운이 좋았어. 우라지게 운이 좋았던 거라고. 오스먼드는 널 죽일 작정이었던 거 같아."

잭은 입을 떡 벌리고 캡틴을 쳐다보았다. 입안이 바싹 마르다 못해 타는 듯했다.

"너도 눈치챘겠지만 오스먼드는 미쳤어. 창녀의 꽁무니를 따라

다니는 개나 다름없어."

잭은 그게 무슨 말인지 몰랐지만 오스먼드가 미쳤다는 데는 동의했다.

"그러니까요……"

"기다려."

캡틴이 말했다. 그들은 잭이 상어 이빨을 보여 준 뒤 캡틴이 데려갔던 작은 천막 근처로 돌아왔다.

"여기 서서 나를 기다려. 아무하고도 말해선 안 돼."

캡틴이 천막 안으로 들어가자 잭은 멀뚱히 서서 기다렸다. 곡예사가 지나가며 잭을 흘끗 보았지만 대여섯 개의 공을 공중으로 던지고 받는 절묘한 리듬은 전혀 흐트러지지 않았다. 꼬질꼬질한 애들이 마치 하멜른의 피리 부는 사나이를 따라다니는 아이들처럼 떼를 지어 그 뒤를 따르고 있었다. 거대한 유방 한쪽을 꾀죄죄한 아이에게 물린 젊은 여성이 잭에게 말을 붙였다. 주화 한두 개만 주면 소변보는 것 말고 고추를 더 좋은 일에 사용하는 법을 알려 주겠다고 했다. 잭은 너무 거북해서 고개를 돌렸지만 얼굴은 붉게 물들어 있었다.

그 여자는 까마귀처럼 깍깍 소리 내어 웃었다.

"우우우우우우, 요 예쁘장한 어린 친구가 부끄럼을 타네. 이리 와봐, 예쁜이! 이리……"

"저리 꺼지지 못해, 이 망할 년, 안 그러면 지하주방에 보내 버릴 테다."

캡틴이었다. 그는 천막에서 또 다른 사내를 데리고 나왔다. 뚱보

218

노인이었는데 어딘가 캡틴과 닮은 면이 있었다. 말하자면, 길버트 앤드 설리번(19세기 영국에서 주옥같은 오페라를 작곡했던 극작가 W. S. 길버트와 작곡가 아서 설리번을 가리킨다. —옮긴이)의 작품에 나오는 가공의 등장인물이 아니라 진정한 군인처럼 보였다. 그는 불룩 튀어나온 배를 집어넣어 단추를 채우려고 낑낑거리면서도 한 손에 소용돌이 모양의 프렌치 호른과 비슷한 나팔을 꼭 잡고 놓지 않았다.

꾀죄죄한 아기를 안고 있던 젊은 여자는 뒤도 돌아보지 않고 허둥지둥 도망친 뒤였다. 캡틴은 뚱보가 단추를 다 채울 수 있도록 호른을 들어 주었다. 캡틴이 뭐라 한마디 건네자 뚱보가 고개를 끄덕였다. 마지막 단추를 채운 뒤 호른을 돌려받고는 성큼성큼 걸으면서 연주를 시작했다. 그것은 잭이 처음 테러토리에 순간이동 해서 왔을 때 들었던 소리와는 딴판이었다. 그때는 호른이 무척 많았고, 그 음색이 너무나 현란해서 왕의 사신이 온 것 같기도 했다. 그러나 이것은 작업 개시를 알리는 공장의 호각 소리 같았다.

캡틴이 잭을 돌아보았다.

"따라와."

"어디로 가는데요?"

캡틴 파렌이 의아하다는 듯 두려움이 반쯤 뒤섞인 눈으로 잭 소여를 내려다보며 대답했다.

"변경 도로로 가는 거야. 내 아버지의 아버지는 서부 도로라고 부르셨지. 변경 도로는 작은 마을과 더 작은 마을을 따라 서쪽으로 계속 가다 보면 나오기 때문일 거야. 변경 도로 다음에는 아무것도 없어…… 지옥이라면 모를까. 서쪽으로 계속 가려면 하느님을 길동무 삼아야 할 게다, 꼬마야. 하지만 하느님도 변경 도로 밖으로는 나가지 않는다고 하더라. 이제 가자꾸나."

잭의 마음속에서는 의문들이 들끓었다. 아마도 100만 가지는 될 의문들이. 하지만 캡틴이 하도 빨리 걸으라고 재촉하는 바람에 물어볼 시간이 없었다. 두 사람은 위대한 파빌리온 남쪽의 언덕을 올라 테러토리 밖에서 맨 처음 순간이동을 해 온 곳을 통과했다. 가까이에서 시골 축제 소리가 들려왔다. 호객꾼이 행운의 당나귀에게 운을 걸어 보라고 손님을 끄는 소리가 들려왔다. 2분만 투자하면 큰돈을 따게 될 거라고 목청을 높이고 있었다. 부드러운 바닷바람에 또랑또랑한 호객꾼의 외침과 더불어 군침 나는 구운 옥수수와 스테이크 냄새까지 실려 왔다. 잭은 배에서 꼬르륵 소리가 났다. 위대하신 오스먼드의 마수에서 벗어나자 사정없이 시장기가 몰려왔다.

시골 축제에 다다르기 전에 오른쪽으로 돌자 파빌리온으로 가는 길보다 훨씬 더 넓은 도로가 모습을 드러냈다. *변경 도로.* 잭은 속으로 생각했으나 기대와 두려움으로 가슴이 가볍게 떨리는 것을 느끼며 정정했다. *아니야…… 서부 도로야. 부적으로 향하는 길.*

그런 다음 잭은 다시 부리나케 캡틴 뒤를 쫓아갔다.

6

오스먼드 말이 맞았다. 사고 현장은 찾으려고만 하면 냄새로 금세 찾을 수 있었다. 올핸즈 빌리지라는 이상한 이름의 마을을 2킬로미터가량 남겨 놓았을 무렵 엎지른 에일의 싸한 냄새가 산들바람에 실려 오기 시작했다.

동쪽으로 가는 통행량은 상당히 많았다. 대부분 거품을 물고 헉헉거리는 말들(하지만 머리가 두 개인 말은 없었다.)이 끄는 짐마차였다. 잭은 그 마차들이 이쪽 세계의 다이아몬드레오나 피터빌트(둘 다 미국의 유명 트럭 제조사다.—옮긴이) 트럭과 비슷하다고 여겼다. 어떤 것은 자루나 짐짝, 큰 부대를 산더미처럼 싣고 있었고, 날고기를 실은 것도 있는가 하면, 꼬꼬댁거리는 닭장을 실은 것도 있었다. 올핸즈 빌리지 밖에서는 지붕 없는 짐마차가 놀랄 만한 속도로 지나쳐 갔다. 여자들을 가득 태우고 있었는데 대부분 웃고 있거나 새된 소리로 울고 있었다. 그중 한 여자가 일어나 음모가 보일 만큼 치마를 걷어 올리더니 엉덩이를 들썩거리며 여기저기 문지르고 다녔다. 동료가 뒤에서 스커트 자락을 낚아채 억지로 잡아당기지 않았더라면 짐마차 옆으로 떨어져 시궁창에 처박히거나 목뼈가 부러지거나 했을 것이다.

잭은 다시 얼굴을 붉혔다. 갓난애에게 젖을 먹이던 젊은 여성의 하얀 유방과 젖꼭지가 떠올랐기 때문이었다. *우우우우우우, 요 예쁘장한 어린 친구가 부끄럼을 타네!*

캡틴 파렌이 한층 발걸음을 재촉하며 중얼거렸다.

"이럴 수가! 모두 다 취했어! 엎어진 킹스랜드의 냄새를 맡고 취한 거야! 창녀들과 마부들이 모두 곤드레만드레가 되었어! 저러다간 달리던 마차가 뒤집히거나 절벽 아래로 굴러떨어질 판이야. 그래 봤자 별 대수로운 일은 아니지만. 저 병든 매춘부들이라니!"

잭은 숨 가쁘게 뒤를 쫓으며 물었다.

"적어도 저렇게 많은 마차들이 지날 수 있었다면 변경 도로는 비교적 한산하지 않을까요?"

마침내 올핸즈 빌리지에 도착했다. 이곳의 널찍한 서부 도로는 먼지가 날리지 않도록 기름을 뿌려 놓았다. 짐마차가 드나들고, 사람들이 무리를 지어 길을 건너고, 모든 사람들이 너무 큰 소리로 떠들고 있었다. 한때 레스토랑이었던 듯한 건물 밖에서 두 사람이 입씨름을 하고 있었다. 갑작스레 한 사람이 상대방에게 주먹을 날렸다. 삽시간에 두 사람은 땅바닥에 엎어져 엎치락뒤치락 격투를 벌였다. *그 창녀들만 킹스랜드 냄새에 취한 게 아니야. 이 마을 사람들 전부가 취한 거지.* 잭은 생각했다.

캡틴 파렌이 말했다.

"우리를 지나친 대형 짐마차는 모두 여기서 온 거야. 좀 더 작은 마차도 통과할 수 있을 테지만 모건의 승합마차는 작지가 않단다, 얘야."

"모건 아저씨는……"

"지금은 모건에게 신경 쓸 시간 없어."

마을 한가운데를 지나 반대편으로 다가감에 따라 에일 냄새가 점점 더 코를 찔렀다. 캡틴을 놓칠세라 필사적으로 뒤쫓아 가느라 잭은 다리가 아플 지경이었다. 모르긴 몰라도 5킬로미터 정도는 걸어온 것 같았다. *이 정도면 나의 세계에서는 얼마나 걸은 거지?* 이 생각을 하자 스피디의 마법 주스가 생각났다. 잃어버렸을 거라 생각하면서도 허겁지겁 저킨 주머니를 뒤졌다. 마법 주스는 있었다. 잭의 속옷이 변한 테러토리의 속옷 안에 안전하게 넣어져 있었다.

일단 그 마을의 서쪽에 도착하자 마차의 왕래는 줄었지만 동쪽으로 가는 행인은 부쩍 늘었다. 대부분의 행인들은 좌우로 흔들거리고 비틀거리며 큰 소리로 웃어 젖혔다. 모두들 에일 냄새가 코를 찔렀다. 어떤 사람은 에일에 몸을 담그고 개처럼 들이마시기라도 한 것처럼 옷에서 에일이 뚝뚝 떨어지고 있었다. 잭이 보기엔 가능성 있는 일이었다. 웃고 있는 사내가 웃고 있는 여덟 살쯤 된 아이의 손을 잡아끌며 걷고 있었다. 그 사내는 꿈에 볼까 무서울 정도로 알람브라 호텔의 심술궂은 데스크 직원과 닮았다. 이 사내가 데스크 직원의 트위너라는 걸 잭은 단박에 알아차릴 수 있었다. 그 사내와 아이는 둘 다 술이 취했고, 잭이 그들을 돌아보려고 고개를 돌렸을 때 아이는 토하고 있었다. 아이가 남의 눈에 띄지 않고 토할 수 있도록 덤불 무성한 도랑으로 가려고 버둥대는데 그 아빠가 ― 아니면 잭이 아빠라고 추측한 남자가 ― 아이의 팔을 세게 잡아당겼다. 아이는 짧은 줄에 묶인 잡종 개처럼 아빠에게 질질 끌려가다가 길가에 널브러져 코를 골고 있던 노인 얼굴에 토하고 말았다.

캡틴의 얼굴이 점점 더 어두워졌다.

"벼락 맞을 것들."

아무리 취한 사람도 캡틴 얼굴의 칼자국을 보면 얼른 술이 깨어 멀찍이 떨어져 다녔다. 파빌리온 밖 경계초소에 있을 때 캡틴은 허리에 짧은 실용적인 가죽 칼집을 차고 있었다. 잭이 (나름 근거를 가지고) 추측하기에 실용적인 단도가 들어 있을 것 같았다. 간혹 주정뱅이가 다가오다가도 캡틴이 단도에 손을 댈라치면 황급히 도망쳐버렸다.

10분 후, 잭이 이제는 도저히 캡틴을 못 쫓아가겠다는 생각이 들 무렵, 마침내 두 사람은 사건 현장에 도착했다. 문제의 마차는 도로 안쪽으로 돌다가 기울어져 전복되었던 것이 분명했다. 그 결과 도로 전체에 술통들이 흩어진 것이었다. 술통은 대부분 부서져 있었고 6미터 너비의 웅덩이가 패어 있었다. 짐마차에 깔려 죽은 말은 궁둥이와 뒷다리만 보일 뿐이었다. 또 다른 말이 도랑에서 발견되었는데 부서진 술통의 날카로운 널빤지 조각이 귀에 꽂혀 있었다. 잭은 사고로 저렇게 된 게 아니라고 확신했다. 말이 부상이 너무 심해 괴로워하자 누군가가 고통을 덜어 주려고 손에 잡히는 걸로 숨통을 끊어 준 것이었으리라. 다른 말들은 어디에서도 찾을 수 없었다.

짐마차에 깔린 말과 도랑에 처박힌 말 사이에 마부의 아들이 큰대자로 누워 있었다. 한쪽 눈은 깜짝 놀라 멍해진 표정으로 햇빛 쨍쨍한 푸른 하늘을 바라보고 있었지만, 얼굴의 나머지는 흐물흐물한 빨간 살덩어리로 변해 있었고, 하얀 뼛조각은 회반죽에 박힌 얼룩처럼 보였다.

잭은 누군가가 소년의 주머니를 뒤진 흔적을 발견했다.

사고 현장 주위에 열 명 정도가 모여 있었다. 그들은 어슬렁어슬렁 돌아다니며 이따금 몸을 숙여 발굽 자국에 남은 에일을 양손으로 퍼마시거나 손수건 같은 걸 에일 웅덩이에 담그고 있었다. 사람들은 대부분 비틀거리고 있었다. 소리 높여 시비를 걸며 다투거나 웃음을 터뜨렸다. 잭은 엄마를 며칠 동안 졸라서 리처드와 함께 심야 동시상영 영화를 봐도 좋다는 허락을 받은 적이 있었다. 웨스트

우드에 있는 극장에서 하는 「살아 있는 죽은 자의 밤」과 「죽은 자의 새벽」이라는 영화였다. 여기서 취해서 발을 질질 끌고 다니는 사람들이 마치 두 영화 속 좀비처럼 보였다.

캡틴 파렌이 검을 꺼냈다. 잭이 예상했듯 그것은 짧고 실용적인 칼로서, 중세 시대의 로맨스에 나오는 것과는 달리 정육점에서 사용하는 긴 식칼 같은 느낌을 주었다. 칼은 파이고 깨지고 여기저기 홈집도 나 있었으며 낡은 가죽으로 감싼 손잡이는 땀에 절어 시커메져 있었다. 칼도 검게 변색되었지만…… 칼날만큼은 예외였다. 칼날은 정말 예리하고 날카롭게 번득이고 있었다.

캡틴이 호통쳤다.

"그만 물러나! 여왕의 에일에 손대지 말라고, 벼락 맞을 것들! 어서 꺼져, 간덩이가 배 밖에 나온 놈들아!"

사람들은 낙담한 듯 투덜거리면서도 캡틴 파렌에게서 물러났다. 한 거인만은 예외였다. 드문드문 성글게 난 몇 가닥의 머리칼이 대머리를 숨겨 주고 있었다. 잭이 보기에 거인의 몸무게는 140킬로그램에 육박하고 키는 2미터에 조금 못 미쳤다.

"우리 모두와 겨뤄 보겠다는 거요, 군인 아저씨?"

이 거인이 더러운 손으로 마을 사람들 쪽을 가리키며 물었다. 마을 사람들은 이미 캡틴의 지시에 따라 에일 구덩이와 술통에서 물러서고 있었다.

캡틴 파렌이 씩 웃으며 거한한테 응수했다.

"물론이지, 좋은 생각이야, 너부터 처치해 줄까? 이 술 취한 거대 똥덩어리야."

캡틴의 웃음이 얼굴 가득 번지자 거한은 위협적인 힘을 감지하고 다리를 후들거리며 뒷걸음질 치기 시작했다.

"원한다면 한번 덤벼 봐. 내가 하루 종일 일이 꼬였는데 너를 손 봐주고 나면 일이 잘 풀릴 것 같은걸."

거한은 술 취한 목소리로 중얼거리더니 어깨가 축 처져서 사라졌다.

캡틴이 소리쳤다.

"이제 너희들도 다 꺼져 버려! 내 부하 열 명이 여왕의 파빌리온에서 방금 출발했어! 내 부하들한텐 이 임무가 썩 탐탁지 않을 거야. 그럴 만도 하지. 그러니 그들이 무슨 짓을 하든 난 말릴 수가 없어! 어서 마을로 돌아가 그들이 도착하기 전에 지하실에 숨어라! 생각이란 걸 한다면 내 말대로 해라. 어서 꺼지지 못해!"

사람들은 이미 올핸즈 빌리지로 우르르 몰려가고 있었다. 캡틴에게 도전했던 거인은 무리의 선두에 서 있었다. 캡틴 파렌은 끙 하는 신음 소리와 함께 다시 사고 현장 쪽으로 돌아섰다. 먼저 재킷을 벗어서 마부 아들의 얼굴을 덮어 주었다.

캡틴이 숙연한 얼굴로 말했다.

"저들 중 누가 길가에 누워 죽어 가던 이 소년의 주머니를 뒤졌을까. 이미 숨을 거둔 다음이었다고 해도 그렇지. 만약 누군지 알아낸다면 십자가에 못 박아 해 질 녘까지 걸어 둘 테다."

잭은 아무 대답도 하지 않았다.

캡틴은 한동안 서서 죽은 아이를 내려다보더니 한 손으로 얼굴에 새겨진 매끄러운 흉터를 어루만졌다. 다시 고개를 들어 잭을 보고는 이제 막 생각난 것처럼 말했다.

"이제 떠나야 해, 얘야. 지금 당장. 오스먼드가 내 천치 같은 아들에 대해 더 조사해 봐야겠다는 생각을 하기 전에."

"여기 있으면 캡틴한테 폐가 될까요?"

잭의 질문에 캡틴은 슬쩍 웃었다.

"네가 가 버리면 난 아무 일도 없겠지. 엄마한테 보내 버렸다고 하거나 아니면 내가 너무 화가 난 나머지 너를 장작개비로 때려 죽였다고 하면 되거든. 뭐라고 하든 오스먼드는 믿을 거야. 다른 데 정신이 팔려 있거든. 다들 마찬가지야. 모두 여왕이 죽기만을 기다린다고. 얼마 남지 않았어. 만약 누가 도와주지 않는다면……."

캡틴은 말을 끝맺지 못하다가 잠시 뒤에 덧붙였다.

"어서 가. 머뭇거릴 시간이 없어. 모건의 승합마차가 오는 소리가 들리면 길에서 벗어나 숲속 깊숙이 숨어. *깊숙이 숨으라고.* 아니면 고양이가 쥐를 찾듯이 어김없이 너를 찾아낼 테니까. 그자는 뭔가가 질서에서 벗어나면 금방 알아챌 수 있어. *그자만의* 질서 말이야. 그자는 악마의 화신이란다."

"그게 다가오면 소리가 들릴까요? 승합마차 말이에요."

잭이 겁에 질린 목소리로 물으며 널브러진 술통 너머 뻗은 길을 바라보았다. 그 길은 저 멀리 소나무 숲이 끝나는 데까지 완만한 오르막길이었다. 거기는 어둡겠지, 잭은 속으로 생각했다……. 모건이 다른 길로 올지도 모를 일이다. 공포와 고독감이 함께 몰려오자 지금까지 한 번도 겪어 보지 못한 낙심과 비참한 기분이 날카롭게 가슴을 할퀴었다. *스피디 할아버지, 전 정말 못 하겠어요! 할아버*

지도 아시잖아요. 난 어린애에 불과하다고요!

"모건의 승합마차는 여섯 쌍의 말과 리더까지 총 열세 마리가 끈단다. 그 승합마차가 전속력으로 달리면 지옥에 떨어질 영구차가 다가오는 것처럼 천둥 치듯 지축이 울린단다. 그럼, 당연히 그 소리를 들을 수 있지. 숨을 시간은 충분해. 모습을 드러내지만 마라."

잭이 뭐라고 중얼거렸다.

"뭐라고?"

캡틴이 날카롭게 되물었다.

"가고 싶지 않다고 말했어요."

이번엔 좀 더 큰 소리로 말했다. 눈물이 차올랐다. 하지만 일단 눈물이 쏟아지기 시작하면 걷잡을 수 없게 될 것이다. 이성을 잃고 캡틴에게 사정할 것이다. 이 일을 하고 싶지 않다고, 자신을 보호해 달라고, *뭔가가⋯⋯.*

캡틴이 말했다.

"그런 말을 해 봤자 너무 늦은 것 같다. 난 네가 어떤 사연인지도 모르고 알고 싶지도 않단다, 얘야. 난 네 이름도 궁금하지 않단 말이야."

잭은 어깨를 떨군 채 빨갛게 충혈된 눈으로 캡틴을 바라보았다. 잭의 입술이 떨리고 있었다.

파렌이 갑자기 불같이 화를 내며 잭을 향해 소리쳤다.

"어깨를 활짝 펴! 너는 누구를 구하러 가는 거지? 어디로 가는 거냐고? 이런 꼴로는 열 발자국도 못 갈걸. 사내라고 하기에는 너무 어리지만 적어도 *흉내*는 낼 수 있잖아. 지금 넌 발에 치여 비실거리는 개나 다름없단 말이야!"

잭은 한 대 맞은 기분으로 어깨를 펴고 눈물이 나지 않도록 눈을 깜박거렸다. 그는 마부 아들의 주검을 내려다보며 생각했다. *난 적어도 저렇지는 않아, 아직은. 이 사람 말이 맞아. 자기연민에 빠져 있는 것은 사치에 불과해.* 다 맞는 말이었다. 그래도 칼자국이 있는 캡틴이 미운 건 어쩔 수 없었다. 잭의 마음을 꿰뚫어 보고 딱 맞는 지적을 했기 때문이다.

파렌이 건조하게 말했다.

"좀 나아졌군. 많이는 아니고 약간 좋아졌어."

"고맙군요."

잭이 비꼬듯 말했다.

"울고 있을 시간이 없어, 꼬마야. 오스먼드가 네 뒤를 쫓고 있어. 모건도 머잖아 네 뒤를 쫓을 거야. 그리고 아마…… 아마도 네가 떠나온 곳에서도 골치 아픈 일이 생길 거야. 어디서 왔는지는 모르지만. 그나저나 이것을 가져가거라. 파커스가 널 나에게 보낸 거라면, 이걸 너한테 주기를 바랄 거야. 그러니 이걸 받고 어서 가거라."

캡틴은 동전 하나를 내밀었다. 잭은 잠깐 망설이다 받아 들었다. 케네디의 초상이 새겨진 50센트짜리 동전만 한 크기인데 훨씬 더 무거웠다. 색깔은 칙칙한 은색이었지만 잭이 느끼기에는 금화보다 무거웠다. 한쪽 면에는 델루시안의 옆모습이 새겨져 있었다. 엄마랑 너무 닮아서 잠깐이지만 다시금 큰 충격을 받았다. 아니, 그것은 그냥 닮은 것이 아니었다. 코가 더 가늘고 턱이 더 둥글다는 육체적 차이에도 불구하고 그녀는 잭의 *엄마*였다. 잭은 알고 있었다. 동전을 뒤집자 독수리의 머리와 날개, 사자의 몸으로 이뤄진 동물이 보였다. 마치 잭을 노려보고 있는 듯했다. 조금 불안해져서 동전을 저킨 주머니에 넣었다. 주머니에는 스피디의 마법 주스가 들어 있었다.

잭이 파렌에게 물었다.

"어디에 쓰는 건가요?"

"때가 되면 저절로 알게 될 거다. 어쩌면 영영 모를 수도 있지. 어느 쪽이든 난 너에 대한 책무를 다했다. 파커스를 만나면 그리 전해라."

또다시 비현실적인 감각이 잭을 덮쳤다.

파렌이 목소리를 낮추고 말했다. 다정한 목소리라고 하기는 어려웠다.

"가라, 아이야, 가서 너의 임무를 완수해라…… 그게 안 되면 할 수 있는 데까지만 하면 된다."

결과적으로 잭을 움직이게 한 것은 비현실감 — 자신이 누군가가 꾸며 낸 환각에 지나지 않는다는, 구석구석 스며들어 있는 감각 — 이었다. 왼발, 오른발, 왼발, 오른발. 에일에 젖은 나뭇조각들을 발로 걷어차고 부서진 수레바퀴 잔해 위를 건너뛰어 짐마차 뒤로 돌아서 갔다. 말라붙은 핏자국이나 윙윙거리는 파리 따위는 안중에도 없었다. 이게 꿈이라면 피나 파리가 무슨 의미가 있겠는가?

마침내 나무판자와 술통 들이 흩어져 있는 진흙탕이 끝났다. 뒤를 돌아보자…… 캡틴은 이미 돌아선 뒤였다. 부하들을 기다리고 있거나 아니면 잭을 보지 않으려는 의도인지도 모른다. 어느 쪽이든 상관없다고 생각했다. 캡틴이 등을 돌리고 있다. 그뿐이다.

잭은 저킨 주머니에 손을 넣어 캡틴이 준 동전을 만지작거리다가 꽉 움켜쥐어 보았다. 기분이 한결 나아졌다. 꼬마들이 사탕가게에서 맛있는 것을 사 먹으러 갈 때처럼 동전을 꼭 쥐고 잭은 계속 걸어갔다.

7

캡틴 파렌이 묘사한 것처럼 '천둥 치듯 지축이 울리는 소리'를 들은 것은 겨우 두 시간 뒤였다. 아니면 네 시간은 지나서인지도 모른다. 일단 해가 서산 아래로 넘어가자(잭이 숲으로 들어가고 얼마 안 되어서였다.) 시간을 가늠할 수가 없었다.

마차들이 때때로 서쪽에서 달려왔다. 아마도 여왕의 파빌리온을 향해 가는 모양이었다. 한 대 한 대 마차가 지나갈 때마다(아주 멀리서 달려오는 마차 소리까지 들려왔다. 소리가 어찌나 선명하게 들리는지 스피디가 들려준 이야기가 기억났다. 한 사람이 밭에서 무를 뽑으면 1킬로미터 밖에서도 그 냄새를 맡을 수 있다고 했다.) 모건이 생각났고 그때마다 일단 황급히 도랑에 숨었다가 숲속으로 들어가 몸을 숨겼다. 어두운 숲속에 있는 것은 탐탁지 않은 일이었다. 숲속으로 약간만 들어갔는데도 그랬다. 하지만 그곳에서는 나무줄기 사이로 도로를 훔쳐볼 수 있었다. 그곳은 신경쇠약 환자들을 위한 휴양지는 아니었지만 도로에서 모건 아저씨(잭은 캡틴이 해 준 말에도 불구하고 여전히 오스먼드의 상관이 모건 아저씨라고 굳게 믿고 있었다.)한테 붙잡히는 것보다는 백배 나았다.

이런 식으로 짐마차나 사륜마차가 다가오는 소리가 들릴 때마다 몸을 숨겼다가 마차가 지나가면 다시 도로로 나오는 일을 반복했다. 한번은 오른쪽에 있는 축축하고 잡초가 우거진 도랑을 건너고 있을 때 뭔가가 발을 밟고 — 또는 미끄러져 — 지나가서 울음을 터뜨린 적도 있었다.

마차가 지나갈 적마다 몸을 숨기자니 번거로웠고 시간도 자꾸 지체되었다. 하지만 시도 때도 없이 지나가는 마차들 덕에 그가 혼자라는 사실만은 잊을 수 있었다.

잭은 이 지옥 같은 테러토리에서 완전히 벗어나고 싶었다.

스피디의 마법 주스는 평생 마셔 본 것 중 최악이었다. 하지만 누군가가 — 예를 들어 스피디 같은 — 사람이 눈앞에 나타나 그가 눈을 떴을 때 맨 처음 보게 될 것이 맥도날드의 골든아치 로고 — 엄마는 그것을 아메리카의 위대한 가슴이라고 불렀다. — 라고 설득한다면 내장이 뒤틀리는 고통이 따르더라도 기꺼이 마법 주스를 벌컥벌컥 마셨을 것이다. 숨이 막힐 듯한 위기감이 자라고 있었다. 사실은 숲이 위험한 거 아닐까 하는 느낌이 들기 시작했고, 뭔가가 그가 다니는 통로를 알고 있는 것 같았다. 아마도 숲 *자체*가 그가 다니는 길을 알고 있으리라. 나무들도 길가 쪽으로 더 내려온 것 같았다. 그렇다, 방금 전까지만 해도 도랑에서 멈췄는데 지금은 도랑에까지 뻗어 내리고 있었다. 방금 전까지만 해도 숲에는 소나무와 가문비나무뿐이었지만 지금은 다른 나무들이 끼어들었다. 어떤 것은 검은 줄기가 서로 비틀려서 마치 썩은 밧줄로 매듭을 지은 듯한 형상이었고, 또 다른 것은 전나무와 양치식물을 교배한 기괴한 잡종 같았다. 잡종의 뿌리는 왠지 기분 나쁜 회색이었는데 그 뿌리가 파리한 손가락처럼 지면을 붙잡고 있었다. *너 우리 소년이지?* 이 끔찍한 것들이 잭의 머릿속에서 속삭이는 것 같았다. *너 우리 소년이지?*

모두 기분 탓이야, 재키야. 잠시 환각에 빠진 거라고.

잭이 그렇게 스스로를 타일러 보았지만 그 자신도 그 말을 믿지 않았다.

나무들이 *바뀌고* 있었다. 누군가가 *지켜보고* 있는 듯한 숨 막히는 압박감은 부정할 수 없는 현실이었다. 잭이 거듭 기괴한 생각에 사로잡히는 건 아무래도 숲 때문인 것 같았다…… 나무들이 그에게 어떤 끔찍한 단파 신호를 보내고 있기라도 한 것 같았다.

하지만 스피디가 준 병에는 마법 주스가 절반밖에 남지 않았다. 그 양으로 어떻게 해서든 미 대륙을 횡단해야 했다. 만일 겁이 날 때마다 홀짝거리면 뉴잉글랜드를 벗어나기도 전에 마법 주스가 바닥날 것이다.

지난번에 테러토리에서 순간이동으로 돌아왔을 때 잭이 사는 세계에서 깜짝 놀랄 만큼 먼 거리를 이동했던 것을 고려하지 않을 수 없었다. 이쪽 세계의 50미터가 저쪽 세계에서는 1킬로미터였다. 그 비율로 계산하면 ―이동한 거리 비율이 다소 유동적이지 않은 다음에야― 이쪽에서 20킬로미터를 걸으면 저쪽에서는 뉴햄프셔를 벗어나 있을 수도 있었다. 마치 한 발짝에 30킬로미터를 걷는 마법 장화를 신은 것처럼.

여전히, 그 숲의 나무들…… 그 허옇고 잿빛인 뿌리들…….

정말 어두워지기 시작할 때, 하늘이 파란색에서 보랏빛으로 물

들 때, 그때 순간이동을 해야지. 그러면 돼. 그걸로 얘기 끝이야. 어둠이 내린 후에는 이 숲을 걷고 싶지 않아. 인디애나주나 그런 데서 마법 주스가 떨어지면, 스피디 할아버지가 UPS 같은 것을 통해 새로 병을 보내 주실 거야.

잭이 그나마 이런 계획이 있다는 것에 만족하고 있는데(앞으로 두 시간 정도만 유효한 계획이긴 해도) 돌연 무수히 많은 말들이 마차를 끌고 달려오는 소리가 들려왔다.

잭은 머리를 갸웃거리며 길 한가운데에 멈춰 섰다. 눈이 휘둥그레졌다. 돌연 눈앞에 너무도 생생한 두 개의 영상이 떠올랐던 것이다. 사내 둘이 탄 큰 차가 나타났는데, 그것은 메르세데스가 아니었고, 뒤이어 옆에 '와일드 차일드'라고 쓰인 밴이 토미 아저씨의 시신을 버려 둔 채 거리를 달려 도망치고 있었다. 자동차 전면의 플라스틱 그릴이 부서진 자리에서 피가 뚝뚝 흘러내리고 있었다. 그는 밴의 운전대를 잡은 손을 보았다…… 그것은 손이 아니라 관절로 연결된 기이한 말발굽이었다.

전속력으로 달리면 지옥에 떨어질 영구차가 다가오는 것처럼 천둥 치듯 지축이 울린단다.

이제 그 소리가 들렸다. 아직 멀리 있는데도 티 없이 맑은 공기를 타고 분명하게 들려왔다. 잭은 지금껏 마차들이 지나갈 때마다 모건의 승합마차일지도 몰라 조심했던 것이 어처구니가 없을 지경이었다. 다시는 그런 실수를 할 일이 없을 터였다. 지금 귀에 들리는 소리는 악의로 가득한 더없이 불길한 것이었다. 저것은 영구차, 그렇다. 악마가 모는 영구차였다.

잭은 도로에 얼어붙은 듯 서 있었다. 토끼가 헤드라이트 불빛에 홀리는 것처럼 거의 최면 상태였다. 소리가 점점 커지고 있었다. 천둥 같은 소리를 내는 마차 바퀴와 말발굽 소리, 마차에 연결된 가죽 부속들이 삐걱거리는 소리였다.

어느덧 마부의 외침이 들려왔다.

"히이야! 히이이야아아아! 히이이이이야아아아!"

잭은 도로에 서 있었다. 길에 선 채로 머릿속은 두려움 때문에 터질 것만 같았다. *움직일 수가 없어요, 오 하느님 오 예수님 난 움직일 수가 없어요. 엄마 엄마 엄마아아아아!*

잭은 도로에 서 있었다. 상상 속에서 도로를 찢을 듯이 거칠게 달려오는 역마차 비슷한 거대한 검은 물체가 보이는 듯했다. 그것은 말보다는 퓨마에 더 가까운 검은 동물이 끌고 있었다. 마차 창에서 커튼이 펄럭거렸고, 마부는 시소처럼 생긴 마부석에 서서 머리칼을 휘날리고 있었다. 그의 눈은 잭나이프를 손에 쥔 정신병자처럼 거칠게 희번덕거리고 있었다.

그 물체는 한순간도 속도를 늦추지 않고 곧바로 잭을 향해 질주하고 있었다.

그 물체가 잭을 덮쳤다.

그제야 마비 상태가 풀린 잭은 오른쪽으로 몸을 날려 길가 쪽으로 미끄러져 내려갔다. 엉킨 나무뿌리에 발이 걸리기도, 떨어지기도, 구르기도 했다. 지난 두세 시간 동안 비교적 잠잠하던 등허리에 새로운 고통이 밀려왔다. 저절로 얼굴이 찌푸려졌지만 입술을 앙 다물었다.

얼른 일어나 온몸을 움츠린 채 허둥지둥 숲속으로 숨어 버렸다.

처음엔 검은 나무 뒤에 미끄러져 들어갔지만 옹이진 나무 밑동 — 재작년 하와이에 휴가 가서 본 번연나무와 약간 비슷했다. — 을 만지자 미끌미끌하니 불쾌하기 짝이 없었다. 잭은 왼편으로 몸을 돌려 소나무 뒤에 자리를 잡았다.

대형 마차와 그 경호대원들이 일으키는 천둥 같은 소리가 점점 더 커졌다. 잭은 매순간 그들 일당이 쏜살같이 달려 올핸즈 빌리지로 향하기만 기다리고 있었다. 손가락으로는 송진이 끈적거리는 소나무 줄기를 잡아당겼다 다시 놓기를 되풀이하고 있었고, 입술을 깨물고 있었다.

바로 앞쪽으로는 시야가 좁지만 막힘없이 트여 있어 길과 거기에 이어진 터널이 보였다. 터널 양옆으로는 나뭇잎과 양치식물, 소나무 가시가 쌓여 있었다. 모건 패거리들이 영 나타나지 않는 건 아닐까라는 생각이 들자마자 열댓 명의 기마병들이 전속력으로 동쪽을 향해 달려갔다. 선두 기마병은 깃발을 들고 있었는데 어떤 문장이 찍혀 있는지는 알아볼 수도 없었고…… 딱히 알고 싶지도 않았다. 이윽고 모건의 승합마차가 쏜살같이 달려 잭의 좁은 시야에서 사라졌다.

그 마차는 순식간에 지나갔지만 — 지나가는 데 1초도 안 걸렸을 것이다. — 잭은 하나도 빠짐없이 기억하고 있었다. 그 거대한 승합마차는 분명 높이가 3미터를 훌쩍 넘겼다. 거기에 지붕 위에 튼튼한 밧줄로 묶어 놓은 트렁크와 보따리 때문에 1미터는 더 커 보였다. 마차를 모는 말들은 한결같이 머리에 검은 깃털 장식이 달려 있었는데 바람이 거세게 불자 깃털 장식도 따라 누웠다. 나중에 잭은 모건이 행차할 때마다 새로 말을 구해야겠다는 생각이 들었다. 그 말들은 이미 인내심의 한계에 봉착한 듯 보였기 때문이다. 주둥이에서는 덩이진 게거품과 피가 흩뿌려지고 있었고, 눈동자는 흰자위를 보이며 미친 듯이 굴러다녔다.

상상 속에서 — 또는 환각 속에서 — 검은색 크레이프 커튼이 유리 없는 창문에서 휘날리며 펄럭거렸다. 그 검은색 직사각형에서 하얀 얼굴이 불쑥 나타나기도 했다. 그 얼굴은 기이하게 일그러진 조각 작품 안에 갇혀 있는 것처럼 보였다. 갑작스럽게 나타난 그 얼굴은 흉가의 깨진 유리창에 보인 유령의 얼굴만큼이나 충격적이었다. 그것은 모건 슬로트의 얼굴이 아니었다…… 하지만 그것은 모건 슬로트의 얼굴이기도 했다.

그 얼굴의 주인은 잭이 저쪽 세계 사람이라는 것을 — 또는 그만큼 인간적이고, 그만큼 미움받는 또 다른 위협이라는 것을 — 알아보았다. 부릅뜬 두 눈과 돌연 심술궂게 삐뚤어지는 입 모양이 그것을 단적으로 보여 주었다.

캡틴 파렌의 말이 생각났다. 어김없이 너를 찾아낼 테니까. 잭은 낙심했다. 모건이 내 냄새를 맡은 것 같아. 내가 여기 있다는 것도 알겠지, 이제 어떻게 되는 거지? 그는 부하들을 전부 멈추게 할 거야, 틀림없어, 그리고 내가 있는 숲으로 군대를 보낼 거라고.

또 다른 군인들 — 모건의 승합마차를 뒤에서 경호하는 사람들 — 이 휩쓸고 지나갔다. 모건이 정지 명령을 내릴 거라고 확신한 잭은 양손으로 소나무 껍질을 꽉 잡은 채 기다렸다. 하지만 정지 명령은 없었다. 곧 승합마차와 경호대원들이 달리는 천둥 치는 듯한 소리가 멀어지기 시작했다.

모건의 눈이야. 정말 똑같네. 그 하얀 얼굴에 그 검은 눈동자. 그리고…….

우리 소년이지? 옳거니!

뭔가가 잭의 발등 위로 스르르 미끄러져 가더니…… 어느새 발목까지 올라왔다. 뱀인 줄 알고 비명을 지르며 허둥지둥 뒤로 물러섰다. 하지만 발밑을 내려다보자 그 잿빛 뿌리가 발 위로 미끄러지더니…… 종아리까지 휘감고 있었다.

말도 안 돼! 뿌리가 어떻게 움직여……. 잭은 멍하니 생각했다.

잭은 뿌리가 만들어 놓은 거친 잿빛 족쇄에서 다리를 끌어내기 위해 힘껏 발을 잡아뺐다. 종아리는 로프에 쓸린 것처럼 따끔거렸고, 기분이 오싹하여 눈이 둥그레졌다. 모건이 왜 그를 보고도 못 본 척하고 지나갔는지 그 이유를 알 것 같았다. 그는 이 숲속을 걸어 다니는 것이 피라냐가 우글거리는 정글의 강을 걷는 것과 다름없다고 생각했던 것이다. 캡틴 파렌은 왜 미리 알려 주지 않았을까? 잭은 얼굴에 칼자국 있는 캡틴도 잘 몰랐을 거라고 결론을 내렸다. 캡틴도 이 먼 서부에는 와 본 적이 없을 테니.

전나무와 양치식물의 잡종식물이 잿빛 뿌리들을 모조리 움직이기 시작했다. 솟아오르거나 내리꽂히다가 나뭇잎 쌓인 땅을 쏵쏵 쓸며 잭에게 다가오고 있었다. 엔트(소설『반지의 제왕』에 나오는 숲속에 사는 나무를 닮은 종족 — 옮긴이)와 엔트 부인, **나쁜** 엔트와 엔트 부인. 잭은 혼란스러운 머리로 생각했다. 그중 아래쪽 20센티미터 정도까지 시커멓게 진흙범벅이 된 유난히 굵은 뿌리가 잭의 바로 앞에서 고개를 쳐들더니 악사의 피리 소리에 반응하는 코브라처럼 흔들거리고 있었다. *우리 소년이야! 옳거니!*

그 뿌리가 난데없이 달려들어 잭은 뒷걸음쳤다. 그제야 수많은 나무뿌리들이 살아 있는 장막을 쳐 도로로 도망치지 못하게 가로막고 있다는 것을 깨달았다. 잭은 나무 쪽으로 물러났다가…… 다음 순간 비명과 함께 버둥거리며 튀어나왔다. 나무껍질이 울퉁불퉁 일어나 실룩거리는 것이 등으로 느껴졌기 때문이다. 근육이 세차게 경련을 일으킨 듯한 느낌이었다. 잭은 주위를 살펴보다가 줄기에 옹이가 진 검은 나무에 눈길이 멈추었다. 지금 그 나무는 몸부림을 치듯 움직이고 있었다. 비틀어진 나무껍질이 엉키자 줄기에 무시무시한 얼굴을 새겨 놓은 것처럼 보였다. 한쪽 눈은 뻥 뚫린 검은 구멍 같았고, 다른 쪽은 아래로 처져서 소름 끼치는 윙크를 하는 모양새였다. 나무 아래쪽이 귀청을 찢을 듯한 끽 소리를 내며 갈라지더니 회끄무레하고 누런 수액이 흘러나왔다. *우리 소년! 그래, 옳거니!*

뿌리가 손가락처럼 움직이더니 마치 간질이기라도 하듯 겨드랑이 속으로 미끄러져 들어왔다.

마침내 잭은 엄청난 의지력으로 한 가닥 이성의 끈을 붙든 채 그 뿌리를 뜯어냈다. 저킨 주머니를 뒤져 스피디의 마법 주스 병을 꺼냈다. 연이어 거대한 뭔가가 갈라지는 듯한 소리가 들려온다는 것을 잭은 얼핏 알아차렸다. 마치 나무들이 땅을 가르고 탈출하려는 것 같았다. 『반지의 제왕』 저자인 톨킨도 이런 얘기는 처음일 터였다.

마침내 병목을 잡아 꺼내 막 뚜껑을 열려고 하는데 잿빛 뿌리가 스르르 다가와 목을 휘감았다. 곧이어 교수형의 올가미를 방불케 하는 힘으로 목을 사정없이 조여 왔다.

숨조차 쉴 수 없었다. 목을 죄고 있는 뿌리를 잡아 뜯으려다가 유리병이 손에서 떨어졌다. 간신히 손가락으로 뿌리를 잡아채 보니 차갑거나 뻣뻣하기는커녕, 오히려 따뜻하고 살코기처럼 부드러웠다. 잭은 뿌리와 격투를 하는 중에도 자신이 목이 졸려 컥컥거리는 소리를 내고 있다는 것과 턱으로 미끈거리는 침이 흘러내리고 있다는 것을 의식했다.

젖 먹던 힘까지 다해 마침내 뿌리를 떼어 내자 이번에는 손목을 감으려 했다. 잭은 비명을 지르며 팔을 휙 빼냈다. 아래를 보니 잿빛 뿌리 하나가 병목을 감아 이리저리 굴리거나 쿵쿵 부딪고 있었다.

잭이 병을 향해 몸을 뻗자 뿌리들이 다리를 잡아 휘감았다. 쿵 소리와 함께 땅에 넘어졌지만 몸을 비틀며 팔을 뻗어 손끝으로 숲의 검고 두터운 토양을 반 뼘 정도 파냈다.

미끈한 녹색 병 표면에 손이 닿자…… 꽉 움켜쥐었다. 있는 힘껏 잡아당기고 보니 어느새 뿌리들이 그의 다리를 온통 휘감고 포승줄처럼 단단히 옭아맸다는 걸 어렴풋이 감지할 수 있었다. 잭은 병뚜껑을 돌려 땄다. 또 다른 뿌리가 깃털처럼 내려와 병을 낚아채려고 했다. 뿌리를 밀쳐 내고 병을 입에 가져갔다. 그 메슥거리는 과일 썩은 내가 돌연 주위에 가득했다. 살아 움직이는 얇은 막이 펼쳐진 듯했다.

스피디 할아버지, 제발 도와주세요!

더 많은 뿌리들이 밀려와 잭의 등과 허리를 휘감은 채 무기력한 그의 몸을 이리저리 굴렀다. 잭은 마법 주스를 마셨다. 싸구려 와인 맛이 나는 주스가 두 볼에 튀었다. 신음 소리와 함께 꿀꺽 삼키며 기도했다. 아무런 변화가 없었다. *효과가 없잖아.* 여전히 눈을 감고 있었지만 뿌리들이 팔다리를 휘감고 있는 것을 느낄 수 있었다.

8

청바지와 셔츠가 물에 젖어들고 있었다, 그 냄새도 느껴지고

물이라고?

진흙탕이 질척거리는 소리도 들리고

청바지? 셔츠?

개구리가 개굴개굴 우는 소리가 하염없이 들려와

눈을 뜨니 널따란 강에 반사된 저물어 가는 태양의 오렌지색 햇살이 보였다. 이 강의 동쪽 연안에는 끝을 알 수 없는 깊은 숲이 있었고, 잭이 있는 서쪽 연안으로는 들판이 펼쳐져 있었다. 저녁 땅안개가 피어올라 부분적으로 흐릿하게 보였지만 들판은 물가까지 이어져 있었다. 이쪽 땅은 습하고 질척거렸다. 잭은 가장 질벅거리는 물가에 누워 있었다. 이곳에는 여전히 잡초가 무성했다. ─ 어쨌든 잡초를 없애는 된서리가 내리려면 앞으로 한 달 이상 기다려야 했다. ─ 잭은 그 잡초 속에 갇혀 옴짝달싹 못 하고 있었다. 마치 악몽을 꾸다 깨어난 사람이 이불을 똘똘 말고 있는 것처럼.

잭은 벌떡 몸을 일으켰다가 허둥지둥 두 발로 섰다. 온통 젖은 데다 악취 나는 진흙이 들러붙어 있었으며 팔에는 배낭끈이 걸려 있

었다. 그는 두려움에 휩싸여 팔과 얼굴에 붙은 잡초 부스러기를 떼어 냈다. 물가를 벗어나려다 문득 뒤를 돌아보니 스피디 할아버지의 병이 진흙 속에 놓여 있었다. 뚜껑은 옆에 놓여 있었고, 지금 병에는 마법 주스가 3분의 1 정도만 남았다. 사악한 테러토리 나무들과 격투를 벌이는 동안 조금 흘린 모양이었다.

잭은 잠시 그 자리에 서 있었다. 진흙이 떡처럼 말라붙은 운동화를 신고 오물이 줄줄 흐르는 진창에 서서 강물을 바라보고 있었다. 이곳은 그의 세계, 이곳은 미합중국이었다. 고대하던 골든아치나 마천루, 저물어 가는 하늘 위에서 깜빡거리는 인공위성은 보지 못했지만 잭은 자신의 이름을 알고 있는 것만큼이나 자신이 어디에 있는지 잘 알고 있었다. 의문이 생겼다. 나는 정말 저쪽 세계에 다녀왔던 걸까?

잭은 낯선 강물을 둘러보고, 마찬가지로 낯선 시골 풍경을 둘러보았다. 멀리서 소가 한가로이 음매 우는 소리가 들렸다. 생각을 정리해 보았다. *다른 곳에 온 것 같아. 이곳이 아케이디아 해변일 리가 없잖아, 재키.*

그렇다, 이곳은 아케이디아 해변이 아니었다. 하지만 그곳 주위의 지리를 잘 모르는 잭으로서는 6~7킬로미터 떨어진 곳인지 어쩐지 도통 알 수가 없었다. 대서양의 냄새가 나지 않는 것을 보면 내륙인 건 분명했다. 악몽에서 막 깨어난 사람처럼 번쩍 제정신이 돌아왔다. 방금 전 그건 악몽이 아니었을까? 파리가 우글거리는 고기를 잔뜩 싣고 가던 수레부터 살아 있는 나무들에 이르기까지 모조리 악몽이 아니었을까? 그 모든 사건은 몽유병과도 같이 눈을 뜬 채 꾸는 악몽이 아니었을까? 그렇다면 말이 된다. 엄마는 죽어 가고 있었고, 지금 생각해 보면 잭은 오래전부터 그 사실을 알고 있었다. 조짐이 있었으니까. 그의 의식은 그것을 부정했지만 잠재의식이 올바른 결론을 내렸다. 그래서 자기최면을 걸기에 적당한 분위기가 조성되었고 그 정신 나간 주정뱅이 스피디 파커가 손쉽게 잭을 조종했던 것이다. 바로 그것이다. 그렇게 생각하면 모든 것이 앞뒤가 맞았다.

모건 아저씨가 이 일을 알면 아주 좋아했을 거야.

잭은 몸서리를 치며 마른침을 삼켰다. 그러자 고통이 밀려왔다. 단순히 목구멍이 아픈 것이 아니라 근육이 혹사당한 것처럼 결리고 아팠다.

병을 들지 않은 왼손을 들어 손바닥으로 목을 문질러 보았다. 잠시 동안 우스꽝스럽게도 그는 턱에 잡힌 군살이나 주름을 확인하는 여인처럼 보였다. 목젖 바로 위에 찰과상을 입었다. 피는 많이 나지 않았지만 만지기만 해도 무척 쓰라렸다. 잭의 목을 조였던 뿌리가 남긴 상처였다.

어느새 오렌지색으로 물든 강물을 바라보았다. 황소개구리들이 꽥꽥 우는 소리와 먼 데 있는 소가 음매 우는 소리가 들렸다. 잭이 중얼거렸다.

"사실이야. 모든 게 사실이라고."

9

잭은 강을 ── 말하자면 동쪽을 ── 등지고 들판의 경사면을 올라가기 시작했다. 1킬로미터가 좀 못 되게 걸었을 무렵 욱신거리는 등(오스먼드한테 맞은 채찍 자국이 여전히 남아 있었고 배낭이 계속 흔들리고 있었다.)에 옛 기억이 떠올랐다. 잭이 스피디의 커다란 샌드위치를 거부하긴 했지만 혹시 그가 기타 피크를 살펴보는 동안 배낭에 슬며시 넣어 두지는 않았을까?

꼬르륵거리는 위장이 자꾸 그런 생각을 곱씹게 했다.

저녁샛별 아래 자욱하게 깔린 땅안개 속에 선 채로 곧장 배낭을 풀었다. 덮개를 열자 샌드위치가 있었다. 한 조각도 아니고, 절반도 아닌 온전한 커다란 샌드위치가 신문지에 싸여 있었다. 눈가가 촉촉히 젖으며 스피디가 여기 있다면 꼭 안아 주고 싶은 심정이었다.

바로 10분 전만 해도 스피디를 정신 나간 주정뱅이 늙은이라고 했잖아.

그 생각을 하니 얼굴이 붉어졌지만 그런 수치심 따위는 금세 잊고 샌드위치를 여섯 입 만에 먹어 치웠다. 배낭을 잠가 다시 어깨에 메고 길을 떠났다. 당분간 배에서 꼬르륵 소리가 안 날 생각을 하니까 한결 마음이 편해졌다. 이제 평소의 잭으로 돌아온 것이다.

얼마 안 있어 짙어 가는 어둠 속에서 조그만 불빛이 보였다. 농가였다. 개가 짖기 시작했다. 우렁차게 짖는 소리로 볼 때 제법 큰 놈 같아서 잭은 잠시 몸이 얼어붙었다.

집 안에 있거나 쇠사슬로 묶여 있으면 좋을 텐데. 잭은 생각했다.

잭은 오른쪽으로 돌았고, 잠시 후 개 짖는 소리도 그쳤다. 농가의 불빛을 길잡이 삼아 얼마쯤 걸어가자 좁은 아스팔트 도로가 나타났다. 어디로 가야 할지 알 수 없어서 오른쪽부터 왼쪽까지 한 바퀴

둘러보았다.

이봐, 친구들, 여기 잭 소여가 나가신다, 야유와 외침 사이 중간쯤, 속옷까지 흠뻑 젖고 운동화는 진흙범벅인 잭 소여가 나가신다.

고독과 향수가 또다시 고개를 내밀었지만 필사적으로 털어 버렸다. 왼손 검지에 침을 한 방울 뱉은 뒤 사정없이 내리쳤다. 두 개로 나뉜 침방울 중 더 큰 것이 오른쪽으로 날아갔다. ─아니면 잭 눈에 그렇게 보였거나─ 그래서 잭은 오른쪽으로 걷기 시작했다. 40분 뒤 지칠 대로 지친(그리고 다시금 배가 고파진, 지난번보다 한층 더 배가 고파진) 잭은 쇠사슬로 막아 놓은 길 너머로 자갈 채취장과 헛간을 발견했다.

잭은 쇠사슬 밑으로 들어가 헛간 쪽으로 갔다. 문은 자물쇠로 잠겨 있었지만 한쪽 벽 아래 흙이 파여 구멍이 나 있었다. 배낭을 내리고 구멍 안으로 몸을 꾸역꾸역 밀어 넣은 뒤 배낭을 끌어들이는 데 1분도 걸리지 않았다. 문이 잠겨 있으니 오히려 안심이 되었다.

주위를 둘러보자 아주 오래된 기구들이 보였다. 얼핏 보아도 사용한 지 아주 오래된 곳 같았다. 잭한테는 안성맞춤이었다. 축축하고 진흙투성이가 된 옷이 불편해서 홀딱 벗어 버렸다. 바지 주머니에서 캡틴 파렌이 준 동전이 만져졌다. 평범한 동전들 사이에 있으니 유독 커 보였다. 잭은 파렌의 동전을 꺼내 보았다. 한 면에는 여왕의 머리가, 뒷면에는 날개 달린 독수리가 있던 동전이 어느새 1921년에 제조된 1달러짜리 은화로 변해 있었다. 커다란 동전 한 면에 새겨진 자유의 여신의 옆얼굴을 한동안 뚫어지게 바라보다가 청바지 주머니에 다시 넣었다.

깨끗한 새 옷을 꺼내면서 밤새 벗어 놓은 옷이 마르면 아침에 배낭에 넣으리라 생각했다. 세탁은 가는 도중에 코인 세탁소를 이용하거나 개울가에서 빨면 된다.

양말을 찾던 중에 가늘고 딱딱한 것이 손에 잡혔다. 꺼내 보니 칫솔이었다. 그 순간 칫솔이 연상시키는 집이나 안전, 합리성 등이 떠오르며 마음이 울컥했다. 이번만은 이런 감정을 억누를 수도 피할 수도 없었다. 칫솔이란 전깃불이 켜지는 욕실에서 순면 파자마를 입고 따스한 슬리퍼를 신고 사용하는 것이다. 그것은 이름 없는 황량한 시골 마을의 자갈 채취장 옆 어둡고 추운 연장 보관용 헛간에 던져 놓은 배낭 밑바닥에서 결코 마주칠 수 없는 물건이었다.

자꾸만 외로움이 밀려왔다. 잭은 철저히 혼자였다. 울음이 터져 나왔다. 그 울음은 사람들이 분노를 눈물로 감출 때 발작적으로 울부짖는 것과는 전혀 달랐다. 그것은 방금 자신이 얼마나 외로운지, 얼마나 오래 그 상태가 지속될지를 깨달은 사람의 하염없는 흐느낌이었다. 잭이 울음을 터뜨린 이유는 안전이나 합리성 같은 모든 것들이 이 세상에서 사라져 버린 것처럼 여겨졌기 때문이다. 고독이 그의 눈앞에 있었다, 이것이 현실이었다. 이런 처지에서는 제정신을 잃고 미쳐 버리는 것이 훨씬 더 가능성 있는 일이었다.

잭은 흐느낌이 완전히 진정되기도 전에 잠이 들었다. 깨끗한 팬츠와 양말만 신은 채 배낭을 꼭 껴안고 잠이 들었다. 눈물이 지저분한 볼을 타고 턱까지 흘러내렸고 한 손에는 칫솔을 느슨하게 쥐고 있었다.

8장

오틀리 터널

1

엿새 만에 잭은 절망의 늪에서 거의 빠져나왔다. 처음으로 길거리에서 며칠을 지내면서 잭은 어린 티를 벗고 청소년기를 지나 어른으로 성장했다. 노련해진 것이다. 강 서쪽 둑에서 깨어난 이후 테러토리로 돌아가지 않았다. 하지만 정말로 필요할 때를 대비해 마법 주스를 아끼기 위한 거라고 합리화했다. 여정을 재촉하지 않는 것도 마찬가지 이유였다.

어쨌든 스피디 노인이 주로 이쪽 세계의 길로 다니라고 하지 않았던가? 할아버지가 말해 준 대로 하고 있는 거예요, 스피디 할아버지.

해가 뜨고 차들이 서쪽으로 50~60킬로미터씩 태워다 주고 배가 부를 때는, 테러토리가 마치 꿈속에서 본 것처럼 한없이 멀어 보였다. 막 관람하고 나온 영화 같기도 하고 잠시 스쳐 지나간 환상 같기도 했다. 때때로 학교 선생님의 차를 얻어 타고 조수석에 기대 무슨 사연이냐고 묻는 식상한 질문에 대꾸할 때면 실제로 그런 일이 있었나 싶기도 했다. 테러토리가 머릿속에서 완전히 지워지면서 잭은 다시 초여름을 앞둔 소년으로 되돌아왔다.

거대한 주간고속도로를 통해 이동하기 시작한 후로는 더욱 그랬다. 진입로 근처에 내려 달라고 한 다음 10분이나 15분 정도 엄지손가락을 들고 있으면 어김없이 다음 차가 와서 태워 주었다. 이제 바타비아(뉴욕주 북서부에 있는 도시 ― 옮긴이) 근처니까 뉴욕주 서부까지는 한참 멀었다. 주간고속도로 90번 대피선을 따라 되돌아가 다시 엄지를 올리고 버펄로로 향하기로 했다. 버펄로를 지난 뒤에는 남쪽으로 행로를 바꿀 생각이었다.

중요한 것은 무슨 일을 하든 최선의 방법을 찾아내어 그대로 실행에 옮기는 것이다. 지금까지 랜드 맥널리의 지도를 보면서 길을 찾고 무슨 사연인지 궁금해하는 질문에 대답을 꾸며 내면서 얻은 교훈이었다. 지금 잭에게 필요한 것은 곧장 시카고나 덴버로(로스앤젤레스로 갈 수 있으면 가장 좋겠지만 그건 운 좋은 꿈에서나 가능한 얘기였다.) 가는 운전자를 만나는 작은 행운이었다. 그런 행운을 잡으면 10월 중순 전에는 집으로 돌아갈 수 있을 것이다.

구릿빛으로 그을린 잭의 주머니에는 지난번 아르바이트 ― 오번에 있는 골든스푼 식당에서 접시닦이를 했다. ― 로 받은 15달러가 들어 있었다. 근육은 탄탄하고 탄력이 넘쳤다. 가끔은 울고 싶을 때도 있지만 그 비참했던 첫날 밤 이후로는 눈물을 흘린 적이 없었다. 그는 자제할 수 있게 되었다. 그것이 지난날과 달라진 점이었다. 이제 잭은 헤쳐 나가는 방법을 터득했으며, 고통을 참아 내며 일을 완수했고, 그에게 일어나는 일들을 꿰뚫어 볼 수 있게 되었다. 아직 먼 얘기이긴 하지만 이미 이 여정이 어떻게 끝날지 눈에 보이는 듯했다. 스피디가 말한 대로 주로 이쪽 세계에서 여행한다면 계획대로 부적을 찾아서 여유롭게 뉴햄프셔로 돌아갈 수 있었다. 모든 일이 척척 진행되고 있었다. 예상보다 크게 어려운 문제는 없을 것 같았다.

적어도 그런 생각을 하고 있을 때 먼지투성이 파란색 포드 페어레인이 길가 쪽에 차를 붙이고 저물어 가는 햇살 때문에 실눈을 뜬 채로 잭이 얼른 달려와 타기를 기다렸다. *40~50킬로미터만 데려다주면 좋을 텐데.* 그는 속으로 생각했다. 그날 아침 훑어본 랜드맥널리 지도책의 한 페이지를 머릿속에 그려 보며 마침내 목적지를 결정했다. *오틀리.* 따분하지만 아담하고 안전한 곳인 듯했다. 잭은 그곳으로 갈 것이고, 이제는 아무것도 그를 해칠 수 없었다.

2

페어레인의 문을 열기 전에 몸을 살짝 굽혀 차창 안을 들여다보았다. 두툼한 샘플 책과 팸플릿 들이 뒷좌석에 어지러이 쌓여 있고, 특대형 가방 두 개가 조수석을 차지하고 있었다. 배가 살짝 나온 검은 머리의 운전자는 세일즈맨으로, 잭의 자세를 흉내 내는 것처럼 운전대 위로 몸을 구부려 열린 차창을 통해 소년을 보고 있었다. 파란색 정장 재킷이 뒤쪽 옷걸이에 걸려 있었고, 타이는 느슨하게 반쯤 내렸으며, 소매는 걷어붙이고 있었다. 30대 중반의 세일즈맨은 자동차 안 자신의 영역을 편하게 돌아다니고 있었다. 다른 세일즈맨들처럼 그도 말하기를 좋아할 것 같았다. 잭한테 미소를 보이고 특대형 가방 하나를 들어 좌석 위에 올려놨다가 다시 뒷좌석의 서류 더미 뒤에 던져 놓더니, 다른 하나도 같은 식으로 치우고는 잭에게 말했다.

"앉을 자리를 만들어 보자꾸나."

그 사람이 제일 먼저 물어볼 것은 왜 학교에 가지 않았느냐는 질문일 것이다.

잭이 문을 열고 차에 타면서 인사를 했다.

"태워 주셔서 고맙습니다."

"멀리 갈 거니?"

세일즈맨은 그렇게 물으면서 백미러를 확인하고 기어를 드라이브 위치에 넣은 다음, 주행 차선으로 진입했다.

"오틀리에 갈 거예요. 여기서 50킬로미터 정도 될 거예요."

"너 지리는 낙제겠구나. 그곳까지 70킬로미터는 넘을 거다."

세일즈맨이 고개를 돌려 잭을 보면서 윙크를 하는 바람에 잭은 깜짝 놀랐다.

"기분 상할 것 없다. 하지만 난 젊은이들이 히치하이크를 하는 게 정말 질색이란다. 그래서 그런 아이들을 만나면 꼭 태워 주지. 적어도 나하고 함께 있으면 안심이 되잖아. 나는 치한이 아니거든. 무슨 뜻인지 알겠니? 세상에는 별의별 사람들이 다 있단다, 꼬마야. 신문에서 읽었지? 그러니까, 아주 악질적인 사람들을 말하는 거야. 너 말이야, 히치하이크 하다가 아주 위험한 일도 당할 수 있단다."

"아저씨 말씀이 맞아요. 하지만 저도 조심하려고 애쓰고 있어요."

"저쪽 근방에 사는가 보지?"

사내는 도로 전방에 힐끗힐끗 눈길을 던지면서도 여전히 잭에게 서 눈을 떼지 않았다. 잭은 미친 듯이 머리를 굴려 지나온 마을의 이름을 기억해 냈다.

"팰마이라요. 전 팰마이라에 살아요."

"거긴 오래되긴 했지만 괜찮은 곳이지."

세일즈맨이 고개를 끄덕이며 고속도로 쪽으로 눈길을 돌렸다. 이제 잭은 마음 놓고 플러시 천(벨벳과 비슷하지만 털이 좀 더 길며 두툼하 게 짜인 옷감 — 옮긴이)을 씌운 편안한 의자에 몸을 실었다. 그러자 세 일즈맨이 기다렸다는 듯이 물었다.

"너 혹시 땡땡이를 치는 건 아니지?"

또다시 '무슨 사연인지' 시간이 돌아온 것이었다.

잭은 하도 많이 당한 터라 이력이 났다. 계속 서쪽으로 가는 상황 을 감안해 적당히 마을 이름을 바꾼 다음 번드르르한 말솜씨를 섞 어 줄줄 장황하게 늘어놓으면 되는 것이었다.

"아니에요, 아저씨. 저는 헬렌 이모와 얼마 동안 지내기 위해 오 틀리로 가는 중이랍니다. 헬렌 본이라고 아세요? 제 이모님이시죠. 학교 선생님이시고요. 지난겨울에 아빠가 돌아가셨거든요, 네, 그 러고 나니까 사정이 형편없이 나빠졌지요…… 그러던 차에 2주일 전 엄마가 기침이 너무 심해져서 계단을 오르내리기도 어려울 정 도가 되었어요. 의사 선생님도 최대한 침대에 누워 안정해야 한다 고 말씀하셨지요. 그래서 엄마가 이모한테 얼마 동안 저를 맡아 줄 수 있는지 물어보셨지요. 이모가 학교 선생님이시니 저는 곧 오틀리 학교에 다닐 수 있을 겁니다. 헬렌 이모는 어떤 아이도 땡땡이치게 내버려 두시지 않을 거예요."

"그럼 너희 엄마가 너한테 팰마이라부터 *오틀리까지* 내내 히치하이크를 하라고 하셨단 말이니?"

"아니요. 그런 게 아닙니다…… 엄마는 결코 그런 말을 하신 적이 없어요. 엄마는 버스 차비를 주셨지만 전 그걸 저축하기로 했어요. 집에서는 아주 오랫동안 돈을 제대로 보내 주시지 못할 테고, 아무래도 그렇겠죠, 헬렌 이모도 돈이 거의 없으시거든요. 만일 제가 히치하이크를 하는 걸 알게 되면 엄마는 크게 화를 내시겠죠. 하지만 왜 그런 데 돈을 써야 하나 싶은 거예요. 내 말은요, 5달러면 큰돈인데 버스 운전사에게 주기 아깝잖아요……."

사내가 잭을 곁눈질하며 물었다.

"오틀리에서는 얼마나 지낼 것 같니?"

"그건 저도 잘 모르겠어요. 단지 엄마가 하루빨리 회복되시길 바랄 뿐이죠."

"돌아갈 때는 히치하이크를 하면 안 된다, 알겠지?"

잭은 자신의 사연에 한 가지를 덧붙이기로 했다. 어느새 점점 자신의 이야기에 빠려들고 있었다.

"이젠 우리 집에 차가 없답니다. 믿기 어려우시겠지만, 그자들이 한밤중에 찾아와서 우리 차를 압류해 갔거든요. 더러운 비겁자들 같으니. 모두가 잠들어 있다는 것을 확인하고 한밤중에 차고에서 우리 차를 훔쳐 갔던 거예요. 내가 우리 차를 되찾기 위해 싸웠을 텐데…… 그랬으면 이모 집까지 차를 얻어 타고 가지 않아도 될 텐데. 엄마가 의사한테 찾아가려면 언덕길을 한참 내려가 다시 또 다섯 블록을 걸어가셔야 버스를 탈 수 있습니다. 그자들이 그런 짓을 저질러서는 안 되는 거였어요, 안 그래요? 그냥 들이닥쳐서 차를 훔쳐 가다니! 물론 형편이 되는 대로 다시 할부금을 낼 예정이었다고요. 아저씨라면 그런 짓을 도둑질이라고 하시겠죠?"

"나한테 그런 일이 생긴다면 나도 그럴 것 같구나. 아무튼 네 엄마가 하루 속히 회복되었으면 좋겠어."

"아저씨나 저나, 우리 둘 다 바라는 바죠."

잭이 진심으로 말했다.

두 사람은 오틀리 진입 표지판이 나올 때까지 아무 말도 하지 않았다. 세일즈맨은 진입로를 지나자마자 갓길에 차를 세우고 다시금 미소를 지으며 잭에게 말했다.

"행운을 빈다, 아이야."

잭은 고개를 끄덕이며 차 문을 열었다.

"아무튼 오틀리에 오래 있지 않아도 되면 좋겠구나."

잭이 의아한 얼굴로 그를 쳐다보았다.

"왜요, 오틀리에 대해 좀 아시나요?"

"조금은. 많이 아는 건 아니고. 도로에서 자기가 차로 친 것을 먹어 치우는 그런 곳이란다. 고릴라 마을이라고나 할까. 맥주를 마시고 나면 맥주잔까지 마시게 되지. 뭐 그런 동네야."

"경고해 주셔서 고맙습니다."

잭이 인사를 하며 자동차에서 내렸다. 세일즈맨이 손을 흔들어 인사하고 고속도로로 차를 몰았다. 한순간에 페어레인은 저물어

가는 오렌지색 태양을 향해 질주하는 검은 물체로 변했다.

3

이삼 킬로미터쯤 평탄하고 단조로운 시골길을 걸었다. 멀리서 보니 들판 끝에 2층짜리 작은 목조 가옥들이 있었다. 들판은 갈색 황무지였고, 그 집도 농가가 아니었다. 뚝뚝 떨어져 지은 집들은 황량한 벌판을 굽어보며 움직임 하나 없이 잿빛 고요 속에 잠겨 있었다. 그 적막을 깨는 것은 주간고속도로 90번을 달리는 자동차의 끼익 소리뿐이었다. 음매 하는 소도 보이지 않았고, 히힝거리는 말도 찾아볼 수 없었다. 동물도 없고 농기구도 전혀 없었다. 작은 집 밖에는 폐물이 된 녹슨 자동차 10여 대가 무단으로 자리를 차지하고 있었다. 이것들은 자신과 같은 종인 인간을 깊이 혐오하는 사람들의 보금자리였다. 그들에게는 오틀리도 너무 번잡한 모양이었다. 텅 빈 들판은 그들의 페인트가 벗겨져 가는 성채를 둘러싸는 데 필요한 해자 같은 것이었다.

마침내 잭은 교차로에 이르렀다. 만화에나 나올 법한 교차로였다. 아무것도 없는 두 가닥 좁은 길이 아무것도 없는 곳에서 교차하고는 다시 아무것도 없는 곳으로 뻗어 나갔다. 잭은 방향감각을 잃을 것만 같아서 배낭을 고쳐 메고 안내판으로 다가갔다. 기다란 녹슨 쇠파이프가 역시 녹이 슨 검은 직사각형의 안내판을 떠받치고 있었다. 안내판에는 거리 이름이 적혀 있었다. 오른쪽 진출 램프로 빠지는 대신 왼쪽으로 가야 했을까? 안내판에 따르면 고속도로와 평행으로 달리는 도로는 '도그타운로드'였다. 도그타운이라고? 그

도로를 내려다봐도 오직 끝 모를 평지뿐이었다. 잡초가 무성한 들판과 검은색 아스팔트길만 보였다. 잭이 걸어온 아스팔트길은 안내판에 따르면 '밀로드'였다. 그 길은 일이 킬로미터 정도 나아가다가 터널로 빠졌는데, 터널은 기울어진 나무와 생식기 음모처럼 괴상하게 엉켜서 자라는 담쟁이덩굴로 거의 뒤덮여 있었다. 하얀 안내판이 무성한 담쟁이덩굴 사이에 있었는데, 언뜻 보면 담쟁이덩굴이 안내판을 떠받치고 있는 것 같았다. 간판은 글자가 너무 작아서 읽을 수가 없었다. 잭은 오른손을 주머니에 넣어 캡틴 파렌이 준 동전을 꽉 쥐어 보았다.

갑자기 시장기가 몰려왔다. 이제 곧 저녁을 먹어야 할 터였다. 이곳에서 벗어나 마을을 찾아 저녁을 해결해야 했다. 밀로드로 가기로 했다. 적어도 터널 반대편에 무엇이 있는지 보일 만큼 가 보기로 했다. 잭은 그쪽을 향해 걸어갔다. 무성한 나무들 사이로 나 있는 어두운 입구가 한 걸음씩 다가갈 때마다 점점 더 커졌다.

써늘하고 습하고 벽돌 부스러기 냄새와 파헤친 흙 냄새가 물씬 풍겼다. 터널은 소년을 집어삼켜 옥죌 것 같았다. 잠시 동안 잭은 땅속으로 끌려 들어갈까 봐 겁이 났다. 터널 출구를 알려 주는 불빛은 보이지 않았다. 이윽고 아스팔트 바닥이 평평하다는 데 생각이 미쳤다. 터널 밖 표지판에 '불을 켜시오.'라고 쓰여 있었다. 잭이 벽돌 벽에 부딪치자 굵은 가루가 손에서 바스러졌다.

"불이라!"

불을 켤 수 있는 뭔가를 발견하기를 바라면서 중얼거렸다. 터널은 중간 어디선가 굽어 있는 게 틀림없었다. 마치 시각 장애인이 손을 뻗으며 가는 것처럼 조심스럽게, 천천히, 신중하게 벽을 향해 똑바로 걸어갔다. 벽에 이르자 이번엔 손으로 벽을 더듬으며 따라갔다. 만화영화에서 로드러너를 쫓던 코요테가 이런 행동을 하면 대개 트럭과 정면충돌해 짜부라지곤 했다.(1950~60년대 워너브라더스의 인기 만화영화. 와일 E. 코요테가 로드러너를 잡기 위해 아크메라는 가상의 회사의 기상천외한 발명품을 동원해 덫을 놓지만 번번이 실패한다는 내용이다. ─ 옮긴이)

터널 바닥을 따라 뭔가가 분주하게 달가닥거리는 소리가 들려와 잭은 몸이 딱 얼어붙었다.

쥐일 거야, 잭은 생각했다. 토끼가 들판을 지나는 지름길로 접어든 건지도 모르지. 하지만 그보다는 더 큰 소리였다.

더 멀리 어둠 속에서 다시 한 번 그 소리가 들려왔지만 잭은 되는대로 또 한 발짝을 걸었다. 앞에서 딱 한 번 숨을 들이쉬는 소리가 들렸다. 궁금해서 걸음을 멈추었다. *동물 소리였을까?* 잭은 손끝으로 축축한 벽돌 벽을 누른 채 숨소리가 들리기를 기다렸다. 그것은 동물의 소리가 아니었다. 쥐나 토끼는 그렇게 깊이 숨을 쉬지 않는다. 앞으로 조금씩 나아갔다. 저쪽에서 무엇이 나오든 경악하리라는 사실을 인정하고 싶지 않았다.

잭은 또다시 몸을 움츠렸다. 앞에 있는 어둠에서 쉰 목소리로 킬킬거리는 소리가 작게 들려왔기 때문이다. 곧이어 터널에서부터 친숙하지만 정체를 알 수 없는 거칠고 강한 사향 같은 냄새가 그를 향해 흘러왔다.

뒤를 돌아보자 입구의 절반은 굽어진 벽 탓에 안 보였고, 나머지 절반도 저 멀리 토끼굴 정도로 작아 보였다. 잭이 소리쳤다.

"이 안에 도대체 뭐가 있는 거야? 이봐! 뭐가 여기 나랑 있는 거야? 사람이야?"

터널 저 깊은 곳에서 무언가가 속삭이는 소리를 들은 것 같았다.

잭은 테러토리에 있는 것이 아니라고 스스로에게 상기시켰다. 최악의 상황이라고 해 봤자, 선선한 어둠 속에서 낮잠을 자러 온 어리석은 개를 놀라게 하는 것이리라. 그 경우에도 개한테는 생명의 은인이 될 것이다. 자동차가 달려오기 전에 깨워 주는 거니까. 그가 소리쳤다.

"이봐, 멍멍이야! *멍멍이!*"

말이 떨어지기 무섭게 터널을 따라 종종거리는 발소리가 들렸다. 그런데 그것들은…… 나가는 걸까, 들어오는 걸까? 부드러운 *터벅 터벅 터벅* 소리를 들어 봐도 그 짐승이 나가려는 건지, 들어오려는 건지 알 수가 없었다. 그때 문득 그것이 뒤에서 그를 향해 다가오는 건지도 모른다는 생각이 들었다. 고개를 돌려 뒤를 돌아보고 입구가 안 보일 정도로 멀리 왔다는 것을 알았다. 잭이 다시 말했다.

"멍멍이야, 어디 있는 거니?"

그때 한두 걸음 뒤에서 뭔가가 땅을 긁었다. 잭은 앞쪽으로 펄쩍 뛰다가 터널 굽이에 어깨를 세게 부딪쳤다.

어둠 속에서 어떤 형체가 감지되었다. ─어쩌면 개처럼 생긴 것도 같았다. ─다시 앞으로 발을 옮기려다 급하게 걸음을 멈추었다. 전혀 다른 곳으로 와 버린 듯한, 테러토리로 돌아온 것 같은 느낌이 너무나 강렬했던 것이다. 터널 속은 사향 냄새와 코를 찌르는 동물원 냄새로 가득했고 잭에게 다가오는 것이 무엇이든 절대 개는 아니었다.

기름과 알코올 냄새를 품은 차가운 돌풍이 잭을 향해 불어닥쳤다. 그 형체가 점점 더 가까워지고 있는 것이다.

아주 잠깐 동안이지만 어둠 속에 걸려 있는 얼굴을 흘끗 볼 수 있었다. 내부에 색 바랜 등불이 있는 것처럼 희멀겋게 빛을 발하고 있었다. 잔뜩 찡그린 긴 얼굴은 분명 새파랗게 젊은 사람의 그것이었지만 하나도 젊어 보이지 않았다. 내뿜는 숨결에 땀과 기름과 알코올의 악취가 묻어났다. 그 얼굴이 어둠 속으로 사라지는 걸 보며 잭은 벽에 딱 달라붙어 주먹을 치켜들고 있었다.

공포에 사로잡힌 상태에서 그는 부드럽고 재빠른 발소리가 터널 입구에서 들려온다고 생각했다. 그리고 차마 뒤돌아볼 엄두를 내지 못하고 코 박고 있던 눈앞의 손바닥만 한 어둠에서 얼굴을 조금 돌렸다. 어둠, 고요. 터널은 이제 텅 비었다. 잭은 겨드랑이에 양손을 끼운 채 벽돌 벽에 살짝 등을 기댔다. 가방이 눌리는 게 느껴졌다. 잠시 후 다시 앞으로 조금씩 걸어가기 시작했다.

터널 밖으로 나오자마자 그것과 대면하기 위해 고개를 돌렸다. 아무 소리도 들려 나오지 않았고 기이한 생명체가 살금살금 다가오지도 않았다. 세 발짝 앞으로 걸어가 동굴 안을 자세히 들여다보았다. 얼마 후 심장이 멎을 뻔했다. 두 개의 커다란 오렌지색 눈동자가 다가오고 있었기 때문이다. 그것들은 몇 초 만에 잭과의 거리를 절반으로 줄였다. 하지만 잭은 몸을 움직일 수가 없었다. 아스팔트에 발목까지 파묻힌 느낌이었다. 마침내 간신히 손을 들어 손바닥을 내밀며 본능적으로 막는 몸짓을 취했다. 두 눈동자는 계속 다가오고 있었고 경적 소리가 들렸다. 자동차가 터널을 빠져나오자마자 빨간 얼굴의 남자가 주먹을 휘둘렀다. 잭은 얼른 비켰다.

"야 이 씨이이……."

일그러진 입에서 나온 욕설이었다.

여전히 망연자실한 채로 잭은 돌아서서 자동차가 마을 쪽으로 내려가는 것을 지켜보았다. 저 마을이 오틀리인 모양이었다.

4

오틀리 마을은 길게 움푹 파인 땅에 자리 잡고 있었고, 두 개의 주요 거리가 빈약하게 뻗어 나와 있었다. 하나는 밀로드의 연장선상에 있어서, 넓은 주차장 한가운데에 있는 크고 허름한 건물들─잭이 보기엔 공장 같았다.─을 지나 내려갔다. 그러면 중고차 센터(만국기가 펄럭이는)와 패스트푸드 프랜차이즈(아메리카의 위대한 가슴), 커다란 네온사인(볼링!)이 밝혀진 볼링장에 이어, 식료품점과 주유소가 나왔다. 여기서 더 내려가면 오틀리 중심가가 나오고 거기서부터 오래된 2층짜리 건물들이 대여섯 블록 동안 이어졌다. 건물들 앞에는 자동차들이 주차해 있었다. 또 다른 거리는 오틀리에서 가장 부유한 곳을 지나가는데 그곳에는 돌출된 현관과 널따란 잔디밭을 갖춘 커다란 목조 가옥들이 모여 있었다. 두 거리가 교차하는 곳에는 늦은 오후의 햇살에 빨간불을 윙크하는 신호등이 서 있었다. 여덟 블록쯤 더 가면 있는 또 다른 신호등은 파란색이었다. 그 앞에 있는 창이 많은 높고 우중충한 건물은 정신병원 같았지만 고등학교일지도 모른다. 두 거리를 중심으로 작은 집들이 우후죽순으로 산재해 있었다. 뒤에 높은 철망 울타리를 두른 정체를 알 수 없는 건물들도 곳곳에 눈에 띄었다.

공장 유리창은 거의 다 깨졌고 시내에도 유리창에 널빤지를 덧대어 놓은 집들이 있었다. 울타리 친 콘크리트 마당에 산더미 같은 쓰레기가 쌓여 있고 종이 쓰레기도 펄럭거리고 있었다. 고급 주택들도 관리를 제대로 안 한 듯 돌출현관이 주저앉아 있거나 페인트도 여러 군데 벗겨져 있었다. 팔 수도 없는 자동차들로 가득한 중고차 전시장의 주인들일지도 몰랐다.

잠시 동안 오틀리를 떠나 어딘지는 모르지만 도그타운으로 히치하이크를 해서 갈까 생각했다. 하지만 그것은 밀로드 터널을 다시 지나가야만 한다는 뜻이었다. 상점가 한가운데에서 자동차가 요란스레 경적을 울렸다. 그 소리를 들은 잭은 표현할 수 없는 외로움과 향수에 휩싸였다.

공장 문에 도착해서야 마음이 진정되었다. 밀로드 터널은 뒤쪽 저 멀리 높은 곳에 있었다. 더러운 벽돌로 만든 정면을 보니 유리창이 3분의 1은 깨졌고 다른 많은 창문도 널빤지로 막아 놓았다. 길에 서서 기계유, 윤활유, 타서 눌어붙은 팬벨트와 덜그럭거리는 기어에서 나는 냄새를 맡을 수 있었다. 잭은 주머니에 손을 넣은 채 최대한 빠른 속도로 언덕길을 내려갔다.

5

가까이서 본 마을은 언덕 위에서 내려다볼 때보다도 훨씬 더 활기가 없었다. 중고차 전시장의 점원들은 밖에 나오기도 귀찮다는 듯 사무실 창문에 기대어 있었다. 너덜너덜해진 만국기는 침울하게 늘어져 있고, 길게 늘어선 자동차 앞 보도에는 금이 간 데다 왕년에 경기가 좋았을 적에 세워 둔 안내판──당신을 위한 차! 최저가 상품! 금주의 특선 상품!──은 누렇게 변색되어 있었다. 일부 안내판은 페인트가 비에 흠씬 젖은 것처럼 번져서 흘러내렸다. 거리에는 행인이 별로 없었다. 마을 중심가로 걸어가다가 잿빛 피부에 두 뺨이 홀쭉한 노인이 텅 빈 쇼핑카트를 연석 위로 올리려고 애쓰는 모습을 보았다. 잭이 다가가자 노인은 겁에 질려 꽥 소리를 지르고는 오소리처럼 검은 잇몸을 드러내며 적의를 보였다. 카트를 훔쳐 갈까 봐 경계하는 모양이었다.

"죄송해요."

잭은 다시 가슴이 콩닥거리기 시작했다. 노인은 그 커다란 카트를 빼앗길세라 두 팔로 얼싸안은 채 시커먼 잇몸을 드러내며 위협하고 있었다. 잭이 다시 말했다.

"죄송해요. 저는 그냥⋯⋯"

"뻔뻔한또뚝놈! 뻔뻔한또뚝놈!"

노인은 꽥 소리를 질렀지만 눈물이 주름살을 따라 턱까지 흘러내렸다.

잭은 황급히 자리를 떠났다.

20년 전인 1960년대만 해도 오틀리는 번창했던 것 같았다. 마을에서 뻗어 나온 상대적으로 번화한 밀로드 거리를 보면 알 수 있었다. 주가가 계속 오르고 휘발유도 여전히 싸고 소득이 너무 많아서 아무도 '재량 소득'이라는 말조차 들어 본 적 없었던 시절의 산물이었다. 사람들은 프랜차이즈 영업권이나 작은 가게에 돈을 투자해서 큰 수익을 거두지는 못해도 그럭저럭 삶을 영위해 갔을 것이다. 몇몇 블록의 상점들은 아직 겉으로는 희망의 끈을 놓지 않은 것처럼 보였지만 프랜차이즈 레스토랑에는 따분한 얼굴의 10대 몇 명이 앉아 미디엄 콜라를 홀짝거리고 있을 뿐이었다. 다른 많은 작은 상점의 유리창에도 중고차 전시장의 그것처럼 빛바랜 플래카드에 '전 품목 대방출'이나 '폐업 세일' 같은 문구가 씌어 있었다. 잭은 구인광고가 없는 것을 보고 계속 걸어갔다.

오틀리 시내는 1960년대가 남긴 번창했던 행복 이면의 현실을 보여 주었다. 불에 탄 듯한 벽돌 건물이 늘어선 블록을 따라 터덜터덜 걸어가다 보니 배낭은 더 무겁게 느껴지고 발은 더 아파 왔다. 발이 아프지 않고 밀로드 터널을 다시 지나갈 필요만 없었다면 틀림없이 도그타운으로 갔을 것이다. 물론 이제는 그곳 어둠에 숨어 으르렁거리는 늑대인간 따위가 없다는 것을 알고 있었다. 터널에서 잭에게 말을 건 사람도 없었을 것이다. 테러토리가 잭을 혼란스럽게 했다. 여왕의 모습, 짐마차에 깔려 얼굴 반쪽이 날아간 소년, 모건과 그 나무들. 하지만 그것은 *저쪽* 세계의 일이었고, 그 세계에서 그런 것들은 아마도 정상적인 일일 것이다. *이쪽* 세계의 정상적인 사고로는 그런 천박함을 받아들일 수 없는 것이다.

우연히 지저분한 긴 진열창을 지나게 되었는데 그 위 벽돌에는 '가구점 창고'라는 슬로건이 쓰여 있었지만 벗겨져서 알아보기가 어려웠다. 양손으로 두 눈 가장자리를 감싸고 창고 안을 들여다보았다. 소파와 의자가 하나씩 있었는데 저마다 하얀 시트로 덮여 있었다. 그것은 널찍한 나무바닥에 서로 5미터가량 떨어져 있었다. 잭은 음식을 구걸해야 할지 걱정하면서 블록을 따라 걸어갔다.

블록을 조금 더 내려가니 널빤지로 창을 막아 버린 상점 앞에 자동차가 있었고, 그 안에 사내 네 명이 앉아 있었다. 잭이 보니 자동차는 그 안에서 브로데릭 크로퍼드(냉혹한 악당 역을 많이 연기한 미국의 유명 배우―옮긴이)가 부산스레 차 문을 열고 나올 것 같은 검은색 구식 데소토였지만 타이어가 없었다. 자동차 앞유리에는 '페어 웨더 클럽'이라고 쓰인, 높이 12센티미터 폭 20센티미터의 노란색 카드를 테이프로 붙여 놓았다. 차 안에서는 앞좌석에 두 사람, 뒷좌석에 두 사람이 앉아 카드놀이를 하고 있었다. 잭은 조수석 창문으로 다가가 조심스럽게 말을 붙였다.

"죄송하지만, 혹시 어디로 가야……"

"꺼져."

가장 가까이에 있던 사내가 흐리멍덩한 회색 눈으로 잭을 쳐다보며 말했다. 말하는 게 어색한 듯, 억지로 쥐어짠 듯 가래 끓는 목소리였다. 잭 쪽으로 보이는 얼굴은 여드름 흉터가 자글자글했고 갓난아이 때 누군가가 얼굴을 밟기라도 한 것처럼 기묘하게 납작했다.

"이삼일 정도 일할 만한 곳이 있나 해서요."

"차라리 텍사스로 가렴."

운전석에 앉은 사내가 말했다. 뒷좌석에 앉은 두 사내가 킬킬 웃더니 손에 든 카드에 맥주를 뿜어 버렸다.

잭 가까이 앉은, 납작한 얼굴에 회색 눈을 가진 사내가 소리 질렀다.

"내가 말했다. 썩 꺼지라고. 안 꺼지면 엉덩이를 흠씬 두들겨 줄 거야."

잭은 사내가 진심이라는 것을 알 수 있었다. 만약 그대로 있다가는 불같이 화를 내며 차에서 내려 그를 사정없이 두들겨 팰 것이다. 다 때리고 나면 다시 차에 타 새로 맥주 캔을 딸 것이다. 롤링록 맥주 캔이 바닥에 가득했다. 다 마신 캔이 여기저기 처박혀 있었고 아직 안 딴 캔들은 하얀 플라스틱 끈에 연결되어 있었다. 잭이 뒤로 물러서자 흐리멍덩한 눈깔을 가진 사내도 눈길을 돌렸다.

"텍사스에 가 봐야겠네요."

잭은 걸어가면서도 데소토의 문이 열리는 삐걱 소리가 나는지 귀를 기울였다. 하지만 그가 들은 것은 또 다른 롤링록 맥주 캔을 따는 소리뿐이었다.

딸깍! 딱!

잭은 계속 걸었다.

블록이 끝나는 곳에 도착하자 또 다른 중심가가 나타났다. 잔디밭에는 누런 잡초만 무성했고, 그 사이로 디즈니 영화에 나올 법한 유리섬유로 만든 사슴 조각상의 모습이 슬쩍 엿보였다. 파리채를 든 볼품없는 할머니가 현관에 설치한 그네 옆에 서서 그를 뚫어져라 응시하고 있었다.

잭이 수상쩍은 눈으로 쳐다보는 할머니를 피하려고 몸을 돌리자 밀로드에 늘어선 인적 없는 벽돌 건물 중 가장 마지막 건물이 눈앞에 나타났다. 콘크리트로 만든 계단을 세 발짝 올라가자 받침대를 받쳐 열어 둔 스크린도어가 나타났다. 길고 어두운 창문에는 버드와이저 간판이 빛나고 있었다. 그 간판에서 30센티미터 정도 오른쪽에는 페인트로 '업다이크 오틀리 주점'이라고 씌어 있었다. 거기서 10센티미터 정도 아래로 데소토에 붙어 있던 것과 똑같은 높이 12센티미터 폭 20센티미터의 노란색 카드에 '직원 구함'이라고 손글씨로 적혀 있는 것이 기적처럼 눈에 들어왔다. 어깨에서 배낭을 내려 한쪽 팔에 끼고는 계단을 오르기 시작했다. 지루하게 쏟아지던 햇살에서 벗어나 바의 어둠 속으로 발을 들여놓자 아주 잠깐 두껍게 늘어진 담쟁이덩굴을 지나 밀로드 터널에 들어섰던 일이 다시 떠올랐다.

9장
식충식물의 먹이

1

그로부터 60시간이 채 못 되어 잭 소여는 수요일에 오틀리 터널을 탐험할 때와는 전혀 다른 심정으로 오틀리 주점의 서늘한 창고에 있었다. 배낭은 부숴 맥주통 뒤에 숨겨 놓았다. 창고 한구석에 놓인 그 술통은 마치 거인들이 볼링을 치는 레인에 세워진 알루미늄 볼링핀 같았다. 두 시간 뒤 술집이 그날 영업을 마치면 잭은 도망갈 생각이었다. 그가 그런 식으로 ― 단지 *떠나거나 직장을 옮기는 것이 아니라 도망쳐야겠다고* ― 마음먹은 것은 그만큼 그의 처지가 절박했기 때문이었다.

나는 여섯 살, 여섯 살이었어, 존 B. 소여는 여섯 살이었어, 재키는 여섯 살이었어. 여섯 살이었다고.

너무도 터무니없지만 이날 저녁에 떠오른 이 생각은 계속 머릿속에 맴돌고 있었다. 지금 얼마나 겁을 먹었는지를 알아차리고, 상황이 그를 압박해 들어오기 시작했다는 것을 확신하기까지 오랜 시간이 걸렸다. 그 생각이 무엇을 의미하는지는 잭 자신도 몰랐다. 그것은 그저 회전목마 위의 목마처럼 계속 맴돌고 맴돌았다.

나는 여섯 살, 여섯 살이었어. 잭 소여는 여섯 살이었다고.

회전목마는 계속 돌고 돌았다.

창고는 술집과 벽 하나를 사이에 두고 있었다. 오늘 밤은 요란스러운 소음 때문에 그 벽이 실제로 진동하고 있었다. 북에 씌운 가죽처럼 떨리고 있었다. 20분 전까지만 해도 금요일 밤이었고, 오틀리섬유 직물 회사와 도그타운 커스팀 고무 회사가 주급을 주는 날이었다. 그래서 지금 오틀리 주점은 수용 가능 인원을 초과해…… 대성황을 이루고 있었다. 카운터 왼쪽에 붙어 있는 큼지막한 포스터에는 다음과 같이 씌어 있었다.

이 가게의 정원은 220명으로 정원을 초과하면 제네시 카운티의 화재방지 조례 331조에 위반됩니다.

아무래도 화재방지 조례 331조는 주말에 적용되지 않는 모양이었다. 지금 벽 너머에는 어림잡아도 300명이 넘는 사람들이 자신들을 '제니 밸리 보이스'라고 소개한 컨트리웨스턴 밴드의 음악에 맞춰 흥겹게 춤을 추고 있었다. 밴드의 음악은 형편없었지만 그들에게는 페달스틸 기타가 있었다. 스모키가 말한 적이 있었다.

"여기에는 페달스틸 기타를 다루는 친구들이 있어, 잭."

"*잭!*"

로리가 소음의 장벽을 뛰어넘어 소리를 질렀다.

로리는 스모키의 여자였다. 잭은 아직도 그 여자의 성은 모른다. 주크박스 노랫소리 너머로 간신히 그녀의 목소리를 들을 수 있었다. 밴드가 휴식을 취하는 동안 주크박스의 볼륨을 최고로 높인 상태였다. 5인조 밴드가 카운터 한쪽 끝에 모여 블랙러시안을 반값에 진탕 마시고 있다는 것을 잭은 알고 있었다. 로리가 창고 문으로 얼굴을 내밀었다. 부스스한 금발을 뒤에서 묶은 유치한 흰색 플라스틱 머리핀이 머리 위 형광등 불빛을 받아 반짝거렸다.

"잭, 술통을 지금 당장 가져오지 않으면 스모키가 네 팔을 분질러 버릴 거야."

"알겠어요. 지금 당장 가져간다고 말해 줘요."

팔에 소름이 돋았는데 그것은 단지 창고의 눅눅하고 찬 공기 때문만은 아니었다. 스모키 업다이크는 만만한 상대가 아니었다. 좁은 머리통에 종이로 만든 튀김 전문 요리사 모자를 연신 눌러쓰는 스모키, 통신판매로 구입한 커다란 플라스틱 의치가 너무나도 가지런해서 무섭고 으스스해 보이는 스모키, 광포한 갈색 눈에 누렇게 찌든 눈자위를 가진 스모키. 잭에게는 여전히 수수께끼 같기만한 ― 그래서 한층 더 무시무시한 ― 스모키 업다이크. 그런 그에게서 잭은 어쩐 이유에서인지 놓여나지 못하고 있었다.

주크박스는 잠시 잠잠해졌지만 그것을 보상하려는 듯 사람들은 더한층 시끄럽게 소리 질렀다. 온타리오 호수에서 온 카우보이가 술에 취해 목청 높여 외쳤다.

"이야아이아호!"

한 여자가 비명을 질렀다. 유리잔이 깨졌다. 그때 주크박스 소리가 다시 커졌다. 마치 토성을 향해 날아오르는 로켓이 대기권을 벗어날 탈출 속도에 이른 것처럼 요란스러웠다.

도로에서 자기가 차로 친 것을 먹어 치우는 그런 곳이란다.

날것으로.

잭은 알루미늄 술통 위로 몸을 굽힌 다음 이를 악물고 술통을 10센티미터 정도 밖으로 끌어냈다. 에어컨의 시원한 바람이 불어왔지만 이마에 땀방울이 흘러내렸고, 등허리가 뻐근하게 아파 왔다. 술통을 굴리자 거친 시멘트 바닥에서 끼익 소리가 들렸다. 가쁜 숨을 몰아쉬며 멈추자 귀에서 윙윙거리는 소리가 들렸다.

잭은 부쉬 술통이 있는 쪽으로 손수레를 끌고 가서 세워 놓고는 다시 술통을 잡았다. 술통 가장자리를 살살 흔들어 손수레 쪽으로 가져갔다. 술통을 내려놓으려는 순간 중심을 잃고 말았다. 커다란 술통은 잭의 몸무게와 몇 킬로그램밖에 차이가 나지 않았다. 술통은 손수레 짐칸에 쿵 하고 부딪쳤다. 다행히 손수레에는 충격을 완화하기 위해 쓰다 남은 카펫 조각을 덧대어 두었다. 잭은 술통을 돌리면서 손을 빼내려고 해 봤지만 타이밍이 맞지 않았다. 잭이 너무 느렸던 것이다. 술통과 손수레 뒤쪽 사이에 손가락이 끼어 버렸다. 퍽 하는 소리와 함께 통증이 몰려왔지만 어찌어찌 욱신욱신 쑤시는 손가락을 빼낼 수 있었다. 왼쪽 손가락을 입에 물고 빨았다. 눈에는 눈물이 글썽거렸다.

손가락이 다친 것보다 더 심각한 일이 벌어졌다. 술통 맨 위에 있는 브리더캡에서 가스가 한숨처럼 천천히 새어 나오기 시작했기 때문이다. 만약 스모키가 술통을 들었을 때 거품이 새어 나온다면…… 아니, 거기서 그치지 않고 뚜껑을 열었을 때 뿜어져 나온 맥주를 얼굴에 뒤집어쓴다면…….

그런 일은 미리 생각하지 않는 게 상책이다.

목요일, 그러니까 어젯밤 스모키에게 '대령'하려던 술통이 옆으로 쓰러졌다. 브리더캡이 맞은편 벽까지 날아갔고, 흰빛을 띤 누런 맥주 거품이 창고 바닥을 지나 하수구까지 흘러내렸다. 잭은 그 자리에 얼어붙은 채로 구역질이 나오려는 것을 참으며 스모키의 고함 소리조차 귀에 들어오지 않았다. 그것은 부쉬가 아니라 킹스랜드였기 때문이다. 맥주가 아니라 에일, 여왕의 에일이었던 것이다.

스모키가 잭을 때린 것은 그때가 처음이었다. 술에 취한 스모키는 냅다 주먹부터 날렸고 잭은 나무판자로 된 창고 벽으로 나동그라졌다. 스모키가 말했다.

"저게 오늘 네 급료야. 다시는 이런 짓 하고 싶지 않겠지, 잭."

다시는 이런 짓 하고 싶지 않겠지. 잭이 섬뜩했던 것은 이 말이 또다시 그런 실수를 할 기회가 많다는 의미로 들렸기 때문이었다. 스모키 업다이크는 잭을 이곳에 아주 오래 붙잡아 두려고 작정한 것 같았다.

"*잭, 빨리 가져와!*"

"*지금 가요.*"

잭이 헐떡이며 대꾸했다. 손수레를 끌고 문으로 가서 손잡이를 돌린 다음 문을 밀어 열었다. 크고 부드럽고 유연한 뭔가와 부딪쳤다.

"젠장, 정신 차려!"

"이런, 죄송합니다."

"죄송하다면 다냐, 머저리 같으니라고."

잭은 육중한 발걸음이 창고 바깥 통로를 지나가기를 기다렸다가 다시 문을 열었다.

칙칙한 녹색 페인트로 칠해진 비좁은 복도는 똥오줌과 타이디볼 변기 세정제 냄새가 진동했고 벽에는 여기저기 구멍이 뚫려 회반죽과 철망이 드러나 보였다. 곳곳에 어지러이 낙서가 적혀 있었는데, '서서 쏴' 칸과 '앉아 쏴' 칸 앞에서 줄을 서서 기다리다 따분해진 술 취한 손님들이 끼적거려 놓은 것이었다. 낙서 중에서 가장 큰 것은 초록색 벽 한가득 검은 매직펜으로 쓴 것으로, 오틀리 마을의 침체되고 목적 없는 분노를 웅변해 주는 것 같았다.

미국의 모든 깜둥이와 유대인을 이란으로 보내 버려!

술집의 소음은 창고에서 들을 때도 대단했지만 복도로 나오자 결코 끝나지 않을 거대한 파도 소리처럼 변했다. 잭은 창고 안으로 흘끗 눈길을 던져 손수레 위에 기울어져 있는 술통 너머로 배낭이 눈에 띄지 않고 잘 있는지 확인했다.

도망쳐야 했다. *반드시* 도망쳐야 했다. 먹통인 줄 알았던 전화가 마침내 입을 열었다, 잭을 까만 얼음 속에 가둬 둘 것 같은…… 그건 정말 불길한 조짐이었다. 랜돌프 스콧(서부물에서 악당과 대결하는 외톨이 카우보이 역할을 주로 연기한 배우 — 옮긴이)은 더더욱 불길했다. 사실 그자는 랜돌프 스콧이 *전혀* 아니었다. 단지 1950년대 영화에 나오는 스콧처럼 보였을 뿐이었다. 아마도 스모키 업다이크는 훨

썬 더 불길할 터였다……. 하지만 잭은 더 이상 확신이 없었다. 랜돌프 스콧처럼 생긴 사람의 눈동자 색이 변하는 것을 보았기(어쩌면 보았다고 생각했기) 때문이다.

하지만 무엇보다 지독한 것은 오틀리 그 자체였다……. 그것만은 확실했다.

뉴욕주 제니 카운티의 심장부에 자리한 오틀리 마을은 이제 잭에게는 끔찍한 덫처럼 보였다……. 마을 형태를 한 식충식물. 들어가기는 쉽지만 나오기는 불가능에 가까운 덫에 걸린 것이었다.

2

배가 남산만 하다 못해 쏟아질 듯 출렁거리는 키 큰 사내가 잭 앞에 서서 화장실의 차례를 기다리고 있었다. 플라스틱 이쑤시개를 입안에서 이리저리 굴리면서 잭을 노려보았다. 아까 문을 열 때 부딪힌 것이 그 사내의 배였던 모양이다.

"머저리."

그 뚱보가 잭을 불렀을 때 화장실 문이 홱 열리더니 한 사내가 성큼 걸어 나왔다. 사내와 눈이 마주친 순간 잭은 심장이 멈추는 듯했다. 랜돌프 스콧처럼 생긴 사내였다. 하지만 이자는 영화배우가 아니라 주급을 술로 탕진하러 온 오틀리의 직공일 뿐이었다. 잠시 후면 할부금을 절반쯤 낸 2인승 무스탕이나 4분의 3 정도 낸 오토바이를 타고 떠날 것이다. 어쩌면 엔진 덮개에 '미국산을 사자'는 스티커가 붙은 중고 할리데이비슨 오토바이를 타고 갈지도 모른다.

그자의 눈이 노랗게 변했어.

아니야, 이건 너의 상상이야, 잭, 네 상상일 뿐이라고. 저 사람은 그냥……

……그냥 직공이고 너를 처음 보니까 눈을 마주쳤던 것뿐이야. 저 사람은 아마 이 마을 고등학교에 다녔을 거야, 축구를 했을지도, 그러다 가톨릭 신자인 치어리더를 임신시켜서 결혼했을지 몰라, 그 치어리더도 이제는 초콜릿과 스투퍼(라자냐, 미트로프, 라비올리 등을 주로 생산하는 냉동식품 브랜드─옮긴이)의 냉동식품을 너무 많이 먹어서 피둥피둥 살이 쪄 있을 거야. 저 사람도 오틀리의 시골뜨기에 불과해. 그냥…….

하지만 눈이 노란색으로 바뀌고 있었다니까.

그만 좀 해! 그럴 리가 없다니까!

그러나 그 남자에게는 잭이 마을로 들어올 때 일어났던…… 어둠 속에서 일어났던 일을 떠올리게 하는 뭔가가 있었다.

잭을 머저리라고 부른 뚱보는 리바이스 청바지와 깨끗한 흰 티셔츠를 입은 팔다리가 긴 그 사내를 보자 뒤로 물러서서 길을 내주었다. 랜돌프 스콧이 정맥이 불거진 큰 손을 늘어뜨린 채 잭을 향해 다가왔다.

사내의 차가운 파란빛을 띤 눈동자가 번뜩였다…… 이윽고 빙글빙글 돌더니 색이 연해졌다.

"꼬마야."

사내가 잭을 부르자, 잭은 허둥지둥 자리를 떴다. 엉덩이로 문을 밀어 열고 누구랑 부딪히거나 말거나 아랑곳없이 도망쳐 나왔다.

요란한 소음이 잭의 고막을 후려갈겼다. 케니 로저스(미국의 유명

273

컨트리 가수 — 옮긴이)가 우렁찬 목소리로 루벤 제임스라는 사람에게 바치는 열정적인 백인 노동자들의 찬가를 부르고 있었다.

"*다른 쪽 뺨도 내밀어야 해. 온화한 사람들을 위한 더 나은 세계가 기다린다고들 하지.*"

케니가 술집 안에서 술에 취해 통통 부은 얼굴로 스텝을 밟고 있는 사람들에게 증언하고 있었다. 잭이 보기에 이런 곳에는 특별히 온화한 사람은 없을 것 같았다. 제니 밸리 보이스 밴드가 연주대로 우르르 몰려가 악기를 챙겼다. 페달스틸 연주자를 제외한 모든 연주자들이 고주망태가 되어 있었다……. 아마도 자기들이 어디에 있는지도 모르는 것 같았다. 페달스틸 연주자는 지루해 보일 뿐이었다.

잭의 왼쪽에서는 여자가 주점의 공중전화로 열심히 수다를 떨고 있었다. 잭은 할 수만 있다면 누가 1000달러를 준다고 해도 다시는 전화에 손도 대지 않고 싶었다. 여자가 수다를 떠는 동안 일행인 사내가 술에 잔뜩 취해서 그녀의 반쯤 열린 카우보이 셔츠 속으로 손을 넣어 가슴을 주물럭거렸다. 널찍한 댄스 플로어에는 대략 일흔 쌍의 커플이 서로 몸을 비비며 박자에 맞춰 춤을 추고 있었다. 지금 나오는 음악이 신나는 곡이라는 것도 알아차리지 못한 채로 그저 몸을 서로 비벼 대고 허리를 비비 꼬며 엉덩이를 더듬거나 입을 맞추고 있었다. 땀이 뺨 위를 흘러내리고, 겨드랑이 밑은 땀으로 동그랗게 젖어 있었다.

"아이고 *이제야* 가져왔구나."

잭이 다가가자 로리가 한숨 섞인 목소리로 말했다. 그녀가 잭을 위해 카운터 측면에 있는 경첩 달린 파티션을 젖혀 올렸다. 스모키는 카운터 중간쯤에서 글로리아의 쟁반에 진토닉과 보드카 사워, 그리고 오틀리 마을의 주류 중 유일한 맥주의 대항마인 블랙러시 안을 가득 채웠다.

잭은 랜돌프 스콧이 문을 밀고 나가는 것을 보았다. 그가 잭을 향해 흘긋 눈길을 던지자 그의 푸른 눈이 단번에 잭의 눈을 찾아냈다. 그는 가볍게 고개를 끄덕였는데, 꼭 이렇게 말하려는 것 같았다. *우리는 얘기를 나눌 거야. 두말하면 입 아프지. 어쩌면 우린 오틀리 터널에 있을 수도 있고, 없을 수도 있는 것에 대해 얘기할 거야. 그게 싫으면 소몰이 채찍이나 병든 어머니 얘기라도 상관없어. 어쩌면 네가 제니 카운티에 오래, 정말 정말 오래…… 머물게 되었다는 얘기를 할 수도 있지. 어쩌면 쇼핑 카트 때문에 울부짖는 노인이 될 때까지 있을지도 몰라. 어떻게 생각해, 재키?*

잭은 몸서리를 쳤다.

랜돌프 스콧은 잭이 몸을 떠는 것을 보았거나…… 아니면 느낀 것처럼 미소를 지었다. 그런 다음에는 탁한 공기 속에서 북적이는 사람들 속으로 사라져 버렸다.

바로 그때 스모키의 가늘지만 강력한 손가락이 잭의 어깨를 비틀었다. 언제나처럼 가장 아픈 곳을 더듬다가 급소를 찾아냈다. 그는 신경을 찾아내는 데 일가견이 있었다.

"잭, 좀 더 **빠릿빠릿하게** 움직여."

스모키의 목소리에 약간의 동정심이 스치는 듯했지만 손가락은 사정없이 움직이고 더듬고 파고들었다. 그의 숨결에서는 거의 항상 빨아 대는 분홍색 캐나다 민트 냄새가 났다. 우편 주문한 의치끼리 부딪힐 때면 딸깍거리는 소리가 났다. 의치가 이따금 어긋나면 그것을 훅 빨아들여 원래 자리로 되돌리는데 그때마다 추저분한 소리가 났다.

"좀 더 빠릿빠릿하게 움직이지 않으면 엉덩이에 불을 붙일 테다. 내 말 무슨 뜻인지 알겠지?"

"네, 알겠습니다."

신음이 나오려는 걸 참으며 잭이 대답했다.

"좋아, 알았으면 됐어."

그러나 그 짧은 찰나에도 스모키의 손가락은 훨씬 더 깊이 파고들어 신경의 급소를 격렬하고 열정적으로 눌러 잭에게 고통을 안겨 주었다. 잭은 마침내 신음 소리를 냈다. 스모키는 흡족하다는 듯 손가락을 떼었다.

"나랑 같이 이 술통을 들어 보자, 잭. 빨리 빨리 해야 해. 금요일 밤이야. 사람들은 술이 고프다고."

"토요일 새벽이에요."

잭이 얼빠진 소리를 했다.

"그게 그거지. 서둘러."

잭은 스모키와 함께 카운터 밑에 있는 사각형 받침대 위에 술통을 간신히 올려놓았다. 스모키의 마르지만 탄탄한 몸이 오틀리 주점 티셔츠 아래서 울뚝불뚝 비틀리고 있었다. 족제비같이 좁은 머리통에 얹힌 종이로 만든 튀김 전문 요리사 모자는 중력에 도전하려는 듯 앞쪽 가장자리가 왼쪽 눈썹에 닿았다 말았다 했다. 잭은 숨을 죽이고 스모키가 술통의 빨간색 플라스틱 브리더캡을 따는 모습을 지켜보았다. 술통은 평소보다 더 세차게 김빠지는 소리를 냈다…… 하지만 맥주 거품은 뿜어져 나오지 않았다. 잭은 몰래 안도의 한숨을 쉬었다.

스모키가 빈 술통을 잭을 향해 굴려 보냈다.

"창고에 다시 갖다 놔. 그런 다음엔 화장실을 청소하고. 오늘 오후에 했던 말 잊진 않았겠지?"

잭은 잊지 않았다. 3시 정각에 공습 사이렌 같은 호각 소리가 울려 퍼지자 잭은 너무 놀라 벌떡 일어섰다. 로리가 웃음을 터뜨리면서 말했다. *잭을 잘 살펴보세요, 스모키. 어쩌면 팬티에 오줌을 쌌을지도 모르니까요.* 스모키는 잔뜩 찌푸린 웃음기 없는 얼굴로 그녀를 쳐다보고는 잭에게 가까이 오라고 손짓했다. 그러고는 그 호각 소리는 오틀리 섬유 직물 공장의 급료일을 알리는 소리라고 알려 주었다. 도그타운 고무 공장의 호각 소리와 아주 흡사하다는 것도 말해 주었다. 그 회사는 해수욕에 필요한 완구와 고무풍선 인형과 '립스 오브 딜라이트' 같은 이름의 콘돔을 만드는 회사라고 했다. 곧 있으면 오틀리 주점이 발 디딜 곳도 없을 만큼 가득 찰 거라는 얘기도 했다.

"너와 나, 그리고 로리와 글로리아는 번개처럼 빠르게 움직여야해. 금요일에는 다들 10달러짜리 금화를 마구 뿌리니까 일요일부터 목요일까지 벌지 못한 것을 벌충해야 한단 말이지. 내가 술통을 대령하라고 말하면 채 말이 떨어지기도 전에 가져와야 해. 그리고 30분마다 대걸레를 가지고 남자화장실을 청소하는 것도 잊지 말고. 금요일 밤에는 15분마다 위장 속에 있는 것을 모조리 게워 내니까."

"여자화장실은 내가 맡을게."

로리가 끼어들었다. 그녀의 머리는 가늘고 구불구불한 금발이었고, 안색은 만화책에 나오는 흡혈귀처럼 하얬다. 감기에 걸렸는지 마약을 하는지 끊임없이 코를 킁킁거렸다. 잭은 감기일 것이라고 추측했다. 오틀리에 마약을 할 만큼 돈이 많은 사람이 있을지 의심스러웠다.

"여자화장실은 그나마 나은 편이거든. 그렇다고 깨끗한 건 아니지만."

"그만 닥쳐, 로리."

"당신이나 입조심해."

말이 끝나기도 전에 스모키의 손이 번개같이 날아갔다. 철썩 소리와 함께 로리의 창백한 뺨에 시뻘건 손바닥 자국이 생겼다. 마치 어린아이 뺨에 붙인 반짝이 스티커 같았다. 로리는 흐느끼기 시작했다……. 하지만 그녀의 눈빛에서 행복감이 엿보여 잭은 혼란스럽고 역겨운 생각이 들었다. 자신을 학대하는 것을 관심의 표시라고 믿는 여자의 표정이었다.

"척척 해치워야 해. 그래야 문제가 안 생길 테니까. 술통을 대령하라고 소리치면 재깍재깍 가져와. 30분마다 대걸레 들고 남자화장실로 가서 토한 거 치우고."

그때 다시 잭은 그만두고 싶다는 의사를 전했고 스모키는 여전히 일요일 오후쯤에 보내 주겠다는 허튼 약속을 되풀이했다…….

하지만 그 일을 생각한다고 해서 무슨 도움이 되겠는가?

이제 고함 소리는 더욱 커졌고 깍깍거리는 거친 웃음소리도 터져 나왔다. 의자가 부서지는 우두둑 소리에 섞여 고통을 호소하는 떨리는 비명도 들려왔다. 댄스플로어에서 주먹다짐이 벌어졌다. 오늘만 해도 벌써 세 번째였다. 스모키가 욕설을 하며 잭을 밀쳤다.

"저 술통 좀 치워."

빈 통을 수레에 싣고 불안한 눈으로 랜돌프 스콧을 찾으며 뒷걸음으로 문으로 다가갔다. 군중 속에 섞여 싸움을 구경하는 그 사내를 발견하자 조금 안심이 되었다.

빈 통을 창고로 가져가 빈 술통들을 실어 갈 수 있도록 모아 놓는 곳에 내려놓았다. 오늘 밤 업다이크의 오틀리 주점은 벌써 여섯 통의 맥주를 비웠다. 술통을 내려놓고 혹시나 배낭이 없어지지 않았는지 다시 확인했다. 한순간, 가방을 잃어버린 줄만 알고 가슴이 철렁 내려앉았다. 마법 주스가 안에 들었을 뿐만 아니라 이쪽 세계에서 1달러짜리 은화로 변한 테러토리의 동전이 들어 있었기 때문이다. 이마에 땀이 맺혔다. 그는 오른쪽으로 움직여 옆 술통 사이를 더듬어 보았다. 배낭이 손에 닿았다. 녹색 나일론 배낭 속 스피디의 마법 주스 병이 만져졌다. 심장 박동은 안정되어 갔지만 아슬아슬하게 위기를 모면한 것처럼 다리가 뻣뻣하고 후들거렸다.

남자화장실은 엉망진창이었다. 이른 저녁이었다면 속이 울렁거려 토했을 것이다. 하지만 이제는 실제로 악취에 익숙해진 것 같았다……. 어쨌든 최악인 건 변함없었다. 뜨거운 물을 길어 와 코멧 세제를 뿌리고 거품 난 막대 걸레로 이루 말할 수 없이 지저분한 바닥을 앞뒤로 문질러 닦았다. 하지만 머릿속으로는 이미 지난 이틀 동안의 일을 되새기고 있었다. 덫에 걸린 다리를 정성껏 핥는 동물처럼 잭도 곰곰이 생각에 잠겼다.

3

잭이 처음 오틀리 주점 안으로 들어섰을 땐 너무 어둡고 우중충해서 아무도 없는 것 같았다. 주크박스를 비롯해 핀볼 머신과 스페이스 인베이더 게임은 모두 플러그가 뽑혀 있었다. 유일한 빛은 카운터 위쪽 부쉬 맥주 디스플레이에서 나오는 것이 전부였다. 두 개의 산봉우리 사이에 붙들린 듯한 디지털 시계는 기이한 UFO처럼 보였다.

설핏 미소를 지으며 안으로 걸어 들어갔다. 카운터로 다가가는데 뒤쪽에서 무뚝뚝한 소리가 들렸다.

"여긴 술집이야. 미성년자 출입금지라고. 너, 바보야? 어서 꺼져."

깜짝 놀라서 펄쩍 뛸 뻔했다. 그때 잭은 주머니에 있는 돈을 만져 보며 이것도 골든스푼에서 그랬던 것처럼 곧 다 써 버리겠구나 생각하고 있었다. 잭은 카운터에 앉아 먹을 것을 시킨 뒤 일자리가 있는지 물어보려던 참이었다. 자기 같은 미성년자에게 일을 시키는 것은—부모나 법적 후견인이 서명한 취업 허가증이 없는 경우—불법이었지만 그것은 다시 말해 최저임금보다 싸게 주고 일을 시킬 수 있다는 뜻이기도 했다. 아주 싸게. 그러면 흥정이 시작되고 대개는 '무슨 사연인지 2탄: 잭과 못된 의붓아버지' 얘기로 넘어가곤 했다.

몸을 돌리자 부스에 홀로 앉아 있는 사내가 보였다. 사람을 업신여기는 듯한 쌀쌀맞고 경계하는 눈으로 잭을 바라보고 있었다. 마른 몸이었지만 흰색 셔츠와 목덜미를 따라 울뚝불뚝한 근육이 엿보였다. 헐렁한 흰색 주방장 바지 차림에, 종이로 만든 주방장 모자는 왼쪽 눈썹에 걸려 있었다. 두상은 족제비처럼 좁았고 짧은 커트 머리는 가장자리에 흰머리가 엿보였다. 커다란 양손 사이에는 수북한 송장과 텍사스 인스트루먼트 계산기가 놓여 있었다.

"구인광고를 보았거든요."

말을 꺼내긴 했지만 이젠 기대는 하지 않았다. 어차피 이 사내는 잭을 고용하지 않을 것이고 잭도 이 사내가 그다지 내키지 않았다. 좀 야비한 인상이었다.

"봤어? 학교를 땡땡이치기 전에 읽는 법은 좀 배운 모양이군."

부스 안 사내는 탁자에 놓여 있던 필리스 퀼런갑을 털어 한 개비를 꺼냈다.

"술집인 줄은 몰랐어요."

문 쪽으로 한 발짝 물러서며 잭이 말했다. 지저분한 유리창을 통과한 햇빛이 생기를 잃고 바닥에 떨어졌다. 마치 오틀리 술집만 다른 차원에 속한 듯한 느낌이었다.

"전 사실 여기가…… 그러니까, 음식점 같은 데인 줄 알았어요. 그만 가 볼게요."

"이리 좀 와 봐."

사내의 갈색 눈동자가 잭을 주시하고 있었다.

잭은 초조해하며 말했다.

"아뇨, 저기요, 괜찮습니다, 전 그냥……"

"이리 와서 앉으라니까."

사내는 엄지손톱으로 성냥을 켜서 담뱃불을 붙였다. 종이 모자 위에 앉아 다리를 비비던 파리가 윙윙거리며 어둠 속으로 날아갔다. 사내의 눈은 여전히 잭을 향하고 있었다.

"잡아먹지 않을 테니 이리 와."

잭은 슬금슬금 부스 쪽으로 다가갔다. 잠시 후 사내 맞은편으로 미끄러져 들어가 앉은 다음 양손을 무릎 위에 공손히 올려놓았다. 그로부터 60시간 뒤, 새벽 12시 30분에 머리카락이 땀에 젖어 눈앞에 흘러내린 상태로 남자화장실을 걸레질하며 잭은 자신이 덫에 걸리게 된 건 어리석은 자신감 때문이 아닐까 생각했다. 아니, 자신감 *때문이었다.*(나중에 깨달은 것이지만 스모키 업다이크의 맞은편에 앉은 순간에 이미 덫에 걸린 것이었다.) 파리지옥은 잎을 닫아 불운한 곤충을 포획한다. 식충식물은 달콤한 향기와 죽음에 이르게 하는 매끄럽고 반들반들한 꽃잎으로 덫을 놓고 기다린다, 어느 어리석은 곤충이 윙윙거리며 날아 내려와 안으로 들어오길, 그리하여 식충식물이 모아 놓은 빗물에 빠지길……. 오틀리의 식충식물에는 빗물 대신에 맥주가 가득했다. 그게 유일한 차이점이었다.

그때 도망쳤더라면…….

하지만 도망치지 않았다. 아마도 사내의 시선을, 그 차가운 갈색 눈동자를 견뎌 낼 수만 있다면 여기서 일할 수 있을 거라고 생각한 것 같았다. 오번에 있는 골든스푼 회사를 운영하는 미넷 반베리 부인은 잭한테 아주 상냥했다. 심지어 잭이 떠날 때에는 그를 꼭 안아 주고 볼에 뽀뽀해 주었을 뿐만 아니라 두툼한 샌드위치를 세 개나 싸 주었다. 하지만 잭은 그것에 속지 않았다. 상냥하게 대하고 약간의 친절을 베풀어 줄 수는 있어도 이윤을 추구하는 냉혹한 셈법이나 심지어 노골적인 욕심까지 감출 수는 없는 법이다.

뉴욕주의 최저임금은 시간당 3달러 40센트였다. 이 정보는 법에 의해 골든스푼 주방에 붙은 영화 포스터 크기의 밝은 분홍색 종이에 적혀 있었다. 하지만 잭이 보기에, 즉석요리 전문 요리사는 영어를 잘 못하는 아이티인으로 불법체류자가 분명했다. 그는 즉석요리 전문가답게 감자나 조개구이를 제때 튀김기에서 꺼냈다. 웨이트리스로 반베리 부인을 거들고 있는 소녀는 예쁘지만 멍했는데, 로마에서 정신지체아를 위한 외부 취업 프로그램의 일환으로 일하러 와 있었다. 이런 경우 최저임금은 적용되지 않는다. 이 정신지체 소녀는 혀짤배기소리로 1달러 25센트나 받는다고 천진스레 감탄했다. *한 시간 일할 때마다 받고, 전부 다 그녀가 가질 수 있다는 것이다.*

잭은 1달러 50센트를 받았다. 나름 흥정을 한 결과였는데, 반베리 부인이 곤란한 처지가 아니었더라면 — 설거지 담당자가 바로 그날 아침 일을 그만둔 참이었다. 커피 타임을 갖겠다며 나가 다시는 돌아오지 않았다. — 어림도 없는 일이었다. 1달러 25센트를 받든지, 싫으면 다른 곳을 알아보라고 했을 터였다. 여기는 자유 국가니까.

자신도 모르게 새로운 자신감의 일부가 된 냉소에 젖어 생각했다. 여기 또 다른 반베리 부인이 있다. 여성이 아니라 남성이고, 할머니처럼 푸근하지 않고 마르고 근육질 몸매이고, 미소 대신 심술 궂지만, 반베리 부인과 한 치도 다를 게 없다.

"일자리를 찾는다고?"

흰색 바지에 종이 모자를 쓴 사내가 바닥에 '카멜'이라고 돋을새김된 낡은 재떨이에 시가를 내려놓았다. 파리가 발을 비비던 것을 멈추고 날아갔다.

"네, 그렇지만 말씀하신 대로 여기는 술집이라서……."

잭의 가슴속에서 또다시 불안감이 요동쳤다. 갈색 눈동자와 누런 각막을 보자 심란해졌다. 그것은 예전부터 잭 같은 떠돌이 생쥐를 수도 없이 다뤄 본 노회한 고양이의 눈이었다.

"그래, 여긴 내 가게야. 난 스모키 업다이크라고 한다."

스모키가 손을 불쑥 내밀며 말했다. 놀란 잭이 악수를 했다. 그의 손은 잭의 손을 아플 만큼 힘주어 잡았다. 이윽고 힘은 뺐지만…… 손을 놓지는 않았다. 스모키가 말했다.

"그래서?"

"네?"

잭은 자신이 얼빠지고 약간 겁먹은 목소리로 대답했다는 것을 알아차렸다. 아니, 그는 얼이 빠지고 겁먹은 *상태*였다. 그는 업다이크가 손을 놓아주기만 기다렸다.

"상대가 자기소개를 하면 너도 자기소개를 해야 한다고 부모님이 안 가르쳐 주시던?"

예상치 못한 질문이라 잭은 저도 모르게 골든스푼에서 사용했던 이름 대신에 진짜 이름을 댈 뻔했다. 골든스푼에서 쓴 이름은 히치하이크를 할 때부터 사용해 왔던 것으로, 잭이 '거리의 이름'으로 삼은 것은 루이스 파렌이었다.

"잭 소…… 아…… 소텔입니다."

이름을 말한 뒤에도 업다이크는 잭의 손을 놓지 않았고 갈색 눈동자도 흔들림이 없었다. 한동안 그러고 난 뒤에야 업다이크는 손을 놓았다.

"잭 소…… 아…… 소텔이라고? 전화번호부에서 제일 빌어먹게 긴 이름이겠네, 꼬마야?"

잭은 얼굴이 확 달아올랐으나 아무 말도 하지 않았다.

"몸집이 그리 크진 않구나. 40킬로그램짜리 술통을 굴려 손수레에 올릴 수 있겠니?"

"네, 할 수 있을 것 같습니다."

실제로 할 수 있는지 어떤지는 생각해 보지 않고 대답해 버렸다. 어쨌거나 큰 문제 같지는 않았다. 이처럼 한가한 곳에서는 아마도 탭에 연결된 술통의 김이 다 빠져야 새 걸로 바꾸지 않을까 싶었다.

잭의 마음을 읽은 것처럼 업다이크가 말을 이었다.

"그래, 지금은 여기에 아무도 없어. 하지만 네댓 시부터는 제법 바빠질 거야. 그리고 주말이면 이곳은 말 그대로 초만원을 이룬단 말이다. 그때가 네가 제대로 돈값을 할 때라고, 잭."

"글쎄요, 잘 모르겠는데, 급료는 얼마인가요?"

"시간당 1달러. 맘 같아서는 더 주고 싶지만……."

스모키가 어깨를 으쓱하고 전표 더미를 두드려 보였다. 심지어는 살짝 미소까지 지었다. 마치 이렇게 말하는 듯했다. *너도 봐서*

알겠지만, 꼬마야. 오틀리는 태엽 감는 것을 잊어버린 싸구려 회중 시계처럼 정체된 곳이야. 1971년부터 계속 태엽이 풀려 있었거든.

하지만 스모키의 눈은 웃고 있지 않았다. 그의 눈동자는 잭의 얼굴을 쥐를 노리는 고양이처럼 꼼짝도 않고 바라보고 있었다.

"이런, 그건 좀 너무 싼 것 같은데요."

잭은 천천히 말했지만 머릿속은 전광석화처럼 돌아가고 있었다.

오틀리 주점은 무덤이었다. 바에는 맥주를 찔끔찔끔 마시며 텔레비전으로 드라마 「제너럴 호스피털」을 보는 늙은 주정뱅이 하나 없었다. 오틀리에서는 자가용에서 술을 마시곤 그것을 술집이라고 부르는 모양이었다. 일이 훨씬 더 고되다면 1달러 50센트도 많은 돈은 아니지만 이런 가게에서 시간당 1달러라면 일은 어렵지 않을 것이다.

"그래, 너무 싸지."

스모키는 동의하고는 다시 계산기를 두드리기 시작했다. 받을 테면 받고 싫으면 그만두라는 투였다. 협상은 어려울 것 같았다.

"괜찮을 것 같네요."

"좋아. 그렇다면 잘됐군. 하지만 한 가지 더 분명히 해 둘 게 있어. 너 어디서 도망쳐서 누군가한테 쫓기고 있는 거냐? 네가 쫓기고 있다면 잘못하다간 나까지 쪽박 찰 수 있단 말이다."

갈색 눈동자는 여전히 송곳처럼 잭을 쏘아보고 있었다.

그런다고 기가 죽을 잭이 아니었다. 잭이 세상에서 제일 영리한 소년은 아닐지 몰라도 잠재적인 고용주에게 들려줄 그럴싸한 이야기 없이는 길거리에서 오래 버티기 어렵다는 것 정도는 알았다. '무슨 사연인지 2탄: 못된 의붓아버지'를 들려줄 차례였다.

"버몬트의 작은 마을에서 살고 있었어요. 펜더빌이라는 마을이죠. 엄마와 아빠는 2년 전에 이혼했어요. 아빠는 저를 키우려고 애를 쓰셨지만 판사는 엄마한테 제 양육권을 주었어요. 다들 그렇게 하잖아요."

"그래. 다들 그렇게 하지."

업다이크는 다시 전표 앞으로 가서 휴대용 계산기에 코를 박고 일을 하느라 코가 계산기에 닿을 정도였다. 하지만 사내가 자신의 얘기에 귀를 기울이고 있다는 것을 잭은 알 수 있었다.

"아빠는 시카고로 가셔서 어느 공장에 나가게 되셨어요. 거의 매주 저한테 편지를 쓰셨지만 작년에 오브리한테 호되게 당하고 나서는 다시 오지 않으셨어요. 오브리는……"

"의붓아버지겠지."

업다이크가 말을 내뱉자 아주 잠깐 잭의 눈이 가늘어지면서 애초부터 갖고 있던 불신감이 다시 고개를 들었다. 그의 말투에서 동정심이라고는 손톱만큼도 찾아볼 수 없었다. 동정은커녕 오히려 조롱하는 것 같았다. 잭의 얘기가 처음부터 끝까지 꾸며 낸 거짓말이라는 것을 다 알고 있다는 투였다.

"네, 맞아요. 엄마는 1년 반 전에 그 남자와 결혼했어요. 그런데 그 사람이 날 자꾸 때리지 뭐예요."

"안됐구나, 잭. 아주 슬퍼."

이제 업다이크가 고개를 들었다. 그의 눈은 가소롭다는 듯, 못 믿겠다는 듯 그를 쏘아보고 있었다.

"그럼 이제 샤이타운(시카고의 별칭 — 옮긴이)에 있는 아버지를 찾아가서 오래오래 행복하게 살게 되겠구나."

"그럼요. 그렇게 되어야죠."

그때 불현듯 묘안이 떠올랐다.

"제가 아는 거라곤 *진짜* 아빠라면 제 목을 장롱에 매달지 않을 거라는 거지요."

티셔츠의 목 부분을 끌어당겨 상처 자국을 보여 주었다. 지금은 많이 흐려지기는 했지만 골든스푼에서 일할 때만 해도 흉측한 자주색 상처가 선명했다. 다만 그곳에서는 그걸 드러낼 일이 없었을 뿐이다. 그것은 물론 저쪽 세계에서 잭의 목을 졸라 죽일 뻔했던 나무뿌리가 남긴 상처였다.

스모키 업다이크의 눈이 마치 큰 충격이라도 받은 듯 놀라 휘둥그레진 것을 보자 잭은 마음이 흡족해졌다. 스모키가 상처를 보려고 고개를 숙이는 바람에 분홍색 전표와 노란색 전표 몇 장이 바닥에 떨어졌다.

"이런 *젠장맞을*, 꼬마야, 의붓아버지가 한 짓이니?"

"이래서 같이는 못 살겠다 결심했던 거예요."

"이제 그가 나타나서 도난당한 자동차나 오토바이나 지갑, 아니면 마리화나를 내놓으라고 하는 건 아니겠지?"

잭은 고개를 저었다.

스모키는 잠시 더 잭을 노려보더니 계산기를 끄고 말했다.

"나랑 같이 창고에 가 보자, 꼬마야."

"무슨 일인데요?"

"네가 진짜로 술통을 굴릴 수 있는지 보게. 내가 필요하다고 말할 때마다 술통을 대령해 올 수 있으면 일거리를 주마."

4

스모키는 잭의 시범에 만족했다. 잭은 커다란 알루미늄 술통을 비스듬히 세우고 술통 바닥 가장자리로 살살 굴려서 손수레 짐칸에 올렸다. 그것도 아주 수월하게 해냈다. 술통을 떨어뜨려 코에 한 방 먹은 것은 그다음 날의 일이었다.

"나쁘진 않군. 이 일을 하기에는 몸집이 작아서 배에 구멍이 날지도 모르지만 그건 네가 알아서 해라."

일은 정오부터 새벽 1시까지("어떻게 해서든 네가 버틸 수 있을 때까지.") 하기로 하고, 급료는 매일 밤 영업이 끝난 뒤 바로바로 현금으로 주겠다고 업다이크가 말했다.

두 사람이 다시 가게로 돌아오자 로리가 기다리고 있었다. 군청색 농구 반바지를 입고 있었는데 노출이 너무 심해서 레이온 팬티 가장자리가 보일 정도였다. 위에는 바타비아 매머드 마트에서 산 게 분명한 민소매 블라우스를 입고 있었다. 숱이 적은 금발을 뒤로 넘겨 플라스틱 머리핀으로 묶은 채 펠맬 담배를 피우고 있었는데, 끝이 침에 젖고 립스틱 자국이 묻어 있었다. 가슴 사이에서 커다란 은십자가 목걸이가 달랑거리고 있었다. 스모키가 잭을 소개했다.

"이쪽은 잭이야. 창문에 붙여 놓은 구인광고 간판을 내려도 돼."

로리가 말했다.

"도망가라, 꼬마야, 아직 늦지 않았으니까."

"그 입 좀 닥쳐."

"다물게 해 보시지."

업다이크는 로리의 엉덩이를 찰싹 쳤는데, 그건 사랑의 표시가 아니라 로리가 완충재를 댄 카운터 구석에 나가떨어질 정도로 거칠었다. 잭은 눈을 깜박이며 오스먼드가 채찍을 휘두를 때 난 소리를 떠올렸다.

"잘났어."

로리가 중얼거렸다. 눈가에는 눈물이 글썽거렸다……. 하지만 으레 이런 일이 벌어질 걸 알았던 것처럼 만족스러운 표정이기도 했다.

잭이 처음에 느낀 불안감이 더 분명하고 뚜렷해졌다……. 이제는 섬뜩할 정도였다.

"우리를 귀찮게 하지만 않으면 아무 일도 없을 거야, 꼬마야."

로리가 잭을 지나쳐 창문에 붙은 간판 쪽으로 가며 말했다.

"애는 이름이 잭이야, *꼬마*가 아니라."

스모키는 이렇게 말하고는 잭과 '면접'을 본 부스로 되돌아가 전표를 주워 모으기 시작했다.

"어린애들은 빌어먹을 새끼 염소 같다니까. 학교에선 그런 것 안 가르치던? 꼬마에게 햄버거 두 개를 만들어 줘. 4시부터 일해야 하니까."

로리는 이런 일에 이력이 난 사람처럼 창문에서 구인광고 간판을 떼어 주크박스 뒤에 집어넣었다. 그러고는 잭을 지나치며 윙크를 했다.

전화벨이 울렸다.

세 사람 모두 갑작스러운 새된 전화벨 소리에 화들짝 놀라 전화기를 바라보았다. 아주 잠깐 동안 잭의 눈에는 전화기가 벽에 붙은 검은색 민달팽이처럼 보였다. 마치 시간이 정지한 듯한 기이한 순간이었다. 그동안 잭은 로리의 얼굴이 얼마나 창백해졌는지 알아볼 수 있었다. 그녀의 얼굴에서 유일한 색깔은 사라져 가는 청춘의 심벌인 여드름 자국의 붉은색뿐이었다. 한편 스모키의 얼굴도 살펴볼 여유가 있었는데, 그의 얼굴에는 비밀스럽게 감추어 두었던 잔인한 면모가 드러나 있었고, 기다란 손에는 울룩불룩한 핏줄이 곤두서 있었다. 전화기 위에는 노란 표지판에 '통화는 3분 이내'라고 쓰여 있었다.

고요한 가운데 전화벨이 지칠 줄 모르고 울부짖고 있었다.

잭은 갑자기 겁에 질렸다. *나한테 걸려온 전화야. 장거리 전화…… 아주 멀리서 걸려온 장거리 전화.*

"전화 받아, 로리, 뭐냐, 너 바보냐?"

로리가 전화기로 다가갔다.

"오틀리 주점입니다."

로리가 힘없이 떨리는 목소리로 전화를 받고는 수화기에 귀를 대고 있다가 말했다.

"여보세요? 여보세요……? 뭐래, 짜증나게."

로리가 쾅 소리를 내며 수화기를 내려놓았다.

"아무 소리도 안 들렸어. 어린애 짓이겠지. 때때로 장난전화를 하거든. 어떤 햄버거를 만들어 줄까, 꼬마야?"

"잭이라니까!"

업다이크가 소리 질렀다.

"잭, 알았어, 알았다고, 잭. 어떤 햄버거를 만들어 줄까?"

잭이 로리에게 미디움으로 해 달라고 말하자 금세 갈색 머스터드와 버뮤다 양파를 곁들인 따끈따끈한 햄버거가 나왔다. 잭은 게걸스럽게 햄버거를 먹어 치운 뒤 우유를 마셨다. 배가 불러오자 불안감도 눈 녹듯 사라졌다. 로리가 어린애들 장난전화라고 말했지만, 여전히 잭의 눈은 때때로 전화기에 머물렀다. 의구심을 떨칠 수가 없었다.

5

4시 정각이 되자 마치 텅 비었던 주점이 잭을 낚기 위해 꾀를 쓴 무대 장치였던 것처럼 ― 마치 순진해 보이는 외양과 향긋한 냄새로 벌레를 유인하는 식충식물처럼 ― 작업복을 입은 10여 명의 노동자가 어슬렁거리며 문을 열고 들어왔다. 로리는 주크박스와 핀볼 머신, 스페이스 인베이더 게임의 플러그를 꽂았다. 그들 중 몇 명은 스모키한테 우렁찬 목소리로 인사를 했고, 스모키는 그에 대한 응답으로 우편 주문한 커다란 틀니를 살짝 드러내며 웃어 보였다. 대부분은 맥주를 주문했고 두세 명이 블랙러시안을 주문했다. 그들 중 한 명 ― 분명히 페어 웨더 클럽에 있던 사내라고 잭은 거의 확신했다. ―은 주크박스에 25센트짜리 동전 몇 개를 넣고 미키 질리와 에디 래빗, 웨일런 제닝스(모두 미국의 유명 컨트리 음악 가수들이다. ―옮긴이) 등의 노래를 틀었다. 스모키는 잭더러 창고에 가서 대걸레와 양동이, 고무청소기를 가져와 밴드 스탠드 앞의 무도장 바닥을 닦으라고 지시했다. 한구석에 버려진 채 금요일 밤이 와서 제니 밸리 보이스를 만나기만을 기다려 온 밴드 스탠드였다. 댄스 플로어가 마르면 바로 그 위에 플레지 바닥 광택제를 바르라고도 했다.

"네가 웃는 얼굴이 바닥에 비쳐야 일이 다 끝난 거다."

스모키가 말했다.

6

이렇게 해서 잭은 업다이크 오틀리 주점에서 일하기 시작했다.

네댓 시부터는 정신없이 바빠질 거다.

스모키가 거짓말을 한 건 아니었다. 잭이 먹어 치운 햄버거 접시를 치우고 일을 시작할 때까지도 가게는 한산했다. 하지만 6시 정각이 되었을 땐 줄잡아 50여 명이 들어차 있었다. 건장한 체격의 웨이트리스 글로리아가 단골 손님들과 목청을 높여 얘기를 나누었다. 글로리아는 로리와 함께 와인 몇 병과 다량의 블랙러시안과 산 더미 같은 맥주를 날랐다.

잭은 부쉬 맥주통 외에도 연신 병맥주 상자를 꺼내어 날랐는데, 버드와이저는 물론 지방 특산 맥주인 제네시와 유티카 클럽, 롤링 록 등이 산더미처럼 쌓여 있었다. 손에는 물집이 잡히고 허리도 쑤시기 시작했다.

맥주 상자를 가지러 창고에 다녀오거나 "잭, 맥주통 대령해."(이 말에는 본능적으로 두려움을 느끼게 하는 뭔가가 있었다.)라는 고함 소리에 창고로 다녀오는 짬짬이 대걸레와 플레지 광택제를 들고 댄스 플로어로 돌아가 바닥을 닦았다. 한번은 빈 맥주병이 날아와 머리를 스쳤는데 겨우 이삼 센티미터 차이였다. 잭이 몸을 숙여 피했지만 심장이 벌렁벌렁 두근거렸다. 병은 벽에 부닥쳐 산산조각이 났다. 스모키는 입 벌린 악어처럼 의치를 드러내고 커다랗게 억지웃음을 지으며 그 취객을 내쫓아 버렸다. 잭이 창밖을 내다보니 그 취객은 주차 미터기에 세게 부딪치는 바람에 주차 미터기에 붉은색 '위반' 표시가 떴다.

"잭, 어떠냐? 빗나간 거지? 어서 유리 조각을 치워!"

스모키가 카운터에서 초조하게 소리쳤다.

스모키는 30분 뒤 잭을 남자화장실로 보냈다. 조 파인(미국의 유명 토크쇼 진행자로 옆머리를 바짝 친 짧은 커트 머리를 주로 했다.—옮긴이)처럼 머리를 커트한 중년 사내가 얼큰하게 취해 얼음을 부어 둔 두 개의 소변기 중 한쪽에 서서 한 손으론 벽을 잡아 몸을 버팅기고 다른 손으로는 포경수술을 안 한 커다란 음경을 휘두르고 있었다. 쩍 벌린 작업화 신은 두 발 사이로 토해 놓은 토사물 웅덩이에서는 김이 모락모락 나고 있었다.

"깨끗이 닦아 놓아라, 꼬마야."

사내가 비틀거리며 문 쪽으로 향하다 불쑥 등을 탁 치는 바람에 잭은 넘어질 뻔했다.

"사나이라면 모름지기 길을 비킬 줄 알아야지, 그렇지?"

문이 닫히기를 기다릴 때까지는 어떻게 참았지만 더 이상은 목구멍을 통제할 수 없었다.

간신히 주점의 유일한 칸막이 화장실에 들어갔으나 마지막 손님이 물을 내리지 않아 구역질나는 흔적을 두 눈으로 대면하게 되었다. 저녁에 먹은 것을 남김 없이 토해 내고도 잠깐 숨을 고른 뒤 다시 한 번 토했다. 떨리는 손으로 물을 내렸다. 웨일런과 윌리 넬슨이 텍사스 루켄바흐(텍사스 오스틴 근처의 작은 마을로 유서 깊은 댄스홀과 공연장 등이 있는 컨트리 음악의 명소이다. ― 옮긴이)에 대해 노래하는 소리에 벽이 둔탁하게 울렸다.

불현듯 엄마의 얼굴이 눈앞에 떠올랐다. 어떤 영화에서보다도 아름다운, 크고 검은 눈망울에 슬픔이 깃들어 있었다. 알람브라 호텔 방에 홀로 앉아 있는 엄마의 모습이 눈에 선했다. 옆에는 엄마가 잊어버리고 재떨이에 올려 둔 담배가 타고 있다. 엄마는 울고 있다. 잭을 위해 울고 있는 것이다. 가슴이 너무 아팠다. 엄마가 그리워서, 엄마가 보고 싶어서 죽고 싶은 심정이었다. 터널에 아무것도 없고, 남자한테 맞아 울면서 그걸 사랑이라 여기는 여자도 없고, 소변을 보는 동안 자신의 발밑에 토해 놓는 남자도 없는, 그런 삶으로 돌아가고 싶었다. 엄마한테 돌아가고 싶었고 서쪽으로 향하는 이 끔찍한 여정에 발을 들여놓게 한 스피디가 미워서 견딜 수가 없었다.

바로 그 순간 잭에게 혹시라도 남아 있었을지 모를 자신감마저 완전히 무너져 버렸다. 완전히, 영원히 잃어버린 것이었다. 마침내 저 아래 깊은 곳에 숨어 있던 울부짖는 어린아이의 광포한 울음이 터져 올라오며 이성적으로 생각하려는 노력은 무력해져 버렸다. *엄마가 보고 싶어요 하느님 제발요 엄마가 너무 보고 싶어요……*.

잭은 다리가 물에 젖은 채 휘청휘청 화장실 밖으로 나오며 생각했다. 좋아 이제 다 끝났어 스피디 할아범은 엿이나 먹으라지 이 몸은 집으로 돌아갈 테니. 할아범이 뭐라고 하건 돌아갈 거라고. 그 순간만은 엄마가 죽어 가고 있을지 모른다는 현실에도 무감각했다. 그 순간, 말로 다 표현할 수 없는 고통이 밀려온 바로 그 순간, 잭의 머릿속에는 오직 잭 자신뿐이었다. 포식자에게 쫓기는 먹잇감처럼, 사슴이나 토끼, 날다람쥐, 얼룩다람쥐처럼, 무의식중에 오직 자신에게 닥친 일만 생각하고 있었다. 그 순간 만약, 만약에 엄마가 자신을 끌어안으며 잘 자라고 뽀뽀해 주고 침대에서 트랜지스터를 들으면 안 된다거나 이불 속에서 회중전등만 켜고 밤새도록 책을 읽으면 안 된다고 잔소리를 해 줄 수만 있다면 엄마가 암이 폐 밖으로 넓게 전이되어 죽게 된다 해도 아무렇지도 않을 것 같았다.

손으로 벽을 짚고 서 있다 보니 조금씩 정신이 돌아오기 시작했다. 이렇게 침착성이 회복된 것은 의도적인 노력에 의한 것은 아니고 다만 필 소여와 릴리 카바노에게 물려받은 근성 같은 것이리라. 그렇다, 그는 실수를 저질렀지만 다시는 같은 잘못을 되풀이하지 않을 것이다. 테러토리가 실재하듯 부적도 실재할 것이다. 자신의 나약함으로 인해 엄마를 저버리는 일은 결코 없을 것이다.

잭은 창고 수도꼭지에서 양동이에 뜨거운 물을 가득 받아다가 오물을 말끔히 청소해 놓았다.

다시 나와 보니 10시 30분경이었다. 주점의 손님도 제법 줄어 있었다. 오틀리는 노동자의 마을이기에 주정뱅이라 하더라도 주중엔 일찍 집에 돌아가는 것이다.

로리가 말을 붙였다.

"잭, 안색이 안 좋구나. 괜찮니?"

"진저에일 좀 마셔도 될까요?"

로리가 진저에일을 가져다주자 잭은 그것을 조금씩 마시면서 댄스 플로어에 왁스칠을 끝냈다. 11시 45분에 스모키가 창고에 가서 '술통을 대령'하라고 지시해서 간신히 가져왔다. 12시 45분에 스모키가 영업이 끝났다고 소리를 지르며 손님들을 내보냈다. 로리가 주크박스의 플러그를 뽑자 딕 컬리스(1960년대 인기를 끈 컨트리 음악 가수 — 옮긴이)의 노래가 신음 소리처럼 길게 늘어지다 잦아들었다. 몇몇 손님이 으레 하듯이 투덜거리며 항의했다. 글로리아가 게임기의 플러그를 뽑고 스웨터(스모키가 늘 먹는 캐나다 민트 같고, 스모키의 의치에 붙은 잇몸 같은 분홍색 스웨터였다.)를 입고 퇴근했다. 스모키는 불을 끄고 아직 남아 있는 네댓 명의 술꾼들을 마저 쫓아내 버렸다.

"좋아, 잭. 아주 잘했어. 물론 고칠 점은 있지만 처음치고는 그만하면 된 거지, 이제 그만 창고에 가서 자도 좋아."

급료를 달라고 요구하는 대신(어쨌든 스모키는 급료를 주겠다는 말은 하지 않았다.) 비틀거리며 창고로 들어갔다. 녹초가 되어 버린 잭의 모습은 마지막까지 버티다 나간 술꾼의 축소판 같았다.

창고에 들어가 보니 로리가 한쪽 구석에 웅크리고 있었다. 그 자세 때문에 농구용 반바지가 아슬아슬한 부위까지 올라가 있었다. 잠시 잭은 그녀가 자신의 배낭을 뒤진 것은 아닌지 슬그머니 걱정되었다. 그때 로리가 삼베로 된 사과 자루 위에 담요 두어 장을 깔고, 한쪽 옆에 '뉴욕 세계 박람회'라고 쓰인 새틴 베개를 가져다 놓았다.

"네가 잠잘 자리란다, 꼬마야."

"고마워요."

단지 무심코 베푼 친절이었지만 눈물이 나오려는 걸 간신히 참았다. 대신 미소를 지으며 다시 감사 인사를 했다.

"고마워요, 로리."

"별말을. 여기 있으면 잘 지낼 수 있을 거야, 잭. 스모키는 그리 나쁜 사람이 아니야. 지내다 보면 절반만 나쁜 사람이라는 걸 알게 될 거야."

로리는 마치 그것이 사실이기를 바라는 사람처럼 무의식중에 안타까운 마음을 드러냈다.

"저도 그렇게 생각해요."

잭은 그렇게 대답하고 충동적으로 덧붙였다.

"하지만 전 내일 떠날 거예요. 오틀리는 저한테 맞지 않는 것 같아서요."

"떠날 수도 있지, 잭……. 한동안 있겠다고 마음을 고쳐먹을 수도 있고. 자면서 생각해 보지 그러니?"

이 짧은 대화에는 뭔가 억지로 하는 듯한 부자연스러운 점이 있었다. 그녀의 웃음에서 아까 *네가 잠잘 자리란다, 꼬마야*라고 말할 때 보였던 순수함은 찾아볼 수 없었다. 잭은 그것을 알아차렸지만 너무 지쳐서 더 이상 아무 생각도 할 수 없었다.

"그럼, 내일 봐요."

"물론이지."

로리는 문으로 걸어간 다음 더러운 손바닥에 키스를 불어 날려 보냈다.

"잘 자라, 잭."

"안녕히 주무세요."

셔츠를 벗으려다가…… 셔츠는 그만두고 운동화만 벗기로 했다. 창고는 춥고 냉랭했기 때문이다. 사과 자루 위에 앉아서 매듭을 풀고 자루를 눌러 사과를 하나씩 두 개 빼냈다. 이제 로리가 준 뉴욕 세계 박람회 기념 베개 위에 누우면, 머리가 베개에 닿기도 전에 곯아떨어질 터였다. 그런데 바로 그때 주점에 전화벨이 울렸다. 조용한 주점을 흔들어 *깨울* 것처럼 날카로운 전화벨 소리에 잭은 꿈틀거리는 창백한 회색 나무뿌리와 오스먼드의 채찍과 머리가 둘인 망아지를 떠올렸다.

따르릉, 따르릉, 따르릉, 죽은 듯이 조용한 주점 안에 벨소리가 울려 퍼진다.

따르릉, 따르릉, 따르릉, 장난전화를 할 만한 녀석들은 이미 잠자리에 들었을 시간이다. 따르릉, 따르릉, 따르릉, *안녕, 재키. 나는 모건이야. 내 숲에서 너를 느꼈어, 요 앙큼한 녀석아. 내가 숲속에서 네 냄새를 맡았는데, 어떻게 너희 세계에서 안전하리라는 생각을 할 수 있지? 내 숲은 거기에도 있는데. 마지막 기회야, 재키. 집으로 돌아가, 아니면 내가 군대를 보낼 테니까. 너는 선택의 여지가 없어. 너는…….*

잭은 벌떡 일어나 양말을 신은 발로 창고 바닥을 가로질렀다. 슬쩍 오한이 나는 듯하더니 온몸이 뼛속까지 얼어붙는 기분이었다.

문을 살짝 열어 보았다.

따르릉, 따르릉, 따르릉. 따르릉.

마침내 스모키의 목소리가 들려왔다.

"오틀리 주점입니다. 지금 이거 장난전화는 아니어야 할 거야."

잠시 침묵이 이어졌다.

"여보세요?"

또다시 침묵이 흘렀다.

"*이런 빌어먹을!*"

스모키는 쾅 소리와 함께 수화기를 내렸다. 그가 플로어를 다시 걸어가 로리와 함께 지내는 위층 작은 방으로 가기 위해 계단을 올라가는 소리가 들려왔다.

7

잭은 어이없다는 표정으로 왼손에 있는 녹색 전표와 오른손에 있는 지폐 — 모두 1달러짜리였다. — 와 동전을 번갈아 보았다. 다음 날 아침 정각 11시였다. 목요일 오전, 잭은 급료를 요구했다.

"*이게 뭡니까?*"

보고도 믿기지 않는다는 듯 잭이 물었다.

"넌 읽을 줄 알잖아. 셈도 할 수 있겠지. 움직임이 굼떠서 마음에는 안 들지만, 적어도 아직은 마음에 안 들지만, 넌 영리한 아이니까."

이제 잭은 한 손에 녹색 전표를 들고 다른 손엔 돈을 들고 바닥에 털썩 주저앉았다. 서서히 끓어오르는 분노로 이마 한가운데에서 혈관이 맥박 치며 꿈틀거리기 시작했다. 녹색 전표 맨 위에 쓰여 있었다. '숙박비 계산서.' 이것은 반베리 부인이 골든스푼에서 사용하던 것과 똑같은 방식이었다.

> 햄버거 1개 1달러 35센트
> 햄버거 1개 1달러 35센트
> 큰 우유 1잔 55센트
> 진저에일 1잔 55센트
> 세금 30센트

합계에 큰 글씨로 4달러 10센트라고 적혀 있고 동그라미까지 쳐져 있었다. 4시부터 새벽 1시까지 잭은 9달러를 벌었는데 스모키는 그 절반가량을 식비로 청구했다. 결국 오른손에 남아 있는 것은 4달러 90센트였다.

잭은 노여움에 불타는 눈으로 먼저 로리를 쏘아보았다. 로리는 다소 당황한 듯 시선을 피했다. 뒤이어 스모키를 쏘아보자 그는 맞받아 같이 쏘아보았다. 잭이 작은 목소리로 말했다.

"이건 사기입니다."

"잭, 그렇지 않아. 메뉴판 가격을 보라고……"

"내 말은 그게 아니에요. 당신도 잘 알잖아요!"

스모키가 잭한테 주먹을 날릴 거라고 예상했는지 로리가 움찔했다……. 하지만 스모키는 상당한 인내심을 발휘해 잭을 노려보고만 있었다.

"침대 값은 청구하지 않았잖아."

"침대라고요?"

뜨거운 피가 머리끝까지 끓어오르는 것을 느끼며 잭이 소리쳤다.

"그 잘난 *침대*요? 콘크리트 바닥에 삼베 자루 하나 던져 놓고 그게 *침대*라고요? 그것으로 얼마나 뜯어낼 작정이었지요? 이 추잡한 *사기꾼* 같으니!"

로리가 겁에 질려 신음 비슷한 소리를 내며 얼른 스모키를 보았다……. 하지만 스모키는 부스에 앉아 잭을 마주 보고 있을 뿐이었다. 푸르스름한 궐련 연기가 두 사람 사이에 피어오르고 있었다. 새로 꺼낸 주방장 모자가 스모키의 좁은 머리통 위에 비스듬히 얹혀 있었다.

"창고에서 자게 될 거라고 했잖아. 면접 때 잠잘 데가 없다고 해서 그 문제는 해결해 줬잖아. 식사에 대해선 아무 말도 없었어. 만약 얘기했더라면 뭔가 조치를 했겠지. 아닐 수도 있지만. 내 말의 요점은 네가 그 얘기를 안 꺼냈으니 지금부터 얘기하면 된다, 이 말이야."

잭은 앉은 채로 몸을 부르르 떨었다. 분노의 눈물이 저절로 흘러나왔다. 뭐라 말을 해 보려 했지만 작은 신음이 터져 나오다 끊겨 버렸다. 말 그대로 너무 화가 나서 말을 할 수가 없었다.

"물론 네가 식비에서 직원 할인을 받고 싶으면……"

"*지옥에나* 떨어져 버려!"

마침내 잭은 1달러짜리 네 장과 잔돈을 꽉 움켜쥐고 소리쳤다.

"자기 잇속만 챙기는 건 다음에 오는 꼬마에게나 잘 가르쳐 주시지! 난 갈 테니까.”

문을 향해 성큼성큼 걸어갔다. 하지만 머리끝까지 화가 난 상태에서도 자신이 인도까지 걸어 나가지 못하리라는 걸 알았다. 막연히 그런 생각을 한 게 아니라 그냥 알 수 있었다.

“잭!”

손잡이를 잡고 돌리려는 순간 거부할 수 없는 위협적인 목소리가 잭을 불렀다. 어느새 분노도 잊은 채 손을 내리고 뒤를 돌아보았다. 갑자기 몸이 쪼그라들고 늙어 버린 느낌이었다. 로리는 카운터 뒤로 돌아가서 콧노래를 부르며 바닥 청소를 하고 있었다. 스모키가 잭을 흠씬 두드려 패는 일은 없을 거라고 판단한 모양이었다. 그런 일만 없으면 만사 오케이라고 생각하는 듯했다.

“주말엔 손님도 많은데 가 버리면 안 되지.”

“여기서 나갈 거예요. 아저씨가 날 속였잖아요.”

“그건 아니지, 난 충분히 설명해 주었어. 실수가 있다면 그건 네 탓이야, 잭. 이제 네 밥값에 대해 얘기해 볼까. 식비는 50퍼센트 깎아 주마. 소다수도 공짜로 주고. 내가 가끔 젊은 친구들을 쓰긴 하지만 이렇게 후하게 대접해 준 적은 없어. 하지만 이번 주말에는 특히나 더 붐빌 거야. 사과 수확을 위해 몰려든 이주 노동자들로 카운터가 북새통을 이룰 테니까. 나는 네가 *마음에 든다*, 잭. 그래서 네가 내 앞에서 고개를 뻣뻣이 쳐들었는데도 때리지 않은 거야. 너는 매가 고팠는지도 모르지만. 어쨌든 주말엔 네가 있어 줘야겠어.”

잭은 파르르 화가 치밀어 올랐다가 다시 사그라지는 것을 느꼈다.

“그래도 내가 떠나겠다면요? 어쨌든 5달러는 챙겼으니 이 진절 머리는 나는 시골구석을 벗어나는 것만으로도 보너스네요."

여전히 가느다란 미소를 지으며 잭을 쳐다보던 스모키가 말했다.

"어젯밤 화장실에 청소하러 갔을 때 어떤 사람이 토하고 있었지?"

잭이 고개를 끄덕였다.

"생김새가 기억나니?"

"머리를 짧게 깎고 카키색 옷을 입었어요. 그게 뭐요?"

"디거 애트웰이야. 진짜 이름은 칼턴이지만 10년 동안 마을 공동묘지를 관리해 왔기 때문에 다들 디거(무덤 파는 사람이라는 뜻 — 옮긴이)라고 부르지. 아, 그게 벌써…… 20년, 30년 전 일이야. 닉슨이 대통령이 될 무렵 순경이 되었고 지금은 경찰서장이란다."

스모키가 퀄런을 집어서 훅 내뿜고는 잭을 보며 말을 이었다.

"디거와 나는 잘 아는 사이야. 그리고 잭, 네가 만약 여기서 그냥 나가면 디거가 무슨 일을 일으킬지 나도 장담할 수 없어. 어쩌면 시설에 가게 될지도 모르지. 마을에서 사과 따기를 시킬지도 모르고. 오틀리 마을에는…… 5만 평의 사과밭이 있거든. 경우에 따라서는 흠씬 두드려 맞을지도 몰라. 아니면…… 디거 서장은 너처럼 집 나온 아이들을 좋아하거든. 주로 소년 취향이라지."

잭은 방망이만 한 디거의 음경이 떠올랐다. 한편으론 역겹고 다른 한편으론 으스스해졌다.

"여기 있으면, 이를테면 내가 바람막이가 되어 주는 거지. 일단 길바닥으로 나가 봐. 그 뒤에야 누가 알겠어? 디거가 어디를 돌아다니고 있을 줄 알고. 아무 탈 없이 마을을 벗어날 수도 있겠지. 아니면 디거가 운전하는 커다란 플리머스가 어느 틈엔가 네 옆에 와서 설지도 몰라. 디거는 그리 영리하다곤 할 수 없지만 가끔 냄새 하나는 기가 막히게 잘 맡거든. 아니면…… 누가 그에게 전화를 걸지도 모르지."

카운터 뒤에서는 로리가 설거지를 하고 있었다. 손을 닦고 라디오를 켜더니 스테픈울프(캐나다의 하드록 밴드 — 옮긴이)의 지나간 노래를 따라 부르기 시작했다. 스모키가 말했다.

"그러니까 여기 그냥 있어, 잭. 주말까지만 일하면 돼. 그럼 내가 픽업트럭으로 마을 바깥까지 태워다 줄게. 그럼 어떻겠냐? 일요일 정오에 손에 쥘 수 있을 거라곤 상상도 못 해 본 30달러를 호주머니에 넣고 떠나는 거야. 네가 떠날 때쯤 되면 오틀리도 그리 나쁜 곳이 아니라는 걸 알게 될 게다. 어때, 생각 있니?"

스모키의 갈색 눈동자를 쳐다보던 중 노란색 각막과 작은 빨간색 주근깨가 눈에 띄었다. 스모키가 의치를 활짝 드러내며 진지하게 웃고 있었다. 심지어 파리가 종이로 만든 주방장 모자에 앉아 머리카락만큼 가는 앞다리를 쉴 새 없이 비비며 멋을 부리는 모습을 보았을 때는 기이하고 끔찍한 데자뷔를 보는 것 같았다.

잭은 의구심을 떨칠 수가 없었다. 자신이 한 말이 모조리 거짓말이라는 걸 *잭이* 눈치챘다는 걸 스모키도 알지만 개의치 않는 게 아닐까? 토요일 새벽까지 일하고 또 일요일 새벽까지 일하고 나면 잭은 일요일 오후 2시까지 곯아떨어지게 될 것이다. 그러면 스모키는 잭이 너무 늦게 일어났다며 차를 태워 주지 않을 것이다. 게다가 지금 스모키는 콜트 팀과 패트리어트 팀의 미식축구 경기를 보느라 바빴다. 잭에게는 너무 지쳐서 걸을 수 없게 되면 어쩌나 하는 문제

외에도 새로운 걱정거리가 생겼다. 스모키가 언제 콜트 팀과 패트리어트 팀의 대결에 흥미를 잃고 친한 친구인 디거 애트웰에게 전화를 걸지 알 수 없는 것이다.

"디거, 내 친구야, 그놈이 지금 밀로드로 내려가고 있어. 그 애 좀 잡아다 주겠나? 그 애 데려와서 여기서 전반전 보면 되지. 맥주는 무료로 주겠네. 하지만 그 녀석을 데려오기 전에는 내 화장실에서 토할 생각은 꿈도 꾸지 말게."

이것이 하나의 시나리오였다. 그가 상상할 수 있는 것은 그 밖에도 셀 수 없이 많았다. 세부적인 내용은 각각 조금씩 달랐지만 대체적인 스토리는 비슷비슷했다.

스모키 업다이크의 입꼬리가 좀 더 바짝 올라갔다.

10장
엘로이 괴물

1

내가 여섯 살 때……

지난 이틀간의 경험에 비추어 보면 슬슬 손님이 뜸해질 시간인데도 아예 밤을 새울 작정을 한 것처럼 손님들은 북적북적하기만 했다. 테이블 두 개가 사라지고 없었다. 마지막으로 화장실에 다녀온 사이에 일어난 주먹다짐 탓이었다. 테이블이 있던 자리에서는 사람들이 춤을 추고 있었다.

잭이 카운터 안쪽을 비틀거리며 가로질러 냉장고 옆에 상자를 내려놓고 있는데 스모키가 으르렁거렸다.

"너 자꾸 꾸물거릴래? 그거 얼른 냉장고에 넣고 버드와이저를 가져와. 어쨌든 버드와이저를 먼저 가져왔어야지."

"로리는 그런 말 없었는데요……"

발에 견딜 수 없는 통증이 몰려왔다. 스모키가 무거운 구둣발로 잭의 운동화를 짓밟았기 때문이었다. 잭은 입만 벌리고 비명도 제대로 지르지 못했다. 눈에는 눈물이 핑 돌았다. 스모키가 말했다.

"닥쳐. 로리가 뭘 안다고 그래. 그 정도는 너도 알고 있잖아. 얼른 저리 가서 버드와이저 상자를 대령해."

스모키한테 짓밟힌 다리를 절뚝거리며 창고로 돌아왔다. 아무래도 발가락뼈가 부러진 것 같았다. 충분히 가능한 얘기였다. 자욱한 담배 연기와 떠들썩한 소음, 제니 밸리 보이스의 금속성 연주 소리 때문에 머리가 지끈지끈했다. 밴드 스탠드에 있는 연주자 두 명은 이제 눈에 띄게 휘청거리고 있었다. 한 가지는 확실했다. 저 사람들 가게 문 닫을 시간까지 못 기다리겠군. 잭도 그렇게 오래 버틸 수 없을 것 같았다. 오틀리가 감옥이고 오틀리 주점을 감방이라고 한다면 이 기진맥진한 피로야말로 스모키 업다이크 못지않게 교도관 노릇을 하고 있는 셈이었다. 어쩌면 스모키보다 더할지도 몰랐다.

테러토리에서 이곳이 어디에 해당할지 걱정하면서도 마법 주스만이 이곳에서 빠져나갈 수 있는 유일한 길이라는 생각이 점점 더 굳어졌다. 한 모금 마시고 저쪽 세계로 순간이동 해서…… 1킬로미터쯤, 길어야 3킬로미터쯤 서쪽으로 걸어간 다음 한 모금 마시고 다시 이곳 미국으로 순간이동 해 돌아오면 되는 것이다. 그때쯤엔 이 지긋지긋한 작은 동네에서 한참 벗어나 멀리 서쪽, 부시빌이나 펨브로크 같은 곳에 도착해 있을 것이었다.

내가 여섯 살이었을 때, 재키가 여섯 살이었을 때, 잭이……

또다시 버드와이저 상자를 들고 비틀거리며 문을 지나갔다…….
그때 랜돌프 스콧처럼 생긴, 키 크고 팔다리가 긴 데다 손까지 큰 카우보이가 잭을 바라보며 서 있었다.

"잠깐, 잭."

사내의 홍채가 닭 발톱처럼 노란색인 것을 보자 잭은 슬슬 겁이 났다.

"누군가가 너보고 꺼지라고 말한 거 못 들었니? 너 귀가 안 좋은 모양이로구나."

잭은 버드와이저 상자를 들고 쩔쩔매며 그 노란색 눈을 쏘아보았다. 돌연 무시무시한 생각이 뇌리를 스쳤다. 이놈이 터널 속에 숨어 있었어, 탁한 노란색 눈을 가진 이 사람 형상의 괴물이.

"그만 가 보겠습니다."

잭의 목소리는 모기 소리처럼 작고 가냘팠다.

그자가 다가붙었다.

"*꺼지라고 했잖아.*"

잭은 버티려고 애썼지만…… 어느새 벽까지 바싹 밀려났다. 랜돌프 스콧처럼 생긴 카우보이가 몸을 기대 오자 그 숨결에서 썩은 고기 냄새가 났다.

2

목요일, 잭이 일을 시작하는 정오부터 공장 근무가 끝나면 으레 주점으로 오는 손님들이 들어오는 정각 4시 사이에 '통화는 3분 이내'라는 표지 아래 놓인 공중전화가 두 번 벨이 울렸다.

첫 번째 전화벨이 울렸을 때는 아무런 두려움도 느끼지 않았다. 결국 유나이티드 펀드에 가입해 달라는 전화였을 뿐이다.

두 시간 뒤, 어제 먹은 맥주병을 모아 거의 다 치워 갈 무렵 다시 날카로운 전화벨 소리가 울렸다. 이번에는 바짝 마른 숲에서 화재의 기미를 감지한 동물처럼 머리를 휙 쳐들었다……. 다만 잭의 몸을 휘감은 것은 불이 아니라 얼음 같은 싸늘한 기운이었다. 전화기 쪽으로 몸을 돌렸다. 전화기는 그가 선 자리에서 1미터 정도밖에 떨어져 있지 않았다. 목에서 뚜둑 소리가 났다. 잭의 눈에는 공중전화가 얼음으로 뒤덮여 있는 것처럼 보였다. 검은색 플라스틱 전화기 본체에서 얼음이 새어 나오고, 수화구와 송화구에서 연필심처럼 가느다란 파란색 얼음이 튀어나오면서, 다이얼과 동전 반환구에 고드름이 매달려 있는 것만 같았다.

하지만 그건 보통 전화기였고 모든 추위와 죽음은 밖으로 드러나 보이지 않았다.

잭은 최면에 걸린 것처럼 전화기만 바라보았다.

스모키가 소리쳤다.

"잭! 빌어먹을 전화 좀 받아! 내가 너한테 왜 급료를 준다고 생각하냐?"

잭은 구석에 몰린 동물처럼 절망적인 표정으로 스모키를 바라보았다……. 그는 로리를 때리기 직전에 그런 것처럼 얇은 입술에 인내심이 바닥난 표정으로 잭을 노려보고 있었다. 잭은 전화기 쪽으로 걸어가기 시작했다. 자신의 발이 움직이고 있다는 것을 거의 의식하지 못했다. 잭은 냉기가 뚝뚝 흐르는 공중전화 박스 쪽으로 한 발 한 발 다가갔다. 팔에 소름이 돋고 콧속은 바싹 말라 있었다.

팔을 뻗어 전화기를 붙잡자 손조차 마비되었다.

전화기를 귀에 대자 이번엔 귀의 감각이 사라졌다.

"오틀리 주점입니다."

잭이 완전한 암흑을 향해 입을 열자 이번엔 입이 마비되었다.

송화구에서는 오래전에 죽은 어떤 것, 산 자의 눈앞에는 결코 드러난 적 없는 어떤 피조물이 꺽꺽거리는 듯한 거칠고 갈라지는 소리가 들려왔다. 산 자라면 그 모습을 한 번 보기만 해도 미쳐 버리든가, 입술에 서릿발이 성성하고 부릅뜬 눈에 얼음의 장막이 드리워진 채로 쓰러져 죽게 될 것 같았다.

"*잭.*"

꺼칠꺼칠하고 덜거덕거리는 소리가 송화구를 통해 소곤거리자 얼굴도 감각이 없어졌다. 마치 대대적으로 충치 치료를 받기 위해 치과 의자에 앉았는데, 노보카인 주사액이 조금 많이 주입되었을 때 같았다.

"*어서 집으로 돌아가, 잭.*"

"오틀리 주점입니다. 누구시죠? 여보세요……? 여보세요……?"

자신의 목소리가 아득히 멀리 몇 광년이나 떨어진 곳에서 반복적으로 들려오는 것 같았다.

추웠다. 몹시 추웠다.

목도 감각을 잃었다. 숨을 들이쉬자 폐도 얼어붙는 것 같았다. 조만간 심장에도 얼음이 가득 들어차면 잭은 털썩 쓰러져 죽을 것이다.

싸늘한 소리가 속삭였다.

"*너 같은 소년이 혼자 떠돌다 보면 나쁜 일을 당할 수 있지, 잭. 아무나 붙잡고 물어봐라.*"

잭은 어설프게 손을 뻗어 얼른 수화기를 내려놓았다. 손을 뒤로 빼고 나서도 전화기를 바라보며 서 있었다.

"잭, 또 그 장난전화하는 애니?"

로리가 물었다. 멀리서 들려오는 목소리였다……. 하지만 방금 들은 자신의 목소리보다는 좀 더 가깝게 들렸다. 조금씩 주위 상황들이 눈에 제대로 들어오기 시작했다. 수화기에 찍힌 잭의 손 모양이 보였고, 가장자리에 달라붙은 서리가 반짝거리고 있었다. 잭이 보고 있는 사이 서리가 녹기 시작해 검은 플라스틱 전화기를 타고 뚝뚝 흘러내렸다.

3

제니 카운티에서 랜돌프 스콧이 어떻게 살아가는지 처음 본 것은 그날—목요일—밤이었다. 수요일 밤보다는 손님이 많지 않았지만 월급날 전날치고는 제법 손님이 많았다. 카운터에도 손님이 가득 찼고 테이블과 부스도 제법 들어찼다.

손님들은 쟁기는 지금쯤 헛간에 버려진 채 녹슬어 있고 농부가 되려 했던 사람들도 농사짓는 법조차 다 잊어버렸을 시골 마을에서 온 사람들이었다. 그 증거로 존 디어(미국의 농기계 제조업체—옮긴이)의 모자를 쓴 사람들이 상당히 많았다. 하지만 잭이 보기에 정말로 트랙터를 몰며 농사지을 것처럼 보이는 사람은 많지 않았다. 그저 회색 치노(튼튼한 면으로 만든 작업복이나 군복—옮긴이)를 입은 사람과 갈색 치노를 입은 사람, 녹색 치노를 입은 사람 들일 뿐이었다. 그 밖에는 파란색 셔츠에 금실로 자기 이름을 수놓은 사람, 각진 딩고 부츠를 신은 사람, 그리고 볼품없이 헐렁한 전투복 바지를 입은 사람들이 있을 뿐이었다. 이 사람들은 열쇠를 벨트에 차고 다녔다. 이 사람들은 주름살은 있지만 눈가 주름은 없고 입 끝은 뚱하니 처졌다. 이 사람들은 카우보이모자를 쓰고 다녀서 의자 뒤에서 카운터를 보면 잎담배 광고에 나오는 찰리 다니엘스(미국의 컨트리 음악 가수―옮긴이)처럼 보이는 사람이 여덟 명이나 되었다. 하지만 이 사람들은 잎담배를 씹지 않고 연신 궐련을 피우고 있었다.

디거 애트웰이 들어왔을 때 잭은 주크박스 앞면의 투명 플라스틱을 청소하고 있었다. 주크박스는 이미 꺼졌지만 케이블에서 양키스의 시합을 중계하고 있어서 카운터에 앉은 손님들은 경기에 몰두하고 있었다. 지난밤에 애트웰은 오틀리 남성들이 입는 운동복 차림이었다.(치노 작업복과 한쪽 주머니에 펜을 잔뜩 꽂은 카키색 셔츠, 앞굽에 쇠를 박은 작업화) 오늘 밤은 파란색 경찰 제복을 입고 커다란 권총을 차고 나타났다. 권총의 나무 손잡이가 빽빽한 가죽 벨트에 찬 권총집에 매달려 있었다.

애트웰이 흘깃 보자 잭은 스모키가 한 말이 떠올라 뭔가 켕기는 게 있는 것처럼 슬슬 뒷걸음쳤다. *디거 서장은 너처럼 집 나온 아이들을 좋아하거든. 주로 소년 취향이라지.*

애트웰이 슬며시 씩 웃더니 말을 걸었다.

"당분간 지내 보기로 했니, 애야?"

"네, 아저씨."

잭은 웅얼웅얼 대답하고는 이미 깨끗이 닦아 놓은 주크박스 액정에 다시 윈덱스 세정제를 뿌리며 어서 애트웰이 가기만을 기다렸다. 잠시 후 애트웰이 자리를 떴다. 몸을 돌려 뚱보 서장이 카운터로 다가가는 것을 지켜보았다……. 바로 그때 카운터 왼쪽 끝에 앉아 있던 사람이 몸을 돌려 그를 쳐다보았다.

랜돌프 스콧이야. 적어도 그를 닮은 사람이지. 잭은 대뜸 그 생각부터 했다.

하지만 생김새만 비슷할 뿐이었다. 진짜 랜돌프 스콧이라면 누구도 부인할 수 없는 영웅의 면모를 보여 주었을 것이다. 그 잘생긴 얼굴은 비록 험상궂게 인상을 쓸 때가 있더라도 언제든 웃을 태세가 되어 있었다. 하지만 이 사내는 따분해 보일 뿐만 아니라 왠지 광기가 엿보였다.

정말 무서운 것은 그자가 자신, 즉 *잭*을 지켜보고 있었다는 것이다. 텔레비전에 광고가 나온 틈을 타서 카운터에 누가 앉았나 둘러본 것이 아니라 잭을 보기 위해 몸을 돌린 것이었다. 잭도 그것을 깨닫고 있었다.

그 전화, 계속 울려 대던 그 전화.

잭은 가까스로 눈길을 돌렸다. 다시 주크박스를 들여다보자 자신의 겁에 질린 얼굴이 레코드판 위에 유령처럼 어른거리고 있었다.

벽에 걸려 있는 전화가 시끄럽게 울리기 시작했다.

카운터 왼쪽 끝에 있던 사내가 그것을 보더니…… 다시 잭을 돌아보았다. 잭은 머리는 쭈뼛 서고 피부에 소름이 잔뜩 돋은 채 한 손엔 윈덱스 세정제를 들고, 다른 손엔 걸레를 들고 주크박스 옆에 못 박혀 있었다.

"또 그 장난전화라면 신에게 맹세코 호루라기를 가져와 수화기에 대고 불어 버릴 거야, 스모키."

로리가 전화를 받으러 가면서 말했다.

그녀는 연극에 나오는 여배우이고 다른 손님들은 모두 미국 배우 조합에서 정한 단가에 맞게 일당 35달러를 주고 고용한 엑스트라일지 모른다. 이 세상에서 연극이 아닌 현실의 사람은 잭과 이 무시무시한 카우보이뿐인 것 같았다. 그 카우보이는 손이 크고 잭은 그의 눈을 똑바로…… 볼 수가…… 없었다.

불쑥, 깜짝 놀라게 불쑥, 카우보이가 입 모양으로 말했다. *집으로 돌아가.* 그런 다음 눈을 찡긋해 보였다.

로리가 전화기에 손을 뻗치려는 찰나 전화벨이 그쳤다.

랜돌프 스콧은 몸을 돌려 술잔을 비우고는 소리쳤다.

"태퍼 한 잔 더 주시오."

"뭐야, 이거, 도깨비가 걸었나?"

로리가 중얼거렸다.

4

나중에 창고에서 잭은 로리에게 랜돌프 스콧 닮은 사람이 누구냐고 물었다.

"누가 누굴 닮았다고?"

"나이 든 카우보이 배우요. 카운터 끝에 앉아 있던 사람 있잖아요."

로리는 어깨를 으쓱해 보이며 대답했다.

"잭, 나한텐 그놈이 그놈이란다. 덜렁덜렁 달린 놈들이 즐거운 시간을 보내려고 왔을 뿐이거든. 목요일 밤에는 대개 여자한테 뜯은 푼돈으로 마시러 오는 작자들뿐이야."

"맥주를 '태퍼'라고 부른 사람 말이에요."

로리의 눈이 반짝거렸다.

"아, 그 남자, 보통은 되어 보이더라."

마지막 한마디에는 실제로 감탄이 섞여 있었다……. 오뚝한 콧날이나 환한 미소에 반한 듯했다.

"그 사람은 누구예요?"

"이름은 나도 몰라. 나타난 지 두어 주밖에 안 되었어. 공장에서 새로 사람을 고용한 모양이야. 그게……"

"아, 진짜, 잭, 내가 너한테 술통 대령하라고 얘기했냐, 안 했냐?"

그러잖아도 잭은 손수레 짐칸에 커다란 부쉬 맥주통을 싣는 중이었다. 그의 몸무게와 술통 무게가 엇비슷했기에 균형을 잘 맞추어 신중하게 해야 하는 일이었다. 스모키가 출입구에서 소리를 치자 로리는 새된 비명을 질렀고 잭은 펄쩍 뛰어올랐다. 술통이 균형을 잃어버려 한쪽으로 기울자 캡이 샴페인 마개처럼 펑 하고 튀어나왔다. 흰색과 황금색의 맥주가 뿜어져 나왔다. 스모키는 여전히 소리를 질렀으나 잭은 꼼짝없이 얼어붙어 맥주를 보고만 있었고…… 결국 스모키에게 한 방 얻어맞고 말았다.

퉁퉁 부은 코를 크리넥스로 막고 주점으로 돌아올 때까지 대략 20분 정도 걸린 것 같았다. 랜돌프 스콧은 사라지고 없었다.

5

나는 여섯 살이다.

존 벤저민 소여는 여섯 살이다.

여섯 살…….

잭은 머리를 흔들어 집요하게 떠오르는 생각을 떨쳐 버리려고 안간힘을 썼다. 팔다리가 긴, 직공인데 직공 아닌 자가 점점 가까이 다가왔다. 그의 눈동자는…… 노랬고 어떻게 보면 비늘처럼도 보였다. 그는 — 아니, 그것은 — 그 희뿌연 눈을 재빠르게 깜박거렸다. 잭은 그것이 눈동자 위 각막을 깜박거린다는 것을 깨달았다.

"너는 집으로 돌아가게 되어 있어."

그것이 이렇게 속삭이곤 악수를 하기 위해 잭한테 손을 내밀었다. 그 손은 비비 꼬였다가 편편해졌다가 딱딱하게 굳었다.

갑자기 덜컹 소리와 함께 문이 열리고 소란스러운 오크 리지 보이스(4인조 컨트리 가스펠 보컬 그룹 — 옮긴이)의 노래가 쏟아져 들어왔다.

"잭, 계속 게으름을 피우면 아주 따끔한 맛을 보여 줄 거다."

스모키가 랜돌프 스콧 뒤에서 소리쳤다. 랜돌프 스콧은 한 발짝 물러났다. 녹았다 굳은 발굽 같은 것이 사라지고 다시 사람의 손으로 돌아와 있었다. 크고 억센 손. 손등엔 온통 울뚝불뚝한 혈관이 가로지르고 있었다. 다시 한 번 눈을 깜박이자 희뿌옇게 소용돌이가 일었는데 이번엔 눈꺼풀이 움직이지 않았다……. 사내의 눈동자는 노란색이 아니라 연한 푸른색으로 돌아와 있었다. 그는 잭을 마지막으로 한 번 더 흘깃 보고는 남자화장실로 들어갔다.

어느새 스모키가 잭을 향해 다가왔다. 종이로 만든 주방장 모자가 앞쪽으로 기울어진 채, 족제비처럼 길쭉한 머리통을 살짝 기울였다. 입술을 살짝 벌리자 악어 이빨 같은 커다란 의치가 드러났다.

"두 번 말하게 하지 마. 이게 마지막 경고야. 그냥 하는 말 아니다."

오스먼드 때처럼 돌연 분노가 끓어올랐다. 희망이 안 보이는 상황에서 부당한 폭력이 가해질 때 으레 끓어오르는 분노였다. 열두 살 아이가 이처럼 강렬한 분노를 느끼기는 어려울 것이다. 대학생이라면 때때로 그런 분노를 느낀다고 생각하겠지만 대개는 지성의 모방에 불과하다.

이번에는 그 분노가 폭발해 버렸다.

"나는 당신의 개가 아니에요. 그러니 그딴 식으로 나를 취급하지 마세요."

잭은 이렇게 말하고 스모키 업다이크에게 한 발짝 다가갔다. 다리는 여전히 공포로 후들거렸다.

놀라웠다. 심지어 어리둥절했다. 전혀 예상치 못한 잭의 노여움에 스모키는 한 발짝 뒤로 물러섰다.

"잭, 나는 그냥 너한테 경고를……"

"아니요, 내가 *당신한테* 경고하는 겁니다. 나는 로리가 아니에요. 얻어맞는 건 딱 질색이에요. 만약 나를 때리면 나도 되받아 치든지 할 겁니다."

잭은 자신이 내뱉은 말을 차분히 생각해 보았다.

스모키가 동요한 것은 아주 잠깐 동안이었다. 그는 분명 세상을 잘 몰랐다. 오틀리에 살면서 본 세상밖에 몰랐다. 그러나 스스로 모든 것을 안다고 *생각했고*, 평생 시골 마을에서만 살아온 사람에게는 그런 자신감 하나면 충분했다.

스모키는 팔을 뻗어 잭의 멱살을 잡고 가까이 끌어당기며 말했다.

"잭, 내 앞에서 건방 떨지 마. 오틀리에 있는 한 너는 내 개야. 오틀리에 사는 한 너는 내가 잘해 주고 싶을 때 잘해 줄 거고, 때리고 싶을 때 때릴 거야."

그러고는 잭의 목이 끊어져라 마구 흔들었다. 잭은 입술을 깨물고 울음을 터뜨리고 말았다. 스모키의 창백한 얼굴이 값싼 립스틱을 바른 것처럼 분노로 달아올랐다.

"잭, 넌 지금 당장은 그렇게 생각 안 할지 모르지만 너는 내 개야. 오틀리에 머무는 동안 너는 내 개란 말이야. 내가 놓아줄 때까지 너는 오틀리에서 벗어날 수 없어. 지금 당장 본때를 보여 주마."

스모키는 주먹을 뒤로 뺐다. 한순간 좁은 복도를 비추는 세 개의 60와트 전구 불빛에 그가 새끼손가락에 끼고 있던 말발굽 모양 반지에 박힌 다이아몬드 조각들이 미친 듯이 번뜩였다. 뒤이어 주먹이 앞으로 뻗어 나가 잭의 옆얼굴을 강타하자, 소년은 낙서가 가득한 벽 쪽으로 튕겨 나갔다. 옆얼굴은 불이 난 것처럼 화끈거리더니 곧이어 감각이 없어졌고, 입안에선 피 맛이 느껴졌다.

스모키가 잭을 바라보았다. 그는 마치 어린 암소를 살지, 복권을 살지 생각하는 것처럼 잭 가까이 얼굴을 들이대고는 이럴까 저럴까 고심하는 표정이었다. 잭의 눈에서 자기가 바라던 표정이 보이지 않았는지 스모키는 아직 정신을 차리지 못한 잭의 멱살을 다시 잡았다. 다시 주먹을 날리기 편하게끔 위치를 잡으려는 모양이었다.

그때 주점에서 한 여성이 째지는 듯한 비명을 질렀다.

"그만해, 글렌! 그만하라고!"

뒤이어 사내들이 고함치는 소리도 들렸다. 다들 경악했다. 또 다른 여자가 새된 소리로 비명을 질렀다. 귀청을 찢을 듯 시끄러운 비명이었다. 바로 그때 총성이 들렸다.

"이런 *빌어먹을 자식들!*"

스모키가 소리쳤다. 마치 브로드웨이 무대에 오른 배우처럼 한 단어 한 단어 신중하게 발음했다. 그는 잭을 다시 벽으로 밀치고 몸을 빙글 돌려 쾅 소리가 나게 문을 밀고 나갔다. 다시 한 번 총소리가 울리더니 고통에 찬 비명 소리가 들렸다.

잭은 오직 한 가지를 확신할 수 있었다. 도망칠 때가 온 것이다. 오늘 밤 근무가 끝난 다음이 아니라, 내일이 아니라, 일요일 아침이 아니라, 바로 지금 *당장* 도망쳐야 한다.

소란은 가라앉은 것 같았다. 사이렌 소리도 없으니 총에 맞은 사람도 없는 것 같았다……. 잭은 랜돌프 스콧을 닮은 직공이 아직 남자화장실에 있는 걸 똑똑히 기억했다.

잭은 맥주 냄새가 코를 찌르는 썰렁한 창고에 들어가 술통 옆에 무릎을 꿇고 주위를 더듬어 배낭을 찾아보았다. 손가락에 닿는 것이라곤 오직 지저분한 콘크리트 바닥뿐이었다. 또다시 망상에 사로잡힌 잭은 숨을 제대로 쉴 수가 없었다. 스모키나 로리가 그가 배낭을 숨기는 것을 훔쳐보고는 가져가 버린 것이다. 너를 오틀리에 묶어 두기 위해서란다, 애야. 그때 손끝에 나일론 천이 만져졌다. 그 순간 안도감을 느끼며 방금 전 공포에 질렸을 때만큼이나 제대로 숨을 쉬지 못했다. 배낭을 어깨에 짊어지고 갈망의 눈으로 창고 뒤에 있는 물품 반입구를 바라보았다. 그 문으로 나가고 싶었다. 복도 끝에 있는 방화문으로는 나가고 싶지 않았다. 남자화장실과 너무 가까웠다. 하지만 반입구 문을 열면 카운터에 붉은 등이 켜질 것이다. 스모키가 아무리 플로어에서 소란을 수습하고 있다 해도 로리가 그 불을 보고 스모키에게 알릴 것이다.

그러면…….

뒤쪽 복도로 이어지는 문 쪽으로 다가가 문을 빠끔히 열고 한 눈으로 밖을 내다보았다. 복도에는 아무도 없었다. 좋아, 잘됐군. 잭이 배낭을 찾는 동안 랜돌프 스콧이 방광을 싹 비우고 아직 소란스러운 주점으로 가 버린 것 같았다. 잘됐다.

하지만 화장실에 아직 있을 수도 있잖아. 복도에서 그 사람이랑 맞닥뜨리고 싶어, 재키? 그의 눈이 노란색으로 변하는 것을 또 보고 싶냐고? 안전해질 때까지 기다리는 게 좋겠어.

하지만 잭은 마냥 기다릴 수가 없었다. 지금은 주점에서 로리와 글로리아를 도와 테이블을 닦거나, 카운터 뒤에서 식기세척기에서 그릇을 꺼내고 있어야 할 시간이었다. 만약 잭이 주점에 없는 것을 알게 되면 스모키는 다시 이곳으로 와 그의 원대한 계획을 위해 잭이 마땅히 해야 할 일을 마저 가르쳐 주겠다고 나설 것이다. 그렇다면…….

어떡하긴 뭘 어떡해? 그냥 도망치는 거야!

그자가 너를 기다리고 있을지도 몰라, 재키…… 불쑥 튀어나올지도 몰라, 커다란 잭인더박스(상자를 열면 스프링 달린 인형이 나와 놀라게 하는 장난감 — 옮긴이)*처럼…….*

여자가 튀어나올까, 호랑이가 튀어나올까? 스모키일까, 아니면 그 직공일까? 잭은 결단을 내리지 못하고 잠시 망설였다. 그 노란 눈의 사내가 아직 화장실에 있을 가능성이 있다면, 스모키가 다시 돌아오리라는 것은 분명한 사실이었다.

문을 열고 좁은 복도로 걸어 나갔다. 등에 멘 배낭이 점점 더 무겁게 느껴졌다. 누구라도 이 광경을 보게 된다면 배낭은 그가 작정하고 달아나려 한다는 증거가 될 터였다. 음악 소리가 천둥처럼 울리고 손님들이 저마다 목청을 높여 떠드는 가운데, 쿵쾅거리는 가슴을 안고 조심스럽게 발끝으로 걷고 있는 잭의 모습은 그로테스크해 보일 정도였다.

나는 여섯 살이야, 재키는 여섯 살이라고.

그래서 어떻단 말이지? 왜 자꾸 그 말이 떠오르는 거지?

여섯 살.

복도가 한참 길게 느껴졌다. 쳇바퀴를 도는 기분이었다. 저쪽 끝에 있는 방화문이 고통에 정비례하여 차츰차츰 가까워지는 듯했다. 땀이 흘러내려 이마와 윗입술을 적셨다. 눈길은 자꾸 검은 개가 그려진 오른쪽 문으로 향했다. 개 아래에는 '서서 쏴'라고 쓰여 있었다. 복도 끝에는 빨간색 페인트칠이 벗겨져 가는 문이 있고 그 위에는 경고문이 붙어 있었다.

응급 시에만 사용!
경보가 울림!

사실 그 비상벨은 2년 전에 이미 고장이 났다. 잭이 쓰레기를 버리러 갈 때 이 문으로 못 가고 망설이자 로리가 알려 주었다.

마침내 문 앞에 거의 도착했다. 바로 맞은편에 '서서 쏴'가 있었다.

그자는 저기에 있어, 그래, 그자는 저기에⋯⋯ 그가 만일 튀어나오면 소리를 지를 거야⋯⋯ 나는⋯⋯ 소리를 지를⋯⋯.

잭은 떨리는 오른손으로 비상문의 빗장을 만져 보았다. 차가운 감촉이 손을 타고 전해지면서 마음이 진정되었다. 한순간 잭은 식충식물에게서 벗어나 밤의 어둠 속을 날아⋯⋯ 자유로워지리라 믿었다.

그때 등 뒤에 있던 '앉아 쏴' 문이 갑자기 쾅 소리를 내며 열리더니 어떤 손이 불쑥 튀어나와 잭의 배낭을 움켜쥐었다. 덫에 걸린 동물처럼 절망에 사로잡혀 새된 비명을 지르고는 배낭과 그 안에 있는 마법 주스는 아랑곳없이 비상문을 향해 미친 듯이 돌진했다. 만약 배낭끈이 끊어졌다면 곧장 주점 뒤에 있는 쓰레기와 잡초가 가득한 공터를 지나 도망쳤을 것이다. 그 밖의 일은 전혀 신경 쓰지 않았을 것이다.

하지만 배낭끈은 질긴 나일론이라 끊어지지 않았다. 문이 조금 열려 밤의 한 자락을 잠깐 보여 주고는 다시 쾅 닫혔다. 잭은 '앉아 쏴'로 끌려 들어갔다. 몸이 한 바퀴 빙글 도는가 싶더니 뒤로 밀쳐졌다. 만약 벽에 제대로 부닥쳤다면 분명코 배낭에 있던 마법 주스 병이 깨졌을 것이고, 얼마 안 되는 옷가지며 랜드 맥널리 지도도 젖어 포도 썩은 냄새로 뒤덮여 버렸을 것이다. 다행히 등허리를 세면기에 부딪쳤지만 견디기 힘들 만큼 아팠다.

그 직공이 손으로 청바지를 추키며 잭을 향해 천천히 걸어오고 있었다. 그 손은 이미 뒤틀리고 두터워지고 있었다.

"집으로 돌아가라고 했잖아, 꼬마야."

직공의 거친 목소리는 점차 동물이 으르렁거리는 소리로 변해 갔다.

잭은 그 사내의 눈에서 눈길을 떼지 않은 채 왼쪽으로 살살 걸어 갔다. 사내의 눈동자는 이제 거의 투명해졌다. 그냥 노란색이 아니라 안에서 빛이 차오르는…… 핼러윈 때 사용하는 흉물스러운 호박 램프의 뻥 뚫린 눈처럼 보였다.

"하지만 엘로이는 믿을 수 있지."

카우보이 괴물은 이가 다 보이도록 크게 웃어 젖혔다. 그 바람에 잔뜩 구부러진 데다 군데군데 부러지고 까맣게 썩은 치아들이 한눈에 보였다. 잭은 비명을 질렀다.

"이봐, 엘로이만 믿으면 된다고. 너를 *너무* 힘들게 하지는 않을 테니까."

이제는 그것이 하는 말이 개가 으르렁거리는 소리와 거의 구분이 가지 않을 지경이었다.

그것이 잭에게 다가오며 으르렁거렸다.

"넌 괜찮을 거야, 넌 괜찮을 거야, 아 그렇고말고, 너는……."

그것은 말을 계속했으나 잭은 더 이상 알아들을 수가 없었다. 이제는 아예 동물의 으르렁 소리뿐이었다.

잭의 발이 무심코 문 옆의 키 큰 쓰레기통을 건드렸다. 카우보이 괴물이 말발굽 같은 손을 뻗어 와 잭은 쓰레기통을 들어 던져 버렸다. 쓰레기통은 자칭 엘로이라는 괴물의 가슴을 치고 튕겨 나갔다. 잭은 황급히 화장실 문을 열고 나가 왼쪽 비상문을 향해 달려갔다. 빗장에 세게 부닥쳤지만 여전히 엘로이가 바로 뒤에 있다는 것을 의식하고 있었다. 잭은 주점 뒤편의 어둠 속으로 비틀거리며 걸어 갔다.

문 오른쪽에는 오물이 넘칠 듯 가득 찬 쓰레기통들이 산처럼 쌓여 있었다. 쓰레기통 세 개를 손에 잡히는 대로 쓰러뜨렸다. 쓰레기통들이 서로 부닥치고 구르는 우당탕 소리에 뒤이어 쓰레기통에 발을 헛디뎌 쓰러진 엘로이 괴물이 격분해서 울부짖는 소리도 들려왔다.

뒤돌아보니 엘로이 괴물이 쓰러지는 것이 보였다. 그 순간 한 가지 사실을 깨달았다. *오 이런 맙소사 꼬리라니 괴물한테 꼬리 같은 게 있네.* 그것은 이제 거의 완전한 동물이 되었다. 황금색의 기분 나쁜 빛살이 눈에서 뿜어져 나오고 있었는데, 나란히 뚫린 두 개의 열쇠 구멍으로 새어 들어오는 햇살처럼 아주 밝은 색이었다.

잭은 뒷걸음질을 치며 배낭을 어깨에서 내려 걸쇠를 풀려고 했지만 손가락은 나무토막처럼 둔하게 느껴졌고, 머릿속은 터져 나갈 듯 혼란스러웠다…….

……*재키는 여섯 살이었어요 하느님 저를 도와주세요 스피디 재키는 여섯 살이었어요 하느님 제발요*…….

……이런저런 생각들, 맥락 없는 간청의 말들. 그 생물은 으르렁거리면서 쓰레기통을 마구 흔들어 부수고는 말발굽 같은 손을 올렸다가 휙 내려쳤다. 울퉁불퉁한 철제 쓰레기통의 측면이 거칠게 사선으로 1미터 정도 갈라졌다. 그것은 다시 일어나 비틀비틀하다 쓰러질 뻔하더니 잭을 향해 다가오기 시작했다. 그것의 뒤죽박죽 흘러내린 얼굴은 이제 거의 가슴까지 내려왔다. 그리고 어찌 된 일

인지 그것이 개가 짖는 듯한 소리로 으르렁거리는데도 뭘 말하려는 건지 알아들을 수 있었다.

"나는 지금 당장은 너를 해치지 않을 거야, 이 애송아. 하지만…… *나중에 너를 죽여 버릴 거야.*"

귀로 듣고 있는 건지, 아니면 머릿속에서만 울리는 건지 갈피가 안 잡혔다.

하지만 그러거나 말거나 상관없었다. 이 세계와 저 세계 사이의 우주만 한 공간이 얇은 막처럼 줄어든다 해도 상관없었다.

엘로이 괴물이 으르렁거리며 잭에게 다가왔다. 이제는 뒷다리를 질질 끌면서 비틀비틀 걸어왔다. 옷은 아무 데나 불쑥불쑥 부풀어 올랐고, 송곳니를 드러낸 채 혓바닥을 날름거렸다. 스모키 업다이크의 오틀리 주점 뒤 공터였다. 그렇다, 마침내 나온 것이다. 공터는 잡초와 바람에 날려 온 쓰레기로 발 디딜 틈이 없었다. 여기에는 녹슨 침대 스프링이 있었고, 저기에는 1957년형 포드의 그릴이 나뒹굴고 있었다. 하늘 저 높이에는 낫 모양으로 구부린 뼈처럼 생긴 섬뜩한 달이 떠 있고, 그 아래 부서진 유리 조각들은 차마 눈을 감지 못하고 죽은 사람들의 눈처럼 보였다. 이 모든 것은 뉴햄프셔에서 시작된 것이 아닐까? 아니다. 이것은 엄마가 병에 걸리면서 시작된 것이 아니다. 레스터 파커가 나타나면서 시작된 것도 아니다. 이것이 시작된 것은 바로 그때…….

재키는 여섯 살이었어요. 우리 모두가 캘리포니아에서 살았고 다른 곳에 사는 사람은 없었고 재키는…….

배낭끈을 더듬어 보았다.

그것이 다시 나타났다. 춤을 추는 것처럼도 보였다. 불확실한 달빛 아래에서 그것은 잠깐이나마 디즈니 애니메이션에 나오는 만화 캐릭터를 연상시켰다. 잭은 미친 듯이 웃기 시작했다. 그것이 으르렁거리며 잭을 향해 펄쩍 뛰었다. 말발굽처럼 생긴 묵직한 손을 내려쳤지만 이번에도 잭은 잡초와 쓰레기 사이로 뒷걸음을 쳐서 몇 센티미터 차이로 아슬아슬하게 피했다. 엘로이 괴물은 침대 용수철 위에 내려서더니 발이 걸려 꼼짝도 못 하게 되었다. 울부짖고 허공에 허연 게거품을 내뿜으며 잡아당기고 비틀고 찔러 댔지만 그럴수록 녹슨 스프링에 빠진 발은 더 깊숙이 빠져들 뿐이었다.

병을 찾기 위해 배낭 안을 뒤졌다. 양말이랑 더러워진 속옷, 둘둘 말아 놓은 냄새 나는 청바지 등을 모두 꺼냈다. 마침내 병목이 손에 잡히자 홱 잡아당겼다.

엘로이 괴물은 하늘을 가를 것처럼 잔뜩 화가 나서 울부짖더니 마침내 침대 스프링에서 발을 뺐다.

잭은 왼 손가락 두 개로는 배낭끈을 붙잡고 오른손으로는 병을 쥔 채로, 타고 남은 쓰레기에 잡초도 무성하고 지저분한 땅바닥으로 나가떨어졌다. 왼손 엄지와 집게손가락으로 뚜껑을 따려고 하다 보니 배낭이 덜렁덜렁 흔들렸다. 병뚜껑이 빙그르르 돌았다.

그것이 나를 쫓아올까? 내가 가면 이쪽 세계와 저쪽 세계 사이에 구멍이 뚫리는 거 아닐까? 그것이 그 구멍으로 나를 쫓아와 저쪽 세계에서 나를 죽이지는 않을까? 잭은 말도 안 되는 상상을 하면서 병을 입으로 가져갔다.

입안이 썩은 포도 맛으로 가득했다. 구역질이 날 것 같았지만 식도가 닫히면서 주스가 꿀꺽 넘어가 버렸다. 이제 역겨운 맛이 코안과 부비강까지 가득해 잭은 부르르 떨면서 깊은 신음 소리를 냈다. 엘로이 괴물의 비명 소리가 들렸다. 그러나 그 소리는 오틀리 터널 끝에서 들려오는 것처럼 아득하게 들렸다. 그리고 잭으로 말하자면, 그 반대편을 향해 빠르게 떨어지고 있었다. 전에 없던 추락하는 듯한 감각이 느껴지자 잭은 생각했다. *하느님 만일 제가 순간이동을 잘못해서 절벽이나 산에서 떨어지는 거면 어떡하죠?*

배낭과 병을 붙잡고 눈을 꼭 감은 채 자포자기한 심정으로 이제 무슨 일이 일어날지 기다렸다. 엘로이 괴물이 쫓아올 수도 있고, 아닐 수도 있었다. 테러토리에 떨어질 수도 있고, 흔적도 없이 사라질 수도 있었다. 그리고 밤새도록 떠나지 않았던 그 생각이 다시금 머릿속을 맴돌았다. 회전목마의 실버 레이디나 엘라 스피드처럼 말이다. 마법 주스의 끔찍한 냄새에 갇힌 채 잭은 그 말을 잡고 올라타 고삐를 꽉 잡은 다음 이제 무슨 일이 일어날지 기다렸다. 그때쯤 그가 걸친 옷이 변하는 것이 느껴졌다.

여섯 아 맞아 우리는 모두 여섯 살이었어 아무도 그 밖에는 아무것도 아니었지 캘리포니아에서였어 그 색소폰을 분 것은 누구였어요 아빠 덱스터 고든이에요 아니면 엄마가 우리가 단층선 위에서 살고 있다고 할 때 그거 말인가요 어디로 어디로 아 어디로 가나요 아빠 아빠랑 모건 아저씨 아 아빠 가끔씩 모건 아저씨가 아빠를 보는데 그 눈빛은 그러니까 그게 뭐더라 아 그러니까 아저씨의 머리에 단층선이 있어요 그의 눈 뒤에서 지진이 일어나고 있고요 아빠는 그 속에서 죽어 가고 있었던 거라고요 아 아빠!

추락하면서 몸을 비틀고 회전하고, 두 세계의 한가운데에서, 보랏빛 구름 같은 냄새 한가운데에서, 잭 소여, 존 벤자민 소여, 재키, 재키는 있었다.

……여섯 살이었어 그 일이 일어나기 시작했을 때 그 색소폰을 분 것은 누구였어요 아빠? 내가 여섯 살이었을 때, 재키가 여섯 살이었을 때 누가 색소폰을 연주했냐고요, 재키가…….

11장
제리 블레드소의 죽음

1

여섯 살이었어요……. 그 일이 진짜로 시작된 게, 아빠, 잭을 마침내 오틀리로 데려온, 그리고 이제 그 너머로 끌고 가려고 하는 기관차가 출발하기 시작한 게 바로 그때였어요. 색소폰 소리가 요란했어요. 여섯 살. 재키가 여섯 살 때였어요. 잭은 첫눈에 아빠가 선물해 준 장난감 자동차가 너무 맘에 들어서 완전히 넋을 빼앗겼다. 런던 택시를 본뜬 이 자동차는 벽돌처럼 묵직해서 새 사무실의 부드러운 나무바닥에서 잘만 밀면 우르르 소리와 함께 방을 가로질러 달렸다. 8월이 끝나면 1학년이 되는 어느 늦은 오후였다. 새 장난감 차는 소파 뒤 나무바닥을 탱크처럼 굴러갔고, 에어컨이 켜진 사무실은 그렇게 만족스럽고 여유로울 수 없었다……. 하루의 일과가 끝났고, 다음 날까지 기다릴 수 없다는 다급한 전화도 걸려오지 않았다. 잭은 묵직한 장난감 택시를 나무바닥 위로 굴렸다. 단단한 고무 타이어가 굴러가는 소리는 색소폰 소리에 묻혀 거의 들리

지 않았다. 검은색 장난감 자동차가 소파 다리에 부딪혀 옆으로 돌더니 멈춰 섰다. 잭이 소파 뒤로 기어들었을 때 모건 아저씨는 건너편 의자에 앉아 있었다. 아빠랑 모건 아저씨는 술을 홀짝거리고 있었다. 얼마 후면 술잔을 내려놓고 턴테이블과 앰프를 끄고 차를 타기 위해 아래로 내려갈 터였다.

우리는 모두 여섯 살 아무도 아무것도 아니었어요 그곳은 캘리포니아였어요

"색소폰을 부는 게 누구지?"

모건 아저씨가 물었다. 잭은 반쯤 몽상에 잠겨 있어서 귀에 익은 그의 목소리가 좀 다르게 들렸다. 모건 슬로트의 목소리에 숨겨진 무언가가 속삭이듯 잭의 귀에 파고들었다. 자동차 지붕에 손이 닿자 영국제 철이 아닌 얼음으로 만든 것처럼 몹시 차가웠다.

"덱스터 고든이지 누구겠어."

아빠가 대답했다. 언제나처럼 나른하고 사근사근한 목소리였다. 잭은 묵직한 장난감 자동차를 손으로 잡았다.

"좋은 음반이군."

"「아빠가 색소폰을 불고 있다」라는 음반이지. 오래되긴 했지만 좋은 레코드야, 안 그래?"

"나도 찾아봐야겠군."

그 말을 듣자 잭은 모건 아저씨의 목소리가 이상하게 들리는 이유를 알 것 같았다……. 모건 아저씨는 재즈를 전혀 좋아하지 않았다. 단지 아빠 앞에서만 그런 척한 것이었다. 잭은 어릴 적부터 이 사실을 알고 있어서 아빠가 그것을 눈치채지 못한 게 이해가 가지

않을 정도였다. 모건 아저씨는 절대로「아빠가 색소폰을 불고 있다」레코드를 찾아보지 않을 것이다. 그저 아빠 필 소여한테 아부하기 위해 그런 말을 한 것이었다. 아빠가 그것을 눈치채지 못하는 이유는 다른 사람들과 마찬가지로 모건 슬로트에게 그다지 신경을 쓰지 않았기 때문일 것이다. 모건 아저씨는 영리하고 야망이 컸지만("울버린(족제비과의 포유류. 성질이 사납고 몸에서 악취가 나서 악명이 높은 맹수다. ― 옮긴이)처럼 영리하고 법정 변호사처럼 교활하다."라고 엄마 릴리가 말하곤 했다.) 다른 사람의 주의를 끌지 못해 저도 모르는 새 지나쳐 버리기 쉬운 사람이었다. 아주 어렸을 때 모건의 선생님조차 그의 이름을 기억해 내는 데 애를 먹었을 거라고 잭은 장담할 수 있었다.

"저쪽 세계에서 이 사람이 어떻게 보일지 상상 좀 해 보라고."

모건 아저씨가 말하자 잭은 귀가 쫑긋해졌다. 여전히 거짓말 같았지만 잭이 고개를 번쩍 들고 장난감 자동차를 잡고 있던 손가락에 힘을 꽉 준 이유는 가식 때문이 아니었다…… *저쪽 세계*라는 말이 곧바로 그의 두뇌로 날아 들어와 벨소리처럼 징 울렸기 때문이었다. *저쪽 세계*는 잭의 백일몽에 나오는 바로 그곳이었다. 단박에 모든 것이 이해되었다. 아빠와 모건 아저씨는 소파 뒤에 잭이 있는 것도 잊은 채 백일몽에 대해 얘기를 나눌 참이었다.

아빠는 백일몽의 세계에 대해 알고 있었다. 잭은 엄마나 아빠에게 한 번도 백일몽에 대해 얘기한 적이 없지만 아빠는 백일몽을 알고 있었던 것이다. 백일몽을 알고 있어야 했으므로. 단순히 그뿐이었다. 그걸 깨닫고 나자 말로 설명은 잘 안 되지만 아빠가 백일몽을 안전하게 지키려 했다는 느낌을 받았다.

마찬가지로 말로 옮기기는 어려웠지만 모건 슬로트가 백일몽을 안다는 것 때문에도 왠지 마음이 불편했다. 모건 아저씨가 말했다.

"어때? 이 사람이라면 저쪽 세계 사람들의 마음을 돌려놓을 수 있을 거야, 안 그래? 사람들은 아마 그를 저주받은 땅의 공작이든 뭐든 시켜 줄 거야."

"내 생각은 달라. 사람들이 우리만큼 그를 좋아하게 된다면 혹시 모르지만."

아빠, 하지만 모건 아저씨는 그 사람을 좋아하지 않아요. 잭은 갑자기 이것이 얼마나 중요한 일인지 똑똑히 알게 되었다. 모건은 그를 전혀 좋아하지 않아요, 진짜로 안 좋아해요, 그는 음악이 너무 시끄럽다고 생각하고 자기로부터 무언가를 빼앗으려 한다고 생각한다고요…….

"그렇지. 자네가 나보다는 저쪽 세계에 대해 자세히 알고 있지."

모건이 사람 좋은 느긋한 목소리로 말을 이었다.

"그래. 내가 더 자주 간 건 사실이야. 하지만 자네도 많이 따라잡고 있잖아."

아빠가 웃는 소리가 들렸다.

"아, 나도 몇 가지 배웠지, 필. 하지만 사실, 자네도 알다시피 이 모든 것을 나에게 보여 준 데 대해 아무리 감사해도 지나치진 않을 걸세."

*감사라는 말은 유리잔을 부딪는 소리와 함께 담배 연기에 묻혀 버리고 말았다.

하지만 이런 사소한 모든 경고에도 불구하고 잭은 더없이 만족스러웠다. 두 사람은 백일몽에 대해 대화를 나누었다. 그런 일이 가능한 것은 마법의 힘이었다. 이제는 그들이 사용하는 말과 어휘가 너무 어른들이 쓰는 말이어서 알아듣기 힘들었지만 여섯 살의 잭은 또다시 백일몽의 경이와 기쁨을 경험했다. 하지만 적어도 두 사람의 대화가 어떤 방향으로 흐르는지 이해할 정도는 되었다. 백일몽은 현실이었고 잭은 아빠와 그것을 나누어 갖고 있었다. 그것은 잭의 기쁨 중 나머지 절반이었다.

2

"몇 가지 분명히 해 둘 게 있네만."

모건이 말했다. 잭에게 *분명히*란 말은 뱀처럼 서로 엉켜 매듭지어진 한 쌍의 노끈 같았다.

"이쪽 세계의 물리학이 그들에겐 마법인 셈이지, 그렇지? 우린 과학 대신 마법을 이용하는 농업 군주제 국가에 대해 이야기하고 있단 말이야."

"그건 그렇지."

필 소여가 대답했다.

"추측건대 그들은 수세기 동안 그렇게 살아온 것 같아. 그들의 삶은 변한 것이 거의 없어 보여."

"정치적 격변을 제외한다면 말이야, 그래, 맞는 말이지."

그 순간 모건 아저씨의 목소리가 굳어졌다. 흥분을 감추려다 보니 자음이 갈라져 나왔다.

"음, 정치 문제 따위는 잊기로 하세. 우리 회사의 변화에 대해 생각해 보지 않겠나? 그러니까…… 나도 자네와 같은 생각일세, 필…… 우린 이미 테러토리에서 제법 많은 이익을 얻었고, 저쪽 세계에 변화를 일으키는 일에 대해선 신중해야지. 그 점에 대해선 나도 아무런 불만이 없네. 나도 같은 생각이니까."

아빠가 침묵을 지킨 채 반응을 보이지 않자 슬로트가 말을 이었다.

"자자, 기본적으로 우리 회사의 이익은 손상시키지 않는 범위 안에서 우리 쪽 사람들에게 이익을 널리 나누어 주는 것은 어떻겠나? 우리 이익을 희생할 수는 없지만 우리들만 혜택을 입어서는 안 되지 않겠나? 우리는 그들에게 신세를 많이 졌어, 필. 그들이 우리에게 해 준 일들을 생각해 보게나. 내 생각엔 우리가 저쪽 세계와 합치면 시너지 효과를 얻을 수 있을 것 같아. 우리의 에너지와 그들의 에너지를 합치면 상상도 못 한 일이 일어날지도 몰라, 필. 그럼 우리의 관대함을 다들 극찬할 걸세. 물론 이쪽 세계에는 아무런 손해도 없을 거고 말일세."

모건이 인상을 찌푸린 채 손바닥을 비비는 모습이 눈에 선했다.

"물론 아직 이 문제에 대한 청사진을 그려 놓은 것은 아닐세, 자네도 알겠지만, 그 시너지 효과 하나만 해도 그들에게 충분히 보답이 되지 않겠나, 사실이 그러니까. 하지만 필…… 그들에게 전기를 제공한다면 어떤 영향력을 미치게 될지 상상할 수 있겠나? 저쪽 세계의 올바른 사람들에게 현대식 무기를 제공한다면? 자네는 어떻게 생각하나? 내 생각엔 정말 굉장할 걸세. *굉장할 거라고.*"

모건이 땀에 젖은 손뼉을 짝 부딪치는 소리가 들렸다.

"자네 몰래 일을 벌이겠다거나 그런 건 아닐세. 하지만 이제는 그런 쪽으로 생각해 볼 때도 되지 않았나? 테러토리에게 이득이 되게 말이야, 우리가 좀 더 개입할 때도 되지 않았나?"

필 소여는 여전히 입을 다물고 있었다. 모건 아저씨가 또다시 손뼉을 쳤다. 마침내 필 소여가 입을 열었다. 그 목소리만으로는 의중을 파악하기가 어려웠다.

"테러토리에 좀 더 개입해야 한다고?"

"그게 당연한 수순이 아니겠나? 그 근거를 자세히 알려 줄 수도 있네, 필, 하지만 굳이 그럴 필요까지는 없겠지. 자네도 아마 저쪽 세계로 다니기 전에 우리 사정이 어땠는지 기억하고 있을 걸세. 좋아, 전부 우리 힘으로 이룰 수 있었을지도 모르지, 실제로 우리 힘으로 이뤘을 거고, 하지만 나로서는, 완전히 망가진 스트리퍼들이나 쓸모없는 코미디언을 상대하지 않게 돼서 너무나 감사하다네."

"잠깐만!"

아빠가 모건 아저씨의 말을 끊었다. 하지만 그는 계속 떠들어 댔다.

"비행기, 비행기 같은 것은 어떻겠나?"

"잠깐만, 거기까지만 하라고, 모건. 나는 자네가 상상도 못 해 봤을 다양한 아이디어를 가지고 있어."

"난 언제나 새로운 아이디어에 열려 있다네."

모건 아저씨가 대꾸했다. 하지만 다시금 꿍꿍이로 가득 찬 목소리였다.

"좋아. 저쪽 세계에서 무슨 일을 도모하려면 아주 신중해야 해, 동업자. 뭐든 큰일을 벌이고 나면, 우리가 일으킨 어떤 실질적인 변화라도 부메랑이 되어 우리에게 돌아와 뒤통수를 칠 거야. 모든 일에는 결과가 따르는 법일세. 그리고 그 결과라는 건 대개 성가신 일이지."

"예를 들면?"

"전쟁 같은 거지."

"필, 그건 말도 안 되는 소리야. 그런 일은 한 번도 없었잖나……
만약 블레드소를 말하는 거라면……"

"바로 그거야. 내가 말하는 건 블레드소라고. 그것도 우연의 일치였나?"

블레드소? 잭은 고개를 갸우뚱거렸다. 전에 들은 적이 있는 이름이었다. 하지만 잘 기억나지 않았다.

"그래, 하지만 그건 전쟁과는 전혀 상관없는 일이잖나, 좋게 말해서, 어쨌든 난 둘 사이에 연관이 있다고 인정할 수 없네."

"좋아. 외부인이 저쪽 세계의 국왕을 암살한 얘기는 기억나나?
오래전 일이긴 하지만 말이야, 그 얘기 들어 본 적 있지?"

"그래, 들어 본 것 같군."

잭은 다시금 모건이 거짓말을 하고 있다는 걸 감지할 수 있었다.

아빠가 앉은 의자가 삐걱거렸다. 책상에서 다리를 내리고 상체를 앞으로 구부렸을 것이다.

"그 암살 사건으로 인해 저쪽 세계에서 작은 전쟁이 촉발되었지.
전 국왕의 추종자들은 불만을 품은 두어 명의 귀족이 일으킨 폭동을 진압해야 했네. 그자들은 권력을 탈취할 절호의 기회를 잡았다고 여겨 일사천리로 일을 진행했지. 땅을 빼앗고 재산을 몰수하는가 하면 정적들을 감옥에 가두고 자기들 배만 잔뜩 불렸지."

모건이 끼어들었다.

"이것 보게, 뭐든 객관적으로 봐야지, 나도 그 얘기를 들었지만 그들은 지나치게 비효율적인 시스템에 정치적 질서를 가져올 필요가 있다고 생각한 걸세. 일을 시작했으면 때때로 단호해져야 할 때가 있잖나. 나는 이해가 되더라고."

"그들의 정치 문제는 우리가 가타부타할 일이 아니지, 거기까지는 나도 동의해. 하지만 내 생각은 이렇다네, 그 소규모 전쟁은 3주 정도 계속되었지. 전쟁이 끝났을 때 거의 100명의 사람이 목숨을 잃었다네. 물론 더 적을 수도 있겠지. 그 전쟁이 언제 시작되었는지 들은 적 있나? 몇 년도였는지, 며칠이었는지 말일세."

"잘 모르겠는걸."

모건이 부루퉁한 목소리로 웅얼거렸다.

"1939년 9월 1일이었네. 이쪽 세계에서는 독일이 폴란드를 침공한 날이었지."

아빠는 여기서 말을 멈췄고, 잭은 소파 뒤에서 검은색 장난감 택시를 꽉 붙잡고 소리를 내지는 않았지만 늘어지게 하품을 했다. 마침내 모건 아저씨가 침묵을 깼다.

"대단한 궤변이군. *저쪽 세계*의 전쟁 때문에 *이쪽 세계*에서 전쟁이 일어났단 말인가? 정말 그렇게 믿는 건 아니겠지?"

"믿다마다. 3주 동안 저쪽 세계에서 일어난 소규모 전쟁이 어떤 경로에선지 이쪽 세계에 도화선이 되어 전쟁이 일어났고 6년 동안 지속되어 수백만 명이 죽어 나갔단 말일세. 틀림없는 사실이야."

"그렇지만 말이야……."

모건 아저씨가 이렇게 말하고는 숨을 헐떡이며 씩씩거리기 시작했다.

"그뿐만이 아니야. 이 문제에 대해 저쪽 사람들을 많이 만나 얘기해 보았다네. 내가 받은 인상은 말이야, 국왕을 암살한 그 낯선 사람이 *진짜* 외부인이었다는 걸세, 내 말을 알아듣겠나? 암살자를 본 사람들은 그가 테러토리의 옷을 불편해한다는 느낌을 받았지. 그곳 관습도 잘 몰랐고…… 화폐도 금방 알아보지 못했다네."

"아, 그런가."

"정말이라니까. 그가 국왕의 등에 칼을 꽂은 뒤에 저쪽 사람들에 의해 갈기갈기 찢어지지 않았더라면 그 점을 확인할 수 있었을 텐데. 하지만 어쨌든 나는 확신하네, 그가……"

"우리 쪽이라고?"

"맞았어. 이쪽 세계 사람일세. 이쪽 세계에서 저쪽 세계로 넘어간 놈이지. 모건, 그러니까 저쪽 세계를 너무 많이 좌우하려는 것은 좋지 않은 것 같아. 그 결과가 어떨지는 아무도 장담할 수 없지 않은가. 사실대로 말하면 우리도 테러토리에서 일어나는 일에 의해 늘 영향을 받고 있네. 좀 더 놀라운 얘기를 알려 줄까?"

"말해 보게."

"다른 세계는 저쪽 세계만이 아니네."

3

"무슨 그런 터무니없는 소리를."

"정말이야. 저쪽 세계에 있을 때 어딘가 또 *다른 세계* 가까이에 있다는 느낌을 한두 번 받은 적이 있다네……. 말하자면 테러토리의 테러토리인 셈이지."

잭도 같은 생각이었다. *그래, 맞아, 그래야만 말이 되지, 백일몽 속의 백일몽, 훨씬 더 아름다운 어떤 곳, 그리고 그 너머에는 백일몽의 백일몽의 백일몽, 그리고 그 너머에는 훨씬 더 멋진 또 다른 곳, 또 다른 세계……. 이렇게 졸음이 쏟아지기는 처음이었다.*

백일몽의 백일몽

뒤이어 잭은 묵직한 장난감 택시를 무릎에 올려놓은 채 잠이 들었다. 잠이 드는 동시에 온몸이 무거워져 나무바닥에 닻을 내렸다. 그리고 아무 근심 걱정 없이 행복한 잠에 빠져들었다.

대화는 계속되었을 것이다. 잭이 못 듣고 지나친 많은 얘기들이 오갔을 것이다. 「아빠가 색소폰을 불고 있다」 레코드의 뒷면을 들으며 잭은 몸이 올라갔다 떨어지고 몸이 무거워졌다 다시 가벼워졌다. 그동안 모건 슬로트는 처음에는 자신의 계획을 주장하고 아빠와 논쟁을 벌였을 것이다. 말투는 부드럽지만 주먹을 꽉 쥐고 이마를 잔뜩 찡그린 채! 설득당하기 쉬운 사람처럼 굴다가 마침내 동업자의 의구심에 설득당한 것처럼 보이게 했다. 대화가 끝나 갈 무렵, 잭은 오틀리, 뉴욕, 그리고 이름 없는 테러토리 마을 사이의 위험한 경계에 떠돌고 있는 열두 살 잭으로 돌아갔고, 모건 슬로트는 설득당했을 뿐만 아니라 덕분에 많이 배웠다며 적극적으로 감사의 뜻을 표현했다. 잭이 잠에서 깼을 때 처음 들은 소리는 아빠가 찾는 소리였다.

"그런데 잭이 어디로 간 거지?"

두 번째는 모건 아저씨의 대답이었다.

"저런, 자네 말이 옳은 것 같아, 필. 자네는 사물의 본질을 꿰뚫어 보는 능력이 있잖아, 그건 대단한 능력이지."

"잭이 어디에 있냐고?"

잭은 소파 뒤에서 버둥대고 있었다. 잠은 완전히 달아나 버렸다. 검은색 택시가 쿵 하고 바닥에 떨어졌다.

모건 아저씨가 말했다.

"아, 다 듣고 있었겠구나, *아무렴.*"

"의자 뒤쪽에 있구나, 아가야."

두 사람이 일어서고 의자들이 마룻바닥에서 밀리는 소리가 들렸다.

"*우우웅.*"

잭은 기지개를 켜면서 장난감 택시를 천천히 다시 무릎 위에 올려놓았다. 다리가 뻣뻣하고 쑤셨다. 몸을 일으키자 다리가 찌릿찌릿했다.

아빠가 웃음을 터뜨렸다. 발소리가 잭 쪽으로 다가왔다. 모건 아저씨의 벌겋게 부은 얼굴이 소파 위에 나타났다. 잭은 하품을 하고는 소파 뒤에 다리를 밀어 넣었다. 모건 아저씨 옆으로 아빠의 얼굴이 나타났다. 아빠는 환하게 웃고 있었다. 잠시 동안이지만 이 다자란 성인 남자들의 얼굴이 소파 위에 떠 있는 것 같았다. 아빠가 말했다.

"이제 집으로 돌아가야지, 요 잠꾸러기야."

잭이 모건 아저씨의 얼굴을 들여다보니 머릿속 복잡한 꿍꿍이셈이 마치 뱀이 바위 밑으로 숨어 버리듯 항상 웃고 있는 퉁퉁한 두 볼에 가려져 보이지 않게 되었다. 어느새 다시 리처드 슬로트의 아빠로, 크리스마스나 생일이면 늘 특별한 선물을 해 주는 맘씨 좋은 모건 아저씨로, 땀이 많은 모건 아저씨로, 특별히 시선을 끌지 않는 존재로 되돌아왔다. 원래 아저씨가 어떻게 생겼더라? *인간 지진처럼, 눈 뒤쪽 단층선에서 무너져 내릴 것처럼, 신경을 잔뜩 곤두세우고 폭발하기만을 기다리는 것처럼……*.

"잭, 가는 길에 아이스크림 사 줄까? 그게 좋겠지?"

모건 아저씨가 물었다.

"네."

"그럼 로비에 있는 가게에 들르면 되겠네."

아빠가 말했다.

"아주 맛있겠구나. 이게 바로 시너지 효과란 거지."

모건 아저씨가 잭을 향해 한 번 더 미소를 지었다.

이 일이 있었던 것이 여섯 살 때였다. 무게가 없는 상태로 두 세계 사이로 굴러떨어지는 중에 그 일이 다시 벌어졌다. 스피디의 마법 주스의 끔찍한 보랏빛 맛이 입으로, 콧구멍으로 역류해 올라온 순간, 6년 전 나른한 오후의 사건이 머릿속에 똑똑히 재현되었다. 마치 마법 주스가 추억을 생생히 불러일으킨 것 같았다. 너무도 순식간에 그날 오후를 다시 경험했기에 이번만은 마법 주스를 토해야 할 것 같았다.

모건 아저씨의 눈에서 거짓말과 위선이 피어올랐고 잭의 내면에 갇혀 있던 의문도 마침내 피어올랐다…….

누가 연주했죠

무슨 변화 무슨 변화

누가 그 변화를 연주했나요, 아빠?

누가

제리 블레드소를 죽였나요? 마법 주스가 목구멍에서 역류하고 찌르는 듯한 주스 가닥이 콧속으로 흘러들어 구역질을 일으켰다. 바로 그때 흙바닥에 양손이 닿자, 질식할 것 같은 느낌을 도저히 참지 못하고 주스를 토해 버렸다. *무엇이 제리 블레드소를 죽였을까?* 악취 나는 보랏빛 주스가 입에서 튀어나왔다. 컥컥거리며 무작정 뒷걸음쳤다. 다리에 크고 뻣뻣한 잡초가 걸렸다. 다시 양손으로 땅바닥을 짚고 무릎을 꿇으며 맥없이 입을 벌린 채, 노새처럼 참을성 있게 두 번째 구토를 기다렸다. 위장이 뒤틀리더니 신음 소리를 내기도 전에 고약한 주스가 가슴과 목을 태우듯 세차게 역류하여 나왔다. 입술에 실처럼 매달려 있는 분홍색 타액을 힘없이 손등으로 닦아 내고는 바지에 손을 훔쳤다. 제리 블레드소, 맞아. *제리……* 주유소 직원처럼 언제나 자기 이름을 셔츠에 수놓아 입고 다녔지. 제리가 죽었을 때…… 잭은 심하게 도리질을 하며 손으로 입을 다시 훔쳤다. 그리고 풀숲에 침을 뱉었다. 회갈색 땅바닥에는 톱니 모양의 잡초가 마치 거인의 몸통을 장식하는 꽃장식인 양 무성했다. 스스로도 이해할 수 없는 동물적 본능으로 자신의 연분홍색 토사물을 흙으로 덮었다. 또다시 반사적으로 손바닥을 바지에 문지른 다음 고개를 들었다.

잭은 저물어 가는 저녁 햇살을 받으며 비포장도로 한쪽에 무릎을 꿇고 앉아 있었다. 끔찍한 엘로이 괴물도 더 이상 쫓아오지 않았다. 그건 바로 알아차릴 수 있었다. 판자 울타리로 만든 우리 안에 갇혀 있던 개들이 틈새로 주둥이를 내밀고는 으르렁거리며 시끄럽게 짖어 댔다. 그 반대편에는 제멋대로 지은 목조 건물이 불규칙하게 늘어서 있었고 그곳에서도 개 짖는 소리 같은 소음이 하늘까지 닿을 듯 시끄럽게 울렸다. 그 소음은 잭이 오틀리 주점의 벽 너머로 들었던 소리와 한 치도 다르지 않았다. 바로 술 취한 사내들이 고래고래 욕지거리를 하는 소리였다. 주점…… 여기서는 여관이나 선술집인 모양이었다. 이제 스피디의 주스로 인해 뒤집혔던 속도 웬만큼 가라앉아서 맥아와 호프가 발효하여 퍼지는 구수한 냄새를 맡을 수 있었다. 술집에서 나오는 사내들과 마주치지 않도록 조심해야 했다.

잠시 동안 잭은 울타리 틈새로 컹컹거리며 으르렁거리는 개들을 피해 도망가는 상상을 하다가 자리에서 일어섰다. 하늘이 머리 위로 기울어지면서 어두워지고 있었다. 집에서는, *그의* 세계에서는 무슨 일이 일어나고 있을까? 오틀리 한가운데에 소규모 재난이 일어났을까? 작은 규모의 홍수나 화재 같은 걸로? 여관에서 뒤쪽으로 조용조용 뒷걸음치다 키 큰 풀숲을 비스듬히 가로지르기 시작했다. 대략 60미터 앞에 있는 집에서 창문을 통해 굵은 양초가 타오르는 모습이 보였다. 술집을 제외하고는 유일한 집이었다. 오른쪽으로 그리 멀지 않은 곳에서 돼지 냄새가 났다. 그 집과 술집 사이의 절반쯤 이르렀을 즈음 개 짖는 소리가 그쳤다. 천천히 서부 도로를 향해 전진하기 시작했다. 달빛 하나 없는 캄캄한 밤이었다.

제리 블레드소.

4

코앞에 가서야 알아차리긴 했지만 그곳엔 다른 집들도 있었다. 뒤쪽 여관에서 소란 피우는 취객들을 제외하면 이 테러토리의 시골 사람들은 태양이 자러 가는 동시에 잠자리에 드는 것 같았다. 작은 사각형의 창문 어디에도 촛불이 빛나는 곳은 없었다. 서부 도로의 어느 쪽이든 사각형의 어두운 집들은 이상하게 고립된 모습이었다. 어린이 잡지의 '틀린 그림 찾기'를 보는 것처럼 뭔가가 이상했지만, 잭은 어디가 이상한지 알아낼 수가 없었다. 거꾸로 매달린 것도 없고, 불탄 것도 없고, 지나치게 흐트러진 곳도 전혀 없었다. 대부분의 집들은 건초를 짧게 자른 듯한 보풀보풀한 것으로 지붕을 이었다. 잭은 이것이 전에 들어 보기만 하고 보지는 못한 초가지붕일 거라고 짐작했다. 모건, 오리스의 모건. 잭이 불현듯 두려움에 사로잡혀 파르르 떨고 있는데, 두 사람이 눈에 들어왔다. 긴 머리에 굽 높은 부츠를 신은 사람과 아빠의 땀 많은 일중독 동업자가 잠깐 동안이지만 서로 뒤섞여 보였다……. 해적 같은 머리 스타일에 한쪽 다리를 질질 끄는 모건 슬로트. 하지만 모건 ─ 이쪽 세계의 모건 ─ 은 이 그림에서 틀린 부분이 아니었다.

토끼장을 조금 크게 만든 것 같은 작고 납작한 1층짜리 집을 지나치면서 보니 기이하게도 검고 굵은 통나무 기둥이 X 자 모양으로 지붕을 버티고 있었다. 이 집도 짧게 자른 보풀보풀한 초가지붕을 이고 있었다. 만약 오틀리에서 걸어 나왔다면 ─ 진실에 더 근접하려면, '도망 나왔다면'이라고 해야 할 것이다. ─이 거대한 토끼집에 하나뿐인 어두운 창문에서 그는 무엇을 보게 되었을까? 그는 답을 알고 있었다. 텔레비전 불빛이 깜박이고 있을 터였다. 하지만 물론 테러토리에는 텔레비전이 없었다. 그 화려한 불빛을 보지 못해 그가 당황한 것은 아니었다. 뭔가가 빠져 있었다. 도로를 따라 집들이 서 있는 곳에는 반드시 있어야 하는 어떤 것, 그것의 부재가 풍경에 구멍을 뚫어 놓았다. 부재한 것이 무엇인지 알지는 못해도 무언가가 빠져 있다는 것은 확실히 알 수 있었다.

텔레비전, 텔레비전 수상기……. 잭은 계속해서 통나무로 뼈대를 만든 작은 집을 지나다 앞을 보았다. 도로 경계에서 약간 들어간 곳에 난쟁이 집처럼 작은 집의 현관문이 있었다. 하지만 다른 집들과 달리 지붕에 볏짚 대신 잔디를 이고 있었다. 무심코 미소가 나왔다. 이 작은 마을이 호비튼(영화 「반지의 제왕」 속 호빗들이 사는 마을 ─옮긴이)을 떠올리게 했기 때문이었다. 호비튼의 유선방송 장수가 여기에 차를 세우고 이…… 판잣집이라고 해야 하나, 개집이라고 해야 하나? 하여튼 여기 사는 여자들에게 이렇게 말하지 않을까?

"부인, 이 지역에 케이블을 설치하고 있습니다. 저렴한 월 시청료만 내시면 바로 설치해 드립니다. 그러면 15개의 최신 채널을 보실 수 있고 「미드나이트 블루」(성인 대상의 심야 케이블 프로그램 ─옮긴이)도 보실 수 있고 모든 스포츠 중계와 일기예보 방송을 보실 수……?"

그러고 나자 돌연 깨달음이 찾아왔다. 바로 그거였다. 이 집들 앞에는 전봇대가 없었다. 전선도 없었다! 하늘을 뒤덮는 텔레비전 안

테나도 없었고, 서부 도로를 따라 길게 늘어선 키 큰 나무 전봇대도 없었다. 테러토리에는 전기가 없기 때문이다. 이것은 잭이 빠진 요소를 알아차릴 수 없었던 이유이기도 했다. 제리 블레드소는 적어도 한때는 소여 앤드 슬로트사의 전기기사이자 잡역부였다.

5

아빠와 모건 슬로트가 블레드소라는 이름을 언급했을 때 한 번도 들은 적 없는 이름이라고 생각했다. 하지만 기억을 더듬어 보니 그 잡역부의 이름을 한두 번쯤은 들어 본 것 같았다. 제리 블레드소는 작업복 주머니에 새겨진 대로 거의 언제나 *제리*라고 불렸다.

"제리한테 에어컨 좀 손보라고 할 수 있나?"

"저 문 경첩에 기름 좀 바르라고 제리한테 말해 주겠나? 끽끽거리는 소리 때문에 돌겠다니까."

그럴 때마다 제리는 빳빳하게 다림질한 깨끗한 작업복을 입고, 숱 없는 적갈색 머리칼을 단정하게 빗고, 둥글고 선하게 보이는 안경을 끼고 나타나 고장 난 부분을 묵묵히 고쳐 놓곤 했다. 황갈색 작업복 바지를 항상 깨끗하게 빨아 빳빳하게 주름을 세워 준 것은 제리 부인이었는데 그들에게는 아이들이 있었다. 소여 앤드 슬로트사는 크리스마스가 되면 어김없이 아이들에게 선물을 안겨 주었다. 잭은 아직 어려서 *제리*라는 이름을 만화 「톰과 제리」에 나오는 고양이 톰의 영원한 앙숙이라 여기고 잡역부 제리의 가족이 벽 밑에 아치형으로 파인 문으로 들어가는 커다란 쥐구멍에 살고 있을 거라고 제멋대로 상상했다.

하지만 누가 제리 블레드소를 죽였을까? 아빠와 모건 슬로트가 크리스마스 때마다 제리의 아이들에게 얼마나 상냥하게 대해 주었는데.

서부 도로의 어둠 속으로 성큼 발을 내디뎠다. 소여 앤드 슬로트사의 잡역부에 대해 완전히 잊었다면 얼마나 좋았을까. 소파 뒤에 기어들자마자 곤하게 잠이 들었다면 얼마나 좋았을까. 지금은 오직 잠, 잠밖에 생각이 안 난다. 6년 동안 묻어 두었던 불편한 기억이 떠오른 지금은 그저 죽은 듯이 자고 싶다는 생각뿐이었다. 마지막 집에서 3킬로미터 이상 떨어지면 누울 만한 곳을 찾아 잠을 청하리라고 결심했다. 들판이라도 좋고, 도랑이라도 상관없었다. 하지만 다리가 더 이상 움직이려 하지 않았고, 온몸의 근육은 물론 뼈까지도 두 배는 무거워진 것처럼 느껴졌다.

아빠를 따라 밀폐된 장소에 들어가 보면 어느새 아빠가 사라져 보이지 않는 일이 벌어지던 무렵의 일이었다. 나중에는 침실에서도, 식당에서도, 심지어 소여 앤드 슬로트사의 회의실에서도 사라지곤 했다. 그날 아버지는 로데오 드라이브에 있는 집 차고에서 그 혼란스러운 마법을 부렸다.

잭은 이 근처에서 그나마 비벌리힐스라는 이름에 부합하는 작은 언덕에 눈에 띄지 않게 앉아 있었다. 그때 아빠가 현관문에서 나와 주머니에서 돈인지 열쇠인지를 찾으며 잔디밭을 지나 차고 옆문으로 들어갔다. 오른쪽의 하얀색 문이 곧 열릴 터였다. 하지만 그 문은 굳게 닫혀 있었다. 그때 아빠 차가 토요일 아침 내내 집 앞에 주차되어 있었던 것이 기억났다. 엄마의 차는 이미 떠나고 없었다.

엄마는 담배를 입에 문 채 「죽음의 연인」을 만든 감독의 최신작인 「더트 트랙」 시사회에 갈 테니 아무도 막을 생각 말라고 엄포를 놓고 떠난 뒤였다. 그러니 차고 안은 비어 있었다. 무슨 일이 일어날지 잠시 기다려 보았지만 옆문도 정문도 열리지 않았다. 마침내 풀밭을 미끄러져 내려가 차고 안으로 들어가 보았다. 너무도 친숙한 넓은 공간이 텅 비어 있었다. 회색 시멘트 바닥엔 검은색 기름 자국이 곳곳에 나 있었고, 벽에 붙어 있는 은색 고리에는 각종 도구가 걸려 있었다. 잭은 너무 놀라 끙 소리를 내고 "아빠!" 하고 불렀다. 그러곤 모든 걸 다시 확인해 보았다. 확실히 해 두고 싶었다. 이번엔 귀뚜라미 한 마리가 벽 한구석의 그늘로 폴짝 뛰어가는 모습을 발견했다. 잠시 동안 *하마터면* 마법이 실제로 존재한다고 믿을 뻔했다. 어떤 못된 마법사가 차고 안에 있다가…… 귀뚜라미는 벽에 난 보이지 않는 틈새로 사라졌다. 아니야, 아빠가 귀뚜라미로 변했을 리가 없어. 그런 일은 절대 없을 거야.

"이봐."

잭이 불렀다. 자기 자신에게 한 말 같았다. 옆문 쪽으로 돌아가 차고에서 나왔다. 로데오 드라이브의 푸릇푸릇한 잔디 위로 햇살이 내리쬐고 있었다. 누군가에게 도움을 청하고 싶었다. 하지만 누구한테? 경찰을 불러야 할까? *아빠가 차고로 들어가셨는데 찾을 수가 없어요. 너무 겁이 나서……*.

두 시간 뒤 필 소여는 비벌리 윌셔 방향에서 걸어왔다. 재킷은 어깨에 걸치고 타이도 느슨하게 풀어 놓았다. 잭의 눈에는 마치 세계 일주를 하고 돌아오는 사람 같았다.

잭은 걱정스러운 마음에 서둘러 내려와 아빠한테 달려갔다.

"잘 뛰는구나."

아빠가 웃으며 말했다. 잭은 아빠 다리에 찰싹 달라붙었다.

"낮잠을 자고 있는 줄 알았는데, 방랑자 잭."

보도를 걸어오는 동안 전화 소리가 들렸다. 본능적으로 — 아마도 다시는 아빠와 떨어지지 않으려는 본능이리라 — 전화가 이미 스무 번도 넘게 울려서 누가 걸었든지 현관문에 도착하기 전에 끊어 버리기를 간절히 바랐다. 아빠는 따뜻하고 커다란 손으로 잭의 목을 감싸고 머리를 헝클어뜨린 다음 문을 열고 다섯 걸음 만에 전화를 받았다.

"그래, 모건."

잭은 아빠가 통화하는 소리를 들었다.

"어, 안 좋은 소식이라고? 어서 말해 보게, 그래."

오래도록 침묵이 흐르는 동안 소년은 전화선을 타고 넘어온 모건의 작고 거슬리는 목소리를 엿듣고 있었다.

"이런, 제리. 말도 안 돼. 가엾은 제리. 곧 가겠네."

그러고는 잭을 똑바로 바라보았다. 웃지도 않고 윙크도 하지 않고 그냥 찬찬히 바라보기만 했다.

"내가 곧 가겠네, 모건. 잭을 데려가야 해. 차 안에서 기다리게 하면 되니까."

잭은 긴장이 풀리는 것을 느꼈고, 안도한 나머지 평소와는 달리 왜 차 안에서 기다려야 하는지 묻지 않았다.

아빠는 로데오 드라이브를 거슬러 올라가 비벌리힐스 호텔 부근에서 좌회전하여 선셋 대로로 접어들어 사무실이 있는 건물로 달려갔다. 그동안 아빠는 아무 말도 하지 않았다.

다가오는 차량들 사이로 재빠르게 달려가 사무실 빌딩 옆 주차장 안으로 들어갔다. 주차장에는 이미 경찰차 두 대가 도착해 있었고, 소방차와 모건 아저씨의 하얀색 소형 메르세데스 컨버터블도 보였다. 녹슬고 오래된 투도어 플리머스는 제리의 차였다. 출입구 바로 안쪽에서 모건 아저씨가 경찰과 얘기를 나누고 있었다. 경찰은 동정심 어린 얼굴로 고개를 천천히, 천천히 흔들고 있었다. 모건 아저씨는 오른팔로 가냘픈 젊은 여인의 어깨를 안고 있었는데, 그녀는 제 몸보다 훨씬 큰 옷을 입고서 아저씨의 가슴에 얼굴을 파묻고 있었다. 잭은 그녀가 제리의 부인이라는 걸 알아보았다. 손수건으로 계속 눈물을 닦고 있어서 얼굴 전체를 볼 수는 없었다. 소방모와 비옷을 걸친 소방관이 구부러진 금속과 플라스틱, 재와 깨진 유리 조각을 복도 안쪽으로 쓸어 모으고 있었다.

아빠가 서둘러 말했다.

"잠시 동안만 여기 앉아 있으렴. 괜찮지, 재키?"

그러고는 출입구로 달려갔다. 한 젊은 중국 여성이 주차장 끝 콘크리트 받침대에 앉아 경찰에게 얘기하고 있었다. 그녀 앞에는 쭈그러진 물체가 있었는데 그것이 자전거라는 것을 잭이 깨닫는 데는 약간의 시간이 걸렸다. 숨을 들이마시자 매캐한 연기 냄새가 콧속으로 비집고 들어왔다.

20분 뒤 아빠와 모건 아저씨가 둘 다 건물에서 나왔다. 여전히 제리 부인을 부축한 채 모건 아저씨가 소여 부자에게 손을 흔들었다. 그는 자신의 소형 차 조수석으로 부인을 이끌었다. 아빠는 차를 돌려 주차장을 빠져나온 뒤 선셋 대로로 다시 들어섰다.

잭이 물어보았다.

"제리 아저씨가 다쳤어요?"

"기이한 사고였단다. 전기 때문이지. 건물이 다 타 버릴 뻔했단다."

잭이 다시 물어보았다.

"제리 아저씨가 다쳤냐니까요?"

"안됐지만 제리는 부상이 너무 심해서 하늘나라로 갔단다."

잭과 리처드 슬로트는 두 달이 걸려서야 여기저기서 주워 들은 얘기로 사건의 전말을 알게 되었다. 나머지 사소한 일들은 잭의 엄마와 리처드의 가정부가 알려 주었다. 가정부는 가장 처참한 일들을 들려주었다.

그 토요일, 제리 블레드소는 건물의 보안 시스템을 손보러 나와 있었다. 평일에 예민한 경보장치에 손댔다가 요란스럽게 경보장치가 울리기라도 하면 세입자들을 경악과 혼란에 빠뜨리기 십상이었기 때문이었다. 경보장치는 1층에 있는 건물의 메인 배전반에 연결되어 있었고 그 앞은 두 개의 이동식 호두나무 패널로 막아 놓았다. 제리는 연장을 바닥에 내려놓고 패널을 떼어 냈다. 주차장은 텅 비어 있었고 건물 안에 경보가 울려도 펄쩍 뛸 사람은 없었다. 뒤이어 제리는 지하 작업실로 전화를 걸어 내려갔다. 관할 소방서에 전화해 그가 다시 전화할 때까지는 소여 앤드 슬로트사에서 나오는 어떤 신호도 무시해 달라고 일러 놓았다. 1층으로 되돌아온 제리는 배전반에 빼곡하게 연결된 복잡한 전선과 씨름하기 시작했다. 바로 그때 로레티 창이라는 23세의 여성이 자전거를 타고 건물 주차장으로 들어서고 있었다. 그녀는 거리 아래쪽에서 보름 뒤에 문을 여는 식당의 홍보용 전단지를 돌리러 들어온 것이었다.

나중에 미스 창이 경찰한테 말한 바에 의하면, 정문 유리를 통해 한 작업부가 지하에서 현관 쪽으로 올라오는 것을 보았다고 한다. 그가 스크루드라이버를 집어 들고 배전반을 잡기 바로 직전에 발밑에서 주차장이 흔들리는 것을 느꼈다. 추측건대 작은 지진 같았다. 로스앤젤레스에서 평생 살았기에 로레티 창은 건물이 무너질 정도가 아닌 다음에야 사소한 지진에는 태연했다. 제리 블레드소는 양다리에 힘을 준 채(그걸 보면 그도 지진을 느낀 것 같았다. 그 밖에는 지진을 알아차린 사람이 없지만.) 고개를 젓고는 벌집같이 복잡한 전선 속으로 드라이버 끝을 넣었다.

그 순간 소여 앤드 슬로트사 건물의 출입구와 1층 복도는 아수라장이 되었다.

배전반 전체가 순식간에 장방형의 불기둥으로 화하고 푸른빛을 띤 노란색 아크가 방전되면서 번개처럼 작업부를 휘감아 버렸다. 전자 경보기가 요란스럽게 울렸다. 콰아아아앙! 콰아아아앙! 2미터나 되는 불덩어리가 벽에서 떨어지며 이미 죽은 제리 브레드소를 옆쪽으로 밀쳐 내고 복도를 굴러 로비까지 내려왔다. 유리로 된 정문이 폭발하면서 유리 파편과 연기가 되어 날아가고 문틀은 심하게 우그러졌다. 로레티 창은 자전거를 내팽개치고 거리 건너편에 있는 공중전화로 달려갔다. 소방서에 전화해 건물의 주소를 알려 주고 돌아왔더니 정문에서 내뿜는 엄청난 힘에 의해 자전거는 절반으로 접혀 있다시피 했다. 전기에 구워진 제리의 시신은 완전히 파괴된 패널 앞에 꼿꼿이 선 채 앞뒤로 흔들리고 있었다. 수천 볼트의 전압이 그의 몸에 몰려들어 전압의 크기가 규칙적으로 커졌다 작아졌다 하면서 시신을 경련시켜, 고정적인 펄스에 따라 딱딱 소리를 내며 앞뒤로 흔들리고 있었던 것이다. 잡역부의 체모와 대부분의 옷은 전기에 지져졌고 피부는 얼룩덜룩한 잿빛으로 익었다. 안경은 갈색 플라스틱 덩어리로 눌어붙어 찜질팩처럼 코에 달라붙어 있었다.

제리 블레드소. 누가 그 변화를 일으켰나요, 아빠? 잭은 자리에서 일어나 30분가량 걸었다. 그동안 작은 초가집 하나 눈에 띄지 않았다. 낯선 모양의 낯선 별자리가 머리 위 넓은 하늘에 수놓여 있었다. 잭이 모르는 언어로 쓴 메시지 같았다.

12장
장터 구경

1

그날 밤은 향긋한 냄새가 나는 테러토리의 건초 더미에서 잠을 잤다. 건초 더미 속으로 파고 들어간 다음 몸을 돌리니 잭이 낸 길을 따라 들어온 신선한 공기가 코끝을 스쳤다. 조그맣게 종종걸음을 치는 듯한 소리가 들려와 근심스러운 얼굴로 귀를 기울였다. 어디선가 들쥐가 건초 더미를 무척 좋아한다는 말을 들었기 때문이었다. 설사 들쥐들이 이 안에 있다 해도 잭 소여라는 커다란 쥐가 있으니 대번에 찍소리 못 하게 만들 수 있을 것이다. 왼손으로 스피디 주스 병의 테두리를 더듬어 내려가다 보니 조금씩 마음이 진정되었다. 물을 마시기 위해 잠시 들렀던 작은 시냇물에서 병뚜껑 대신 탄력 있는 이끼를 모아 병을 막아 둔 참이었다. 이끼 몇 조각이 병 안에 떨어질 수도 있었다. 이미 떨어졌을 수도 있었다. 어쩌나, 그 톡 쏘는 맛과 미묘한 향취를 망쳤을지도 모르겠군.

건초 더미 속에 누워 있자니 마침내 몸이 녹으면서 눈이 자꾸 감졌다. 지금 잭이 느끼는 감정은 안도감이었다……. 마치 등에 100킬로그램짜리 짐을 지고 있다가 누군가가 버클을 풀어서 짐을 내려준 것만 같았다. 그는 다시 테러토리로 돌아온 것이다. 오리스의 모건, 채찍을 휘두르는 오스먼드, 염소 괴물 엘로이 같은 자들의 고향, 무슨 일이든 일어날 수 있는 테러토리로…….

하지만 테러토리에도 좋은 점이 있었다. 그것은 잭의 어릴 적, 모두가 캘리포니아에 살고 아무도 다른 곳에는 살지 않았던 시절의 기억 속에 아로새겨져 있었다. 테러토리에도 좋은 점이 있었다. 지금 주위를 둘러보기만 해도 느낄 수 있었다, 건초 더미 안에 있는 것처럼 한 점 의심 없이 달콤하고 고요하게, 테러토리의 맑은 공기처럼 분명하게.

파리나 무당벌레도 갑자기 돌풍이 불어와 식충식물을 기울여 위기에 빠진 벌레를 날아가게 한다면 안도감을 느낄까? 잭은 알 수가 없었다……. 다만 그가 오틀리에서 벗어났다는 것만은 알았다. 페어 웨더 클럽과 쇼핑 카트를 도난당해 울고 있는 노인들과도 작별을 고했고, 맥주 냄새도 토사물의 구역질 나는 냄새도 사라져 버렸다……. 그중에서 가장 중요한 것은 역시 스모키 업다이크와 오틀리 주점에서 벗어난 것이었다.

결국 당분간은 테러토리에서 방랑해야 할 터였다.

그런 생각을 하다 보니 어느덧 깊은 잠에 빠져들었다.

2

다음 날 아침 서부 도로를 따라 4킬로미터 정도 걸었다. 어쩌면 5킬로미터 정도 걸었을지도 모른다. 햇살은 눈부시게 밝았고 여름의 끝자락에 들어서 수확을 기다리는 들판에서는 구수한 흙냄새가 코를 간질였다. 그때 짐마차가 길가에 멈추더니 구레나룻을 기르고 토가(고대 로마 시민이 입은 헐렁한 겉옷 — 옮긴이)에 헐렁한 반바지를 입은 농부가 일어서서 말했다.

"애야, 너도 마을 장터로 가는 중이냐?"

잭은 조금 당황해서 입이 딱 벌어졌다. 농부가 영어로 말하지 않았다. '모쪼록', '시동이여, 그대는 양말 데님을 무릎에서 엇갈리게 매었느냐' 하는 식으로 고어체를 쓰는 게 아니라 영어와는 *전혀 다른 언어*를 쓰고 있었던 것이다.

구레나룻을 기른 농부 옆에는 풍성한 드레스를 입은 여인이 앉아 있었는데, 세 살 정도로 보이는 어린아이를 무릎 위에 안고 있었다. 잭에게 상냥하게 미소를 지어 보이고는 남편에게 곁눈을 주었다.

"헨리, 저 애는 바보인 모양이에요."

두 사람 모두 영어를 쓰지 않았다……. 하지만 어느 나라 말인지는 모르지만 나는 그 말을 알아들을 수 있다. 실제로 그들의 언어로 사고한다……. 그것이 전부가 아니다. 그게 무엇이든 그들의 언어로 사물을 보고 있고 소통하고 있다.

잭은 지난번 테러토리에 왔을 때도 이와 같았다는 것을 깨달았다. 그때는 너무 당황해서 그 사실을 알아차리지 못했을 뿐이다. 상황이 너무 빠르게 바뀌었고, 모든 것이 낯설게 보였으니.

농부가 앞쪽으로 몸을 기울였다. 그가 미소를 짓자 무시무시한 치아가 드러났다.

"너 진짜 바보니?"

불친절하다고는 할 수 없는 말투였다.

"아니에요, 아저씨."

최대한 상냥하게 미소를 지어 보이며 대답했다. 말하면서도 자신이 *아니에요*가 아니라 그에 해당하는 테러토리의 말을 썼다는 걸 의식했다. 순간이동을 하고 나면 말투와 사고방식까지 마치 옷을 갈아입었을 때처럼 달라졌다.(*이미지*를 보는 방식이라고나 할까. 어쨌든 그는 사전에도 없는 단어로 말했고 마찬가지로 상대가 하는 말도 이해가 되었다.)

"전 바보가 아닙니다. 엄마가 길에서 만나는 사람을 조심하라고 하셔서요."

농부의 아내가 웃으며 말했다.

"그건 너희 어머니 말씀이 옳다. 지금 장에 가는 길이니?"

"네, 길을 따라가고 있습니다. 서쪽으로요."

헨리라는 농부가 말했다.

"그럼 뒤에 올라타렴. 해가 짧단다. 가능하면 물건을 다 팔고 해 지기 전에 집에 돌아가고 싶거든. 옥수수는 흉작이지만 이건 끝물이거든. 9월에 수확하게 되었으니 다행이지 뭐냐. 살 사람이 있을 거야."

"감사합니다."

잭이 낮은 짐마차 뒤에 올라탔다. 뒤쪽에는 수십 개의 옥수수가 거친 밧줄에 묶여 장작 다발처럼 쌓여 있었다. 이 정도가 흉작이라면 풍작에는 얼마나 많을지 상상조차 할 수 없었다. 옥수수는 평생 본 것 중 가장 알이 굵었다. 그 밖에 애호박이나 조롱박도 조금 쌓여 있었고, 호박처럼 보이는데 누렇기보다는 붉은색에 가까운 것들도 있었다. 그게 무언지 알 수는 없었지만 굉장히 맛있어 보였다. 배에서 꼬르륵 소리가 진동을 했다. 여행길에 오른 이래 잭은 배고픔이 무엇인지 깨달았다. 그것은 길 가다 만나는 지인 같은 게 아니었다. 방과 후에 느끼는 가벼운 허기처럼 쿠키 몇 개와 네슬레 퀵을 탄 우유 한 잔으로 채워질 수 있는 것이 아니었다. 마치 가끔씩 멀어지는 일도 있지만 한 번도 진짜로 헤어진 적은 없는 단짝 친구 같은 것이었다.

짐마차 앞쪽으로 등을 돌리고 앉아 있는데, 샌들이 아래로 달랑거려서 서부 도로의 단단히 다져진 흙바닥에 닿을 것 같았다. 오늘 아침엔 유난히 마차들이 많았다. 잭이 보기엔 대부분 장을 보러 가는 모양이었다. 헨리 아저씨는 아는 사람을 만날 때마다 우렁찬 소리로 인사를 나누었다.

잭은 여전히 사과처럼 붉은 호박이 무슨 맛일지, 다음 끼니는 어디서 먹을 수 있을지 하는 생각뿐이었다. 바로 그때 작은 손 두 개가 그의 머리칼을 휘감더니 홱 잡아당겼다. 너무 아파서 엉겁결에 눈물이 쏙 빠졌다.

뒤를 돌아보니 세 살짜리 아이가 맨발로 서 있었다. 얼굴 한가득 웃음을 지으며 양손에 잭의 머리칼 몇 가닥씩을 들고 있었다.

"제이슨!"

아이 엄마가 소리치긴 했지만 응석받이를 대하는 말투였다.(제이

슨이 머리칼을 뽑는 걸 봤어요? 힘이 아주 세졌어요!)

"제이슨, 그러면 못 써."

제이슨은 뻔뻔한 얼굴로 싱글거렸다. 약간 얼빠진 표정이지만 천진난만하게 함박웃음을 짓는 아이를 보니 잭은 어젯밤 잠을 잔 건초 더미처럼 상긋한 냄새가 나는 것 같았다. 자기도 모르게 마주 웃어 주었다……. 잭의 웃음에 아무런 정치공학적 타산이 없어서 였을까. 헨리 부인은 그가 마음에 든 모양이었다.

"쉬야."

무의식적으로 노련한 뱃사람처럼 몸을 앞뒤로 흔들면서 꼬마가 말했다. 꼬마는 여전히 잭을 보고 웃고 있었다.

"뭐라고?"

"쌀 거야."

"무슨 말인지 모르겠구나, 제이슨."

"쉬야한다니까."

"무슨 말인지……"

그러자 세 살치고는 몸집이 큰 제이슨이 잭의 무릎에 털썩 주저 앉았다. 여전히 웃는 얼굴이었다.

쉬야할 거라고, 아, 그래, 이제 알겠네. 음경에서 명치끝까지 올라 가는 무지근한 통증을 느끼며 비로소 잭은 그 말뜻을 알아차렸다.

"제이슨, 그럼 *나쁘다니까.*"

제이슨의 엄마가 다시 소리치긴 했지만 아까와 마찬가지로 아이 가 귀여워 죽겠다는 듯 응석을 받아 주는 말투였다……. 제이슨은 누구에게 주도권이 있는지 다 안다는 듯 얼빠진 얼굴에 상냥하고 귀여운 미소를 머금었다.

제이슨의 엉덩이가 젖어 있었다. 그것도 아주 흠뻑, 의심의 여지 없이 흥건히 젖어 있었다.

테러토리에 돌아온 것을 환영해, 재키야.

마차 뒤에 앉아 아이를 안은 채 뜨뜻한 아이의 오줌이 천천히 옷을 적셔 오는 것을 느끼며 잭은 큰 소리로 웃기 시작했다. 고개를 들어 보니 눈부실 정도로 파란 하늘이 펼쳐져 있었다.

3

몇 분 후 헨리의 부인이 잭이 아이를 무릎 위에 올려놓고 앉아 있는 곳으로 옮겨 와서는 다시 아이를 데려갔다.

"이런, 쉬했잖아. 나빠."

역시 응석받이를 대하는 말투였다. *우리 제이슨은 오줌도 많이 싸네!* 잭은 이런 생각을 하며 다시 웃어 젖혔다. 그러자 제이슨이 따라 웃고 헨리 부인도 덩달아 그들과 함께 큰 소리로 웃어 버렸다.

제이슨의 옷을 갈아입히며 헨리 부인은 여러 가지 질문을 쏟아냈다. 잭 자신의 세계에서도 흔히 듣는 질문이었다. 하지만 여기서는 아주 조심해야 했다. 그는 외부인이므로 언제 함정에 빠질지 모를 일이었다. 아빠는 모건 아저씨에게 이렇게 말했다……. *진짜 외부인이었다는 걸세, 내 말을 알아듣겠나?*

부인의 남편인 헨리도 잠자코 귀 기울여 듣고 있었다. 잭은 부인의 질문에 대해 조심스럽게 변형한 '사연'을 가지고 대답했다. 일자리를 구할 때 쓰던 시나리오는 자제하고 히치하이크를 할 때 호기심에 캐묻는 사람과 얘기하듯이 대화를 이어 갔다.

잭은 올핸즈 빌리지에서 오는 길이라고 말했다. 제이슨의 엄마는 그런 곳이 있다고 들어 본 적이 있긴 하지만 별로 기억나는 게 없다고 했다. 정말로 그렇게 멀리서 온 거냐고 그녀가 묻기에 정말이라고 대답해 주었다. 어디로 가는지도 알고 싶어 해서 그녀(그리고 잠자코 듣고 있는 헨리)에게 캘리포니아 빌리지로 가고 있다고 대답해 주었다. 그런 마을 이름은 가끔씩 지나가는 행상들에게 듣는 이야기에서 스치듯 언급된 적도 없다고 했다. 그다지 놀랄 만한 일은 아니었다……. 두 사람이 "뭐, 캘리포니아라고? 그런 이름은 난생처음 듣는걸. 누굴 속이려 드는 게냐, 이 꼬마야?"라는 식으로 반응하지 않아서 잭으로서는 다행이었다. 테러토리에는 자기 마을에서만 살아온 사람들이 들은 적도 없는 마을이나 지역이 아주 많을 것이다. 전봇대도 없고 전기도 없다. 영화도 없고 말리부나 새러소타에 얼마나 멋진 것들이 많은지를 보여 주는 유선방송도 없다. 벨 아줌마(미국 전화전신 회사 AT&T의 애칭 — 옮긴이) 같은 회사가 없으니 오후 5시 이후에 변경으로 전화를 걸면 3분 통화에 세금 포함 5달러 83센트밖에 안 되고 일요일이나 다른 공휴일에는 요금이 비싸질 수 있다는 광고도 볼 수 없다. 잭은 생각했다. *이 사람들은 미스터리 속에 살고 있다. 미스터리 속에 살고 있으면 자기가 들어 보지 못했다는 이유만으로 어떤 마을에 대해 굳이 알려고 들지 않게 되는 것이다. 캘리포니아 빌리지나 올핸즈 빌리지나 그들에게는 유별날 게 없어 보일 것이다.*

두 사람이 더 묻지 않았지만, 잭은 계속 이야기했다. 아빠가 작년에 돌아가신 뒤 엄마도 중병에 걸려서(여왕의 강제집행인들이 한밤중에 찾아와 당나귀를 빼앗아 갔다는 얘기를 덧붙일까 생각해 보았지만, 씩 웃고는 그냥 그 이야기는 빼기로 했다.) 엄마가 잭에게 돈을 쥐여 주고(테러토리 언어에서 돈에 해당하는 단어는 *막대기*와 비슷한 무언가인 듯했다.) 헬렌 이모가 사는 캘리포니아로 가서 지내라고 했다고 말했다.

"어려운 시기야."

헨리 부인은 이제 옷을 갈아입힌 제이슨을 더 꼭 껴안으면서 말했다.

"올핸즈 빌리지는 여름궁전에서 가깝지 않니?"

헨리가 잭을 태워 준 이래 처음으로 말을 걸었다.

"네, 가까운 편이지요. 그러니까……"

"넌 아버지가 어쩌다가 돌아가셨는지도 말하지 않았어."

그제야 헨리는 고개를 돌렸다. 의심이 가득 담긴 가느다란 눈초리였다. 방금 전 보여 주었던 친절한 태도는 찾아볼 수 없었다. 그의 친절함은 바람 앞에 선 등불처럼 꺼져 가고 있었다. 그렇다, 여기에 함정이 있었던 것이다. 헨리 부인이 대신 물어보았다.

"아빠는 병에 걸리셨던 거니? 요즘은 천연두니 페스트니 하는 병이 유행하니까. 어려운 시기야……."

잭은 화가 난 나머지 이렇게 말하고 싶었다. *아니요. 병이 났던 게 아니에요, 헨리 부인. 수만 볼트에 감전되어 죽은 거예요, 우리 아빠가요. 어느 토요일에 제리 부인과 어린 자녀들을, 그러니까 저도 포함해서요, 집에 남겨 놓고 일을 하러 나갔어요. 우리가 벽 밑에 난 쥐구멍에서 살고 있고 아무도 다른 곳에서는 살지 않았을 때*

얘기예요. 그러고 나서 어떻게 되었는지 아세요? 아빠는 드라이버를 전선 뭉치에 집어넣었고, 리처드 슬로트의 가정부인 피니 부인이 모건 아저씨가 전화로 하는 말을 들었는데, 전기가 방전된 거래요, 전류가 한꺼번에 흘러나와 몸이 익어 버렸던 거래요. 부상이 너무 심해서 안경이 녹아 코에 달라붙었고, 여기는 안경이 없으니 안경이 뭔지 모르시겠네요. 안경도 없고…… 전기도 없고……「미드나이트 블루」도 없고…… 비행기도 없으니, 제리 부인처럼 되지는 마세요, 헨리 부인. 제발……

구레나룻을 기른 농부가 말했다.

"병 얘기는 그만두지. 아빠는 정치에 관심이 많으셨니?"

잭은 농부를 돌아보았다. 입은 움직였지만 소리는 나오지 않았다. 뭐라고 말해야 할지 정말 난감했다. 함정들이 너무 많았다.

헨리는 듣지 않아도 대답을 알겠다는 듯 고개를 끄덕이며 말했다.

"그만 내려라, 애야. 시장은 다음 고개만 넘으면 나온다. 여기선 충분히 혼자 갈 수 있을 거야, 그렇지?"

"네, 혼자 갈 수 있을 거 같아요."

헨리 부인은 혼란스러워 보였다……. 하지만 곧 잭이 마치 전염병이라도 걸린 듯 제이슨을 그에게서 멀찍이 떼어 놓았다.

농부는 여전히 어깨 너머로 잭을 돌아보며 조금 겸연쩍다는 듯 웃었다.

"미안하구나. 넌 착한 아이 같아. 하지만 우리는 그저 여기 사는 평민이란다. 바다 근처 저쪽에서 어떤 일이 벌어지건 그건 위대한 귀족들이 처리할 일이지. 여왕이 죽든 말든…… 물론 언젠가는 죽을 테지. 조만간 하느님이 내리시는 벼락을 맞겠지. 평민들이 그런 큰일에 끼어들었다가는 다치기 십상이야."

"저희 아빠는……"

"네 아빠 일 따윈 관심 없어!"

농부가 딱 잘랐다. 그의 아내는 여전히 제이슨을 가슴에 안은 채 잭으로부터 멀찍이 떨어져 앉았다.

"좋은 사람이었는지 나쁜 사람이었는지 그런 건 난 몰라. 알고 싶지도 않고. 내가 아는 거라곤 네 아빠는 죽었다는 것뿐이야. 네가 거짓말했다고 생각진 않아. 그의 아들이 한뎃잠을 자며 도망 다니는 표시가 역력하다고도 생각하지 않아. 그의 아들이 이 근방에서는 들어 본 적 없는 말투로 말을 하긴 하지만 말이야. 그러니 그만 내려라. 네가 보다시피 내게도 아들이 있잖니."

잭은 겁에 질린 여인의 얼굴을 보고 미안해져서 얼른 마차에서 내렸다. 여인은 잭 때문에 겁을 먹은 것이다. 농부 말이 맞았다. 평민들은 높으신 분들의 일에 관여해서는 안 된다. 현명한 사람이라면 그런 짓은 하지 않는다.

13장

하늘을 나는 사람들

1

그토록 고생해서 번 돈이 말 그대로 나무막대기로 *변해 버린* 것을 보자 충격이 컸다. 마치 솜씨 없는 장인이 만든 장난감 뱀처럼 보였다. 하지만 충격도 잠시, 잭은 쓴웃음을 지었다. 당연히 그 막대기들도 여기서는 돈이었기 때문이다. 여기로 올 때마다 모든 것이 바뀌지 않는가. 1달러짜리 은화는 그리핀(독수리의 머리, 발톱, 날개에 사자의 몸통을 가지 신화 속 동물 — 옮긴이)이 새겨진 동전이 되고 셔츠는 저킨이 되는가 하면 영어는 테러토리 말이 되었다. 미국 돈은 마디가 진 나무막대기가 되었다. 다 해서 22달러쯤 갖고 있었으니까 테러토리 돈으로도 그 정도는 되려니 싶었다. 막상 세어 보니 막대기 하나에는 열네 마디가, 다른 막대에는 스무 개가 넘는 마디가 있었다.

문제는 돈보다 물가였다. 무엇이 싸고 무엇이 비싼지 짐작이 가지 않았다. 시장을 따라 걸어가다 보면 새로 나온 「이 물건의 가격은?」(제시된 상품의 정확한 가격을 맞히는 CBS의 게임쇼 — 옮긴이)에 출연한 기분이었다. 단지 여기서 틀리면 위로상은 없고 사회자 밥 바커가 등을 쳐 주지도 않는다. 여기서 틀리면 이곳 사람들은…… 글쎄, 여기 사람들이 *어떻게* 반응할지 정확히 알 수는 없었다. 쫓아낼 것은 확실했다. 다치거나 고약한 일을 당하지는 않을까? 알 수 없는 일이었다. 죽일 수도 있을까? 그럴 것 같지는 않았지만, 아니라고 단정 지을 수도 없었다. 그들은 정치와는 무관한 평민들이었고 잭은 다른 나라에서 온 외부인이었으니까.

잭은 그 문제를 골똘히 생각하며 소란스럽고 북적거리는 장날의 인파를 뚫고 끝까지 천천히 걸어가 보았다. 하지만 생각은 위장쪽으로 자꾸 옮겨 갔다. 못 견디게 배가 고팠기 때문이었다. 한번은 농부 헨리가 염소를 팔러 온 사내와 흥정하는 모습이 보였다. 그 곁엔 헨리 부인이 있었지만 거래를 방해할까 봐 멀찌감치 서 있었다. 부인은 잭한테 등을 보이고 있었지만 품에 아기를 안고 있었는데 — *제이슨, 헨리의 아이지.* 잭은 생각했다. — 제이슨이 잭을 발견하곤 통통한 손을 흔들었다. 잭은 얼른 돌아서서 헨리 가족이 인파에 묻혀 보이지 않을 때까지 걸어갔다.

곳곳에서 고기 굽는 냄새가 진동하는 듯했다. 노점 상인이 불꽃은 낮지만 힘차게 타오르는 숯불 위에 올린 고깃덩이들을 빙빙 돌리고 있었다. 견습생이 두툼하게 썬 돼지고기처럼 보이는 것을 집에서 만든 빵에 넣어 손님들에게 가져갔다. 손님들은 경매에 참여한 것처럼 보였다. 대부분은 헨리 같은 농부였는데 경매에서 입찰하듯이 음식을 주문했다. 도도하게 손을 들어 손가락을 벌리는 식이었다. 몇몇 거래를 가까이서 주의 깊게 살펴보았지만 그때마다 교환의 매체는 나무막대였다……. 하지만 몇 마디나 주어야 하는 지는 알아내지 못했다. 이젠 중요한 문제가 아니었다. 거래를 하다 외부인인 게 발각되든 말든 일단 먹어야 했다.

잭은 어릿광대의 공연장을 지나쳤다. 많은 사람들이 ― 주로 여자와 어린아이였다. ― 공연을 보며 와그르르 웃음을 터뜨리거나 박수갈채를 보내고 있었지만, 그쪽은 거들떠보지도 않고 캔버스 천으로 양옆을 가린 노점으로 향했다. 두툼한 팔뚝에 문신을 새긴 덩치 큰 사내가 연기 나는 숯불 구덩이 옆에 서 있었다. 숯불 위에는 2미터 정도 되는 쇠꼬챙이가 걸려 있었고, 그 양쪽에 더러운 사내아이 둘이 서 있었다. 쇠꼬챙이에 다섯 개의 큼직한 고기가 끼워지면, 사내아이들이 힘을 합쳐 쇠꼬챙이를 돌렸다.

고기 장수가 단조로운 말투로 웅얼거렸다.

"신선하고 맛있는 고기요! *신선한 고기! 맛있는 고기 사세요!* 신선한 고기가 여기 있습니다! 아주 맛있는 고기가 바로 여기 있습니다!"

그러더니 가까이에 있던 점원에게는 소곤소곤 이렇게 말했다.

"농땡이 피우지 말고 구워, 벼락 맞을 것."

그러고는 다시 웅얼웅얼 장사치의 한탄을 늘어놓았다.

청소년기 딸과 함께 지나가던 농부가 손을 들어 왼쪽에서 두 번째 고깃덩이를 가리켰다. 사내아이들이 쇠꼬챙이를 돌리던 손을 멈추자 주인이 구운 고기를 두툼하게 잘라 커다란 빵 사이에 넣었다. 사내아이 하나가 달려가 그것을 농부에게 건네주자 농부가 나무막대를 내밀었다. 가까이서 살펴보니 농부는 나무막대의 두 마디를 끊어 소년에게 건넸다. 소년이 노점으로 달려 돌아가자 농부는 얼른 먹고 싶은 걸 참고 남은 돈을 조심스럽게 주머니에 집어넣었다. 그러고는 샌드위치를 한입 가득 물어뜯고 나서 나머지를 딸에게 건넸다. 딸도 아빠 못지않게 크게 입을 벌려 게걸스럽게 먹었다.

잭은 배에서 우르릉 쿠르릉 전쟁이 난 것 같았다. 이 정도면 충분히 알아낸 것이…… 맞기를 바랐다.

"신선한 고기! 맛있는 고기요! 신선한……"

고기 장수가 갑자기 말을 멈추고 잭을 내려다보더니 그리 미련해 보이지 않는 작은 눈 위에 쌍심지를 켜며 소리쳤다.

"네 배 속에서 노랫소리가 나는구나, 친구. 너에게 돈이 있다면 너에게 고기를 주고 오늘 밤 신에게 축복의 기도를 드려 주마. 만약 너에게 돈이 없다면 그 멍청한 양의 얼굴 보고 싶지 않으니 당장 여기서 꺼져라."

양쪽에서 고기를 돌리느라 확연히 지쳐 보이던 사내아이들조차 도저히 못 참겠다는 듯 웃음보를 터뜨렸다.

하지만 잭은 천천히 고기가 익어 가는 미칠 듯한 냄새 때문에 한 발짝도 뗄 수가 없었다. 두 개 중 작은 막대를 꺼내고 손으로 왼쪽에서 두 번째 고기를 가리켰다. 말은 한마디도 하지 않았다. 그편이 안전할 것 같았다. 주인이 끙 소리를 내더니 넓적한 벨트에서 투박한 칼을 꺼내 고기를 얇게 잘라 냈다. 잭은 주의 깊게 지켜보고 있었기에 고기가 농부에게 판 것보다 크기가 작다는 걸 알 수 있었지만, 그런 걸 따질 겨를이 없었다. 기대감 때문에 위장이 더욱 고함을 질러 대었기 때문이다.

주인이 고기를 빵 위에 던지듯 놓고는 사내아이들에게 건네주는 대신 직접 가져왔다. 그는 잭의 돈 막대기를 가져가더니 두 마디가 아니라 세 마디를 잘라 가졌다.

머릿속에서 심술궂게 놀리는 엄마의 목소리가 들려왔다. *축하한다, 재키야…… 단단히 바가지를 썼구나.*

주인이 처참할 정도로 시커멓게 썩은 이를 드러낸 채 싱글싱글 웃으며 잭을 노려보았다. 불만이 있으면 말해 보라는 듯한 표정이었다. *열네 개를 다 빼앗지 않고 세 개만 가진 것도 감지덕지해야 해. 너도 알겠지만, 난 그럴 수 있었어. 차라리 목에다가 표시판을 걸고 다니지 그러냐. '난 여기 사람이 아니라 외부인이에요. 그리고 외톨이랍니다.' 어떠냐, 양 얼굴, 네가 뭘 어쩔 건데?*

잭이 문제 제기를 하고 싶더라도 달라지는 건 없었다. 그가 뭘 어쩔 수 있는 것은 없었다. 그럼에도 그 가늘지만 무력한 분노가 또다시 치밀어 올랐다.

"갈 길 가라, 먹을 걸 얻었으니 이제 여기서 꺼지란 말이다."

상인이 귀찮다는 듯 커다란 손으로 잭의 따귀를 때렸다. 상인의 손가락은 흉터투성이였고 손톱에는 피까지 묻어 있었다.

잭은 생각했다. *당신한테 손전등을 보여 줄 수 있어. 그럼 아마 지옥의 악마들이 한꺼번에 쫓아온다며 줄행랑을 칠걸. 비행기는 어때? 대번에 머리가 돌아 버릴 거야. 당신은 스스로 생각하는 것만큼 강한 사람이 아닐지도 몰라, 동지.*

잭은 미소를 지었다. 그의 미소에 뭔가 마음에 안 드는 게 있는지 고기 장수가 잠시 불안한 기색을 비치더니 뒤로 주춤했다. 또다시 쌍심지를 켜고는 소리쳤다.

"꺼지라고 했잖아! 꺼지라고, 벼락 맞을 녀석!"

이번엔 잭이 그곳을 떠났다.

2

고기는 꿀맛 같았다. 잭은 고기와 그것을 감싼 빵을 게걸스럽게 먹어 치웠다. 남의 눈 따위는 아랑곳없이 손바닥으로 흘러내리는 육즙까지 깨끗이 빨아 먹으면서 걸어 다녔다. 고기는 돼지고기 같았지만…… 어딘가 좀 맛이 달랐다. 돼지고기보다 더 감칠맛이 나고 톡 쏘는 맛이 있었다. 뭐가 되었든 그것은 몸 한가운데에 뻥 뚫려 있던 구멍을 확실하게 메워 주었다. 이렇게 맛있는 고기라면 1000년 동안이라도 학교 도시락으로 싸 가지고 다니고 싶을 정도였다.

시장기가 가시자 — 그래 봤자 잠시뿐이지만 — 관심을 가지고 주변을 살펴볼 여유가 생겼다……. 잭은 저도 모르는 새에 사람들 속으로 뒤섞여 들어가고 있었다. 이제 그는 시골에서 장터로 올라와 노점들 사이를 어슬렁거리면서 얼빠진 얼굴로 사방을 두리번거리는 풋내기와 다를 바 없었다. 수많은 사람들이 오가는 가운데서도 장사꾼들은 잭이 호구라는 걸 알아보았다. 상인들은 그를 볼 때마다 손짓하며 소리를 질러 대었고, 그가 지나가고 나면 곧바로 뒤따라오는 남자나 여자, 아이들에게 같은 짓을 되풀이했다. 잭은 사방에 널린 상품들을 보자 입이 딱 벌어졌다. 진기하면서도 멋진 물건들이었다. 사람들 속에 뒤섞여 이런 것들을 들여다보고 있자니 어느덧 외톨이라는 생각이 사라졌다. 어디를 봐도 *심드렁한* 표정은 찾아볼 수 없는 곳에서 심드렁한 척하려고 애쓸 이유를 잃어버렸기 때문일까. 사람들은 왁자지껄하게 웃고 말싸움을 하고 값을 깎았다……. 따분해하는 사람은 아무도 없었다.

장터는 왠지 모르게 여왕의 파빌리온을 생각나게 했다. 그곳의 팽팽한 긴장감과 유별난 흥분은 보이지 않았지만, 그곳과 똑같이 상상할 수 없이 많은 냄새가 풍부하게 섞여 있었다(주로 구운 고기와 동물 냄새였지만). 또한 그곳과 똑같이 화려하게 차려입은 사람들이 넘쳐흐르고(이곳에서 제아무리 눈에 띄게 입었다 해도 파빌리온의 멋쟁이 신사들의 발밑도 따라갈 수 없겠지만), 그곳과 똑같이 지극히 정상적인 것과 터무니없이 진기한 것이 밀접하게 병존하고 있는, 불안정하고 활기찬 분위기였다.

여왕의 초상화를 수놓은 양탄자를 팔고 있는 가게 앞에서 발길이 멈췄다. 별안간 행크 스코플러의 엄마가 생각나서 미소를 지었다. 행크는 로스앤젤레스에서 잭과 리처드 슬로트와 같이 놀던 친구였다. 그의 엄마는 원색적이고 화려한 장식을 아주 좋아했다. 만약 행크 엄마가 머리카락을 땋아 머리에 화관처럼 얹은 로라 델루시안 여왕의 초상화를 수놓은 양탄자를 본다면 마음에 들어 했을 것이다! 행크네 거실 홈바 뒤에 있던 도기로 만든 최후의 만찬 입체화나 벨벳에 그린 알래스카 수사슴보다는 이쪽이 나을지도 모른다…….

잭이 지켜보고 있는 동안 융단 속에 수놓인 얼굴이 변하는 듯하더니 여왕의 얼굴은 간데없고 엄마의 얼굴로 바뀌었다. 이런 일이 몇 번이고 반복되었다. 엄마의 눈은 너무 어두웠고, 피부는 너무 창백했다.

또다시 향수병에 허를 찔렸다. 그리움이 파도처럼 파고들자 마음속으로 소리쳤다. *엄마! 엄마! 이런, 내가 여기서 뭘 하고 있는 거지? 엄마!* 마치 애인을 그리듯 엄마가 지금, 바로 이 순간에 무엇을 하고 있을지 너무도 궁금하고 걱정되었다. 옆에 책을 펴 놓은 채 창가에 앉아 바닷가를 바라보며 담배를 피우고 있을까? 아니면 텔레비전을 보고 있을까? 극장에 간 건 아닐까? 자고 있을까? 아니면 죽어 가고 있을까?

죽음이라고? 잭, 엄마가 죽었다고? 이미 죽어 버렸다고? 잭이 제지하기도 전에 사악한 악마가 귓가에 마구 속삭였다.

입 닥쳐.

눈물이 솟구치면서 눈이 타는 듯 따가웠다.

"무엇 때문에 그렇게 슬퍼하니, 얘야?"

깜짝 놀라 고개를 들자 양탄자 장수가 잭을 보고 있었다. 고기 장수 못지않게 체격이 크고 팔뚝에도 문신이 새겨져 있었지만 환하게 미소 짓고 있었다. 그 미소에서 야비함이란 찾아볼 수 없었다. 고기 장수와 가장 큰 차이점이었다.

잭이 얼른 대답했다.

"아무것도 아니에요."

"아무 일도 아닌데 그런 얼굴이 되었다면 뭔가 다른 일을 생각해 보아야겠구나, 얘야."

"제 얼굴이 그렇게 안 좋아 보이나요?"

이렇게 묻는 잭의 얼굴엔 살짝 미소가 감돌고 있었다. 심지어 질문하면서 자신의 말투에 신경을 쓰지도 않았다, 적어도 잠시 동안은 그랬다. 양탄자 장수가 이상한 말투나 어조를 느끼지 못한 것은 아마도 그 때문일 터였다.

"얘야, 너는 달 이쪽 편에 남은 하나뿐인 친구를 북쪽에서 온 하얀 야생 늑대가 은수저로 퍼 먹고 있는 모습을 두 눈으로 본 것 같은 얼굴이었단다."

잭은 다시 미소를 지었다. 양탄자 장수는 몸을 돌려 커다란 양탄자 오른쪽에 진열해 놓은 작은 양탄자에서 무언가를 꺼냈다. 달걀 모양으로, 작은 손잡이가 달려 있었다. 그것을 뒤집자 반짝 햇빛이 반사되었다. 거울이었다. 축제 때 나무로 만든 우유병 세 개만 넘어뜨리면 쉽게 얻을 수 있는 작고 값싼 거울이었다.

양탄자 장수가 말했다.

"여기 있다, 얘야, 거울을 보고 내 말이 맞는지 틀리는지 한번 확인해 보려무나."

거울을 본 순간 잭은 입이 딱 벌어졌다. 잠시 동안 정신이 아찔하여 심장이 뛰는 법을 잊어버렸음이 틀림없다고 생각했을 정도였다. 거울에 비친 것은 잭의 얼굴이 맞았지만 디즈니 만화 「피노키오」에서 당구를 너무 많이 치거나 담배를 너무 많이 피워 당나귀로 변한 쾌락의 섬 소년처럼 보였던 것이다. 앵글로색슨계 특유의 푸르고 둥근 눈은 아몬드 모양의 갈색 눈으로 바뀌어 있었고, 부스스하게 떡진 머리칼은 이마 한가운데로 흘러내려 아무리 봐도 갈기 같았다. 손으로 갈기를 쓸어 올리려 해도 손에 닿는 건 맨이마뿐이었다. 거울에서 보니 손가락들이 머리칼 속으로 사라져 버리는 것 같았다. 양탄자 장수가 기쁨에 겨워 웃는 소리가 들렸다. 가장 놀라운 것은 턱까지 내려와 있는 기다란 수탕나귀의 귀였다. 그가 뚫어져라 보고 있는 와중에도 한쪽 귀가 꿈틀 움직였다.

순간 잭은 짚이는 것이 있었다. *나도 이거랑 비슷한 장난감이 있었어.*

잇따라 다른 것도 생각났다. *백일몽에서도 이런 장난감이 있었다고. 이쪽 세계에서는 뭐였더라…… 뭐였더라…….*

네 살 무렵이었을 것이다. 이쪽 세계에서(언제부턴가 잭은 이쪽 세계를 현실 세계로 여기지 않았다.) 그것은 가운데가 장밋빛인 커다란 유리 구슬이었다. 어느 날 잭은 그 구슬을 가지고 놀았는데, 구슬이 시멘트로 만든 집 앞 도랑으로 굴러가 미처 잡기도 전에 하수구에 빠져 버렸다. 그때는 영영 사라진 거라고 생각해 더러워진 손에 얼굴을 묻고 도로 경계석에 앉아 엉엉 울었다. 하지만 그것은 잃어버린 것이 아니었다. 그 어린 시절 장난감이 이곳에서 다시 발견된 것이었다. 서너 살 때 그랬던 것처럼 여전히 멋진 장난감이었다. 너무 기쁜 나머지 함박웃음이 절로 나왔다. 그러자 거울에 비친 잭의 모습이 바뀌었다. 수탕나귀 잭은 고양이 잭으로 변하고, 얼굴은 영리하고 비밀스러우면서도 명랑했다. 눈은 갈색 당나귀 눈에서 녹색 고양이 눈으로 바뀌었고, 축 처진 당나귀 귀가 덜렁거리던 자리에는 이제 회색 모피로 감싼 자그마한 귀가 쫑긋 서 있었다.

양탄자 장수가 칭찬해 주었다.

"그게 더 낫구나, 한결 나아, 애야. 난 행복한 소년이 좋아. 행복한 아이는 건강한 아이고, 건강한 아이는 세상을 헤쳐 나가는 법을 찾아낼 수 있거든.『훌륭한 영농의 책』에도 그런 얘기가 나오지. 만약 그런 얘기가 없다면 써 넣어야 한단다. 내『훌륭한 영농의 책』에 그렇게 써 둘까 봐, 만약에 내가 호박 농장으로 돈을 많이 벌어『훌륭한 영농의 책』을 한 권 사게 되면 말이야. 거울이 갖고 싶니?"

"물론이죠! 네, 꼭 갖고 싶어요! 얼마나 드리면 되지요?"

잭은 큰 소리로 대답하고 돈 막대를 찾아 주머니를 뒤졌다. 돈을 아껴야 한다는 생각은 까맣게 잊었다.

양탄자 장수는 눈살을 찌푸린 채 보는 사람은 없는지 재빨리 확인했다.

"돈은 집어넣어라, 애야. 주머니 깊숙이 넣어 둬, 그래야지. 네 돈을 다 보이면 홀랑 도둑맞는 수가 있어. 장터에는 쓰리꾼이 많단다."

"무슨 말씀이세요?"

"신경 쓰지 마라. 돈은 안 줘도 된다. 받아. 어차피 10월에 창고로 도로 가져가다 보면 수레 뒤에서 절반은 부서질 테니까. 애들을 데리고 오는 엄마들이 있긴 하지만 구경만 하고 사지는 않거든."

"좋아요, 정 그러시다면요."

잭의 말에 양탄자 장수가 놀란 얼굴로 잭을 보았다. 두 사람은 동시에 웃음보를 터뜨렸다.

"멋지게 말하는 행복한 아이야, 더 나이 들고 더 당차지면 날 보러 오렴, 아이야. 네 입담을 밑천 삼아 함께 남쪽으로 떠나자. 가져

가는 물건마다 불티나게 팔릴 거야."

잭이 킥킥거렸다. 슈거힐 갱(1970년대 후반 크게 인기를 누린 힙합 트리오—옮긴이)의 랩뮤직 레코드보다 훨씬 더 유쾌했다.

"고맙습니다. 정말 고마워요!"

잭은 감사의 마음을 전했다.(그러자 거울 속 고양이가 입이 찢어지도록 웃었다.)

"오히려 내가 고맙구나."

양탄자 장수는…… 잠시 생각하다가 말을 마저 맺었다.

"돈 잘 간수해!"

잭은 저킨 속 스피디의 유리병 옆에 조심스럽게 장난감 거울을 밀어 넣고 계속 걸었다.

그리고 돈 막대기가 제자리에 있는지 틈틈이 확인했다.

어쨌든 양탄자 장수가 말한 쓰리꾼이 뭔지 알 것도 같았다.

3

운율을 탈 줄 아는 양탄자 장수 가게를 떠나 노점 두 개를 지나니, 한쪽 눈에 어슷하게 안대를 하고 술 냄새를 풀풀 풍기는 험상궂은 사내가 한 농부에게 큼지막한 수탉을 억지로 떠넘기려 하고 있었다. 그 수탉을 사서 암놈들과 풀어 놓으면 앞으로 1년 동안 노른자가 두 개 있는 달걀을 계속 낳을 거라고 꼬드기고 있었다.

수탉에는 아무 흥미도 생기지 않았고 사내가 침을 튀기며 떠드는 소리에도 관심이 가지 않았다. 한창 인기몰이 중인 외눈박이 사내를 구경하고 있는 아이들이 있기에 그 틈에 끼었다. 사내는 커다란 버들고리 새장에 든 앵무새를 자랑하고 있었다. 앵무새는 무리에서 제일 어린 아이와 맞먹을 정도로 몸집이 컸으며, 하이네켄 맥주병처럼 부드러운 진녹색이었다. 눈은 금빛으로 빛났는데…… 눈이 네 개였다. 파빌리온의 마구간에서 본 조랑말처럼 이 앵무새도 머리가 둘이었다. 크고 노란 발로 횃대를 붙잡고 한 번에 두 방향을 태연스럽게 바라볼 때면 길고 더부룩하게 깃털이 달린 머리끼리 닿을락 말락 했다.

앵무새의 양쪽 입이 서로 얘기를 나누면 아이들은 즐거워했다. 하지만 잭은 한 가지 놀라운 사실을 발견했는데, 아이들은 앵무새를 뚫어져라 쳐다보면서도 충격을 받기는커녕 뭔가 이상하게 여기지도 않았다. 그들은 난생 처음 극장에 들어가 충격을 받은 채 골똘히 스크린을 구경하는 것이 아니라 마치 토요일 아침마다 방송하는 만화영화를 보는 것에 더 가까웠다. 신기하기는 하지만 특별히 새롭지는 않았다. 어린애들보다 더 금방 싫증을 내는 사람이 어디 있겠느냐마는.

"*꾸웩!* 그 위는 얼마나 높아?"

동쪽 머리가 물었다.

"낮은 만큼 낮아."

서쪽 머리가 대답하자 아이들이 키득거렸다.

"*우웩!* 귀족에 관한 위대한 진실은 뭐지?"

뒤이어 동쪽 머리가 물었다.

"왕은 평생 왕이지만 기사들은 아무나 될 수 있지!"

서쪽 머리의 당돌한 대답에 잭은 미소를 지었고 조금 큰 아이 몇 명은 웃음을 터뜨렸지만 어린아이들은 어리둥절한 표정이었다.

"스프랏 부인의 찬장엔 무엇이 있지?"

동쪽 머리가 다시 물었다.

"그 어떤 남자도 결코 보지 못하게 해야겠다!"

서쪽 머리의 대답에 잭은 얼떨떨했지만 아이들은 폭소를 터뜨렸다.

앵무새가 자못 엄숙하게 횃대에서 발톱을 놀리더니 지푸라기 위로 똥을 갈겼다.

"앨런 데스트리는 무엇에 놀라 한밤중에 죽은 거지?"

"그 사람은 아내가 *꾸에에에엑!* 욕실에서 나오는 걸 봤다지!"

농부는 이미 자리를 떠났지만 외눈박이 장사꾼은 아직 수탉을 팔지 못했다. 장사꾼은 마치 분풀이라도 하듯 갑자기 아이들에게 고함을 질렀다.

"어서 꺼져! 엉덩이를 걷어차기 전에 어서 꺼지란 말이다!"

아이들은 사방으로 흩어졌다. 잭은 마지막으로 그 멋진 앵무새를 물끄러미 돌아보고는 아이들과 함께 걸어가기 시작했다.

4

다른 노점에 들러 돈 막대기 두 마디를 주고 사과 한 알과 우유 한 국자를 샀다. 먹어 본 것 중 가장 달고 진한 우유였다. 잭은 만약 이런 맛있는 우유가 우리 세계에 있다면 네슬레나 허쉬 같은 초콜릿 회사는 일주일 만에 망해 버릴 거라고 생각했다.

우유 국자를 다 비우려는데, 헨리 가족이 천천히 집으로 돌아가는 모습이 보였다. 잭이 국자를 가게 아주머니한테 돌려주자, 알뜰하게도 남은 우유를 옆에 있던 커다란 나무통에 도로 붓는 것이었다. 잭은 윗입술에 묻은 우유를 문질러 닦고 서둘러 발걸음을 옮기면서 자기보다 먼저 먹은 사람들 중에 한센병이나 헤르페스 같은 전염병에 걸린 사람이 없었으면 좋겠다고 초조하게 기원했다. 하긴 여기에 그런 무서운 것은 있을 것 같지 않았다.

큰길을 따라 시장을 돌아다녔다. 어릿광대들을 지나, 항아리와 냄비(*테러토리의 터퍼웨어네.* 잭은 이런 생각을 하며 씩 웃었다.)를 파는 뚱뚱한 여인네 두 명을 지나고, 방금 전 본 머리가 둘 달린 멋진 앵무새(새의 주인인 외눈박이 사내는 이제는 여봐란 듯이 도자기병으로 술을 마시고 멍해 보이는 수탉의 목을 잡은 채 행인들에게 욕지거리를 퍼부으며 가게 안을 가로지르고 있었다. 잭은 사내의 뼈만 남은 앙상한 오른쪽 팔에 누르스름한 새똥이 말라붙어 있는 것을 보고 얼굴을 찡그렸다.)를 지나고, 농부들이 삼삼오오 모여 있는 공터를 지났다. 잭은 호기심이 동해 잠시 멈추어 섰다. 많은 농부들이 진흙으로 구운 담배 파이프를 피우고 있었고, 닭장수가 휘두르던 것과 같은 도자기 술병들이 손에서 손으로 돌아가는 것도 보였다. 기다란 풀밭에서는 남자들이 치렁치렁한 갈기에 고개를 숙이고 순하고 멍청한 눈을 내리깐 말을 돌에 매고 있었다.

양탄자 노점도 지나쳤다. 아까 그 장사꾼이 손을 들어 주었다. 답례로 한 손을 들며 잭은 이렇게 소리 지르고 싶었다. *아저씨, 사람들한테 친절하게 대하되 손해 보는 짓은 절대 하지 마세요!* 하지만 그런 말은 안 하는 게 좋을 것 같았다. 갑자기 울적해졌다. 아웃사이더가 된 낯선 기분이 또다시 엄습해 왔다.

이제 교차로에 도착했다. 북쪽과 남쪽을 이어 주는 시골길에 불과했다. 서부 도로는 훨씬 더 넓었다.

방랑자 잭, 그 말을 떠올리면서 웃어 보려고 애를 썼다. 어깨를 똑바로 펴자 스피디의 병이 거울에 달각 부딪히는 소리가 났다. *방랑자 잭이 테러토리의 주간도로 90번을 따라 나가신다. 지금은 발도 아프지 않아!*

잭은 또다시 길을 떠났다. 곧이어 거대한 꿈의 세계가 그를 집어삼켰다.

5

대략 네 시간이 지난 한낮, 도로 옆 키 큰 풀숲에 털썩 주저앉았다. 사람들 몇 명이 ─이만큼 먼 곳에서는 벌레보다 조금 더 큰 정도였다.─ 곧 부서질 듯한 높은 탑으로 기어 올라가고 있었다. 이곳에서 잠시 쉬면서 장터에서 산 사과를 먹기로 했다. 서부 도로로 가려면 그 탑을 거치는 게 제일 가까울 것 같았기 때문이다. 아직 사오 킬로미터가 남아 있을지 모르지만(아마도 그보다 더 걸릴 터였다. 거의 초자연적으로 깨끗한 공기 때문에 거리를 짐작하기가 무척이나 어려웠다.), 한 시간 정도면 도착할 수 있을 것 같았다.

사과를 베어 먹으며 지친 다리를 쉬고 나자 호기심이 고개를 들었다. 저 탑은 왜 출렁이는 풀밭에 홀로 서 있는지 궁금했다. 그리고 물론 저 사람들이 탑으로 올라가는 이유도 궁금했다. 장터를 떠날 때부터 한결같이 바람이 불어오더니 잭 쪽에서 탑을 향해 바람이 불었다. 하지만 바람이 잠시 그칠 때마다 그들이 서로 부르는 소리와…… 웃는 소리가 들렸다. 그곳에선 웃음소리가 그칠 줄을 몰랐다.

장터에서 10킬로미터 정도 서쪽으로 가던 중 어떤 마을을 지나쳤다. 다섯 채의 자그마한 집과 분명히 오래전에 문을 닫은 가게가 전부인 곳도 마을이라고 친다면 말이다. 그 마을이 여기까지 오면서 마지막으로 마주친 민가였다. 탑을 잠깐 올려다보려는데 벌써 변경 도로에 도착한 건 아닌지 걱정이 되었다. 캡틴 파렌이 들려준 말이 생생하게 기억났다. *변경 도로 다음에는 아무것도 없어…… 지옥이라면 모를까. 하느님도 변경 도로 밖으로는 나가지 않는다고 하더라…….*

잭은 몸을 조금 떨었다.

하지만 그렇게까지 멀리 온 것 같지는 않았다. 여기서는 모건의 승합마차를 피하려다 살아 있는 나무뿌리에 휘감겨 곤욕을 치를 때 느꼈던, 시시각각으로 깊어지는 불안감은 전혀 찾아볼 수 없었다……. 이제 보니 살아 있는 뿌리는 잭이 오틀리에서 보낸 힘겨운 시간에 대한 흉측한 전조였던 듯싶었다.

실제로 건초 더미 속에서 따뜻하고 편안하게 자다 눈을 떴을 때부터 농부 헨리가 짐마차에서 내리라고 했을 때까지 좋았던 일들이 새삼 떠올랐다. 테러토리에 어떤 악마가 도사리고 있다고 해도 이곳은 근본적으로 좋은 곳이며, 그가 원한다면 언제든지 섞여들 수 있는 곳이라 느껴졌다……. 잭은 더 이상 외부인이 아니었다.

잭은 오래전부터 자신이 테러토리의 일원이었다는 데 생각에 미쳤다. 서부 도로를 따라 발걸음도 가볍게 걸어가고 있을 때 묘한 생각이 떠올랐다. 반은 영어고 반은 테러토리 말로 이루어져 있었다. 꿈을 꾸고 있을 때 유일하게 그것이 꿈이라는 것을 알게 되는 때는 잠이 깨기 직전이다. 꿈을 꾸고 있는데 별안간 잠이 깨었을 때 — 자명종이 울리거나 해서 — 나는 어느 누구보다도 경악하곤 했다. 처음에는 잠이 깼다는 사실도 꿈결 같았다. 깊은 꿈에 빠졌을 때 나는 이곳에서 외부인이 아니야. 이게 내가 내린 결론인가? 아니야, 하지만 점점 가까워지고 있어. 장담하건대 아빠는 자주 깊은 잠을 자곤 했어. 반면에 모건 아저씨가 거의 깊은 잠을 자지 않는다는 것도 확실해.

  잭은 뭐든 위험이 닥치거나…… 무서운 걸 보게 되면 그 즉시 스피디가 준 주스를 한 모금 마시고 순간이동을 할 작정이었다. 그게 아니라면 이곳에서 하루 종일 걸은 다음에 뉴욕으로 돌아갈 생각이었다. 사실, 사과 말고 먹을 게 조금이라도 있었더라면 그날 밤엔 테러토리에서 지내고 싶었다. 하지만 그에겐 음식이 없었다. 인적이 끊긴 채 흙먼지만 날리는 널찍한 서부 도로에 세븐일레븐이나 스톱앤고 같은 24시간 영업하는 편의점 같은 게 있을 리도 없었다.

  오래된 숲이 교차로와 장터를 둘러싸고 있었고, 잭이 마지막으로 작은 마을을 빠져나오자 양옆으로 널찍한 풀밭이 이어졌다. 마치 대양 한가운데를 가로지르는 끝없는 둑길을 따라 걸어가는 느낌이었다. 잭은 홀로 서부 도로를 터벅터벅 걸어갔다. 그날 하늘은 밝고 화창했지만 한편 서늘하기도 했다.(이제 9월 말이니 서늘한 게 당연하지. 잭은 생각했다. 다만 그의 머릿속에 떠오른 단어는 9월이 아니라, 테러토리 말로 '아홉 번째 달'이라는 의미의 단어였다.) 지나가는 행인 하나 없었고 짐을 실었든 비어 있든 짐마차라고 이름 붙일 만한 것도 보지 못했다. 바람이 끊임없이 불어와 가을과 고독을 암시하는 낮은 소리로 대양처럼 넓은 풀밭에 한숨을 토해 냈다. 그 바람을 받아 거대한 초록 물결이 일어나 풀밭을 갈랐다.

누가 잭더러 기분이 어떠냐고 물어보면 이렇게 대답해 주었을 것이다.

"아주 좋아요, 고맙습니다. 힘이 넘치네요."

*힘이 넘친다*는 말은 사람 그림자 하나 없는 광막한 풀밭을 홀로 걷고 있을 때 머릿속에 떠오른 단어였다. *무아지경*이라는 말은 록 그룹 블론디의 히트곡을 연상시켰다. 만약 잭이 거대한 초록 물결이 꼬리에 꼬리를 물고 지평선으로 넘실거리며 달려가는 모습을 보면서, 그와 같은 시대를 사는 미국 아이들 가운데 극소수만이 볼 수 있는 광경을 넋 놓고 보면서 여러 차례 울음을 터뜨렸다는 얘기를 누군가에게 들었다면 크게 놀랐을 것이다. 푸른 하늘 아래 어마어마한 규모의 텅 빈 땅이 펼쳐져 있었다. 넓이와 폭과 심지어 깊이 면에서도 현기증이 날 만큼 압도적이었다. 상공을 가로지르는 제트기의 하얀 꼬리나 저 멀리 낮은 곳에 드리운 더러운 스모그조차 찾아볼 수 없었다.

잭은 전혀 새로운 것을 보고 듣고 냄새 맡으며 놀랄 만한 감각적 충격을 경험하고 있었다. 반면에 익숙했던 다른 감각들이 처음으로 그 기능을 상실해 가고 있었다. 많은 점에서 잭은 놀랄 만큼 세련된 아이였다. 아빠는 에이전트이고 엄마는 영화배우인 로스앤젤레스의 가정에서 성장한 그가 순진무구하다면 더 이상한 일일 것이다. 세련되었든 아니든 잭은 아직 어린애였고, 그 점은 그에게 유리하게 작용했다…… 적어도 이런 상황에서는 그랬다. 종일 풀숲을 지나 홀로 여행하다 보면 감각의 과부하가 일어나기 십상이었다. 어른이라면 심지어 광기와 환각을 경험하기 시작해, 장터에서 서쪽으로 걸은 지 채 한 시간도 못 되어 허겁지겁 스피디의 병을 뒤질 테지만 손가락이 너무 떨려 제대로 잡지도 못했을 것이다.

잭의 경우에는, 의식 단계를 거의 넘어 무의식 단계까지 타격을 입었다. 그래서 더없는 행복을 맛보고 눈물을 흘렸을 때도 그것이 눈물인 줄은 모르고(땀 때문에 일시적으로 사물이 이중으로 보이는 거라고 생각했다.) 이렇게 생각했을 뿐이다. *이런, 기분이 좋은걸…… 주변에 아무도 없으니 으스스해야 하는데 그렇지가 않아.*

그렇게 해서 점점 길어지는 자기 그림자를 거느리고 혼자 서부 도로를 걸어가며 잭은 자신이 느끼는 무아지경을 기분 좋고 힘이 넘치는 느낌 정도로만 여기게 되었다. 잭은 자신이 환희와 행복감을 느끼는 이유가, 업다이크 오틀리 주점에 갇혀 있다가 벗어난 지 열두 시간도 지나지 않았고(마지막 술통에 깔려 손가락에 맺힌 피멍은 여전히 선명했다.), 염소인간이라는 의심이 드는 살인 야수에게서 간신히 도망친 것 역시 불과 열두 시간 전 일이며, 난생처음으로 주위에 아무도 없는 넓고 탁 트인 길에 혼자 있는데, 어디를 봐도 코카콜라 간판이 안 보이고 세계적으로 유명한 클라이즈데일종 말이 나오는 버드와이저 광고판도 없고, 도로 양쪽과 교차로에 흔하게 걸려 있어야 할 전선도 없고, *잭이 태어난 이래로 지금껏 걸어온 모든 길에* 당연히 있었던 것들이 하나도 없고, 우레 같은 굉음을 내며 로스앤젤레스 국제공항으로 진입하는 747기나 포츠머스 해군 항공 기지에서 폭발음과 함께 이륙하여 오스먼드의 채찍 소리처럼 알람브라 호텔 상공을 찢으며 대서양으로 향하는 F-111 같은 비행기는커녕 먼 하늘에서 울려 오는 비행기 엔진 소리도 없기 때문이라고는 생각하지 못했다. 그곳에는 오직 터벅터벅 길을 걷는 잭의 발소리와 밀물과 썰물처럼 규칙적으로 들고나는 그의 숨소리밖에 없었다.

이런, 기분이 좋은걸. 잭은 생각했다. 무심코 두 눈을 문지르며 '힘이 넘친다'고 여겼다.

6

이 기묘한 탑은 보면 볼수록 궁금증을 자아냈다.

아이고, 저런 곳에는 절대 올라가지 않을 거야, 잭은 다짐했다. 사과를 심만 남기고 다 먹은 뒤 탑을 계속 올려다보면서 무심코 손가락으로 거칠고 탄탄한 땅을 파서 사과 심을 심었다.

탑은 헛간 판자로 만든 것 같았고, 높이는 150미터 정도 되었다. 속이 텅 빈 커다란 정방형으로, 네 면 모두 판자가 X 자 모양으로 층층이 쌓여 있었다. 맨 꼭대기에는 연단이 있었는데, 눈을 가늘게 뜨고 자세히 보니 몇 명이 걸어 다니고 있었다.

가슴에 무릎을 묻고 팔로 다리를 감싼 채 길가에 앉아 있으려니 약한 돌풍에도 밀려 넘어질 것 같았다. 또다시 탑 쪽으로 물결이 일었다. 이 바람 때문에 저 삐걱거리는 탑이 흔들거리겠구나 하고 상상만 했는데도 속이 뒤집히는 것 같았다.

100만 달러를 준다 해도 탑에는 절대로 올라가지 않을 거야. 잭은

다시 다짐했다.

사람들이 탑 위에 있는 것을 본 뒤부터 잭이 가장 염려하던 일이 *마침내* 벌어졌다. 탑 위에서 사람이 떨어졌던 것이다.

잭은 벌떡 일어섰다. 입을 떡 벌린 그 얼굴은 마치 서커스장에서 위험천만한 묘기 도중에 큰 사고가 난 것을 보고 경악한 사람의 표정이었다. 예컨대 공중제비를 하다가 잘못 떨어져 허리도 펴지 못하고 있는 경우나, 줄을 놓친 공중곡예사가 네트 밖으로 튕겨 나가 쿵 소리를 내며 떨어지는 경우, 인간 피라미드가 예기치 않게 무더기로 허물어져 버렸다든가 했을 때 이를 목격한 관객의 표정과 흡사했다.

아 빌어먹을, 아 이럴 수가, 아…….

잭의 눈이 갑작스럽게 휘둥그레졌다. 잠시 동안 턱이 쩍 벌어져 실제로 거의 가슴뼈에 닿을 듯했다. 뒤이어 잭은 믿을 수 없다는 듯 멍한 웃음을 웃었다. 사내는 탑에서 떨어지지 않았고, 바람에 날려가지도 않았다. 연단 양쪽 끝에는 혀처럼 생긴 돌출부가 있었는데 다이빙대처럼 보였다. 아까 그 사내는 다이빙대 끝까지 걸어가 뛰어내렸을 뿐이었다. 반쯤 내려갔을 무렵 낙하산 같은 게 펴진 것 같다고 잭은 생각했다. 하지만 낙하산을 펼 시간이 없었다.

그것은 낙하산이 아니었다.

날개였다.

사내는 낙하 속도를 늦추더니 키 큰 풀이 자라는 초원 위 15미터 지점에서 완전히 낙하를 멈췄다. 그러곤 몸을 한 바퀴 돌렸다. 이제 사내는 위로, 밖으로 날기 시작했다. 날갯짓을 너무 심하게 하는 바

람에 날개끼리 부닥칠 뻔했다. ── 헤니 영맨(재치 있는 입담으로 유명한
미국의 코미디언 ── 옮긴이) 앵무새의 두 머리가 서로 부딪힐 뻔했던 것
과도 비슷했다. ── 그러고 나선 다시 결승선을 앞두고 전력을 다
하는 수영선수처럼 엄청난 힘으로 날개를 펄럭여 땅으로 날아 내
렸다.

와, 대단해. 잭은 생각했다. 기절할 듯 놀라 진부하고 틀에 박힌
표현 말고는 생각나는 게 없었다. 이것은 모든 것을 압도했다. 이런
구경은 두 번 다시 할 수 없을 터였다. *우와, 저것 좀 봐, 우와.*

이제 두 번째 사내가 탑 꼭대기에 있는 다이빙대에서 뛰어내렸
고 세 번째, 네 번째 사내도 공중으로 몸을 날렸다. 5분도 채 안 되
어 공중엔 50여 명의 사람이 복잡하지만 누가 봐도 알 수 있는 패
턴을 그리며 날고 있었다. 탑에서 나와 8 자를 그리고, 탑을 지나쳐
다른 쪽으로 가서 또 8 자를 그린 다음, 탑 꼭대기에 날아가 앉아
다시 8 자를 그렸다.

그들은 공중에서 빙빙 돌고 춤추고 서로 엇갈렸다. 잭은 크게 기
뻐하며 웃었다. 마치 에스더 윌리엄스(1940년대 수중 뮤지컬 영화에 주
로 출연하며 크게 인기를 끈 수영선수 출신 배우 ── 옮긴이)가 출연한 촌스러
운 영화에 나온 수중 발레단을 보는 것 같았다. 에스더 윌리엄스는
물론 단원들도 모두 유연하고 자연스럽게 발레를 해서 관객들은
보고 있기만 해도 물에 풍덩 들어가 영화처럼 회전할 수 있을 것 같
았다. 아니면 친구들과 함께 다이빙대 양쪽 끝에서 떨어져 정해진
시간 안에 인간 분수 모양의 안무를 선보일 수도 있을 것 같았다.

하지만 둘 사이엔 커다란 차이점이 있었다. 밖에서 날개를 펄럭

이고 있는 사람들은 그만큼 힘들어 보였다. 공중에서 부양하려면 상당한 양의 에너지가 필요할 것이리라. 문득 체육시간에 누워서 발을 높이 쳐들거나 윗몸을 일으킨 채 버티는 동작 등을 하다가 다치는 경우처럼 이것도 분명 몸에 무리가 될 거라는 확신이 들었다. *노력이 없으면 얻는 것도 없다!* 선수들이 불평이라도 할라치면 코치들이 늘상 대꾸하는 말이다.

그때 어떤 기억이 떠올랐다. 엄마가 잭을 친구인 마이어나에게 데려갔을 때였다. 마이어나는 *진짜* 발레리나로 윌셔 대로 남쪽에 있는 댄스 스튜디오에서 연습하고 있었다. 마이어나는 발레단의 일원이었고, 잭은 그녀가 다른 발레리나들과 공연하는 모습을 본 적이 있었다. 엄마는 종종 잭을 그녀의 공연에도 데려가곤 했는데 교회 예배나 선라이즈 시메스터(미국의 텔레비전 교육방송 ― 옮긴이)를 보는 것처럼 대부분 지루했다. 하지만 연습 중인 마이어나를……그렇게 가까이서 본 적은 없었다. 무대에서 공연할 때와 연습장에서 훈련할 때 확연하게 차이가 나는 것을 보고 감명을 받은 한편 조금 겁을 먹기도 했다. 무대 위 단원들은 *뿌엥뜨* 자세(토슈즈를 신고 발끝으로 수직으로 선 자세 ― 옮긴이)가 아무렇지 않은 양 매끄럽게 움직이거나 고상하게 종종걸음을 걸었다. 하지만 150센티미터 앞에서 가까이 볼 때는 천장 유리창에서 쏟아지는 따가운 햇볕 아래 음악도 없이 안무가가 리드미컬하게 손뼉을 치는 소리와 거칠게 야단치는 모습만이 보였다. 칭찬은 한마디도 없고 오직 질책뿐이었다. 단원들의 얼굴에는 구슬땀이 맺혀 있었고, 레오타드(무용수가 입는 몸에 딱 달라붙는 스타킹 ― 옮긴이)도 땀투성이였다. 연습실은 넓고 바람이 잘 통했지만 땀 냄새가 코를 찔렀다. 매끈한 근육은 기진맥진, 신경의 한계에 도달하여 부들부들 떨리고 흔들렸고, 힘줄은 피복을 입힌 전선처럼 톡 튀어나왔으며, 이마와 목에는 정맥이 불뚝거리고 있었다. 안무가가 손뼉을 치며 목청 높여 화내고 야단치는 소리 외에는 발레리나들이 *뿌엥뜨* 자세로 종종거리는 *사각사각* 소리와 고통스럽게 헐떡거리는 숨소리밖에 들리지 않았다. 잭은 일순간 이들은 단순히 생계를 위해서가 아니라 목숨을 걸고 자신과 싸우고 있다는 것을 깨달았다. 무엇보다도 그들의 표정이 하나하나 기억났다. 그토록 지쳐 있음에도 극도로 집중한 얼굴과 그 모든 고통……. 하지만 고통을 초월하거나 적어도 한계선까지는 가 본 듯한 그들의 얼굴에서 잭은 환희를 읽었다. 그가 본 것은 기쁨이 분명했지만 그 이유를 이해할 수가 없어 한편으로는 두렵기도 했다. 도대체 어떤 종류의 사람들이 끝없이 괴롭히는 지독한 고통에 자신을 맡기면서 쾌감을 느낄 수 있을까?

그것과 똑같은 고통을 지금 눈앞에서 지켜보고 있었다. 과연 그들은 「플래시 고든」(1930년대 SF 만화 — 옮긴이)에 나오는 새 사람처럼 진짜 날개 달린 사람일까? 이카로스와 다이달로스 신화(그리스 신화에서 이카로스는 아버지 다이달로스가 밀랍으로 만들어 준 날개를 달고 날다가 태양에 밀랍이 녹아 떨어져 죽었다. — 옮긴이)에 나온 것처럼 끈 같은 것으로 묶은 것은 아닐까? 이젠 더 이상 그런 것들은 중요하지 않았다…… 적어도 잭한테는.

환희.

그들은 미스터리 속에 살고 있어. 이 사람들은 미스터리 속에 살

고 있다고.

그들을 지탱하고 있는 것은 기쁨이었어.

중요한 것은 바로 그 점이었다. 그들을 지탱하는 것은 기쁨이었다. 등에 날개가 솟은 건지, 아니면 장치로 연결한 날개인지는 중요치 않았다. 이렇게 멀리서 보았는데도, 그날 월셔 대로 남쪽의 스튜디오에서 본 것과 똑같은 노력이 느껴졌기 때문이었다. 그 모든 엄청난 에너지를 낭비하여 자연의 법칙을 찰나라도 멋지게 반전시키려는 노력. 그런 반전은 엄청난 수고를 필요로 하지만 놀랄 만큼 짧은 시간밖에 허락되지 않았다. 어쨌든 그런 것을 바라는 사람들이 있다는 것은 한편 멋지기도 하지만 두려운 측면이 있었다.

이 모든 것은 게임에 불과해. 잭은 생각했다. 그리고 갑자기 확신이 들었다. 게임일 수도 있지만 심지어 그조차 아닐 수도 있었다. 어쩌면 그것은 게임을 위한 연습일지 몰랐다. 그날 월셔 스튜디오에서 그 모든 땀과 경련하는 탈진이 연습이었던 것과 마찬가지로 말이다. 극소수의 사람들만이 참가하고 아마도 금방 끝나게 될 쇼를 위한 연습.

기쁨. 잭은 다시 생각해 보았다. 자리에서 일어나 저 멀리 날아다니는 사람들을 올려다보았다. 가벼운 바람이 불어와 앞머리를 헝클었다. 순진무구한 시대가 빠르게 끝을 향해 달려가고 있었다.(절박한 상황이었다면, 잭도 그런 종말이 다가오는 것을 내키지 않더라도 인정했을 것이다. 소년이 이렇게 힘들고 긴 여행을 하고, 오틀리에서 그런 일을 겪고 나서도 천진한 어린아이로 남아 있을 수는 없는 것이다.) 하지만 몸을 일으켜 하늘을 바라보는 동안은 천진한 어린아이의 마음이 잭을 에워쌌다. 마

치 엘리자베스 비숍의 시에서 젊은 어부가 깨달음의 순간 모든 것이 무지개, 무지개, 무지개라고 느꼈던 것과 너무도 흡사했다.(20세기 중반 미국의 국민시인으로 추앙받은 엘리자베스 비숍의 시 「물고기」를 가리킨다.─옮긴이)

기쁨이라…… 빌어먹을, 하지만 그것은 힘이 나게 하는 말일 뿐이야.

잭은 이 모든 일이 시작된 이래로 ─ *이 일이 얼마나 오래전부터 비롯되었는지는 하느님만 아실 테지만* ─ 가장 마음이 편했다. 다시 서부 도로를 따라 걸어 나갔다. 발걸음이 가볍고 얼굴에는 바보 같은 함박웃음이 피어 있었다. 때때로 고개를 돌려 보았는데, 아주 한참 동안이나 하늘을 나는 사람들을 볼 수 있었다. 테러토리의 공기가 워낙 맑아서 사람들이 확대된 것처럼 보였다. 더 이상 그들을 볼 수 없게 된 뒤에도 머릿속에는 무지개처럼 기쁨이라는 감정이 남아 있었다.

7

해가 기울고 있었지만 잭은 다른 세계로 ─ *아메리카* 테러토리로 ─ 떠나는 걸 미루고 있었다. 그 마법 주스의 맛이 너무 끔찍해서가 아니라 이곳을 떠나고 싶지 않았기 때문이다.

풀밭에서 작은 시냇물이 흘러나와(작은 숲이 다시 보이기 시작했다. 굽이치는 나무들은 유칼립투스 나무처럼 묘하게도 꼭대기가 평평했다.) 오른쪽으로 급하게 꺾여 길과 나란히 흐르고 있었다. 저 멀리 오른쪽 앞에 거대한 물이 보였다. *진짜* 너무 커서 실제로 잭은 한 시간 가까이 다른 부분보다 살짝 더 파란 하늘 한 귀퉁이라고만 여겼다. 하지만 그것은 하늘이 아니라 호수였다. *아주 넓은 호수네.* 그는 이렇게 생각하며 싱긋 웃었다. 다른 세계에서는 아마 온타리오 호수임에 틀림없었다.

기분이 좋았다. 저것은 잭이 올바른 방향으로 가고 있다는 증거였다. 어쩌면 북쪽으로 살짝 치우쳤을 수도 있지만 서부 도로가 곧 그쪽으로 구부러지리라는 걸 잭은 믿어 의심치 않았다. 거의 병적이라고 해도 좋을 기쁨 — 그가 '힘이 넘친다'고 정의한 — 은 이제 사랑스럽게 잔잔한 고요함, 테러토리의 공기처럼 맑은 느낌에 녹아들었다. 다만 한 가지가 그의 좋은 기분을 망쳐 냈는데, 그것은 어떤 기억

(여섯 살, 여섯 살, 잭은 여섯 살)

제리 블레드소에 관한 기억이었다. 그 기억을 토해 내는 게 왜 이렇게 힘든 걸까?

아니야…… 그냥 기억이 아니야…… 두 가지 기억이야. 첫 번째는 나랑 리처드 슬로트가 피니 부인이 여동생에게 얘기하는 걸 들은 거야, 누전이 일어나 제리가 불타 버렸고 안경마저 녹아 코에 들러붙어 버렸대, 피니 부인은 슬로트 아저씨가 전화로 얘기하는 걸 들은 거래, 슬로트 아저씨가 그랬대…… 그리고 소파 뒤에 있었지, 뭘 기웃대거나 엿들을 생각은 전혀 없었는데, 아빠가 이렇게 말했지, '모든 일에는 결과가 따르는 법일세. 그리고 그 결과라는 건 대개 성가신 일이지.' 뭔가가 분명 제리 블레드소를 불편하게 만들었던 게 아닐까? 만약 안경이 녹아서 코에 다 들러붙었다면 말이야,

은근히 불편한 일을 겪고 있었다고 봐야지, 그래…….

잭은 발걸음을 멈추고 못 박힌 듯 그 자리에 서 있었다.

무슨 말을 하고 싶은 거야?

넌 이미 내가 무슨 말을 하려는지 알고 있어, 잭. 아빠는 그날 외출했잖아. 아빠랑 모건 아저씨 둘 다. 두 사람은 여기 건너와 있었던 거야. 이쪽 세계 어디에 있었을까? 내 생각에 그들은 이쪽 세계로 와서 아메리카 테러토리로 치면, 캘리포니아에 그들의 빌딩이 있는 지점에 있었던 것 같아. 거기서 그들은 무슨 일을 저질렀지, 한 사람만 했을지도 모르지. 아주 큰일을 벌였을 수도 있고, 돌을 던지는 것처럼 사소한 일이었을 수도 있지……. 사과 심을 땅에 묻었다거나. 그런데 어찌 된 일인지…… 그것이 저쪽 세계에 영향을 주었어. 저쪽 세계에 영향을 주어 제리 블레드소를 죽인 거라고.

잭은 몸서리가 쳐졌다. 그렇다, 왜 그렇게 오랫동안 그 기억을 떠올리지 못했는지 그 이유를 알 것만 같았다. 장난감 택시, 남자들이 웅얼대는 말소리, 덱스터 고든은 색소폰을 불고 있다. 그 기억을 토해 내고 싶지 않았다. 왜냐하면

(누가 그 변화를 연주했나요, 아빠?)

그 말인즉슨, 단지 이쪽 세계에 있는 것만으로도 다른 세계에 참혹한 일을 일으킬 수 있다는 뜻이었다. 제3차 세계대전 촉발? 아니야, 그렇지는 않을 거야. 젊은이건 노인이건 간에 최근에 왕을 암살한 적은 없으니까. 하지만 제리 블레드소를 감전사시킬 만한 상황을 조성하기까지 얼마나 걸렸을까? 모건 아저씨가 제리의 트위너를 쏴 버린 걸까?(제리에게 트위너가 있었다면 말이지만.) 전기 기술자를

테러토리에 팔려고 한 것은 아닐까? 아니면 그냥 사소한 일이었을지도 모른다……. 시골 장터에서 고깃덩이를 사는 것처럼 세상을 뒤흔드는 일과는 전혀 상관없어 보이는 일이었을지도? 누가 그 변화를 연주했는가? 무엇이 그 변화를 연주했는가?

홍수가 될 수도 있고 화재가 될 수도 있지.

갑자기 입안이 바싹 타들어 갔다.

길 옆 시냇물로 건너가 무릎을 꿇고 물을 떠먹기 위해 손을 담갔다. 그러고는 돌연 얼어붙었다. 졸졸졸 흐르던 시냇물이 해가 넘어감에 따라 노을빛을 띠더니…… 삽시간에 붉은색으로 물들었다. 물이 아니라 피가 시내를 이루며 길 옆을 따라 흐르는 것이었다. 이윽고 시냇물은 검은색으로 변하더니 잠시 후에 투명해졌고, 잭은 그것을 보았다…….

잭의 입에서 가냘픈 신음이 새어 나왔다. 검은색 깃털을 머리에 단 열세 마리의 말이 게거품을 물며 모건의 승합마차를 끌고 서부 도로를 따라 요란스럽게 달려오는 것이 보였다. 잭은 거의 까무러칠 듯 놀랐다. 꼭대기 마부석에 앉아 장화를 흙받기에 올리고 한 손으로 쉴 새 없이 채찍질을 하는 마부가 저 엘로이였기 때문이다. 채찍을 잡고 있는 것은 손이 아니라 발굽 같은 것이었다. 엘로이가 그 악몽 같은 마차를 몰고 있었다. 엘로이가 썩은 송곳니가 가득 들어찬 입을 쩍 벌리고 웃고 있었다. 엘로이가 다시 잭 소여를 잡아 배를 가르고 창자를 꺼내려 안달이 나 있었다.

잭은 시냇물 앞에서 무릎을 꿇었다. 절망감과 공포심으로 눈이 튀어나오고 입은 와들와들 떨렸다. 방금 전 목격한 광경에서 마지막으로 본 것이 하나 있었다. 대단한 것은 아니었지만 그 의미를 따져 보면 가장 끔찍한 일일 터였다. 말들이 눈에서 빛이 나는 것처럼 보였다. 그 눈에서 빛이, 그러니까 석양이 가득 들어찬 것처럼 보였다.

승합마차는 같은 도로를 따라 서쪽으로 달리고 있었던 거야…… 내 뒤를 좇아오고 있었던 거라고.

잭은 일어나야 했지만 제대로 설지 자신이 없어, 엉금엉금 기다시피 하여 시냇물에서 물러나 휘청휘청 어렵게 도로 쪽으로 나왔다. 그러고는 먼지가 날리는 땅바닥에 엎어져 버렸다. 스피디의 유리병과 양탄자 장수가 준 거울이 배 밑에서 덜걱거렸다. 그 즉시 오른쪽 뺨과 귀를 서부 도로 바닥에 바짝 붙였다.

딱딱하게 마른 땅바닥을 통해 규칙적인 마차 진동이 느껴졌다. 아직은 멀었지만…… 점점 더 가까워지고 있었다.

엘로이는 마차 꼭대기에…… 모건은 안에 있을 것이다. 모건 슬로트일까, 아니면 오리스의 모건일까? 아무 상관도 없었다. 둘은 같은 존재이니까.

요란한 땅속 진동에 최면에 빠져들 것 같았지만 애써 떨쳐 내고 다시 벌떡 일어섰다. 스피디의 유리병 —미국에서도, 이곳 테러토리에서도 똑같은 유리병 —을 저킨에서 꺼내 병목을 막고 있는 이끼를 최대한 뽑아냈다. 얼마 남지 않은 약물에 이끼 부스러기들이 우수수 떨어졌지만 아랑곳하지 않았다. 주스는 이제 5센티미터 정도만 남아 있었다. 불안한 얼굴로 왼쪽을 돌아보았다. 마치 검은색 승합마차가 지평선에서 달려올 것을 예상하고 있는 듯했다. 석양으로 가득 찬 눈을 가진 말들이 괴이한 랜턴처럼 반짝거리며 나타나기를 예상하고 있는 듯했다. 당연히 그런 것은 보이지 않았다. 이미 알아차린 것처럼 이곳 테러토리에서는 지평선도 더 가깝게 보였고 소리는 훨씬 더 멀리까지 전해졌다. 모건의 승합마차는 동쪽으로 15킬로미터는 떨어져 있을 터였다. 어쩌면 20킬로미터 밖에 있을 수도 있었다.

정신을 바짝 차려야 해. 잭은 속으로 생각하며 유리병을 입에 대었다. 그것을 마시기 딱 1초 전 마음속 목소리가 외쳤다. *이봐, 잠깐만 기다려! 잠깐만 기다리라고, 이 멍청이, 정말 죽고 싶은 거냐?* 서부 도로의 한복판에 서서 저쪽 세계로 순간이동을 해 도로 한가운데에 떨어진다면 아주 멋진 광경이 연출될 터였다. 어쩌면 전속력으로 달려오는 트레일러트럭이나 UPS 수송 트럭에 치여 죽을 수도 있지 않은가.

허우적거리며 길가로 물러나…… 허벅지까지 올라오는 수풀 속으로 스무 걸음 정도 걸어 들어갔다. 마지막으로 이곳의 달콤한 냄새를 흠씬 들이마시고 고요함의 느낌을…… 무지개의 느낌을 애써 떠올려 보았다.

그 느낌을 잊지 않도록 노력해야 해, 필요할지도 모르니까…… 난 아주 오랫동안 이곳에 돌아오지 못할지도 모르니까. 잭은 생각했다.

풀밭을 멀리 바라보았다. 밤이 서서히 스며들면서 동쪽부터 점점 어두워지고 있었다. 난데없이 바람이 불어와 조금 쌀쌀했지만 물결치는 풀밭을 지나 어느새 제법 텁수룩해진 잭의 머리를 매만지고 간 바람은 여전히 향긋하기만 했다.

이제 준비됐니, 재키야?

눈을 감고 각오를 단단히 했다. 형용할 수 없는 지독한 주스의 맛과 반드시 그 뒤에 따라오게 될 구토를 막기 위해서였다.

"돌격!"

잭은 이렇게 속삭이고 마법 주스를 들이마셨다.

14장
버디 파킨스

1

토악질을 한 잭은 입가에 자줏빛 침 한 가닥을 흘리고 있었다. 얼굴은 4차선 고속도로 옆 기다란 경사면을 뒤덮은 풀숲에서 몇 센티미터밖에 떨어져 있지 않았다. 머리를 몇 번 흔들고는 무릎으로 짚은 채 엉덩이를 뒤로 뺐다. 등은 음산한 납빛 하늘을 향하고 있었다. 세상은, 이 세계는 고약한 냄새가 진동했다. 토사물을 뒤집어쓴 풀잎을 피해 뒤로 물러섰지만 악취는 성분만 달라졌을 뿐 사라지지 않았다. 가솔린과 다른 이름 모를 유해물질의 냄새가 공기 중에 떠다녔고, 공기에서 탈진과 피로의 냄새가 났다. 심지어 고속도로에서 우르릉거리는 소음조차 생기를 잃어 가는 공기를 닦아세웠다. 머리 위에는 커다란 텔레비전 화면 같은 도로 표지판의 뒷부분이 우뚝 솟아 있었다. 잭은 뒤뚱거리며 몸을 일으켰다. 저 아래 고속도로 건너편에는 하늘보다 살짝 연한 회색의 수면이 끝 모르게 이어지며 반짝이고 있었다. 그때 뭔가 불길한 발광체가 수면을 가로질러 쏜살같이 날아갔다. 여기서도 치과용 금속 충전재와 지친 숨결의 악취가 피어올랐다. 온타리오 호수였다. 그렇다면 저 아래쪽에 보이는 아늑한 작은 마을은 올코트나 켄달일지 모른다. 원래 가려고 했던 길에서 몇 킬로미터 정도 벗어난 모양이었다. 4일 반 넘게 걸어서 이동한 200킬로미터 정도가 사라진 것이다. 그보다 더 나쁜 결과는 없기를 바라며 도로 표지판 아래로 갔다. 검은색 글자를 올려다보았다. 손으로 입가를 훔쳤다. '앙골라.' 앙골라라고? 그게 어디지? 잭은 이미 한결 참을 만해진 공기 속으로 연기 자욱한 작은 마을을 응시했다.

이제는 둘도 없는 동반자가 된 랜드 맥널리 지도에 따르면, 그 엄청난 수역은 이리 호수였다. 여정에서 발생한 시간적 손실 대신 얻은 선물이었다.

하지만 잭이 이제 안전하다는 것을 깨닫자마자 ─ 말하자면, 모건의 승합마차가 그가 있던 곳을 요란하게 달려 지나가자마자 ─ 어쨌든 테러토리로 돌아가는 것이 낫겠다고 결심하기 전에, 그렇게 해야겠다는 생각을 떠올리기 전에, 그러기 전에, 연기가 자욱한 작은 도시 앙골라 마을로 내려가 이번에 잭 소여, 재키가 어떤 변화를 연출하지는 않았는지 확인해야 했다. 그는 경사면을 따라 내려가기 시작했다. 청바지와 체크무늬 셔츠를 입은 열두 살 소년, 나이에 비해 키가 커 보이지만 보살핌을 받지 못한 티가 나는 아이의 얼굴에 별안간 깊은 수심이 드리워졌다.

긴 경사면을 반쯤 내려왔을 때 잭은 자신이 또다시 영어로 생각한다는 것을 깨달았다.

2

숱한 날이 지나갔건만 서쪽으로 갈 길은 여전히 멀었다. 버디 파킨스라는 이름의 사내는 주간고속도로 40번이 지나가는 길목에 있는 오하이오주 케임브리지에서 막 나오자마자, 자기를 루이스 파렌이라고 소개한 소년을 태웠다. 루이스라는 소년의 얼굴에는 오래도록 지워지지 않을 듯한 수심이 드리워져 있었다. *기운을 내렴, 얘야. 다른 누구도 아닌 너 자신을 위해서.* 버디는 아이에게 이렇게 말해 주고 싶었다. 소년이 들려준 이야기에 따르면, 열 손가락으로도 다 못 꼽을 온갖 어려움을 겪은 모양이었다. 엄마는 아프고 아빠는 죽어서, 버카이 레이크에 있는 학교 선생님인 고모에게 맡겨지고…… 루이스 파렌에게는 걱정거리가 너무 많았다. 심지어는 크리스마스이브 이후로 손에 쥔 돈이 5달러도 안 되는 듯했다. 하지만…… 이야기를 듣고 있다 보니 버디는 파렌 어린이가 거짓말을 하고 있다는 의심이 들었다.

첫째로, 소년에게서는 도회지가 아니라 농장 냄새가 물씬 났다. 버디 파킨스와 형제들은 콜럼버스에서 남동쪽으로 50킬로미터쯤 떨어진 곳에 자리한 아만다 근처에서 1.2제곱킬로미터 규모의 농장을 운영하고 있었기에 그 점에서는 확신이 섰다. 이 소년은 케임브리지 같은 냄새가 났는데 그곳은 시골이었다. 버디는 농장과 마구간, 거름과 옥수수, 완두콩의 냄새와 함께 자랐다. 옆에 앉은 소년의 때 묻은 옷에는 이 모든 익숙한 냄새가 흠뻑 배어 있었다.

그리고 소년이 입고 있는 옷도 이상했다. 버디가 생각하기에, 다 찢어지고 땟물에 찌들어 뻣뻣하다 못해 구릿빛으로 주름이 잡힌 청바지를 입혀 아들을 여행길에 내보낸 걸 보면 파렌 부인은 보통 아픈 게 아닌 모양이었다. 그리고 신발은 또 어떻고! 루이스 파렌의 운동화는 금방이라도 벗겨질 것 같았다. 끈은 얼기설기 꼬아 놓은 것이었고, 두 짝 모두 두어 군데가 찢어지거나 구멍이 나 있었다.

"그럼 그들이 아빠의 차를 빼앗아 갔다는 거니, 루이스?"

버디가 물었다.

"맞아요. 말씀드린 대로예요. 형편없는 겁쟁이들이 한밤중에 와서 차고에서 차를 훔쳐 갔어요. 그런 짓을 해선 안 되잖아요. 형편이 되는 대로 할부금을 갚으려고 정말로 열심히 일하는 사람에게 그러면 안 되죠. 내 말은, 그렇잖아요? 그렇게 생각하시죠, 그렇죠?"

소년은 볕에 그을린 정직한 얼굴로 마치 이것이 닉슨 대통령의 사임이나 피그만 침공 이후 가장 심각한 문제라는 듯 버디를 돌아보았다. 버디의 본능은 그 소년의 말에 전적으로 동의했다. 농장 일을 하다 온 티가 역력한 소년이 대충 좋은 뜻으로 하는 말이라면 그게 뭐가 됐든 믿어 주고 싶었다.

"세상일에는 모두 양면이 있는 것 같아."

버디의 목소리는 그리 밝지 않았다. 소년은 눈을 깜박이며 다시 앞을 보려고 고개를 돌렸다. 버디는 소년이 불안해하는 것을 느꼈다. 근심의 먹구름이 소년의 얼굴에 드리워진 듯했다. 그제야 루이스 파렌에게 맞장구를 쳐 주지 못했던 게 미안해지려고 했다. 소년에게는 동조해 줄 사람이 필요했을지도 몰랐다.

"고모님은 버카이 레이크의 초등학교에서 근무하시겠구나."

버디가 소년의 참담한 마음을 밝게 풀어 주고자 먼저 말을 걸었다. 과거가 아니라 미래에 초점을 두면서.

"그럼요, 말씀하신 대로예요. 고모는 초등학교 선생님이에요. 고모의 성함은 헬렌 본이랍니다."

소년은 여전히 어두운 표정이었다.

하지만 버디는 소년의 말투가 마음에 걸렸다. 버디가 스스로를 뮤지컬에 나오는 헨리 히긴스 교수(영화 「마이 페어 레이디」에 나오는 언어학자로 빈민가 소녀를 교육을 통해 귀부인으로 탈바꿈시키려 한다. — 옮긴이)라고 생각하지 않듯이, 루이스 파렌도 오하이오에서 자란 사람의 말투가 아닌 것은 확실했다. 소년의 발성은 전혀 달랐다. 너무 힘주어 발음하고 엉뚱한 데에서 높이고 낮추었다. 그것은 결코 오하이오 사람의 발성법이 아니었고, 오하이오 시골 사람들이 쓰는 발성법은 더더군다나 아니었다. 이건 그냥 억양이었다.

아니면 오하이오주 케임브리지에서 온 소년은 그런 말투를 금방 배울 수도 있는 걸까? 무언가 특이한 이유가 있는 것은 아닐까? 버디는 그럴 수도 있다고 생각했다.

한편으로는 이 루이스 파렌이 왼쪽 옆구리에 내내 끼고 있는 신문지가 버디 파킨스가 차마 입에 올리기 싫은 불길한 의혹을 증명하는 것처럼 보였다. 그의 농장 냄새 풍기는 젊은 동반자가 도망자 신세이고, 그가 한 말은 한마디도 빼놓지 않고 전부 거짓말인 것이다. 신문의 이름은 고개를 살짝만 기울여도 쉽게 보였다.《앙골라 헤럴드》였다. 아프리카에도 앙골라가 있어서, 많은 영국인들이 용

병이 되기 위해 몰려들고 있었다. 그리고 뉴욕주에도 앙골라가 있었다. 이리 호수의 바로 위였다. 얼마 전에 뉴스에서 그곳 사진을 보았는데, 무슨 일이었는지는 잘 기억이 안 났다.

"물어볼 게 있구나, 루이스."

목소리를 가다듬으면서 버디가 말했다.

"네?"

"주간고속도로 40번이 지나는 작고 멋진 마을에서 온 네가 어째서 뉴욕주 앙골라의 신문을 갖게 된 거지? 거리가 꽤 떨어져 있잖아. 그냥 궁금해서 그래, 애야."

소년은 고개를 숙여 판판해진 신문지를 슬쩍 보고는 옆구리에 더 단단히 끼었다. 신문지가 꿈틀꿈틀 움직여 빠져나가기라도 할까 봐 걱정이 되는 눈치였다.

"아, 그냥 주운 거예요."

"그래?"

"고향집 근처 버스 정류장 벤치에 있었어요."

"오늘 아침에 버스 정류장에 갔다고?"

"히치하이킹을 하며 돈을 아끼기로 결심하기 전에요. 파킨스 아저씨, 혹시 저를 제인스빌 분기점에 내려 주실 수 있나요? 거기서 차를 얻어 타고 조금만 더 가면 되거든요. 잘하면 저녁 시간에 늦지 않게 고모네 집에 도착할 수 있을 거예요."

"그래도 되고."

버디는 이렇게 말하고는 어색한 침묵 속에서 몇 킬로미터를 달렸다. 마지막으로 더 이상 참을 수 없는 지경에 이르러서야 버디가 앞을 보면서 조용히 말했다.

"애야, 너 혹시 가출한 거 아니냐?"

루이스 파렌은 놀랍게도 미소를 지어 보였다. 함박웃음도 아니고, 꾸며 낸 가짜 웃음도 아닌, 진짜 미소였다. 가출이라는 말이 우습다고 느끼는 모양이었다. 생각만 해도 재미있는 듯했다. 버디가 곁눈으로 살피려는 순간, 소년도 버디에게 흘긋 눈길을 던져 두 사람의 눈이 마주쳤다.

1초, 2초, 3초…… 얼마나 그렇게 있었는지는 모르지만, 버디 파킨스는 옆에 앉아 있는 씻지 않은 소년이 아름답다는 것을 알 수 있었다. 생후 9개월 이상의 남자를 아름답다는 말로 묘사할 일이 있을 거라곤 생각조차 해 본 적이 없었다. 그럼에도 오랜 길거리 생활로 때에 찌든 루이스 파렌은 아름다웠다. 버디의 유머 감각에 소년은 잠시 근심을 잊은 듯했다. 그는 52살에 10대 아들이 셋이나 있지만 평범하지 않은 일들을 겪으며 상처받은 후에도 여전히 솔직하고 선량한 소년이 눈부시게 빛나 보였다. 자칭 열두 살의 루이스 파렌은 어쩌면 버디 파킨스보다 더 멀리 떠나 보았고, 더 많은 것을 목격했으며, 바로 그것이 소년을 아름답게 만든 것일지도 몰랐다.

그제야 소년이 대답했다.

"아니요. 전 가출한 게 아니에요, 파킨스 아저씨."

그러고는 눈을 껌벅였다. 그 눈이 다시 침잠하면서 명랑한 눈빛이 사라졌다. 소년은 또다시 의자에 몸을 파묻고는 한쪽 무릎을 끌어 올려 계기판에 올리더니 겨드랑이 사이에 신문지를 숨겼다.

"그래, 아니겠지."

버디 파킨스가 다시 고속도로로 시선을 던지며 말했다. 확실한 이유는 모르겠지만 마음이 편해졌다.

"넌 가출한 게 아니겠지, 루이스. 그래도 뭔가가 있긴 한 거지?"

소년은 아무런 대답을 하지 않았다.

"농장에서 일했지, 그렇지 않니?"

루이스가 놀란 얼굴로 버디를 올려다보았다.

"네, 맞아요. 지난 사흘 동안요. 시간당 2달러를 받았어요."

그런데 네 엄마는 이모한테 너를 보내기 전에 옷을 빨아 줄 시간도 없을 만큼 중병이란 말이니? 버디는 이렇게 생각하면서도 뜻밖의 제안을 했다.

"루이스, 우리 집에 같이 가지 않으련? 네가 도망 다니고 있다거나 그런 얘길 하는 건 아니고, 하지만 네가 케임브리지 출신이 아니라는 건 분명해 보이는구나. 난 아들이 셋인데, 막내놈, 그러니까 빌리는 너보다 고작 세 살이 많아. 그러니 우리 집에 오면 *사내애들이 아주 배불리 먹을 수 있단다.* 내가 몇 가지 질문을 할 건데, 네가 거기에 대답만 제대로 하면 원하는 만큼 우리 집에서 지낼 수 있어. 일단 밥을 같이 먹고 나서 질문을 할게."

버디는 흰머리가 섞인 짧은 머리를 손바닥으로 한 번 문지르고 조수석 쪽을 흘끗 보았다. 루이스 파렌은 정말 아이처럼 보였고 거짓말이 탄로 나서 당황하는 기미는 찾아볼 수 없었다.

버디가 말했다.

"네가 오면 다들 좋아할 거야."

소년이 웃으면서 대답했다.

"그렇게 말해 주셔서 너무 고맙습니다, 파킨스 아저씨. 하지만 전 그럴 수 없어요. 저는 우리 고모를 만나러 거기로 가야……"

"버카이 레이크 말이지?"

버디가 툭 끼어들자, 소년은 침을 꿀꺽 삼키고는 다시 앞을 바라보았다.

"도움이 필요하다고 하면 뭐든 도와줄게."

버디가 다시 말했지만, 루이스는 볕에 그을린 탄탄한 팔을 쓰다듬으며 딴청을 했다.

"이렇게 태워 주신 것만 해도 큰 도움이 되었는걸요."

그 후 거의 10분을 말없이 달린 뒤, 버디는 제인스빌 밖 출구 램프로 터덜터덜 걸어가는 소년의 쓸쓸한 뒷모습을 지켜보았다. 버디가 처음 만난 지저분한 아이에게 밥을 먹이겠다고 집으로 데려왔다면 에미는 그의 머리를 한 대 쳤을 것이다. 하지만 일단 루이스를 보고 얘기를 나누다 보면 어머니에게 물려받은 고급 유리잔과 접시를 꺼냈을 것이다. 버디 파킨스는 버카이 레이크에 헬렌 본이란 여성은 결코 살지 않으며, 이 수상한 루이스 파렌이라는 아이에게 엄마가 있는지도 확신이 안 섰다. 그 정도로 소년은 아무 일이나 닥치는 대로 하고 살아온 고아처럼 보였다. 버디는 출구 램프의 커브를 따라 소년이 사라질 때까지 지켜보았다. 그리고 그 너머를, 노란색과 보라색의 거대한 쇼핑몰 간판을 바라보았다.

아주 잠시지만 차에서 뛰어내려 그 아이에게 달려가 다시 데려오면 어떨까 생각해 보았다……. 그때 6시 뉴스에서 연기가 자욱한 사고 현장에 사람들이 모여 북새통을 이루고 있던 장면이 생각났다. 뉴욕주 앙골라였다. 너무 사소해서 한 번 이상 보도하기 어려운 앙골라에서 일어난 참사에 관한 뉴스였다. 산더미처럼 쏟아지는 뉴스 더미에 파묻힌 작은 비극에 불과했다. 이 짧고 아마도 조금은 왜곡되었을 찰나의 기억에서 버디가 포착한 거라곤 찌그러진 자동차들 위에 거대한 빨대처럼 흩어져 있는 대들보들뿐이었다. 자동차들은 땅바닥에 뚫린 연기를 내뿜는 구멍 — 지옥으로 연결된 듯한 구멍 — 에서 튀어나온 것 같았다. 버디 파킨스는 소년이 있던 도로의 빈자리를 한 번 더 쳐다보고는 클러치를 밟고 고물이 다 된 차의 기어를 저속으로 놓았다.

3

버디 파킨스의 기억은 스스로 생각한 것보다 더 정확했다. 만약에 버디가 '루이스 파렌'이라는 그 불가사의한 소년이 그토록 근심스러운 얼굴로 소중하게 겨드랑이에 끼고 다니던 지난달《앙골라 헤럴드》의 1면을 볼 수 있었다면 다음과 같은 기사를 읽었을 것이다.

돌발적인 지진으로 5명 사망
본지 조셉 가건 기자

앙골라에서 가장 높은 최고급 콘도미니엄 개발을 위한 레인버드 타워 개발 작업은 완공까지 6개월이 남아 있었지만, 전례가 없는 어제의 지진으로 건물이 붕괴되면서 비극적으로 중단되었다. 이 사고로 수많은 건설 노동자들이 건물 잔해에 깔렸다. 무너진 콘도 건물 아래서 다섯 구의 시신이 발견되었고 작업자 두 명은 아직 수색 중이지만 사망한 것으로 추정된다. 일곱 명의 노동자 모두 스파이저 건설사에서 고용한 용접공과 설비공 들로, 사고가 날 당시 건물 꼭대기 2개 층의 대들보에 있었다.

어제의 지진은 앙골라 역사상 최초의 지진이다. 뉴욕 대학 지질학과의 아민 반 펠트 교수는 본지 기자와의 통화에서 이번 참사를 초래한 지진이 '의사지진성 미진'이라고 묘사했다. 주립 안전 위원회의 대표는 현장 조사를 진행하고 있으며, 이와 동시에…….

사망자는 로버트 하이델(23세), 토머스 틸키(34세), 제롬 와일드(48세), 마이클 헤이건(29세), 브루스 데이비(39세)였다. 아직 찾지 못한 두 명은 아놀드 슐캠프(54세)와 테오도어 라스무센(43세)이었다. 잭은 이제 그들의 이름을 기억해 내기 위해 신문 1면을 보지 않아도 되었다. 뉴욕주 앙골라 역사상 최초의 지진은 그가 서부 도로에서 순간이동을 해 마을 경계에 떨어진 날 일어났다. 잭은 내심 이런 마음도 있었다. 덩치 크고 친절한 버디 파킨스 아저씨가 초대한 대로 그의 집에 가서 가족들과 주방 식탁에 둘러앉아 저녁식사 — 삶은 소고기와 두툼한 애플파이 — 를 할 수 있었더라면, 그러곤 손님용 침대에 파고들어 집에서 만든 퀼트 이불을 머리끝까지 뒤집어쓸 수 있다면 얼마나 좋을까. 그리고 사오일 동안 식탁에 갈 때만 빼고 침대에서 푹 쉴 수 있다면 더더욱 좋겠지. 하지만 잭은 또 다른 곤경에 빠지고 말 것이다. 옹이가 많은 송판으로 만든 식탁에 잘 부스러지는 치즈가 놓여 있고, 식탁 건너편 벽 밑에 커다란 쥐구멍이 뚫려 있는데, 그 구멍으로 파킨스가의 세 아들이 청바지 입은 엉덩이를 삐죽 내밀고 있고 거기엔 설상가상으로 길고 가느다란 꼬리가 달려 있는 것이다. 누가 제리 블레드소의 변화를 연주했나요, 아빠? *하이델, 틸키, 와일드, 헤이건, 데이비, 슐캠프, 라스무센.* 그들도 제리와 같은 꼴을 당했을까? 그것을 연주한 것이 누구인지 잭은 알고 있었다.

4

출구 램프의 마지막 커브를 돌았을 때 잭 앞에는 '버카이 몰'이라고 쓰인 노란색과 보라색의 거대한 간판이 둥둥 떠 있었다. 간판은 그의 어깨를 지나친 뒤 다른 쪽에서 다시 나타났는데, 그 지점에서야 비로소 쇼핑센터 주차장에 세워진 세 개의 노란 기둥이 간판을 떠받친 것을 알아보았다. 쇼핑몰 자체가 초현대적인 황토색 건물의 집합체로 창문이 하나도 없었다. 바로 뒤 그 몰이 하나의 지붕으로 덮여 있는 아케이드이며, 몇 개의 분리된 건물이라고 생각한 것은 착각이었다는 것을 알아차렸다. 잭은 주머니에 손을 넣어 지폐 스물세 장을 단단히 말아 놓은 뭉치가 제대로 있는지 확인해 보았다. 이 세계에서 그의 전 재산이었다.

초가을 오후의 신선한 햇빛을 받으며 전속력으로 쇼핑몰 주차장을 향해 거리를 가로질러 달려갔다.

버디 파킨스와 나눈 대화가 없었더라면, 주간고속도로 40번을 타고 80킬로미터를 더 걸어갔을 것이다. 이왕이면 이삼일 안에 리처드 슬로트가 있는 일리노이주로 가고 싶었다. 친구를 다시 만난다는 생각에 엘버트 팔라마운틴의 농장에서 쉴 틈 없이 지긋지긋할 정도로 종일 일만 하는 나날도 견딜 수 있었던 것이다. 일리노이주 스프링필드에 있는 테이어 학교의 자기 방에 있는, 안경을 쓴 진지한 얼굴의 소유자인 리처드 슬로트를 생각만 해도 팔라마운틴 부인의 푸짐한 식사를 먹은 것만큼이나 충전되었다. 가능한 한 빨리 리처드를 만나고 싶다는 생각은 변함이 없었다. 하지만 버디 파킨스가 그를 집으로 초대한 뒤에는 어떤 이유에서인지 긴장이 다소 풀렸다. 곧장 다른 자동차에 올라타 자신의 신상과 관련된 거짓말을 늘어놓을 엄두가 나지 않았다.(어느 경우건, 꾸며 낸 이야기들이 효력을 잃어버린 것 같다고 잭은 스스로에게 상기시켰다.) 쇼핑몰은 한두 시간 일탈하기에 완벽한 장소였다. 그곳에 극장이 있다면 더더욱 안성맞춤이었다. 지금 잭은 「러브 스토리」처럼 아무리 따분하고 질질 짜는 멜로영화라도 볼 수 있을 것 같았다.

그리고 운 좋게 극장을 찾게 되면 영화를 보기 전에 적어도 일주일 동안 미뤄 둔 두 가지 일을 해결할 수 있었다. 버드 파킨스가 너덜너덜해진 나이키 신발을 뚫어지게 본 것을 잭은 알았다. 운동화는 겉도 엉망으로 해졌지만 원래 스펀지와 고무로 만든 발바닥이 이상하게도 아스팔트처럼 딱딱했다. 오랫동안 걸어야 하는 날이나, 하루 종일 서서 일해야 하는 날이면 발이 타는 듯 아팠다.

두 번째 과업은 엄마한테 전화하는 일이었는데, 잭은 죄의식이나 다른 두려움 때문에 그 일을 생각조차 하지 않으려고 애써 왔다. 엄마의 목소리를 들었을 때 울지 않을 자신이 없었다. 엄마 목소리가 기운 없이 들리면 어쩌지? 정말로 위독한 것 같으면 어떻게 해야 할까? 엄마가 쉰 목소리로 뉴햄프셔로 돌아오라고 애걸하면 계속 서쪽으로 갈 수 있을까? 그래서 잭은 결국 엄마에게 전화하게 되리라는 사실을 받아들이지 않으려 했다. 불현듯 미용실에서 볼 법한 투명 플라스틱 지붕이 달린 공중전화들이 길게 늘어선 이미지가 선명하게 떠올라, 거의 즉시로 한 발 뒤로 물러섰다. 엘로이나 다른 테러토리의 피조물이 수화기에서 뛰쳐나와 한 손으로 잭의 목을 움켜잡을 것만 같았기 때문이다.

바로 그때 수바르 브라트(일본 생산의 2인승 쿠페 — 옮긴이)가 쇼핑몰 정문 근처 주차 구역으로 거칠게 운전해 들어오더니 잭보다 한두 살 많아 보이는 소녀 셋이 화물칸에서 폴짝 뛰어내렸다. 소녀들은 잠시 어쭙잖게 모델인 양 자세를 틀어 기쁨과 놀라움을 나타내는 우아한 포즈를 취했다. 소녀들은 좀 더 평범한 자세로 돌아오더니 관심이 없다는 얼굴로 잭을 흘끗 보고는 익숙한 솜씨로 머리칼을 뒤로 쓸어 넘겼다. 찰싹 붙는 바지를 입어 더 늘씬해 보이는 소녀들은 10학년의 자신만만한 작은 공주들이었다. 공주들은 손으로 입을 가리며 웃었는데, 그 모습은 마치 웃는 것 자체가 우습다고 말하는 듯했다. 잭은 마치 몽유병자가 걸어 다니는 것처럼 느릿느릿 걸었다. 한 공주가 그를 흘끗 보고 옆에 앉은 갈색 머리 소녀에게 뭐라고 소곤거렸다.

난 이제 달라졌어, 이제는 저 아이들과 신세가 다르다고. 잭은 생각했다. 그것을 깨닫자 고독감이 가슴을 후벼 파는 듯했다.

풍성한 금발을 자랑하는 소년이 소매가 없는 파란색 다운조끼를 입고 운전석에서 내렸다. 그리고 소녀들을 무시하는 태도를 살짝 취했을 뿐인데도 그녀들이 주위에 우르르 몰려들었다. 소년은 상급자가 확실해 보였을 뿐만 아니라 못해도 대학 미식축구팀의 백필드 정도는 되어 보였다. 그는 잭을 한 번 흘겨보고는 뜯어보는 얼굴로 쇼핑몰의 정면을 바라보았다.

"티미, 왔어?"

키 큰 갈색 머리 소녀가 말을 걸었다.

"그래. 여기서 왜 이런 칙칙한 냄새가 나는지 궁금하던 차였어."

금발 소년이 소녀들에게 살짝 거만한 미소를 지어 보였다. 갈색 머리 소녀가 잭을 히죽거리며 쳐다보고는 몸을 돌려 친구들과 아스팔트를 걸어갔다. 세 소녀는 거만하게 걸어가는 티미를 따라 유리문을 열고 쇼핑몰로 들어갔다.

잭은 유리문 너머 티미와 소녀들의 모습이 기다란 몰 저쪽에서 강아지만 한 크기로 줄아들고 나서야 자동문 앞에 섰다.

에어컨을 통과한 차가운 공기가 잭을 감쌌다.

2층으로 만든 높은 분수대에서 졸졸 흘러내리는 물이 벤치로 둘러싸인 널찍한 인공 연못으로 흘러들고 있었다. 1층과 2층에 자리한 전면 개방형 상점들이 분수대를 향하고 있었다. 단조로운 배경 음악이 특이한 구릿빛 조명과 함께 황토색 천장에서 울려 퍼지고 있었다. 유리문이 등 뒤에서 쉭 하고 닫히는 순간 팝콘 냄새가 콧속을 파고들었다. 소방차처럼 빨갛게 칠한 고풍스러운 팝콘 왜건이 1층 분수대 왼쪽에 있는 월든 서점 밖에 서 있었다. 잭은 들어서

자마자 버카이 쇼핑몰에는 극장이 없다는 걸 알아차렸다. 티미와 그의 늘씬한 공주들은 반대쪽 끝에 있는 에스컬레이터를 타고 올라가고 있었다. 아마도 에스컬레이터가 끝나는 지점에 있는 캡틴 케이블이라는 패스트푸드레스토랑으로 가는 모양이었다. 바지주머니에 손을 넣어 지폐 뭉치를 만져 보았다. 주머니 바닥에는 스피디가 준 기타 피크와 캡틴 파렌이 준 동전과 더불어 10센트, 25센트 동전이 한 줌 있었다.

잭이 있는 1층에 미스터 칩스 쿠키 가게와 하이람 워커의 버번 위스키나 잉글누크 샤블리스의 '세일' 광고를 붙여 놓은 술집 사이에 페이바 신발 가게가 있었다. 기다란 운동화 진열대가 눈을 끌었다. 현금등록기 앞에 있던 점원이 몸을 앞으로 쑥 내밀어 잭이 신발을 고르는 모습을 지켜보고 있었다. 신발을 훔쳐 가지 않는지 살펴보고 있는 게 틀림없었다. 진열대에 놓인 브랜드 중에 잭이 아는 건 없었다. 나이키나 퓨마는 없었지만 '스피드스터'나 '불스아이'나 '줌스'는 있었다. 운동화는 한 켤레씩 끈으로 단단하게 묶여 있었다. 진짜 운동화는 없고 모두 스니커즈였다. 잭이 보기엔 그걸로도 충분했다.

발에 맞는 운동화 중 가장 싼 것을 샀다. 붉은색 지그재그 줄무늬가 측면을 뒤덮은 파란색 운동화로, 신발 어디에도 브랜드 이름은 없었지만, 진열대에 있는 다른 신발과 별반 다를 게 없었다. 잭은 카운터에서 하도 주물럭거려서 노골노골해진 1달러 지폐 여섯 장을 세서 주고는 쇼핑백은 필요 없다고 말해 주었다.

커다란 분수대 앞 벤치에 앉아 끈을 풀지도 않고 발끝으로 다 해진 나이키를 벗었다. 새 신을 신자 잭의 발이 정말로 감사의 한숨을 쉬는 듯했다. 벤치에서 일어나 커다란 검은색 쓰레기통에 신발을 버렸다. 그 쓰레기통에는 하얀색 페인트로 '쓰레기를 아무 데나 버리지 맙시다.'라고 적혀 있었다. 그 밑에는 더 작은 글씨로 이렇게 적혀 있었다. *지구는 하나뿐인 우리의 집입니다.*

잭은 전화기를 찾아 길게 이어진 1층 아케이드를 따라 하릴없이 걷기 시작했다. 팝콘 수레에서 50센트를 주고 기름으로 번들거리는 신선한 팝콘이 담긴 통을 받아 들었다. 중산모를 쓰고, 진한 콧수염을 기른, 소매 멜빵을 찬 중년의 팝콘 장수가 공중전화가 있는 곳을 알려 주었다. 2층으로 올라가 코너를 돌면 서티원 플래이버스 옆에 있다는 것이었다. 그러곤 가까운 에스컬레이터 쪽을 힘없이 가리켜 주었다.

팝콘을 입에 욱여넣으면서 20대 여성과 중년 여성 뒤에 섰는데, 중년 여성은 엉덩이가 너무 펑퍼짐해서 에스컬레이터가 꽉 찰 지경이었다. 두 여성은 모두 바지 정장을 입었다.

잭이 만일 버카이 쇼핑몰 안으로 순간이동했다면 — 아니면 최소한 이삼 킬로미터쯤 떨어진 곳에 순간이동했다면 — 벽이 떨리면서 천장이 부서져 내리고 벽돌과 기둥이 떨어지고 배경음악을 틀어 주는 스피커와 조명장치까지 운 나쁘게 안에 있던 사람들에게 쏟아져 버렸을까? 10학년 공주들과 시건방진 티미를 비롯해 대부분의 사람들도 두개골이 깨지거나 사지가 절단되거나 가슴이 찌부러지는 꼴을 당했을까……. 에스컬레이터를 타고 위층에 올라가는 잠깐 사이에 잭은 거대한 회반죽 덩어리와 금속 대들보가 폭포처럼 쏟아지고 2층 정면 바닥이 갈라지는 끔찍한 소리와 비명이 울려 퍼지는 속에 있는 듯한 착각에 빠졌다. 실제로는 들리지 않는 소리였지만, 여전히 공기 중에 새겨져 있었다.

앙골라. 레인버드 타워.

손바닥이 갑자기 간지럽고 땀이 나서 바지에 문질러 닦았다.

왼쪽에서 '서티원 플레이버스'라는 간판이 차가운 하얀색 백열등 불빛을 발하고 있었다. 몸을 돌리자 반대쪽에 구부러진 복도가 보였다. 벽과 바닥에는 반짝이는 갈색 타일이 붙어 있었고 복도를 돌자 2층 정면에 있는 어떤 사람에게도 보이지 않는 곳이 나왔다. 그곳에는 공중전화가 세 개 있었다. 그 위에는 정말 투명한 플라스틱 지붕이 있었고, 복도 건너편에는 '남녀 화장실' 입구가 보였다.

한가운데 있는 지붕 밑에서 0번을 누르고 지역번호와 알람브라 호텔의 전화번호를 말했다.

"요금은요?"

교환수가 묻자 잭이 대답했다.

"407호와 408호에 머무는 소여 부인한테 거는 수신자 부담 전화예요. 잭의 전화고요."

호텔 교환수가 나오자 가슴이 죄어드는 것만 같았다. 교환수가 스위트룸으로 전화를 돌렸다. 전화벨이 울렸다. 한 번, 두 번, 세 번.

이윽고 엄마가 전화를 받았다.

"이런, 얘야, 네 목소리를 들으니 더 이상 바랄 게 없구나! 아들이 곁에 없으니 늙은 엄마는 정말 힘들어. 네가 찡그린 얼굴로 웨이터에겐 어떻게 대해야 하는지 말해 주지 않으니까 아주 힘들어."

"그냥, 웨이터들에게 엄마가 너무 세련된 손님이라서 그런 거예요."

잭은 대답하면서 안도감으로 울음을 터뜨릴 것 같았다.

"잭, 지내는 건 어떠냐? 사실대로 말해 주렴."

"물론 잘 지내죠. 네, 전 아주 잘 지내요. 그냥, 확인하고 싶었어요. 엄마가…… 무슨 말인지 아시죠?"

전화가 흐릿한 전자음을 내더니 해변을 가로지르는 모래 바람처럼 찢어지는 듯한 잡음을 냈다.

"나는 괜찮다. 아주 잘 지내고말고. 네가 걱정하는 것이 그거라면 난 그럭저럭 지낸단다. 너는 지금 어디에 있는지 궁금하구나."

잭은 망설였다. 잠시 치지직 하고 가느다란 잡음이 끼어들었다.

"지금 오하이오에 있어요. 이제 곧 리처드를 만날 수 있을 거예요."

"언제 돌아올 거니, 재키야?"

"잘 모르겠어요. 저도 돌아가고 싶어요."

"모르겠다니. 얘야, 내가 장담하는데, 네 아빠가 너에게 그런 바보 같은 별명을 붙여 주지 않았더라면, 아니면 네 전화가 10분 정도 늦거나 일렀다면……"

점점 심해지는 잡음이 불쑥불쑥 엄마의 목소리를 삼켰다. 잭은 찻집에 앉아 있던 엄마의 모습을 회상해 보았다. 쇠약하고 초췌한 나이 든 여인. 잡음이 좀 잠잠해졌을 때 잭이 물었다.

"모건 슬로트 아저씨가 무슨 짓 안 했어요? 엄마를 귀찮게 하지는 않던가요?"

"여기 찾아왔길래 따끔하게 혼을 내서 쫓아 버렸단다."

"거기에 왔다고요? 진짜로 찾아왔던 거예요? 지금도 엄마를 괴롭히고 있어요?"

"네가 떠난 이틀 뒤에 그 족제비가 왔기에 쫓아 버렸단다, 얘야. 그자에 대해 걱정하느라 시간 낭비하지 마라."

"어디로 간다고 말했나요?"

잭이 말을 끝내기가 무섭게 전화기에서 듣기 싫은 전자기기의 끽끽 소리가 귓속을 파고들었다. 눈살을 찌푸리며 얼른 수화기를 치웠다. 귀청을 찢을 듯 끽끽거리는 잡음이 너무 커서 복도에 누가 있었다면 다 들었을 것이다.

"엄마!"

잭이 소리치고는 수화기를 최대한 귀에 바짝 붙였다. 마치 라디오 채널을 돌리다 볼륨을 최대한 높였을 때처럼 끽끽거리는 잡음이 심해졌다.

전화 연결이 돌연 중단되었다. 수화기를 귀에 착 붙여 봤지만 방송이 중단되었을 때처럼 완전하고도 불길한 침묵밖에 없었다.

"여보세요, 여보세요?"

전화 후크를 눌러 봐도 수화기 속 완전한 침묵만이 귀를 덮었다.

갑작스럽게, 마치 전화 후크를 여러 번 누른 게 효험이라도 있었는지 발신음 — 이제는 온전한 정신과 규칙성의 오아시스처럼 느껴지는 — 이 되돌아왔다. 오른손을 바지주머니에 넣어 동전이 더 있나 찾아보았다.

수화기를 왼손으로 어정쩡하게 든 채 주머니를 뒤졌다. 발신음이 불현듯 우주 공간으로 빠져나가는 듯한 소리가 들려 잭은 그 자리에 얼어붙어 버렸다.

모건 슬로트의 목소리가 또렷이 들렸다. 마치 바로 옆 공중전화에 모건 아저씨가 서 있는 듯했다.

"잭, 어서 집으로 돌아가렴."

슬로트의 목소리가 메스로 긋듯 공중에 아로새겨졌다.

"우리가 끌고 가기 전에 네 발로 돌아가는 게 좋을걸."

"잠깐만요."

잭이 시간을 더 달라고 애원하려는 듯 입을 열었다. 사실은 너무 겁을 집어먹어서 자기가 무슨 말을 하는지도 잘 모를 정도였다.

"잠깐도 못 기다리겠다, 꼬맹이야. 넌 이제 살인자야. 내 말 틀려? 너는 살인자라고. 그러니 더 이상 기회를 줄 수 없어. 뉴햄프셔의 휴양지로 돌아가. 당장. 안 그러면 가방에 집어넣어 납치라도 할 테니까."

전화가 딸깍 끊기는 소리가 들렸다. 잭도 수화기를 내려놓았다. 그가 방금 사용한 전화가 앞쪽으로 덜컹덜컹 흔들려 벽에서 떨어지더니 잠시 동안 엉킨 전화선을 축 늘어뜨리고 있다가 요란한 소리를 내며 땅바닥에 무너져 내렸다.

뒤에서 남자화장실 문이 쾅 열리더니 누가 소리쳤다.

"이런 젠장!"

몸을 돌리자 스무 살쯤 되어 보이는 짧게 자른 머리의 마른 청년이 전화기를 뚫어져라 보고 있었다. 하얀 에이프런을 하고 나비넥타이를 맨 것을 보아 어떤 가게의 직원이었다. 잭이 말했다.

"난 아무 짓도 안 했어요. 저절로 그렇게 된 거예요."

"이런 젠장!"

짧은 머리 직원은 희번덕거리는 눈으로 잠시 잭을 쳐다보더니 도망칠 것처럼 몸을 홱 돌렸다. 그러고는 정수리 쪽을 손으로 쓸어넘겼다.

잭도 다시 1층으로 내려갔다. 에스컬레이터를 타고 반쯤 내려갔을 때 그 점원이 소리치는 게 들렸다.

"올라프손 씨! 전화기가, 올라프손 씨!"

잭은 부리나케 도망갔다.

밖으로 나오자 공기는 밝았지만 놀라울 정도로 습도가 높았다. 멍한 얼굴로 인도를 따라 어슬렁거렸다. 주차장 건너편으로 1킬로미터 못 미친 곳에서 경찰차가 쇼핑몰 쪽으로 꺾어 들어왔다. 잭은 옆길로 방향을 돌려 보도를 걸어갔다. 조금 더 가자 쇼핑몰로 들어가는 다음 입구가 나왔는데, 여섯 명 가족이 접이식 긴 의자를 안으로 들이려고 씨름을 하고 있었다. 잭이 발걸음을 멈추고 지켜보니, 부부는 긴 의자를 대각선으로 기울이고 있는데, 어린 자녀들이 저마다 의자에 올라타니 도와주니 하면서 방해하고 있었다. 마침내 가족은 유명한 이오섬 사진(태평양전쟁의 최대 격전지 중 하나인 이오섬 스리바치산 정상에 성조기를 꽂는 여섯 해병대의 사진을 가리킨다. ─ 옮긴이) 속 국기를 게양한 군인들을 연상시키는 자세로 비틀거리며 문으로 들어갔다. 경찰차는 한가로이 커다란 주차장을 한 바퀴 돌았다.

떠들썩한 가족들이 가까스로 문을 지나 의자를 무사히 내려놓고 있는데, 한 흑인 노인이 나무상자에 걸터앉아 무릎에 올려놓은 기타를 부드럽게 안았다. 잭이 느릿느릿 좀 더 가까이 가 보자 노인 발 옆에 컵 하나가 보였다. 지저분한 커다란 싸구려 선글라스와 얼룩덜룩한 펠트 모자챙 때문에 노인의 얼굴은 보이지 않았다. 게다가 데님 재킷 소매는 코끼리 가죽처럼 주름투성이였다.

노인이 차지한 공간을 침해하지 않으려고 보도 가장자리로 가려는데, 노인이 목에 빛바랜 흰색 마분지 간판을 걸고 있었다. 거기에는 떨리는 손으로 큼지막하게 쓴 대문자들이 있었다. 몇 발짝 더 다가가자 글자가 보였다.

　　태어날 때부터 시각장애인입니다
　　어떤 노래도 다 연주합니다
　　당신에게 하느님의 은총이 있기를!

낡아 빠진 고물 기타를 들고 있는 노인을 지나 몇 발짝 떼지도 않았을 때 노인이 뭐라고 중얼거렸다. 갈라진 목소리로 쩝쩝 입맛을 다시며 소곤거렸다.

"지당하신 말씀."

15장
스노볼이 노래하다

1

몸을 홱 돌려 흑인을 돌아다보았다. 심장이 두근거렸다.

스피디 할아버지인가?

흑인 노인은 손으로 더듬어 컵을 집어 들더니 흔들어 보았다. 바닥에 있는 동전 몇 개가 짤랑거렸다.

스피디 할아버지가 맞아. 저 검은색 선글라스 뒤에 스피디의 얼굴이 있는 게 틀림없어.

잭은 확신했다. 하지만 잠시 뒤엔 결코 스피디일 리 없다는 확신도 들었다. 스피디는 각진 어깨가 아니었고 가슴이 딱 벌어지지도 않았다. 스피디의 둥그스름한 어깨는 한쪽으로 기울었고 자연히 가슴도 안으로 함몰된 것처럼 보였다. 레이 찰스(미국 소울 음악의 대부인 시각장애인 가수 — 옮긴이)보다는 미시시피 존 허트(미국의 컨트리 블루스 가수 — 옮긴이)에 가까웠다.

저 선글라스만 벗어 주면 스피디 할아버지인지 확실히 알 수 있

을 텐데.

입을 열어 스피디의 이름을 큰 소리로 부르려는 참에 노인이 불쑥 기타를 연주하기 시작했다. 주름진 손가락들이, 정성껏 기름을 먹였지만 한 번도 닦아서 윤을 낸 적이 없는 오래된 호두처럼 검은 손가락들이 현과 프렛 사이를 유연하고 우아하게 날아다녔다. 이윽고 잭은 그 곡조를 기억해 냈다. 아빠의 오래된 레코드판 중에 있었다. 미시시피 존 허트가 뱅가드 레코드에서 녹음한 「투데이」라는 앨범이었다. 눈먼 노인은 노래는 안 했지만 잭은 그 가사를 알고 있었다.

오 다정한 친구들, 말해 봐, 힘들지 않니?
새 묘지에 누운 루이스를 보는 것이,
천사들이 장사를 지내 주었네…….

아까 본 금발의 미식축구 선수와 그의 공주 세 명이 쇼핑몰 정문으로 나왔다. 공주들은 저마다 아이스크림콘 하나씩을 손에 들었고, 미스터 올아메리카는 양손에 칠리독 한 개씩을 들고 있었다. 그들이 잭이 있는 쪽으로 어슬렁어슬렁 다가왔지만, 잭은 흑인 노인에게 정신이 팔려 있어서 그들이 오는 것을 미처 알아차리지 못했다. 그 흑인 노인은 스피디며 잭의 마음을 읽은 게 분명하다는 생각뿐이었다. 그게 아니면 어떻게 잭이 스피디가 저 노인과 닮았다는 생각을 떠올린 바로 그 순간에 그가 미시시피 존 허트의 곡을 연주하기 시작했단 말인가? 게다가 그냥 노래도 아니고 잭이 히치하이크를 할 때 사용한 이름이 들어간 노래를 부르지 않았는가?

금발의 미식축구 선수가 칠리독 두 개를 왼손으로 모아 잡고 오른손으로 잭의 등을 힘껏 내리쳤다. 곰 잡는 덫이 철컥 닫히듯 혀를 깨물어 버렸다. 예상치 못한 일이라 말할 수 없이 고통스러웠다.

"야, 작작 좀 쳐다봐, 입에서 오줌 냄새 나."

금발이 말하자 공주들이 킥킥 웃으며 꺅 소리를 질렀다.

잭은 앞으로 넘어지면서 시각장애인의 컵을 발로 차고 말았다. 동전이 쏟아져 사방으로 굴러가자 잔잔한 리듬의 블루스 음악이 귀에 거슬리는 소리를 내며 뚝 그쳤다.

미스터 올아메리카와 세 공주는 이미 저만치 가 버린 뒤였다. 그들의 뒷모습을 응시하고 있자니 이제는 너무 익숙해진 무기력한 증오가 치밀어 올랐다. 혼자이기에 이런 수모를 겪는 것이다. 모든 사람의 배려에 기대야 할 어린 나이인데도 어떤 사람에게는 먹잇감이 되어 버리는 것이다. 그를 착취한 사람 중에는 오스먼드 같은 정신이상자는 물론이고 유머 감각이라곤 없는 엘버트 팔라마운틴 같은 루터주의자도 있었다. 엘버트에게 정당한 작업 시간이란 차디찬 10월의 폭우가 쏟아지는 와중에도 하루 열두 시간씩 발이 푹푹 빠지는 진흙탕에서 일하는 것이었다. 점심시간에도 인터내셔널 하베스터 트럭의 운전석에 꼿꼿이 앉아 양파 샌드위치를 먹으며 욥기를 읽는 것이었다.

잭은 그들을 '해치우겠다는' 충동에 휩싸인 건 아니었다. 그럼에도 이상하게 그가 원하기만 하면 해치울 수 있다는 생각이 들었다. 마치 전기가 충전되듯 모종의 힘이 자라고 있는 것 같았다. 가끔은 다른 사람들도 그 사실을 알고 있는 듯한 느낌을 받았다. 그들이 잭을 바라볼 때 그 얼굴에서 그것을 읽을 수 있었다. 하지만 잭은 그들을 해치고 싶은 생각은 *없었다*. 그가 바라는 건 단지 혼자 내버려두라는 것이었다. 그는…….

눈먼 노인은 떨어진 돈을 찾느라 주변을 더듬고 있었다. 땅딸막한 손으로 보도를 세심하게 쓸어 나가는 모습이 마치 바닥을 손으로 읽어 나가는 것 같았다. 먼저 1센트짜리 동전을 찾자 컵을 다시 세우고 동전을 넣었다. *쩽그랑!*

공주 한 명의 말소리가 희미하게 들려왔다.

"*저 늙은이를 왜 그냥 둘까? 너무 꼴 보기 싫지 않니?*"

훨씬 더 희미한 말소리가 대답했다.

"*내 말이 그 말이야.*"

잭은 무릎을 꿇고 동전을 찾아 앞 못 보는 노인의 컵에 넣어 주었다. 노인 옆에 웅크리고 있자니 시큼한 땀 냄새와 곰팡이 냄새와 옥수수처럼 달고 부드러운 냄새가 났다. 말쑥하게 차려입은 쇼핑객들이 그들이 있는 곳을 피해 멀리 돌아서 지나갔다.

"고맙구먼. 고마워."

눈먼 노인이 억양이 담기지 않은 쉰 목소리로 꺽꺽거리듯 말했다. 노인의 입에서 오래된 칠리 냄새가 났다.

"고마워, 복 받을 거야, 고마워, 복 많이 받으렴."

노인은 스피디였다.

노인은 *스피디가 아니었다.*

결국에는 노인과 이야기를 해 봐야겠다는 생각이 들었다. 그럴 수밖에 없었다. 마법 주스가 얼마 남지 않은 것이 기억났기 때문이다. 이젠 겨우 두 모금밖에 남지 않았다. 앙골라 참사 이후로는 다시 테러토리에 가도 될지 알 수가 없었다. 하지만 엄마를 구해야 한다는 분명한 이유가 있으니 다시 가야만 할지도 몰랐다.

부적이 뭔지는 몰라도, 그것을 얻으려면 다른 세계로 넘어가야 할지도 몰랐다.

"스피디 할아버지?"

"복 받을 거야, 고맙구먼, 복 많이 받으렴, 그런데 저쪽으로 동전 굴러가는 소리가 났는데."

흑인 노인이 손가락으로 가리키며 말했다.

"스피디 할아버지! 저 잭이라고요!"

"이쪽에는 스피디란 사람 없어, 애야. 절대로 없고말고."

노인은 자신이 가리킨 쪽을 향해 양손으로 콘크리트 바닥을 일일이 더듬기 시작했다. 한 손으로 5센트 동전 한 닢을 주워서 통에 넣었다. 다른 손은 잘못해서 옆을 지나가던 세련되게 차려입은 여자의 구두에 닿았다. 예쁘고 텅 빈 얼굴의 그녀는 거의 역겨워 죽겠다는 듯 얼굴을 일그러뜨린 채 빙 돌아서 사라져 버렸다.

잭은 도랑에서 마지막 동전을 찾아냈다. 1달러짜리 은화로, 한쪽에 자유의 여신이 새겨진 아주 오래된 커다란 은화였다.

눈에서 눈물이 흘러 지저분한 얼굴을 따라 흘러내렸다. 잭은 떨리는 손으로 눈물을 훔쳤다. 틸키, 와일드, 헤이건, 데이비, 하이델, 그리고 엄마와 로라 델루시안과 주머니까지 털린 채 죽은 마부의 아들을 위해 울었다. 하지만 대부분은 그 자신을 위해 흐느꼈다. 이제 잭은 거리 생활에 지칠 대로 지쳤다. 만일 캐딜락을 타고 가는 것이라면 꿈과 같은 여정이겠지만, 엄지손가락을 치켜세우고 히치하이크를 해서 이젠 지긋지긋한 사연들을 늘어놓는 것은, 모든 사람의 배려에 기대야 하고, 누군가의 먹잇감이 되어야 할 때는 시련의 여정일 수밖에 없었다. 잭은 이미 시련을 겪을 만큼 겪었다는 생각이 들었다…… 하지만 그렇다고 이제 와서 포기할 수도 없었다. 지금 멈추면 암이 엄마를 먹어 치울 거고 모건 아저씨는 *잭 자신*을 해치울 것이다.

"저 못 해낼 것 같아요, 스피디 할아버지, 못 하겠어요, 진짜로."

잭은 울음을 터뜨렸다.

눈먼 노인이 손으로 바닥을 더듬거리더니 흩어진 동전 대신 잭을 찾았다. 그 부드럽게 마음을 읽어 나가는 듯한 손가락들이 잭의 팔을 찾아내고는 둘러쌌다. 손끝마다 돌처럼 딱딱한 굳은살이 느껴졌다. 노인이 땀과 열기와 오래된 칠리 냄새가 나는 품으로 잭을 끌어당겼다. 잭도 스피디의 가슴에 고개를 묻었다.

"거참, 애야. 난 스피디란 사람 모른다니까, 하지만 너에겐 아주 중요한 사람 같구나. 넌……"

잭이 계속 울면서 말했다.

"엄마가 너무 보고 싶어요, 스피디 할아버지, 슬로트도 저를 쫓아오고 있어요. 몰에서 전화기 너머로 그자 목소리를 들었어요, 그자였다니까요. 하지만 그건 아무것도 아니에요. 정말 끔찍한 일은 앙골라에서 일어났어요…… 레인버드 타워가…… 지진으로…… 다섯 명이나…… 저요, *바로 저 때문이에요*, 스피디 할아버지, *제가*

이 세계로 순간이동 하는 바람에 다섯 명이 죽은 거예요, 예전에 아빠와 모건 슬로트가 제리 블레드소를 죽였을 때처럼 죽은 거예요!"

이제야 말했다, 아무에게도 말하지 못했던 얘기를. 돌처럼 목에 걸려서 그를 질식시킬 것 같았던 끔찍한 죄책감이 튀어나왔다. 그러자 걷잡을 수 없이 울음이 터져 나왔다. 하지만 그것은 두려워서가 아니라 안도감 때문이었다, 마침내 자신이 살인자라는 것을 고백한 뒤에 오는.

"에구머니나아아아아!"

흑인 노인이 외쳤다. 노인의 목소리는 기괴하게도 기쁨에 차 있었다. 노인은 가늘지만 굳센 팔로 잭을 안고 토닥여 주었다.

"무거운 짐을 혼자 짊어지고 있었구나, 쯧쯧. 그랬구나. 이젠 짐을 좀 내려놓는 게 어떻겠니."

"저 때문에 그들이 죽었단 말이에요, 틸키랑 와일드랑 헤이건과 데이비……"

잭이 기어들어 가는 소리로 중얼거리는데 노인이 말을 끊었다.

"그런데 말이야, 이 넓은 세상에 스피디란 사람이 *어디 사는* 누구인지는 모르겠지만, 네 친구인 스피디가 여기 있다면, 애야, 아무도 세상의 짐을 혼자 질 수는 없다고 말하지 않겠니? 너도 할 수 없고, 다른 누구도 혼자 그 짐을 다 질 수는 없단다. 왜냐하면 말이지, 첫째, 세계를 짊어지려고 하면 일단 네 *허리가* 부러질 것이고, 그러면 기분이 팍 상해 버리지 않겠니?"

"제가 죽였다니까요……"

"네가 그 사람들 머리에 대고 총을 쏘기라도 했니?"

428

"그렇지는 않지만요…… 지진이…… 내가 순간이동을 했을 때……"

"도대체 무슨 소릴 하는지 모르겠구나."

잭이 흑인 노인의 품에서 살짝 몸을 빼 호기심 가득한 눈으로 주름이 자글자글한 얼굴을 올려다보았다. 하지만 그는 이미 주차장 쪽으로 고개를 돌리고 있었다. 그가 정말 앞을 보지 못한다면, 더 부드럽고 조금은 더 힘찬 순찰차 엔진 소리를 구분해 낸 것이 틀림없었다. 접근해 오는 경찰차를 똑바로 바라보고 있었다.

"내가 알겠는 건, 네가 '살인'이라는 말을 갖다가 상당히 넓은 의미로 사용하는 모양이구나. 아마 우리가 여기 앉아 있을 때 어떤 사람이 근처를 지나가다가 심장마비로 쓰러져 죽어도, 넌 또 우리가 그 사람을 죽였다고 생각하겠지. '저것 봐, 내가 여기 앉아 있어서 저 사람이 죽은 거야, 아 비통해라, 아 *파국이로구나*, 아 *침통하여 라*, 아 *이것*…… 아니 *저것* 때문이야!'라고 말이야."

노인은 *이것*과 *저것*을 강조할 때 솔 음에서 도 음으로 그리고 솔 음으로 다시 재빨리 바꿨다. 그러곤 자기도 우스웠던지 껄껄 웃었다.

"스피디 할아버지……"

"여기 스피디란 사람 없다니까."

흑인 노인이 잭의 말을 따라 하고는 누런 이를 드러내며 삐딱하게 웃었다.

"다른 사람이 벌인 일을 자기 탓으로 돌리는 일에 '스피드'를 높이는 사람이 있는 건 알겠구나. 아마도 너는 도망 다니는 신세인가 보구나, 얘야, 아마도 쫓기는 *신세*인가 보구나."

G 코드를 쳤다.

"아마도 뒤통수를 맞은 *신세*일 수도 있겠고."

C 코드를 쳤다. 이 와중에도 운율을 맞추는구나 싶어서 잭은 저도 모르게 싱긋 웃었다.

"어쩌면 다른 사람한테 약점을 잡힌 *신세*일 수도 있겠네."

다시 G 코드를 치고 시각장애인은 기타를 옆에 내려놓았다.(그동안 순찰차 안에서는 경찰 두 명이 동전을 던지고 있었다. 스노볼 노인이 얌전히 순찰차 뒷좌석에 타려 하지 않을 때 누가 나서야 할지를 정하려는 것이다.)

"아마도 파구욱이고, 아마도 침토오오오오옹하고, 아마도 *이것* 때문이고, 아마도 *저것* 때문이고……."

노인은 다시 웃음을 터뜨렸다. 그에게는 잭이 두려워하는 일들이 세상에서 가장 우스꽝스러운 일인 듯했다.

"하지만 어떤 일이 일어날지 알 수가 없잖아요, 만약에 제가……"

"뭔가를 했을 때 어떤 일이 일어날지 아는 사람은 아무도 없어. 내 말이 틀렸니?"

스피디 파커인 것도 같고 아닌 것도 같은 흑인 노인이 잭의 말을 끊고 끼어들었다.

"내 말이 맞잖아. 그럴 수 있는 사람은 *없다*고. 네가 그런 생각을 하게 된다면 하루 종일 밖에 나가기가 무서워 집구석에만 있어야 할 게다! 네 문제가 뭔지는 모르겠구나, 얘야. 굳이 알아보고 싶지도 않지만. 지진 같은 얘길 자꾸 하는 걸 보면 머리가 이상해졌는지도 모르지. 하지만 내가 동전 줍는 것을 도와주었고, 하나도 훔치지 않았으니…… 동전이 *땡그랑땡그랑* 떨어지는 소리를 일일이 세니까 얼마인지 알고 있거든…… 충고를 하나 해 주마. 네 힘으론 어찌해 볼 도리가 없는 일도 있게 마련이야. 때때로 어떤 사람이 어떤 일을 했기 때문에 누군가가 죽는 경우도 있어……. 하지만 누군가 그 어떤 일을 하지 않으면 훨씬 더 많은 사람들이 죽는 경우도 있단다. 무슨 말인지 알겠니, 얘야?"

지저분한 선글라스가 잭을 향해 기울어졌다.

전율할 만큼 깊은 안도감이 느껴졌다. 확실히 이해가 되었다. 앞을 못 보는 노인은 어쩔 수 없는 선택에 대해 말하고 있었다. 어쩔 수 없이 내린 선택과 범죄 행위는 별개라고 말하고 싶은 것이리라. 그 말은 여기에는 범죄자가 없다는 뜻이기도 했다.

범죄자란 바로 5분 전에 잭에게 집으로 꺼지라고 말한 자일지도 모른다. 눈먼 노인이 음울한 D 마이너 코드를 치면서 말했다.

"우리 어머니가 말해 준 것처럼, 어쩌면 모든 일은 하느님께 봉사하는 일인지도 몰라. 만약에 네 어머니도 기독교인이었다면 그렇게 말해 주었겠지. 어쩌면 우리는 어떤 일을 하고 있다고 생각하지만 사실은 다른 일을 하고 있을 수도 있지. 성서에는 세상만사가 담겨 있는데, 심지어는 악으로 보이는 것도 나중에는 하느님의 뜻대로 돌아가게 마련이란다. 네 생각은 어떠니, 얘야?"

"전 잘 모르겠어요."

잭은 솔직하게 말했다. 머릿속은 뒤죽박죽이었다. 눈을 감으면 벽에서 떨어져 나온 전화가 괴상한 꼭두각시 인형처럼 전선에 매달려 있는 것이 보였다.

"이런, 냄새가 나는데, 마시는 데 정신이 팔려 있구나."

"뭐라고요?"

잭이 화들짝 놀라 되물었다. 그러곤 생각했다. 내가 스피디가 미시시피 존 허트를 닮았다고 생각하자 이 사람이 존 허트의 블루스를 연주하기 시작했어……. 그리곤 지금은 마법 주스에 대해 이야기하고 있어. 조심스럽게 말하곤 있지만 틀림없어!

잭이 낮은 목소리로 말했다.

"마음을 꿰뚫어 보시는군요, 그렇죠? 테러토리에서 그 방법을 배우신 건가요, 스피디 할아버지?"

"마음을 읽는다니, 난 그런 거 모른다. 하지만 11월이 되면 어둠 속에서 살아온 지 42년이 된단다. 이쯤 되니까 코와 귀가 예전 같지 않구나. 그래도 얘야, 네 몸에서 싸구려 와인 냄새가 나는구나. 몸 전체에서 아주 진동을 해. 머리도 와인으로 감은 것 같고!"

잭은 이상하게도 비현실적인 죄책감을 느꼈다. 사실은 결백한데도 — 어쨌든 거의 결백하다고 할 수 있는데도 — 잘못한 일을 했다고 비난받을 때면 늘 이런 기분이 들곤 했다. 이 세계로 넘어온 뒤엔 거의 비어 가는 유리병을 제대로 만져 보지도 못했다. 살짝 만져 보기만 해도 두려움이 몰려왔다. 그것은 14세기 유럽의 농민이 그리스도가 못 박힌 십자가의 파편이나 성자의 손가락뼈에 손이 스쳤을 때 품었을 기분과 닮아 있었다. 그것은 마법이다, 그것도 아주 강력한 마법. 때때로 그 마법 때문에 사람들이 목숨을 잃기도 한다.

마침내 잭은 입을 뗐다.

"솔직히 말해서, 전 마시지 않아요. 처음에 가지고 있던 것은 거의 떨어져 가고 있어요. 그리고…… 나는…… 진짜, 좋아하지도 않는다고요!"

벌써부터 위장이 불편하게 꼬이는 것 같았다. 마법 주스 생각만 해도 속이 울렁거렸다.

"하지만 만일을 위해 좀 더 필요해요."

"힘나는 주스가 더 필요하다고? 참 나 네 나이에?"

눈먼 노인이 웃으며 한 손을 휘휘 저었다.

"이런, 넌 그거 없어도 돼. 여행할 때 그 독약이 필요한 아이는 없다고."

"하지만……"

"자자, 기운 내라고 노래를 불러 주마. 잘 듣고 기운을 내렴."

노인은 노래를 시작했다. 노랫소리는 말소리와 전혀 달랐다. 깊이 있고 강렬하며 전율을 일으키는 목소리였다. 그가 말할 때 쓰던 흑인 특유의 억양은 찾아볼 수 없었다. 성량이 풍부한 훈련된 오페라 가수와 비교해도 손색이 없어 경외감이 절로 생겼다. 대중성이 가미된 경쾌한 노래를 부르고 있는데도 풍성하고 완벽한 성량에 팔과 등에 소름이 돋을 지경이었다. 칙칙한 황토색 쇼핑몰 옆 인도 위를 걷던 사람들이 고개를 돌려 그들을 쳐다보았다.

"레드, 레드 로빈이 밥-밥-바빈을 따라 따라서 길을 가네, 가네, 그의 오래된…… 감미로운 노래가 울려 퍼지기 시작할 때 흐느낌도 사라지네……."

잭의 귀에는 이 노래가 감미로우면서도 무시무시할 정도로 익숙하게 느껴졌다. 마치 전에 들었거나 아니면 아주 흡사한 노래를 들어 본 듯한 기분이었다. 눈먼 노인이 들쭉날쭉한 누런 이를 드러낸 채 간주 부분을 부를 때 왜 그런 기분을 느꼈는지 생각났다. 사람들이 돌아본 이유도 알 것 같았다. 사람들은 유니콘이 주차장으로 달려가는 것을 목도한 듯한 얼굴이었는데, 그것은 노인의 아름다운 목소리에 이질적인 맑음이 깃들어 있었기 때문이다. 말하자면, 그것은 1킬로미터 떨어진 밭에서 무를 뽑아도 그 냄새를 맡을 수 있을 정도로 전혀 오염되지 않은 공기와도 같았다. 노래는 익숙한 틴팬앨리(20세기 초반의 미국 대중음악을 가리키는 말 — 옮긴이)였다……. 하지만 목소리는 영락없는 테러토리의 그것이었다.

"일어나…… 일어나, 잠꾸러기야…… 밖으로 나가…… 밖으로 나가, 침대에서 일어나 나가라…… 살고, 사랑하고, 웃고, 그리고 행……."

돌연 기타 연주와 노랫소리가 동시에 딱 그쳤다. 잭은 눈을 부릅뜨고 노인의 얼굴을 쳐다보다가(혹시라도 선글라스 뒤 스피디의 눈이 보일까 싶어 무의식중에 그 검은 선글라스를 뚫어지게 쏘아보고 있었다.) 뒤늦게 눈먼 흑인 곁에 경찰 두 명이 서 있는 것을 알아차렸다.

기타리스트가 순진한 체하며 말했다.

"아무 소리도 안 들리는구나, 푸른 제복 냄새는 나도."

두 경찰 중 한 명이 언성을 높였다.

"제기랄, 스노볼, 쇼핑몰에서 영업하면 안 된다는 건 당신도 잘 알지 않소! 요전번에 판사실에 끌려갔을 때 할라스 판사가 뭐라고 했소? 센터 스트리트와 뮤럴 스트리트 사이 시내에서만 허용되고 다른 곳은 일체 안 된다고 하지 않았소? 제길, 보쇼, 당신 혹시 망령이 든 건 아니오? 아내가 도망치기 전에 옮긴 무슨 병 때문에 음경이 썩어 문드러진 건 아니오? 염병, 나는 말이지……"

다른 경찰이 노인의 팔에 손을 올리며, 귀를 쫑긋 세우고 있던 잭에게 고갯짓을 하고는 퉁명스럽게 소리쳤다.

"가서 엄마한테나 얘기해, 엄마가 기다린다, 꼬마야."

잭은 인도를 따라 걸어가기 시작했다. 이곳에 남아 있을 수는 없었다. 스피디를 위해 뭔가 할 수 있다 해도 더 이상 머물 수는 없었다. 경찰들이 스노볼이라 불리는 노인에게 정신이 팔려 있는 것이 그나마 다행이었다. 다시 한 번 그들 눈에 띄었다가는 조사를 받아야 할 텐데, 신발만 새것일 뿐 나머지는 남이 입다 버린 걸 주워 입은 것처럼 후줄근했다. 아이들이 길거리를 헤매고 있으면 금세 경찰 눈에 띄기 마련이고, 만약 단속이 시작된다면 잭이야말로 '부랑아'에 해당했다.

잭은 제인스빌의 감옥에 던져지는 장면을 상상해 보았다. 날마다 폴 하비(미국의 유명 라디오 진행자로 특히 보수층에게 인기가 높았다.—옮긴이)를 듣고 레이건 대통령을 지지하는, 푸른 제복을 갖춰 입은 강직하고 우수한 제인스빌의 경찰들은 잭이 누구의 아들인지 밝혀내려 할 것이다.

그건 안 될 일이다. 다시는 제인스빌 경찰의 눈에 띄는 일이 없어야 한다.

뒤쪽에서 자동차에 부드럽게 시동이 걸리는 소리가 났다. 잭은 짊어진 배낭을 조금 추키고는 고개를 숙여 새 신발을 쳐다보느라 정신이 나간 사람처럼 굴었다. 곁눈으로 보니 경찰차가 천천히 옆을 지나가고 있었다.

시각장애 노인은 뒷좌석에 앉았고 그 옆으로 기타의 네크 부분이 삐죽 튀어나와 있었다.

순찰차가 주차장 밖으로 나가는 차선으로 꺾어 들어가려는데, 눈먼 노인이 불쑥 고개를 돌리더니 뒷좌석 유리창을 내다보았다, 잭을 똑바로 쳐다보았다…….

……끝내 더러운 검은 선글라스 너머를 보지는 못했지만 잭은 분명히 느낄 수 있었다, 레스터 '스피디' 파커가 자신에게 윙크했다는 것을.

2

잭은 고속도로 램프에 되돌아가기 전까지는 깊이 생각하지 않으려 애썼다. 표지판 앞에 서서 올려다보고 있자니 이것만이 이 세계에 유일하게 남은 분명한 것처럼 느껴졌다.

(여러 세계에?)

그 밖에 모든 것들은 잿빛 광기로 소용돌이치고 있었다. 잭을 온통 둘러싼 채 어지럽게 빙빙 돌던 어두운 우울이 그 안으로 빨려들어와 그의 결심을 무너뜨리려 하고 있었다. 이런 우울감이 향수병 때문이라는 것은 알고 있었다. 하지만 지금 느끼는 감정 앞에서는 예전의 향수병이 한없이 사소해 보일 지경이었다. 붙잡을 만한 든든한 막대 하나 없이 표류하는 기분이었다.

표지판 옆에 서서 고속도로를 오가는 수많은 차들을 보고 있다가 거의 자살 충동에 사로잡히기 직전이라는 것을 깨닫고 깜짝 놀랐다. 잠시 동안 리처드 슬로트를 곧 만날 수 있다는 생각에 마음의 위안을 얻었지만(그리고 스스로 인정하기는 싫었지만, 리처드가 자신과 함께 서쪽으로 갈 거라는 생각을 좀처럼 떨쳐낼 수가 없었다. 어쨌든 소여와 슬로트가 함께 미지의 여행을 떠나는 게 처음은 아닐 것이다. 그렇지 않은가?) 팔라마운틴 농장에서 고생한 생각이나 버카이 몰에서 겪은 특이한 일이 떠오르면 그것도 가짜 반짝이 가루를 붙인 빛 좋은 개살구에 불과하다는 생각이 들었다.

어떤 목소리가 속삭였다. *집으로 돌아가, 재키, 너는 진 거나 다름없어, 이대로 버티다간 무슨 꼴을 당할지 몰라……. 다음엔 50명이 개죽음을 당할 수도 있어. 아니면 500명이 희생될 수도 있고.*

주간고속도로 70번(동쪽 방향).

주간고속도로 70번(서쪽 방향).

불쑥 주머니에 손을 넣어 동전을 찾아보았다. 이 세계에서는 다시 1달러짜리 은화로 바뀌어 있었다. 단 한 번 동전을 던져 어떤 결정이 나오든 신에게 맡겨 보기로 했다. 혼자 결정하기에는 이제 너무 힘이 부쳤다. 지난번에 미스터 올아메리카가 내려친 등도 아직 욱신거렸다. 동전의 뒷면이 나오면 동쪽 방향 램프로 내려가 집으로 돌아갈 것이다. 앞면이 나오면 가던 대로 갈 것이다……. 다시는 돌아보지 않을 것이다.

먼지가 일어나는 비포장 갓길에 서서 싸늘한 10월의 하늘로 동전을 던졌다. 하늘로 튀어 오른 동전은 햇빛을 받아 반짝이며 빙글빙글 돌았다. 목을 길게 빼고 동전이 가는 방향을 눈으로 좇았다.

낡은 스테이션왜건을 탄 일가족이 옥신각신 입씨름을 하던 것도 멈추고 호기심 어린 눈으로 잭을 쳐다보며 지나갔다. 자동차를 운전하는 사내는 머리가 벗어지기 시작하는 공인회계사로, 때때로 한밤중에 가슴과 왼쪽 팔에 격렬한 통증이 느껴진다는 생각으로 잠이 깨고 나서는 돌연 터무니없는 생각들이 꼬리를 물고 이어졌다. 모험, 시련, 고귀한 목적을 위한 여정, 공포와 영광으로 가득한 꿈들. 그는 머리를 비우려는 듯 고개를 흔들고 백미러를 보았다. 바로 그 순간 소년이 몸을 숙이고 뭔가를 보고 있었다. 머리가 벗어진 회계사는 생각했다. *제기랄, 그런 생각은 집어치워, 래리, 사내아이들이 읽는 모험 소설에나 나올 얘기라고.*

래리는 지저분한 청바지를 입고 길가에 있던 사내아이 같은 것은 잊어버리고 속도를 올려 주간고속도로 70번을 달리는 차들 사이로 끼어들었다. 3시까지 집에 도착하면 ESPN 채널의 미들급 타이틀 매치가 그를 기다리고 있을 것이다.

동전이 땅에 떨어졌다. 허리를 구부려 내려다보았다. 앞면이었다……. 하지만 그것으로 끝이 아니었다.

동전 속의 여왕은 자유의 여신이 아니라, 테러토리의 여왕 로라 델루시안이었다. 하지만 세상에, 저 파빌리온에서 흘끗 보았을 때 하얗고 하늘하늘한 머리 가리개를 쓰고 근심하는 시녀들에 둘러싸인 채 창백하고 미동도 없이 잠만 자던 모습은 전혀 간 곳이 없었다! 이 얼굴은 기민하고 사물에 정통하며 열정에 가득 차 있을 뿐만 아니라 아름다웠다. 고전적인 아름다움은 아니어서 턱 선이 날카롭지 않고 옆에서 보는 광대뼈 윤곽도 다소 부드러웠다. 그녀의 아름다움은 상냥하면서도 유능한 성품을 유감없이 드러내 주는 장엄한 머리 타래에서 드러났다.

그리고 아, 그 모습은 엄마의 얼굴과 너무도 닮았다.

눈물로 눈앞이 흐려졌다. 눈물이 떨어지지 않게 몇 번씩 눈을 껌벅거렸다. 하루 치 눈물은 이미 충분히 흘렸다. 이제 답을 얻었고, 그건 한탄한다고 될 일이 아니었다.

다시 눈을 떴을 때 로라 델루시안은 사라지고 없었다. 동전 속 여인은 다시 자유의 여신으로 돌아와 있었다.

그래도 잭이 얻은 답이 달라지지는 않았다.

잭은 몸을 구부려 땅바닥에서 동전을 집어 들고 주머니에 넣었다. 그리고 주간고속도로 70번의 서쪽 램프를 향해 내려갔다.

3

다음 날 싸늘한 비를 머금은 구름이 하늘을 하얗게 뒤덮고 있었고, 오하이오주와 인디애나주 경계까지는 여기에서 땅 짚고 헤엄치면 닿을 거리였다.

'여기'란 주간고속도로 70번의 루이스버그 휴게소 너머에 있는 수풀을 말했다. 잭은 눈에 띄지 않기를 바라면서 나무 사이에 서 있었다. 크고 우렁찬 목소리에 덩치도 큰 대머리 사내가 쉐비 노바(1970년대 제너럴모터스에서 출시한 중형차 ─ 옮긴이)로 돌아가 이곳을 떠나기를 끈질기게 기다리고 있었다. 비가 오기 전에 얼른 떠날 수 있어야 할 텐데. 비에 젖지 않아도 날이 제법 추워 아침부터 코가 막히고 코맹맹이 소리가 났다. 이러다간 감기에 걸리고 말 터였다.

크고 우렁찬 목소리에 덩치 큰 대머리 사내는 이름이 에모리 W. 라이트라고 했다. 11시쯤 데이튼 북쪽에서 잭을 태워 주었다. 차에 올라타자마자 잭은 명치끝이 푹 꺼지는 듯한 느낌을 받았다. 전에도 에모리 W. 라이트 같은 사람들의 차에 탄 적이 있기 때문이었다. 버몬트에서는 톰 퍼거슨이란 이름의 구두 가게 주임이었고, 펜실베이니아에서는 밥 다렌트라는 이름("「첨벙첨벙」 노래 부른 아저씨처럼 말이야, 아하하하.")에 직업은 구역 고등학교 교육감으로 바뀌었다. 이번에 라이트는 자신이 오하이오주 패러다이스펄스 타운에 있는 패러다이스펄스 제일상업은행 은행장이라고 했다. 퍼거슨은 비쩍 마른 데다 피부가 검었고, 다렌트는 금방 목욕한 아기처럼 통통한 분홍색 피부였다. 지금 눈앞의 에모리 W. 라이트는 무테안경 뒤에 삶은 달걀 같은 눈을 가진 커다란 올빼미처럼 생겼다.

그렇지만 이런 차이들은 겉모습뿐이라는 것을 잭은 알고 있었다. 그들은 하나같이 숨을 죽이고 잭이 들려주는 사연에 귀를 기울였다. 그들은 또 하나같이 고향에 여자 친구가 있는지를 물었다. 머잖아 손 하나(크고 털이 없는 손)가 잭의 넓적다리 위에 올라온다. 잭이 퍼거슨/다렌트/라이트를 바라보면 그들의 눈에 비친 반쯤은 광기 어린 기대감(반쯤은 광기 어린 죄의식과 혼합된)과 윗입술에 맺힌 땀방울이 보이곤 했다.(다렌트의 경우엔 마치 듬성듬성한 잡초 틈새로 여러 개의 하얀 눈이 쏘아보는 것처럼 검은 수염에 땀방울이 송골송골 맺혀 반짝이고 있었다.)

퍼거슨은 10달러를 벌 생각이 없냐고 물었다.

다렌트는 20달러로 올렸다.

라이트는 크고 우렁찬 목소리가 갈라지기도 하고 떨리기도 하면서, 소리가 높아졌다 낮아졌다 하면서 50달러를 벌 생각이 없냐고 제안했다. 그는 왼쪽 구두 뒤축에 늘 50달러짜리를 갖고 다닌다면서 루이스 파렌 도련님에게 기꺼이 주고 싶다고 했다. 랜돌프 근처에 마침 좋은 곳이 있는데, 비어 있는 낡은 헛간이라고 했다.

잭은 다양하게 모습을 바꿔 가며 계속 금액을 높여 제안하는 라이트와 자신이 모험을 하며 겪는 변화 사이에 상관관계가 있다고 여기지 않았다. 그는 천성적으로 자기 성찰적인 사람이 아니었고 자기 자신을 분석하는 일에도 흥미가 없었다.

에모리 W. 라이트 같은 작자를 다루는 법은 금세 알아냈다. 처음에 라이트를 만났을 때, 그러니까 라이트가 자신을 톰 퍼거슨이라고 소개했을 때, 잭은 용기의 핵심은 신중함이라는 속담을 떠올렸다. 퍼거슨이 잭의 허벅지에 손을 올리자 잭은 자동적으로 동성연애자 인구가 많은 캘리포니아 감성의 대사를 날렸다.

"선생님, 손 치우세요. 난 철저히 이성만 상대하거든요."

잭은 분명 전에도 이런 일을 당한 적이 있었다…… 주로 극장 같은 데서, 언젠가는 탈의실에서 노스할리우드의 양복점 직원이 흔쾌히 펠라티오를 해 주겠다고 나선 적도 있었다.(잭이 거절하자 점원은 이렇게 말했다. "좋아. 그럼 이제 블루 블레이저를 입어 볼래?")

로스앤젤레스에 사는 열두 살의 미소년이라면 이런 짜증나는 경험쯤은 으레 그러려니 하고 넘기게 되는 일이었다. 마치 미모의 여성이 지하철에서 가끔씩 치한을 만나다 결국에는 그런 일 때문에 하루를 망치지 않도록 나름의 대처법을 찾아내게 되는 것과 마찬가지였다. 퍼거슨과 같은 신중한 접근은 안 그런 척하다가 갑자기 더듬는 경우보다는 나은 편이었다. 그냥 밀쳐 버리면 되기 때문이다.

적어도 캘리포니아에선 그렇게 하면 해결할 수 있었다. 동부, 특히 이런 벽촌의 동성애자들은 거절을 당했을 때 전혀 다른 반응을 보였다.

퍼거슨의 경우에는 끼익 소리와 함께 그의 폰티악을 급정거했다. 차 뒤에 30미터 넘게 타이어 자국이 남고 갓길에 먼지구름이 피어오르는 가운데 고함이 터져 나왔다.

"누구보고 동성애자라는 거야? 누가 호모라고? 난 호모가 아냐! 뭐 이런! 어린애한테 차를 태워 주니까 기껏 한다는 소리가 나보고 빌어먹을 호모라고!"

잭은 멍하니 퍼거슨을 바라보았다. 급정거하리라곤 예상 못 했기에 머리를 푹신한 대시보드에 제대로 박아 버린 뒤였다. 방금 전만 해도 잭을 따뜻한 갈색 눈으로 바라보던 퍼거슨이 이제는 그를 잡아먹을 듯 노려보고 있었다.

퍼거슨이 소리쳤다.

"내려! 호모는 내가 아니라 네놈이겠지! 네놈이 호모라고! 어서 내려, 이 호모 새끼야! 내리라고! 나는 마누라가 있는 몸이야! 자식도 있고! 모르긴 몰라도 뉴잉글랜드 전역에서 내 사생아가 없는 동네가 없을 거다! 난 호모가 아냐! 호모는 내가 아니라 네놈이라고, 그러니 어서 내 차에서 내려!"

오스먼드를 만났을 때보다도 겁에 질려 잭은 시키는 대로 차에서 내렸다. 퍼거슨은 급히 쫓아 나와 자갈을 던지며 발광했다. 잭은 비틀거리며 돌담으로 걸어가 그 위에 걸터앉고는 키득거렸다. 키득 소리는 점점 커져 비명을 지르듯 웃어 댔다. 마침내 잭은 그 시간 그 자리에서 결심했다. 이 벽촌을 벗어날 때까지는 정책을 세우기로 한 것이다.

"모든 중요한 문제에는 정책이 필요한 법이지."

아빠가 이렇게 이야기하던 것이 떠올랐다. 모건 슬로트는 그 말에 열렬히 동의했지만 잭은 아빠 말에 얽매이지 않기로 결심했다.

잭의 정책이 밥 다렌트의 경우에도 적중했으니 에모리 라이트에게 먹히지 말란 법은 없었다……. 하지만 그러는 사이 몸은 차가워지고 콧물이 흐르기 시작했다. 라이트가 어서 시동을 켜고 사라져 주면 좋으련만. 나무들 사이에 숨어 살펴보니 라이트가 손을 주머니에 꽂고 서성이는 모습이 보였다. 커다란 대머리가 하얗게 구름 덮인 하늘 아래 희미하게 빛나고 있었다. 유료 고속도로에서 커다란 트레일러트럭이 덜덜거리며 지나가자 디젤 연료가 연소된 매연이 공기를 가득 메웠다. 주간고속도로 휴게소에 면한 숲속이 으레 그렇듯, 여기 숲속도 쓰레기장을 방불케 했다. 텅 빈 도리토스(옥수수 칩에 멕시코풍 소스 가루가 뿌려진 스낵 — 옮긴이) 봉투와 찌그러진 빅맥 박스. 안에 마개가 빠져 있어 발로 차면 딸랑 소리를 내는 찌그러진 버드와이저와 펩시 캔. 와일드 아이리시 로즈와 파이브 어클락 진의 깨진 병들. 저쪽에는 사타구니 부분에 여전히 썩어 가는 생리대가 붙어 있는 찢어진 나일론 팬티. 부러진 나뭇가지에 꽂힌 콘돔. 재치 있는 것들도 많았지만, 뭐, 굳이 소개하지는 않겠다. 그리고 남자화장실 벽에 갈겨쓴 너저분한 낙서. 그것들은 에모리 W. 라이트 같은 종류의 인간들과 관련한 것들이 대부분이었다.

'나는 크고 굵은 거시기를 빨고 싶어.'

'4시에 오면 황홀한 펠라티오를 맛보게 해 줄게.'

'나의 항문을 거칠게 다뤄 줘요.'

그리고 대단한 포부를 드러낸 게이 시인의 시도 있었다.

'모든 인류가 내 웃는 얼굴에 사정하게 하소서.'

테러토리가 너무 그리워. 잭은 생각했다. 그런 생각이 든 것이 전혀 놀랍지 않았다. 이 세계에서 잭은 오하이오주 서부, 주간고속도로 70번 근처 벽돌로 지은 두 채의 옥외 변소 뒤에 서서, 중고할인매장에서 1달러 50센트에 산 넝마 같은 스웨터를 입고 벌벌 떨며, 저 아래 있는 커다란 대머리 사내가 어서 차로 돌아가서 사라지기만 기다리는 신세였다.

잭의 **정책**은 간단명료했다. 크고 털이 나지 않은 손과 크고 우렁찬 목소리를 가진 대머리 사내를 거스르지 말자.

잭은 안도의 한숨을 쉬었다. 이제 그의 정책이 효과를 거두는 모양이었다. 에모리 W. 라이트의 크고 반들반들한 얼굴에는 분노와 혐오가 뒤섞인 표정이 떠올라 있었다. 그는 차로 돌아갔다. 무서운 기세로 후진을 해서 뒤에 지나가던 픽업트럭과 부딪힐 뻔했지만 (트럭 운전자는 잠깐 경적을 울리고 삿대질을 했다.) 이내 멀어져 갔다.

이제 남은 일이라곤 휴게소에서 나온 차가 유료 고속도로와 만나는 램프에 서서 엄지를 쳐드는 것뿐이었다……. 바라건대, 비가 내리기 전에 차를 얻어 탈 수 있으면 좋으련만.

잭은 주위를 다시 둘러보았다. *추악해, 눈 뜨고 봐줄 수가 없군.* 지저분하고 황량한 이곳, 발 디딜 데 없는 휴게소 뒤편을 둘러보며 저절로 떠오른 말들이었다. 이곳에서 죽음의 기운이 느껴진다는 생각이 들었다. 단지 이 휴게소나 주간고속도로만이 아니라 그가 여행한 모든 지역에 죽음의 기운이 깊이 스며들어 있는 것 같았다. 때론 그것이 눈에 보이는 것 같기도 했다. 질주하는 지미-피트('지미'는 제네럴모터스의 트럭을, '피트'는 피터빌트의 트럭을 가리키는 은어이다. ―옮긴이)의 짧은 배기관으로 뿜어져 나오는 뜨거운 암갈색 배기가스의 자포자기한 그림자에서 그것을 볼 수 있었다.

또다시 향수병이 고개를 들었다. 테러토리로 달려가 그 검푸른 하늘과 양 끝이 초승달처럼 살짝 구부러져 올라가는 지평선을 다시 보고 싶었다⋯⋯.

하지만 그러면 제리 블레드소의 변화가 되풀이되지 않을까.

난 그런 건 몰라⋯⋯ 내가 알겠는 건, '살인'이라는 말을 갖다가 상당히 넓은 의미로⋯⋯.

휴게소로 걸어 내려오면서 ―소변이 너무 급해서 참을 수가 없었다. ―잭은 재채기를 세 번이나 했다. 침을 삼키자 목구멍이 뜨겁고 따끔거려서 얼굴을 찡그렸다. 드디어 병이 난 것이다, 오예. 아주 잘됐군. 아직 인디애나주에는 발도 들여놓지 못했고, 기온은 영상 10도, 일기예보에서는 비가 온다 하고, 태워 주는 차도 없고, 그리고 이젠 나는⋯⋯.

머릿속 분주한 생각이 뚝 끊겼다. 잭은 입을 떡 벌린 채 주차장을 바라보았다. 명치끝을 쥐어 비트는 듯한 통증이 느껴지면서 한순간 소변을 바지에 지리는 건 아닌가 걱정될 지경이었다.

20여 대가 들어가는 경사진 주차장에 먼지를 잔뜩 뒤집어쓴 진 녹색 차가 있었다. 모건 슬로트의 BMW였다. 잘못 보았을 리가 없 었다. 틀림없는 슬로트의 차였다. 캘리포니아 배너티 번호판(차 소 유자가 지정한 문자나 숫자로 이루어진 번호판 — 옮긴이)에는 'MLS', 즉 모 건 루터 슬로트의 약자가 붙어 있었다. 그 자동차는 맹렬한 속도로 달려온 것 같았다.

잭은 속으로 울부짖었다. *하지만 모건 슬로트는 비행기를 타고 뉴햄프셔로 갔는데, 어떻게 그의 차가 여기에 있을 수 있어? 우연 의 일치일 거야, 잭. 이건 그냥……*.

그때 공중전화 부스에서 잭에게 등을 보이고 서 있는 사람이 눈 에 들어왔다. 그것은 우연의 일치가 아니었다. 그자는 모피로 안감 을 댄 두툼한 군복 타입 파카를 입고 있었다. 영상 10도보다는 영 하 10도에 어울릴 복장이었다. 등을 돌리고 있었지만 떡 벌어진 어 깨와 크고 뒤룩뒤룩한 뒤태는 영락없이 모건 슬로트였다.

전화를 걸던 사내가 어깨와 귀 사이에 수화기를 낀 채 몸을 돌리 기 시작했다.

잭은 남자화장실 벽돌벽에 바짝 붙었다.

날 보았을까?

잭은 스스로를 달랬다. *아니야, 아니야, 못 봤을 거야. 하지 만……*.

하지만 캡틴 파렌은 모건 — 다른 모건 — 이 고양이가 쥐 냄새 를 맡듯 잭의 냄새를 맡고 찾아낼 거라고 말했고, 실제로 그렇게 되었다. 그 위험한 숲에 숨어 있을 때 잭은 승합마차 창문을 통해 그 흉측한 하얀 얼굴이 변하는 것을 보았다.

시간만 된다면 이 모건도 잭의 냄새를 찾아낼 것이다.

발소리가 모퉁이를 돌아 다가오고 있었다.

두려움에 얼굴이 마비되고 뒤틀려진 잭은 더듬더듬 배낭을 풀어 바닥에 떨어뜨렸다. 너무 늦었다. 달아나 봤자 소용없을 것이다. 모건이 곧 모퉁이를 돌아 킬킬거리며 그의 목을 움켜쥘 것이다. *안녕, 재키! 잡았다, 요놈! 게임은 끝났어, 안 그러니, 이 앙큼한 꼬마야?*

세발격자무늬 재킷을 입은 키 큰 사내가 화장실 구석을 지나가면서 무심한 얼굴로 잭을 흘긋 보고는 식수대로 향했다.

돌아갈 것이다. 돌아가고 말 것이다. 죄의식 따위는 느껴지지 않았다. 적어도 지금은 그랬다. 오직 꼼짝없이 갇혔다는 두려움이 안도감과 기쁨과 묘하게 뒤섞여 있을 뿐이었다. 잭은 더듬더듬 가방을 열었다. 스피디의 병이 보였다. 그 보랏빛 액체는 2센티미터 정도만 남아

(여행할 때 그 독약이 필요한 아이는 없지요 하지만 스피디 할아버지 난 그것이 필요해요!)

병 바닥에서 찰랑거리고 있었다. 아무래도 상관없다. 돌아갈 것이다. 그 생각만 해도 가슴이 뛰었다. 잿빛 하루와 가슴속 두려움도 떨쳐 낸 잭의 얼굴에 토요일 밤에 어울릴 환한 미소가 떠올랐다. *돌아가자, 오예. 약을 마셔!*

발소리가 더 가까워졌다. 육중하지만 총총거리는 발소리로 보아 틀림없는 모건 아저씨였다. 이젠 더 이상 두렵지 않았다. 그는 뭔가

냄새를 맡았을 테지만 모퉁이를 돌았을 때는 눈앞에 빈 깡통과 구겨진 도리토스 봉지뿐일 테니까.

잭은 숨을 들이마셨다. 탁한 디젤 연기와 자동차 배기가스와 차가운 가을 공기가 목구멍으로 넘어왔다. 유리병을 입술에 대고 남은 두 모금 중 한 모금을 꿀꺽 삼켰다. 눈을 꼭 감고 있었지만 시야 한구석으로 뭔가가······.

16장
울프

1

……강렬한 햇살이 꼭 감은 눈꺼풀을 비집고 들어왔다.

속이 뒤집힐 듯한 들척지근한 마법 주스 냄새 사이로 다른 냄새들이 섞여 들어왔다……. 생생한 동물 냄새가 코를 찔렀다. 소리도 들렸다, 주위를 저벅거리고 있었다.

화들짝 놀라 눈을 떴다. 처음엔 아무것도 보이지 않았다. 빛의 밝기가 너무 갑자기 달라져서 마치 깜깜한 방에 200와트짜리 전구를 모아 놓고 한꺼번에 불을 켠 듯했다.

따뜻한 가죽으로 덮인 동물 옆구리가 잭의 몸을 슬쩍 스쳤다. 공격하려는 것이 아니라(단지 잭의 희망 사항일 수도 있지만) "바빠서 먼저 가겠소. 실례하오."라고 말하는 듯한 느낌이었다. 잭은 일어서다 다시 땅바닥에 나자빠졌다.

"헤이! 헤이! 그 애한테서 떨어져! 지금 당장 여기!"

힘차게 철썩 때리는 소리에 이어 기분이 상한 듯한 동물 울음소리가 들렸는데, 엄매 하고 우는 것 같기도 하고 음매 하고 우는 것 같기도 했다.

"하느님 두려운 줄 모르고! 천지 구분이 안 되는가 보구나! 벼락 맞을 눈알을 뽑아 버리기 전에 어서 그 애한테서 떨어지라니까!"

이제 티 하나 없이 밝은 테러토리의 가을 햇빛에 익숙해지자 이리저리 몰려다니는 동물들 한가운데 서 있는 장대한 젊은 사내가 눈에 들어왔다. 그는 별로 힘도 들이지 않고 아주 즐겁게 동물들의 옆구리와 살짝 굽은 등을 툭툭 치고 있었다. 잭은 일어나 앉으며 자동적으로 마지막 귀한 한 모금만 남은 스피디의 병을 찾아내 멀리 치웠다. 그러면서도 등을 돌리고 서 있는 청년에게서 시선은 떼지 않았다.

키가 적어도 2미터는 될 듯했다. 어깨도 아주 넓어서 키가 그렇게 큰데도 몸의 비례가 살짝 어긋나 보일 정도였다. 길고 윤이 흐르는 검은 머리가 어깨와 견갑골을 뒤덮고 있었다. 소로 보이는 작은 동물들 사이를 헤치고 다닐 때면 근육이 물결치듯 불끈거렸다. 그는 동물들을 잭에게서 떨어뜨려 서부 도로 쪽으로 몰았다.

뒤에서 보아도 눈에 띄는 체격이었지만 잭의 눈을 끈 것은 그의 복장이었다. 잭이 테러토리에서 본 사람들은 모두(잭 자신을 포함해) 튜닉과 저킨과 뻣뻣한 반바지를 입었다.

하지만 이 청년은 오슈코시(미국의 유명 아동복 브랜드 — 옮긴이)에서 만들었을 법한 오버올 작업복을 입고 있었다.

뒤이어 청년이 몸을 돌리는 순간, 잭은 충격으로 소름이 쫙 끼치고 경악이 목구멍까지 차오르는 걸 느끼며 튕기듯 벌떡 일어섰다.

그것은 엘로이 괴물이었다.

그 목동은 엘로이 괴물이었다.

2

알고 보니 그는 엘로이 괴물이 아니었다.

어쩌면 잭은 그 사실을 알게 될 때까지 그 자리에서 꾸물거리지 않을 수도 있었다. 그랬다면 이후에 일어난 모든 사건들 ── 극장과 헛간과 지옥 같은 '선라이트 홈'에서 일어난 일들 ── 은 일어나지 않았을 것이다.(아니면 적어도 완전히 다른 식으로 전개되었을 것이다.) 하지만 잭은 일어난 후 극도의 공포심으로 인해 완전히 얼어붙어 버렸다. 사냥꾼의 조명등 불빛에 갇힌 사슴처럼 꼼짝도 할 수 없었다.

오버올 작업복을 입은 사람이 다가옴에 따라 잭은 생각이 바뀌었다. *엘로이는 저렇게 키가 크지도, 저렇게 어깨가 떡 벌어지지도 않았어. 그리고 엘로이는 눈동자가 노란색이었잖아.* 이 생명체의 눈동자는 현실엔 결코 있을 수 없는 밝은 오렌지색이었다. 마치 핼러윈 축제 때 호박을 파서 만든 눈을 보는 듯했다. 게다가 엘로이의 웃음이 광기와 살의를 예고하고 있었다면, 이 친구의 명랑한 함박웃음에서는 해를 끼치려는 의도를 찾아볼 수 없었다.

주걱처럼 생긴 큰 발은 맨발이었고, 발가락은 두 개짜리와 세 개짜리로 각각 합쳐져 있는데 뻣뻣하고 곱슬곱슬한 털에 뒤덮여 잘 보이지는 않았다. 엘로이처럼 발굽이 아니라는 것을 확인하고는 놀라움과 공포로 정신이 반쯤 나갈 것 같았지만, 짐승처럼 발바닥이 두툼하고 발톱이 달린 발을 보고는 조금 재미있다는 생각도 했다.

그가 점점 잭과의 거리를 좁히며 다가오자,

(사람이야? 짐승이야?)

한층 더 밝은 오렌지색으로 타오르던 눈이 한순간 사냥꾼이나 도로 공사에서 깃발을 흔드는 인부들이 자주 쓰는 형광 오렌지색으로 변했다. 뒤이어 색깔이 엷어지면서 우중충한 녹갈색이 되었다. 그 변화를 지켜보며 잭은 조금씩 그의 미소에서 친근함뿐만이 아니라 당혹감도 느낄 수 있었다. 그리고 단번에 두 가지 특성을 발견했다. 첫째는 이 친구에겐 전혀 악의가 없다는 것이고, 둘째는 우둔하다는 것이었다. 머리는 나쁘지 않을지 모르지만 좀 우둔했다.

"울프!"

그 커다란 털북숭이 야수 소년이 함박웃음을 지으며 외쳤다. 혀가 길고 뾰족해서 생긴 거 그대로 진짜 늑대는 아닐까 하는 생각에 몸이 부르르 떨렸다. 염소가 아니라 늑대. 정말로 소년에게 악의가 없기만을 바랐다. *하지만 내 판단이 틀렸다면, 이제는 더 실수를 할까 봐 걱정하며 지낼 필요는 없겠지…… 다 끝장일 테니.*

"울프다! 울프!"

울프가 한 손을 쑥 내밀었다. 잭이 보니 울프는 손도 발처럼 털로 뒤덮여 있었다. 그 털은 곱고 풍성할 뿐만 아니라 꽤 근사했다. 손바닥에 유독 털이 많았는데, 그 한가운데에는 말 이마에서 볼 수 있는 부드럽고 새하얀 반점이 있었다.

이런, 나랑 악수하고 싶은가 보네!

잭은 토미 아저씨의 말을 신중히 떠올려 보았다. 토미 아저씨는 철천지원수라 해도 악수를 거절해서는 안 된다고 했다.("어쩔 수 없다면 악수를 한 다음에 죽을 때까지 원수랑 싸워. 하지만 그 전에 악수를 해야 한단다.") 속으론 손이 으스러지거나…… 뜯어 먹히는 건 아닌지 걱정하면서도 잭은 손을 내밀었다.

오슈코시풍 오버올 작업복을 입은 청년이 기쁨에 겨워 소리 질렀다.

"울프다! 울프! 나랑 악수하자! 지금 당장 여기! 지금 당장 여기! 착한 울프다! 벼락 맞을! 지금 당장 여기! 울프!"

울프가 잡은 손을 열렬히 흔들었지만 잭은 전혀 아픔을 느끼지 못했다. 모피처럼 곱슬곱슬한 털이 쿠션 역할을 했다. *잭은 생각했다. 오버올 작업복 차림에 열렬한 악수, 몸집만 큰 시베리안 허스키처럼 생기고, 큰비가 내린 뒤 건초 다락 냄새와 비슷한 체취를 가진 자. 다음엔 뭘까? 이번 일요일에 교회에 가자고 하는 건 아니겠지?*

"착한 울프다, 정말이다! 지금 당장 여기 착한 울프가 있다!"

울프는 우람한 가슴팍 위에 팔짱을 낀 채 저 혼자 기쁨에 겨워 껄껄 웃었다. 그러곤 다시 잭의 손을 잡았다.

이번에는 힘차게 아래위로 흔들었다. 이 순간 잭에게 뭔가 요구하는 게 있는 것 같다고 잭은 생각했다. 들어주지 않으면 유쾌하지만 단순한 이 청년이 해가 질 때까지 잭의 손을 흔들 것 같았다.

잭이 말해 주었다.

"착한 울프."

새로 알게 된 친구가 특별히 좋아하는 문구인 모양이었다.

그제야 울프는 어린애처럼 환하게 웃으면서 잭의 손을 놓아주었다. 천만다행이었다. 잭은 손이 으스러지지도 않았고, 뜯어 먹히지도 않았지만 뱃멀미를 할 때처럼 속이 불편했다. 울프는 잭팟이 연신 터지는 슬로머신을 당기는 도박꾼보다도 더 열렬히 손을 흔들었다.

"너 외부인이냐?"

울프는 털북숭이 손을 작업복 틈새로 넣고 무의식중에 자기 물건을 주무르며 물었다.

"맞아, 맞아, 아마도 그런 모양이야. 외부인 말이야."

잭은 '외부인'이란 말이 이곳에서 무슨 의미일지 생각하며 대답했다. 이곳에서는 그냥 쓰는 말이 아닌 듯했다.

"제대로 벼락 맞을! 네 냄새를 맡고 알았다! 지금 당장 여기, 오예, 좋다! 알았다! 그러니까, 나쁜 냄새는 아니지만 이거 진짜 *재미난* 냄새다. 울프! 나 말이야. 울프라고! 울프! 울프!"

울프는 고개를 젖히고 웃어 댔다. 그 소리는 불안하게도 늑대 울음소리로 변한 뒤 사그라졌다.

"난 잭이야. 잭 소……"

울프는 다시 한 번 잭의 손을 잡고 거리낌 없이 아래위로 흔들었다.

"소여다."

다시 손이 자유로워지자 잭은 마저 말을 맺었다. 마치 커다란 마법 지팡이로 맞은 것처럼 어느새 잭의 얼굴에는 미소가 떠올라 있었다. 5분 전만 해도 주간고속도로 70번 근처 변소의 차디찬 벽돌 벽에 바짝 붙어 있었지만 지금은 여기 테러토리에서 사람보다는 동물에 가까운 젊은 친구와 얘기를 나누고 있는 것이다.

어느새 감기도 씻은 듯이 나았다.

3

"울프가 잭을 만난다! 잭이 울프를 만난다! 지금 여기! 오케이! 좋아! 오, 제이슨! 소 떼가 길로 내려갔다! 머리가 나쁜 놈들이다! 울프! 울프!"

울프는 소리를 고래고래 지르며 언덕에서 도로 쪽으로 성큼성큼 달려 내려갔다. 가축의 반 정도가 별로 놀라지도 않은 얼굴로 길가에 서서 풀들이 다 어디로 갔느냐고 묻듯이 두리번거리고 있었다. 그것들은 정말로 소와 염소의 교배종 같았다. 잭은 이런 교배종의 이름을 뭐라고 해야 할까 생각하다 문득 양소들이라는 단어를 떠올렸다. 어쩌면 이 경우에는 그냥 양소라고 하는 게 더 적당할 것 같았다. *여기 양소 떼를 보살피는 울프가 있는 거야. 오예. 지금 당장 여기.*

그 생각을 하자 또다시 마법 지팡이에 머리를 얻어맞은 듯했다. 잭은 그 자리에 앉은 채 킬킬거리기 시작했다. 얼른 손으로 입을 막아 웃음소리가 새어 나가지 못하게 했다.

가장 큰 양소라도 일어서면 키가 1미터를 조금 넘길 뿐이었다. 온몸의 털은 양털과 비슷했고 눈은 칙칙한 것이 울프의 눈동자 색과 닮았다. 적어도 핼러윈 축제의 호박 램프처럼 이글거리지 않을 때는 비슷하다고 할 수 있었다. 머리에는 아무 짝에도 쓸모없어 보이는 짧고 구불거리는 뿔이 달려 있었다. 울프는 가축 무리를 길에서 내보냈다. 그것들은 두려워하는 기색 하나 없이 온순하게 울프의 말에 따랐다. 잭은 생각했다. *내 세계의 소나 양이 넘어왔다면 울프의 역한 냄새를 한 번 맡기만 해도 도망치겠다고 난리를 피웠*

을 거야.

하지만 잭은 울프가 좋았다. 첫눈에 마음에 들었다. 엘로이 괴물은 처음 만난 순간부터 두렵고 싫었다. 그리고 그 차이는 확연했다. 두 사람은 누구도 부인할 수 없을 만큼 대조적이었다. 엘로이가 염소에 가깝다면, 울프는…… 말하자면 늑대에 가까웠다.

잭은 천천히 울프가 있는 쪽으로 다가갔다. 울프는 가축들이 풀을 뜯게 풀어 놓고 있었다. 갑자기 오틀리 주점에서 술 냄새가 진동하는 뒤쪽 복도를 따라 방화문을 향해 발끝으로 조심조심 걷던 때가 기억났다. 그때 엘로이가 아주 가까이에서 그의 냄새를 찾아냈다는 것을 잭도 느낄 수 있었다. 아마도 저쪽 세계의 소들도 단숨에 울프의 냄새를 찾아낼 것이다. 뒤이어 엘로이의 손이 뒤틀리면서 굵어지고, 목이 마구 부풀어 오르고, 입안에 시커멓게 변색한 송곳니가 가득 들어차던 모습도 떠올랐다.

"울프야?"

울프가 고개를 돌려 잭을 보았다. 웃는 얼굴이었다. 눈은 밝은 오렌지색으로 불타올랐고, 잠시지만 야만과 지성이 동시에 엿보였다. 그 불빛이 사라지자 다시 칙칙하고 매사에 어리둥절하기만 한 녹갈색 눈동자로 돌아갔다.

"넌…… 그니까 늑대인간이야?"

"물론이다. 벼락 맞게 잘 맞혔다, 잭. 난 울프다!"

울프는 대답하면서도 웃고 있었다.

잭은 바위에 앉아서 울프를 자세히 살펴보았다. 이제 이보다 더 놀라운 일은 없으려니 생각하고 있는데 울프가 또다시 잭의 의표를 찔렀다.

"네 아빠는 잘 지내냐, 잭? 필은 요즘 뭐 하고 지내냐? 울프!"

마치 친척의 안부를 묻듯 문득 생각나서 물어본다는 투였다.

4

잭은 아연실색했다. 마음속에 일던 모든 바람이 일제히 빠져나간 것 같았다. 잠시 동안 그의 머리는 반송파(정보를 실어 보내는 고주파 전류―옮긴이)만 내보내는 라디오 방송국처럼 무엇 하나 생각할 수 없이 텅 빈 상태였다. 그 순간 울프의 표정이 변하는 것이 보였다. 행복감과 어린애다운 호기심은 사라지고 슬픔이 그 자리를 대신 차지했다. 콧구멍이 빠르게 벌름거렸다.

"네 아빠 죽었냐? 울프! 미안하다, 잭. 벼락 맞을! 이런 멍청이, 멍청이!"

울프는 한 손으로 이마를 마구 때리더니 이번에는 진짜 늑대 울음소리로 울부짖었다. 그 소리에 잭은 간담이 서늘했다. 양소 떼도 불안해하며 주위를 둘러보았다.

"그건 괜찮아. 하지만…… 넌 어떻게 알았니?"

잭은 말하면서도 누군가 다른 사람이 말하는 것처럼 자기 말소리가 머리가 아니라 귀에서 더 잘 들리는 것 같았다. 울프가 천진난만하게 말했다.

"너 냄새가 달라졌다. 필립이 죽었다는 것이 네 냄새에 나온다. 가엾은 필립! 얼마나 다정한 사람이었는데! 지금 당장 여기서 너한테 말하겠다, 잭! 네 아빠는 좋은 사람이었다! 울프!"

"맞아, 아빠는 좋은 분이셨어. 하지만 어떻게 내 아빠를 알지? 내 아빠라는 건 또 어떻게 알았고?"

울프는 너무 뻔해서 대답할 필요도 없는 질문이라는 표정으로 잭을 바라보았다.

"물론 나는 네 아빠의 냄새를 기억하기 때문이다. 울프는 모든 냄새를 기억한다. 너와 네 아빠는 냄새가 같다."

퍽! 또다시 마법 지팡이에 한 대 맞은 기분이었다. 잭은 생기 넘치는 풀밭에서 이리저리 뒹굴며 배를 끌어안고 늑대 울음을 울고 싶은 충동을 느꼈다. 지금껏 사람들한테 아빠랑 눈이 닮았네, 입매가 닮았네, 심지어는 스케치를 하는 재주도 닮았네 하는 얘기는 들어 봤다. 하지만 아빠와 냄새가 닮았다는 얘기는 처음이었다. 하지만 듣고 보니 꽤 그럴듯했다.

"아빠를 어쩌다 알게 되었지?"

잭이 다시 묻자 울프는 당황해하다가 마침내 대답했다.

"필립은 다른 사람하고 같이 왔다. 오리스 출신이었다. 난 아직 어렸다. 그 사람은 나빴다. 그 사람은 우리 사람들을 납치해 갔다. 너희 아빠는 모른다."

울프는 잭이 화난 줄 알고 서둘러 덧붙였다.

"울프! 몰랐다! 착한 사람이었으니까, 네 아빠는. 필. 다른 사람은……."

울프가 천천히 머리를 흔들었다. 얼굴에 기쁨보다는 훨씬 더 근원적인 표정이 어려 있었다. 그것은 어린 시절의 어떤 악몽에 대한 기억이었다.

울프가 말했다.

"나쁘다! 그 사람은 이 세계에 자기 장소를 만들어 놓았다, 우리 아빠가 말해 줬다. 그 사람은 주로 트위너에 들어가 있지만 원래 너희 세계 사람이다. 우리는 그 사람이 나쁘다는 것을 알았다, 바로 구별할 수 있었다, 하지만 누가 울프의 말을 들어주겠냐? 아무도 들어주지 않았다. 너희 아빠는 그자가 나쁘다는 것은 알지만 우리만큼 냄새를 맡지 못했다. 그래서 그 사람이 나쁘다는 것은 알지만 얼마나 나쁜지는 몰랐다."

그리고 울프는 고개를 뒤로 젖힌 채 또다시 늑대 울음을 울었다. 듣는 이의 오금을 저리게 하는 슬픔의 포효가 짙푸른 하늘 위로 길게 울려 퍼졌다.

이쪽 세계의 슬로트(Ⅱ)

모건 슬로트는 큼직한 파카 주머니(미국의 로키산맥 동쪽 지역은 10월 1일경부터 찬바람 부는 황무지가 된다는 말을 듣고 파카를 샀는데, 지금 그는 땀이 줄줄 흐를 정도이다.)에서 작은 강철 금고를 꺼냈다. 자물쇠 밑에는 작은 버튼 열 개와 높이 6밀리미터, 폭 5센티미터의 탁한 노란색 직사각형 유리판이 달려 있었다. 그가 왼쪽 새끼손톱으로 조심스럽게 숫자 몇 개를 누르자 순식간에 유리판에 일련번호가 나타났다. 슬로트는 세계에서 가장 작다고 광고하는 이 금고를 취리히에서 구입했다. 그것을 판매한 직원에 따르면 소각로에서 일주일 동안 태워도 탄소강을 녹일 수 없다고 했다.

이제 그것이 딸깍 열렸다.

작은 날개 같은 검은색 벨벳 자락을 양쪽으로 펼치자 20년 넘게 소중히 간직해 온 보물이 드러났다. 이 모든 소동을 일으킨 그 밉살스러운 녀석이 태어나기 훨씬 전부터 지니고 있었던 것이다. 그것은 변색된 주석 열쇠로, 한때는 장난감 병정 뒤에 꽂혀 있었다. 슬로트는 캘리포니아주의 포인트 베누티라는 이상한 작은 마을—그는 그 마을에 지대한 관심을 가지고 있었다.—의 중고품 가게 진열창에서 장난감 병정을 발견했다. 거부할 수 없는 강렬한 충동을 느끼고(실제로는 그 충동을 거부하고 싶지 않았다. 그는 늘 자신이 느끼는 충동을 장점으로 승화시켜 왔으므로.) 상점으로 들어가 5달러를 주고 찌그러지고 먼지를 잔뜩 뒤집어쓴 장난감 병정을 샀다……. 어쨌든 그가 원한 것은 장난감 병정이 아니었다. 그의 눈을 사로잡아 자기를 사 가라고 소곤거린 것은 바로 그 열쇠였다. 가게에서 나오자마자 장난감 뒤에 꽂힌 열쇠를 잡아 빼 호주머니에 넣었다. 장난감 병정은 '위험한 행성' 서점 밖에 있는 쓰레기통에 버렸다.

이제 슬로트는 루이스버그 휴게소에 세운 자기 차 옆에서 열쇠를 꺼내 들여다보았다. 잭의 구슬이 그런 것처럼, 그 열쇠도 테러토리에서는 다른 것으로 변했다. 예전에 모건이 이 세계로 돌아오면서 옛 사무실 건물 로비에 그 열쇠를 떨어뜨린 적이 있었다. 그때는 테러토리의 마법이 열쇠 안에 남아 있었던 게 틀림없다. 그 어리석은 제리 블레드소가 한 시간도 안 되어 스스로를 전기에 지졌던 걸 보면 말이다. 제리가 열쇠를 주웠을까? 어쩌면 밟았을지도? 슬로트는 알 수 없었고 별로 알고 싶지도 않았다. 사실 제리에 대해서는 눈곱만큼도 신경 쓰지 않았지만, 그 잡역부가 사고사의 경우 배액이 보상되는 보험에 들어 있었다는 사실을 고려하면(당시 슬로트가 종종 대마를 나눠 피운 빌딩 관리인이 넌지시 찔러 준 정보였다.), 블레드소의 아내 니타가 꾸민 일이 아닐까 하는 생각도 들었다. 하지만 그는 잃어버린 열쇠 때문에 거의 제정신이 아니었다. 열쇠를 찾아 준 건 필 소여였다. 필은 열쇠를 건네 주면서 딱 이렇게만 말했다.

"여기 있네, 모건. 자네의 행운의 마스코트지? 주머니에 구멍이 뚫린 모양이야. 사람들이 가엾은 제리의 시신을 싣고 나간 뒤 로비에서 발견했어."

아, 로비였구나. 로비에 아홉 시간이나 전속력으로 쉬지 않고 작동시킨 실험실용 분쇄기의 모터 냄새가 온통 배어 있었다. 로비에 있는 모든 것이 검게 그을고 뒤틀리고 녹아 버렸다.

이 초라한 주석 열쇠만이 안전했다.

그것은 다른 세계에서는 특이한 피뢰침처럼 보였다. 지금 슬로트는 그것을 은 목걸이에 끼워 목에 달고 있었다.

"재키야, 이제 내가 너에게 가마. 이제 그 시답잖은 짓거리를 아예 끝장을 내 주마."

슬로트가 부드럽다고 해도 좋을 목소리로 말했다.

17장
울프와 가축 떼

1

    울프는 아주 많은 얘깃거리를 들려주었다. 때때로 가축들을 길 밖으로 몰아내려고 일어나곤 했는데, 한번은 가축들을 몰아 서쪽으로 800미터나 떨어진 냇물까지 갔다 오기도 했다. 잭이 어디에 사냐고 물어보자 울프는 팔을 휘둘러 대충 북쪽을 가리킬 뿐이었다. 그의 말로는 가족과 함께 산다고 했다. 얼마 후 잭이 가족에 대해 자세히 묻자 울프는 놀란 얼굴로 아직 배우자도, 아이도 없다고 말했다. 이른바 '대발정의 달' 시기에 접어들려면 아직 한두 해 더 기다려야 한다고 했다. 그가 '대발정의 달'을 고대하고 있다는 것은 만면에 퍼지는 순진하지만 엉큼한 웃음으로 대번에 알 수 있었다.

    "하지만 가족들과 함께 산다고 하지 않았어?"

    울프가 웃음을 터뜨리며 말했다.

    "아, 가족 말이냐! 쟤들 말하는 거지! 울프! 물론. *쟤들 말이야!* 우리는 함께 살고 있다. 너도 알겠지만 가축을 지켜야 한다, *그녀의*

가축을."

"여왕의 가축이야?"

"그래. 여왕님 만수무강하소서."

울프는 허리를 가볍게 구부리고 오른쪽 손을 이마에 갖다 대며 우스꽝스럽게 경례를 했다.

질문을 좀 더 해 들어가자 잭의 머릿속은 웬만큼 정리가 되었다……. 적어도 잭은 그렇다고 생각했다. 울프는 독신이었다(딱 들어맞는 표현은 아니지만). 그가 말한 가족이란 굉장히 넓은 의미를 담고 있었다. 말 그대로 울프 종족 전체를 아우르는 말이었다. 그들은 충성심이 상당히 강한 유목민 종족으로, 변경 지대 동쪽, 즉 '정착지' 서쪽의 광대한 텅 빈 땅을 누비며 살았다. 울프가 말한 정착지란 동쪽 지방의 도시와 마을을 가리키는 것 같았다.

울프족(결코 '울프들'이라는 말은 쓰지 않았다. 잭이 이 말을 한 번 썼더니 울프는 눈물이 나올 때까지 웃어 댔다.)은 대부분 성실하고 믿을 만한 일꾼들이었다. 그들의 강인함은 전설로 남을 만했고, 그 용맹성 또한 타의 추종을 불허했다. 몇몇은 동쪽 정착지로 들어갔는데, 그들은 경비병이나 군인, 심지어는 개인 경호원이 되어 여왕을 위해 헌신했다. 울프의 설명에 따르면, 그들은 인생에 여왕과 가족, 단 두 가지 기준뿐이었다. 울프족은 울프와 마찬가지로 가축을 돌보며 여왕에게 헌신한다고 했다.

양소들은 테러토리의 고기와 의복, 동물 기름, 램프 기름의 중요한 원천이었다.(울프가 잭에게 그렇게 말해 준 것은 아니고 잭이 그동안 들은 이야기를 바탕으로 추측해 본 것이다.) 가축은 모두 여왕의 소유였고, 아주 오랜 옛날부터 울프족이 지켜 왔다. 그것은 그들의 임무였다. 잭이 보기엔 울프와 양소의 관계가 미 대륙 초원의 인디언과 버펄로의 관계와 놀랄 만큼 비슷했다……. 적어도 백인이 두 테러토리에 밀려들어 균형을 깨뜨리기 전까지만 보면 그랬다.

"보라! 사자가 양과 함께 눕고 울프는 양소와 함께 자게 되리니."

잭은 혼자 중얼거리고는 미소 지었다. 그는 머리 뒤로 깍지를 끼고 하늘을 올려다보고 누웠다. 평화와 평온이라는 경이로운 감각이 저도 모르는 사이에 온몸에 스며들었다.

"뭐 하냐, 잭?"

"아무것도 아냐. 울프, 정말 보름달이 뜨면 늑대로 변하는 거야?"

"당연하다!"

울프는 화들짝 놀란 표정을 지으며 대답했다. 그의 반응은 마치 잭이 이렇게 물어보기라도 한 것 같았다. 넌 대변을 보고 바지를 다시 올리니?

"외부인들은 안 변한다. 필립이 말해 줬다, 그거."

"그러면, 어, 가축들 말이야, 네가 변신할 때 가축들은……"

"오, 우리가 변할 땐 가축 가까이 안 간다. 제이슨 맙소사, 절대 안 간다! 우리가 다 잡아먹을 테니까, 그런 것도 모르냐? 자신이 지키는 가축을 먹은 울프는 사형에 처해져야 한다. 『훌륭한 영농의 책』에 그렇게 적혀 있다. 울프! 울프! 우리는 보름달이 뜨면 가는 곳이 정해져 있다. 가축 떼도 마찬가지다. 가축들은 어리석지만 보름달이 뜨면 멀리 피해야 한다는 것쯤은 잘 알고 있다. 울프! 가축들이 더 잘 안다, 벼락 맞을!"

울프가 진지하게 대답하자 잭이 되물었다.

"하지만 너도 고기를 *먹잖아*, 안 그래?"

"온통 질문뿐이군, 네 아빠도 그랬다, 울프! 나는 상관없다. 그래, 우리도 고기 먹는다. 당연히 먹지. 우리는 늑대잖아, 안 그래?"

"네가 기르는 가축들을 먹지 않는다면 무엇을 먹는데?"

"우린 잘 먹는다."

울프는 이렇게만 말하고 그 주제에 대해서는 말을 아꼈다.

테러토리에 있는 모든 것이 그렇듯이, 울프 역시 수수께끼 같은 존재였다. 아주 멋지기도 하고 무섭기도 한 수수께끼. 잭의 아빠와 모건 슬로트를 모두 안다는 — 적어도 한 번 이상 그들의 트위너와 만났다는 — 사실 때문인지 울프에게서는 더더욱 수수께끼 같은 분위기가 느껴졌는데, 그게 전부가 아니었다. 울프가 설명을 할수록 잭은 더 많은 의문을 갖게 되었다. 대부분은 울프가 대답할 수 없거나 아니면 대답하려 하지 않는 것이었다.

필립 소텔과 오리스 사람의 방문이 딱 들어맞는 사례였다. 그들이 맨 처음 이곳에 나타난 것은 '작은 달' 시기인 울프가 엄마와 한 배에서 태어난 누이 둘과 함께 살 때였다. 두 사람은 지금의 잭처럼 그냥 지나가는 길이었다. 다른 것이라곤 서쪽이 아니라(울프가 말해 주었다. "사실대로 말하면, 나는 이렇게 먼 서쪽에 와서 더 서쪽으로 *가겠다는* 사람은 처음 봤다.") 동쪽으로 가던 중이라는 것뿐이었다.

두 사람 모두 쾌활했다. 문제가 생긴 것은 훨씬 나중 일이었다……. 오리스와의 문제. 잭 아빠의 동업자가 '이 세계에 자신의 장소를 만들면서' 문제가 생기기 시작했다. 울프는 이 말을 몇 번이고 반복했다. 이제 보니 울프는 오리스의 탈을 쓴 슬로트를 가리키는 것 같았다. 울프는 모건이 울프와 한배에서 태어난 누이를 빼앗아 갔다고 말했다.("우리 엄마는 모건이 딸을 훔쳐 갔다는 것을 확인하고 한 달 동안 손발을 깨무셨다." 울프는 잭에게 담담하게 말해 주었다.) 그 후에도 때때로 다른 울프족들을 빼앗아 갔다고 했다. 울프는 목소리를 낮추고 두려움과 미신적인 경외에 사로잡힌 얼굴로 얘기했다. 그 '다리가 불편한 사내'가 몇몇 울프를 외부인의 나라인 다른 세계로 데려가 가축을 먹는 법을 가르쳤다는 것이었다.

잭이 물었다.

"그건 정말 너희들에게 안 좋은 일이잖아, 맞지?"

"그 울프족들은 지옥불에 떨어질 거다."

울프는 그 말 한마디만 했다.

처음에 잭은 울프가 유괴에 대해 말하는 줄 알았다. 하지만 한배에서 태어난 누이에 대해 말할 때 울프는 테러토리 말로 *빼앗아 갔다*고 표현했다. 잭은 이곳에서 일어나고 있는 일이 단순한 유괴가 아님을 깨닫기 시작했다. 울프가 모건이 울프족들의 영혼을 빼앗아 갔다고 말하면서 무의식적으로 시적인 표현을 썼다면 몰라도. 잭은 그제야 울프가 실제로 늑대인간에 관해 말하고 있다는 실감이 들었다. 그들은 고대로부터 전해 내려온 여왕과 가축 떼에 대한 충성을 저버리고 대신 모건에게로…… 모건 슬로트와 오리스의 모건에게로…….

그런 생각이 들자 자연스럽게 엘로이가 떠올랐다.

자기 가축을 먹는 울프는 사형에 처해져야 한다.

또한 녹색 자동차에 타고 있던 사내들도 기억났다. 그들은 차를 세우고 잭에게 길을 물으며 투시롤 사탕을 주겠다고 하면서 그를 차 안으로 끌고 들어가려 했다. 그들의 눈동자. 그 눈동자가 변했다.

그들은 지옥불에 떨어질 거다.

모건은 이 세계에 자신의 장소를 만들었다.

지금까지는 안도감과 기쁨을 동시에 느꼈다. 테러토리에 돌아와서 기뻤다. 이곳도 살을 엘 듯 공기가 차갑기는 하지만 오하이오주 서부의 잔뜩 흐린 잿빛 추위와는 달랐다. 게다가 사방 수십 킬로미터 안에 아무것도, 아무도 없는 지역에 있지만 덩치 크고 다정한 울프 곁에 있어서 안심이 되었다.

이 세계에 자신의 장소를 만들었다.

잭은 울프에게 아빠—이 세계에서는 필립 소텔—에 대해 물어보았지만 울프는 고개만 저었다. 벼락 맞게 좋은 사람이었지만 트위너라는 점을 볼 때 외부인이 확실하다는 것 정도만 아는 눈치였다. 울프는 트위너들이 한배에 태어난 *사람*들하고 관련이 있는 것 같다고 했지만 무슨 일인지는 짐작도 하지 못했다. 필립 소텔의 얼굴도 제대로 묘사하지 못했다. 기억이 안 난다고 했다. 오직 냄새만 기억하고 있었다. 울프가 아는 것이라곤 두 외부인 다 괜찮아 보였지만 필 소여야말로 *진실로* 괜찮은 사람이라는 것이었다. 한번은 그가 울프와 그의 여동생들에게 선물을 해 주었는데, 그중 하나는 외부인들의 세계에서 왔는데도 모습이 변하지 않았다. 바로 울프를 위한 오버올 작업복이었다.

울프가 말했다.

"난 그 옷을 항상 입고 다녔다. 내가 그것을 5년 동안 계속 입자 엄마는 그것을 버리라고 성화를 했다! 다 해졌다는 것이다! 너무 작아졌다는 것이다! 울프! 더덕더덕 기운 자리에 또 기운다고 했다. 그래도 난 그것을 버리지 않으려 했다. 결국은 변경 지대로 다니는 떠돌이 장사꾼에게 옷감을 끊어 왔다. 얼마를 주고 샀는지 나는 모른다, 울프! 사실대로 말하면, 잭, 물어보기가 겁났다. 천을 파랗게 물들여 여섯 벌이나 만들어 줬다. 네 아빠가 선물한 것은 매일 베고 잔다. 울프! 울프! 벼락 맞을 베개다."

활짝 웃는 울프의 눈에 그리움이 맺혀 있었다. 잭은 가슴이 뭉클해 울프의 손을 잡았다. 어떤 상황이 닥치건 남자의 손을 잡는 날이 올 거라고는 평생 상상도 해 보지 못했지만, 막상 울프의 손을 잡고 나니 그동안 왜 그랬을까 싶었다. 잭은 울프의 따뜻하고 강인한 손을 잡은 것이 기뻤다.

"우리 아빠를 좋아했다니 정말 기뻐, 울프."

"네 아빠 좋아했다! 정말 좋아했다! 울프! 울프!"

그리고 두 사람은 동시에 웃음을 터뜨렸다.

2

울프는 말을 하다 말고 놀란 얼굴로 주위를 살펴보았다.

"울프? 왜 그……?"

"쉿!"

그때 잭도 그 소리를 들었다. 울프의 귀는 더 예민해서 그 소리를 먼저 알아챘다. 하지만 그 소리는 금세 커졌다. 머잖아 귀가 먼 사람들한테도 들리겠다고 잭은 생각했다. 가축들이 두리번거리다 우왕좌왕 무리를 지어 소리의 근원으로부터 달아나기 시작했다. 그 소리는 마치 누군가가 침대 시트를 아주 천천히 복판까지 찢어 내리는 소리를 표현한 라디오 음향 효과와도 같았다. 소리는 끝도 없이 계속 커졌고, 잭은 이러다 미칠 수도 있을 것 같았다.

울프는 깜짝 놀라 당황하고 어리둥절한 얼굴이었지만 자리를 박차고 일어섰다. 무언가를 잡아 찢는 듯한, 낮고 거친 소리는 갈수록 커지고 있었다. 가축들이 겁에 질려 우는 소리도 덩달아 커졌다. 어떤 놈들은 개울로 뒷걸음질 치고 있었는데, 잭이 돌아봤을 때는 그중 한 마리가 물에 첨벙 빠져 다리를 버둥거리고 있었다. 떼를 지어 도망치는 다른 놈들에게 밀려 넘어진 것이었다. 그놈은 날카롭게 음매 하고 울었다. 또 다른 양소가 그놈에 걸려 휘청거리더니 천천히 뒷걸음치는 양소 떼에 밀려 물에 빠지고 말았다. 개울 건너편은 지대가 낮고 축축한 데다 갈대들이 무성한 진흙 늪이 형성되어 있었는데, 제일 먼저 그곳에 발을 디딘 양소가 순식간에 수렁에 빠져 들어갔다.

"아이쿠, 이런 벼락 맞을 아무 짝에도 쓸모없는 가축 같으니!"

울프는 우렁차게 외치며 개울을 향해 언덕을 달려 내려갔다. 처음 넘어진 녀석이 숨이 끊어질 듯이 울부짖고 있었다.

"울프!"

잭이 소리쳤지만 울프는 듣지 못했다. 거칠게 찢어지는 소리에 잭도 자기 목소리가 안 들릴 지경이었으니까. 고개를 살짝 오른쪽으로 돌려 가까운 개울가를 보고는 너무 놀라 입이 딱 벌어졌다. 공기 중에 무슨 일이 벌어지고 있었다. 지상 1미터 정도 높이의 대기에 잔물결이 일고 부글거리는가 싶더니 뒤틀리며 속으로 빨려 들어가는 것이었다. 그 공기 사이로 서부 도로가 보였다. 하지만 그 도로는 마치 가열된 소각로 위 아지랑이 너머로 보이는 것처럼 흐릿하게 어른거렸다.

무언가가 공기를 잡아 뜯어 상처를 내는 거야…… 무언가가 통과해 오고 있다고…… 우리 세계에서 오는 것일까? 오 제이슨, 내가 넘어올 때도 이런 식으로 오는 걸까? 불안하고 혼란스러운 상황에서도 잭은 그건 사실이 아니라는 것을 알고 있었다.

잭은 누가 이처럼 무지막지하게 사방을 잡아 뜯으며 오고 있는지 잘 알고 있었다.

잭은 언덕 아래로 달리기 시작했다.

3

찢어지는 듯한 소리는 끝날 기미가 보이지 않았다. 울프는 개울에 무릎을 꿇은 채 두 번째로 쓰러진 양소를 일으키려고 낑낑거리고 있었다. 첫 번째 양소는 몸이 갈가리 찢어지고 짓이겨진 채 하류로 흐느적거리며 떠내려가고 있었다.

"어서 일어나라! 벼락 맞을 놈들아! 일어나라! 울프!"

울프는 그가 있는 곳으로 뒷걸음치거나 떠밀려 내려오는 양소 떼를 최대한 밀어내거나 철썩 때리면서 물에 빠진 양소의 가슴을 양팔로 안아 일으켰다.

"울프! 지금 당장 여기!"

울프는 괴성을 질렀다. 셔츠 소매가 이두박근까지 찢어져 너덜거리는 모습을 보자, 잭은 감마선에 노출되어 분노를 느끼면 헐크로 변하게 된 데이비드 배너(1970년대 방영된 TV 시리즈 「인크레더블 헐크」에서 극중 헐크의 본명 — 옮긴이)가 떠올랐다. 도처에서 물보라가 치자 울프도 다리가 휘청거렸다. 눈은 오렌지색으로 이글거리고, 파란색 작업복은 물에 흠뻑 젖어 검은색으로 보였다. 울프는 콧구멍으로 물을 뿜어내는 양소를 몸집만 큰 강아지를 안듯 가슴으로 꼭 안고 있었다. 양소는 눈을 허옇게 까뒤집고 있었다.

잭이 소리쳤다.

"울프! 이건 모건이야! 그자 짓이라고⋯⋯"

울프도 역시 소리쳐 대답했다.

"가축을 봐라! 울프! 울프! 벼락 맞을 가축! 잭, 오지 마라⋯⋯"

나머지 말은 지축을 뒤흔들 듯 쉴 새 없이 몰아치는 천둥소리에 묻혀 버렸다. 잠시 동안 천둥소리는 변함없이 이어지며 사람을 미치게 만드는 그 찢어지는 소리마저 삼켜 버렸다. 울프의 가축들 못지않게 혼란에 빠져 있던 잭은 고개를 들어 하늘을 올려다보았다. 저 멀리 떠다니는 솜털같이 새하얀 구름 몇 점을 빼고는 씻은 듯이 맑은 하늘이었다.

천둥소리에 울프의 가축 떼는 완전히 공포의 도가니에 빠져 버렸다. 벗어나려고 애썼지만 어리석게도 많은 양소들이 뒷걸음질을 치는 바람에 서로 부닥치고 첨벙거리다 결국 물속으로 굴러떨어졌다. 뼈가 뚝 부러지는 끔찍한 소리에 이어 고통을 못 이겨 음매 하고 울부짖는 소리도 들렸다. 울프는 분노의 포효를 내지르며 지금

껏 살리려 애쓰던 양소를 단념하고 건너편 습지로 허우적거리며
나아갔다.

그곳에 도착하기도 전에 대여섯 마리가 울프에게 달려들어 쓰러
뜨릴 뻔했다. 물이 크게 튀어 올랐다가 환한 물안개가 되어 흩어졌
다. 울프는 맹목적으로 도망치려는 동물들에게 짓밟히는 동시에
물에 빠지게 될 위기에 처해 있었다.

잭은 이젠 시커먼 흙탕물이 흐르는 개울로 첨벙 들어갔다. 물살
이 거세서 여차하면 균형을 잃기 십상이었다. 반쯤 정신이 나가
눈알을 굴리며 울부짖던 양소가 물을 튀기며 옆으로 지나가 하마
터면 넘어질 뻔했다. 얼굴에 물을 뒤집어쓰는 바람에 눈을 비벼야
했다.

이제 그 소리가 온 세상을 뒤덮은 것 같았다. *리리리리리리리립비*
비비…….

울프. 모건은 신경 쓰지 말자, 적어도 지금 당장은. 울프가 곤경
에 처해 있어.

흠뻑 젖은 덥수룩한 울프의 머리가 수면 위로 잠시 나타난 바로
그 순간 세 마리 동물이 그를 향해 내달려 왔다. 이제는 털북숭이
손 하나를 흔드는 모습만이 보일 뿐이었다. 잭은 다시 앞으로 몸을
내밀어 가축 떼를 비집고 나아갔다. 몇몇은 아직 서 있었지만 대부
분은 발밑에서 허우적거리거나 물에 빠지거나 했다.

"*잭!*"

잡아 찢는 듯한 그 소리를 뚫을 만큼 커다란 목소리가 들려왔다.
익히 아는 목소리. 모건의 목소리였다.

"잭!"

또다시 우르릉 쾅 천둥소리가 울렸다. 이번에는 거대한 떡갈나무가 우지끈 부러지는 소리가 포탄이 날아간 듯 하늘을 가득 메웠다.

숨을 헐떡거리며 눈앞에 흘러내린 젖은 머리카락 사이로 뒤를 돌아다보았다……. 곧바로 오하이오주 루이스버그 근처 주간고속도로 70번의 휴게소가 눈에 들어왔다. 마치 잔물결이 일듯 표면이 거친 거울을 통해 들여다보는 듯한 느낌이었다……. 하지만 그것은 실제로 *보였다*. 물거품이 일듯 찌그러진 허공의 왼쪽으로 벽돌로 만든 화장실의 가장자리가 있었다. 오른쪽에 보이는 것은 쉐보레 픽업트럭의 앞부분인 듯했다. 그것은 바로 5분 전만 해도 잭과 울프가 평화로이 앉아 얘기를 나누던 초원 위 1미터쯤에 떠 있었다. 그리고 가운데에는 버드 소장(미국의 초대 남극 탐험대장을 지낸 리처드 E. 버드를 가리킨다.─옮긴이)의 남극 개척을 그린 영화의 엑스트라처럼 보이는 모건 슬로트가 있었다. 모건의 붉고 두툼한 얼굴은 살기 띤 분노로 일그러져 있었다. 아니, 분노만이 아니었다. 승리감? 그렇다. 잭은 승리감이 분명하다고 생각했다.

잭은 가랑이까지 차오른 개울 한가운데에 서 있었다. 가축들은 음매 하고 처량하게 울며 양옆으로 스쳐 지나가고 있었다. 잭은 눈을 부릅뜨고 입을 딱 벌린 채 현실을 덮고 있는 천이 찢어져 생긴 공간을 응시했다.

그자가 나를 찾아냈어. 오, 신이시여, 모건이 나를 찾아냈어.

"거기 있었구나. 이 밉살맞은 자식!"

모건이 잭을 향해 울부짖었다. 그의 목소리는 저쪽 세계의 현실에서 이쪽 세계의 현실을 지나면서 약해져 우물우물하는 소리만 들렸다. 마치 공중전화 박스 안에서 바깥을 향해 외치는 소리를 듣는 것 같았다.

"이제 결말을 내야지, 안 그래? 안 그래?"

모건이 정면으로 걸어오기 시작했다. 그의 얼굴은 흐늘흐늘한 플라스틱으로 만든 것처럼 흔들리고 출렁거렸다. 잭은 그 순간 모건이 무언가를 손에 꽉 움켜쥐고 있는 것과, 목에 작은 은제품을 걸고 있는 것을 보았다.

모건이 두 개의 서로 다른 우주 사이에 구멍을 내며 비집고 나오는 것을 보자 잭은 마비된 채 그대로 서 있었다. 슬로트는 마치 늑대인간처럼 변신했다. 투자자이자 부동산 투기업자이자 때로 할리우드 에이전트로 활동하는 모건 슬로트가 죽어 가는 여왕의 왕위를 노리는 오리스의 모건으로 변했다. 축 늘어진 불그레한 턱살이 점점 가늘어지더니 색이 희미해졌다. 머리칼이 새로 나기 시작해 앞으로 자라더니 처음엔 둥근 정수리 부분이 거뭇거뭇해졌다. 그 모습은 마치 눈에 보이지 않는 무언가가 모건 슬로트의 머리를 물들이고 뒤덮은 것 같았다. 슬로트 트위너의 검은 머리가 길게 자라나 펄럭이는 모양새는 왠지 죽은 자의 그것과 같았다. 잭이 보니 목 뒤에서 머리칼을 묶고 있었지만 대부분은 풀어 헤친 채였다.

파카가 흔들리다 사라지더니 다음 순간 두건과 망토로 변했다.

모건 슬로트의 스웨이드 부츠도 무릎까지 올라오는 검은 가죽부츠로 변했다. 부츠 윗부분이 접혀 있었는데 한쪽에 칼자루 같은 것이 삐죽 튀어나와 있었다.

손에 쥐고 있던 작은 은제품은 끝에서 파란 불꽃이 일렁이는 작은 막대로 변했다.

저건 피뢰침이야. 아 맙소사, 저건……

"잭!"

그 절규는 나지막하면서도 입안 가득 물을 머금고 말하는 것처럼 들렸다.

잭은 물속에서 어렵게 몸을 돌려 봤지만 옆으로 떠내려 오는 죽은 양소를 제대로 피하지 못했다. 울프의 머리가 다시 물속에 가라앉고 두 손만 허우적거리는 것이 보였다. 잭은 계속 내려오는 가축들을 최대한 피해 가며 울프의 손을 향해 다가갔다. 양소 한 마리가 잭의 엉덩이를 들이받아 앞으로 고꾸라지며 물을 먹었다. 다시 재빨리 몸을 일으켜 캑캑 기침을 했다. 혹여 떠내려갔을까 봐 걱정되어 한 손을 저킨에 넣어 병을 더듬었다. 병은 그대로 있었다.

"*꼬마야! 돌아서서 나를 봐, 꼬마야!*"

모건, 지금은 그럴 시간이 없어. 미안하지만 난 지금 울프의 가축 떼에 떠밀려 익사하지 않게 피해야만 해. 당신의 죽음의 막대에 구워지는 신세를 면할 수 있는지는 그다음 문제야. 난……

아치 모양의 푸른색 불길이 지글거리는 소리와 함께 잭의 어깨 너머로 날아갔다. 마치 치명적인 전기 무지개처럼 보였다. 그 불꽃은 개울 건너편 갈대밭 진창에 발 묶여 있던 양소에 명중했고 그 불운한 짐승은 다이너마이트를 삼킨 듯 단숨에 폭발했다. 사방에 피 보라가 흩뿌려지고 잭의 머리 위로 고깃덩어리들이 비처럼 쏟아졌다.

"뒤돌아 나를 봐, 꼬마야!"

모건의 명령에 실려 있는 힘이 보이지 않는 손으로 잭의 머리를 잡고 고개를 돌리려 했다.

울프는 다시 가까스로 일어났다. 얼굴에 달라붙은 젖은 머리칼 사이로 내다보는 멍한 눈은 영국 양몰이 개를 연상케 했다. 연신 기침을 하며 휘청거리는 울프는 이제 자기가 어디에 있는지도 모르는 것 같았다.

"울프!"

잭이 소리쳤지만 마른 하늘에 다시 천둥이 치면서 그 소리를 지워 버렸다.

울프는 허리를 숙이고 진흙물을 폭포수처럼 토해 냈다. 하지만 곧이어 공포에 질린 양소에 부딪혀 또다시 물에 처박히고 말았다.

잭은 절망적인 생각이 들었다. *맞아, 맞다고, 울프는 죽었어, 죽은 게 틀림없어, 이젠 그를 내버려 두고 여기에서 벗어나야 해……*

그럼에도 잭은 울프를 향해 안간힘을 다해 나아갔다. 죽어 가거나 맥없이 몸을 떠는 양소들을 밀쳐 내며 울프에게 다가갔다.

"제이슨!"

오리스의 모건이 소리쳤다. 잭은 모건이 테러토리 말로 저주하는 것이 아님을 깨달았다. 그는 잭의 이름을 부르는 것이었다. 여기서 그는 잭이 아니었다. 제이슨이었다.

하지만 여왕의 아들은 죽었는데, 어릴 때 죽었는데, 그 애는……

또다시 습기 어린 전기 불길이 지글거리며 휙 날아왔다. 잭은 머리칼을 잘리는 줄 알았다. 건너편 둑을 쳐 이번에는 양소 한 마리를 증발시켰다. 아니, 잭이 보니 전체가 증발한 것은 아니었다. 양소의 네 다리는 진흙 묻은 울타리 말뚝처럼 여전히 남아 있었다. 잭이 지켜보고 있자니 네 다리는 저마다 다른 방향으로 축 늘어져 내려가기 시작했다.

"나를 돌아봐, 이 벼락 맞을 놈!"

물이 있는데, 왜 저자는 물에 전기가 흐르게 해서 나와 울프와 가축들을 한꺼번에 지져 죽이지 않는 걸까?

바로 그때 5학년 과학 시간이 떠올랐다. 일단 전기가 물에 닿으면 어디로든 갈 수 있다……. 전류를 내보낸 자에게 되돌아갈 수도 있다.

물속에 떠 있는 울프의 멍한 얼굴을 보자 잭은 정신이 번쩍 났다. 울프는 아직 살아 있지만 몸의 일부가 양소 밑에 깔려 있었다. 양소는 다친 데는 없어 보이지만 놀라서 얼어붙어 있었다. 울프의 기진맥진한 두 손이 애처롭게 흔들리고 있었다. 잭이 마지막 남은 한 걸음을 옮긴 순간 울프의 한 손이 떨어지더니 수련처럼 축 늘어져 둥둥 떠올랐다.

잭은 마치 남자애들이 운동 관련 자랑을 늘어놓을 때 나오는 잭 암스트롱(운동 실력이 뛰어난 남학생이 전 세계를 다니며 온갖 모험을 겪는다는 내용의 라디오 시리즈 「올아메리칸 보이」의 주인공을 가리킨다. ─ 옮긴이)처럼 지체 없이 왼쪽 어깨를 낮춰 양소를 밀어젖혔다.

테러토리의 축소판 소가 아니라 실제 크기의 소였더라면, 세찬 물살을 거슬러야 하지 않았더라도 잭으로서는 감당할 수 없었을 것이다. 하지만 양소는 소보다 작았기에 잭은 해 볼 만하다고 생각했다. 잭이 밀어내자 양소는 울부짖으면서 허둥지둥 뒷걸음치다 잠시 주저앉는 듯하더니 이윽고 개울 저편 둑으로 달려갔다. 잭은 울프의 두 손을 잡고 젖 먹던 힘까지 다해서 끌어냈다.

울프는 물을 잔뜩 먹은 나무줄기처럼 힘겹게 일어났다. 눈은 반쯤 감긴 채 게슴츠레했고, 귀와 코와 입에서는 물이 줄줄 흘러나왔다. 입술은 시퍼렇게 질려 있었다.

번갯불이 두 갈래로 나뉘어 잭이 울프를 붙잡고 서 있는 곳 좌우에서 이글거렸다. 두 사람의 모습은 마치 수영장에서 왈츠를 추려는 한 쌍의 취객 같았다. 건너편 둑 위에서는 또 한 마리의 양소가 산산이 흩어져 사방으로 날아가고 있었는데, 잘려 나간 머리는 여전히 울부짖고 있었다. 뜨거운 불길이 지그재그로 습지대를 지나 갈대숲에 불을 붙이고는 지대가 높아지기 시작하는 초원의 잘 마른 들풀로 번져 나갔다.

잭이 소리쳤다.

"울프! 울프, 제발 좀!"

잭이 소리치자 울프는 신음하며 잭의 어깨에 뜨듯한 진흙물을 토했다.

"아우우우우우우우……."

이제야 건너편 둑에 서 있는 모건이 보였다. 그는 큰 키에 검은 망토를 두른 청교도의 모습이었다. 두건은 뱀파이어처럼 창백한 얼굴에 을씨년스러운 중세 시대의 분위기를 더했다. 잭이 잠시 생각해 보니, 이곳에서도 테러토리의 마법은 통했다. 무시무시한 모건에게 유리한 일이었다. 이곳에서 모건은 과체중에 고혈압으로 고생하지도 않았고, 도둑놈 심보와 살인마의 사고방식으로 보험금 계산만 해 미움을 받지도 않았다. 이곳에서 모건의 얼굴은 갸름해졌고 냉철한 남성미가 감돌았다. 그가 장난감 마법 지팡이 같은 은막대로 가리키자 푸른 불꽃이 대기를 갈랐다. 모건이 소리쳤다.

"이젠 너와 네 멍청한 친구 차례야!"

승리의 미소를 짓느라 가느다란 입술 사이로 누렇게 마모된 이가 드러나자 그나마 희미하게 가졌던 좋은 인상이 영원히 날아가 버렸다.

잭이 아픈 팔로 안고 있던 울프가 비명을 지르며 몸을 홱 돌렸다. 모건을 쏘아보는 울프의 오렌지색 눈은 증오와 공포심으로 튀어나올 듯 이글거리고 있었다.

"너, 악마! 너, 이 악마야! 내 여동생! 한배에서 태어난 내 여동생! 울프! 울프! 너, 이 악마야!"

울프가 소리 지르는 사이, 잭은 저킨에서 마법 주스 병을 꺼냈다. 어쨌든 남아 있는 주스는 한 모금뿐이었다. 한 팔로는 울프를 부축할 수 없었다. 그를 놓칠 테니까. 울프도 혼자 힘으로 서 있기는 무리인 것 같았다. 상관없었다. 어떤 방법을 쓰든 울프를 다른 세계로 데려갈 수는 없을 테니…… 아니면 혹시 가능할지도?

"너, 이 악마야!"

울프가 소리치며 울음을 터뜨렸고, 그의 젖은 얼굴이 잭의 품으로 미끄러져 들어왔다. 오버올 작업복의 등판 안쪽으로 물이 들어차 수면 위에 둥둥 떠올랐다.

들풀이 타는 냄새, 동물이 타는 냄새.

천둥, 폭발.

이번에는 공기 중으로 치솟은 불길이 잭의 코앞까지 밀려와 코털이 그슬리고 말았다. 모건이 아우성쳤다.

"오 그래, 너희 두 놈 다, 너희 두 놈 다 해치울 테다! 나를 가로막으면 어떻게 되는지 가르쳐 주마, 이 빌어먹을 개자식! 너희 둘 다 태워 죽일 거다! 박살을 내 줄 거라고!"

"울프, 나를 꼭 붙잡아!"

잭이 소리쳤다. 잭은 울프를 일으키려는 시도를 단념하고 대신 울프의 손을 낚아채 가능한 힘껏 잡았다.

"나를 꼭 잡아. 내 말 들리지?"

"울프!"

잭은 병을 기울였다. 썩은 포도의 지독하고 섬뜩한 맛이 마지막으로 입안을 가득 채웠다. 이제 병은 비어 있었다. 주스가 목구멍을 타고 넘어가려는데, 유리병이 모건의 번쩍하는 번갯불에 맞아 산산조각 났다. 하지만 유리병이 깨지는 소리는 희미했다…… 전기의 따끔한 감각도…… 심지어 모건이 내지르는 분노의 비명도 희미해졌다.

마치 머리부터 구멍으로 빠지는 기분이었다. 무덤 속으로 떨어지는 것 같기도 했다. 그때 울프의 손이 세게 움켜잡는 바람에 절로 신음이 나왔다. 변칙을 저질렀다는 생각에 현기증이 났지만 그것도 희미해졌다……. 뒤이어 햇빛이 옅어지더니 미국의 심장부에 쏟아지는 10월의 구슬픈 검자줏빛 황혼으로 변했다. 차가운 빗물이 잭의 얼굴을 두드렸다. 지금 서 있는 물속이 겨우 몇 초 전에 있던 개울물보다 훨씬 더 차갑다고 어렴풋이 느꼈다. 멀지 않은 곳에서 주간고속도로를 달리는 트레일러트럭이 내는 코고는 듯 드르릉대는 소리가 익숙하게 들렸다……. 다만 지금은 그 소리가 머리 바로 위에서 들려오고 있었다.

불가능해. 잭은 생각했다. 하지만 정말 그럴까? 그 말이 가진 한계가 아주 유연하게 확장되고 있었다. 캔버스 천으로 만든 날개를 등에 동여맨, 하늘을 나는 테러토리 사람들이 모는 하늘을 나는 테러토리 트럭의 이미지를 떠올리고 잠시 눈앞이 아찔했다.

다시 돌아왔어, 잭은 생각했다. 다시 돌아왔어, 같은 시간에, 같은 유료 고속도로로.

잭은 재채기를 했다.

추운 것도 여전했다.

하지만 이젠 두 가지가 달랐다.

여기에 휴게소는 없었다. 그들은 고가도로 바로 밑 허벅지까지 올라온 얼음처럼 차가운 개울 속에 서 있었다.

울프는 잭과 함께 있었다. 그것이 또 하나 달라진 점이었다.

그리고 울프는 비명을 지르고 있었다.

18장
극장에 간 울프

1

머리 위에서는 또 다른 트럭이 커다란 디젤 엔진의 윙윙거리는 소리를 내며 고가도로를 씽씽 달리고 있었다. 고가도로가 흔들릴 정도였다. 울프가 흐느끼며 잭을 와락 움켜잡는 바람에 두 사람은 함께 물에 빠질 뻔했다.

"그만해! 이것 좀 놔줘, 울프! 저건 그냥 트럭이야! 이것 좀 놓으라니까!"

잭은 큰 소리로 외치고는 내키지 않지만 울프의 따귀를 철썩 때렸다. 겁에 질린 울프를 보니 애처로웠다. 하지만 애처롭건 아니건 울프는 발 하나를 잭 위에 올려놓고 있다시피 했는데, 만약 70킬로그램의 무게로 계속 잭을 짓누른다면 두 사람은 함께 얼어붙을 듯 차가운 물에 빠질 게 뻔했고, 그러면 폐렴에 걸릴 게 분명했다.

"울프! 난 싫어! 그러지 말라고! 울프! 울프!"

멱살을 잡은 손이 스르르 풀어지더니 이내 울프는 팔을 옆으로 떨어뜨렸다. 또 다른 트럭이 드르릉 소리를 내며 머리 위를 지나가자 몸을 움찔했지만 다시 잭을 붙잡는 일은 없었다. 하지만 울프는 잭을 향해 부들부들 떨며 무언의 호소를 했다. *날 좀 여기서 데리고 나가 줘, 제발 나를 여기서 데리고 나가 줘, 이 세계에 있느니 차라리 죽는 게 낫겠다.*

울프, 나도 이곳이 좋은 건 아냐, 하지만 저쪽 세계에는 모건이 있잖아. 만에 하나 그렇지 않다 해도 나는 이제 마법 주스가 다 떨어졌어.

잭이 왼손을 내려다보니 스피디가 준 유리병의 뾰족한 병목을 아직도 쥐고 있었다. 마치 술집에서 한바탕 소동을 일으키려고 만반의 준비를 한 사람 같았다. 울프가 겁에 질려 잭을 붙잡았을 때 다치지 않은 것이 천만다행이었다.

유리병을 물에 던져 버렸다. *첨벙.*

이번엔 트럭이 두 대였고 소음도 두 배였다. 겁에 질린 울프가 울부짖으며 양손으로 귀를 막았다. 잭이 보니 순간이동을 하면서 울프의 손에 있던 털이 자취를 감췄다. 전부는 아니어도 대부분 사라졌다. 그러고 보니 첫 번째 두 손가락의 길이가 정확히 같았다.

트럭 소음이 멀어지자 잭은 입을 열었다.

"자, 가자, 울프, 이곳에서 나가자. 우리 꼭 PTL 클럽(미국의 복음주의 기독교 방송 — 옮긴이) 특집에서 세례를 받으려고 기다리는 한 쌍처럼 보인다."

잭은 울프의 손을 잡았다. 울프가 안절부절못하며 세게 쥐는 바람에 잭이 움찔했다. 잭의 표정을 알아챈 울프는 손을 느슨하게 했다…… 아주 조금.

"잭, 나를 버리지 마라, 제발 부탁이다, 제발 나를 버리지 마라."

"안 그럴 거야, 울프, 내가 왜 널 버리겠어."

잭은 생각했다. *이 멍청이, 이제 너 어쩌려고 그래? 넌 오하이오
주 어딘가의 고속도로 고가도로 밑에 애완 늑대인간과 함께 있는
거야. 어떻게 할 거야? 달밤에 체조라도 할 거야? 아, 그나저나, 달
이 뜨면 어떻게 되는 거지, 재키? 잊어먹지는 않았겠지?*

어떻게 그런 일을 잊겠는가. 설상가상 구름이 무겁게 드리워진
하늘에선 찬비가 내렸다. 뭘 어째야 좋을지 알 수 없었다.

이런 일이 일어날 확률은 얼마나 될까? 30 대 1? 28 대 2?

확률이 어쨌든 간에, 유리한 확률은 아니었다. 그렇게 일이 진행
되고 있지 않았다.

"안 떠나, 절대 안 떠나."

잭은 되풀이해 말해 주고는 울프를 데리고 건너편 둑 쪽으로 나
아갔다. 얕은 물에 이르자 망가진 인형의 잔해가 배를 드러낸 채 떠
내려 왔다. 인형의 파란색 유리 눈알은 다가오는 어둠을 응시하고
있었다. 울프를 이쪽 세계로 끌어오느라 긴장한 팔이 너무 아팠고,
어깨 관절은 썩은 이처럼 욱신거렸다.

물 밖으로 나와 잡초와 쓰레기로 뒤덮인 강둑에 이르자 또다시
재채기가 나왔다.

2

이번에 테러토리에서 나아간 거리는 서쪽으로 800미터 정도였

다. 울프가 가축들에게 개울물을 먹이러 이동하고, 그 후에 울프 자신이 거의 익사할 뻔한 지점으로 이동한 거리에 해당했다. 이쪽 세계에서는 최대한으로 잡아 서쪽으로 16킬로미터를 나아간 것이었다. 두 사람은 간신히 둑으로 올라갔다. 사실상 울프가 잭을 끌고 올라가다시피 했다. 그리고 마지막 햇살이 넘어갈 무렵 50미터 정도 앞에 오른쪽으로 갈라진 출구 램프가 보였다. 반사도료를 바른 표지판에는 다음과 같이 쓰여 있었다.

아카넘
오하이오주에서 나가는 마지막 출구
주 경계까지 24킬로미터

"히치하이크를 해야 해."
잭이 말하자 울프가 의심스러운 투로 물었다.
"히치, 뭐?"
"일단 네 상태부터 확인해 보자."
적어도 어둠 속에 있으면 울프도 그럭저럭 통과할 수 있을 것 같았다. 여전히 오버올 작업복을 입고 있었는데 지금은 진짜 '오슈코시' 상표도 붙어 있었다. 집에서 짠 셔츠도 육해군 재고품 상점에서나 볼 법한, 기계로 짠 파란색 샴브레이 셔츠로 바뀌어 있었다. 원래는 맨발이었지만 지금은 흠뻑 젖은 커다란 페니로퍼(구두 앞닫이에 동전을 넣게 되어 있는 신발 —옮긴이)와 하얀 양말을 신고 있었다.
그중 가장 이상한 것은 존 레논이 쓰던 것과 같은 동그란 쇠테 안경이 울프의 커다란 얼굴 한복판에 걸쳐 있는 것이었다.

"울프, 너 눈이 잘 안 보여? 테러토리에서도 그랬어?"

"나도 잘 모르겠다. 아마 그랬던 것 같다. 울프! 분명히 여기 와서 더 잘 보인다, 이 유리 눈으로 보니까 말이다. 울프, 지금 당장 여기!"

울프는 고속도로에서 시끄러운 소리를 내며 달리는 자동차들을 내다보았다. 그 순간 잭은 울프한테 무엇이 보이는지를 알 수 있었다. 희고 노란 왕방울 눈이 달린 거대한 강철 야수가 어둠 속에서 으르렁대며 도로 바닥이 닳도록 무시무시한 속도로 고무바퀴를 굴리고 있는 걸로 보일 것이었다.

"보고 싶지 않은 것도 보인다."

울프가 쓸쓸히 말을 맺었다.

3

이틀 뒤 지친 두 사람은 아픈 발을 질질 끌면서 32번 고속도로 한편에 서 있는 시 경계 표지판을 지났다. 맞은편에는 10-4 간이식당이 있었다. 이제 인디애나주 먼시시(市)에 접어들었다. 잭은 열이 39도에 가까웠고 쉬지 않고 기침이 나왔다. 울프의 얼굴은 퉁퉁 부었고 핏기 하나 없었다. 마치 숙적과의 대결에서 패배한 퍼그 강아지 같았다. 어제 울프는 길 옆 버려진 외양간 그늘에서 자라는 사과나무를 발견하고는 철 지난 사과를 따려고 했다. 실제로 나무에 올라 쪼글쪼글해진 가을 사과를 작업복 앞주머니에 담았다. 그때 그 낡은 외양간 처마에 집을 짓고 있던 말벌들이 그를 발견했다. 울프는 후다닥 나무에서 내려왔지만 이미 머리가 갈색 구름으로 뒤덮인 것처럼 말벌로 둘러싸인 뒤였다. 울프는 늑대 울음을 울었다. 지금도 한쪽 눈은 완전히 감겨 있고 코는 커다란 자주색 순무처럼 부풀어 올랐는데도 울프는 잭한테 가장 좋은 사과를 주려고 했다. 사과는 모두 시원치 않았다. 알이 작고 맛이 시고 벌레가 먹었다. 잭은 별로 먹고 싶지 않았지만 울프가 사과를 따려고 고생한 것을 보았기에 차마 거절할 수 없었다.

차 뒷부분을 들어 앞머리가 노면을 향하도록 한 낡은 카마로(쉐보레에서 생산한 후륜구동의 소형 스포츠카 — 옮긴이)가 무서운 기세로 두 사람 곁을 지나쳤다.

"*어이이이이, 머저리들!*"

누군가 소리치자 맥주에 취한 듯한 커다란 웃음소리가 터져 나왔다. 울프는 다시 늑대 울음을 울며 잭에게 달라붙었다. 잭은 언젠가는 울프도 차에 대한 두려움을 극복할 거라 여겼지만 이젠 정말 그런 날이 올지 의문스러웠다.

"울프, 괜찮아. 이제 갔잖아."

잭은 지친 목소리로 말했다. 오늘만 벌써 스무 번째인가 서른 번째로 울프의 팔을 떼어 내는 참이었다.

울프가 투덜거렸다.

"너무 *시끄럽다!* 울프! 울프! 울프! 너무 *시끄럽다,* 잭, *귀가* 아프다, *귀가!*"

"글래스팩 머플러(미국 체리밤사(社)에서 제조하는 소음기의 일종 — 옮긴이)가 필요해."

잭은 이렇게 대꾸하고는 기진맥진해서 생각에 잠겼다. 너도 캘리포니아 고속도로를 좋아하게 될 거야, 울프. 계속 함께 여행하다 보면 알게 될 거야, 알겠지? 그럼 스톡카(일반 승용차를 개조한 경주용 차 — 옮긴이) 경주와 오토바이 스크램블(비포장도로에서 하는 오토바이 경주 — 옮긴이)에도 갈 수 있어. 너도 미치도록 좋아하게 될 거야.

"있잖아, 저 소리를 좋아하는 사람도 있어. 그 사람들은……"

하지만 또다시 발작적으로 기침이 터져서 잭은 몸을 웅크렸다. 세상이 잠시 잿빛 그늘로 뒤덮였다. 돌아오는 데는 아주, 아주 많은 시간이 걸렸다. 울프가 중얼거렸다.

"저 소리를 좋아한다고? 제이슨! 도대체 어떤 사람이 그런 걸 좋아한다는 거냐? 게다가 그 냄새……."

울프한테 그 냄새가 얼마나 지독할지 잭은 알고 있었다. 둘이 이 세계로 들어온 지 네 시간도 지나지 않아 울프는 이곳을 '냄새가 나쁜 나라'라고 부르기 시작했다. 이곳에 온 첫날 밤 울프는 여섯 번이나 토했다. 처음에는 또 다른 세계의 개울물에서 먹었던 흙탕물을 오하이오주 땅에 토해 냈고, 그 후로는 헛구역질만 했다. 냄새 때문에 그런 거라고 울프는 힘겨워하면서 설명했다. 잭은 어떻게 견디는지 울프는 이해할 수가 없었다. 정말 이 냄새를 견디는 사람이 있기나 한 건지 의심스러웠다.

잭은 테러토리에서 돌아왔을 때 알게 되었다. 늘 함께 살기에 알아채지 못했던 냄새에 크게 당황하고 말았다. 디젤 연료, 자동차 배기가스, 산업 폐기물, 쓰레기, 오염된 물, 냄새 고약한 화학물질. 하지만 곧 다시 익숙해졌다. 익숙해졌거나, 아니면 무감각해졌거나. 다만 울프만은 도저히 적응하지 못했다. 울프는 자동차를 증오했고, 냄새들을 증오했고, 이 세상 자체를 증오했다. 잭이 보기엔 울프가 이 세계에 영 적응하지 못할 것 같았다. 조만간 울프를 테러토리로 되돌려 보내지 않으면 도리어 잭이 미쳐 버릴지도 몰랐다. 울프가 여기에 계속 있게 되면 내가 미칠지도 몰라. 어쨌든 아직 그 정도는 아니니 다행이지.

닭들을 실은 농장 트럭이 달가닥거리며 그들 옆을 지나갔다. 그 뒤로도 차들이 서둘러 지나갔는데, 몇몇은 빵빵거리며 경적을 울렸다. 울프는 잭의 품속으로 뛰어들다시피 했다. 고열로 몸이 약해진 잭은 비틀거리다 무성한 덤불과 쓰레기투성이인 도랑에 주저앉고 말았다. 어찌나 세게 엉덩방아를 찧었는지 딱 소리를 내며 이를 부딪혔을 정도였다.

울프가 애처롭게 말했다.

"미안하다, 잭. 나 벼락 맞을 거다!"

"네 잘못이 아니야. 그냥 넘어진 거야. 5분만 쉬었다 가자."

울프는 잭 옆에 조용히 앉아 초조한 얼굴로 그를 바라보았다. 울프도 자신 때문에 잭이 얼마나 힘든지 알고 있었다. 잭이 열에 들뜬 듯 길을 재촉하는 이유는 부분적으로는 모건과의 거리를 벌리기 위해서지만 그보다 더 중요한 이유가 있었다. 울프는 잭이 잠결에 엄마를 부르는 것을 알고 있었다. 때로는 흐느끼기까지 했다. 하지만 잭이 깨어 있을 때 운 것은 울프가 아카넘 고속도로 램프에서 광란을 부렸을 때뿐이었다. 그때 울프는 잭이 말한 '히치하이크'가 무슨 의미인지 이해했다. 울프가 잭에게 히치하이크를 할 수 없을 거라고 — 잠시 동안이 아니라 어쩌면 영원히 — 말하자 잭은 가드

레일 위에 걸터앉아 얼굴을 손에 파묻고 흐느껴 울었다. 그러고 나서 눈물을 그쳤을 때는 마음이 좀 놓였지만…… 잭이 얼굴에서 손을 떼고 울프를 바라보았을 때 울프는 잭이 자신을 이 나쁜 냄새를 가진 끔찍한 나라에 버리리라는 것을 확신했다……. 그리고 잭이 없다면 울프는 곧 미쳐 버릴 터였다.

4

그들은 갓길을 따라 아카넘 출구 쪽으로 걸어갔다. 자동차나 트럭이 저물어 가는 황혼 속으로 지나갈 때면 울프는 어김없이 움찔하며 잭의 팔에 매달렸다. 자동차가 지나가면서 비웃는 소리가 들려왔다.

"네 차는 어디 있니, 이 호모 새끼들아?"

잭은 강아지들이 몸을 흔들어 눈에서 물을 털어 내듯 머리를 흔들어 그딴 말을 털어 내고는 그저 갈 길을 갔다. 그러고는 울프가 뒤처지거나 숲 쪽으로 빠지려는 낌새를 보이면 손을 잡아서 끌어당겼다. 중요한 것은 히치하이크가 금지된 유료 고속도로에서 벗어나 아카넘의 서쪽 방면 출구 램프로 가는 것이었다. 어떤 주는 램프에서 히치하이크하는 것이 합법이었다.(하룻밤 외양간에서 함께 지낸 거리의 부랑인이 말해 주었다.) 심지어 엄밀히 말해 엄지를 올리는 것이 범죄인 주에서도 램프에 서 있는 히치하이커들에게는 경찰도 관대한 편이었다.

그래서 처음엔 램프로 갔다. 거기까지 가는 동안 주 경찰차가 나타나지 않기를 바랄 뿐이었다. 주 경찰관이 울프를 어떻게 대할지 잭은 생각하기도 싫었다. 그는 아마 존 레논 안경을 쓰고 1980년대에 나타난 찰스 맨슨의 화신을 잡았다고 생각할 것이다.

두 사람은 램프로 가서 서쪽 방면 도로로 건너갔다. 10분 뒤에 낡고 오래된 크라이슬러가 차를 세웠다. 운전자는 건장한 체격에 목은 자라목이었고, '케이스 농기구'라고 쓰인 모자를 뒤로 젖혀 쓰고 있었다. 그가 몸을 구부리고 문을 열어 주었다.

"어서 타라, 꼬마들아! 날씨가 궂지, 그렇지?"

"감사합니다, 아저씨, 정말 그러네요."

잭이 신이 나서 말했다. 잭은 머릿속으로 자신의 사연에 울프를 어떻게 끼워 넣을지 궁리하느라 울프의 표정을 거의 알아차리지 못했다.

하지만 운전자는 알아챘다.

그의 얼굴이 굳어졌다.

"무슨 안 좋은 냄새라도 나서 그러는 거니, 얘야?"

잭은 사내의 말투를 알아차리고 퍼뜩 현실로 돌아왔다. 사내의 말투는 얼굴만큼이나 딱딱하게 굳어 있었다. 지금껏 보여 준 따스한 태도는 자취도 없이 사라지고, 건들거리며 오틀리 주점에 들어와 맥주와 위스키를 요구하던 취객과 다름없어 보였다.

잭은 고개를 휙 돌려 울프를 쳐다보았다.

울프는 스컹크의 방귀 냄새를 맡은 곰처럼 연신 콧구멍을 벌름거리고 있었다. 입술이 말려 올라가 이빨은 물론 잇몸까지 훤히 들여다보이고 코밑에는 두둑한 속살이 능선을 이루고 있었다.

"이 녀석은 뭐야, 정신지체인가?"

'케이스 농기구' 모자를 쓴 사내가 낮은 목소리로 잭에게 물었다.

"아니요. 아, 쟤는 그냥⋯⋯"

바로 그때 울프가 으르렁거리기 시작했다.

끝장이었다.

"오, 맙소사."

사내는 지금 눈앞에 벌어지고 있는 일이 도무지 믿기지 않는다는 투로 한마디 내뱉고는 액셀러레이터를 밟아 출구 램프를 향해 요란스레 내달렸다. 조수석 문은 제대로 닫히지 않아 펄럭거렸다. 램프 아랫부분에 다다른 차가 비 내리는 어둠 속에서 잠시 반짝인 미등 불빛이 얼룩진 붉은 화살이 되어 보도 위 두 사람에게 날아왔다.

잭은 울프를 향해 돌아섰다. 울프는 이미 잭이 화가 난 걸 알아차리고 잔뜩 움츠린 상태였다.

"정말 잘하는 짓이다, 정말 잘하는 짓이라고! 저 차에 만약 CB 라디오(트럭 운전자들이 주로 이용하는 단거리 무선통화 체계 ― 옮긴이)가 있었더라면, 그는 분명 채널19로 경찰한테 외쳤을 거야, 누구한테든 닥치는 대로 말했을 거라고, 아카넘에서 나가기 위해 히치하이크를 하려는 미친놈 둘이 있다고 말이야! 제이슨! 아니, '하느님'이라고 해야 하나? 뭐, 어쨌든, 알 게 뭐람! 너 정말 혼 좀 나 볼래, 울프? 너 자꾸 이러면 진짜 혼쭐이 날 거야! 우리! *우리* 모두 경을 치게 될 거라고!"

지치고 혼란스럽고 좌절하여, 거의 혼이 빠지다시피 한 잭은 움츠리고 있는 울프에게 다가갔다. 울프가 마음만 먹으면 한 방에 잭의 머리통을 날려 버릴 수도 있었으리라. 잭이 다가오자 울프는 뒷걸음치며 신음했다.

"잭, 소리치지 마라, 그 냄새는…… 그 안에 있으면…… 그 냄새 나는 안에 갇히면……."

"아무 냄새도 안 났어!"

잭이 소리쳤다. 목소리가 갈라지고 목이 몹시 아팠지만, 잭은 멈출 생각이 없어 보였다. 소리라도 지르지 않으면 미쳐 버릴 것 같았다. 젖은 머리칼이 눈앞을 가렸다. 고개를 흔들어 머리카락을 넘긴 뒤 울프의 어깨를 내리쳤다. 손이 닿는 순간 철썩 소리와 함께 손이 깨질 것처럼 아팠다. 마치 바위를 내리친 느낌이었다. 울프가 처량하게 늑대 울음을 울자 잭은 더 화가 솟구쳤다. 자기가 거짓말을 하고 있다는 사실 때문에도 더 화가 났다. 이번에는 테러토리에 여섯 시간 남짓 있었는데, 그 사내의 차에서는 야생동물의 굴 같은 냄새가 났다. 오래된 커피와 갓 딴 캔맥주(그 사내의 다리 사이에는 따 놓은 스트로 맥주 캔이 있었다.)에선 거슬리는 냄새가 풍겼고, 백미러에 걸린 방향제는 시체의 볼에 바르는 마르고 달콤한 가루 냄새가 났다. 그리고 그것 말고도 뭔가가 있었다. 뭔가 어둡고, 뭔가 축축한…….

"아무 냄새도 안 났다고!"

잭이 목소리가 갈라지도록 목청을 높이며 울프의 다른 쪽 어깨를 철썩 내리쳤다. 울프는 다시 늑대 울음을 울더니, 화난 아빠한테 야단맞고 있는 어린아이처럼 몸을 돌리며 푹 수그렸다. 이번에는 등을 때리기 시작했다. 욱신거리는 손으로 울프의 등을 때릴 때마다 작업복에서 물이 튀었다. 잭이 내리칠 때마다 울프는 길게 울부짖었다.

"이젠 좀 익숙해질 때도 됐잖아. *(철썩!)* 다음에 올 차는 경찰차일지도 모른단 말이야. *(철썩!)* 아니면 구역질 날 것 같은 녹색 BMW에 탄 모건 블로트일지도 모르고. *(철썩!)* 네가 자꾸 몸집만 큰 어린애처럼 굴면 우리는 무지막지한 곤경에 처할 거라고! *(철썩!)* 내 말 알아듣겠어?"

울프는 아무 말도 없었다. 다만 잭에게 등을 돌리고 빗속에서 몸을 움츠린 채 떨고 있었다. 흐느끼면서. 잭은 목구멍에서 뜨거운 덩어리가 밀려 올라오고 눈알이 뜨겁다 못해 쓰라릴 지경이었다. 이 모든 게 그의 화를 북돋웠다. 내면의 흉포한 부분이 스스로를 닦달하고 싶어 했다가, 울프를 괴롭히는 게 더 낫겠다고 생각을 바꾼 것이었다.

"돌아서!"

울프가 돌아섰다. 둥근 안경 뒤 탁한 갈색 눈동자에서 눈물이 흘러내렸다. 코에서 콧물도 흘리고 있었다.

"내 말 알아듣겠어?"

"그래, 그래, 무슨 말인지 이해한다, 하지만 그 사람 차에는 탈 수 없었다, 잭."

울프는 신음하듯 대답했다.

"왜 못 타는데?"

잭은 주먹을 허리에 대고 화난 얼굴로 울프를 바라보았다. 아, 머리가 다 지끈거렸다.

"그 사람은 죽어 가고 있었다."

울프가 낮은 목소리로 대답했다.

울프의 얼굴을 응시하고 있자니 모든 분노가 씻겨 나갔다.

울프가 조용히 물었다.

"잭, 넌 몰랐냐? 울프! 그 냄새를 정말 못 *맡았냐?*"

"응."

잭이 숨도 제대로 못 쉬며 휘파람을 불듯 작은 소리로 대답했다. 그도 *뭔가* 냄새를 맡기는 했다. 아닌가? 전에는 한 번도 맡아 보지 못한 냄새. 여러 가지가 뒤섞인 어떤…….

그 냄새를 상기한 순간 힘이 빠지고 말았다. 잭은 가드레일에 털썩 걸터앉아 울프를 바라보았다.

오물과 썩은 포도. 그에게서 그런 냄새가 났다. 100퍼센트 똑같지는 않지만 소름 끼칠 만큼 비슷했다.

오물과 썩은 포도.

"정말 최악의 냄새였다. 사람들이 건강을 잃었을 때 나는 냄새였다. 우리는 그걸…… 울프……! 어둠의 병이라고 부른다. 그 사람은 자신이 그 병에 걸렸다는 걸 모르는 것 같았다. 그리고…… 어떤 외부인들은 그 냄새를 맡지 못하는 것 같다, 그런 거냐, 잭?"

"응."

잭이 중얼거리듯 말했다. 만약 지금 당장 뉴햄프셔 알람브라 호텔의 엄마 방으로 순간이동하며 가게 된다면 *엄마한테서도* 그런 냄새가 날까?

그렇다. 잭은 엄마에게서 그 냄새를 맡게 될 것이다. 엄마의 땀구멍에서 새어 나오는 오물과 썩은 포도의 냄새를 맡게 될 것이다, 어둠의 병.

"우린 그걸 암이라고 부르지."

잭은 중얼거렸다. *우린 그걸 암이라고 부르고 엄마는 암에 걸리셨어.*

"내가 히치하이크를 할 수 있을지 모르겠다. 네가 원한다면 다시 도전해 볼 거다, 잭, 하지만 그 냄새는…… 차 안쪽은…… 바깥 공기도 나쁘긴 마찬가지지만, 울프! 하지만 차 안쪽에……."

잭이 두 손으로 얼굴을 감싸고 울음을 터뜨린 것은 바로 그때였다. 절망한 탓도 있었지만 사실은 정말로 지치고 힘들었기 때문이다. 그리고, 그랬다. 그때 울프가 확실히 보았다고 생각한 표정이 잭의 얼굴에 나타났다. 한순간 울프를 버리고 싶다는 생각이 단순한 유혹을 넘어 피할 수 없는 광기의 명령처럼 느껴졌다. 원래도 캘리포니아에 이르러 부적 — 그게 뭔지 간에 — 을 찾을 가능성은 요원하기만 했다. 하지만 지금은 그나마 남은 가능성도 줄어들어 지평선 위의 한 점처럼 사그라지고 있었다. 울프 때문에 일정이 늦어지는 게 문제가 아니라, 조만간 유치장에 갇힐지도 모를 일이었다. 어쩌면 내일 당장 그렇게 될 수도 있었다. 게다가 매사에 이성을 앞세우는 리처드 슬로트에게 어떻게 울프에 대해 설명한단 말인가?

그 순간 울프가 잭의 얼굴에서 본 것은 차디찬 타산의 표정이었다. 울프는 다리가 후들거려 빅토리아 시대를 배경으로 한 멜로드라마에 나오는 구혼자처럼 무릎을 꿇고 꼭 잡은 두 손을 내밀며 흐느꼈다.

"잭, 날 버리고 가지 마라, 울프를 떠나지 마라, 날 여기에다 내버리지 마라, *네가* 나를 여기로 데려왔다, 제발, 제발, 날 여기 홀로 버려두지 마라……."

울프는 더 이상 말을 잇지 못했다. 무언가 더 말하고 싶었겠지만 입에서 나오는 건 흐느낌뿐이었다. 엄청난 피로가 잭에게 몰려왔다. 하지만 고단함은 자주 입은 재킷처럼 그의 몸에 익숙해져 있었다. *제발 날 여기에 홀로 버려두지 마라. 네가 나를 여기로 데려왔다…….*

그 말이 맞았다. 울프는 잭이 책임져야 한다, 그렇지 않은가? 그래, 왜 안 그렇겠어. 그가 울프의 손을 잡고 테러토리에서 끌고 나와 오하이오주로 데려왔다는 것은 욱신거리는 그의 어깨가 증명해주었다. 물론 그는 선택의 여지가 없었다. 울프는 물에 빠져 죽기 일보 직전이었고, 용케 물에서 빠져나왔더라도 모건이 그 피뢰침인가 뭔가 하는 것으로 울프를 바싹 구웠을 것이다. 그러니 잭은 다시 울프를 닦달하며 이렇게 말할 수도 있었다. 울프, *이 친구야, 어느 편이 좋겠어? 무섭지만 여기 있는 게 낫겠어? 아니면 거기서 죽는 게 낫겠어?*

그렇다, 잭은 이렇게 말할 수 있었다. 하지만 울프는 머리 회전이 그리 빠르지 못해 대답을 제대로 못 할 터였다. 중국 속담을 즐겨 인용하는 토미 아저씨라면 이렇게 대답했을 것이다. 일단 *사람 목숨을 구했으면 그가 죽을 때까지 책임을 져야 한다.*

물에 빠져도 괜찮고 어기적어기적 걸어도 상관없다. 울프는 그의 책임이었다.

울프가 다시 흐느꼈다.

"잭, 날 버리고 가지 마라, 울프, 울프! 제발 착한 울프를 버리지 마라, 나도 널 도울 수 있다, 밤에는 보초를 설 거다, 할 줄 아는 것도 많다, 그러니까……"

잭이 차분한 목소리로 위로해 주었다.

"알았으니까 그만 소리 지르고 어서 일어나. 난 절대 널 버리지 않을 거야. 하지만 얼른 여기서 벗어나야 해. 아까 그자가 우리를 검문해 보라고 경찰을 보낼지도 모르거든. 이제 출발하자."

5

"앞으로 어떻게 해야 하냐, 잭?"

울프가 조심스럽게 물었다.

두 사람은 먼시시 경계에 있는 덤불이 무성한 도랑에 벌써 30분이나 쭈그리고 앉아 있었다. 고개를 돌리는 잭의 얼굴이 미소를 머금고 있어서 울프는 마음이 놓였다. 지친 기색이 가득한 미소였고 눈 밑에 생긴 피로에 찌든 다크서클도 싫었지만(냄새는 더 싫었다. 아픈 냄새였기 때문이다.), 어쨌거나 미소는 미소였다.

잭이 말했다.

"저기 저쪽에 다음에 할 일이 있는 것 같은걸. 며칠 전 새로 신발을 살 때부터 생각해 온 일이야."

잭은 발밑을 내려다보았다. 잭과 울프는 스니커즈를 보고 우울해져서 입을 다물었다. 긁히고 닳아서 지저분해져 있었다. 그리고 왼쪽은 밑창이 빠끔히 입을 벌리고 있었다. 잭이 그것을 산 것은…… 생각을 하려니 이맛살이 찌푸려졌다. 열 때문에 머리가 잘 돌아가지 않았다. 사흘 전이었다. 고작 사흘 전 페이바 상점의 할인 매대에 있는 것을 골랐던 것이다. 그런데 벌써 너덜너덜 걸레짝처럼 보였다.

"어쨌든……."

잭은 한숨을 쉬었지만 곧 밝은 목소리로 말했다.

"저기 저 건물이 보이지, 울프?"

그것은 잿빛 벽돌을 멋없이 쌓아 놓기만 한 평범해 보이는 건물이었는데, 넓은 주차장 한가운데에 섬처럼 홀로 서 있었다. 울프는 그 주차장에 깔린 아스팔트에서 어떤 냄새가 날지 알고 있었다. 죽어서 부패한 동물의 냄새였다. 울프는 그 냄새를 맡으면 숨이 막힐 것 같았지만 잭은 거의 알아채지 못했다.

잭이 설명해 주었다.

"설명해 줄 테니까 잘 들어, 저 간판에는 '타운라인 식스플렉스'라고 쓰여 있어. 간이식당처럼 들리지만 사실은 상영관이 여섯 개인 영화관이란다. 하나쯤은 볼 만한 게 있을 거야."

그리고 오후에는 영화관에 사람이 별로 많지 않아. 네가 신경증 환자처럼 이상한 짓을 해 버릇하니 그때가 가장 좋지, 울프.

"가자."

잭이 비틀거리며 일어서자 울프가 물었다.

"영화가 뭐냐, 잭?"

울프는 잭에게 자신이 지독한 골칫덩이라는 사실을 알고 있었다. 너무나 잘 알기에 거절을 하거나 불편한 얘기를 꺼내기가 망설

여겼다. 하지만 어떤 끔찍한 직관이 그에게 말했다. 극장에 가는 것과 *히치하이크*를 하는 것은 별로 다르지 않을 거라고. 잭은 으르렁거리는 수레와 마차를 '자동차'나 '셰비(쉐보레의 애칭 — 옮긴이)', 또는 '자트랜(트럭 렌트 회사 — 옮긴이)'이나 '스테이션왜건'(마지막 두 개는 테러토리에서 승객을 역에서 역으로 실어다 주는 승합마차와 같은 역할을 하는 게 틀림없었다.)이라고 불렀다. 그럼 굉음과 악취를 내뿜으며 달리는 마차들도 '영화'라고 불리는 것일까? 그럴 수도 있을 것 같았다.

잭이 대답했다.

"글쎄, 말로 설명하는 것보다 직접 보여 주는 게 낫겠다. 아주 마음에 들 거야. 자, 가자."

잭은 도랑에서 나오다 발을 헛디뎌 얼른 무릎으로 땅을 디뎠다.

"잭, 괜찮으냐?"

울프가 불안해하며 물었다.

잭은 고개를 끄덕였다. 두 사람은 주차장을 건너가기 시작했다. 아스팔트에서는 울프가 짐작한 대로 고약한 냄새가 진동했다.

6

잭은 오하이오주 아카넘과 인디애나주 먼시 사이의 56킬로미터 구간을 거의 대부분 울프의 넓은 등에 업혀서 왔다. 울프는 자동차에 놀라고, 트럭에 겁먹고, 거의 모든 냄새에 구역질을 했다. 그러다가 갑자기 큰 소리라도 나면 늑대 울음을 울며 달아나기 십상이었다. 하지만 울프는 지칠 줄을 몰랐다. 그 점에 관해서는 '*거의*'라고 해도 좋겠어. *지금까지 내 눈으로 확인한 바로는 울프는 지치지*

를 않아. 잭은 생각했다.

잭은 아카넘시 램프에서 최대한 빨리 벗어나고자 아픈 데다 젖어서 바짓가랑이가 척척 달라붙는 다리를 억지로 움직여 종종걸음을 쳤다. 머리는 주먹이 두개골 속을 여기저기 두드리는 것처럼 지끈거렸고, 열과 오한이 번갈아 온몸을 훑고 지나갔다. 울프는 그의 왼쪽에서 쉬엄쉬엄 걷고 있었다. 울프는 보폭이 아주 넓어서 중간 정도 빠르기로 걸어도 보조를 맞출 수 있었다. 잭은 자신이 경찰이 쫓아올 걱정에 편집증 환자처럼 굴고 있다는 걸 알고 있었다. 하지만 '케이스 농기구' 모자를 쓴 남자는 정말 무서웠고, 잔뜩 짜증이 난 듯했다.

500미터도 못 가서 옆구리가 끊어질 듯한 통증이 몰려와, 잭은 울프에게 잠시만 업어 달라고 부탁했다.

"엉?"

울프가 깜짝 놀라 물었다.

"이렇게 하는 거 있잖아."

잭은 이렇게 말하고는 몸으로 직접 시범을 보여 주었다.

울프의 얼굴 가득 함박웃음이 퍼졌다. 이제야 자신이 이해할 수 있고 *해낼* 수 있는 일이 생긴 것이었다. 울프는 기뻐하며 소리 질렀다.

"'말등'에 태워 달라고!"

"그래, 그거지……."

"오, 예! 울프! 지금 여기! 한배에서 태어난 여동생에게 자주 해 주던 거다! 올라타라, 잭!"

울프는 허리를 구부리고 손깍지를 껴 잭의 넓적다리를 받칠 준비를 했다.

"내가 너무 무거우면 그냥 내려 줘도……"

잭의 말이 끝나기도 전에 울프는 그를 들쳐업고는 가벼운 발걸음으로 어둠 속을 달리기 시작했다. 말 그대로 달렸다. 빗발이 섞인 찬바람이 불어와 잭의 뜨거운 이마를 덮고 있던 머리카락을 뒤로 넘겼다. 잭이 소리쳤다.

"울프, 그렇게 달리다간 금방 지칠 거야!"

"난 아냐! 울프! 울프! 지금 여기 달린다!"

이쪽 세계로 넘어온 이래 처음으로 울프의 목소리에 생기가 넘쳤다. 이후 두 시간 동안 울프는 계속 달렸다. 어느새 그들은 아카넘시 서쪽의 어딘지 모를 어두운 2차선 도로의 아스팔트 위를 걷고 있었다. 잡풀이 우거지고 인적이 드문 들판에 쓰러져 가는 헛간이 버려져 있어 두 사람은 그곳에서 그날 밤을 보냈다.

울프는 윙윙거리는 자동차들이 홍수를 이루고 고약한 악취가 유독한 구름을 타고 하늘로 올라가는 시내 중심가로는 좀처럼 발을 들이려 하지 않았다. 그건 잭도 동감이었다. 울프의 용모며 행동거지가 너무 튀었기 때문이었다. 하지만 울프는 인디애나주 경계를 지나 해리스빌 근처 길가에 있는 상점에서 한 번 멈춰야 했다. 길가에서 불안스레 기다리는 동안 울프는 쭈그리고 앉아 흙을 파거나 일어서서 어색하게 주변을 한 바퀴 돌고는 다시 쭈그리고 앉았다. 잭은 신문을 사서 일기예보를 주의 깊게 읽었다. 다음에 보름달이 뜨는 날은 10월 31일이었다. 때마침 핼러윈이었다. 잭은 다시 1면을 펼치고 오늘 날짜를…… 지금 기준으로 말하면 어제 날짜를 확인했다. 10월 26일이었다.

7

잭은 유리문을 당겨 열고 타운라인 식스플렉스의 로비로 들어섰다. 잭은 울프부터 재빨리 살펴보았지만 울프는 — 적어도 그 순간만은 — 그런대로 좋아 보였다. 사실 울프는 조심스레 낙관하고 있었다…… 적어도 그 순간만은. 건물 안에 들어온 게 싫긴 마찬가지였지만 적어도 자동차와는 달랐다. 여기선 향기로운 냄새도 났다. 산뜻하고 달콤한 냄새라고나 할까. 쌉쌀한, 고약하다고도 할 수 있는 뒷맛이 도사리고 있기는 했지만 말이다. 왼쪽을 보자 색이 하얀 뭔가가 가득 찬 유리 상자가 있었다. 그것이 산뜻하고 좋은 향기의 근원이었다.

울프가 작은 소리로 잭을 불렀다.

"왜?"

"저 하얀 거 꼭 좀 먹어 보고 싶은데. 오줌은 빼고."

"오줌이라고? 무슨 말이야?"

울프는 좀 더 공식적인 어휘를 생각해 보다가 마침내 찾아냈다.

"소변 말이다."

울프는 안에서 빛이 점멸하고 있는 것을 손가락으로 가리켰다. '버터향'이라고 씌어 있었다.

"저거 소변 같은 거 맞냐? 냄새만 보면 맞는 것 같은데."

잭은 맥없이 웃었다.

"버터향이 없는 그냥 팝콘을 말하는구나. 사 주면 얌전히 있어야 한다, 알았지?"

"물론이지, 잭, 지금 당장 여기."

울프는 감지덕지하다는 투로 대답했다.

매표소 여직원은 커다란 포도향 풍선껌을 씹고 있다가 딱 멈췄다. 그녀는 잭을 보고 다시 헐크처럼 커다란 잭의 동행을 보았다. 반쯤 벌린 입안에는 씹던 껌이 보랏빛 종양처럼 혀 위에 얹혀 있었다. 그녀가 카운터 뒤에 있던 남자에게 눈짓했다.

"두 장 주세요."

잭이 이렇게 말하며 돈다발을 꺼냈다. 지폐들이 죄다 귀퉁이가 접히고 지저분했는데, 5달러짜리는 달랑 한 장뿐이고 나머지는 1달러짜리들이었다.

"어느 영화를 볼 거죠?"

여직원의 눈동자는 뒤에서 앞으로, 앞에서 뒤로, 잭한테서 울프한테로, 울프한테서 잭한테로 옮겨 다녔다. 마치 흥미진진한 탁구 경기를 관전하는 것 같았다. 잭이 물어보았다.

"바로 시작하는 건 뭐죠?"

여자가 옆에 스카치테이프로 붙여 놓은 종이를 흘끗 보고 나서 말했다.

"음…… 4관의 「날아라, 드래곤」이에요. 척 노리스가 나오는 쿵푸 영화예요."

여자의 눈동자는 여전히 앞에서 뒤로, 뒤에서 앞으로, 앞에서 뒤로 오락가락하고 있었다.

"그리고 6관에서는 두 편을 동시상영 해요. 랠프 박시(1970~80년대 미국의 유명 애니메이션 감독 ─ 옮긴이)의 만화영화 두 편이에요.「마법사」와「반지의 제왕」이에요.”

잭은 안도했다. 울프는 몸집만 커다란 어린애에 불과했고, 어린애들은 만화영화를 좋아하기 마련이다. 이거라면 어쨌든 다 잘될 거다. 울프는 나쁜 냄새의 나라에서 적어도 즐거운 일 한 가지는 발견할 테고, 그동안 잭은 서너 시간쯤 잠을 잘 수 있을 것이다.

잭이 말했다.

“저거, 만화영화 주세요.”

“4달러예요. 낮 시간 할인은 2시에 끝났습니다.”

버튼을 누르자 톱니바퀴가 돌아가는 기계음과 함께 구멍에서 극장표 두 장이 나왔다. 울프가 작게 비명 소리를 내며 움찔 뒤로 물러섰다.

여점원이 눈썹을 치키며 울프를 보았다.

“뭐 불편하신 거라도 있어요, 아저씨?”

“아니다, 난 울프다.”

울프가 그 많은 이빨을 드러내며 웃었다. 잭은 울프가 하루 이틀 전 미소를 지어 보일 때보다 이빨이 더 늘었다고 맹세할 수 있었다. 그 이빨을 다 들여다본 여직원은 자기도 모르게 입술을 빨았다.

잭이 어깨를 으쓱하며 설명했다.

“괜찮아요. 애는 그냥…… 농장에만 있고 외출을 자주 안 해서 그래요. 아시잖아요.”

잭은 한 장 남은 5달러 지폐를 직원에게 건넸다. 그녀는 그것을 집을 부젓가락이라도 있었더라면 하는 표정으로 돈을 받아 들었다.

"그만 가자, 울프."

과자 매장 쪽으로 돌아가면서 잭은 남은 1달러짜리를 때 묻은 청바지 주머니에 구겨 넣었다. 매표소 여직원이 카운터 남자에게 입 모양으로 말을 전하는 모습이 보였다. *저 사람 코 좀 봐요!*

잭이 보니 울프는 연신 코를 벌름거리고 있었다. 잭이 우물거리며 말했다.

"그러지 좀 마."

"뭘 그러지 말라는 거냐, 잭?"

"코로 그러지 좀 말라고."

"아, 노력해 보겠다. 잭, 하지만……"

"쉿."

"얘야, 뭐 사게?"

카운터 점원이 물었다.

"네, 살 거예요. 주니어 민트 하나(박하사탕에 초콜릿을 입힌 과자 ─ 옮긴이), 리세스 피시스(땅콩버터에 사탕을 입힌 과자 ─ 옮긴이) 하나, 그리고 버터 안 바른 팝콘 특대형으로 주세요."

카운터 직원이 주문한 과자를 가져와 카운터에 올려놓고 두 사람 쪽으로 밀었다. 울프는 양손으로 팝콘 그릇을 잡더니 얼른 손을 넣어 우적우적 소리를 내며 팝콘을 먹기 시작했다.

카운터 남자가 말없이 그 광경을 지켜보았다.

"농장에서만 살아서 그래요."

잭은 다시 되풀이해 말했다. 마음 한편에서는 이미 걱정이 스멀스멀 자라고 있었다. 이 두 사람이 경찰을 부르는 게 낫겠다고 생각할 만큼 이상하게 보였을지 어떨지 알 수 없었다. 딱히 처음 느낀 것은 아니지만 이 모든 상황에는 진짜 아이러니한 점이 있었다. 뉴욕이나 로스앤젤레스에서라면 울프에게 한 번 이상 눈길을 주는 사람이 없을 것이다…… 뭐, 한 번쯤 뒤돌아보는 사람은 있을지 몰라도 두 번, 세 번 계속 쳐다보는 일은 없을 것이다. 하지만 미 중부에서는 평균에서 벗어난 사람을 그냥 봐 넘길 수가 없는 게 분명했다. 물론 울프가 뉴욕이나 로스앤젤레스에 있었다면 이미 진작 정신이 나갔을 것이다.

"그런가 보네요, 2달러 80센트입니다."

카운터 직원의 말에 잭은 내심 아차 하면서 돈을 지불했다. 오후에 영화를 보기 위해 전 재산의 4분의 1을 써 버렸다는 것을 깨달았기 때문이다.

울프는 팝콘을 한입 가득 우물거리면서 카운터 남자를 보고 히죽 웃었다. 울프로서는 최대한 호의를 보이는 행동이었지만 카운터 남자가 그걸 이해해 줄지는 의문이었다. 울프의 미소에는 모든 이빨이 동원되었다…… 수백 개는 되어 보이는 그 이빨들이.

울프가 콧구멍을 또다시 벌름거리기 시작했다.

잭은 지쳐서 짜증이 나기보다는 체념이 되었다. *됐어, 뭐, 경찰을 부를 테면 부르라지. 그러지 않아도 서둘러 서쪽으로 가기는 글렀으니까. 울프는 배기가스 제어장치에서 나오는 냄새를 못 참아서 새 차를 못 타. 낡은 차도 못 타, 배기가스와 땀과 휘발유와 맥주 냄새 때문에. 아마 울프는 폐소공포증 때문에 어떤 자동차도 타지 못할 거야. 그러니까 재키, 이젠 너 자신만이라도 현실을 인정하자고.*

넌 울프도 곧 적응할 거라고 생각하고 있지만, 그런 일은 일어나지 않을 거야. 그러니 이젠 어떻게 해야지? 인디애나주를 걸어서 횡단할 수밖에 없겠지. 그게 정답이야, 울프는 걸어서 충분히 인디애나주를 횡단할 거야. 나는, 난 업혀서 인디애나주를 횡단할 거고. 하지만 그 전에 울프를 극장으로 데려가 영화 두 편이 끝나거나 경찰이 달려올 때까지 한숨 잘 거야. 더 생각할 필요도 없는 거야, 얘기 끝.

카운터 직원이 말했다.

"영화 잘 봐라."

"네, 그럴 거예요."

잭이 이렇게 대답하고 성큼성큼 걷다 보니 울프가 옆에 없었다. 울프는 카운터 남자의 머리 위에 걸려 있는 무언가를 멍하니, 거의 미신적인 경탄에 사로잡혀 뚫어져라 쳐다보고 있었다. 스티븐 스필버그의 「미지와의 조우」의 재상영을 선전하는 모빌이 공기 흐름에 따라 흔들리고 있었다.

"그만 가자, 울프."

8

문을 열고 들어가자마자 울프는 여기 못 있겠다는 생각부터 들었다.

극장 안은 좁고 흐릿하고 눅눅했을 뿐만 아니라 냄새도 역겨웠다. 그 순간 울프가 맡은 냄새를 시인이 맡았다면 시큼한 꿈의 악취라고 노래했으리라. 하지만 울프는 시인이 아니었다. 울프가 생각할 수 있는 건 극장 안은 팝콘 냄새와 지린내가 진동해서 갑자기

구역질이 날 뻔했다는 것뿐이었다.

그때 조명이 좀 더 어두워지기 시작하면서 극장 안은 동굴처럼 변했다.

울프가 잭의 팔을 움켜잡고 신음했다.

"잭, 잭, 우리 여기서 나가자, 응?"

"마음에 들 거야, 울프."

잭이 중얼거렸다. 울프가 스트레스를 받는 건 눈치챘지만 얼마나 괴로워하는지는 미처 헤아리지 못했다. 어쨌거나 울프는 늘상 어느 정도는 스트레스를 받았기 때문이다. 이 세계에서 울프는 스트레스 그 자체라고 해도 과언이 아니었다.

"기다려 봐."

"알았다."

잭은 울프가 응낙하는 말소리만 듣고 그 소리가 미세하게 떨리는 것은 알아차리지 못했다. 그것은 그가 양손을 부르쥔 채 마지막 남은 한 가닥 자제심에 필사적으로 매달리고 있다는 표시였다. 울프는 통로 쪽에 앉았다. 아코디언처럼 어정쩡하게 무릎을 구부리고 가슴엔 팝콘 통(이제는 먹을 생각이 사라진)을 가슴에 안았다.

두 사람 앞에서 픽 하고 노란색 성냥불이 켜졌다. 건조한 마리화나 특유의 냄새가 났지만 영화관에선 드문 일도 아니라 곧 잊어버렸다. 하지만 울프에게는 산불 냄새였다.

"잭······!"

"쉿, 영화 시작해."

그러니 난 한숨 잘게.

다음 몇 분 동안 울프는 영웅적인 인내심을 보여 주었지만 잭은 까맣게 몰랐다. 사실 울프 자신도 몰랐으니까. 울프는 잭을 위해 이 악몽을 견뎌야 한다는 생각뿐이었다. 울프는 생각했다. *다 괜찮을 거다. 봐, 울프, 잭도 잠을 자고 있다, 지금 당장 여기서 잠을 자고 있다. 그리고 잭이 너를 위험한 곳으로 데려왔겠냐? 그러니 꾹 참아라…… 그냥 기다려…… 울프……! 아무 일도 없을 거다…….*

하지만 울프는 주기에 따라 사는 피조물이었고 그의 주기는 그 달의 절정을 향해 치닫고 있었다. 그의 본능은 기가 막히게 정확해서, 도저히 부정할 수 없었다. 그의 이성은 여기에 있으면 안전하다고 자신을 설득했다. 그렇지 않으면 잭이 여기로 데려왔을 리 만무하지 않은가. 하지만 그것은 코가 근질근질한 사람에게 교회에서 재채기를 하는 것은 불경스러운 일이니 참으라고 타이르는 것과 다름없었다.

울프는 썩은 내가 나는 어두운 동굴에 앉아 있었다. 산불 냄새를 맡으며, 통로 쪽으로 사람 그림자가 지나갈 때마다 경련을 일으키다가 머리 위에 걸린 그림자에서 뭔가가 나와 그를 덮치지 않을까 보고 있다 보니 멍해졌다. 그때 동굴 전면에 마법의 창이 열렸다. 울프는 겁에 질려 흘린 땀에서 나는 시큼한 악취 속에, 눈을 왕방울만 하게 뜨고, 공포의 가면을 쓴 듯한 얼굴로 앉아 있었다. 눈앞에서 자동차들이 충돌해 전복되고 빌딩이 불타오르고 쫓고 쫓기는 추격전이 벌어지고 있었다.

잭이 중얼거렸다.

"예고편이야. 말했잖아, 너도 좋아하게……"

그때 스피커가 울렸다. *장내에서 금연입니다. 쓰레기를 아무 데나 버리지 마십시오. 단체 관람 시 할인해 드립니다. 평일 오후 4시까지는 낮 시간 할인 요금으로 관람할 수 있습니다.*

"울프, 우리가 속았어."

잭이 중얼거렸다. 뭔가 더 얘기하는가 싶었지만 곧 코고는 소리에 묻혔다.

이제 영화를 상영하겠습니다. 마지막 안내방송이 나오는 순간 울프는 자제심을 잃고 말았다. 박시의 「반지의 제왕」은 돌비 사운드였다. 게다가 영사 기사는 오후에는 특별히 음량을 높이라는 지시를 받은 상태였다. 오후에는 마리화나 상습 흡연자들이 몰려오고 그들은 시끄러운 돌비 사운드를 좋아하기 때문이었다.

먼저 금관악기의 불협화음이 날카롭게 울렸다. 마법의 창이 다시 열리고 울프는 거기에 불이 난 것을 *보았다.* 흔들리는 오렌지색 불과 붉은색 불.

울프는 늑대 울음소리를 내며 벌떡 일어나 이제 잠이 들려 하는 잭을 잡아당겼다. 울프가 소리쳤다.

"*잭! 나가자! 나가야 해! 울프! 불이 났다! 울프! 울프!*"

뒤에서 누가 소리쳤다.

"앞에 좀 앉지!"

다른 사람도 소리 질렀다.

"시끄러워, 머저리."

6번 상영관 뒷문이 열리며 누군가가 소리쳤다.

"여기, 무슨 일이야?"

잭이 낮게 말했다.

"울프, 조용히 해! 제발 좀……"

"아우우우우오오오오오오오오오오!"

울프가 늑대 울음을 울었다.

로비의 환한 불빛이 울프에게 쏟아져, 여자 손님 하나가 울프의 얼굴을 정면으로 보게 되었다. 그녀는 비명을 지르고는 아들을 한 팔로 잡고 끌고 나가기 시작했다. 말 그대로 질질 끌고 갔기 때문에 아이는 무릎을 찧고 팝콘으로 어질러진 중앙 통로 카펫을 미끄러져 갔다. 스니커즈 한 짝도 벗겨졌다.

"오우우우우우우우오오오오오오오오오오오오오오우후후후후후후오오오오오후후후후오오오오오!"

세 줄 아래에서 마리화나를 피우던 사람이 주위를 둘러보다 게슴츠레한 눈으로 재미있다는 듯 그들을 구경했다. 그는 한 손엔 타고 있는 마리화나를 들고 여분의 마리화나는 귀 뒤에 꽂은 채 말을 뱉었다.

"와…… 끝내준다, 런던의 늑대인간이 다시 나타난 거야, 그런 거지?"

잭이 울프를 달랬다.

"알았어, 알았다고, 우리 나가자. 아무 문제 없을 거야. 다만…… 다만 울프, 그것 좀 그만해, 알았지? 응?"

잭은 울프를 밖으로 데리고 나갔다. 또다시 온몸이 물에 젖은 솜처럼 묵지근해졌다.

로비의 불빛이 눈을 바늘로 쑤시듯 따가웠다. 어린 아들을 끌고 극장 밖으로 나갔던 여자가 아이를 팔로 껴안은 채 뒷걸음쳤다. 잭이 아직도 늑대 울음을 우는 울프를 이끌고 6번 상영관의 이중문을 열고 나오는 것을 보자 여자는 아이를 끌어안고 도망치기 시작했다.

카운터 직원과 매표소 여직원, 영사 기사 그리고 경마장의 암표상이 입는 것 같은 스포츠코트를 입은 키 큰 남자가 한데 모여 있었다. 잭은 체크무늬 스포츠코트를 입고 흰색 구두를 신은 사내가 지배인인 모양이라고 짐작했다.

벌집처럼 들어찬 상영관들의 문이 빼꼼히 열리기 시작했다. 도대체 무슨 소동인지 알아보려는 듯 어둠 속에서 나온 얼굴들이 두리번거렸다. 잭의 눈에 그들은 구멍 밖으로 얼굴을 내민 오소리처럼 보였다.

체크무늬 스포츠코트를 입은 사내가 말했다.

"나가! 어서 나가, 벌써 경찰 불렀어, 5분이면 도착할 거야."

잭은 실낱같은 희망을 감지했다. *퍽이나 신고했겠다, 그럴 시간도 없었으면서. 게다가 만약에 우리가 곧장 나가고 나면 괜히 문제만 키운 모양새가 될 텐데.*

"저희는 나갈 겁니다, 저기요, 죄송하게 되었습니다. 이건 그냥…… 우리 형이 간질이 있는데 발작을 한 겁니다. 우리는…… 깜박 잊고 약을 안 먹었어요."

간질이라는 말에 매표소 여직원과 카운터 남자가 움찔했다. 마치 *한센병*이라고 말하기라도 한 것처럼.

"울프, 이제 가자."

지배인이 눈을 내리깔고 혐오스럽다는 듯 입술을 일그러뜨리는 것이 눈에 들어왔다. 그의 시선을 따라가 보니 울프의 오슈코시 작업복 앞쪽에 커다란 검은 얼룩이 묻어 있었다. 오줌을 지린 것이었다.

울프도 알아차렸다. 잭의 세계에서는 모르는 것 천지였지만 그 경멸에 찬 눈길이 무슨 뜻인지는 분명히 알 수 있었다. 울프는 가슴이 아픈 만큼 소리 높여 흐느꼈다.

"*잭, 미안하다, 울프가 너무 미안하다!*"

"저자를 끌어내."

지배인이 경멸조로 내뱉고는 돌아섰다.

잭은 한 팔로 울프를 안고는 문 쪽으로 데려갔다.

"가자, 울프."

잭은 차분히, 마음에서 우러나온 따듯함을 담아 말했다. 지금껏 울프의 마음에 이토록 공감해 본 적이 없었던 것 같았다.

"그만 가자. 네 잘못이 아니야, 내가 잘못한 거야. 그만 가자."

울프가 울먹거리며 말했다.

"미안하다. 내가 나빴다, 나 벼락 맞는다, 나 너무 나쁘다."

"너 정도면 아주 착한 울프야. 이젠 가자."

잭이 문을 밀어 열자 10월 말의 무기력한 햇빛이 그들을 맞아 주었다.

아이와 함께 나간 여자는 넉넉잡아 20미터 넘게 떨어져 있었다. 하지만 잭과 울프를 보자 여자는 궁지에 몰려 인질을 잡은 갱처럼 아이를 앞으로 안은 채 자동차로 뒷걸음치기 시작했다.

여자가 소리 질렀다.

"저놈이 내 곁에 오지 못하게 해! 저 괴물이 내 아이한테 가까이 오지 못하게 하라고! 내 말 알아들었어? *내 곁에 얼씬도 못 하게 하*

라고!"

잭은 여자를 진정시키기 위해 뭐라도 말해야겠다 싶었지만, 무슨 말을 해야 할지 도무지 생각이 나질 않았다. 그러기엔 너무 지쳤다.

잭과 울프는 주차장을 비스듬히 가로지르며 걸어 나가기 시작했다. 절반쯤 왔을 때 잭이 비틀거렸다. 눈앞이 순식간에 새카매졌다.

잭은 희미하게나마 울프가 그를 아기처럼 들어 올려 팔에 안고 걸어가고 있는 것을 느꼈다. 울프가 울고 있는 것도 느낄 수 있었다.

"잭, 미안하다, 울프를 미워하지 마라, 착한 울프가 될 거다. 기다려라, 내가 꼭……"

"내가 널 왜 미워해, 난 널 잘 알아…… 넌 아주 착한……"

하지만 말을 마치기도 전에 잭은 잠이 들었다. 그가 잠이 깼을 때는 저녁이었고 먼시를 벗어난 뒤였다. 울프는 주도로에서 벗어나 거미줄처럼 이어진 농장 길과 흙길로 걸어왔다. 표지판도 제대로 없고 길도 여러 갈래였지만 울프는 이동하는 철새처럼 한 치의 오차도 없는 본능에 따라 서쪽으로만 갔던 것이다.

그날 밤은 캐맥(인디애나주 동쪽 델라웨어 카운티에 있는 마을─옮긴이) 북부의 빈집에서 보냈다. 아침에 일어나 잭은 열이 조금 내린 것을 느꼈다.

아직 동이 트기 전이었다. 10월 28일 동이 트기 전 새벽이었다. 어느새 울프의 손바닥에 다시 털이 자라고 있었다.

19장
헛간에 갇힌 잭

1

그날 밤은 불에 탄 폐가의 잔해에서 잤다. 한쪽에는 넓은 들판이 펼쳐지고 반대쪽에는 잡목림이 우거져 있었다. 들판 끝에는 농가가 한 채 있었지만 그들이 폐가 밖으로 들락날락하지 않고 조용히만 지낸다면 안전할 터였다. 해가 지자 울프는 숲속으로 들어갔다. 얼굴을 땅에다 바싹 대고 천천히 나아갔다. 잭은 멀어지는 울프를 보며 근시인 사람이 땅에 떨어진 안경을 찾는 모습과도 같다고 생각했다. 잭이 초조해질 무렵(울프가 날카로운 강철 덫에 걸린 장면이 눈앞에 어른거렸던 것이다. 울프는 자기 다리를 사정없이 물어뜯느라 울부짖지도 못하고 있고……) 울프가 돌아왔다. 이번엔 꼿꼿하게 서서 걸어왔다. 두 손에 여러 종류의 식물을 들고 있었고 주먹 밖으로 삐져나온 뿌리가 달랑거리고 있었다.

"손에 든 그거 뭐야, 울프?"

잭이 묻자 울프는 시무룩하게 대답했다.

"약초다. 하지만 썩 좋은 건 아니다, 잭. 울프! 너희 나라에는 좋은 게 *하나도* 없다!"

"약초라니? 무슨 말이야?"

하지만 울프는 입을 다물어 버렸다. 울프는 작업복 주머니에서 성냥 두 개를 꺼내더니 연기가 나지 않게 불을 피웠다. 그러고는 잭에게 캔을 찾아올 수 있는지 물었다. 잭은 도랑에서 맥주 캔을 찾아냈다. 맥주 캔 냄새를 맡더니 울프는 코를 찡긋거렸다.

"나쁜 냄새가 더 나는군. 물이 필요하다, 잭. 깨끗한 물. 네가 너무 힘들다면 내가 갔다 온다."

"울프, 네가 뭘 하려는지 궁금한걸."

"내가 갔다 온다. 들판 끝에는 농가가 있다. 울프! 거기 물이 있을 거다. 넌 쉬고 있어라."

잭의 눈앞에 또다시 농가의 아낙네가 저녁 설거지를 하다가 부엌 창문으로 울프를 발견하는 장면이 어른거렸다. 울프가 털북숭이 한쪽 앞발에는 맥주 캔을 들고 다른 쪽 앞발에는 약초와 뿌리 다발을 든 채 현관 앞을 살금살금 걸어가는 장면 말이다. 잭이 말했다.

"*내가 갈게.*"

농가는 그들이 머문 곳에서 200미터도 떨어져 있지 않았다. 들판 너머로 따뜻한 노란 불빛이 뚜렷이 보였다. 잭은 아무 사고 없이 창고 수도꼭지에서 맥주 캔에 물을 채우고 다시 폐가로 발걸음을 재촉했다. 들판을 반쯤 지났을 때 자신의 그림자가 보인다는 것을 깨닫고 하늘을 올려다보았다.

동쪽 지평선 위로 떠오르고 있는 달은 이제 거의 만월이었다.

걱정이 되었지만 잭은 울프에게 돌아가 물이 담긴 맥주 캔을 건넸다. 울프는 냄새를 맡고 다시 한 번 움찔했지만 아무 말도 하지 않았다. 캔을 불 위에 올리더니 모아 온 약초를 부스러뜨려 캔 입구로 조금씩 밀어 넣었다. 5분쯤 지나자 끔찍한 냄새, 노골적으로 말해 정말 지독한 악취가 증기와 함께 올라오기 시작했다. 잭은 움찔했다. 울프가 그것을 자기에게 마시게 하리란 것은 의심할 여지가 없었다. 잭은 그것을 먹으면 죽게 될 거라고 믿어 의심치 않았다. 아마도 끔찍한 고통을 겪으며 천천히 죽어 갈 터였다.

눈을 감고 과장되게 큰 소리로 코를 골기 시작했다. 잭이 잠든 걸 알면 울프는 깨우지 않을 것이다. 아픈 환자를 깨우는 사람이 어디 있겠는가. 그리고 잭은 *환자였다*. 어둠이 내리자 다시금 열이 나기 시작했다. 온몸에 열이 올라 땀구멍마다 땀이 흘러나오는 와중에도 오한이 들었다.

잭이 눈을 가늘게 뜨고 보니 이제 울프는 캔을 불에서 내려 식히고 있었다. 울프는 뒤로 기대앉아 하늘을 올려다보고 있었다. 털북숭이 손으로 무릎을 감싸 안은 채 꿈꾸는 듯한 그의 얼굴은 어쩐지 아름답기까지 했다.

잭의 가슴에 한 줄기 공포가 피어올랐다. 울프는 달을 보고 있어.

오, 우리가 변할 땐 가축 가까이 안 간다. 제이슨 맙소사, 절대 안 간다! 우리가 다 잡아먹을 테니까!

울프, 나에게 제발 말 좀 해 줘. 이제 나 가축인 거야?

잭은 몸이 부르르 떨렸다.

5분이 지나 — 잭이 거의 잠이 들려고 하는데 — 울프는 캔 쪽으로 몸을 숙여 냄새를 맡더니 고개를 끄덕였다. 그러곤 그것을 들고 잭에게 다가왔다. 검게 그을린 채 쓰러진 대들보에 기대어 갈아입을 셔츠를 베개처럼 베고 있던 잭은 눈을 꼭 감고 또 코를 골기 시작했다.

울프가 쾌활하게 말했다.

"자, 잭. 안 자는 거 다 안다. 울프를 속일 수는 없다."

잭은 눈을 뜨고 울프를 보며 원망스럽게 물었다.

"어떻게 알았어?"

"사람은 잘 때랑 깨어 있을 때 냄새가 다르다. 외부인들도 그건 알잖아, 아닌가?"

"우린 몰라."

"어쨌건 이 약을 먹어야 한다. 이건 약이다. 쭉 들이켜라, 잭, 지금 당장 여기."

"먹고 싶지 않다니까. 캔에서 시궁창 썩은 내가 난다고."

"잭, 너한테서도 아픈 냄새가 난다."

잭은 아무 말 없이 울프를 쳐다보았다.

울프가 힘주어 말했다.

"맞아, 게다가 점점 더 나빠지고 있다. 최악은 아니다, 아직은, 하지만…… 울프! 약을 먹지 않으면 정말 *나빠*질 거다."

"울프, 테러토리에서라면 넌 약초 냄새를 잘 맡을 거야. 하지만 여긴 '나쁜 냄새의 나라'야, 잊진 않았겠지? 여기선 아마 돼지풀이나 덩굴옻나무나 아니면 쓰디쓴 살갈퀴나……"

울프가 안타까운 얼굴로 입을 열었다.

"다 좋은 약초다, 약효가 강하지 않아서 문제지, 벼락 맞을. 잭, 여기 약초라고 해서 다 나쁜 냄새가 나는 건 아니다. 좋은 향기가 나는 것도 있다. 좋은 냄새가 난다는 건 약효가 있다는 뜻이다. 문제는 약하다는 거다. 한때는 강했을 테지만."

울프가 꿈꾸는 듯한 눈으로 달을 올려다보았다. 잭은 다시 조금 전처럼 공포가 피어올랐다.

"이곳도 한때는 좋은 곳이었을 것이다. 깨끗하고 힘이 넘치는……."

잭이 나지막이 불렀다.

"울프? 울프, 손바닥에 다시 털이 나고 있어."

울프는 깜짝 놀라 잭을 보았다. 잠시 동안 ── 필시 열 때문에 헛것을 본 거겠지만, 그렇지 않다 해도 그것은 극히 한순간의 일이었다. ── 울프가 굶주리고 탐욕스러운 눈으로 잭을 빤히 쳐다보았다. 이윽고 그는 나쁜 꿈을 털어 버리듯 몸을 한 번 부르르 털었다.

"맞다, 하지만 그 얘긴 하고 싶지 않다. 너랑도 그 얘긴 하고 싶지 않다. 문제 될 거 없다, 아직은 아니다. 울프! 잭, 이 약이나 마셔라. 너는 마시기만 하면 된다."

울프는 애초에 잭의 의사는 안중에도 없는 듯했다. 잭이 약을 먹지 않으면, 입을 벌려 목구멍에 부어 넣어야 한다고 생각하는 눈치였다.

"잊지 마. 이 약을 먹고 내가 죽으면 넌 외톨이가 되는 거야."

잭이 우울하게 말하고는 약이 든 캔을 받아 들었다. 아직 따듯했다.

울프의 얼굴이 고통스럽게 일그러졌다. 코에 내려온 둥근 안경을 밀어 올리며 그가 말했다.

"네가 그렇게 먹기 싫다면 좋다, 잭. 울프는 잭을 괴롭히고 싶지 않다."

고통스러워하는 울프의 표정이 너무 과장되게 보였기에, 진심이 그토록 분명하게 느껴지지 않았다면 잭은 웃음을 터뜨렸을 것이다.

잭은 포기하고 캔에 담긴 것을 마셨다. 울프의 상처입고 낙담한 얼굴에 더 이상 버틸 수 없었기 때문이다. 예상했던 것처럼 그 맛은 끔찍했다…… *잠시 동안 세상이 흔들린 건 아닌가? 테러토리로 순간이동 할 때처럼 세상이 흔들린 건 아닌가?*

"*울프! 울프, 내 손 좀 잡아 줘!*"

잭이 소리치자, 울프가 잭의 손을 잡고 걱정 반 흥분 반의 표정으로 물었다.

"재키? 재키? 왜 그러냐?"

약의 맛이 입안에서 사라지기 시작했다. 동시에 따듯하게 달아오르는, 마치 엄마가 간혹 따라 주었던 브랜디 한 모금을 마셨을 때처럼 몸이 더워지는 듯한 느낌이 배 속에 퍼지기 시작했다. 그리고 그가 디딘 세상은 또다시 단단해졌다. 순간적이지만 흔들렸다고 생각한 것은 상상이었을지도 모른다……. 하지만 잭은 그렇게 생각하지 않았다.

우린 거의 갔어. 잠시 동안이지만 아주 가까이에 있었어. 어쩌면 마법 주스가 없어도 할 수 있을지 몰라…… 할 수 있을지 몰라!

"잭, 왜 그러냐?"

잭은 겨우 웃음을 지어 보이며 대답했다.

"한결 좋아졌는걸. 몸이 아주 좋아져서 그래."

그렇게 말하고 보니 실제로 몸이 좋아진 기분이 들었다.

울프도 기뻐하며 말했다.

"잭, 너 냄새도 좋아졌다. 울프! *울프!*"

2

이튿날에도 잭은 차도가 있기는 했지만 여전히 기운이 없었다. 울프는 잭을 '말등'에 태우고 천천히 서쪽으로 걸어갔다. 황혼이 저물자 그날 밤 묵을 곳을 찾기 시작했다. 잭은 지저분한 협곡에서 장작을 쌓아 놓는 헛간을 발견했다. 주위엔 잡동사니와 닳아서 반질반질해진 타이어 들이 나뒹굴고 있었다. 울프는 별말 없이 동의했다. 울프는 하루 종일 시무룩하니 말도 거의 안 했다.

잭은 거의 눕자마자 곯아떨어졌다가 11시쯤 소변이 마려워 잠이 깼다. 옆을 보니 울프 자리가 비어 있었다. 또 기운 나게 하는 약을 지으러 약초를 찾으러 갔으려니 생각했다. 잭은 코를 찡그렸지만 울프가 원한다면 더 마실 생각이었다. 그것을 마시자 몸이 훨씬 좋아졌기 때문이다.

잭은 헛간 옆으로 돌아갔다. 반바지에 끈이 풀린 스니커즈, 오픈 셔츠 차림의 호리호리한 키 큰 소년. 소년은 하늘을 올려다보면서 하염없이 길게 소변을 보고 있었다. 그것은 10월과 11월 초, 사정없는 겨울이 멀지 않은 중서부에서 때때로 마주치는, 사람의 마음을 미혹하는 그런 밤 중 하나였다. 거의 열대지방처럼 따뜻하고 부드러운 산들바람이 애무하듯이 스쳐 지나갔다.

머리 위에는 뽀얗고 둥글고 사랑스러운 달이 떠 있었다. 달은 맑지만 섬뜩할 만큼 사람을 잡아끄는 따사로움으로 모든 것을 비추며 사물을 도드라지게 부각하는 동시에 감춰 주고 있었다. 잭은 달에 구멍을 낼 듯이 쳐다보았다. 거의 달에 최면이 걸린 듯한 기분이었지만 상관없다고 생각했다.

우리가 변할 땐 가축 가까이 안 간다. 제이슨 맙소사!

이제 나 가축인 거야, 울프?

달 속에 얼굴이 떠올랐다. 놀랄 것도 없이 그건 울프의 얼굴이었다……. 원래보다 조금 갸름해지고 표정이 고스란히 드러나 약간 겁먹은 기색이라는 것을 빼면 선량하고 해맑은 얼굴이었다. 이 얼굴은 갸름하고, 아 맞다, 어두웠다. 머리털이 검어서이기 때문이기도 하지만, 사실 털 자체는 문제가 아니었다. 어두운 것은 그의 마음이었다.

가축 가까이 안 간다, 우리가 잡아먹을 테니까, 잡아먹을 테니까, 우리가 잡아먹을 테니까, 잭, 우리가 변할 땐…….

달 속의 얼굴, 뼈만 남아 명암이 분명히 대비되는 얼굴은 도약 직전 머리를 젖히고 날카로운 이빨이 가득한 입을 벌리며 으르렁거리는 야수의 얼굴이었다.

우리는 잡아먹을 거다 죽일 거다 죽일 거다, 죽여, 죽여 죽여.

잭의 어깨를 치는 손길이 느껴지더니 천천히 허리까지 내려왔다.

잭은 고추를 손에 쥔 채 서 있을 뿐이었다. 여전히 달에 시선을 둔 채로, 엄지와 검지로 고추를 슬쩍 꼬집자 다시금 소변 줄기가 세차게 뿜어져 나왔다.

울프가 뒤에서 말했다.

"나 때문에 겁났나. 미안하다, 잭. 나 벼락 맞을 거다."

아주 잠깐이지만 잭은 울프가 정말 미안해한다는 생각이 들지 않았다.

아주 잠깐이지만 그가 히죽거리는 것처럼 들렸다.

울프가 틀림없이 자기를 잡아먹으리라는 생각이 불쑥 고개를 들었다.

머릿속에 앞뒤가 안 맞는 생각들이 떠올랐다. 벽돌로 지은 집? 달려가 숨고 싶어도 볏짚으로 만든 집도 없다고.

공포가 엄습해 왔다. 혈관을 타고 흐르며 피를 말리는 두려움은 그 어떤 고열보다도 뜨거웠다.

누가 덩치 크고 못된 울프를 두려워하랴 덩치 크고 못된 울프 덩치 크고 못된……

"잭?"

난, 난 말이야, 오 맙소사 난 덩치 크고 못된 울프가 무서워……

잭은 천천히 돌아섰다.

그들이 헛간에 나란히 누워 있을 때는 까칠하게 자란 수염 때문에 지저분하기만 했던 울프의 얼굴이 지금은 광대뼈까지 수염으로 덥수룩하게 뒤덮여 관자놀이에서부터 털이 자라난 것처럼 보였다. 눈은 밝은 적황색으로 번쩍이고 있었다.

"울프, 괜찮아?"

거칠게 헐떡이는 듯한 속삭임. 잭으로서는 할 수 있는 한 가장 큰 소리를 낸 것이었다.

"그럼, 난 달과 함께 달렸다. 아름다웠다. 난 달리고…… 달리고…… 또 달렸다. 하지만 난 아무렇지도 않다, 잭."

울프는 자신이 괜찮다는 것을 보여 주려고 미소를 지었지만 그 바람에 입안에 가득 들어찬 거대하고 날카로운 이빨까지 다 보이고 말았다. 잭은 공포로 몸이 굳으며 움츠러들었다. 영화 「에일리언」에 나오는 괴물의 입을 보는 것 같았다.

잭의 얼굴을 보자 울프의 거칠고 텁수룩한 얼굴에 실망이 스쳤다. 하지만 실망 속 그리 깊지 않은 곳에 뭔가가 있었다. 신이 나서 히죽거리며 이를 드러내게 만드는 뭔가가 있었다. 먹잇감이 겁에 질려 코피를 흘릴 때까지, 신음하고 애원할 때까지 쫓아다니게 만드는, 울부짖는 먹잇감을 찢어발기면서 웃게 만드는 뭔가가 있었다.

잭이 먹잇감이라 해도 웃어 댈 것이다.

잭이 먹잇감이라면 특히 *더* 웃어 댈지도 몰랐다.

울프가 말했다.

"잭, 미안하다. 시간이…… 다가오고 있다. 뭔가를 해야 할 거 같다. 우리는…… 내일. 우리는 뭔가를 해야 할 거 같다……. 해야만 한다……."

울프가 고개를 들어 하늘을 보자 다시금 최면에 걸린 듯한 표정이 되었다.

울프는 고개를 뒤로 젖히고 늑대 울음을 울었다.

잭은 아주 희미하지만 달 속에 있는 울프가 대답하는 소리를 들은 것 같은 착각이 들었다.

공포가 조용히 온몸을 구석구석 휩쓸고 지나갔다. 잭은 그날 밤 한숨도 잠을 이루지 못했다.

3

이튿날 일어나자 울프의 상태는 한결 나아졌다. 어쨌건 조금은 호전되었지만 긴장이 되어 거의 쓰러질 지경이었다. 울프가 잭에게 무엇을 해야 할지 말하려 하고 있는데 ─어쨌든 할 수 있는한─ 바로 그때 제트기가 하늘 높이 날아갔다. 울프는 벌떡 일어나 뛰어나가 하늘을 향해 주먹을 휘두르며 늑대 울음을 울었다. 털로 뒤덮인 발은 다시 맨발이 되어 있었다. 발이 부풀어 오르면서 값싼 페니로퍼가 터지고 만 것이었다.

울프는 잭한테 무엇을 해야 할지 말하려 애썼으나 잭이 옛날이야기나 속설 등을 통해 알고 있는 이상은 알려 주지 못했다. 울프는 자기 세계에서 어떻게 변하는지 알고 있었고, 외부인의 세계에서는 더 나쁠지도 ─더 강력하고 더 위험할지도─ 모른다는 것을 깨달았다. 이미 지금 그것을 느끼고 있었다. 그 힘이 온몸을 휩쓸고 지나가고 있었다. 오늘 밤 달이 뜨면 그 힘에 더 이상 저항할 수 없을 터였다.

울프는 계속해서 잭을 해치지 않겠다고 되풀이해서 다짐했다, 잭을 해치느니 자신이 죽고 말리라고.

4

데일빌은 여기서 가장 가까운 작은 마을이었다. 잭은 법원 청사의 시계가 12시를 친 직후에 그곳에 도착해 트루 밸류 철물점에 들어갔다. 한 손을 바지 주머니에 넣어 홀쭉 줄어든 지폐 뭉치를 만져 보았다.

"애야, 뭐 찾는 거 있냐?"

"네, 맹꽁이자물쇠 사려고요."

"그럼, 이리 와서 같이 찾아보자꾸나. 여기는 예일과 모슬러, 그리고 록타이트, 뭐 말만 하렴. 어느 회사 걸로 줄까?"

"제일 큰 거요."

잭은 그늘지고 다소 사람을 불안하게 만드는 눈으로 직원을 바라보았다. 수척하지만 묘하게 아름다운 소년의 얼굴이었다.

"제일 큰 거라. 어디에 쓸 건지 물어봐도 될까?"

직원이 유심히 보면서 물었다.

"개 때문에요."

잭은 차분하게 대답했다. 사연. 사람들은 언제나 무슨 사연인지 알고 싶어 했다. 잭의 머릿속에는 그들이 지난 이틀 밤을 보낸 헛간에서 나와 걸어오면서 이미 생각해 둔 이야기가 있었다.

"우리 집 개한테 쓸 거예요. 가둬 두려고요. 녀석이 자꾸 물거든요."

5

잭이 고른 자물쇠는 10달러나 했고 그러면 수중에는 10달러밖에 남지 않았다. 그렇게 돈을 많이 쓰는 게 아까워 더 싼 것을 고를 뻔했다……. 하지만 바로 그때 어젯밤 울프의 달라진 모습과 늑대 울음을 울 때 눈에서 오렌지색 불이 뚝뚝 떨어지던 것이 생각났다.

잭은 10달러를 지불했다.

서둘러 헛간으로 돌아가려고 지나는 차마다 엄지를 내보였다. 물론 아무도 차를 세우지 않았다. 아마도 눈에 핏발이 서서 미친놈처럼 보였기 때문일 터였다. 그 자신도 그것을 확실히 느끼고 있었다. 철물점 주인에게 신문을 빌려 일몰 시간을 보니 오후 6시 정각이었다. 월출 시간은 나와 있지 않았지만 최대한 늦게 잡아야 7시경이 될 것이다. 벌써 오후 1시가 되었는데도 밤 동안 울프를 어디다 가두어야 할지 생각해 두지 못했다.

울프는 이렇게 말했다. 나를 가두어 두어야 한다, 잭. 아주 단단히 가둬 둬야 한다. 내가 밖으로 나오면 그게 무엇이든 달려가서 다 잡아먹을 테니까. 너도 해칠 수 있다, 잭. 너마저도 말이다. 그러니 나를 가둬서 못 나오게 해야 한다, 내가 무슨 짓을 하든, 무슨 말을 하든 흔들리면 안 된다. 사흘 동안이다, 잭, 달이 다시 이지러질 때까지. 사흘…… 어쩌면 나흘이 될 수도 있다, 영 안심이 안 된다면 말이다.

가둔다고, 하지만 어디에 가두지? 만약에 울프가 울부짖게 된다면(아니다. 울프는 내내 울부짖을 것이다. 잭은 내키지 않지만 인정할 수밖에 없었다.) 그 소리를 듣지 못하도록 마을에서 멀리 떨어진 곳이어야 했다. 그리고 그들이 지내고 있는 헛간보다 훨씬 튼튼한 곳이어야 했다. 잭이 10달러를 주고 산 품질 좋은 새 자물쇠로 헛간 문을 걸어 잠그면 울프는 뒷면을 부수고 뛰쳐나올 터였다.

그러니까 어디에?

잭은 알 수가 없었다. 하지만 여섯 시간 안에는 찾아내야 했다……. 어쩌면 더 서둘러야 할 수도 있었다.

잭은 서둘러 발걸음을 옮기기 시작했다.

6

그들은 여기까지 오면서 빈집을 몇 번 지나쳤다. 한 집에서는 하룻밤 묵기도 했다. 잭은 데일빌에서 돌아오면서 내내 사람이 안 사는 집이 있나 살펴보았다. 창문에 커튼이 없는 집이나 팔려고 내놓은 집, 잡초가 현관 두 번째 계단까지 뒤덮은 집. 빈집들은 하나같이 활기가 없었다. 울프가 변하는 사흘 동안 농부의 침실에 울프를 가두어 두려고 이러는 건 아니었다. 헛간 문 같은 건 단번에 부수어 버릴 테니까. 하지만 한 농가에 지하 저장고가 있었는데, 그거면 될 것 같았다.

요정 얘기 속에 나오는 것처럼 잔디 깔린 흙더미 한가운데 튼튼한 떡갈나무 문짝이 박혀 있고, 그 뒤에 벽도 천장도 없는 지하 창고 공간이 있었다. 그것을 파고 나오려면 한 달은 족히 걸릴 터였다. 지하 저장고는 너끈히 울프를 가두어 둘 수 있어 보였다. 바닥과 천장이 흙으로 다져져 있어서 울프가 다칠 염려도 없었다.

하지만 그 빈 농가와 지하 저장고는 적어도 50~60킬로미터는 떨어져 있었다. 달이 뜨기 전까지 그곳으로 가기엔 시간이 턱없이 모자랐다. 게다가 과연 곧 변화를 앞둔 울프가 음식도 없는 고독한 감옥에 갇히기 위해 기꺼이 50킬로미터를 달릴지도 미지수였다.

사실은 이미 때를 놓쳤을 수도 있다. 이미 변신이 임박해서 갇히기를 거부하기라도 한다면? 내면에 도사리고 있던 변덕과 탐욕이 밖으로 뛰쳐나와 이 이상한 신세계 어딘가에 먹이가 숨어 있지 않나 하고 두리번거리기라도 한다면? 그렇게 되면 주머니를 찢을 듯 무거운 자물쇠도 아무 소용이 없게 될 터였다.

　이대로 발길을 돌려도 좋을 것이다. 데일빌까지 되돌아가 계속 발길을 재촉하면 된다. 하루 이틀이면 라펠이나 시세로 근방에 도착할 것이고, 오후 반나절 사료 가게에서 일하거나 몇 시간 농장에서 일손을 거들면 몇 달러를 벌거나 한두 끼를 해결할 수 있을 것이다. 그리고 나서 부지런히 걸으면 며칠 뒤엔 일리노이주 경계에 이를 것이다. 일리노이주는 다른 곳보다는 수월할 것이다. 어떻게 해 나가야 할지는 잭도 정확히 알지 못했다. 하지만 일리노이주에 들어가기만 하면 하루 이틀이면 스프링필드의 테이어 학교를 찾아갈 수 있으리라 믿어 의심치 않았다.

　헛간까지 400미터 정도를 남겨 두고 이런저런 생각을 하며 주저하다 머리를 쥐어짜기 시작했다. 리처드 슬로트에게 울프를 어떻게 설명해야 하지? 둥근 안경을 쓰고 넥타이를 매고 끈 달린 코도반 가죽구두를 신은 어릴 적 친구 리처드. 리처드 슬로트는 매우 지적이고 냉철할 뿐만 아니라 철저한 합리주의자였다. 리처드에게 눈으로 볼 수 없는 것은 존재하지 않는 것이었다. 어린 시절에도 옛날이야기에 전혀 흥미를 보이지 않았다. 호박을 마차로 만드는 요정 대모나 말하는 거울을 소유한 사악한 여왕이 등장하는 디즈니 영화는 언제나 그의 관심 밖에 있었다. 그런 얘기는 여섯 살(또는 여덟 살, 또는 열 살) 리처드의 상상력을 자극하기에는 너무 터무니없었다. 차라리 전자현미경으로 찍은 사진에 더 관심을 보였으리라. 루빅큐브에는 아주 열성적이어서 90초도 안 되어 풀었지만, 2미터에 육박하는 열여섯 살 먹은 늑대인간을 받아들이는 것은 별개의 문제일 터였다.

아주 잠깐 길을 가다 말고 무기력하게 뒤를 돌아보았다. 아주 잠깐 울프를 버리고 리처드를 만나러 갈 수도 있겠다는 생각을 했다. 그러고 나서 부적을 찾으러 떠나면 되는 것이다.

내가 울프에게 가축으로 보이면 어쩌지? 잭은 스스로에게 차분히 물었다. 그때 잭의 머릿속에 떠오른 것은 울프가 공포에 질린 가엾은 가축들을 구하기 위해 강둑을 달려 내려가 주저 없이 물속에 몸을 던지던 모습이었다.

7

헛간은 비어 있었다. 문이 삐딱하게 열려 있는 것을 본 순간 울프가 어딘가로 나가 버렸다는 것을 깨달았다. 협곡 경사면을 달려 내려가 쓰레기 사이로 발을 디디면서도 믿을 수가 없었다. 혼자서는 몇 미터도 나아갈 수 없었던 울프가 사라진 것이다.

잭이 소리쳤다.

"나 돌아왔어. 울프야, 거기 있어? 자물쇠를 사 왔다고."

잭은 대답이 없을 줄 알면서도 확인 차 헛간을 한 번 둘러보았다. 잭의 배낭이 나무의자 위에 놓여 있었고, 그 옆에는 1973년도 잡지가 한 무더기 쌓여 있었다. 유리창이 없는 목조 헛간 한구석에는 말라 죽은 나무 자투리들이 어지러이 쌓여 있었다. 마치 누군가가 성의 없이 장작을 쌓아 놓으려다 만 것 같은 모습이었다. 그것마저 없었더라면 헛간은 텅 비어 있었을 것이다. 잭은 입을 딱 벌린 문에서 몸을 돌려 무기력하게 협곡의 기슭을 올려다보았다.

낡은 타이어가 잡초 사이에 여기저기 뒹굴고, '루거'(인디애나주 상원의원 리처드 루거를 가리킨다. ─옮긴이)라는 이름만 남고 빛바랜 채 썩어 가는 정치인 팸플릿 다발, 우그러진 파란색과 흰색의 코네티컷주 번호판, 라벨이 닳아서 하얘진 맥주병…… 울프만 없었다. 잭은 양손으로 깔때기를 만들어 크게 소리쳤다.

"이봐, 울프! 내가 돌아왔다고!"

대답을 기대한 건 아니지만 역시 응답은 없었다. 울프는 사라진 것이었다.

"제기랄."

잭은 혀를 차면서 양손을 허리에 댔다.

분노와 안도감, 불안감이라는 상반된 감정이 물밀듯 밀려왔다. 울프는 잭의 생명을 구하기 위해 떠난 것이었다. 그것 말고는 울프가 사라진 이유를 설명할 수 없었다. 잭이 데일빌로 출발하자마자 그의 동반자는 곧바로 떠나 버린 것이었다. 지칠 줄 모르는 다리로 달려가 지금쯤 10킬로미터쯤 떨어진 곳에서 달이 뜨기를 기다리고 있을 터였다. 지금쯤 울프는 어디에 있을까.

그렇게 생각하니 불안해졌다. 울프는 협곡으로 둘러싸인 넓은 들판 끝에 보이는 숲에 숨어 있을지도 모른다. 숲에서 토끼와 들쥐와 그곳에 서식하는 모든 동물, 그러니까 두더지와 오소리 같은

『버드나무에 부는 바람』(두꺼비, 쥐, 오소리, 두더지의 네 마리 동물의 우정을 그린 영국 동화 — 옮긴이)에 나오는 등장인물까지도 모조리 게걸스럽게 먹어 치우고 있을지도 모른다. 그것도 그것 나름대로 좋은 일일 것이다. 하지만 어디든 가리지 않고 가축들의 냄새를 추적하다가 진짜 위험에 처해 있을지도 모른다. 그렇게 생각하면, 농부와 그 가족의 냄새를 맡았을 수도 있었다. 더 최악의 일은 북쪽에 있는 마을 가까이 가는 것이었다. 성급한 생각일 수도 있지만, 변신한 울프가 적어도 대여섯 명의 사람을 살육하고 결국 총에 맞아 죽을 수도 있었다.

"빌어먹을, 빌어먹을, 빌어먹을."

잭은 협곡 건너편을 올라가기 시작했다. 울프를 만나리라는 보장은 없었다. 다시는 울프를 보지 못할 수도 있겠다 싶었다. 며칠 뒤 길을 가다가 어느 작은 마을의 신문에서 먹을 것을 찾아 중심가를 어슬렁거리던 거대한 늑대가 일으킨 살육에 관한 끔찍한 기사를 접하게 될지도 몰랐다. 그리고 틸키, 하이델, 헤이건과 같은 죽은 사람들이 더 늘어나게 될 것이었다.

우선 도로 쪽을 살펴보았다. 행여나 울프가 데일빌에서 오는 잭과 마주치지 않도록 동쪽으로 살금살금 도망치고 있는 건 아닌가 하는 기대 때문이었다. 쭉 뻗은 도로는 헛간과 마찬가지로 텅 비어 있었다.

당연한 일이다.

잭이 손목에 차고 있는 시계만큼이나 정확하게 태양은 자오선을 지나고 있었다.

잭은 절망적인 기분으로 길게 펼쳐진 들판을 향해 돌아섰다. 저 끝에 숲이 보였다. 쌀쌀한 바람에 흔들리는 수풀 말고는 움직이는 거라곤 아무것도 보이지 않았다.

며칠 뒤면 길가에 '살인 늑대, 수색은 계속된다'라는 기사가 신문 1면을 장식할 것이다.

그 순간 숲 가장자리에 있던 커다란 갈색 바위가 움직였다. 잭은 그 바위가 울프라는 것을 깨달았다. 울프는 뒷발로 쪼그리고 앉아 잭을 바라보고 있었다.

잭이 중얼거렸다.

"아, 이 골치 아픈 녀석 같으니라고."

안도감이 밀려왔지만 한편으로는 울프가 떠나 주어서 내심 은 근히 기뻐하고 있었음을 깨달았다. 잭은 울프를 향해 한 발짝 다가 섰다.

울프는 움직이지 않았지만 왠지 몸에 힘이 들어간 것이, 열에 들 뜨고 곤두선 듯했다. 잭이 다시 한 발을 내딛기 위해서는 첫 번째보 다 더 굳게 마음을 먹어야 했다.

20미터쯤 나아갔을 때 울프가 계속 변하고 있는 것이 보였다. 머 리숱은 더 진해졌고 마치 머리를 감고 드라이를 한 것처럼 윤기가 흘렀다. 그리고 어느새 수염이 눈 바로 밑까지 뒤덮고 있었다. 울프 는 여전히 쪼그리고 앉아 있었지만 더 넓적하고 더 강인해 보였다. 눈은 뜨거운 기름이 가득 찬 핼러윈 축제의 호박 램프처럼 오렌지 색으로 이글거리고 있었다.

잭은 더 가까이 다가갔다. 울프의 손이 앞발로 변한 것을 보고 거의 걸음을 멈출 뻔했다. 하지만 바로 다음 순간 울프의 손과 손가락이 거칠고 검은 털로 빽빽이 뒤덮인 것을 발견했다. 울프는 여전히 이글거리는 눈으로 잭을 응시하고 있었다. 잭은 다시 둘 사이를 반으로 좁힌 뒤 걸음을 멈추었다. 테러토리 개울 옆에서 가축 떼를 보살피는 울프를 만난 이후 처음으로 그의 표정을 읽을 수가 없었다. 어쩌면 이미 상당히 변해 버렸기 때문일 수도 있었고, 아니면 단지 털이 얼굴을 너무 가려서일 수도 있었다. 하지만 울프가 어떤 강렬한 감정에 휩싸여 있다는 것만은 확실했다.

4미터쯤 남겨 두었을 때 잭은 발걸음을 완전히 멈추고 지그시 울프의 눈을 들여다보았다.

"얼마 안 남았다, 재키."

울프가 이렇게 말하고는 미소를 흉내 내려는 것처럼 입을 벌렸지만 으스스해 보일 뿐이었다.

"네가 떠나 버린 줄 알았잖아."

"여기 앉아서 네가 오는 걸 지켜보고 있었다. 울프!"

잭은 울프의 대답이 뭘 뜻하는지 이해가 되지 않았다. 딱히 이유는 설명할 수 없지만, 빨간 모자(샤를 페로의 동화로, 빨간 모자를 쓴 소녀가 늑대에게 잡아먹히는 이야기 — 옮긴이)가 연상되었다. 울프의 입안이 유난히 날카롭고 단단해 보이는 이빨로 가득 차 있는 게 보였다.

"자물쇠를 사 왔어."

잭은 주머니에서 자물쇠를 꺼내 들어 보였다.

"내가 갔다 오는 동안 무슨 생각을 한 거야, 울프?"

울프의 얼굴 전체가 — 눈과 이빨과 모든 것이 — 잭을 향해 이

536

글거렸다.

"재키, 이제 넌 내 가축이다."

울프가 이렇게 말하곤 고개를 들고 늑대 울음을 울었다. 그 울음은 끝날 줄 모르고 오래오래 이어졌다.

8

조금만 덜 놀랐더라면 잭 소여는 이렇게 말했을 것이다. "야 작작 좀, 응?"이라거나 "계속 울부짖다가는 이 나라의 개들이 몽땅 몰려오겠어."라고. 하지만 두 말 모두 목구멍 속으로 잦아들었다. 너무 기겁한 나머지 한마디도 할 수가 없었다. 울프가 다시금 예의 그 특급 미소를 짓자, 그의 입이 긴스 나이프(1980년대 대대적인 텔레비전 광고로 인기를 끈 부엌칼 브랜드 ─ 옮긴이)의 텔레비전 광고처럼 보였다. 이윽고 그는 가볍게 몸을 일으켰다. 존 레논 안경은 꺼칠꺼칠한 수염에 파묻혀 있었고, 숱 많은 머리털은 관자놀이까지 내려와 있었다. 잭보다 적어도 2미터는 더 커 보였고 오틀리 주점 창고에 쌓인 거대한 맥주통처럼 가슴팍이 떡 벌어졌다.

울프가 입을 열었다.

"넌 이 세계에 있으니 좋은 냄새가 난다, 재키."

그제야 잭은 울프의 마음을 이해했다. 울프는 승리에 도취한 상태였다. 마치 어려운 역경을 이겨 내고 승산이 희박한 경기에서 승리한 사람 같았다. 이 득의만면한 감정 밑바닥에는 잭이 전에 한 번 보았던 들뜬 야수의 본능이 깔려 있었다.

"좋은 냄새가 난다! 울프! 울프!"

자신의 냄새가 바람을 타고 울프에게 전해질까 걱정이 되어 잭은 한 발짝 뒤로 살짝 물러섰다. 말이 두서없이 나왔다.

"너 전에는 이곳에 대해 좋다는 말을 한 적이 없잖아."

"전에는 전이고 지금은 지금이다. 좋은 것들이다. 사방에 좋은 것들이다. 울프는 그것들을 찾아낼 거다. 두고 봐라."

상황이 더 나빠졌다. 잭은 알아볼 수 있었다. 아니, 이젠 거의 느껴질 정도였다. 노골적이고 흔들림 없는 탐욕, 도덕심이라곤 찾아볼 수 없는 굶주림이 울프의 핏발 선 눈에서 빛나고 있었다. 그것은 말하고 있었다, 난 붙잡는 것마다 죽이고 먹어 치울 거라고. 잡아서 죽일 거라고.

잭이 조그맣게 말했다.

"그 좋은 것이 사람은 아니었으면 좋겠어, 울프."

울프는 턱을 쳐들고 반은 늑대 울음이고 반은 웃음소리인 시끄러운 소리를 거침없이 내질렀다.

"울프는 먹어야 한다. 오, 재키, 울프는 먹어야 한다고. 먹자! 울프!"

울프의 목소리에서 주체하기 어려운 기쁨이 묻어났다.

"너를 헛간에 가둬야 할 것 같다. 기억나, 울프? 내가 자물쇠를 사 왔잖아. 이걸로 너를 가둘 수 있으면 좋겠구나. 이제 저쪽으로 가 보자, 울프. 너 때문에 무서워 죽을 지경이야."

이번에는 울프의 가슴에서 폭발적인 웃음이 터져 나왔다.

"무섭다고! 울프도 안다! 울프도 안다, 재키! 너한테서 공포의 냄새가 난다."

"그럴 것 같더라. 이제 저 헛간으로 가자, 괜찮지?"

"난 헛간에 가지 않을 거다."

울프가 끝이 뾰족한 혀를 날름거리며 말했다.

"아니다, 난 아니다, 재키. 울프는 아니다. 울프는 헛간에 들어가지 않는다."

울프가 입을 벌리자 입안의 빽빽한 이빨들이 반짝거렸다.

"울프 기억났다, 재키. 울프! 지금 당장 여기! 울프가 기억해 냈다고!"

잭이 뒷걸음질을 쳤다.

"공포의 냄새가 더 많이 난다. 신발에서도 난다. 신발 말이다, 재키! 울프!"

신발에서 공포의 냄새가 난다니 그야말로 코미디가 따로 없었다.

"넌 헛간으로 들어가야 해. 그것만 기억하면 돼."

"틀렸다! 울프! *네가* 헛간에 가야 한다, 재키! 재키가 헛간에 숨는다! 내가 기억해 냈다! 울프!"

늑대인간의 눈이 이글거리는 적황색에서 만족감에 찬 부드러운 보라색 계열로 변했다.

"『훌륭한 영농의 책』에 나오는 얘기다, 재키. 자기 가축을 해치지 않으려 한 늑대 얘기다. 기억나냐, 재키? 가축은 외양간에 들어간다. 기억나냐? 그다음엔 자물쇠로 문을 잠근다. 변신의 날이 가까워졌다는 것을 알면 울프는 가축들을 외양간에 몰아넣고 자물쇠를 잠근다. 울프는 자기 가축들을 해치지 않으니까."

입이 다시 갈라지듯 크게 벌어졌다. 길고 검은 혀가 끝에서 말려 올라간 모양만 봐도 울프가 느끼는 환희를 짐작할 수 있었다.

"안 된다! 안 된다! 자기 가축을 해치면 안 된다! 지금 당장 여기!"

"나더러 사흘 동안 헛간에 갇혀 있으라고?"

"나는 먹어야 한다, 재키."

울프는 망설임 없이 말했다. 소년은 울프의 변하는 눈에서 뭔가 어둡고 조급하며 불길한 것이 자신을 향해 미끄러지듯 다가오는 것을 보았다.

"달에게 사로잡히면 나는 먹어야만 한다. 이곳은 좋은 냄새가 난다, 재키. 울프의 먹이가 아주 많다. 달이 나를 놔주면 재키는 그때 헛간에서 나오면 된다."

"만약 내가 사흘 동안 갇혀 있기 싫다고 하면 어떻게 되지?"

"그럼 울프가 잭을 죽일 것이다. 그러면 울프도 지옥에 떨어지게 된다."

"이런 얘기가 『훌륭한 영농의 책』에 다 나와 있어?"

울프가 고개를 끄덕였다.

"생각났다! 내가 제때 생각해 냈다, 재키. 너를 기다리고 있다가 생각했다."

잭은 울프의 제안대로 할 수 있을지 계속 생각해 봤다. 사흘 동안 먹지 않고 견뎌야 했다. 울프가 마음대로 돌아다니는 동안 자신은 감옥에 갇혀 있을 것이다. 울프가 무슨 일을 저지르건 막을 방법이 없을 것이다. 하지만 이 방법이 울프가 변신해 있는 동안 잭이 살아남을 수 있는 유일한 길일 터였다. 사흘 동안 금식하는 것과 죽음 사이에서 골라야 한다면 금식을 선택할 것이다. 잭은 갑자기 이 역전이 진짜 역전은 아니라는 것을 깨달았다. 헛간 속에 갇혀 있어도 잭은 자유로웠다. 반면 울프는 바깥 세상에 있더라도 여전히 감옥에 있는 것이나 다름없었다. 울프의 감옥은 잭의 그것과는 비교할 수 없이 클 터였다.

"『훌륭한 영농의 책』에 축복이 있기를, 그 책이 없었더라면 결코 그런 방법을 생각해 내지 못했을 테니까."

울프는 촉촉한 눈으로 다시 잭을 보고는 갈망이 섞인 멍한 얼굴로 하늘을 올려다보았다.

"시간이 얼마 안 남았다, 재키. 넌 가축이다. 그러니 너를 가둬 놓을 수밖에."

"알았어. 그래야 될 것 같구나."

그런데 이 말이 울프에게는 요절복통할 만큼 재미있었던 모양이다. 그는 늑대 울음이 섞인 소리로 배꼽을 잡고 웃으며 한 팔로 잭의 허리를 안아 들고 들판을 가로질렀다.

"울프가 너를 보호해 줄 거다, 재키."

울프의 말소리가 늑대 울음소리에 거의 먹혀들고 있었다. 이윽고 울프는 잭을 조심스레 협곡 꼭대기에 내려 주었다.

"울프."

잭이 부르는데도 울프는 입을 쩍 벌리고는 사타구니를 문지르기 시작했다. 잭이 당부했다.

"울프, 절대로 사람을 죽여선 안 돼. 명심해. 내가 해 준 얘기를 기억한다면, 사람을 죽여선 안 된다는 말도 기억날 거야. 왜냐하면 네가 사람을 죽이면, 사람들이 분명 너를 추격해 올 거야. 네가 한 사람만 죽여도 수많은 사람들이 너를 죽이러 올 거야. 그러면 넌 그들 손에 붙잡힐 거야, 울프. 그냥 하는 말 아니야. 그들은 네 가죽을 벗겨 판자에 못 박아 놓을 거야."

"사람은 안 죽인다, 재키. 동물 냄새가 사람 냄새보다 더 좋다. 사람은 안 죽인다, 울프!"

두 사람은 경사면을 따라 협곡으로 내려갔다. 잭은 주머니에서 자물쇠를 꺼내 자물쇠를 거는 법과 열쇠로 여는 법을 몇 번 되풀이해 알려 주었다.

"그런 다음 넌 문 아래쪽으로 열쇠를 밀어 넣으면 돼, 알겠지? 네가 다시 원래 모습으로 돌아오면 내가 너한테 열쇠를 밀어 줄게."

잭이 문 밑을 슬쩍 보니 땅에서 5센티미터 정도 떠 있었다.

"알았다, 재키. 네가 열쇠를 다시 내게 밀어 줄 거다."

"그런데 이제 무엇을 해야지? 지금 바로 헛간으로 들어가야 해?"

"저기 앉아라."

울프가 헛간 문에서 30센티미터 정도 들어간 바닥의 한 지점을 가리키며 말했다.

잭은 호기심 어린 얼굴로 울프를 쳐다보고는 헛간 안에 들어가 바닥에 앉았다. 울프는 열린 문 밖에 쪼그리고 앉아 잭한테 눈길 한 번 주지 않고 그를 향해 손을 내밀었다. 잭은 울프의 손을 잡았다. 토끼만 한 털투성이 피조물을 잡은 느낌이었다. 울프가 손을 너무 꽉 잡는 바람에 잭은 울음을 터뜨릴 뻔했다. 하지만 잭이 울었더라도 울프가 듣지 못했을 것이다. 울프는 꿈을 꾸듯 평화로운 표정으로 골똘히 하늘을 올려다보고 있었기 때문이다. 잠시 후 잭이 울프의 주먹 안에서 손을 살짝 움직이자 조금 편해졌다.

"계속 이대로 있을 거야?"

잭이 묻고 울프가 대답할 때까지 거의 1분이 걸렸다.

"때가 될 때까지."

울프는 잭을 쥔 손에 다시금 힘을 주었다.

9

두 사람은 문짝을 사이에 두고 아무 말 없이 몇 시간 동안 그렇게 앉아 있었다. 마침내 해가 기울기 시작했다. 울프는 20분 동안 거의 알아차리지 못할 만큼 미세하게 몸을 떨고 있었는데, 주위가 어두워지자 손이 더 심하게 떨렸다. 잭이 느끼기에 그것은 출발을 앞둔 순종 경주마가 총소리와 동시에 문이 열리는 순간을 기다리며 떨고 있는 모습 그대로였다.

울프가 부드럽게 말했다.

"달이 날 데려가고 있다. 곧 우리는 달려야 한다, 잭. 너도 뛸 수 있으면 좋았을걸."

울프는 고개를 돌려 잭을 보았다. 잭은 울프가 진심을 말했다는 것을 알고 있었다. 하지만 울프의 가슴 한구석에 이런 목소리가 도사리고 있다는 걸 무시할 순 없었다. *너와 함께 달려도 좋지만 네 뒤를 쫓아 달리는 것도 괜찮겠지, 꼬마 친구.*

"문을 닫는 게 좋겠어."

잭이 이렇게 말하고는 울프의 손아귀에서 벗어나려고 버둥거려 보았지만, 울프가 가소롭다는 듯 놓아준 뒤에야 손이 풀려났다.

"잭을 가두고 울프는 나간다."

잠시 울프의 눈이 번득이는가 싶더니 붉게 열이 오른 엘로이 괴물의 눈이 되었다.

"잊지 마, 울프는 가축을 안전하게 보호한다."

잭은 이렇게 말하는 동시에 헛간 가운데로 뒷걸음질 쳤다.

"가축들은 외양간으로 들어가고 자물쇠로 문을 잠근다. 울프는 자기 가축을 해치지 않는다."

울프의 눈에서 불빛이 사그라지고 오렌지색으로 바뀌었다.

"문에 자물쇠를 잠가."

"벼락 맞을, 지금 하고 있다. 벼락 맞을 자물쇠로 벼락 맞을 문을 잠그고 있다, 알겠냐?"

울프가 쾅 하고 문을 닫자 잭은 순식간에 어둠 속에 갇혀 버렸다.

"이 소리 들었나, 잭? 이것이 바로 벼락 맞을 자물쇠다."

자물쇠가 찰칵 고리에 걸리는 소리가 들리고, 뒤이어 자물쇠 채우는 소리가 들렸다.

"이번엔 열쇠야."

"벼락 맞을 열쇠를 준다, 지금 당장 여기."

그다음엔 달그락거리며 열쇠가 꽂히는 소리가 들렸다. 잠시 후 열쇠가 먼지 가득한 문 아래 바닥에 부딪혔다가 헛간 마룻바닥에 떨어졌다.

"고마워."

잭은 그제야 숨을 내쉬었다. 그러곤 허리를 구부려 손가락으로 마룻장을 더듬어 마침내 열쇠를 찾아냈다. 잠시 동안 손바닥에 그것을 너무 꽉 쥐고 있어서 피부에 파고들 뻔했다. 플로리다주 모양으로 생긴 손바닥의 멍은 거의 닷새가 지난 뒤에야 가셨다. 그땐 감금되었다는 데서 오는 흥분 때문에 멍 자국쯤은 안중에도 없었다. 잭은 열쇠를 조심스럽게 주머니에 넣었다. 밖에서는 울프가 규칙적으로 불안한 소리를 토해 내며 헐떡이고 있었다.

잭은 문을 통해 속삭였다.

"울프, 나 때문에 화난 거야?"

주먹으로 문을 세게 치는 소리가 났다.

"아니다! 화난 거 아니다! 울프!"

"그럼 됐어. 사람들을 죽이면 안 돼, 울프. 잊지 마. 안 그러면 사람들이 너를 잡아서 죽일 거란 말이야."

"사람들을 죽이며여여아아아우우오오오오오오오흐흐흐오오오오!"

울프의 말소리는 늑대 울음소리가 되어 길게 흐느적흐느적 늘어졌다. 울프는 문에 세게 부딪치고, 길고 검은 털로 뒤덮인 발을 문틈으로 비집어 넣으려 했다. 잭은 울프가 헛간 문에 바싹 붙어 있다는 것을 알 수 있었다.

울프는 자신이 울부짖은 게 창피하다는 듯 속삭였다.

"화 안 났다, 잭. 울프는 화나지 않는다. 울프는 *배가 고프다, 재키. 얼마 남지 않았다, 벼락 맞을, 얼마 남지 않았다.*"

"나도 알아."

잭은 갑자기 울음이 터질 것 같았다. 울프를 꼭 안아 줄 수 있다면 얼마나 좋을까. 울프와 농가에서 며칠을 보냈다면, 그래서 지금 울프를 지하 창고에 안전하게 감금하고 자신은 문밖에 서 있는 거라면 얼마나 좋을까 하는 생각에 안타까워 견딜 수가 없었다.

이상하게도 다시금 울프가 안전하게 감금되어 있는 거라는 생각이 들어 혼란스러웠다.

울프의 두 발이 다시 문 아래로 비집고 들어왔다. 잭은 그 발들이 한데 모이면서 더 가늘어지고 좁아지는 것을 본 것만 같았다.

울프는 또다시 으르렁거렸다 헐떡거리기를 반복하다 문에서 물러났다. 그러곤 "아아흐." 같은 소리를 냈다.

"울프?"

귀를 찢을 듯한 늑대 울음이 잭 머리 위에서 울려 퍼졌다. 울프가 협곡 위로 올라간 것이었다.

"조심해."

울프가 듣지 못하리라는 것을 알면서도 그 말이 나왔다. 들을 수 있을 만큼 가까이 있더라도 그의 말을 알아듣지는 못하리란 생각에 겁이 났다.

뒤이어 늑대 울음소리가 길게 이어졌다. 자유를 얻은 생명체의 외침, 아니면 잠에서 깨어나 여전히 감금되어 있다는 것을 깨닫고 절규하는 소리, 그중 어떤 울음소리인지 잭으로서는 알 길이 없었다. 애절하면서도 야성적이고, 기이하지만 아름다운 울프의 외침이 마치 밤에 내던져진 스카프처럼 달빛 찬란한 하늘로 날아올랐다. 잭은 팔로 몸을 감싸기 전까진 자신이 떨고 있음을 몰랐다. 팔은 심장의 고동과 반대로 떨리고 있는 것처럼 느껴졌고, 이제 보니 심장마저도 떨리고 있는 듯했다.

늑대 울음소리는 작아지다가 아주 멀어져 갔다. 울프는 달과 함께 달리고 있었다.

10

사흘 낮, 사흘 밤 동안 울프는 거의 쉬지 않고 먹이를 찾아다녔다. 새벽이 되면 쓰러진 떡갈나무 줄기 밑 움푹 꺼진 곳으로 찾아 들어가 정오까지 잠을 잤다. 잭의 예감과는 달리 울프는 감금당했다고 느끼지 않는 게 확실했다. 들판 반대쪽에 있는 숲은 아주 규모가 커서 자연이 제공하는 울프의 식량이 가득했다. 쥐와 토끼, 고양이, 개, 다람쥐…… 이 모든 것을 울프는 손쉽게 찾아냈다. 이 숲에 파묻혀 살면서 다음 변신기까지 버틸 수 있을 만큼 먹이는 차고 넘쳤다.

하지만 울프는 달과 함께 달리고 있었다. 애초에 변신을 멈출 수 없었듯 울프에게는 그 숲속에서만 머무는 것도 가능한 일이 아니었다. 울프는 달이 이끄는 대로 떠돌아 다녔다. 목장과 목초지를 가로지르고, 버려진 교외의 빈집을 지나, 공사가 끝나지 않은 도로를 내달렸다. 공사 현장에는 불도저와 거대한 비대칭 롤러가 둑 위에서 잠자는 공룡처럼 떡 버티고 있었다. 울프 지능의 절반은 후각이 차지했다. 평소에도 예민한 그의 코가 천재의 영역에 도달했다고 해도 과장만은 아니었다. 그는 8킬로미터 떨어진 닭장 안에 가득한 닭 냄새를, 같은 농장에서 기르는 소, 돼지, 말의 냄새와 구별할 수 있었다. 이건 아직 기본적인 능력에 불과했다. 닭이 움직이는 것까지 냄새로 알 수 있었다. 그 밖에도 잠자는 돼지가 다리를 다친 것이나 외양간에 있는 암소 유방에 궤양이 생긴 것도 냄새로 알아냈다.

그런데 이 세계는 더 이상 화학물질과 죽음의 냄새가 풍기지 않았다. ──이 세계가 아니라 다른 세계의 달이 울프를 이끌었기 때문이 아닐까? ──이 세계의 오래되고 원시적인 생명의 질서가 저쪽 세계에서 온 울프를 맞아 준 것이었다. 그는 대지에 잔존하는 본래의 달콤함과 에너지를 닥치는 대로 받아먹었다. 한때는 테러토리와 나누었을 양질의 먹이도 있는 대로 먹어 치웠다. 인가에 접근했을 때도, 그 집에서 기르는 개의 등뼈를 물어뜯고 갈가리 찢어서 통째로 삼킬 때도 울프는 땅속 깊은 곳에 맑고 시원한 물이 흐르고 있으며, 먼 서쪽 어딘가의 산에 순백의 눈이 쌓여 있다는 것을 알 수 있었다. 이곳은 변신한 울프에게는 최적의 장소였고, 만일 사람을 해쳤다면 울프는 지옥에 떨어졌을 것이다.

울프는 사람을 죽이지 않았다.

사람과 마주치지 않았으니 아마도 그 때문이었으리라. 변신해 있던 사흘 동안 울프는 동부 인디애나주에서 발견되는 다양한 동물들을 거의 닥치는 대로 잡아먹었다. 한번은 스컹크를 먹은 적도 있었고, 두 개의 계곡을 지나 비탈 아래 석회암 동굴에 사는 보브캣(북미에 서식하는 살쾡이와 비슷한 고양잇과 들짐승 ──옮긴이) 일가를 모조리 잡아먹은 적도 있었다. 숲에서 지낸 첫날에는 낮게 날아다니는 박쥐를 이빨로 물어 머리를 잘라 낸 뒤 여전히 꿈틀거리는 나머지 몸뚱이를 꿀꺽 삼킨 적도 있었다. 집고양이 한 중대가 그의 목구멍 속으로 사라졌을 뿐만 아니라 개도 한 소대는 너끈히 잡아먹었다. 어느 날 밤에는 도시의 큰 건물만 한 우리 속 돼지들을 모조리 살육하며 야생의 환희를 느끼는 데 골몰하기도 했다.

하지만 신비하게도 먹잇감을 죽여서는 안 될 것 같은 느낌을 두 번 받았는데, 그때마다 울프는 먹이를 찾아 배회하는 이 세계가 집처럼 편안하게 느껴졌다. 이것은 추상적인 도덕관념의 문제라기보다는 장소의 문제였다. 표면상으로 그곳들은 아주 평범했다. 한 곳은 토끼를 쫓아가다가 들어선 숲속 공터였고, 다른 곳은 말뚝에 목줄이 묶인 강아지가 낑낑거리고 있는 지저분한 농가 뒷마당이었다. 그 두 곳에서 그가 발톱을 세우려고 한 순간 목둘레 털이 곤두서며 전기가 찌르르 흐르는 듯한 고통이 척추를 타고 내려왔다. 두 곳은 모두 신성한 땅이며 이러한 곳에서는 살생을 해서는 안 되었다. 다만 그 이유뿐이었다. 다른 모든 성지들과 마찬가지로, 이곳들도 아주 오래전, 너무 오래되어 고대라는 말이 더 어울리는 때에 성지로 정해졌다. 고대는 시간의 광대한 샘을 나타낸다고 보는 것이 더 정확할 것이다. 울프는 농가의 뒷마당과 작은 공터에서 고도로 응축된 좁은 곳에 촘촘히 쌓여 온 세월의 외피를 감지했던 것이다. 울프는 성지에서 뒤로 물러나 다른 곳으로 몸을 피했다. 잭이 날아다니는 사람들을 보았을 때처럼, 울프도 신비로운 세계에 머물면서 그런 것쯤은 편하게 받아들일 수 있었다.

울프는 잭 소여에 대한 의무를 잊지 않았다.

11

자물쇠가 채워진 헛간에서 잭은 그 어느 때보다 더 순전히 정신이라는 자산에 스스로를 맡기고 있었다.

헛간에 있는 가구라곤 작은 나무벤치뿐이었고, 10년쯤 된 잡지들이 그나마 소일거리가 되었다. 창이 하나도 없어서 읽을 수는 없었지만, 새벽녘 문 아래로 들어온 빛에 의지해 그림 몇 점을 간신히 볼 수 있었다. 글자는 회색 벌레들이 기어 다니는 것 같아 알아볼 수 없었다. 남은 사흘 동안 어떻게 버틸지 막막했다. 잭은 벤치 있는 데로 가다가 무릎을 세게 부딪히고는 다시 의자에 앉아 생각에 잠겼다.

가장 먼저 알게 된 것은 헛간 안의 시간과 바깥세상의 시간이 서로 다르다는 것이었다. 헛간 밖에서는 초가 째깍째깍 행군하여 분으로 녹아들고 분은 또 시간으로 합쳐진다. 하루는 메트로놈처럼 똑딱똑딱 정확히 흘러가고 일주일도 그렇게 흘러간다. 헛간 안에서 초침은 완고하게 나아가기를 거부하고, 기괴한 괴물처럼, 플라스틱맨(신체가 길게 늘어나거나 점처럼 줄어드는 등 자유자재로 변신이 가능한 만화 캐릭터 —옮긴이)처럼 늘어나 버린다. 헛간 안의 사오 초가 늘어나고 부풀어 바깥세상의 한 시간이 될지도 모르겠다.

두 번째로 알게 된 것은 시간이 느리다는 생각을 하면 할수록 사태는 더 악화된다는 것이었다. 일단 초침의 움직임에 집중하기 시작하면 그놈들은 좀처럼 나아가지 않으려 한다. 그래서 이번에는 보폭으로 자신이 갇힌 감옥의 크기를 재 보기로 했다. 앞으로 사흘 동안 무한대에 가까운 초가 흘러가야 한다는 생각을 떨치기 위해서였다. 한쪽 발 앞에 다른 발을 옮기면서 세어 본 결과 대략 너비 2.1미터, 길이 2.7미터였다. 적어도 밤에 손발을 뻗고 잘 수 있는 크기였다.

헛간 안을 한 바퀴 돌면 9.6미터를 걷는 셈이었다.

헛간 안을 165바퀴를 돌면 1600미터를 걷는 셈이었다.

먹지는 못해도 걸을 수는 있을 것이다. 잭은 시계를 풀어 주머니에 넣으며 정말 불가피한 경우가 아니라면 시계를 보지 않으리라 다짐했다.

처음 400미터를 걷고 나서야 비로소 헛간 안에 물이 없다는 게 생각났다. 음식도, 물도 없었다. 갈증 때문에 죽는다 해도 사나흘은 버틸 수 있을 것이다. 울프가 그를 구하러 돌아오기만 하면 모든 게 해결될 것이다. 뭐, 문제가 있을 수도 있지만 살아 있기는 할 것이다. 만약 울프가 돌아오지 않는다면? 문을 부숴야 할지도 모른다.

그럴 경우에 대비해 아직 힘이 남아 있는 지금 시도해 보는 게 좋을 거라 생각했다.

문으로 가서 양손으로 밀었다. 더 세게 밀자 경첩이 삐걱거렸다. 시험 삼아 어깨로 경첩 반대편 쪽에 부딪쳐 보았다. 어깨가 아팠지만 문은 끄떡도 없는 듯 보였다. 어깨로 문에 더 세게 부딪쳐 보았다. 경첩이 삐걱거리기는 했지만 1밀리미터도 움직이진 않았다. 울프라면 한 손으로도 부술 수 있을 테지만 잭은 어깨가 햄버거처럼 납작해질 때까지 부딪쳐도 한 치도 움직일 수 없다는 것을 인정할 수밖에 없었다. 그냥 울프를 기다리는 것 외에는 달리 방법이 없었다.

한밤중까지 11~12킬로미터를 걸었다. 165바퀴를 몇 번 돌았는지는 잊어버렸지만 아마도 일고여덟 번은 돈 모양이었다. 목이 타는 듯한 갈증이 느껴졌고, 배에서는 꼬르륵 소리가 났다. 헛간에서 지린내가 났다. 잭이 저쪽 벽에 소변을 볼 수밖에 없었기 때문이다. 그쪽에는 판자 사이에 틈이 있어서 일부는 밖으로 새어 나갈 터였다. 몸은 지쳤지만 잠이 올 것 같지 않았다. 시계 시간으로는 헛간에 겨우 다섯 시간 머물렀지만 헛간 시간으로는 스물네 시간이었다. 눕기가 왠지 겁이 났다.

잭의 의식은 그를 놓지 않으려고 안간힘을 다하는 듯했다. 지금까지 읽은 책들의 목록을 만들었다. 지금까지 거친 선생님들의 이름과 LA다저스의 선수들 이름까지 기억해 내려 애썼다……. 하지만 혼란스럽고 무질서한 환영들이 끼어들곤 했다. 모건 슬로트가 허공에 구멍을 찢고 나오는 모습이 자꾸만 눈앞에 어른거렸다. 울프의 얼굴이 물속에 잠긴 채 떠내려가고 그의 손이 무거운 잡초처럼 둥둥 떠 있는 모습. 배전반 앞에서 감전되어 경련하다 바위처럼 굳어 버린 제리 블레드소, 콧등에 달라붙어 버린 안경. 한 사내의 눈이 노래지고 손도 발굽으로 변하던 것. 토미 아저씨의 틀니가 선셋 스트립 배수구에서 반짝이던 것. 모건 슬로트는 잭이 아니라 엄마를 향해 가고 있었다.

"패츠 월러(미국의 재즈피아노 연주자이자 작곡가—옮긴이)의 노래는?"

어둠 속에서 다시 한 바퀴 돌면서 스스로에게 물었다.

「너의 다리는 너무 커」,「잘못 처신하는 것은 아니야」,「지터버그 왈츠」,「이제 장난은 그만」."

엘로이 괴물이 엄마를 향해 손을 뻗더니 음탕하게 소곤거리며 한 손으로 엄마의 허리를 꽉 끌어안았다.

"중앙아메리카에 있는 나라는? 니카라과, 온두라스, 과테말라, 코스타리카……."

지칠 대로 지쳐 마침내 배낭을 베개 삼아 바닥에 누워 공처럼 몸을 웅크렸을 때도 엘로이 괴물과 모건 슬로트는 잭의 마음속에서 미쳐 날뛰었다. 오스먼드가 릴리 카바노의 등에 채찍을 날리자 그의 눈은 갈 곳을 모르고 요동쳤다. 울프가 분연히 일어났다. 인간과는 완전히 다른 거대한 몸을 가진 울프가 심장에 정통으로 라이플 탄환을 맞았다.

새벽빛에 잠이 깼다. 피 냄새가 났다. 온몸이 물과 먹을 것을 갈구했고, 절로 신음 소리가 났다. 이런 일이 앞으로 세 밤이나 계속된다면 살아남기 어려울 것이다. 문틈으로 비스듬히 들어온 햇살에 벽과 천장이 희미하게나마 눈에 들어왔다. 지난밤보다 모든 게 더 커진 것 같은 기분이 들었다. 다시금 소변이 마려웠다. 아직도 몸속에 수분이 남아 있다니, 도저히 믿기지 않았다. 마침내 누워 있는 바람에 헛간이 더 크게 느껴졌다는 사실을 깨달았다.

또 피 냄새가 났다. 곁눈으로 문 쪽을 보았다. 가죽이 벗겨진 토끼의 하반신이 문틈으로 밀어 넣어져 있었다. 거친 나무판자 위에 다리를 벌리고 있는 고기에서 피가 흘러나와 번들거렸다. 먼지 얼룩과 길게 너덜너덜 긁힌 자국으로 보아 억지로 밀어 넣은 것이 분명했다. 울프가 잭을 위해 먹을 것을 가져온 것이었다.

"쳇, 이게 뭐야!"

잭이 투덜거렸다. 가죽을 벗긴 토끼 발은 당황스러울 만큼 인간과 닮았다. 속이 뒤집혔다. 하지만 구역질이 올라오는 대신 웃음이 터져 나왔다. 터무니없는 비유가 떠올라 깜짝 놀랐던 것이다. 울프가 아침마다 주인에게 죽은 새와 내장을 뺀 쥐를 가져다 바치는 애완동물 같다는 생각이 들었던 것이다.

잭은 손가락 두 개로 조심스럽게 끔찍한 선물을 집어 벤치 밑에 놓았다. 계속 웃음이 나왔지만 그의 눈은 젖어 있었다. 울프는 변신한 첫날 밤을 무사히 넘겼고 잭도 마찬가지였다.

　다음 날 아침엔 도무지 정체를 알 수 없는 선물이 놓여 있었다. 양끝에서 부러진 놀랍도록 새하얀 뼈에 타원형의 발목 부위 살이 붙어 있었다.

12

　나흘째 되는 날 아침, 잭은 누군가가 협곡으로 미끄러져 내려오는 소리를 들었다. 놀란 새들이 소란스레 짹짹거리며 헛간 지붕에서 날아올랐다. 묵직한 발소리가 문 쪽으로 다가왔다. 잭은 팔꿈치로 짚어 몸을 일으키고는 어둠 속에서 눈을 깜박거렸다.

　커다란 몸뚱이가 문에 쿵 부딪치더니 그대로 서 있었다. 문 밑으로 찢어지고 때 묻은 페니로퍼 한 쌍이 보였다.

　잭이 가냘픈 목소리로 물었다.

　"울프? 이제 온 거야?"

　"열쇠를 줘라, 잭."

　잭은 주머니에 손을 넣어 열쇠를 꺼내고는 곧장 울프의 페니로퍼 사이에 던졌다. 커다란 갈색 손이 얼른 뻗어 내려오더니 열쇠를 주워 들었다. 잭이 물었다.

　"물 좀 가져왔어?"

　울프가 가져다준 끔찍한 선물에서 약간의 수분을 취할 수는 있었지만 잭은 심각한 탈수 상태에 빠져 있었다. 입술은 부르트고 갈라졌으며 혓바닥도 붓고 뻐쩍 말라 있었다. 열쇠로 자물쇠를 따자 딸칵 소리가 들렸다.

이제 문에 걸려 있던 자물쇠가 치워졌다.

울프가 말했다.

"조금 가져왔다. 눈을 감고 있어라, 재키. 네 눈은 지금 어둠에 익숙해져 있다."

문이 열리자 잭은 얼른 손으로 눈을 가렸다. 하지만 헛간 안으로 기세 좋게 밀려든 빛은 잭의 손가락 사이를 비집고 들어와 눈을 찔렀다. 너무 아파서 절로 이크 소리가 나왔다.

"곧 나아질 거다."

울프가 곁으로 바싹 다가와 팔로 잭을 안아 들며 말했다.

"눈 꼭 감아."

울프는 다시 한 번 당부하고는 뒷걸음질로 헛간에서 나왔다.

"물."

잭이 물을 요청해 녹슨 컵이 입술에 닿는 것을 느끼는 순간, 왜 울프가 서둘러 헛간에서 나왔는지 그 이유를 알 수 있었다. 바깥 공기는 믿을 수 없을 만큼 신선하고 달콤했다. 마치 테러토리에서 곧장 수입해 온 것만 같았다. 두 숟갈 분량의 물을 넘기자, 마치 세상에서 가장 맛있는 식사를 맛본 기분이 되었다. 그 물은 물길이 닿는 땅마다 비옥하게 만드는 생기 가득한 강물처럼 몸 안으로 흘러들었다. 차차 몸 안에 기운이 차오르는 듯했다.

울프는 잭이 미처 물을 다 마시기도 전에 컵을 치우며 말했다.

"더 마셨다간 토할 거다. 눈을 떠 봐라, 잭. 하지만 아주 조금만 떠야 한다."

울프의 말대로 하자, 100만 개의 빛 조각이 눈으로 파고들었다. 잭은 울음을 터뜨리고 말았다.

울프는 잭을 안은 채 나무 그루터기에 걸터앉았다. 다시 한 번 잭의 입술에 컵을 대며 말했다.

"조금 마셔 봐. 눈을 좀 더 크게 뜨고."

이제 햇살이 그다지 자극적으로 느껴지지 않았다. 잭은 속눈썹의 장막 사이로 불타오르는 듯한 눈부신 햇살을 바라보았다. 또다시 기적의 물이 목구멍을 타고 조금씩 흘러 내려왔다.

잭이 물었다.

"아, 어쩜 이렇게 물이 달아?"

"서풍이 불면 물이 달아져."

울프가 대뜸 말했다.

잭은 눈을 한층 더 크게 떠 보았다. 눈부신 빛이 어지러이 뒤섞이더니 비바람에 시달린 갈색 헛간과 녹색과 연갈색이 뒤섞인 협곡이 구분이 되기 시작했다. 잭은 울프의 어깨에 머리를 기대고 있었다. 툭 튀어나온 울프의 배가 등뼈를 눌렀다.

잭이 물었다.

"울프, 괜찮아? 실컷 먹었어?"

"울프는 언제나 실컷 먹는다."

울프가 잭의 넓적다리를 두드리며 무심하게 대답했다.

"고기 갖다줘서 고마워."

"울프는 약속했다. 너는 내 가축이다. 기억나냐?"

"아, 물론, 기억나지. 그 물 좀 더 먹어도 돼?"

잭은 울프의 커다란 무릎에서 미끄러져 내려와 땅바닥에 앉아 울프의 얼굴을 올려다보았다.

울프가 컵을 건네주었다. 존 레논 안경은 다시 코 위에 걸려 있었고, 수염은 뺨에 묻은 때처럼 보일 뿐이었다. 검은 머리는 여전히 길고 윤기가 흘렀지만 어깨에는 한참 못 미쳤다. 다정하고 평화로운 울프의 얼굴엔 지친 기색이 역력했다. 오버올 작업복 위에는 두 치수는 작아 보이는 회색 운동복 셔츠를 입고 있었는데, 앞쪽에 '인디애나 대학교 체육학과'라고 스텐실로 찍혀 있었다.

울프는 잭과 처음 만난 이래 어느 때보다 더 보통 사람처럼 보였다. 비록 전문대 과정을 수료한 학생처럼 보이지는 않았지만 고등학교 축구선수 같은 느낌은 들었다.

잭은 다시금 물을 홀짝 넘겼다. 울프의 손이 녹슨 양철 컵 위에서 어른거리며 잭이 벌컥거리며 물을 마시기라도 하면 바로 낚아챌 기세였다. 잭이 물었다.

"너 정말 괜찮은 거야?"

"지금 당장 여기."

울프는 다른 손으로 배를 문질렀다. 배가 너무 부풀어 오르는 바람에 운동복 밑단이 마치 꽉 끼는 고무장갑을 낀 것처럼 팽팽히 당겨져 있었다.

"조금 피곤하다. 잠깐 잘 거다, 잭. 지금 당장 여기."

"운동복은 어디서 난 거야?"

"빨랫줄에 걸려 있었다. 여기는 춥다, 재키."

"사람은 해치지 않았지?"

"아무도 해치지 않았다. 울프! 이젠 그 물을 천천히 마셔도 된다."

당황스럽게도 울프의 눈은 순식간에 행복한 핼러윈 램프의 오렌지색으로 돌아왔다. 잭은 그런 울프를 보며 결코 보통 사람처럼 보인다고 말할 순 없겠구나 하고 생각했다. 울프가 입을 크게 벌리고 찢어져라 하품을 했다.

"잠깐 잘게."

울프는 경사면에 더 편한 자세로 고쳐 눕더니 머리를 땅에 댔다. 그러고는 거의 곧바로 곯아떨어졌다.

<2권에서 계속>

옮긴이 | 김순희

연세대 사학과 졸업. 방송대 영어영문학과 졸업. 대학원 실용영어학과 졸업. 한국브리티태니커 회사, 사회평론, 넥서스 팀장 등을 지냄. 지은 글로 『말없이 통하는 손가락 여행영어』, 옮긴 글로 『중국현대사』, 『러빙초이스』, 『비즈니스 잉글리시』, 『네이버세계문화유산』(공역), 『종말일기Z』 등이 있다.

부적 1

1판 1쇄 찍음 2020년 9월 10일
1판 1쇄 펴냄 2020년 9월 17일

지은이 | 스티븐 킹, 피터 스트라우브
옮긴이 | 김순희
발행인 | 박근섭
편집인 | 김준혁
펴낸곳 | 황금가지

출판등록 | 2009. 10. 8 (제2009-000273호)
주소 | 06027 서울 강남구 도산대로 1길 62 강남출판문화센터 5층
전화 | 영업부 515-2000 **편집부** 3446-8774 **팩시밀리** 515-2007
홈페이지 | www.goldenbough.co.kr

도서 파본 등의 이유로 반송이 필요할 경우에는 구매처에서 교환하시고
출판사 교환이 필요할 경우에는 아래 주소로 반송 사유를 적어 도서와 함께 보내주세요.
06027 서울 강남구 도산대로 1길 62 강남출판문화센터 6층 민음인 마케팅부

한국어판 © ㈜민음인, 2020. Printed in Seoul, Korea
ISBN 979-11-5888-666-0 04840(1권)
ISBN 979-11-5888-665-3 04840(set)

㈜민음인은 민음사 출판 그룹의 자회사입니다.
황금가지는 ㈜민음인의 픽션 전문 출간 브랜드입니다.